christian geissler

kamalatta

christian geissler

kamalatta

romantisches fragment

rotbuch verlag

2. Auflage 1989

Schutzumschlag von Michaela Booth
unter Verwendung des Bildes »Der selige Rainier
befreit die Armen aus einem Gefängnis in Florenz«
von Sassetta de Siena, vollendet 1444
Satz und Druck von Wagner GmbH, Nördlingen
Printed in Germany.
ISBN 3 88022 731 4

in den jahren der arbeit an diesem buch haben mir freunde geholfen, auch fremde, haben geld gegeben, essen, wohnung, zutrauen, ermutigung. sie haben zu mir gesagt, schreib weiter. keiner von ihnen hat gewußt, was das wird. deshalb nenne ich jetzt hier nicht die namen. ich will niemandem öffentlich eine geschichte anhängen, die er falsch findet oder gefährlich. ich habe keinen namen vergessen. ich sehe jedes gesicht. es sind auch gesichter gefangener frauen und männer aus guerilla und widerstand. ohne sie alle, drinnen und draußen, hätte ich dieses buch nicht schreiben können.

cg, 8-5-88, aaltuikerei.

DAMIT ETWAS KOMMT MUSS ETWAS GEHEN
DIE ERSTE GESTALT DER HOFFNUNG IST DIE FURCHT
DIE ERSTE ERSCHEINUNG DES NEUEN DER SCHRECKEN
(Heiner Müller)

kamalatta

vielleicht nur gekritzelt
auf packpapier oder
mit dem finger geschmiert
ins treppenhaus oder rupold
ins ohr gezischt dem
krummen knecht wer weiß
schon hat keiner bemerkt

aber einer gesessen im
baum aber einer gesehn den
schattenfuchs aber einer
notiert den fliehenden greis
mit der regenhaut
(ludwig lugmeier)

Há-de correr sangue
E a Terra se cobrirá de Flores
(Maria Lino)

(st. jean de buèges 18-10-83)

proff ist nie gefunden worden. auch die weit hinterm stein wissen bis heute von ihm nichts. als ich seinen kopf, geschoren, kalt, aus sonnenwarmem schotter vorsichtig aufhob, ohne den ausgemagerten körper freilich im ganzen bewegen zu können, es lag geröll über alles, selten hatte der fluß so viel wasser geführt, jetzt lag das bett trocken heiß, fand ich die stirn gespalten. ich war von der feinheit der schneidung tief gerührt. keine fremde hand, keine einwirkung von außen kann einen menschen so sicher treffen, so scharf auf das bestimmte bedacht, erpicht auf die endlich eindeutige bewegung. ich sah den symmetrischen griff der hingesunkenen hände. hier war nichts überrascht, nichts niedergestürzt, gefällt. hier war die niederlage als die aufrichtung im stein, das bewegte herz in den starrungen seiner befreiten raserei, die zerreißung ins ganze. das hirn unterm pelzigen haar lag klaffend ins dunkel des nackens, wo uns die ängste hocken. auch ohne die ebenmäßigkeit der vernichtung seines gesichts hätte ich proff erkannt an den höckrigen ausdickungen seiner mittleren fingergelenke. in kluger abstimmung ihrer kräfte hatten die hände, ohne im mindesten zu verziehen, den kopf auf die schneide des steins gerissen. ausgewogen der tod eines menschen eigenartig zerteilt. der stein stand still. ihn traf keine schuld. von nichts gerührt staubt er weiß. es war allein die entscheidung von proff gewesen. sein wille, sein schmerz, seine scham, seine lust, sein wissen von den gewalten, ich würde zu solchen fragen unter die leute gehen müssen, teilen mit ihnen den schreck des gesehenen, sorgfältig, einer den andren erinnernd, entziffern welchen vorsprung, nachdenken solches zerspringen. aber sie alle hatten proff nicht gesucht, sie hätten ihn sonst gefunden. wiederum, ohne damit sonderlich achtung auf mich sammeln zu wollen, der ort am fluß, die berstende helle des steins, um den frei der fluß springt, schnalzend wirft er jammer und stolz in funkelnden schaum, verbirgt den saum für den fuß, den riß für den griff der hand, jeden weg dieser äußersten wendung, es wird dich niemand dort suchen. toll bist du bloß bei dir selbst. aber wen triffst du dort an. wer kommt dir bis dorthin nach. schon im anfang, noch erst unterwegs, schließen sich dir die vertrauten türen, wendet die frau im fenster, der mann auf der bank, der mensch aus arbeit den blick von dir weg, bist du verloren. gezielt erscheinst du von nun an aber begehrt den bewachern. wir hüten uns, davon zu reden. plötzlich entdecken unsre verschwiegenheit die kinder. sie schreien uns an, sehen blank ihre herkunft aus toten, ihre zukunft im toten, hetzen, kaum daß unsre augen ihrer fliegenden fliehenden kraft zu folgen vermögen, im gitter nach einem loch, finden nur nichts, springen fort, den grillen nach, heißt es, die steingrau hocken aber rot fliegen, und aber in ihren augen, die wir ja lieben, leuchtet flirrend das licht aus der biegung des flusses. wir werfen die hände uns übers gesicht und jagen angsterfüllt unsren kindern nach. bellend das schaf hütet die hürde des schlächters. da kränken wir uns in unsinn. da möchten wir das geheimnis der weißen schlange nicht länger achten, das schweigen brechen. was uns ins atmen schlägt. aus polen ist eine frau zu gast, jung und klein hanna, die lehrerin, endlich darf sie nun einkaufen laufen, freie weihnacht, maria und josef, überall butter und blusen, da muß sie zittern, aus freude zuerst, aus kälte zuende, aus weiß, ich seh ich seh was du nicht siehst, hört aber keiner ihr flüstern, ist alles taub, ist weiß, da schreit sie, der heiland ist kommen, singt sie, und hat nichts gesehen, schreit sie, und sieht nix, ist blind ist blind! hanna schreit laut aus würsten und uhren und tassen und dosen und rosen es ist ein ros entsprungen, schon springen die substituten durchs glitzern nach einem arzt, hanna läuft fort, das weihnachtskaufhaus ist groß, freies fest, sie huscht vom fleck ums eck zum zeck. dort sind in kammern weggesetzt kinder, fürs kaufen will mutti die hände frei, weg mit der kleinen dem kleinen ins kistchen, dort sind sie gut, sind still, dürfen schießen, totfahren, feuer frei freie fahrt freies fest fremde. hanna fürchtet sich. sie bückt von kind zu kind. im kästchen flackerts fad fahl, platzt was und prallt und bombt und bongt, gongt das und fratzt, und fallen über das schutzlose kind wasserhaft feuerfarben, bleiches gefunkel, ins leichte gebogen das schneidende weiß. hanna kuschelt sehnsüchtig an die gesichter der kinder an das kleine gespannte, an das gespensterchenkind liebt sich hanna, ans fellchen lederchen lederkind aus automaten in automaten sind alles bloß automaten ach lieblos schreit hanna. und in den unanrührbaren augen der kinder blitzt *frei* das fähnchen aus sternen und strichen, der krieg der sterne strahlend der krieg der freunde, den hat hanna jahrelang abgelauscht heimlich, das freie leben, in wroclaw, aus *us-free-europe*, unheimlich abgeschaut jetzt aus den kindern, die wir ja lieben, das grauen, glatt lau die leere als spiel, die freude aus tod, die fremde, den feind, das weiß. alle kinder verweißt. hanna schreit laut, tanzt schrei, schreit tanz. veitstanz, ja unser krakau, lächelt der ältere arzt, sticht ihr farblosigkeit in das rot ihres arms. zu ihrer sicherheit wird hanna verschubt. fern dort still, die arme nach hinten verjackt, tanzt hanna noch lange gegen die schlange, es ist die kerze des pflegers, die weihnachtskerze, die weiße weihnacht, die schlange so nah so klar so gern vergessen. es gibt keine weiße schlange, sagen die freunde lisa und paul, sind weit gereist ins hochtal der schützenden gräser, die frau und der mann, wärmen einander, träumen vom fliegen, wiegen, sind aufgebrochen ausgebrochen ach hingefahren dahin um luft zu schnappen. vor seinen zetteln sitzt paul im kraut, er schreibt *die erstickung*, ein schriftstellerleben. lisa, gekauert in warmen schein, sieht schwarz vor der wand des roc blanc jagend *mirages*, die übung der unterfliegung, den angriff auf eine schlafende stadt. lisa träumt das zerschellen, den blitz. lisa lacht das wunder der traumerfüllung. taumelnd der dreck brennt weg. der stein steht still. ihn trifft keine schuld. von nichts gerührt staubt er weiß. *gefangenschaften*, schreibt paul. unter mir weit klein hinab wandern die beiden nach le vigan. dort ist heute markt. am rande des marktes, unter bunt ausgerolltem tuch, nah im rücken der stände, im geruch von pfirsich und fisch, käse und leder, der leichte tisch mit den schweren tassen. die freunde strecken die beine, horchen aufs rufen der händler, der kinder, der finken im käfig, der hennen im sack. paul hat eine alte soldatentasche erworben. überall sucht er versteinertes. in der tasche will ers nach hause bringen. ins bleiche decktuch der tasche sind eingefärbt die buchstaben *U* und *S*. paul steht auf von der tasse, kauft einen mit schwarzer tinte gefüllten stift, kommt zurück an die tasse, schlürft heiß, streicht das kennzeichen auf der tasche, das brandmal. wer weiß, wo die tasche überall war. er kann es sich denken, das grün der berge kaut gummi, der dorfbrunnen schreit. lisa greift nach pauls hand, lacht ihn an, lacht, sagt sie, über sein dummes gesicht. sie hat für ihr kind eine winzige jacke gekauft, kolibrifarben aus guatemala, ins rückenstück gemustert der kopf einer schlange, elend gestickt, genäht, gefädelt, gefärbt, gewebt, geerntet, gepflanzt, geackert. blut ist im schuh, sagt paul, ist im jäckchen, im täschchen. rukedigu, macht der täuberich unterm markttisch des bäckers, tanzt wiegend, will lieben, frißt kuchen. einen stein stößt paul unterm tisch fort zwischen die tauben. er trifft den knöchel der bäckerin. es gibt einen schmerz, ein gezank. niemand versteht die verletzung der frau aus mehl. so laufen wir alle weiß, sagt paul, weich gestäubt wölfe. ich will nicht erstikken, sagt lisa, nimmt seine hand hinauf zurück in den schatten des baumes. wo denn. den kann keiner finden. den kannst du nicht kennen, nicht suchen, nicht meiden, plötzlich liegst du in seinem schatten, es weht dich kühl an, alles weiß gras grünt satt naß, aber wo ist meine liebste, wo ist mein liebster. das ist der folterschatten. weder kannst du hinaus, noch kann dich der andre drin finden. im glück bist du unerreichbar dein glück. es gibt noch bei den ältesten menschen die sehnsucht nach dem schatten des baums, ebenso gegen ihn nackte angst, er läßt keinen lebend heraus, es frißt dort verrückt nur jeder sich selbst, es sei denn, aber das ist die stunde, die keiner nennt, du siehst das dir nächste im fremden krustigen baum, in der glätte der schlange, im steinstaub, erkennst, dir nah, das dir nächste als das dir liebste, süß frucht. mich faßte das plötzliche grinsen von proff stark an. gestoßen aus schlechtem geruch, löste sich aus seinen zähnen zischend der einfache ton als das einfache wort, verächtlich gepfiffen, *folter*, nichts war da mißzuverstehen. im roten himmel der mond so nah dem ersten stern. es würde bald kühl aus den steinen steigen an uns, den ärmsten und mich. ich setzte mich auf, schlug fliegen aus seinem zerrissenen haar, stellte mich über ihn hin, sah mich um, stieg hier und da ein, nieder und wieder hinauf, um zu suchen und einzusammeln, was aus früheren fluten und stürmen gebrochen und angeschwemmt war, für ein feuerchen gegen die nacht, für ein gedecktes feuer, es sind genug flache, fast schieferförmige steinsplitterungen im ufergeröll unter mir, es soll kein lichtschein und nur so wenig rauch von hier kommen, als unumgänglich ist, so kann ich das mißverständnis vermeiden, ich wollte ein zeichen geben. an wen. in der stadt die lichter waren erloschen. nur still, als schlinge, gleitend das gummi, das licht der bewacher, sie sind weitreichend gegen uns ausgerüstet, von den toten ängstlich gereizt gegen menschen, vernäht ins fremde, ohne begriff und bild. es waren jetzt steine in meiner nähe schon warm vom feuer, ich nahm mit jeder hand einen faustgroßen auf, schob mir den einen und den andren dort und dort unter den arm, pfiff mir ein lob auf die wärme der langsam alt und fest gewordnen äste, auf himmel und erde, schlug später die abgekühlten brocken im takt meines liedes leise gegeneinander, auf jedes knie gestützt einen arm, nah überm nacken von proff wir trommeln wir singen wir wissen wir sagen bescheid, sie sind schon tot. nicht undurchschaubar verendet, kein geheimnis dunkel von innen, sondern vernünftig ist herzuleiten der wahnsinn der toten gestalt, wirklich verrückt aus tod. und jagt sie ihr neid auf das leben des menschen uns nach mit dem irrwitz der von sich selbst verrückten, es gibt auf der welt für sie keinen platz mit lebendigen menschen, das macht ihnen jeden tag angst, das macht sie gegen uns sehnsüchtig böse, rasend gegen die einsicht, daß sie nur nichts sind, wo wir sind. aber wo sind wir. wir sind nur das, was wir gegen sie tun. oder niedergeschlagen im schatten ihrer kontur nicht mal mehr schatten. verkauft. manchmal kommt es zu gefangenschaften, es werden geschleppt die einzelnen, gefangen sind wir, blind, hinterm gitter der hände, hinter hängenden ohren, der bilder geschrei, wir haben gesehen, wir sehen. nicht mehr aus düsterm stein, funkenschlagend gebückt, werden, seit von den ersten freunden saumpfad und riß entdeckt und genutzt sind, in unserem land die häuser der ordnung gebaut, sondern hingegossen verschlossen aus mattem verschmier, eilends für viele, entworfen fröstelnd von kalten, haben die schließhäuser jetzt die alle wärme, kämpfe, auch alle tränen ausdämmende gewalt der glätte, die unentzündbarkeit von augen aus glas, den trug der fortschreitenden klugheit, ihrer veranlassung maß, das der angst. wirklich faßten die schließer, ich hab es gesehen, bei dienstantritt hemden auf paß, jeder nach seinem fett, kaum konnte ich ihre stimmen, gesättigt von dank, unterscheiden von der biegsamen rede dort und dort aus der wand. ich sage das ohne spott, nicht ohne ungeduld. das totenhaus, sein beben geschient, sein schwanken endlich sein bersten weich vertönt, aller vielfacher riß kostbar verglättet, war leise erfüllt von zuspruch aus löchern im putz, durchtrieben von ihrer musik. oder was sie so nennen. wenn sie uns unterwerfen. damit sie uns unterwerfen, merkwürdig streng weisen sie jeden hin auf die endgültigkeit ihrer absicht, der pfiff im wald, der steinerne zauber, die geste der macht, die verliert, eisen ins fleisch der bewegung, blendung ins auge des aufblicks, das blei ihres todes in unsern tanz, stoßen sie uns in das gitterwerk ihrer figur, auf die unantastbarkeit ihrer arsenale, an die kugelabweisende glätte ihrer abschließenden positionen. sie wollen wir sollen glauben, da bleibe für niemand ein leben, außer er stirbt ihnen zu. ich sah auch den hals mit der schimmernden brille aus schwarz, den zähnen, klein gestellt eng, fehlt einer unten links vorn. im gelipf solchen lachens, noch wenn das die erde, den sand tritt, leise langbeinig gummi, gelb in den haaren der hand, die maske aus angst. horcht als ein hund dem gerissenen weiß der immer kleineren lage, schmeißt münze für blut, zählt kopf, hält länglich den hals für das band der belohnung, den strick. ist von verrückten mördern der freund. ist der verrückte mörder von unsren freunden. einmal werden wir singen: das war die wüste. jetzt nennen wir ihn *das pack*, den hals. turnschuh, levi und leder. die maske der angst. die wollen wir leise genau betrachten. unterm läuten der fettigen glocken, unterm blöken der herden, unter sonne und wald, unter bauernhäusern, wie bauernhäuser, das zirkusgeviert der toten, bad tölz, der mörderstall, aber kälter. aber höher hinauf die gelbgrünkalkige wand mit den engen augen der dienststubenfenster, unter niederschleppendem dach hoch aufgezogen das einlaßtor für die ernte des messers, gestern der adler, die runen, heut die vom goldschuß, heimlich das bündel der pfeile, offen am grünen barett. prall das pack tappt ans licht. es wird killen trainiert. der krieg läuft gummi. die toten lernen den tod. wir leben. wir wollen den platz nicht meiden. auch er gehört uns. wir fliegen leise voraus, kreisen ab, fallen ein, zeichnen scharf. kasernen der angreifenden bewachung, waffenlager, stollen für forschung und folter, kino kasino kirche und kältebad, säurebad, sessel für seelenstunde, kontrollen, sperren. lallt das am strick, der klassenporno, der hals, der weißen augen mächtige krankheit, in der hand und zum schutz von verrückten, mogadischu murmansk katanga nova huta antofagasta stammheim la belle, geschicktes gummi, heiß gemacht, verformt gezogen zum faden, gebündelt zum strang, keins hat gesicht, nur den ekelnamen, nur das merkmal als brandmal, das kerbzeichen ihrer verwendung, das design des deals mit dem untergang einer klasse, der alte griff, das pack des imperialismus, jedes ersetzbar das teil eines apparates, der zerstört, die teilfunktion eines körpers, der stirbt. *das weiße auge* aus princeton hat leitungsauftrag, 10th special forces group (airborne) europe, *der hals* hält kontakt aus bonn. unser land ist in der hand von toten. wir leben. es blitzen mich an aus dem stein die augen eines gefangenen kindes. wir kreisen ab, fallen ein. einmal werden wir singen: das war die wüste. proff hatte gern alles auch mit den händen begriffen. ich tastete in der dunkelheit nach seinem nacken, der lag unverletzt, war, mit den händen zugleich, die kraft gewesen gegen den stein, der stolz gegen den biegenden druck zwiespältiger verwünschung, ach hatte ich lust, ihn zu wärmen, mir selbst war nun kalt, ich suchte den lahmgefrornen rücken, die beine zu schützen im nahen gestrüpp, kroch bald zurück in die seite von proff, ich hatte mir vorgestellt, die berge in dieser region würden auch nachts ihre wärme behalten. es fiel aber aus dem schwarzen unsinn des himmels, stieg aber aus den steinen, dem stein, kein lied, nur das rufen geschlagener tiere. und doch sind dies berge für menschen, nicht hoch, bis in den scheitel der wände verkrautet duftend, dickicht für das gewöhnliche leben, für seine unauffindbarkeit, seine hemmungslose erwartung, seine beratung von arbeit. ich horchte, gekauert in proff, auf rat. nicht weit von hier stehen hütten von hirten in der weiße der gräser, tags in der hitze der schlange, nachts unterm schlag der felseneule, hütten, verlassen von arbeit, gesucht aus angst, manche von uns, obgleich sie erkennen können, daß auch bis dorthin das pack, sein hals sich gelblich nach ihnen windet, suchen in solchen hütten zuflucht, das leichte kleid des friedens gegen die schwere kälte der allgemeinen gewalt. lange möchten wir unsre kleider behalten, gegen die hitze der wirklichen dinge, gegen den schnee der angst, gegen den biß der entscheidung. als wären wir nicht, obgleich in der hand von verrückten, und tief in der kralle des unsinns, die doch nur einzige kraft, die all den verrat zersprengt, schlagen wir uns in rätseltücher, zögerblusen, flüchtestiefel und lügenbärte, fallen wir, statt uns den plunder fetzend zu schwenken, zu unsrer tarnung ihn uns zu stülpen, tief nieder in dero schwarzes gehüt, zaubern uns aus ihm hinauf in glimmer, zappeln lachend, an ohren gehalten, zur trommel, zur schlachtung. und könnte uns doch die freude, mit allen andren zu leben, genügen, dem pack das messer zu brechen. es lauert. was frei sich bewegt, soll sterben. da heißt es behutsam sein. gekauert ins frühe licht blies ich mir zwischen hand und hand, warf mir von einer zur andren weiche kastanien, gescharrt aus der noch heißen asche, die nacht war kalt gewesen, aus tälern wehte nebel auf gegen die steine, auch gegen proff und mich. ich klomm ein stückchen bergan, mir honig zu suchen, zu den festen früchten die süße, auch um, weg von proff, einen flächigen stein zu einem klebrigen lockbett zu streichen, so daß es den fliegen zu einer dauernden ablenkung würde gegen die gier nach den säften aus proff. wie ich ihn kenne von früher, wäre er bald über den zuckerstein hingebeugt, in das summen im leim, ins ratlose ziehen und winden und spreizen der flügel, er, der so gern das weite gesucht hat, zu fliegen.

alles nacht hochzeit heut
kalt ganz in weiß
aus elf alten augen
zwinkerts in schleppschnee
flatterts der pfaffenamsel
so matt aus den federn springts
klirrend der braut in den rindigen
reifrock der weiden hämmert der specht
rotschwarz die nachricht vom glück. kamalatta.

I

grenzgängerei

(1) nachricht von tapp. *scene* gabs noch keine, denk dir das weg, noch alles allein, und auch noch nix bessere frauen mit *power*, die ihre alte mutter verarschen, und wenn die krankfällt und ruft nach dem kind, dann hockt das sich faust auf die ohren *straight* weg in *antiimp*ergepimper, so nicht, mein freund, so nicht mit menschen, und ich denk noch eben, der kerl mit dem schwarzen köter, so übertier, mehr ganz in dunkel gehalten, im fenster heinhoyer immer die beiden, ohne zu bellen, neben bettenvoss oben, wo nebenan mit dem dokter mit bauchschuß, über den ölschinken von na wie heißt der mal noch, wo sie die alte abgestochen haben letztens, der glaser mit alles dick gold gerahmt in den fenstern, nackte zigeunerbraut, und so wölfeschlitten aus väterchenrußland, klar war der sinti, der mann, frag mal bei popow die billardkugel, ist doch egal, wie der sich schreibt, reichlich die töpfe bulgarisch, mundmalerei, doch doch, die hatten da auch schon mal krieg, hat klaus noch die galerie voll auf lager, auch so der geiger mit sonne im schlappohr, und weiß und weiß und schweigt und geigt, was heißt denn hier sachsofon, nichts gegen walter ulbricht, der klassenfeind schläft nie, mein freund, wie macht der das bloß, guck mal unsereiner, guck mal da tini vom fischmarkt, klaus seine liebste musik, klar kennst du die, die macht filme, und klaus gut kohle aus japangummi, und die heiße liebe mit frida, kennst du nicht, mußt du doch, specknackenfrida, lockenfrida aus wilhelmsburg, wo merkatt sein terrier damals die lange nacht hatte mit so dem flotten jagdhund aus ghana, hatte landgang gemacht, der schlankfips, und für merkatt paar wochen später neun kleine fridas, für sein wohnboot waren das neun zu viel, hat klaus sich den einen mitgenommen, klein wie ne faust und pißt alles an, aber klaus gibt nicht auf, weil frida die lacht sogar noch beim pissen, überhaupt nämlich nicht wie schniewie, das ist auch so eine vom film, aber mehr was für bessergestellte, und klaus nämlich nicht, da kannst du kommen bei dem egal wann, und da dulde ich keine widerrede, aber traurig genug alles trotzdem, der typ mit dem doppelmoppel im fenster, der hat sich totgeschluckt, kein

flachs, gestern, war ja schon bißchen was wärmer die nacht, ist er glatt vom klosett dem hund vor die pfoten getrudelt, und das tier hat geweint wie ne schloßfrau, und die frau doch genau so, weil den kerl, der war bei der all die jahre gar nicht gemeldet gewesen, den hat sie nie wiedergesehen, den haben die kittelmänner fix abgeschleppt und weg mit dem eumel nach eppendorf raus zum schnippeln, und sie kann ihn nun gar nicht mehr finden, alles schon hackfleisch für forschung, mußt du mal denken, hast du geliebt, doch doch, die war treu, sowas gibt das, und kann sie ihn jetzt nicht mehr wiederfinden, so machen die das mit uns, frag montag mal nach beim schlachthof, nach buhlemanns willi seim halbfetten ferkelkollegen aus der grenzedorfwirtschaft zachun, wo der jeden schnaufer von dem gekannt hat, und die kicheraugen, wenn der speckmax sich morgens schon mal aufs kobenbrett stemmt und quietscht sich eins, wo die mampfe schon wieder mal abbleibt, ja hast du gedacht, nix da, alles schon lange die zange und abkochtrommel, und das herz geht für hundefutter, nämlich das ist gesetz, mein freund, das sind die verwertungsgesetze, und der mann war noch gar nicht mal alt, so als halbstarker sinti damals in auschwitz so eben und eben noch weggejumpt aus den wirtschaftsöfen von krupp leverkusen, ist mir doch egal, wo die sitzen, das pack, wir schaffen das ab, das muß, die Rote Armee machts möglich, wer sonst, klar schreibt man das groß

mensch guck dir das an, in berlin haben sie gestern einen rausgeschossen aus all dem knast und gesetze, beim bücherlesen, weil wissen ist macht, na bitte, das fühlt sich gut an, ogottmann, wie sich das fühlt!

verlodern der brücken das mein sprung.

wer war das. ich denk du bist stumm.

stumm auf die dauer macht dumm.

mach kein gedicht, mein freund. du stehst hier noch immer im regen. und nachts. und gesprungen sind die. und wir nicht.

(2) proff war im viertel bekannt gewesen als der, der nie mehr was sagt. alles so weit ganz gut klar mit allen, aber der mann ist gediegen. dem haben sie bei der arbeit was angetan. es ging im viertel damals von proff die rede, und war ja auch durch die presse gegangen mit bild und bunt, er habe, als sie *für den olympischen frieden*, in mexiko city, paar hundert kämpfende menschen von der straße wegschießen, zweiter oktober achtundsechzig, weil *the games must go on*, und proff mittenzwischen mit sportauftrag für die dauerblendung in kissen und kneipen, und im bildfeld plötzlich sieht er den aufgetretenen hals eines jungen indianers, runder stiefel leise langbeinig gummi gegen den atem der klasse, da habe er, heißt es im viertel, plötzlich seine beobachterarbeit verlassen, die siebzehn kilo kamera sich von der schulter weg hochgerissen und sie niedergebracht ins genick von pack. bald danach sei er stumm geworden in einer villa der *special forces*. kein blut, kein schuß. ach kein schuß. keins seiner haare gekrümmt. der hausherr im weißen haus aber, hieß es, sei ein psychiatrisch entwickelter mann aus princeton gewesen.

inzwischen ist das vorbei. proff hatte im regen nachts vor dem kiosk heinhoyer reeper wieder sprechen gelernt am fünfzehnten mai neunzehnhundertundsiebzig, früh nachts um drei, die titel der zeitungen hatten von *schußwechsel* und von *befreiung* gesprochen. und auch das war nun längst vorbei, war alles schon weit vor jahren. schon lagen tote, junge frauen und männer, zwischen augsburg und köln und bahrenfeld gegen das pack. schon standen andre verdeckt bewaffnet, hingen zur fahndung, zum freischuß ausgestellt, an postamtstüren und s-bahn-wänden, lagen die ersten, niedergemacht gegen freiheit, nachts in schalldichten zellen, standen andre, seit jahren, im knast gegens weiß, gegen dies weiße auge aus princeton, kämpften.

und eben die weißen augen aus princeton waren jetzt lehrer für lautlos lebenauslöschen, für weichen stiefel im alten haus, in der vormals *ss-junkerschule* bad tölz, jetzt *green berets* für *großraum europa*.

und proff hat noch, denkt er sich, freunde im sender, er springt dort gern gesehen leicht herum, horcht krumm, tut dumm, und als ihn schon draußen der lift wieder wegschluckt, legt sich auf seinen rücken, schatten aus milch, das geläche1 von einem politredakteur, blondschopf mit *dienstekontakten*, unser proff ist gescheit, mein lieblingsroter, schon beinah ein toter, jetzt läufts doch!
proff nahm den auftrag an, als kameramann und als autor für dokumentarischen film. er brauchte geld. auch machte ihm spaß das reisen, das leute aufknacken, das sprache und bildsprache finden gegen die herrschaft, jetzt *ss-junkerschule us-special forces*, die phrase *europa*, damals und jetzt die maske der mörder. das thema war heiß. er mochte aber den weg an der grenze, mit dem einen bein im stachelgelände, mit dem andren schön warm zuhaus.
er hatte, fürs wochenende mit frau und kind, bei bauern ein altenteilhäuschen gemietet im herzogtum lauenburg, *sechshundert meter bis zonengrenze*, da darfste nicht gehn, da gehts *ab zu die russen*, sagte der bauer zu felix, aber der lachte sich eins, wußte von juli und proff die wege besser, malt die Rote Armee mit großbuchstaben wie tapp vorhin auch, läuft mit lina ahlers und buhlemanns willi sachte durch acker, durch nassen raps und rotes oktobergeblätter, durch niemandsland, heimlich, nach hallimasch, und im nebel hochdrüber das gänsegeschrei von zachun, gutshofgelände piffpaff, noch immer stumpf alles von oben nach unten, der ganter die gans.
zugegeben, ein heißes gelände, sagte der redakteur zu proff, wir wollen da unbedingt sorgfältig sein. drum hätt ich in tölz gern grad sie. auch will ich nicht den insektenblick diesmal, sondern das auge, genau, das beides kann, schneiden und leiden. sie haben gelitten an denen, proff. sie trauen sich das zu? gibts schon kontakt?
zu dem da.
proff nahm von ihm eine zeitungsnotiz, ein männergesicht unter weichem barett. lehroffizier, sagte blondschopf, für den grenzüberschreitenden psychodienst gegen terror, ich

weiß, proff, sie nennens befreiung, egal mal, ausbildung guatemala im jahre der herren vierundfünfzig, muß so in ihrem alter sein, ursprung aus feinem familienverein, weitem grundbesitz mit privatklinik drauf, schon der vater von seinem vater. und war auch mal lehrer in princeton.
es hätte proff beinahe noch einmal die sprache verschlagen, die rede zerschlagen. so nah der hals, das gelb im handhaar, das auge aus weiß. die mörder so nah. so klar für jeden. so gern vergessen.
er hatte sich das uniformfoto mitgeben lassen. damit sie sich darein vertiefen, hatte der blondschopf gespitzt, die sinnliche einfühlung herstellen können ins scheinbar parallele ereignis, das sie, ich kenn sie, längst reizt, am gleichen ort, im gleichen haus damals europas *ss* und heute die *special forces*, beides elitekampfbund gegen rot, die bewaffnung der freien welt, ich weiß, proff, sie nennens die falsche welt.
ach was, knurrte proff verloren, ich nenn es die wirkliche welt, wir müssen das realistisch sehen, die welt der herrschaft aus eigentum, das aber, eingekreist, beinah schon tot ist, weißlich schon riecht. ach das macht uns die herren sehr böse, mein lieber.
das freut mich für sie, schnappte fips.
nein, nein, das freut sie für sie, stach proff ab, denn ich hab im gegenteil angst vor dem bösen. er trollte weg an die tür. kommen sie doch auch mal so vorbei, sierichstraße einhundertneunzehn, alsterpaddeln, da hört keiner zu.
in diesem land, in diesem haus, müssen wir unsere faulheit nicht flüstern, sie toller konspi, lächelte proff.
das reisegeld liegt an der kasse, rief ihm der blondschopf nach.
da kam proff noch mal zurück, sah den lockenvogel nah an. hat lederaugen, der dreck. ich will sie von nun an *ledermann* nennen.
ich weiß, proff, sie mögens altenglisch lieber.
ich seh gar nicht ihre jacken, mann, ich red vom jean paul, *der komet*. lesen sie das doch mal.
proff schnürte, so nannten die, die ihn kannten, seine schrit-

tegesten in khaki und cord, die schmale kurze bewegung der beine, früher war er mal schwerer gewesen, irgendwas zog ihn längst dünn, ins weite parkplatzgelände der anstalt. sommerfreitags nach drei, das heiße blech der verkleidung. flott mini und vw-cabrio für die frauen der schneideräume, volvo am liebsten für redakteure, fürs höhergesetzte verwaltungsfleisch das leise gummi mit fadenkreuz auf der schnauze, für die ungarnschönheit der alfa, und gleich unterm nebeneingang zwischen küche und kasse, wo sonst keiner stehen darf, der sondergolf für den sondercutter, walter, todkrank, aber genau jeder schnitt.
proff strich weg, fand irgendwo blank knallrot seinen aufgekrempelten 2cv, peitschenantenne und teak an der schaltung, wär gern auch mal teurer gefahren, ds oder lieber noch uralten rover, faltiges leder, rotgolden holz, lehnte sich hin an das warme blech, sah sich das foto vom mörder an, und dachte sich eins, und dachte sich zwei, und als er bei drei war, dachte er gern an juli und felix und sich. er sah auf die uhr. seine beiden waren schon auf und davon, nach schule und öder computervilla, raus aus der stadt, ins dorfteichversteck zachun, mitfahrer, waldgrüner kastenrenault, nina ahlers am steuer, wochenendeinkäufe, dies und das, und in den rücksitzen lina und felix, freunde die kinder und vorn die frauen.
ahlers, der mann mit dem schiefen ohr, dem feinen gehör, macht beim waldrandbaron die waldfacharbeit, alles maschinen wie panzer, ahlers steht auf gewalt noch immer, noch immer am liebsten allein, und baron hast du überall am hals, bloß selten so doof und so nett wie hier, und meistens ist der auf reisen, auf neuntausend hektar wald und see hat ahlers allein das kommando, das wissen in seinen händen, kaum je widerspruch gegen sein können, die wut des angriffs verwunden, gewendet ins dickicht, das sperrt, das starrt, reißhaken oder axt, beim durchzeichnen, für den einschlag später, aufgepaßt, nicht zu viel luft, sonst kippt dir, was bleibt, beim nächsten gewitter, kriegst klagen am hals, auch die schlagordnung überwachen, schlechte schlagordnung viele beschä-

digungen, am besten mit jugoslawengang, die fragen nicht viel, viel wald zuhaus, die schlafen im busch wie die keiler, sind pünktlich gleich morgens am platz, keilen ran, hauptsache kohle stimmt, chef, und auch die geschicklichkeit, macht spaß, balancier mal das anhängermaul am hang genau auf den richtigen winkel, oder gnadenlos *mb-trac*, widerstand kommt dir, daß du ihn brichst, beim altbuchen schlagen, *die kameraden*, die wehren sich wie elephanten, ich krieg euch, ihr uralten tanten, das reifenprofil fetzt den waldboden hoch, der specht schreit auwei, ich bin mal so frei, lacht ahlers mit krummem rücken, wir geben nicht auf. wer wir. ich bin hier king, ins dickicht gewendet, das sperrt, das starrt. von ahlers wird ordnung geschlagen. damit es was bringt. wem was bringt. ach hau mir doch ab mit so kämpfe auf *links*, die wichser, da weiß ich bescheid. alter krach zwischen nina und ihm.
proff mochte ahlers gern leiden. er kannte die dinge der flucht.
juli war lieber mit nina. und felix und lina waren mit allen, ganz klar, am liebsten der waldsee den ganzen tag, und nachts, in den kiefern und buchen fern, im borkig verkrümmten pflaumenbaum nah, der mond, und nina liest vor von indianern, und juli schmeißt apfelpfannkuchen. und einmal, aus lauter indianergeschichten, rot gegen weiß, damals doch schon, *der kampf geht weiter*, hat proff das von jonny und mangas erzählt, den kampf nachts im februar dreiunddreißig hier draußen in eis und schnee, im flintenquieken der pelzledermädchen, der waffenschlitten soll rot nach schwerin gegen die nazibande, die weiße, und jonny und mangas lassen die flintenkisten nicht los. und müssen damit unters waldschattenflackrige eis, und ersticken.
juli war wütend für lina und felix, sie will, daß die schwimmen, der tod soll ihnen nie nah sein, sondern das leben, einfach die liebe. lina und felix springen noch mal aus den betten, die schnorchelausrüstung muß flottgemacht werden, ab morgen ist tieftauchen angesagt, vielleicht sind da unten noch richtige knochen.

proff ließ die laschen reifen quietschen, er wollte bald raus zu seinen leuten, nur eben erst noch das buch über tölz, für die stille da draußen, zum einstudieren, zum vorbereiten der kundschafterfahrt. die scheine saßen schön knisterklar, die kasse hatte tempo gemacht, das fältelte gut in der hemdentasche. die kugelsichere weste, nannte proff das. was juli beknackt fand, so spruch. aber sagte oft lieber nichts. leider.
zuhause, heimhuderstraße, schön edelbude vom onkel notar, sie hausten oben vier dachzimmer satt, lag was im kasten. obgleich, als er losging heut früh, er die post schon rausgeholt hatte. eine kleine nachricht an proff. unterschrift *403*. das war nun schon lange her, das ding mit dem alten peugeot. der, mit dem er das zeichen verabredet hatte, bei telephonanruf den verkauf von einem 403 anzusprechen, larry, der bruder von nina, war schon seit vielen jahren gefangen, im käfig in celle. proff hatte damals, schon bald nach dem vierzehnten mai, als er nicht nur die sprache, auch lieder, *jarama*, auch seine wut sich wieder rangeholt hatte, den familienbriefkasten, obgleich in diesen feineren häusern der stadt die post noch jeden tag hochgelatscht wurde, gleich innen links, noch vor all den treppen, montiert. kann ja sein, daß die anderen leute im haus uns das nachmachen, hat es der briefträger leichter. das sollte für juli und felix so klingen wie nette soziale geste, war für juli aber gleich ding mit verdacht. oft kannte sie proff heimlich besser, als der ihr zutrauen mochte. aber sie wußte von nichts. nur widerdeutlich, das ihm wichtigste macht er allein. sie hätte auch sagen können, das schwein. sie sagte aber, mein mann. den mochte sie gern, auch versteckt. hatte vor ihm aber manchmal wütend die angst, die wir uns, was gar nicht geht, verbieten, die wir uns wegschlagen sollten. was gar nicht geht. und war auch noch gar nichts weggeschlagen, verboten bei proffs. es fühlte sich alles gut an. nun war da, nach reglosen jahren, die nachricht im kasten. wer hatte denn noch den schlüssel? der frau damals mit dem zweitschlüssel war längst in den offenen rücken geschossen. wer noch?

der schlüssel, der lebt, dachte proff.
er hatte noch zeit. die genossen wollten ihn erst nachts um elf. er schnurrte ein stückchen durch fensterwarm abendsonne mit mimi, der dicken, der schwarzweißen katze. er legte sich weg in die badewanne, lauwarm verloren auf löwenbeinen brandrot.

(3) nina war lieber noch nichts verloren, sie fuhr die piste mit pfiff. über trittau und mölln bis zachun sind das fünfviertelstunden. und wenn ahlers vom wald kommt und hat keine suppe, dann mault er. das will sie nicht. das leben soll schmecken, schön satt. nina war mehr für die praktischen dinger, *von hier bis wladiwostok*, das kriegen wir nach und nach alles noch hin, *die partei* ist auch nicht das gelbe vom ei, hat ja auch niemand gesagt, sind wir selber ja nicht, aber muß, oder was. schon ninas mutter war kommunistin gewesen, war gut, die frau, bloß lange schon kalt, mit eben erst vierzig, ein scheiß.
kau nicht laufende meter von haribo, lütten, die giften uns alle bald tot.
manchmal, wenn nina ihr kind ansah, und jetzt noch den kleineren roger, grad sechs, der name vom niedergemachten *lamarque*, sie nannten ihn aber bloß rocker, und sah doch auch felix, den sohn von juli, alles so blanke kinder, dann hatte sie plötzlich mehr angst als wut, die machen uns satt und die beine schlapp, und wollen doch lustiges leben laufen, los, mach schon, vorwärts, das geht, das muß.
friseuse war falsch gewesen, bloß alles sabbeln und haare krummdrehen. sie wollte es gradeaus. und auch mehr nah mit vielen kollegen. sie hatte auf umschulung rechnen und tippen und bißchen gesetze und psychotricksen gelernt, jetzt saß sie die woche, vorher morgens lina ins schulzentrum ratzeburg und rocker ins kinderhaus waisenhofstraße, im arbeitsamt lübeck. reichlich zu tun. am schlimmsten die ganz jungen peoples. an *simulationsfirmen* sollte sie die lancieren,

damit niemand aus der übung kommt, niemand ans übel, sagt nina.
hier guck mal *paul doktor c. martin*, der wicht, *das auto ist das, von dem alle leben*, und *ford*boß *lutz* köln schiebt öffentlich nach, *denken wir uns die autos weg, dann können wir uns gleich selbst wegdenken*, so sollen wir ihnen nach, hetzt nina, ins auto, und zwar mit karacho, macht kracho. denk dir den ganzen quatsch doch mal weg. alle arbeitslos wären wir dann? unsre welt ist arbeit genug. wenn wir euch erstmal packen. aber immer noch packen sie uns, malochen wir fremd. der dreck, sagte nina, muß weg. und also einmal die woche *für frieden* in der schrumpfbude *dkp*. bloß manchmal jetzt rutscht ihr das weg wie alles altes papier, und der wind, der kommt aus den buden der macht, kommt immer noch nicht von uns, wir sitzen kalt, aber trotzdem, das muß, das muß weg, sonst brennt hier noch alles mal ab.
o guck mal, ein richtiger dachs!
bloß leider schon totgefahren.
vor kehrsen der feldweg durch storchenwiese und wald war neulich erst breit geteert worden. hauptsache *arbeit*, egal, wohin. ein blödsinn.
von juli sprang alles das weg, sobald sie die wollebeine, den schwarzen galopp, die freude vom dorfköter richard sah, sie sagte, der wartet schon freitags auf uns, sie meinte, auf mich. als proff nicht geredet hatte, zu ihr nicht, zu niemand ein wort, nur manchmal ein kleiner zettel war zu ihr geflogen, aus liebe, aus mexikoweiß, wer weiß, als proff stumm pfleger gewesen war bei kranken im *aka*, als er oft noch spät nachts nicht kam, da lag sie jetzt lag sie allein, wollte, daß es ihm gut geht, denn so war ihr, so oft sie ihn ansah, zumute. wo ist proff. oft war er oben im haus aus glas bei einem toten noch sitzen geblieben, bei einer toten, verschworen. kam er zu juli nachhaus, weckte er sie. sie hörte den schrei des gelächters, hielt fest, proff flog schrill wie ein stein, nur noch teil von sich selbst, wohin.
richard wußte, wohin, der war wie aus schneewittchen, so weiß wie schnee seine zähne, so rot wie blut seine hechel-

zunge, und schwarz, so ebenholzschwarz gelockt und glänzig sein pelz, seine freiherrenjacke. noch nie hatte richard in ketten gelebt, das hast du bei hofhunden selten, bauer atzen war lange genug *bei die russen* gefangen gewesen, da lernst du für später, sogar was für hunde. die feldmark, der grenzwald, der acker im staub der erntemaschinen, die tümpel und schneesenken winters von jonny und karo, alle hündinnen auch und manchmal ein kleiner hase, schon krank, oder einfach mal fix ein fasanengelege, das alles war king richards ding. und bella, die tochter vom letzten mai, so schwarz wie ihr alter, bloß flott weiße beinchen an allen vier ecken, die fand richard schick. oft liefen die beiden, auch ohne juli, ein stückchen spazieren, so regelrecht hand in hand ja nun nicht, aber fliegendes ohr an fliegendem ohr, und abends klettig nachhaus. am wochenende sprang richard bei juli ins sofa, kuhstall bloß montag bis freitag, bei atzens war das in ordnung so, die wollten schon längst nicht mehr deutschen gehorsam, die hatten doch selber fast nichts mehr im stall, die großen fressen die kleinen, aber bloß keine *lpg* wie da drüben, lieber klein aber mein oder irgendwann nix, kaputt gehst du überall irgendwann doch, auch richard. juli vergaß den jäger nie ganz.
aber erstmal nun alle elf fenster auf, kleine bude, viel licht, alles bruch, frühsommernachmittag hell blaugrün, und eisenwasser in weiße eimer, für herd und händeschüssel und blumen, vom hof oben abgezapft in buhlemanns ferkelstall, quieken und trampeln und tag, tante else.
hier wirklich war juli zuhaus.
felix war gleich mit rüber mit lina, schlauchboot aufpumpen, paar handvoll kirschen geklaut gleich zack mit an bord, los, tauch mich doch mal durch die beine, lina fand felix schick dünn.
vom see flog schwer ein reiher mit fisch zu den buchen vor hakendorf.
kraniche gabs nur im april. und immer nur, wenn du glück hast, siehst du die tanzen. und ganz bestimmt, wenn du die tanzen siehst, hast du glück.

das haus hatte alte öfen. die fressen holz. frühjahr und sommer waren die zeiten für säge und axt. das war juli der liebste proff, weiten weg zusammen durch farben und stille, arbeit, einer dem anderen zur hand, manchmal die himbeerenhände, manchmal ein aststück, ein anschnitt, in dem ein gesicht auftaucht. da war, fand sie, proff bei sich selbst, kein doppelspringer, kein heimlicheliedersinger, nicht fern weg flüchtig besetzt gegen nah, kein wegläufer aus den einfachen sachen, sondern bei ihr als bei sich selbst. dachte juli. und sah ihn sich an.
sie hatten vom waldrandbaron, von ahlers, den tip, wo holz eingeschlagen lag. dort lagen äste und knarzige reste, die keiner mehr haben wollte. die schleppten und sägten und sammelten juli und proff an schneisen hin, an matschige abfuhrwege, und irgendwann spannte dann buhlemanns willi *john deere* seine pferde an und kam da raus, solang zwischen ernte und letztem gift noch paar wochen friedlich frei sind. und warfen das holz auf den gummianhänger. und holperten heim.
einmal april, da war es plötzlich schon warm gewesen, daß die haut juckt und was alles drinsteckt, und duftet das wintergras schon nach weich grün, und zählt schon der weidenlaubsänger all deine tage, und stand die sonne gelb flach zwischen buchen und erlen, da hatten sie, nah hinterm bruchwald, auf nasser weide, die kraniche tanzen gesehen. die schwingen zu großen finsteren schirmen gespannt, sprangen die hähne, riesig versoffen gespreizt, steil weit hoch über die stillen liebsten, stellten federn auf, bliesen den treueschwur schmetternd mächtig aus sich heraus, die tolle liebe, jetzt oder nie, aber zärtlich, mit allerhand freundlichem nicken und zwicken.
als felix und lina und buhlemanns willi, frei ohne ende die nacht mal endlich bei *scrabble* und erdbeergesöff, die beiden spät abends zur küchentür reinkommen sahen, roch felix die lust seiner alten sofort und sagte zu juli, grins nicht so doof, wir gehn sowieso jetzt noch nicht ins bett, und was ihr macht, das ist uns egal.

ganz so stimmte das nicht. er hatte auch juli und proff schon elend kaputt gesehen, hatte gestarrt, nicht geweint, verstand nicht, um was, um wen. das waren ihm die schlimmsten tränen. nur steine im hals im herz. er will nie, daß juli weint. und wieso sagt der bengel *juli.* so heißt die doch überhaupt nicht.
juli hieß früher bei allen bloß jule, weil keiner mochte juliane sagen. aber felix, die ersten paar krabbeljahre tagaus tagein im alsterpark, jule will jeden tag luft für den strolch und lust, die welt in der stadt ist für menschen zu eng, da hatte felix im mund von jule sehr oft das wort *juli* geschnappt, einfach weil er im juli geboren ist, der butt, und alle fragen, wie alt ist er denn, und jule sagt einfach, im juli drei, im juli zwei oder was, und drückt sich das lieblingskerlchen ans knie. das knie so rund wie das wort. und rief er seither mit wonne laut *juli.* und waren nun alle dabei geblieben. weil juli klingt wie gepfiffen.
heißt aber früher mal kopf ab und revolution, sagte proff, und alle vögel im nest, und alle segel gesetzt.
aber da ging das schon los.
so spruch von proff war juli zuwider, willst du ins nest oder kopf ab von wem oder weg in ein teureres boot. und als er, schon paar jahre her inzwischen, mal wieder die nacht unterwegs war, kurz klingelzeichen von 403, eins lang, zwei kurz, und raus aus der kiste, ich bin gleich zurück, sie wußte genau, das war keine frau, sie wollte nicht wissen, wer, daß er ohne sie losspringt, das reicht, und bringt ihr dann auch noch, auf Zettel gewischt auf englisch an den frühstückstisch morgens um sieben, *ships in the harbour are save, but that is not what ships are built for*, und lächelt stumm, stimmts? da widerte juli, du faselst dir wind, und hast kein einziges segel genäht, noch nie. wo wir sind, da gehn wir zufuß. und das sind noch immer die meisten.
denn das wußte juli, proff war nicht gern allein.
küss mich
mach auf mensch
sie haben ponto geschossen

proff hatte niemanden ärgern wollen, nur die spannung sagen, in der er hier lebt. in der wir hier leben. sagt proff. denkt juli genau so. will sie aber nicht denken. sieht die lebendigen hände und beine von felix und lina und rocker und nina und ahlers und proff und proff. haßt seinen hass. und daß da mitten im haß geküßt wird, mitten im kuß gehaßt, will sie nicht finden, entweder oder, soll er doch sehn, was er will. sie nicht.
auch da hatte felix erlebt, daß juli über proff weint.
bloß sagt das mal proff, wie das geht, ihr beiden, frei die gedanken durchs waldwasser tauchen, wenn von ponto die bank, mit geld hier vom volk, aus all unsrer Arbeit, woher denn sonst, amazonasindianer verbrennt, waffen gegen angola schiebt, schuldendruck macht gegen nova huta, lustig denn wie denn frei soll das gehen, wenn der angriff auf diese pest, wenn dieser schwierige erste aufstand im zentrum der kraken, jetzt hier in den städten, wenn der angriff auf die, die uns töten, eben jetzt in leichten sommerwochen erstickt werden soll in den knästen, unterm schlauch ihrer zwangsfütterei, *verreckt oder sterbt euch uns zu.* wie denn vergnügt. los, sag mir das, felix.
das ist nichts für kinder, sagt juli und meint, das ist nichts von proff, das ist legende, getue, was fremdes, woher. sie will aber alles genau von proff, eigenartig von ihm für ihn, alles das beste, wir selbst, und das jeden tag, auch wenn es schmerzt, und wer, sagt sie, mehr will, verschweigt, daß er lieber längst gar nichts mehr will, will, sagt sie, alles, weil nichts mehr geht, weil ihm nah nichts mehr geht, nur alles als tod, die niederlage als aufstand. eure freude aufs schießen, aufs töten, sagt sie, flucht sie, geht fremd.
wie fremd war ihr proff.
sie hatte damit gerechnet, daß proff heut vom sender bei tageslicht noch ins dorf kommt. sie wollten zusammen was hecken gegen den siebenschläfer oben im dachspeichermüll. der rappelte nachts in den alten klamotten, daß felix von schüssen und trommeln träumt, und schreit. das wollten sie nicht. aber nicht mit ner falle, rief felix. also ein langes kabel

hochziehen für ne extra mal grelle lampe. wenn ihr die ein paar nächte brennen laßt, sagte atzen, dann schmeißt er die karten, die penner mögens nur finster.
jetzt waren draußen im schwachen mondlicht schon die sterne blaß hoch überm *nva*-grenzwald. juli hockte sich unter der bettdecke auf und sah durch die äste der rose ins feld, in die bucklige wiese ums haus, da graste noch nah unterm fenster eine kuh, paar andre lagen im leisen schnaufen dort und dort unterm pflaumenbaum, im apfelwald. und kurz und sehr scharf, als sie fürs rauchen ein streichholz anriß, sah sie ihr eines auge offen, gespiegelt vom rissigen glas. vor der küche vorn in der speisekammer schlug eine mausefalle. auch felix hatte den schlag, das kleine pfeifen und schleifen danach, gehört. er kroch zu juli ins bett. morgen schlaf ich bei lina, ihr seid gemein. wieso denn ihr? ich bin doch allein. der kommt gleich, nun schlaf, sagte felix und legte auf sie den arm, hielt sich an juli fest.

(4) in der stunde der maus, kein deutlicher schrei, ins auge kein eisen nah gespannt, nur dein eigner schritt, der warme wind jetzt nachts noch um elf, da wäre proff gern ein käfer gewesen im lindenblattschaukeln, aber wir sind in der stadt, nicht leise im offnen land, beckstraße rüber nach thaden die gegend, wo *glatze* gegen uns ludert für *FD 7*.
aber es war auch diesmal merkwürdig streng, nicht lustig. für proff wars jedesmal bißchen die traurigkeit, so wenig ein fest, so alles nur festigkeiten, was willst du tun, wann geht das los, wir brauchen morgen dies und das, ja morgen sofort oder was. und er hätte so gern mal gefeiert ein stückchen, einfach, daß sie jetzt da sind, einfach, daß er jetzt da ist, wo ist wo sind was weht mich was schleift mich was schreit.
wann fährst du nach tölz.
kann einer von uns da mit.
proff hatte von tölz nur so hingeredet. er redete leicht und gern von seiner *nähe, zum, feind*, er hatte dabei das gereizte

gefühl, dem kampf der genossen verbunden zu sein. aber sie meinten nicht bindung, sie meinten bewegung, die eigene, wir, *jetzt heut noch*.
das ist ganz klar, sagte proff zu karst, du kannst ja mein assi sein, fahr mit. seine nasenflügel bewegten sich angespannt, hatten den blassen rand.
ihr seid übers wochenende im dorf, sagte die frau, kann ich die nacht bei euch pennen, kannst mir den schlüssel lassen.
klar, sagte proff.
karst hatte im schlendrigen wuchs, im zarten gesicht eine große ähnlichkeit mit proffs ältestem sohn. proff löste die beiden schlüssel aus dem ring, briefkasten weißt du ja, kennt ihr eigentlich auch die marie, könnte ja sein, von früher.
kennst du die gut, fragte die frau.
ich red mal mit ihr, sagte proff.
da lachte karst ihn an, zog ihn zu sich über das tischeck, oder heißest du etwa *arganda*.
oder sag ich zu dir *alabanda*.
dann gingen der mann und die frau. später ging proff. amsel drossel fink und star, so still war jetzt die stadt.
da stand die frau wieder neben ihm, hör noch mal eben, du kennst doch auch tapp.
den kenn ich.
dann redet genau übers boot.
was denn fürn boot.
das soll er dir selbst erklären. sag ihm, wir sagen jetzt ihr. weil ihr kriegt das klar, nicht wir. das boot ist nato. jeder greift an, wo er lebt. ihr hier.
ihr seid fast nur noch auf reisen. wie heißt du.
o warte, sagte sie grinsend, proff kannte das grinsen weither aus kindheit, kanonen und mozart, spott und schande, wer war denn das noch, der so lacht.
dann sagst du mal anna.
die könnte auch clown sein, oder von lühesand apfeltochter.
aber die frau war schon fort, das geht schnell, nur eben auf seinem arm ihre hand.
hinterrücks nah die schlinge gleitend lautlos das gummi, das

licht der bewacher, ihm konnten sie jetzt nichts mehr tun, die zwei *aus der front* waren spurlos weg, und er ins leben eingemischt wieder, schlachthof und *plaza* und ledermiezen, und türkische kinder noch nicht in den betten, und michis bunter radlerbalkon hoch über schanzenstraße, und gudruns eiscaféeinsamkeiten, und mastenmessen und teppichtasche von antiatomischen autonomisten. niemand kann proff was tun. nichts tut proff. so hingeschwemmt blaß ins bogengelichter unsrer gewöhnlichen stadt, fand er sich nun wieder frei. was ist deine freiheit, proff? die freude von karst? oder alles dies hier? das zog ihn längst dünn und matt. mitten im sommer da fror ihn. er wollte hier weg, nachhaus nachhaus, auf den immer kleineren straßen ins dorf, den schlafenden felix angucken, mit juli reden gegens verschweigen.
so rollte er raus aus der riesigen stadt in graues licht, kein schatten, kein roter sonnenblitz, alles nur leer und still, vor stapelfeld draußen, kaum zehn minuten vom stadtrand nach osten, stand schon ein reh im roggen, proff rollte gern so friedlich dahin, krumm eingesackt in den 2cv wie in alte warme pantoffeln, die autobahn war ihm geschissen, tempo ist mehr was für blöde, damit sie nichts merken, das häuschen am grenzwald läuft ihm nicht weg. aber vielleicht laufen paar gedanken, wenn er sich jetzt nicht die zeit nimmt.
also tölz. also nicht mehr nur fernsehfilm.
und was wollte er von marie.

(5) warum hat er uns nach marie gefragt, sagte karst.
wo steckt denn die jetzt, fragte pauli.
die gruppe war wieder zusammen im block *city-nord*.
nur daß er mal mit ihr reden will.
was reden.
nur eben so angetippt.
der tippt und der flippt, ich kenn den typ, sagte blues, sie als einzige kannte rupert koch, genannt proff, aus der ersten zeit der bewaffneten kämpfe, dann war sie verhaftet worden,

jetzt ist sie, nach acht jahren isolation, seit zehn monaten wieder frei. achte auf proff genau, sagte sie, der macht am liebsten nur alles allein, so weiß keiner, was er wirklich macht, fast nichts.
aber tölz ist von ihm, sagte karst.
das weißt du noch nicht, so macht er sein geld bei den sendern. achte drauf, was er will, tun will, sein reden ist müll.
überall lagen zettel. jeder hatte nah seine waffe. draußen rechts von der wohnungstür, in der unbeleuchteten küche, lag flügel am fenster.
marie ist sehr gut, sagte pauli.
aber hatte dann plötzlich angst, sagte blues.
gut, wer das rechtzeitig weiß, sagte anna.
besser, wenn sie das hinter sich hat, sagte blues, legte sich auf den boden, kopf an karst, angst hat jeder, ist dreck, ist gewalt, nicht unsre, muß weg, paß auf proff diesmal ganz genau auf, er soll nichts tun, was er nicht kapiert, der knochen entweder oder der pudding, aber er solls kapieren.
weit unten fuhr langsam blaulicht, flügel sah auf die uhr, in ihrem glas die bewacher, dem beifahrer hing der kopf nach hinten. sie ging zu den andren. die gleichen fressen wie gestern und montag, das kennzeichen auch, genau so die zeit wie sonst, zu zweit, der beifahrer pennt, sonst nichts.
flügel ging wieder zurück in die küche. die plötzlich von draußen geöffnete wohnungstür würde sie für sekunden verdecken. das sind die sekunden. wenn sie nicht sprengen.
pauli und feder legten sich weg in das andre zimmer, paar stunden später wollten sie los ins land, die bank für die berets checken. beim rausgehen sah pauli draußen die bleichen bürohausfassaden, die mietkastenwände aus plastik und stahl, keine gegend zum leben, aber zum kämpfen, nicht mal für hunde zum pissen, gut kaputt, sagte blues, ja scheiß, sagt pauli, wir, sagte feder und zog ihn vom fenster.
pauli war in der gruppe der kleinste, einseinundsechzig und dreißig jahre, arbeiterjunge aus bernstorffstraße, skateboardtänzer gewesen, hakenschlagen, der lange schwung, der sprung von kante zu kante, mit lust auf harte musik, früher

mal hatten linke studenten ihn sich gesackt als musterproleten für hetzsound aus kleiner trompete, politband für flott mal die revolution, schön geil im bulli durchs land mit kanzki, und überall trampeln sie rot, saufen tot. das hatte er wütend durchschaut. das wollte er nicht. er wollte das ganze. *den tod der knechte des todes.* sich selbst. kein held. drum mochte er gern auch den zweiten satz, den er beim hikmet gelesen hatte, *der hase flieht nicht, weil er sich fürchtet, er fürchtet sich, weil er flieht.*
feder war gestern zwanzig, die jüngste. sie hätte am liebsten tierarzt studiert, hatte augen aus flachen feldern, bewegte sich leicht wie gefiedertes pferd, alles leder zerrissen.
und tapp kennt er auch, sagte anna zu blues.
ach tapp, sagte blues, haare auf scheitel gewichst wie früher mein alter auf bildern von der *ss*, aber dann läßt er uns stehen, hat schiß.
anna hockte sich zu ihr hin, he, hör mal, das stimmt doch so nicht, was denkste denn sowas nie richtig mal aus.
karst sagte, tapp ist genau, das ist schwer.
blues sagte, entweder oder.
anna schüttelte blues.

(6) proff schnurrte sein stückchen gedanken und straße und apfelbaumdörfer durch gen zachun, mühlrade hat er schon hinter sich, er fährt die hügel und hirschepiste durch nusse und lankau, aus einer dorfhütte fliegt ihm sein freund, als frühnebelstreifen fliegt *roland* über den weg aus dickicht in dickicht, aus denken ins träumen, aus reden ins schweigen ins eis. dann ein fasanenhahn, tapp.
tapp war ihm aus der *kp*-zeit der wichtigste mensch geblieben. und tapp hatte ihm das ding vertraut, irgendwann mußt du genau auch mal reden, den kassensturz und das türkische kind, entweder oder, sagt blues. vor reichlich zehn jahren schon war das gewesen. damals kannte noch ahlers, der jetzt im zachuner wald sich wegwühlt, die ersten, die um die ecke

weg waren in kämpfe und fahndung, in kiste und knast. und so kannte tapp, der mit ahlers schon immer blutsbruderherz und scheißarme seele gewesen war, die kämpfer, mal hier, mal da, auch.

waren ja erstmal für mich, sagte tapp, so reichlich was bißchen feinere peoples gewesen, und ich also alles mit denen gegen parteiauftrag, und geld braucht doch jeder mal, wo gehobelt wird, wollen wir auch kohle sehen, das war doch schon immer, wo du unten am boden bist, weil nämlich irgendwann mußt du mal wissen, wies läuft, vier mann vier ecken, aber siehst du, so kann das kommen, wo war jetzt der vierte mann? der war nämlich ich, und sonst war da keiner, auch wenn ich nur eben den alten fiat hinterher rausjagen soll nach tonndorf, hat gefehlt, unser mann, unser tapp. ja, ich. aber mußt du auch alles mal ehrlich bedenken, mein freund, ich schleich da auf punktzeit, alles korrekt getimet, alles gekämmt und fix abgesichert, war abgeredet der griff auf siebzehnuhrfünfzig an kasse *freizeitmarkt* jessenstraße, trödel ich so die ecke *zeiss gaus*, weißt ja bescheid, schön die sonne noch mal übers haar gejuckt, und hoch in die blauen sachen geguckt, sieht ja immer gut aus, so frühlingslüfte, aber denkst du dir so, aber guck dir das an, da sitzt so ein puppi, zwei jahre alt oder was, oben im fenster, und alles schlapp offen, so schrotthäuser für die türken, und alle auf arbeit, die alten, was solls, und unten paar fixe lümmel, so hassan und nazim und alibaba, und wippen vergessenes auto kaputt, und oben die kleine schaukelt den schnuller, zehn meter überm gepflaster, und quiekt, und wo is die mutter, klar ist die alles arbeit bis nachts, und acht minuten bis buffalo, ja siehst du, gedichte immer dabei, und die kernigen warten vor jessenstraße auf pünktlich die fuhre von tapp, und ich frag nochmal blitzartig bei mir nach, ob ich nun männchen bin oder was oder weibchen, und aber egal, proff, mal eben, ich sage dir, alles egal, mensch bleiben erstmal, sonst brauchst du auch keine bewaffnung, und auch keine scheine mehr, gar nichts, also geschenkt die scheine und fiat, ich zitter geschlängelt die treppe hoch, schieb sutsche die tür auf ganz leise, ein glück der türgriff kaputtgedreht, daß lütten mir bloß nicht bange wird, und dann so mit wattefüßchen, mein freund, wie früher mal bei meinem zeisig, als der die freiheit gesucht hat, richtig, die wollen wir alle haben, aber nicht dabei alles so kleine menschen raus aus den fenstern kippen, also ich so wie damals bei butsche, und schieter und butsche und schieter und hansi, bis ich den vogel gegriffen hatte, die lieblingsmaus, und aus der traum, und das fenster fest zu, und für asche haschen bei freizeitmarkt war das nun diesmal zu spät, aber doch nicht für leben, verstehst du, für leben doch nie, ist doch unsers und alles von allen, das haben die freunde auch bißchen gleich später alles ganz gut glatt durchgeschluckt, das sind nämlich welche mit allerhand ahnung, klar mit der knarre, das ist ja das dumme, aber was willst du machen, alles liebe und liberty, das mögen wir alle viel lieber leiden als die kleine kiste von vater staat, oder in celle, wie heißt er mal noch, larry, von nina der bruder, die jungs in den weißen löchern, und die frauen in marliring und berlin, nee guck das doch einfach mal klar, mein freund. schön ist ja jede menge, bloß richtig schon weniger. ja, ist ärgerlich, aber das muß, aber müssen nicht kinder nebenbei tot, das nie, proff, das nie, du hast da doch selber paar stück von laufen, na siehst du, und haben ja auch hinterher alle genau so gesagt. bloß die eine, die mit den boxeraugen, die hat mir das nicht geglaubt. nicht daß sie sagt, laß das fenster auf, laß das kind, so nicht, die ist doch eine von uns, bloß die hat mir das nicht geglaubt, flucht mir eins, daß ich schiß gehabt hab. mein jesus, wenn ich mir die so anseh, und mich. da hat die doch längst noch nicht hingeschissen, wo tapp schon mal überall krumm war. aber die lächelt bloß frech, sehr schwaches bild, die frau, dickes fell, aber das täuscht.

auch proff hatte seinen verdacht gegen leder. wie war seine eigene haut. eine alte, aus tausend geschichten dünn. die gemeinste geschichte, das kind im faschismus.

als proff paar wochen fünfzehn jahre alt war, war er schon beim militär, männerleben, eisenleben, das leben gegen den

menschen. und war er paar wochen im lazarett wandsbekgartenstadt. und war nach draußen gerannt in nassen novemberschnee, hatte angst gehabt vorm nebenbett, vorm schreien und röcheln ohne augen und zunge, kleines schwein von der *waffen-ss* lag da im sterben, ein armes schwein, wenn du stirbst. und da hatte ihn draußen im grauen nachmittag ein offizier angebrüllt, warum er, proff, ihn nicht grüßt.
fallen sie mal um, sie pflaume.
und proff war in lauter dreck gefallen.
und gleich wieder auf.
und proff war naß wieder aufgesprungen.
und gleich wieder nieder damit, sie schwangere auster. und proff lag wieder im weg. oben nah rasselt die hochbahn, lächelt der leutnant pacholek. da hatte der kleine proff tot getobt still, daß menschen so etwas mit menschen machen, daß menschen von menschen sich sowas machen lassen, und machst das und läßt das machen gegen dein leben, und lebst da und liegst da, daß keiner was merkt, daß keiner dich merkt, und am ende merkst du dich selber nicht mehr, das will proff nie wieder, das will das pack, der mann niederträchtig das klirren aus leder, das niederwerfen, das kinderschinden. in dessen schatten kalt das gelächter der frau, die schweigt, die lügt. nie wieder nie wieder. ach gar keine dicke haut.
einmal hatte dieter, der fahrer des senderwagens, auf einer arbeitsreise, tief besoffen zu proff gesagt, also mal ehrlich seh ich das so, wenn ich nur einen einzigen tag genau das tu, von morgens bis nachts, was ich am allerliebsten für richtig halte, dann würd ich am zweiten tag oder abends schon vorher abgehen auf lebenslänglich.
sie hatten noch lange geredet, warum wirs nicht tun, das liebste. und es war alles angst gewesen, die lust auf ein langes leben.
proff hatte sich aber die seltsame wendung im reden des alten, dies angeblich falsche deutsch als die wirklich erst treffende sprache, gemerkt, *am allerliebsten für richtig hal-*

ten. dieser mann mußte verstanden haben, daß unser richtiges ding mit unserer liebe zu tun hat.
aber das ding mit der liebe. in alles leben verliebt, kannst du leicht im gelände versacken, so versoffen mag dich auch pack.
proff hielt unten in mölln am see, eins pissen und auch der mond. der stand weiß und matt, viel zu spät auf die runden beine gekommen, in einem blutroten himmel. und eulenspiegel läutet die glocken. und proff hockt sich müde ins blesshühnertükern, liebt sich in *schwarzen hamburger* weit hin zurück, in dessen schnellen tod, sackt ein ins locken der haubentaucher, ins leise springen der barsche, ins gras vor der bank, gestiftet von cdu-hofmann, dem heiseren dünnhecht in den fischtummelteichen der stadt, auf so eine bank setzt proff sich heut nicht, außerdem ist sie, vielleicht von spd-niko, vielleicht auch von tannenbaumbärbel, vielleicht auch von emo, der fahndungsplakate verbrennt, mit filzstift obszön beschriftet worden, das zeug färbt ab unterm tau. proff hat hier vor jahren, mit fokken, filme gemacht, hatte, sogar vor der kamera, mit niko im heu gelegen, proff lag gern im heu. und fokken hatte, wo war das mal noch, zwei gute ruhige ziegen gefunden, leider nicht bunt sondern weiß.
noch zwanzig minuten bis juli.
wer kommt dort an.
der weg mit karst in der nächsten woche nach tölz würde ihn nie mehr nachhaus zurück führen, nur noch für wochen, dann noch für tage, dann unser tag, der schlag. und dann was. nie wieder zuhaus. wo bin ich selbst.
er hätte von tölz kein wort sagen müssen.
kalt kroch vom wasser ins ufergras dunstiges licht.
schlug aus backsteinfachwerk und turmkupfergrün glockengeheul.
was machen wir mit der angst.
ich hätte von tölz kein wort sagen müssen.
was sonst.
von juli und felix und feld und wald und keller und kammer und maus und haus und arbeit und nachbarn und lust und

mond und langes leben und weite reisen und juli und felix und juli? das wußten die alles auch so. von den kollegen im ndr, kantine, schneideraum, fahrbereitschaft, bildtrick und redaktion? von julis arbeit, tage und jahre und tage, der pünktliche dreck für essen und wohnen und treues leben und lachen mit felix und allen wie alle? von ninas parteiarbeit gegen das lügen in den betrieben, für die geschaßten kollegen? von ronnis und sonnis und speedis und gabis und mannis vergnügter wie listiger wut gegen knäste, ach klar doch für feste! von gelis und siggis und michis und pittis und piffis und biggis und steffis und tommis und heidis und rudis und robbis und uschis arbeit und dibbern und bussefahrten und zetteldrucken und wegeschleichen und toresitzen und steineschmeißen für frieden und gegen raketen? von kälte und siff und lila katzen und werkstattbasteln und ganz neues leben und ganz alte prügel und ganz harte drogen, und ganz zarte liebe für freiheit, und ganz kalten abfuck vom rathaus gegen die freiheit, in den besetzten häusern am hafen? dann hätten sie ganz bestimmt nicht zu ihm die nachricht gebracht.
oder was reden vom mord in den knästen? oder was durchdiskutieren gegen die frömmligen knastbesucher?
oder von früher alles das schwere und schlecht gelöste? oder langsam genau noch mal tapp und brocken, die beide bei *blohm* die türkenfregatte mitbauen? war also das *das boot*? oder einfach aus liebe und arbeitsabsicht mal einmal genau von marie, ihrer angst, ihrer unerbittlichen mühe ums leben, um unser leben, nicht schlampig, nicht faul und nie leicht? was ist das genau, die mühe ums leben.

(7) flügel war schlafen gekrochen zu pauli und feder. in der küche saßen blues und karst. blues wollte lieber die postenzeit mit einem zusammen sein als allein. auch hier matt weiß der mond im rot, aber fremd.
warum hat er uns was von tölz erzählt.

so einfach läufts bei dem nicht. proff tickt alles anders als wir. manchmal kotzt er mich an. manchmal trau ich ihm alles zu. jeden mut. aber auch jeden trick.
er ist kein schwein.
sag ich auch nicht. aber vielleicht eins gegen sich selbst. das geht, das kennst du, das kannst du bei jedem hier haben, das kriegen wir alle reingetan, ein schwein sein gegen dich selbst. das wissen die bullen genau. das hat das pack alles erforscht. so lang du dich selbst nicht liebst, und sie tun alles, daß du dich haßt, kannst du gegen die nichts, haben sie dich, liegst unten, liegst. zuerst, früher, als lehrling, da hab ich das oft gehört und erstmal gar nicht geschnappt, was das soll, die sagen von einem, der sich nicht wehrt, der alles bloß so mit sich machen läßt, *der fickt sich selber*, das liegt täglich drin, daß du lust kriegst auf was gegen dich, daß du regelrecht gegen dich scharf wirst, weiß ja auch nicht, wie sowas läuft, siehst täglich, was pack mit dir macht, packst dessen hals nicht, dann packst du dich selbst, bis du krummgehst, hast blut an der hand, aber deins.
also das denk ich ja schon, daß proff sich nicht leiden kann. aber auch, daß er davon was hat.
das kenn ich aus dem lübecker trakt. schmerzen sind dir dann lieber als jeden tag alles so tot. ach psycho, ach müll.
oder so, sagte karst etwas später, proff sagt uns tölz, aber nicht, daß er das macht, sondern wir.
delegierungsscheiße. so laufen hier alle fluchten.
sie beobachteten unten den parkplatz. die ersten proleten schrappten und schwappten ihr samstagsauto. karst rollte sich in den schlafsack. blues saß auf dem küchentisch, den blick weit nach draußen.
und auch direkt aus der sache mit tölz fängt er an von marie, sagte karst, wo will der denn hin?
das krieg du mal raus.
nein, er, sagte karst und wälzte sich schläfrig zurecht, ich mag den alten.
das kenn ich, solang ich den kenn. wo der reinkommt, da hast du bald lust auf alles. löst leicht viel was gutes aus.

gut für tölz.
löst aber nie was ein. der zaubert. ich will sowas nicht.
blues kippte leise das fenster auf. aber das war ihr zu wenig. sie schobs wieder zu, drehte den griff, schwenkte das ganze glas weg, vogelstimmen und startgasbezin, toll warm schon so früh, ich möchte ans meer, sie sah runter zu karst.
geht nicht, ans meer. mittags kommt spitz wegen jojo.
und irgendwie ratzeburg schnell mal?
alles voll bgs.
blues sah draußen einen starten, ausparken, ampelbremse und ab. und schon wieder einen mit eimer und schwamm. stückchen weiter noch einen.
alles bloß schlafen und arbeit und auto, für bißchen bloß fuck und scheineschieben und hofgang.,
und ist alles gar keine arbeit. bloß jeden tag alles verkaufen. arbeit geht frei. so wie wir.
sie rutschte runter zu karst, schlaf noch mal nicht, hör noch mal eben, von proff, sonst vergeß ich das später, und wenn du die zeit mit ihm unterwegs bist, mußt du das alles wissen, mußt du das alles fragen, damit er sich selber kapiert, sonst ist er geschissen für uns, und fehlt.
blues saß wieder oben am fenster, die augen nach draußen bis grindelhochhäuser und fernsehtum, und sagte zu karst, grad bgs, da ging das mit proff schon los, da hockt er mit olga und redet von zelten, waffenzelten im wirler forst, so die grenze bei schnackenburg hinten, auch damals schon seine scheißdreharbeiten, aber dann ist da nur nichts gelaufen, von uns konnte grad keiner mit ihm dorthin, da hätte er selber was anfangen müssen. hat aber nicht. dann das ding mit dem großen renault. wir brauchten die daten, das zeug steht doch rum überall in lokstedt vorm sender, weil das war eine seltene serie gewesen, aber weißt ja, so medienfreaks, die stehen auf die seltenen sachen, aber proff hats nicht gebracht, nicht mal für einmal die wagenpapiere hat er beschafft, schnell wieder dienstreise, krankes kind oder was. und dann vierundsiebzig, im hungerstreik gleich nach jimmy war das, holt proff uns, weil wir das wollten für durchsagen

was über ndr zwei genau die schaltung vom pult, damit wir das klarhaben mit den schiebern und knöpfen, wenn wir das machen, auch genau eingezeichnet die bullensperren im haus, aber er sagt uns nichts, also gut, kriegt nichts mit, von dem typ nebenan, der blitzartig notfalls alles wegschalten, umschalten kann, die kontrolle, der büttel. na und dann das ding mit dem paß. auch so die schote von proff. nach einem vierteljahr wollt er den wiederhaben. reise in die sowjetunion. hat er gesagt. aber nie gemacht.
und hat er die pappe zurück?
die hat er zurück, was solls.
weils wichtig ist. karst blinzelte rauf. lag warm gekrümmt wie ein kind, die arme verschlossen über der brust. anna sagt, er hat eine knarre.
erstmal ist dreck, daß irgend jemand das weiß. und dann hat damals schon olga gesagt, die soll man proff um die ohren hauen, die hat das schwein bloß, um sich selbst damit abzustechen.
proff ist kein schwein, sagte karst.
olga war die erste, die ihn von anfang an mitgekriegt hat.
unten sah einer über sein autodach, die eine hand schon am türschloß, rauf zu blues, er winkte ihr zu, sie winkte zurück, scheißmacker, sagte sie leise und setzte sich weg auf den hocker. karst schlief. sie freute sich über sein gesicht, und daß er fest schlief, und sie bei ihm wach war, und alle hier schliefen, und alle lebten. wir leben.
dann kam von drüben zerrend das zähneknirschen von flügel. flügel war lehrerin im *ded* in guatemala gewesen. sie hatten ihr, mitten am tag, den liebsten in einem brunnen ertränkt, hatten waffen am hals aus den usa, das grüne barett überm kindergesicht aus den indiodörfern, die weißen augen.
sie hatten über ein jahr zusammen im kampfgebiet der berge von cuchumatanes gelebt. lesen und schreiben gelehrt und nachrichten weitergegeben. dann der mord in den dörfern. dann sofort ihre reise zurück nach frankfurt.
hier sind die zentren, hatte sie einfach zu elli gesagt, noch

bevor sie die stadt betrat, noch im süßlichen licht und getön der airportboutiquen. elli ist tot inzwischen. war krank geworden im knast und dann entlassen, genau zu spät, nur fürs ausdörren noch und verderben.
flügel konnte so weinen wie lachen aus dem gebirge, dem dickicht, der schlucht ihrer augen. oft hatte sie sehnsucht nach warmen dörfern, nach wildem regen, liedern, versteckten waffen, nach gesichtern von menschen.
das in mexiko hat proff richtig gemacht, dachte blues, zuende gemacht. wenns so stimmt. ich möcht gern mal einen treffen, der das gesehen hat. dann aber war er, die jahre danach, also stumm. wem wollte er keine antwort geben auf was. von was kein wort. er wollte alles allein. er wollte sich selbst am liebsten allein. sie wollen uns alle, jeden, allein. *vereinzelung ist die bedingung für manipulation,* hatte olga, bevor sie sie hingemacht hatten, im knast auf einen zettel geschrieben. allein ist verrückt. das wissen die. drum schließen sie uns in trakts. damit wir, über uns selbst geworfen, uns nicht mehr erkennen. blind an uns selbst, leuchten sie uns dann ein. das hatten sie ausgerechnet. hatten verrechnet. olga hatten sie nicht zerworfen. die gruppe war stärker gewesen, als, ins weiße gestoßen, ihr schmerz. da mußten sie töten. was hatte proff, als er stumm war, von sich gekannt, von sich verschwiegen. proff ist einer von uns, dachte blues, aber das droht ihm. drum droht er. flüchten ist eine drohung.

(8) vorm einfall des sterns
leer erstes licht
des hahns zerschnittener hals
überm schneeschwarzen hof
hebt spurlos die riesin
ihr blaufell rast
der riß
durchs milch meiner elf alten augen.
riesen sind männer und schnee ist weiß, sagte nina, und hau

mir bloß ab mit so schimmligen augen, hier ist doch nicht geisterbahn. sie war wütend, daß proff die nacht nicht nachhaus kommt und dann, für juli, zum frühstücksei, so schwarzen spruch durch die sonne klatscht, klar hat der was mit so neulinken tussis, für jeden tag arbeit und kinderliebhalten und kleinscheiß partei für endlich mal frieden und recht auf arbeit, unsre arbeit von hier und hamburg über leipzig bis wladiwostok, da sind die sich viel zu schade für, alles dibbern, mal bock und mal nicht bock, wir sind aber keine hammelherde. ninas wut kam aus liebe zu juli und felix. dunkleres saß noch tiefer. proff war ihr nicht geheuer, war einer, der droht, von anfang an. jetzt schon zehn jahre her, waren ihr seine freude, seine arbeit, all diese langen wege und redewege und flüche und fluchten und lieder mit larry, dem liebsten bruder, eine drohung gewesen. als gäbe proff dem sein vergraustes träumegesicht, als nähme sich proff dessen kämpfegelächter. und strolcht fern weit damit hin. und larry steht aber still in gedanken und horcht. und steht dann endgültig auf. und paar wochen später bewaffnet wird er gefangen und niedergeschlagen, berliner tor, wir wissen bescheid, nichts wird vergessen, und steht danach, nun schon das achte verfluchte jahr, gefangen für eine entscheidung, auch jetzt die wochen, der hungerstreikkampf, wochen der täglichen tötung, ach larrys haut larrys mund weiß naß, entschlossen *drinnen und draußen ein kampf*, nun fast nur noch verschlossen.

und proff lacht abends frei verquiekt aus munkligem dunst überm see, weit draußen im schwarzen geschwabber, nah eingestrichen in schilf vor kiefern und buchen, lacht fluchend und nachdenklich satt geschaukelt bei ahlers im boot, was haben die beiden vor, nur barsche und hecht, da kannst du nie sicher sein. proff war ihr einer mit haken im maul, aber beißen sich andre dran fest, sitzt in der falle, der halbalte mann, wird zur falle für jeden, der nah kommt. gespenster sind nicht zu packen, sind nur verloren. das sagte sie aber zu niemand. obgleich nina eine frau ist wie juli, die gut gradaus laufen will, nicht nachgeben, aufgeben, kippen nach

da mal und da mal, nie, alles klar mit allen zusammenhalten, wir schaffen den alten blödsinn vom platz, erst sachte und dann mit schwung, behielt sie den dunkelpunkt gegen proff wortlos für sich, wollte ja nichts gegen juli. denn den alten mochten sie leiden, das wars ja.
der kannte, nachdem er nun wieder einmal all seine haubentauchergedanken in eulenspiegels entengrütze hatte wegschwimmen lassen, am weg zwischen brunsmark und sterley, im hügligen mischwald links, wo neulich der bengel vom waldrandbaron mit totschlägerhonda ins gras geschnappt hatte, die kurven sind eng, ein kleines sonniges moosgelände vor halbhohen fichten, dort holte er schnell noch die mütze voll pfifferling. die mochte er juli, zum aufwachtee, ans große bett offerieren. so war proff auch. ihm fiel gern für andere was ein.
juli sagt zum zerschnittenen hals, du redest nur immer mit dir allein, komm doch rüber, hier sind wir, ich höre dir zu. er kratzte mit seinem messer den toast schön blond, tat weißen honig vom raps drauf, schob ihr das lieblingsstück zu, und schwieg.
guck mich mal an, sagte felix.
proff sah ihn an.
da sieht mans nämlich.
was sieht man.
der sohn schlappte lässig im weichgelb vom ei, als hätt er dem vater schon alles gesagt.
he, sagte proff.
mal ehrlich, sagte felix, warum elf augen, warum redest du grad von elf.
red ich ja nicht.
also schreibst, elf augen, warum.
hier die elf alten fenster.
hast augen geschrieben, felix lehnte sich weg ins küchensofa an juli, da sieht mans, guck doch mal, juli.
was sieht man.
zehn augen sind gut, sagte felix, geht alles durch zwei, aber das elfte, siehste.

was siehste.
ist weg.
wo weg.
weiß ich doch nicht. bin ich jesus.
den spruch hatte felix von ahlers. wenn der nicht antworten wollte, sagte er, *bin ich jesus, wächst mir gras aus der hose*, aber felix setzte den zweiten teil hier im kreis seiner leute voraus. jedenfalls schielst du, sagte er scharf.
guck noch mal.
nee.
ich will nicht schielen.
die beiden sahen einander an. da lächelte felix. hatte noch was in petto. elf ist ungrade.
stimmt.
du bist ungrade.
du auch, sagte proff.
nee.
doch. *jeder ist ein einer. einer ist immer ungerade.*
felix rechnete nach. stimmt, sagte er und fand proff gut.
das hast du geklaut, sagte juli zu proff, dietzenbach läßt schön grüßen.
in dietzenbach lebten freunde. dort stand der spruch gekratzt in den kalk der wand.
na und, sagte proff, eigentum wär uns doch diebstahl.
aber alles immer stumm bei sich behalten, bloß nichts hergeben, scheißzettelei, sagte juli, stand auf, fing an, den tischkram zu räumen, schärfte felix über die schulter weg an, ihr beiden redet mal wieder nur scheiße, schmier nicht bloß immer blöde im honig, mensch, zieh dich mal an und mach deine sachen, oder soll die glucke verrecken.
juli war, und sie wußte genau, warum, erst recht seit proff, stur darauf aus, daß felix das, was er will, genau macht ohne zu schlampen. das hatte manchmal für felix bewegungen wie gewalt. dann hatte er angst vor der angst seiner mutter. dann waren beide für den moment auseinandergeschlagen allein.
aber die glucke fanden sie alle gut. sie hatten von buhle-

manns hof eine rote henne, die brüten wollte, im stall auf sechs eier gesetzt. bald waren große ferien. dann würden die kleinen schlüpfen. wenn die glucke treu hockt. und wenn hinterm dunkelsackkasten, worin das nest, nah wasser und futter stehen. wochentags machte das atzens frau. heut wars die sache von felix.

(9) anna heimlich in heimhuderstraße, in der stillen wohnung von juli und felix und proff. die wohnung war fremd ihr vertraut wie früher die in aurich zuhaus. annas vater war stabsoffizier, ein lustiger mann mit fetter erbschaft und klugen büchern und bildern, mit musik und paar kindern und frau und genau dem rundlichen lächeln von anna. die letzte ratte, der mann, die gemütlichkeit des verrats, was will ich denn hier in dem loch. sie hatte sich erstmal, so bloßgestellt in lauter bekannte farben und kissen und kindersachen und küchenbehaglichkeiten, gegen bücher und bilder und bunte betten, das große bett mit oben den beiden kissen war ihr weißgott eine kiste in schwarz, verkrochen in ihren sack. morgen, bald, mußte sie klar sein für den zündschloßwechsel in zeven, beschissene spezialvorrichtung beim weißen cx, die gabs nur gegen sondernachweis und kontrolleintragung, die wollen wir nicht, muß aber laufen, der schlüssel ist abgebrochen, ein neues schloß muß her, also los.
sie legte sich nah unter eines der offenen straßenfenster. sie wollte im leichten schlaf draußen alles gut hören. aber da kam kein leichter schlaf, pochten bilder, kam lautlos die katze und starrte. sie stand wieder auf. im morgenlicht war viel zu sehen von juli und felix und proff. jeder hatte sein großes zimmer, und für alle und andre war platz in der küche, viel tee, viel honig, viele fotos von vielen gemeinsamen reisen und freunden. vor den zimmern, die diele, war rings umstellt mit büchern bis rauf an die stuckige decke. in den zimmern, jedes mal anders, war jeder mit seiner eignen nase, mit seinem traum, auch mit seiner angst zu sehen. bei

felix die arbeitsplatte mit technischem licht, das schon vor vielen jahren gemalte bild eines bunten drachens, der feurig über die ödnis schnaubt, *die genosen der roten arme dürfen nie tot sein*, und, auf einem museumsplakat, die goldne figur einer tanzenden frau aus kreta. bei juli die bücher von woolf bis wolf, der kleine verschrobene tisch ihres vaters, das bild mit dem leeren stuhl vor einer blutigen wand, und die große niedrige lampe, die alles versammelt. bei proff gings über landkartenwände auf reisen, in alle karten waren eingeklebt nachrichten oder bilder von kämpfen, nur eine karte war frei, dort winzig nur das bild von juli und felix, das lieblingsblatt, die schottische küste westnordwest der schwarze stein des *ben hope*, und nah am tisch, immer dabei, nach sonstwohin schon verschleppt, lenin und stalin und mao tse tung, büchner, jean paul und melville und conrad, und hikmet und fühmann, weiss und celan. und die texte: raf. und schuberts briefe. und von der Decke herab, silbern verspiegelt, die birne am losen draht.
lauter sachen in lauter zimmern mit lauter eignen gesichtern, genau entdeckt und gesammelt, treu aufgehoben und aufgenommen, gut behandelt, geliebt.
dann der bruch, der riß.
die eine wand bei sich hatte proff besetzt mit photographien, alles bilder, sorgfältig ausgeleuchtet, kennerisch produziert in körnung und ausschnitt, schatten und licht, von eingitterungen. lauter zäune und gatter, auch netze, von irgendwo weit im süden die hecken aus kaktus bis hoch ins sommerzwielicht, kalt nass uralt, die schützende schottische weidenwindmauer. auch mächtige zierdeeisen in kirchen, vor schlössern, bucklig gemauertes brückengeländer in einem englischen park. auch klappriger lattenzaun. auch natodrahtzaun. auch der elektrisch geladne nach innen gekippte von auschwitz und buchenwald. auch das fliegengitter von stammheim.
das gab es in aurich nicht. das war hier gut. wäre jetzt neben ihr proff, würde sie mit ihm von bild zu bild gehen, reden, warum das so ist, die gitterung überall gegen wen, und also

wohin jetzt, heut noch, du auch, der sprung, unser bruch, wir leben. und wir sagen nicht netz, sondern wasser. nicht fliegengitter, sondern wir fliegen. so war das gut.
so war das nicht gut.
neben uralten platten von biermann und degenhardt, klar auch gekrächz *spaniens himmel*, standen im offenen schrank da mozart und mozart und mozart. anna schob ins gerät eine schubert-kasette. und da war sie, paßte nicht auf, gepackt wie nackt, sank ab, in tränen, b-dur, klavier, uferlos niedergeschlagen in schmerzen, in schönen tod. über knopfdruck ließ sich der satz wiederholen endlos das schnüren. kabelkalt schnur. die wollen wir nicht. die sind wir nicht. anna hastete wo. liebe weint nicht, sagt anna, liebe greift an. besser, ich leg mich ins kinderzimmer zum drachen, *der roten arme dürfen nie tot sein*. paar stunden schlafen bis zeven. und der tod ist fürs pack. und wir sagen jetzt tölz.

(10) der gefangene hob seine hand. nach neun wochen kollektiv hungerstreikkampf von trakt zu trakt bundesweit, wir lassen uns nicht verschließen, vernichten, wir überschreiten, wir leben, wir greifen an, waren der körper, die arme, die hand trocken kalt. hob er die hand, um sie zu wärmen. auch alles gesicht war kalt. auch der atem. noch nicht das auge. sorgfältig suchte er zu verstehen, was er sah in der fremde der bilder von draußen. seit sieben jahren ließ man die texte und photographien von kämpfenden leuten an ihn nicht und niemand in trakten heran, von marliring lübeck bis stadelheim nichts, denn was mit offnen augen aufsteht, das soll, einmal gefangen, erblinden, was quer durchs verstummte den schrei hört und macht ihn, dem stechen sie, einmal gefangen, die stille durchs ohr, den schlauch in die stimme, was sich gestreckt hat und aufgerichtet ins tasten von wegen im riß, im stein, dem sollen, einmal gefangen, die hände wie sand werden, einfach verworfen. und wer dann hinging in die vermaurung, sich hinlehnte an das panzerglas, wort an

wort mit den *mördern*, dem taten sie staub in den atem, nachstellungen in die schatten am weg, wanzen ins flüstern, der sollte sich fürchten am morgen.
aber war das denn furcht.
der gefangene bückt sich in photos von einer demonstration. die sollte die knastkämpfe stützen. er suchte nach den gesichtern der freunde. die lachten aber. es sah aus wie kreischen, wie harmlosigkeit, wie die abwesenheit von schmerz. nur den bewachern, abseits, verhelmt, vor kaufhaus und bank, war alles ernst aus gewalt. die menschen im zug schienen ihm eher verkleidet. rechts außen sprintet ein gnom als knappe im wams, als narr in stulpen, das männchen als straighter faun, was hing aber dem so weißlich vom hals wie pfaffenkrause, auch der neben ihm trabte verträumt in bedeutung *fightmäßig* unterm modehut vom mörderherbst neunundreißig, wird also *zurückgeschossen*, spielt er den provokateur, spielen sie denn den krieg?
hier nicht.
wir nicht.
der gefangene wollte die bilder verstehen und achten. er wollte sie nicht verflecken aus seiner verletzung. er wollte sich aufrichten, weg an den kübel, kriechen an chrom. es troff ihm zuletzt jetzt oft wässrig und bitter aus seiner haut am hals. oder war das sein mund. mein mund meine haut. ist das unser sieg, die freiheit, nur noch auf händen und füßen. nein. mein schuppiges kaltes fleisch unser kampf. nein. mein pestiges rinseln unser sprung. nein. meine angst das ende. nein. sondern aus herrschaftsfremde ist das ihr verfall gegen uns. in den sie uns werfen. aber wir leben. das fassen die nie. unsren tod.
er zog sich zurück an die schwierigen bilder, streckte ins plastik der bodenbedeckung sich neben sie hin, starrend die hände an schatten, *drinnen und draußen ein kampf*, das ohr ins gelächter der schritte, was denn war lustig? unter hochausgespreizten bildern von toten rannten sie rangelnd ins glatte verschachtelte feld einer einkaufsstraße, ineinander verhakt viele junge frauen, vorn eine kannte er gut, die hatte

er rausgeworfen, die war gefährlich, war *straight* aus angst, nie lust, nie wir. was noch. der zug, das konnte er sehen, das konnte man wissen, war umstellt aus nischen im hintergrund abgekreiselt mechanisch von kleinen augen, aus stiefeln und helmen umstanden, die fremden gehorchten, und horchten. was lachen die frauen? was ist das für ein vergnügen, das hüpfen im ernst der bewachung, bewaffnung, das vorwärtshüpfen, wohin, welche leidenschaften, was denn leiden? für den kampf in den knästen hier jetzt auf leben und tod krähten sie flatternd frei, tanzten vorbei, stolperten wann?
vor neun jahren hatte er griechen manifestieren gesehn, vor elf jahren frauen und männer aus dem iran, niemand hatte gelacht, niemand hatte geweint, auch gar kein hüpfen, nur einfach der schwierige weg, der schritt gemeinsam, jetzt wir. der tod der genossen, das leben der kämpfe. die würde, die weiß. aus der eingeschobenen schüssel schwappte geruch von buttrigem fleisch, von würzig gebackenem zwiebelgemüse, das mochte ihn schneller töten als hunger, das wollten sie, das wollte er nicht. von denen kein leben. von denen kein sterben. nur mord.
er tastete mit seiner fingerkuppe aus schorf die kleinen vertobten gesichter im grauen papier. er ging nah auf sie zu, die straße war hell, mit seinen augen behutsam an jedes auge, ihr täuscht euch, flüsterte er, das hätte er gern gesungen, nicht totenbildertragen holt euch aus eurer angst, sondern jeder sich selbst, lernt notwendig gegen die angst, wer ihr seid wo, erinnert euch scharf, dann seid ihr nicht mehr zu halten, dann seid ihr viele, sind wir. fangt euch gnadenlos an. schreck fuhr durch die gesichter im zug, gepeinigt wichen sie von ihm weg. so hatte das keiner keine gewollt, keiner keine sich selbst.
wo seid ihr.
er horchte ins graue papier.
wollen wir bitte doch leiser brüllen, kams klamm aus gittrigem loch im putz. die zentrale war wieder besetzt. wie mich das ekelt, ölten die büttel, er redet noch mit den bildern im dreck wie mit lust.

wer redet, der ist uns nicht tot.
na, dann wollen wir wieder mal.
mit seinem dreckigen lachen völlig überraschend aufgerissen mein bleiches wegzureißen unter hustenkrämpfen zur prüfung mal hängen lassen mit allen gurten gefesselt geschwächt den stuhl zum arzt stört nicht der kopf haut rein mit dem schlauch gewaltsam durchstoßen zur hälfte mit blut gezogen geworfen neu wieder blut nicht gestört verdursten rasend vollgepumpt steigender druck bewußt langsam zuckungen schrei –
dann hören sie eben mal auf sich zu wehren
– alles ungeniert offen donnerstag niere gequetscht freitag lunge samstag sonntag regenerierung weiter folter die absicht ich tot bin
aber wir leben, jojo, und wenn sie mir sagen, daß du den kampf jetzt aufgibst, dann sagen sie, daß du jetzt stirbst, aber andersrum, ohne uns, gegen uns, gegen dich. ohne dich geht nichts, und wenn sie mir sagen, ich könnte mal aufhören, mich zu wehren, dann tät er die fesseln weg, dieser *mengele*, dann ist das noch immer das schleichen vom kalten *buback*, der damals die aufhebung isolation offeriert hat mit erstmal die kehle zu und dann, *hörn sie mit all ihren kämpfen auf, und wir geben dir luft zum atmen.* nein, jojo, bruder, genosse, dann lieber ersticken, von denen keinen hauch, sondern nichts. deren tod unser leben. sie sagen mir in den schlauch, in die pampe zum pressen, du hättest fragen, und es sollte, willst du, von uns keiner sterben in unklarheiten, aber so stirbst nur du selbst, versunken im müll deiner angst, ins ich ohne uns, in den filz ihrer absicht, jojo, hör sofort damit auf. oder bald nichts. flüchten ist eine drohung. *drinnen und draußen ein kampf!*
das war auch geschrieben ins graue kleine papier der freunde. wo war das papier. was war heut mit seinen augen. er tappte.
Der Gefangene wird schläfrig, am blauen kontrollglas in der zentrale der büttel schrieb schulungsnotiz, *durch chronische Unterwässerung, durch gleichzeitig die überhöhte Zufuhr*

von Cloriden wird der Gefangene allmählich in einen Zustand gebracht, wo er nicht mehr orientiert ist, er wird schläfrig, er hat Falschwahrnehmungen. Bei regelmäßiger Fortsetzung führt diese Behandlung nach etwa drei Wochen zu verlaufsinteressanten Aufschwemmungen im Gehirn.

von draußen, nah aus eisen und eisenschlüssel und eisentreppe und eisengitter und eisenstimmen, rief einer den namen, *wir werden menschen sein,* dann der abbruch des schreies, der schlag auf den hals, das poltern, schleifen, bunker statt hofgang. *hausstrafe* für larry tack. wegen unerlaubter kontaktaufnahme.

(11) spitz niedlich gekämmt ins teure leder vom schwein, ums rundliche kinn gefältelt schwarzweißes palästinensisch, hatte im *straighten fight*, im sternblauen uralt*kahrmann*, lieber vergessen, daß sie alles, was sie jetzt wollen will, in fernen *info*papieren nur gründlich wie ängstlich sich abgelesen hatte. mehr nicht. also gut. na was. sie redete nun den fight heftig nach überall hin, trug das gezinkt im haar, kirschig rot die billigblume aus *blume 2000*, draht im genick, damit ihr der kopf nicht vom stengel knickt. gepuschtes früchtchen, kein glück. karst, der mit ihr hatte sprechen wollen, ob jojo, jetzt zwei jahre isolation, weiter mit allen andren den streikkampf macht im knast, oder ihn aufgibt und seine genossen verliert, das ziel, das kämpfende kollektiv, überhörte in der rede von spitz die vielen erlesungen nicht. er hörte ihr zu. sie lagen im gras der alsterparkwiesen, weit überblick leicht, von woher und ob da was kommt, umspielt von den teuren pöseldorfhunden, alles versammelt von *hexe* bis *satan* um frauchen und herrchen, grünblauweiß schotten und burberry, und spitz beißt sich durch mit dem zahn des *fighters, also so wille vermischt mit ehrgeiz, gibts nicht, will ich mal sagen, was sich ausmacht in leistung, der flache sinn, gezappel, geschrei, die alte verrattete weise internaliert, also*

das schwein, ganz klar, wo das bestimmende, denk ich mal, nicht mehr die gruppe, der fight ist, das ziel, das dich enthält oder nicht, ist der punkt, weil sonst nie wieder, also den unumkehrbar machen, die bullen gehn mit oder ohne süßstoff, verstehste, was von dir abhängt, identität oder schwein, aus allen zusammenhängen, deal oder kämpfst, dreck, hier, willstn stück ab, spitz malmte *mars, wenn er aussteigt aus dem hungerstreik, kannste haben, hab ich gesagt, geh ich zu dir nicht mehr rein, bleibst auf den anwälten hocken, da weint er, schon reichlich müllig, das ganze.*
spitz lutschte.
nah entlang grün das runde gummi der wächter.
sag doch mal was, sagte karst, ich muß gleich los.
he, lachte spitz, ich hab dir doch eben alles gesagt.
nein. sag mal. los, komm. was von dir. was willst du selbst.
was soll ich denn wollen. ich bin doch hier draußen.
das war nun von spitz genau schwarz auf sich geworfen der sack der nachhüpfenden verehrung, nichts rührt sich, es schleppt, es schlappt.
wir kennen dich jetzt schon paar jahre, wann gehst du denn wieder mal rein zu ihm.
soll ich denn. findste.
geh hin, spitz, sag ihm, er soll dich rausschmeißen, jetzt, sofort, heut noch, sag ihm, sonst kann er nicht weiterkämpfen, karst stand auf zwischen lauter hunden, der ekel, versteh das genau.
er ging den rasen quer weg zur sophienterrasse. die bewacher parkten am rasenrand. er bückte sich nah zu ihnen ins fenster nach der genauen zeit. bloß keine berührungsängste. das mußt du trainieren. sonst haben sie dich schon vorher.

(12) die glucke ist weg, sagte juli zu proff. felix schrie rum, als hätte die blaue riesin ihm seine mutter gefressen. die kommt wieder rein, sagte proff, fest eingeschoben ins küchensofa, konzentriert auf tölz und nazikonsorten, so

hennen müssen, grad abends immer, noch mal ne runde pissen.
selbern runder pisser, schrie felix und wetzte mit buhlemanns willi, sie hatten heut nacht gemeinschaftsquartier, schön hackbrot ins bett und die glotze an, aus der küche weg ins nachtnasse gras, jeder mit einer starken lampe, ums haus in den stall.
proff war das erstmal egal. er saß da grad gut in der arbeit, dann mit juli im reden von arbeit, ihrer und seiner. ihre machte juli, seit klar war, daß man bei proff nie weiß, also seit mai neunzehnhundertundsiebzig. die fernseharbeit von proff fand sie oft gut, nur nicht sein dämliches reden danach, plötzlich verächtlich der ton, als gäbs für ihn wichtigeres. immer der riß. einmal hatte juli zu ihm gesagt, das war schon was her, aber er hatte das nicht vergessen und wird das auch nie vergessen haben, du täuschst dich, und so täuschst du mich, du machst deinen bruch, anders als andre männer, eines tages, wenn sie dich fangen, werde ich dich nicht im knast besuchen.
die fangen mich nicht. vorher bring ich mich um.
ja, sagte juli abgestoßen, da wollt ihr hin, selbstvergessen selbstversessen.
proff hatte gestarrt.
da hatte juli von ihm eine hand gepackt, wo wollt ihr denn hin, hier ist es doch schön.
im fratzenleben gibt es kein schönes leben.
sie stieß seine hand zurück, aber deins und meins, aber das reicht dir nicht, lieber tot sein als einer wie jeder, ihr seid wirklich bloß ein sehr feines pack, und das kotzt uns so an, und das sag ich dir jetzt noch mal, im knast wirst du für mich null sein, denn längst bevor sie dich greifen, hast du dich von uns getrennt.
auch jetzt hier, nach all den jahren, mitten aus dem gespräch stand proff hastig auf, lief durchs dunkle türloch hinaus in den stall zu den beiden. die hatten die schwere alte leiter schon hoch durch die klappe gedrückt und gezogen und oben im finstern dachbalkenraum an den kamin gestützt,

und felix nackt auf den höchsten sprossen wie tarzan vorm sprung an den affenschwengel, bloß nicht so schlapp und so fett, und buhlemanns willi leuchtete hoch durch weben und fledermausstaub, er hatte die stärkere lampe. und felix flüstert, sie sitzt auf dem balkenkreuz hinterm schornstein, und, was liegt denn da ein paket.
proff konnte plötzlich stimme haben wie axt.
ab, felix, zack!
das war die stimme, die felix haßte, auf die er jedes mal später, viel später, schüttelig weinen mußte, weil er nie weinen wollte, weil er nie nichts so will, so niedergemacht, so schlechtgemacht. nackt stand er da todstill blaßdünn in den sprossen, und buhlemanns willi, der wie sonst niemand in sich drin viel ahnnung hatte von menschen, senkte das licht seiner lampe von felix weg auf den mülligen boden.
proff wollte felix die hand geben, damit er sicher zurückklettern kann. hau ab, sagte felix und sprang zum freund. dann standen die beiden still unter proff, der sich oben die henne griff und mit ihr ans nest zurück ging. und schluß jetzt und ab ins bett.
und das paket.
ach, du spinnst ja, sagte ihm proff.
juli unten hatte proffs schreierei gehört. sie sah jetzt auch die gesichter der drei. sie ging mit den burschen ins bett, legte sich einfach dazu, und las, beim licht einer kerze, was vor aus der dunklen geschichte vom beinah gehenkten *dietegen*, der aber, und zwar egal, wie schwierig, erstmal so glücklich davonkommt. gleich am anfang der sache, der kleine dieb, schon die schlinge hat er am hals, und die försterstochter, die rettet ihn aber, die liebt ihn nämlich: *den will ich!* da dachte felix an lina, das macht die für mich glatt auch. und dachte dann wieder an das paket, oben im schwarzen gebälk. aber er sagte zu juli hierüber nichts. und am nächsten morgen war da gar kein paket. und auch das sagte felix zu niemand. und buhlemanns willi vergaß lieber freundlich das alles.
proff nicht.
er mußte nun wieder mal sehn, wo er die knarre versteckt.

eine lange geschichte. aber noch sind ja paar wochen zeit. seht euch das an.
als die ersten bewaffnet gefangen wurden vor jahren und jahren, war einer von ihnen proffs freund. die holen wir raus, sagte proff. zu niemand. zu ahlers doch. weil der hatte ne wumme, von klinsch, wegen illegal taxitouren für schmuggel und hehle und nuttenverschieben. ahlers hatte die waffe gleich weggetan, zu pitt, maat auf bugsier 27, da gibts dunkle ecken genug auf dem kasten, und wenn du sie wirklich mal brauchst, der fährt ja nicht weit. pitt hatte den colt auch gleich rausgerückt, und ahlers hatte zu proff bloß gesagt, wenns losgeht, dann krieg ich die wieder, du arsch, aber erstmal geht hier nichts los, die haben nämlich null ahnung, alles halbzwerge ohne gehirn, viel gelesen und sonst nix gewesen, wir wissen, wos langgeht, lütten und ich, und hatte sich lina, noch puppig klein, übers schiefohr auf seinen dürren nacken geworfen, und ohne uns beiden steht ihr im schnee. und war weg. in die wälder. mit nina und rocker, und heinrich, dem dobermann.
und proff stand wirklich im schnee, stand bewaffnet im schnee, und gar kein jack london, der mann, und sein freund noch immer gefangen. wohin also erstmal mit der kanone. zwar war mit letzter kraft der freund aus den knästen raus, kein tag geschenkt, von denen nehmen wir nichts, war aber weg in die flasche, in ödes schlagen und fahneschwenken und lobgedichte auf stalin. krank.
und proff bewaffnet noch immer.
was allein ja noch nicht gesund macht. aber er war allein. warum. so einfach wie unauflöslich die gemeine erfahrung eines widerspruchs. wo er zutrauen faßte, *wir machen das*, die zögerten. wo ihm was zugetraut wurde, *mach das*, da zögerte er. ein vielseitig aufgeschlossener typ, hatte olga schon früh von ihm gehöhnt, aber leider zu nichts entschlossen, den vergessen wir lieber mal. die geschichte geht aber weiter, vergißt uns nicht, von ihr sind wir teil, der bewegt wird entweder oder bewegt. proff wollte lieber bewegen. aber wohin. und mit wem.

einmal hatte er juli aufmunternd skeptisch verspottet, guck mal in deinem zimmer die sachen und bilder und steine, wo die von dir mal ins bild gesetzt sind, da schlagen sie wurzeln, da kriegt jeder standplatz seinen festen schatten im holz. er hatte einen der lieblingsseeigel, schottland, aufgehoben und ihr die dunkelungen im fensterweiß lächelnd gezeigt, schön immer alles an seinem platz, und am liebsten nie eine bewegung.
juli wußte genug von ihrer angst, zu verlieren, auch ohne den tip von proff. aber sie sagte nicht, also gut, los, komm, wir bewegen uns jetzt, sondern sagte, alles hat seinen platz, und was ruhe findet und wurzeln schlägt, das kann auch mal blühen vielleicht, aus deinen versteckten fliegenden koffern, mal hierhin mal dahin, wird nie etwas gutes kommen, bloß plunder, dein kampftheaterkostüm.
von der waffe wußte juli nichts. aber sie hatte verstanden, daß proff papiere, die er politisch für wichtig hielt, längst in koffern versteckt, bei unbescholtenen leuten verborgen hatte. sie wußte, warum. sie sah das ein. wer gefangene aus der guerilla im knast besucht, ihnen leidenschaftlich verbindung reinschreibt, was soll das aber, warf sie ihm hin, deine leidenschaft lügt, sehr gern rührst du andre, nie dich, wer rumagitiert gegen knästefolter, ist das dein knast, schwatzen und schreiben, der mußte mit haussuchung rechnen, dem stellten sie sich in den schatten, und was sollten die bullen, sie überschätzen dich, proff, das macht dich dir wichtig, ihm abschleppen dürfen, was seins ist und was er vielleicht für seine arbeit schon bald wieder braucht. also die koffertransporte okay. aber juli sagte, die kofferarie, und daß er in heldenopern das ganz hohe c anpeilt, und daß er dazu von ihr auch noch den applaus kriegen will oder gar, nach oben geflüstert, das helfende wort. das wollte sie nicht. daß wir alles zusammen entdecken, klarkriegen, machen, das ja. aber es war fast alles schon, bestens oder idiotisch, passiert und entschieden, wenn juli von was erfuhr, egal ob die knarre oder der koffer. so nicht.
na schön, dachte proff, wer gar nichts macht in politischen

sachen, der kann politisch auch gar keine fehler machen, ich leider wohl, und jetzt also muß hier die knarre mal weg.
er schlönzte bewaffnet die grenze entlang durch abgeblühten raps an den see zur bude von nina und ahlers, der colt lag im korb unter champignons, die wuchsen in atzens schwarzbunter weide wie butterblumen und klee, ruckzuck war das körbchen zivil.
und klar kommt die grenzschutzstreife vorbei, schrittempo landrover blondgeschoren, na, was gefunden? man kannte sich längst, wo proff kommt, da kommt er gut an, und hält den korb an die *heckler & koch*, der da, den würd ich mal lieber nicht nehmen, sagte stoffel, der jüngre der beiden, und fischte aus lauter schampis den knolli, und lachte blank, ein bauernsohn aus der nachbarschaft, neunzig kilo gegen *die russen.*
o gut, lachte proff und strich ab.

(13) bin ich im urwald hier oder wie seh ich, lauter das ding, schmeiß banane durchs gitter. und dröhnt das aus boxen von lina. und tanzte das ahlers tanzte, zerschlissen von stahlseil und brombeerdornen, versoffen müde von lauter maschinen fürs stämmezerschneiden und stubbenzerreißen und grubenholzpoltern, warf sich weltmeister gegen den rest, wollte hinschmeißen, umschmeißen, lachend schieben und stieben und stoßen, o nina, du lachst mich tot, so schön klein wie du war ich glaub ich noch nie, und reckte und streckte und stampfte sich hin, beinah still nur auf einem fleck, auf sich selbst, dick eis unterm tritt, kein ufer in sicht, und die fische warten auf sommer. und lina staunte und fand ihren vater toll. und rocker war längst schon ins trittfeld gejumpt und schlich nun und schlängelte, schnellte und schritt groß aus mit kreiselndem fuß, hoch erhoben die kleinen klopfenden fäuste. lina lacht ihren bruder, in ihr fliegt alles frei, nach draußen staunt sie, sitzt starr. und das inselhaus dröhnt ins weiße gewoge aus schilf.

lina stand auf musik, aber, wie früher nina mit ihren inseln, auf die keiner kommt, nur der, der gut schwimmt und sie richtig mal liebhat und meint, hatte lina sich auf musik gespitzt, die sonst von den hondajungs, kopfbandmiezen kaum einer hören mochte, auf *negermusik*, sagt der waldrandbaron, auf miles davis und kwesi aus brixton, aber schön endlos lange und laut und immer noch mal und noch mal, und wer das doof findet, soll sich verpissen, mach die finger da weg, du molch, doch doch, das geht heut mit zehn schon los.
da mußt du sie beißen wie luchs, mein lütten, erst soll er mal tanzen wie ahlers. was uns angeht, das geht uns nur gründlich, flippen geht jedesmal gegen proleten, ist was von oben, der schaum.
noch immer, und das noch nach bald fünfzehn jahren, und wer auf schrott steht, auf aufreißen hier mal und abreißen da mal, auf abfahrgelegenheit, zaubersaft, der kann sowas gar nicht ticken, der mops, die möpsin der neuen art, noch immer, wenns richtig losgeht zu zweit, muß nina lachen, und lacht sich mit ahlers satt, und er sich mit ihr, die ganz heiße reise, von hier bis nach wladiwostok, das gehört nämlich alles zusammen, genau das jetzt hier und das ganze genau, der kampf.
und was ist mit ossi und bleicherstraße?
und blickeschweifen steilshoop?
in bleicherstraße saß ninas vater mit luzi und bier und alten genossen und aale, und steilshoop war erstmal was tolles gewesen, und sie hatten sich über kanzki, den sie gern mochten, den sie gut kannten, erstmal was tüchtig geärgert. der hatte bei ninas eltern in bleicherstraße das kleine zimmer gehabt, als er mit arbeitern, selbst zwar vom pfaffen gezogen, noch rot was an seiner mütze hatte. aber dann hatte er mitleidig rumgehöhnt wie von kranken, als ahlers und nina das mietangebot nach steilshoop riesig hoch zehnten stock ohne zaudern sofort sich gegriffen hatten. kanzki und seine freunde waren mehr für so atmosphäre, mehr schulterblatt mottenburg eulenstraße, rückwärts nach schräge ganz oben links, das ist meistens mehr was für märchenstunde, hatte

nina ihn ärgerlich ausgelacht, und die eule, die bist du schon selber, du kämpfer. ahlers und sie hatten lust auf viel licht, auf blickeschweifen und alles klar praktisch fest neu gebaut. außerdem, wo in steilshoop jetzt die hochhäuserhaufen aufgetürmt standen, war vorher noch alles buschelig land gewesen für arbeitergartenbuden. da war nina mit larry und ihren alten als kind die jahre gewesen, schön amsel und aal, gleich hinterm ohlsdorfer friedhof, da war zuerst auch ilona noch mit, ninas mutter, und damals schon in der partei, und damals noch alles verboten, die schweine, und jetzt war ilona schon lange tot, zu früh alles gelb und so matt, die giften uns alle noch schlapp, uns nicht, also erst da draußen die jahre mit ahlers, als sie noch gar keine wohnung für sich bezahlen konnten. dann aber konnten sie das, in steilshoop.
ahlers ging ran, viel schwarze touren und reichlich verbotene sachen für taxiking klinsch, und nina blieb erstmal im zehnten stock für alles in ordnung wirbeln. lina soll wissen, wo sie zuhaus ist. aber das ist nicht so leicht, hochoben zwischen kacheltreppen und sicherheitstüren, zehn stockwerke, hundert türen. und das kannst du mal ruhig mal dreißig oder mal fünfzig nehmen.
sooft sie konnten, ist auch ja immer die frage von geld, fuhren sie raus in die inselgegend, hallimasch oder stickels und lurchis, und so krebse und frösche, die schummeln nicht, ist was wert. aber dann zack, wenns dunkel wird, auf die piste zurück, in die steinerei von steilshoop. und lina, das aas, quiekt auch noch lustig, sitzt vollgeschissen schön stinkig warm bei nina im schoß, in ahlers geschniegeltem taxivolvo, bißchen was herzeigen mußt ja nun auch, und freute sich über die ersten ampeln und die großen plakatebilder mit richtigen kühen, gleich hinter dem horner kreisel, und hat sich die kleinen mundecken alles ganz schwarz gekaut von *haribo macht kinder froh*, das konnte sie schon mit zweieinhalb. nina mochte das schließlich nicht mehr.
als wenn wir so in der falle sitzen, alles schön groß und reichlich auch speck, aber die klappe ist zu, so das gitter, in dem du gern wohnen sollst, weil was du da tüchtig und

bange und schlapp den boden abkreiselst, die wände hochkrabbelst, das bringt denen bares geld, jede bewegung, alles die kasse, die neue heimat, alles zu wenig. und wenn du mal aufpaßt, so bahnhof und bank und supermarkt und oben rundschwarz aus den ampeln, dann hörst du das piepen von augen, so leise kästchen, die drehen sie, so drehen sie mir die luft ab, ach wer weiß ich auch nicht, ach scheiß ich will raus, hier bleibt alles klein, und das wollen wir nicht, wir menschen sind nämlich groß wie menschen, jeder, und lütten genau so, und noch paar lütten wären gar nicht verkehrt, macht doch spaß, die welt ist doch groß genug.
sie hatte auch angst um ahlers, irgendwann fangen sie den weg, irgendwann macht der sich tot für alles bloß asche. und als dann mal so, am wochenende, der waldrandbaron, das schwein mit den adlern im buchenwald, *den letzten adlern vielleicht bald in deutschland, aber was heißt schon noch deutschland*, seinem waldarbeiterspezialknecht hatte ein buchenstamm eben ein bein abgequetscht, auf ahlers, den er schon lange beobachtet hat, mit dem jagdstock zeigt, auf schwermaschinen, sagten sie, sind sie geschult, da hatten sie einfach zugegriffen noch mal. und ahlers ist das egal, daß der baron auf ihn runtersieht, das inselhaus kriegt er mietfrei, und lust hat er immer schon mehr als auf volvo auf alles die ganz schweren sachen, mb-trac achthundert und unimog, alles wie panzer, mit so greifzangen, schürfblech, winden und polterschild, und allein kämpf ich sowieso lieber am besten, und für lina, wenn die zur schule kommt, so ein steg an land, aber dann kann sie längst schwimmen, und all die paar andren kinder im dorf, klar auch bonanza und telly, und nun bauen sie hier auch noch blödenheim, so bude für kinder und alles verrückte, egal, meine kinder sind toff, auch höhleklettern und rudern und nüsse schlagen und hühner scheuchen und puppen im weißen gras im herbst mit teller und richtig mit lätzchen um. und klar, die partei hat geweint. ich mach umschulung arbeitsamt lübeck. das kommt sowieso auf uns zu, egal wo.
zurechtlegen kannst du dir alles, genossin.

paar gute kinder sind auch für kämpfen.
und nachmittags kommt bgs vorbei für butterkuchen mit kaffeetrinken.
da mach ich doch gleich mal kontakt, lachte nina, den schafft ihr doch nie von palmaille.
und ahlers fischt hechte und treibt für den grafen.
pass lieber mal auf, daß euch hier nichts treibt.
und feuerwehrabend mit naziliedern.
jetzt ist aber schluß.
das sein bestimmt das bewußtsein, nina.
der stein. ich halt steilshoop nicht mehr aus.
deine mutter hat altona ausgehalten, krieg und hunger und überall nazi im haus.
kann sein, war offner, ich weiß das ja nicht, steilshoop ist alles glatt dicht. tolle ordnung, und alles verdreht und verkehrt. so wüste mit eisbahn. so nordpol mit kaktusrabatten. ach scheiße, das mußt du mal hören, reinhold, mal reinkriegen, was die reden und uns in die kästen schmeißen und sonstnochwohin. frag auch mal pino moneta so auf soziales und was die da drehn, die wissenschaften.
nina schob ihnen glanzpapier zu.
das ist was zum auswendiglernen, klappt doch bei uns sonst auch, *neue nachbarschaft exemplarisch entwickeln, akzent selbstverwirklichung unterprivilegierter gruppen, soziales mischverhältnis mit trend nach oben, der günstig distanzierende effekt verschiedener wohnungstypen, die ansprechende atmosphäre der anpassung, bei inhaltlicher betreuung beachtung einer feinkörnigen sozialen mischung, deliktmindernd rundgang in wohnblockgruppen* nee wirklich, das ist nämlich alles so ähnlich, neue heimat und larry in celle, und manchmal dreht eine durch, oder ihr mann, wenn der arbeitslos sitzt, neulich hat einer mal aufgeschrieben, überall an die wand: *keiner sieht schwarz, bloß alles weiß.* und weg war er übern balkon.
was denn weiß?
weiß ist vernichtung, schrie nina, geh doch endlich mal einer von hier zu larry.

und später sagte sie leiser, und genau das wollen sie auch, wir sollen uns alle nie wiederfinden.
was wiederfinden.
und ein andrer meinte es herzlich, mach einfach mal urlaub auf rügen.
da hatte nina nur noch gesagt, zachun, da sind noch paar mehr so wie wir, ihr habt nämlich gar keine ahnung.
falls du proff meinst, der hat schon längst schlapp gemacht, die kleinbürgerliche verzweiflung, was willst du denn noch von dem. der zu nina das leichthin wie tückisch sagte, hatte die angewohnheit, beim händeschütteln die linke, wie segnend, noch um den händedruck hinzustreicheln, proff hatte ihn nur den popen genannt, so jung wie fromm. aber nach proff war nina gar nicht zumute gewesen. sie ging. und sie zogen nach draußen, sie hatte an tapp gedacht, der da oft einsam rumstorcht mit fahrrad, für unterwasserfotos, mach dir mal krebse in farbe, da hast du was seltenes, und oft an juli, oft alles mit ihr geredet, auch wenn die nicht in der partei ist, macht vielleicht so eine nie, aber juli ist was patentes, bloß allein schon mal wenn sie auf komisch ein durchspielt, die nase schiefstellt, das kann ja sonst keiner, den tango für männer rausläßt mit rose quer durch den großen mund, das halbe gesicht schlapp fallen läßt wie oma damals kurz vor zuletzt mit zu viel fett in der birne, nina fuhr ab auf komische weiber, noch mehr fast als auf ernst busch, weil die können nämlich auch anders, auf die kannst du kommen, wenns duster wird, also auf juli bestimmt. ja stimmt. und auch wieder nein. denn die braucht auch schutz, und stöße auch mal, und nicht bloß, weil proff der so zettel schiebt, sondern weit hinter proff vielleicht sogar was, was die zettelwirtschaft bloß heizt, julis traurigkeit, daß wir hier alle verrecken, nichts werden und alles zu spät zu spät, und so eine juli wollen wir nicht, muß hilfe haben, weiß bessere sachen, los, komm.
das sieht man doch schon an ahlers. der tanzt. klar sieht sie auch die gewalt bei dem mann, die man ihm angetan hat und die, die er selbst manchmal reißend gern tut. er war damals

bei ihr geblieben, nicht weg mit larry und denen. und nun jagt er gegen den panzer im bauch den unimogpanzer, spannt er das sirrende stahlseil, horcht aufs mondscheinjaulen von heinrich, dem dobermann, fickt er sie plötzlich wie blind, so sonst nie, schreit er im schlaf. aber seit er, allein hier, für alles verantwortlich, seine waldarbeit macht, hat er nie mehr gesagt, wie früher oft, *das bin ich doch alles nicht richtig selber.*
immerhin. das fand nina gut.
aber das stimmt schon, proff war ihr nie ganz geheuer gewesen. sie fand die geschichte von seiner verstummung zwar eindrucksvoll, hat zugeschlagen, hat abgekriegt. sie glaubte ihm das aber nicht. und einmal hatte sie auch von juli den eindruck gehabt, daß die dem alten nicht traut. schlimm genug. aber sie fragte sie nicht. juli war nicht für alles zum fragen und quatschen. nina fand das in ordnung.
und larry schon jahre im knast, *das muß alles weg*, und hatten ihn weggemacht rüber nach celle, zum verrücktwerden oder verraten, und beides geht nicht für larry, so ist er ein stein, wenn nina mal zu ihm hinfährt, oder zu motte hier im ug, und wenn ahlers sie fragt, dann weint sie vor wut, und ahlers sagt, die bombe für vietnam war korrekt. aber er fährt selbst nie hin, zu keinem. reißt bäume wie zäune. und proff weiß bestimmt noch viel mehr von larrys ding und geschichte, mischt überall mit, aber beißt nie den letzten bissen, lieber bloß vorsichtig halb, und also wenn man vom teufel spricht, oder bloß denkt, schon baumt er auf.
proff kam mit seinem sammlerkörbchen mitten in ahlers' tanz. und stellte das körbchen beiseite und tanzte mit ahlers und rocker sich mit, einfach jeder zu jedem verliebt, daß nina hinterher alle drei küssen mußte, so freut sie sich über die freude.
und rocker guckt sich die pilze an. und hat einen grünen länglichen käfer gefunden. der läuft sehr schnell. rocker greift immer bloß blöde daneben. und die pilze hat er vergessen.

(14) was soll ich hier jetzt mit der wumme, wenns losgeht, hab ich gesagt, und guck doch mal, gar nichts geht los. bloß larry wird stumm. hat er das auch von dir, du arsch.
ahlers redete alles mit proff freundschaftlich klar. aber proff sagte, du kapierst nichts, und willst auch gar nichts kapieren.
stimmt, sagte ahlers, gib her, den colt, ich schmeiß die musik zu die russen.
sie saßen im boot. drüben vorm waldrand lag eins von der nva, die grenze zur ddr war im wasser gekennzeichnet mit kleinen tonnen.
das geht nicht, sagte proff.
du gehst nicht, alter, das ist dein problem, und das schon, so lang ich dich kenn. immer das bein frei hoch, aber dann doch nicht den schritt mal machen. so stehst du da rum in der landschaft, du tänzer, mittendrin angehalten. und ein stoß, egal wo, und du kippst. mal nach da und dann mal nach da. und wenns dir was bringt, dann bist du groß raus. und wenn dir was wehtut, dann waren es, ganz klar, bloß immer die andern. aber was ja noch paar mal viel schlimmer ist, machst du bock bei so leuten auf tanzen, und dann, wenn mal richtig musik aufkommt, gepfiffen, alter, gemaunzt, gemördert, dann tanzt proff lieber nicht mit. eben, das war mal gut, das hast du noch nie gemacht. los, sag doch mal was. nee, warte noch mal.
ahlers hatte, nicht weit, wo er schnurhaken liegen hatte unter den seerosenblättern, den dicken rücken von einem fisch gesehen. sie glitten vorsichtig hin. ein alter hecht hatte einen barsch geschluckt, der schon am haken gesessen hatte, nun saß der alte selber im dreck, und ahlers holte ihn raus, schlug ihn tot, den gibts heute abend, schön eingewickelt in speck.
heut abend müssen wir wieder zurück, sagte proff.
was meinst du, was juli so von dir denkt, sagte ahlers, nicht lauernd, er wußte, er hatte um beide so seine gedanken, und was frauen so mögen, das weiß er, denkt ahlers, erst recht.
paß auf die waffe auf, sagte ihm proff, paar wochen, ich tanz, das hast du gesehen.
ja, russisch roulette, dich kenn ich.

sie zogen noch zwei eimer barsche und rotfedern raus ins boot, bald bluteten proff die pfoten vom barschelosmachen. sieht übel aus, sagte er in sein blut. ahlers nahm schnell eine hand von proff und rieb sie ihm übers gesicht. alter indianer. proff fiel das ding von jonny ein, dreiunddreißig die nacht, da war der mit seinem waffenschlitten hier irgendwo auf dem see, kennst die geschichte.
kenn ich schon rückwärts, redst du ja oft, war astreiner typ, hat gekämpft bis zuletzt, der wußte, wohin mit musik, du nicht, bloß so indianertänze. und hat larry dir auch noch geglaubt.
du redest scheiße von larry.
und du hast die scheiße mit ihm gemacht.
was sind das bei dir für leute, die es immer nur mit sich machen lassen.
ahlers stutzte, dann murrte er, leute wie ich.
larry hat mehr kapiert als wir beide.
geht gar nicht. hat keine kinder.
kinder, sagte proff, ja, kinder, und stockte und stocherte mit einem ast im wasser, ach kinder, mensch, und kam nicht voran mit dem satz, und dann, kinder gehn paar hunderttausend kaputt jeden tag, für weiße geschäfte, das sind die kinder von larry.
meine gehen nicht kaputt.
abwarten.
ja abwarten, das sieht dir ähnlich, du sack.
das nva-boot kam paar zig meter nah ran. proff winkte rüber ins auge aus glas.
die brauchst du nicht winken. die haben befehle.
ich nicht.
da bin ich noch gar nicht mal sicher, was du so im nacken hast, alter. bloß daß du meist lieber nie gehorchst. aber macht dich ja auch nicht glücklich, brummte er noch hinterher.
proff fragte, warum gehst du zu larry nie rein.
entweder hol ich ihn, oder ich laß das. aber den holt keiner mehr.

das stimmt nicht. aber proff kannte das haus, den turm aus beton. ahlers, was tust du selbst.
sie landeten an. ahlers sah zurück ins spiegelige wasser weit draußen, sah proff an, sah auf seine hände, spreizte und krampfte die hände, schlug faust gegen faust, zeigte dann weit von sich weg ins tiefe, steine am hals und weg mit schaden, sagte er krumm.
die kinder sprangen nackt an, wollten ins boot. schnell schob ahlers die webley unter die barsche, nahm die eimer und ging, zusammen mit proff, das waldufer hoch.

(15) von nina der kuß für proff war von juli gleich auch noch einer, denn als lina, nachmittags, butterkuchen ums maul, von den männertänzen erzählt hatte, und auch gleich gut vorgetanzt, alle drei seiten, felix hau ab, ich mach das allein, du hast das ja gar nicht gesehn, hatte juli gelacht und war einverstanden. proff soll tanzen, dann geht es ihm gut, dann ist er bei sich, bei uns zufrieden, dann will ich ihn packen. und als auf der heimfahrt der stadtrand, die ersten knäste ins auge kamen, streckte sie beide arme weit, den einen nach links um proff, den andren nach hinten um felix, wir kriegen heut noch ein paar schöne tage. ja ihr vielleicht, sagte felix mau, aber er fand das in ordnung, fühlte sich alles gut an mit den beiden. auch bei proff. denn *wir kriegen heut noch ein paar schöne tage*, das war seit langem der tip, das rauchzeichen zwischen der frau und dem mann.
drum sagte jetzt proff, als sei er so blöde wie frei von allen guten geistern verlassen, so einfach hin, und fühlt sich gezerrt, überall leider das gitter, und das ist nicht seine schuld, ich will noch ins krankenhaus raus, da dreht wieder eine durch.
paß bloß auf, daß du nicht bald durchdrehst, sagte felix, meint aber juli, die soll lieber schreien, immer muß ich das. sie müssen ein paar mal halten, felix kotzt und schreit rum, scheißauto, volvo schaffst du doch nie, und immer so blöde

aufs land jede woche, ich glotz heute abend noch telly. so kamen sie spät erst nachhaus. und proff fährt einfach gleich weiter, altona, aka. gehst bißchen weit an die grenze, hatte juli leise gesagt, aber klar, immer fein bloß mit einem bein. es fiel ihr schwer, ihn lustig zu packen, leichter, sich hart zu verschließen. proff gings eher umgekehrt. er war aber auch schon mal stumm gewesen für jahre. in jener zeit war er arbeiten stur gelaufen als pfleger ins aka, ins hochhaus mit autobahnanbindung, achthundert meter von da war vor jahren und jahren die erste frau erschossen worden.

(16) die klinik war schwarz aus glas, siebzig meter ins leere, in weiten blick über hafen und stadt, freundlich getönt die türen lautlos die kleider und tassen und uhren, die liftriegel draußen im kern der anstalt, in der wir doch lieber bald alle werden wollen gesund wieder sein gefälligst wie schmeckt uns denn heut der fuß wird schwarz die galle will beten treten wollen wir nicht doch lieber nett zu uns sein.
nett ist geschenkt, hau hier ab.
proff grüßte den pförtner nach all den jahren wie gewohnt wortlos, fuhr in den achtzehnten stock, klappte die drahtglastüren, grüßte schlapp den laufgang hinab mit mehliger pfote, klopfte, betrat die magere kammer. marie war nicht krank. aber hier aufbewahrt seit ein paar tagen, gegen sich selbst. denn sie wollte nur noch sich selbst. streng die große weiße haut unter rötlichem haar, wachsam, nächster wärme mißtraut sie, hat erstickungen kennengelernt, sehnt sich nach anblick, hat aber viel gesehen, was gar kein blick war, bloß die gewalt, sehnt sich nach felderweit früchten, hat aber vieles sich reinfressen müssen täuschend, die hände der mutter, die stadt, das land, die gefangenschaften.
sie ließ proff ans fenster, er hockte sich hoch auf die breite platte aus stein, er mußte bei ihr nicht reden. im zimmer waren das weiße bett, das buch von mao über den widerspruch, zerlesen, das große picassobild vom tanz der vielen ums feuer. eine der frauen im kreis der tanzenden hatte wie

sie das dicke fliegende haar, den schweren schritt gesprungen plötzlich allein. proff legte die hand auf den mund, zog sie ab mit schnalzendem schnapp, zettel im kasten von vierhundertdrei.
marie stand weit weg, das haar in der wand das kleine gesicht. sag mal, warum du das sagst.
proffs älteres männergesicht zerfiel in albernes hüpfen, aus freude, schwatzte er hin, wie aus der pistole geschossen.
marie hat nie lachen wollen, bloß weil ein andrer das von ihr will. als kind war sie von der mutter heimlich getreten worden beim photographieren, nimm die brille ab, lach. sie sagte, ich will jetzt nicht lachen, proff, ich will nicht, daß du mich anschielst, sieh genau her, du weißt, warum ich hier hock die tage, sie sagen, sich um die ecke bringen, das wollte ich auch, so lernt man das hier, geht aber nicht, bloß falsch. und jetzt bist du hier mit der nachricht. und jetzt sind wir zwei, und die. sie ging an das bett, und fast wär ich tot gewesen. sie legte sich hin, und nun schreiben sie dir den zettel. sie nahm das buch, fing an zu lesen. sie hatte proff alles gesagt. ein junger arzt kam ohne zu klopfen mit blumen. nett ist geschenkt, hau hier ab. er wich weg. sie las weiter. einmal sah sie noch über das buch hin zu proff, sah lange hin, einfach entschlossen. proff sah draußen unten den fluß unter tausend arbeitslichtern, die stadt, fern klein die tausenderlei bewegung. er saß hoch drüber am rande eines großen fensters, das sich nicht öffnen ließ.

(17) proff hat seine kinder geliebt. leicht gesagt, schwer getan. seinem ältesten sohn war er nachgereist eines nachts, aus angst. der lebte als schüler der letzten klasse, mit einer kleinen gruppe von freunden, in einem arbeitergartengebiet zwischen leitplankenruch und verödeten fördertürmen, ein dürrer bursche mit leichtem lernen und fremden gedanken und träumen, oft sprachlos überm bebenden kinn, zerbrechlich scharf, wie zu dünn geschliffen. kannte aber die biegung,

aus der er sirrend das ziel trifft, das pack. am ende den vater.
zur musterung, zu seinem verhör gegen die armee, hatte er khaki von proff genommen, als wären ihm messer und panzer und männerkämpfe im dickicht das rechte, bestimmt nicht der liebe gott, und hatte, ohne erregung nachdenklich angreifend, sich von den bütteln nicht unterbrechen lassen bei der darstellung seiner soldatischen absicht. ihr ausbildungsplan, sagte er, kommt mir gelegen, ich schlage totschlägersondertraining hammelburg vor, ergänzend die folterschule bad tölz, den griff studieren, ich werde demnächst im leistungskurs russisch mit sehr gut abschließen, lassen sie bitte binnen kürzester frist gründlich mich alles wissen, was für den tückischen angriff gut ist. zweierlei suche ich sie, mir einzuräumen, ich werde selber entscheiden, wann und auf wen ich ihr mördrisches wissen, an mich vermittelt dann meines, wende, erstens, und zweitens, ich werde nicht schwören. bin schon verschworen dem internationalismus, ich rede vom klassenkampf, zu dem sie, die herren, nur noch das arme gegenstück sind, da mag ich ihnen nichts schwören, das werden sie einsehen können. sie hatten ihn flink entlassen. aber dann fielen, niedergeschossen in kämpfen, die ersten von uns in den städten, auf offenem platz, vor nächtlicher tür, in kneipen. es wird kein name vergessen. einmal werden wir singen, das war die wüste. dem sohn blüht plötzlich die liebe. so fand ihn proff in der gartenbude zersperrt in schwur und schwur. fand ihn einstweilen nicht. wartete unter haschrebellen im schrebergarten die ganze nacht. erst bei hellwerden war moritz kalt zum tee eingeschlieft. und erst nach noch anderen tagen und wartenächten hatte er proff berichtet, über was er nachdenkt und wo. jedesmal nachts wand er sich, zog sich und zerrte durch rostiges kanteisen, schlagende ketten, kaltes altes geräder hoch hinaus ins oberste gitter eines verlassenen förderturms, um dort zu hocken, zu hecken, zu horchen, endlich allein genau zu wissen, wer er denn sei zu was. und als er schließlich deutlich nur noch die liebe zu seiner liebsten wollte und viele kinder, nicht

sterben schon bald in städtestraßen, obgleich, proff hatte vorsichtig seine hand genommen, das sich in türme winden nachts dem sterbenwollen doch schon verteufelt nah ist, mein lieber, war proff heilfroh gewesen für seinen sohn. hatte zwar später gegrübelt, was denn, wenn ers von seinen eigenen kindern nicht will, er von andren wolle, von sich. aber wie schon so oft, quer gegens eigene unklare fragen und fühlen, war er, jetzt mit dem sohn und der liebsten vom sohn, reisen gegangen, zu dritt mal nach süden, toskana im herbst. und einmal dort nachts, noch auf zimmersuche durch klatschenden regen, sprühenden bergwald, maronenwälder, plötzlich stop. im scheinwerferlicht gewimmel, schleppend prall eng an eng, unübersehbar, weich lautlos gold und schwarz, ein salamanderzug, träg im rausch milder strömung, schleimlich heimlich. sie hatten sich, alle drei, vor den wagen an den rand des zuges gekniet, mitten ins nasse, ins dampfige licht.
dann doch noch zwei niedrige stuben in san gimignano. dann, als proff längst schlief, damals noch war ihm das einschlafen leicht, die tolle zusammenkunft nebenan, im zimmer hinter der wand die liebe der beiden, die salamanderschlacht, hatte moritz noch jahre später lächelnd zu proff gesagt, da haben wir gold aus kohle gemacht, sonne aus schwarz.
inzwischen war aus moritz maurizio geworden, der, nah bei triest, die ausbrechenden gedanken von denen studiert, die krank genannt werden.
inzwischen nicht weit mehr bis tölz.

(18) macht unterwegs mal ne pause, sagte juli früh in der küche. gern sah sie karst an. daß sowas beim ndr rumläuft, war ihr unvermutet was gutes für proff. und daß aber karst von den verbotenen, gefahndeten einer sei, darauf konnte sie, aus ihrer erfahrung, nicht kommen. wer in all den jahren und jahren von den sogenannten *unterstützern* und *simpis*

die wohnung heimhuderstraße betreten hatte, der war grau und eilig und schlechtgeschlafen und ödegestimmt an juli vorbei getreten wie blind, wir wollen ich will zu dem typ, kein gruß, kein name, bloß stammelnd das haar gedreht knarrend den kopf in die knarre, und wenn du sie mal auf den dom mitschleppst, lachte tapp, dann schießen sie dir eine zwei. straight infopapers im auge, gescheucht von pflichten, gehärmt gehämt haß, gings eilig über das dünne eis, wer weiß, brech ich ein, bin ich plötzlich bei mir, wen werd ich da finden, den lieber nie, auch nicht die.
proff war das eine zeit lang entgangen, er eilte ja selbst auch gern dünn *aufs ganze*, bis er einmal am flurtelephon, hinterm mantelständer, zeuge war, als juli die tür aufmacht, und eine kleine, kräftige, dunkel kurz geschnittene frau durch sie hin in proffs zimmer stößt. da hatte er die zum tee in die küche geholt. war grad die zeit, wo die drei da abends sitzen und fressen und blödsinn treiben. und da hatte die ärmste ratlos rastlos, die hand überm ohr ins haar verfummelt, mitten bei leuten gesessen, *in all dem müll*, wie sie später gegraust den andren kämpfern erzählte, hatte blumen und bilder und bratkartoffeln gekaut wie zahnlos. im täglichen fremd. in not. danach war diese frau zu proffs nie noch einmal hingegangen, lieber anruf, ja he, da und da, dann und dann, und proff war oft auch gleich los. er wußte, wie juli das haßt, so eben geklingelt und ab. nicht, daß was getan wird, irgendwie was, wenn auch alles bloß oft ersatz und vergeblich, damit die knäste nicht gänzlich verschlossen bleiben, damit die vernichtungsabsicht nicht funktioniert gegen larry und alle, die kämpfen, aber mit kranken macht krank, sagte sie wütend zu proff, aber es gibt ja vielleicht kein gesundes leben mitten im kranken, hatte ihr proff, unruhig bittend, erwidert, aber juli blieb stur, für menschen geht nur mit menschen, sind kranke nicht mensch, hatte proff da geschrieen, doch, sagte juli, doch, ich spinn, dann komm, schüttelt proff sie an, du fehlst uns, dann sind wir stärker. mit mir bestimmt kein stück stärker.
das war hinter julis lachen und packen immer zuletzt der

stein. ihr nein. und es half auch keinen schritt weiter, daß proff ihr wieder ein zettelchen schreibt

die
mit der dritten
sache im ärmel
heimlich das falsche
blatt wenden sie oft
laut in das messer
der angst vor
dem eigenen
nichts

sie hatte, wer weiß, die gleiche angst, nur ging sie anders, bescheidener damit um. für felix und proff und paar freunde ihr bestes täglich. bis irgendwann alles kaputt ist. mehr ist nicht drin.

juli hätte auch niemals geduldet, daß anna die nacht in der wohnung verbringt und alles allein sich ansieht fremd. so hatte ihr proff auch hierüber kein wort gesagt. aber sie hätte, denn juli kennt an dem platz, den sie liebt, jedes ding, jeden schatten vom ding, nach der rückkehr am gestrigen abend den ungebetenen gast gewittert, proff zur rede gestellt. aber diesmal war beim nachhausekommen sowieso schon so manches gemütlich verwildert. maurizio war, mit dem schlüssel der nachbarn lisa und paul, unangemeldet eingeflogen. nochmal das verweigerungstamtam. jetzt als arzt hätt er den bütteln, den herren, ach was denn, ganz klar, den verrückten mördern, recht gut in den kram gepaßt. hatte ja nun frau und kind. da dachten sie ihn sich gezähmt. und moritz mußte, öde wie blöde, anwälte auf die beine bringen, sonstnochwie sich aus der schlinge. jetzt morgens lag er noch warm im sack bei proff auf der couch zwischen gitter und gitter, frühauf war er noch nie, frühstück schmeckt auch noch zum mittagessen.

ihr beiden seht aus wie brüder, sagte juli zu proff und karst. bloß reichlich vergreist schon der eine bruder, nölt felix. er wär so gern mitgefahren. lern lieber was, dann brauchst du nicht reisen, sagte juli, und schnapp dir dein zeug, und ver-

giß nicht die hälfte. sie küßte mit kraft und stieß ihn los auf den weg.
karst hatte von blues sich den kopf scheren lassen, auch der bart überm mund war weg. alles an ihm war nun durchsichtiger noch und bestimmter.
wie lang bleibt der moritz denn bei uns, fragte proff aus speck und ei.
zehn tage, hat er gemeint, kann aber länger werden.
na, bestens. proff stand nur eben so auf.
und als er zurückkam, dann sehen wir uns nach der reise ja noch, mach ihn fett, halt ihn warm. und zu karst, los, assi, vorwärts, die piste ruft.
so tat proff lustig.
karst hier morgens am fremden tisch war schweigsam, kaum war proff aufgetaucht. vorher, er war zu früh gekommen, hatte er dies und das angesehen, sich gereckt, sich hingebückt, um zu betrachten, auch mal gefragt, woher, auch mal gesagt, das ist selten zu finden, oder, ich hatte von mön eine sammlung von beinah ganz runden, fast immer sehr dunklen steinen, aber drinnen saß noch ein kleiner verborgen, den konnte man hören, kennen sie die? sie junger mann hatten das alles und sind nun schon lange tot, und ist nun alles vorbei?
alles vorbei, sagte karst leicht.
später sprach er umständlich noch mit felix ein stück von den labyrinthischen konstruktionen auf kreta, denk dir die irreführung als spiel, aber heimlich aus angst um die macht, die verwirrten machen am liebsten alles verwirrt, achte mal drauf.
der drache da ist verwirrt. aber da war ich erst vier.
konntest du da schon schreiben.
alles überall abgeschrieben, und genossen mit einem s, sagte felix verächtlich.
und armee nur mit einem e, sagte karst.
aber man kann es verstehen, sagte felix.
dann erklär mir, wenn wir uns wiedersehen, warum der drache verwirrt ist. auch das müßte ich verstehen.

genau so hätte ich sagen können, verirrt, da weißt du doch gut bescheid, das spiel, da frag ich dich auch noch mal. falls wir uns wiedersehen.
am tisch dann hatte er karst den rapshonig aus zachun zugeschoben. karst hatte langsam von allem sehr viel gegessen.
juli von oben sah den beiden unten beim einsteigen zu, wieso ist der mann da vom ndr, wer ist das. sie war froh, daß proff so einen zur arbeit diesmal neben sich hatte. fokken wär auch gut gewesen. aber der hätte, egal für was, den auftrag in tölz nicht gemacht. das war wieder typisch proff, der idiot, mein liebster.

(19) der breite weiche wagen zog leise flach weg, hier, sagte proff, du fährst als mein sohn, als mein assi bleibt das nicht drei stunden dicht, die ticken das durch zwischen sender und da, und daß ich paar söhne laufen hab, und fährt auch einer mal mit auf arbeit, das ist bekannt.
karst hatte einen zweiten rückspiegel, über ansaugpfropfen, so eingehängt, daß auch er die ihnen nachlaufende bewegung beobachten konnte.
das haben nur bullen.
und wir, sagte karst.
bis sie draußen waren auf offener strecke, hinter stillhorn, horster dreieck, heide und feld und wacholderdunst bis raus nach hannover, redete er mit proff kein wort, notierte kennzeichen, typen, leute, saß im gepolster streng, im grünweiß des ndr-ford-granada. dann sah er den ausweis von moritz an, weiß dein sohn das.
er hat noch den paß.
und wenn er es wüßte.
war keine zeit.
du antwortest nicht.
wir fahren zu mördern.
auf der gegenfahrbahn rollten panzer und panzer, aus belsen, sagt proff, die leichenschänder, die allesvergesser, die nato.

eine krähe flog auf von hasenresten.
dein sohn hat die frau und das kind.
hab ich auch.
hat einer von uns dir schon mal den ausweis gestohlen.
im gegenteil, nein, mir zurückgegeben.
warum.
meine angst.
der kill.
paradox, sagte proff, kann sein.
warum paradox, fragte karst.
schon vor brunautal fahrzeugkontrolle, blaulicht und heckler & koch, proff rollte einschleichend rechts ins geleder, die schneise, geängst, hob grinsend durchs glas die chefhand zum gruß, die bewacher winkten den wagen vom sender durch, die weißen nasenränder.
und ihr findet, der sohn sieht so aus, wie ich.
ja, sehr. sehr praktisch.
nach allertal hatten sie hinter sich audi, den kannte karst, fahr die nächste ausfahrt, sie fuhren die umleitung, dorf und busch, in hermannsburg, aus dem wirtschaftskeller der afrikapopen, grüßt sie ein junger mann mit der faust, nahe lutterloh suchte ein gichtkranker imker vergeblich die königin, der audi war mitgefahren, dann ausgeschert in ein baugelände von *new, sperrgebiet.* fahr hier weg.
proff fuhr, hatte angst nun, die sehnsucht nach juli, den haß auf den sender, auf tölz. er zog sich die haut am hals.
fahr jetzt zurück auf die piste.
sie kamen hinter einem lkw auf die bahn, *veb apfelkraut*, proff gab im dieselqualm hupsignal. lieber jetzt sowas nicht, sagte karst, alles wie alle normal am besten.
das ist ein kluges wort, knurrte geärgert proff.
er mochte es aber nie lang gespannt, ließ lieber die dünne nase hüpfen, ich hab schon adressenliste.
von was.
alles anhalter, frauen und männer, viel haß. ich wollte früher mal pfaffe werden.
das wußte ich nicht. hast du die liste hier.

proff griff nach links in die hemdentasche, gab karst einen kleinen zettel, besetzt mit winziger schrift, namen und städte und straßen, manchmal auch telephon.
fahr mal in seesen raus zur post, schick das hin, wo keiner von dir was sucht.
mich fangen sie nicht.
dir traut man leicht.
uns fangen sie nicht.
aber wenn, dann sind die hier alle getickt.
mich kann niemand lesen.
der wichtigste fehler, die unterschätzung des feinds.
proff hat glück, sagte proff.
karst sah sich den mageren mann von der seite nah an, das unglück konnte man sehen, auch glück, die dicken grünlichen augen offen, aber der mund, geschnitten verletzt, riß hinterm satz die lippen nach innen, schloß weg. den schrei, den möcht ich nicht hören. karst nahm den ausweis noch mal, blätterte zahlen und schriftzug, moritz gesicht, wir fahren also zu mördern.
das hast du verstanden.
dein sohn aber möchte das nicht.
der, lachte proff, bestimmt nicht, sagte er froh, der knabe will leben.
karst erschrak.

II

grubegraben

(1) flügel war froh, es geht, es geht vorwärts. he, fahr nicht so schnell.
der kam man, auch auf dem fahrrad, so leicht nicht nach. die schwierige stille marie war heute so flattrig bunt verkleidet, wie flügel sonst auch lieber nie, wehendes kleiderzeug. vorn im kissen das kind, ausgeliehen in mottenburg, saß neugierig unterm indiokäppchen. was noch ohnmächtig ist, das denken sie dumm sich zahm, nun gut, hatte flügel gesagt, wir werden alles, auch ihren kitsch, für uns nutzen, bis sie verreckt sind.
am baumwall der dicke freihafenzöllner winkte die drei faul durch. der zarten marie sah er gern herzlich nach, wo hast du das sonst, so milch die haut und kohleschwarz aber das ganz lange haar, die frau so aufrecht im fahrradsattel, so schwer gegen kühlen wind aus nordwest, schöner abend im hafen, und ich hab dienst, aber später auch sicher die rente, ein scheiß.
flügel war sonst lieber blond und stachelig kurz geflogen. jetzt aber, gegen die fahndung, trug sies mehr bräunlich länglich, perücke mit ölig gestachel, ein löckchen vorn schlapp feuriggrün, leicht spritzenplatztouch, denn die punks mit no future, die lassen die bullen laufen, mal prügel vielleicht, aber endlich doch alles bequem am ende. siff und kiff, hatte flügel gesagt, ist dem pack eine harmlosigkeit, so täuschen wir sie, so kommen wir durch, es geht.
den beiden flogen die langen kleider im wind um containerecken, die elbbrücken rüber bis mexikoschuppen, bis aus mächtigem schiffsbauch der wink kommen würde an flügel, kreolisch, der wechsel von waffen und wertvollen medikamenten, auch einfach freude, der schrei aus den bergen, wir leben. auch von tölz wird die rede sein. aber macht das genau, compañiera, wir dort, ihr hier, *eine front*.
vorher noch tapp. den sollte marie heut das erste mal treffen. und sonst erstmal nichts. das mexikoschiff macht flügel später allein. und war noch viel zeit bis tapp.
sie hockten sich ins abendlicht am ende von baakenhöft, hinter sich, nah, die quietschenden rasselnden ladebäume aus

lagos, kakaobohnen gegen unimog, vor sich, fern, aber dort geht die sonne hin, das offene meer. nah das maunzen der möwen. marie hatte hartbrot im sattelsack. das kind war lustig und paßte gut auf. und wollte so gerne auch fliegen. obgleich mit anna und blues so beschlossen war, daß sie marie nur erst fragt, was sie will, wo sie herkommt inzwischen nach damals knast und todkrankheit aus knast, wo sie jetzt also hinwill mit wem, mit sich selbst, wenn du was tun willst, dann mach das mit tapp, ihr hier, wir sind überall, sagte flügel und schmeißt schon bald ihren arm um die frau. die sitzt nur und starrt und harrt. und flügel zeigt ihr genossen nachts in den waldgrenzelagern südlich vom fluß motagua.

ums bewaffnete lager wuchs bunter wald, dickicht voll blumen und gift. flügel war, beim sprung vom baum, aus einer rankenden blätterkette in ästen, unten in einen handlangen dorn gespießt, baumstämmesplitter. der fuß war durchstoßen bis oben hin. der schmerz warf sie um. sie war allein und lag krumm und schrie. schrie krumm, weil hier niemand sie sehen und hören konnte. dann mußte sie hilfe suchen, es war plötzlich nacht. und weil es nur männer waren, die sie dort bitten konnte, ging sie zu denen aufrecht, ohne zu weinen, ohne zu schreien, mitten durchs fußfleisch den dorn, ohne zu hinken, nur etwas ernster als sonst, ich brauch hilfe, sofort, ich hab mich verletzt. aber da sie im schmerz nur deutsch reden konnte, sonst andres fiel ihr nicht ein, wurde sie nicht verstanden. sie stieß einen an, griff einem die hand, riß einem die schulter hinunter zum fuß, trat mit dem knie um hilfe. wurde angestarrt, fremd, was willst du, genossin, was machst du denn da. und gelächter. will niemand ihr böses. am lautesten lacht nah ihr liebster, weil sie so ernsthaft tanzt und knurrt, so wirblig lallt. da knallt sie ihm eine und schreit ihn an, und meint sie alle, die männer schon längst, ihr abgefuckten stecher, ihr macker, ihr ficker, ihr lacht wie faschisten, ihr seid faschisten, was macht euch so geil was mir weh tut.

das wort faschismus kannten sie alle.

es hatte tage gebraucht, bis die ersten verstanden hatten, woher aus flügel solche sprache der kränkung losgetobt war. sie war dort die einzige frau.
ich kenn das vielleicht hier auch, sagte marie, aber es kommt aus angst. so werden wir feinde. nicht stark. sondern schwach.
wir fangen schwach an, sagte flügel, aber wir fangen an.
das kind kam zurück von den möwen.
wollen wir nachhaus, fragte öde marie.
das kind aber starrte nur auch.
du redest, sagte flügel, als seiest du, und stieß marie vorsichtig an, total allein auf der welt. was soll dir das kind denn da antwort geben.
als wär ich, sagte marie, nicht auf der welt.
das ist das gleiche, die schweinerei, die sie wollen, sie stellte sich hin, aber wir sind auf der welt, zog marie aus ihrer verhockung zu sich nach oben, tapp hat nicht kommen können, wir müssen zu ihm, fahr schon mal hin, wir wollen, daß ihr euch kennt, daß du bescheid weißt, machst, was du kannst, nicht hockst, steh auf, ich komm später nach, da ist vielleicht was passiert.

(2) *passiert* ist da doch überhaupt nicht das wort, paß doch mal auf, was du redest.
geheimmaterial der nato. kisten von siemens. werden in hamburg getarnt gestaut auf kleinem schwedischem frachter. für den einsatz im eismeer far north. gegen die Rote Marine. einer und ein paar andre im hafen nehmen partei, sind partei, greifen ein. vertauschen die kisten. wichtiges reist nach leningrad, falsches nach hammerfest. so soll es sein. nicht leichte arbeit. sie wird verborgen. tapp redet vorsichtig. tapp hat lust.
er hatte schnell ernstes gefühl für die sture marie gehabt, auch weil die das stichwort von flügel hatte, auch weil die so still sitzt und zäh ihn fragt, warum er jetzt eben unpünktlich

war, auch weil die viel nachgedacht hat vielleicht, auch über die schwerheit den tag und die nacht, auch alles mal über die nächte, das hast du sonst nie, bloß glatt mehr egal, egal aber geht uns das nicht, da müssen wir doch auf der hut sein, mein freund, und hatten, sagt tapp, das alles zurechtgefiedelt, guck mal, der schwede vor reiherstieg, da denken sie sich doch die natoreise flau vertarnt unter holz und papier, und heimwärts kakao und paar zierdeaffen, und oder von siemens, ja siehst du, das heimliche zeug für ihr feindliches ticken, da ticken wir gegen die besser selbst, so miniteile, computerkisten, sind wichtiger manchmal als essen und liebe. ich mein da was ernstes, versteh das nicht kalt, wir sind doch genossen hier nicht aus glas, bloß keine minute und gar kein kistchen an unsern feind verschenken. weil sonst ticken uns diese verrückten bald überall menschen kaputt, ist denen doch alles egal, hauptsache roter oktober kommt nicht noch mal auf die beine, bluten ihn jeden tag an, jede nacht, den bär, aber ich sag dir, der beißt, und manchmal sind wir das stück vom kleineren zahn links außen unten, macht ja nichts, wär aber besser gewesen, die hätten den lotsen nicht abgewartet, bist du erstmal draußen im offenen wasser, da findet dich keine kontrolle, geht auch mal so, da hast du ganz recht, das finde ich wichtig von dir, sicherheit wollen wir nie auf die leichte, das seh ich dir an, mein freund, du machst keine halben sachen, weil rot geht nicht halb, bloß rund, und zwar rund um die uhr, und keine zeiten verkümmern, es eilt, und ich sag noch zu brocken, lenk sie mal ab, schmeiß irgendwo feuer, dann rennt das pack erstmal nach da und nicht hier, wo die heimliche ladung jetzt schnell mal nach leningrad soll, und zwar fix, computerteile für kommunismus, eigentlich wären ja so supercomputer für unsereins eher geschissen wahrscheinlich, aber egal was du besseres willst, und wir wollen ja alles nur bestes für uns, die drücken dir eisen ans ohr, da mußt du nicht lange zaudern, sondern falsche signale und leinen los, die ladung muß rüber an rote kollegen, doch doch, deine auch, das kann ich gut sehen, du willst doch dein leben, na also, das klassenleben, sagt tapp, auch wenn, ich

kenn in portugal einen, neulich, der sagt immer bloß, daß klassenkampf und der stolz auf genossen, das klingt ihm alles bloß alt, aber hör mal, wir sind ja auch alt, und immer noch ältester kampf mit kopfhoch und herz in der sonne, ja siehst du, da lachst du mal bißchen ganz schimmerig leise, da hast du auch recht, und darum war ich auf punktzeit nicht baakenhöft, weil wir haben das ding gedreht, ich sag dir mal lieber nicht ganz genau wie, war aber reichlich theater gewesen, mit mann über bord und lebensrettung und schnell die schablonen vertauschen, und winkewinke, und denken nun immer noch, sie haben die richtige kiste von bord. aber ganz knapp die falsche, rotfront. so passiert das bei uns, mein freund.
es war nun schon spät geworden. flügel war nicht gekommen. tapp hatte alles erzählt, nebenher kabeljau abgekocht, immer nur unterwasserfotos kannst du nicht futtern, sagte er schmatzend. die saucen waren ihm, längst vor dem essen, noch unterm kochen das liebste. dann stellte er weg und stand da. von täglicher arbeit im hafen verkantet, von lauter arbeit mit doppeltem boden geschärft gegen angst.
so allein, wie du aussiehst, ist nicht in ordnung, sagte er kratzig und drückte sich, rechts überm ohr, die stachligen haare runter, komm mal paar schritte quer durch, marie, ich zeig dir bei sternschanze schöne paar sterne. sie gingen nach draußen. sahen den hellen vom hund. und den nebel mitten im messer. auch schon mal staatsoper hingewesen, fragte tapp seinen freund, fidelio, gut gelungen, die frau.
tapp hatte zu ihr *mein freund* gesagt. marie starrte zärtlich. ich muß noch mal weg. ich komm aber wieder zurück, wo du wohnst. ich will das. dann mach mir auch auf.
tapp machte ihr auf. das war aber für diesen querigen kerl überhaupt nicht zu fassen. bis ihm das grauslich beinah den hals bricht. die wand. die verschlossene tür.

(3) *die hunde sollen das messer haben.* das hatte die alte mutter von proff schon vor allerhand jahren, zittrig in haß, zu olga geflüstert, zu *aneken einhundertvier.* die alte war im nazikrieg mal *dienstverpflichtet* gewesen, für verwundetenbahntransporte, und hatte ohnmächtig angesehen, hatte ohnmächtig ansehen müssen, sagt sie, wie einmal ss eine junge frau unter eisenbahnräder getrieben hatte, bahnhof bad oldesloe. die junge damals hatte für judenmenschen in viehwaggons heimlich zu trinken geschleppt. so war sie sehr rasch, sehr jung, in guter arbeit gestorben. noch immer nicht so die alte mutter von proff. die saß nun verblaßt, auch verschnitten, ihr langhaar hatten sie weggeputzt, schnipp, damit wir das omachen pflegeleicht haben, in den täglich scharf ausgelederten, schwarzblanken schaumstoffsitzen, gelauert zwischen paar anderen alten. vielleicht kommt uns heut ein besuch. saß im altersheim wolfratshausen. saß zwischen großem zierdekaktus und fischchen im kasten aus glas. der war lilagrün durchgefunkelt, fürs farbegeben ins grau der tage und nächte und tage. auch die haustür, nahe den wartesitzen, war glas. draußen war sonne, waren kinder und falken. zu weit. aber nah immer noch, steinkalt, aber mitten im herz, *sie sollen das messer haben*, so wild gehämmert, so zäh gegens sterben, mein herzchen, komm rein, da freu ich mich aber, da setz ich uns gleich doch ein teechen zurecht, und bringst einen freund, aber sieht der nicht aus wie mein lieblingsmoritz, ja kommen sie nur, meingott, sind die jungen leute heut groß, da werdet ihr unsre sache schon schaffen, na komm, na erzählt doch mal, kinderchen!
proff und karst hatten früh, ohne pause, die waldhügelei im süden von münchen erreicht. da fahren wir zu meiner mutter, und abends und nachts zu den eltern von jojo, das geht bei denen, die können das brauchen, die sind in angst um das leben vom sohn, die sitzen hier gleich nebenan, geretsried. und das pack, das schnappen wir morgen.
warum lebt deine mutter nicht mit bei euch.
bei uns weiß man nie, sagte proff, wo hast du, wo habt ihr eure mutter. wir schreiten voran, sagte er plötzlich stumpf,

und hinter uns schrott, und einmal werden wir singen: das war die wüste. jetzt komm, er lachte karst ratlos an, warst lange nicht mehr unter menschen. und drückte das schwere glas.
und hatten den schwersüßen tee geschlürft. und hatten viel alte fotos von moritz geguckt, erstaunlich, na sieh doch, ach wissen sie, karst, wir sind nämlich allesamt heimlich verwandt.
wer wir, fragte karst.
weites feld. das signal und die angst.
und hatten der mutter die krüpplige pfeife gestopft, die war ihr aus nachkriegszeiten geblieben, der heimleitung war das nur ungezogen, zum volkstanzabend mit gästen aus tölz soll sie das knöseln bittschön fei lassen, laß ich auch, sagte die mutter satt, das tanzt wie bei nazis, was soll ich da unten. da hatte dann proff ihr den filmplan erklärt, ihr gezeigt aus dem buch der ss, was in tölz mal war und wie das warum damals angefangen, das verbrechen vielsprachig sich verschworen hat, und sich heute noch weiter verschwört gegen uns, gegen die lust auf befreiung, gegen das leben der klasse.
was soll ich mit klasse. böhmische dörfer. wir hocken bloß blöde, mein sohn.
doch, hör mal, versteh das, denn wenn du die klasse nicht packst, dann packst du auch nie wirklich freiheit, dann scheißen sie dich bloß an mit freiheit.
jetzt red mal mit deiner mutter, mein sohn, was sind das für häßliche wörter.
einfach wie was zusammengehört, rief proff, grad das muß im film nach vorn, das lock ich mir raus aus den killern, ss und us und der klassenfeind, ss und us und die menschenverachtung, ss und us und die eigentumsbeute, ss und us und der krieg, und daß da nichts schreckliches ist, sondern schrecklich bloß logik, wenn gegen die Rote Armee immer alles aus gleichem haus kommt, dort in tölz und auch anderswo.
zuerst nur hatte die mutter geseufzt aus kinderzeiten den alten schnaufer, *himmel, was hast du denn keine flinte!* dann aber hatte die winzige frau aufgereckt den mageren arm ge-

worfen krumm wie ein reitermesser, die schrumplige faust sich links an die schulter gerissen wie für den letzten, den ganzen schlag und hatte durch zähne den atem gezogen und hatte gesagt mit knirschen, *achgott, da sollte man doch –* aber die faust blieb am schulterfleck, der säbel fuhr nicht seinen pfiff, die geste stand starr. dann sackte der arm schlaff ab, und die mutter krümmte sich bange zurück zur tür, ob da wer wär.
proff nahm die abgesunkene hand, und die mutter bückte sich hin zu ihm, ich hab angst vor da oben, flüsterte sie und wies mit dürrem finger. das klang wie fromm, war aber praktisch gemeint. oben im zweiten stock lagen die pflegefälle, valium und schläuche und schweigen. wer oben war, war verloren. proff küßte der alten sachte die hand, ich laß dich nicht liegen wenns losgeht.
fürs sterben ist das ein leichtes wort, aber doch nicht so falsch, sie riß mit der einen, die andre hand ließ sie beim sohn, sich tuch und jacke und bluse schief, noch alles so eng und so fest hier drinnen, und wenn da was losging, ach herzchen, wenn da was losgeht, dann aber, dann wird uns wohl gut sein. dann werden wir gut sein, horchte sie nach. aber, sagte sie streng, dann sage mir jetzt, mein sohn, wer hat uns so festgebunden.
komm, wir fliegen schon mal, sagte proff und ließ einen kleinen schubert loslaufen. und hockte sich wieder zur mutter. und die faßte ihn an und hörte dem schubert zu. und gab dann die andere hand karst.
dann aufbruch. die abgeschnittene alte frau winkte vom kammerbalkon mit einem kinderwindrad.
karst wollte nicht gleich zu den eltern von jojo, wie machst du denn das, wie kannst du denn das, deine mutter hat horror bis oben.
den haben wir alle.
er zog karst ins flußbettgeröll, da laufen wir noch ein stückchen, und ich sage dir was, mit schubert hat sich zuhaus meine mutter in ihrer schlimmsten zeit über wasser gehalten. nazizeit. henkerzeit. eiszeit. schubert.

schlimm genug.
klar, für dich. du bist untergetaucht.
laß das.
der rest schwimmt noch immer ums leben.
im eis geht kein schwimmen.
also vorwärts. wir laufen.
nah beieinander, proff.
der kleinere alte proff legte den arm auf karsts schulter, halt mich. ich halt dich. es ist sehr glatt.
grün abendhimmel glomm überm fluß. fern stand im flutenden wasser ein angler, über ihn hin träg fort flog ein reiher.
ach juli und juli und feld und wald, sie werden uns töten. wir werden menschen sein. wer hat uns so festgebunden.
daß eine mutter so reden kann. das wußte ich nicht. und war plötzlich nicht mehr alt.
alt wirst du nur aus verrat, sagte proff.

(4) sie strandeten bei verratenen menschen.
die eltern von jojo waren, nachdem proff, der manchmal auf seinen reisen bei denen einsprang, übers altenheimtelephon seinen besuch dort angesagt hatte, mühselig vorbereitet, der tisch war gedeckt, das haar gekämmt, das kissen gestellt, das klo gesprayt, der schreck verkniffen der schmerz das haus. das haus war, wie rings alle häuser auch, aus tagundnacht arbeitsplage gebaut, geschachtelt, endlich auch abbezahlt, für einmal im jahr costa brava. für wen. für schließlich und endlich die beiden kinder einstwann. die waren aber weit fort geflogen, die tochter fremd, ohne weiteren brief, mit einem negersoldaten weg auf die alëuten, radarspezialitäten far west, der sohn ins gefängnis. so war also alles alles umsonst gewesen, der treue krieg, die treue danach in den wäldern nördlich von coburg, als sie mit ihren arbeitskollegen nacht für nacht maschinen und schwere maschinenteile geschleppt hatten über die *zonengrenze* in *freien westen*, *gegen die sowjets* in suhl, auch vergeblich die treue des täglichen

einkaufs, der treue verkauf an lohn und leistung und lügen. der tisch war gedeckt. aber was schwebt da, was schwadert klamm. neger und knast, die beschämung, der jammer. und glänzen aber vom kleinen jojo die fotos, jojo mit seppelhut, jojo mit schulzuckertüte, jojo verprallt im turnerhöschen, jojo geschlipst zur konfirmation, jojo fettbackig, etwas zu klein. saßen nun aber da vater und mutter, krümmten sich fest in den fernsehschaum, mochten nicht fragen nah nach ihrem verlorenen sohn. und pries der vater das bier und wollte den gästen gern alles geben. und drehte die mutter, von trauer matt, sich zittrig das kahle haar, ihr kind war gefangen, für untaten eingesperrt, aus untaten klug, und will unser junge nun hungern, heißt es, und lieber sterben als erben dies haus. was haben wir falsch gemacht.
jojo hungert nicht, sagte karst, die kämpfen ums leben. auch unser leben. nichts ist verloren.
ach doch verloren, ach kämpfen, sagte der vater verächtlich, uns haben sie dreiunddreißig verprügelt, und die bonzen sind weg nach moskau.
und thälmann, sagte proff sacht.
der hatte, sagte der vater mit häßlichem lachen, eine nebenfrau in charlottenburg, drum ist er nicht rechtzeitig aus den federn da morgens im märz.
ach alles so sittenlos, sagte die mutter.
wir haben hier alle freunde und nachbarn verloren, sagte der vater, so schämt man sich wegen dem jungen. man traut sich schon lange nicht mehr auf die straße, sagte die mutter, zum einkaufen fahren wir bis holzkirchen, damit uns keiner erkennt und fragt uns nach jojo. bloß noch, wenns dunkel ist, alles so dunkel, sagte der vater.
karst suchte nach ausgang. proff tickte kurz mit dem fuß und sagte dann wie zu sich selbst, er meinte aber die kleine verfallne frau, das schämen ist falsch, nicht das schmerzen und ängsten. ich schäm mich oft nur für mich selbst, sitz am fluß, eß satt, laß das kind in die schule, die frau ins verschweigen und mich in die arbeit der sender, halt still, hol geld, und weiß doch bescheid, und laß doch die lehrer an meinen jun-

gen hin unrecht reden, und freß bananen aus blutigen dörfern, das fleisch und das brot aus dem hunger von völkern, hock mich ins auto und roll an den fluß, und im blech hängen hände und haut und gehirn von der hatz am band in orly, und der fluß ist vergiftet fürs große geld, für leute, die nie ins gefängnis kommen, die aber den mann bezahlen, die wissenschaften, die beibringen, wie man in knästen den kämpfenden menschen umbringt. so könnte man sich wohl schämen. aber nicht ihr für jojo. jojo hat nein gesagt. das ist vom menschen. das ist was von euch. wer sich wehrt, der macht schmerzen, setzte proff kümmerlich nach, und die red ich nie weg, auch euch nicht. aber die kraft, die sich wehrt, macht nicht schande, im gegenteil, mut. da seh ich das beste von allen für alle. von uns für uns. von jojo.
wir sollen aber die pflicht tun, sagte der vater weinend, und nicht ein verbrechen.
ich möchte hier raus, sagte karst.
du bleibst jetzt hier, sagte proff.
merkwürdig stand da karst auf, stellte sich mit dem rücken zur wand, den kopf nach vorn, im nacken die niedrige zimmerdecke, das haus als kasten, als käfig. wir sind in der hand von toten, aber wir leben, und jojo, fuhr er noch ahnungslos fort, auch wenn sie ihn, so ihr kalkül, jetzt in den kämpfen sterben lassen
aber fuhr knirschend auf. stemmte den hals, wölbte den nakken, ragte splitternd, kein ufer in sicht, stumm auf zacken aus eis, gestrandet, getrieben gegen die schmerzen der eltern im stock. die verbückt worden waren in lebenslang fremde arbeit, verschraubt in die lüge vom leichteren leben, verrenkt in verkaufte sehnsucht, verhöhnt nach plan, geschunden. wer hat euch so festgebunden. es gibt kein verbrechen, nur was sie euch jeden tag tun, verrat.
aber es war dem vater nicht sichtbar, was ihn am *audi* draußen verrät, der mutter der tod nicht im kasten. wie ein schmuckkästchen hatte sie alles geführt, wie ein mann hatte er seine pflicht getan.
da lachte proff lieber rasch um sich. da mochte der vater

auch lieber nicht weinen, lieber verdrießlich gewendet an proff, er ist ja noch jung, hat keine kinder, weiß noch vom leben noch nichts, der herr karst.
der abend zerfiel wie sonst auch. am ende, verschnitt, ein fußballspiel gegen türken, nur die tore, die schüsse.

(5) die eltern hatten in jojos zimmer alles beim alten gelassen, die mutter hatte für karst eine liege gerichtet, proff war noch rasch eben rüber gelaufen zu juli ans telephon, ecke *sudeten*, bis in die straßennamen hinein war hier für neuansiedler gesorgt, von *breslau* bis *richard wagner*, von *kolbenheyer* bis *siebenbürgen*.
die freunde mochten erstmal nicht schlafen. zwischen liege und bett brannte ein andenkenlämpchen aus bad gastein, im fuß aus plastik saßen ein hirsch und ein bauernhaus. im kästchen neben der tür, hinter glas, lagen die bibel, karl may, jürg jenatsch und fransige heftchen. auf dem birkenholzpültchen für hausarbeit, nackt blank geschnitzt, die ärmchen gehoben, tanzte eine schwarze frau, ein andenken aus algeciras. der vater hatte damals gemeint, der sohn sei nun alt genug. schwarze männer, in klein, in nackt, für die tochter, hatte es keine gegeben. das wär auch den eltern nicht recht gewesen. nun hatten sie den salat. seit jahren kein tuten von aleüten. und besser vielleicht auch nie fotos von enkeln. da schämt man sich dann bloß noch extra noch mal.
warum gehst du an so einen platz.
ich versuchs immer wieder. ich bin mit den wichtigen sachen nicht gern so allein wie du, vorhin, als du reden wolltest.
so allein wie hier, bin ich lieber allein.
und stirbst dran. wie jetzt vielleicht jojo.
der ist nicht allein. das ist aber deine angst. sieh mal den schrecklichen arm deiner mutter.
was ist mit dem.
nie hat sie zugeschlagen. immer ist er ihr mitten im haß so erstarrt. so ist das mit unserem horror. da sind erfahrung

und wissen, da ist unser arm, und weiß schon die ganze bewegung, und macht sie lieber nur halb.
sie findet sich festgebunden.
jojo hat sich nicht festbinden lassen.
ja der.
in alten geschichten hätte man den einen kecken burschen genannt, was ein bild aber nahlegt auf flink und klein, er war aber schrötig fett. gegen die ängste der alten, machen sie mir eine ordnung aus diesem sohn, hatte der vater dem heimdirektor gedroht, gegen das treten und beten in arbeits- und freizeitbunkern, dich wildes schwein mach ich zahm, war er gern rauben gegangen. war er verraten worden und wieder verraten. war er gefangen worden und wieder gefangen. hatte er wieder und wieder gekämpft, ausbruch war ihm von allem das liebste.
sein letzter ausbruch hatte ihn weit gebracht. da hatte, in rastatt, der liberalitätendirektor, nach schon wieder drei jahren knast für jojo, und sechs jahre hat er noch vor sich, denkste, die sonne auf dessen nasenspitze gesehen, den witz, dem wollte er auf die sprünge helfen, freilich nicht so zu springen, und ließ ihn, jojo wär immer gern arzt geworden früher, allerdings nur auf segelschiffen, und wo hast du schon heut noch gut wind, das akupunktieren lernen. da gabs einen freizeitkurs für den anfang, da gab es das studium über kassetten und bilder, da gab es die kitzlige sohle vom chef, und gab es endlich, moneta, der knastfürsorger, machts möglich, den ersten freigang, nach fast fünf jahren, zur abschlußprüfung ins freiburger seminar. o endlich frei in die gänge kommen. und nicht zurück. und auch aber nicht zurück zu den dieben und hehlern, die ihn so oft schon verraten hatten, sondern endlich nun wirklich, wie die besten kollegen aus uralten moritaten, hinaus frei in wald und busch.
moneta, der treue verbrecher, nun sitzt der auch schon seit langem gefangen, und seine liebste liegt tot, hat sich gewehrt bis zuletzt, old manitu hatte jojo damals den trip verschafft und die saubere pappe, niemand wußte davon außer ihm und

ihm, und die blockadefrauen und bockigen freaks dachten einfach nur dufter typ, als jojo da eintrollt in wälder und hütten, in lieder und *bundschuh*flattern und feuerzeichen am kaiserstuhl, ins freie treiben und kiffen und kämpfen und bauen und basteln der leute gegen die pest von wyhl. da suchten, umstellt von bullen, die bullen ihn nie. aber frauen, mal die, mal die. die standen stark gegen abräumkommandos, die lagen schwach wie ach für den mutigen räuber. das gefiel jojo gut. gern mochte er frei sein, wie alle gleich frei, aber auch gern er der größte. im freien feld die engen spiele der macht. dann wurde geräumt, zerprügelt, zerschlagen, verhaftet. jojo war ihnen noch einmal entkommen, kam über eine frau ins hessische, in ein landfreaknest, alles klar, aber wo ist das ganze, das leben. holzhacken, kinderziehn, groschenranjobben, spitzhütrige pilzelchen reiben für wochenendweise mal traumtänzerei, wo ist hier der kampf, wo gehn wir dem schwein an den hals. so schön das leben im bauernhaus, so lieb die hunde und kinder und katzen, sogar eine ratte war zahm, ihm war das alles nur bunt gefangen in lauter reden von freiheit.
sie hatten mit ihm *autonom* diskutiert, er wußte, sie wußten bescheid, wer seine alten und ihn und alle und alle verraten hatte. sie blieben aber bei pilzen und bier, bei bock mal und mal bei bocklosigkeiten, bei spruch. da ging er doch lieber wieder auf bruch. und wurde wieder gefangen. diesmal ein schuß in den fuß, nicht verrat. diesmal, von nun an, dauerisolation. sie hatten ihn lahm. nun wollten sie ihn auch gründlich zahm. er kam ins tickende weiß. sie kannten seine sehnsucht nach leben, nach knallenden segeln, nach dem geheul, dem gejauchz der verschworenheit noch mitten im finstersten wirbel. so machten sies ihm bleichhell, und alles nur totenstill. er horchte. kein klopfen. er horchte. kein klopfen. er horchte. noch immer kein klopfen. er wußte, da waren noch andre. er hatte im dickicht um wyhl auch von larry gehört. und als spitz, die er gar nicht kannte, ihn als erste besuchen kam, da war der besuch zwar, dies tasten und teilen und tarnen durchs dicke glas, nach minuten zerschla-

gen worden. er hatte aber sofort den hungerstreikkampf der andren, jetzt, heute noch, aufgenommen. larry wär damals beinah gestorben.
so kamen sie endlich zusammen, mitten im weißen stein, fadenhartdünn gekämpfte genossen. denn da sind ja noch allerhand mehr so wie wir, sagte jojo, sonst könnt ich so hungerei nie, und die wollen dem schwein, und das werden wir auch, ihm seine beute abjagen, uns selbst, das leben, das klassenleben.
aber da waren dann bald doch auch widersprüche.
die einen saßen schon jahre im trakt, nein standen im trakt. in sieben jahren kein blick auf das, was wir draußen in sieben minuten, in sieben sekunden sehen können. nur vermauerung, blendung und steinung. *damit sie farblos wie fühllos werden, ganz frei, wie tot, das reicht.* und wenn ein besuch, eine stunde in siebenhundert stunden, eine hundeblume, einen tannenzapfen, grad so vom weg, mit reinnehmen will, nur ans glas, nur was winziges schnappen für riesige augen, dann darf der das nicht, dann muß der das wegtun ins plastikschälchen, rechts in den schließeschrank, fünf meter vorm ersten der dreizehn gitter. damit das *vollzugsziel* erreicht wird, die löschung.
so standen sie eng aneinander, halt fest, nur wir. nur wer. denn in der geschichte nah hinter ihnen die kämpfe, die toten, die kämpfe, die morde, nachts, das schweigen, zerrissen von schweigen das schweigen. und musik aus der wand. und papier. und papier. und durch alles der riß, das glas, der plan der vernichtung. der tag jeden tag als angriff, ob du noch lebst. oder stirbst ihnen zu und kippst. und gekippt wird allein. und das leben sind wir, unser kampf.
ja wir, sagte jojo stolz, und sind noch viel mehr, als ihr denkt hier im schrank, und fand sich geworfen längst und pfeifend nach oben gesaust und gischtig gleich wieder runtergetrümmert, und doch immer wieder tauchen wir auf, und alle manöver in griff, und der sturm und das boot und die brandung sind wir.
das geht nicht, sagt larry.

denn obgleich der sogar schon bis java auf trampschiffen weit mal durchgestürmt war, stand er für text und kontrolle, für den durchdachten takt, für den jedesmal einzigen schritt, zusammen, und keiner weicht ab oder auf, entweder oder, *das ist ein befehl.* denn larry hatte auf java damals nicht nur das niedermetzeln der kämpfe gegen us-suharto gesehen, landgang gemacht paar tage und niedergeschlitzte mädchen gefunden, blutiggetretene mao-bilder, gesehen die us-kriegsmaschine, sondern hatte nun auch schon seit jahren den trakt durchgestanden, die tücke, dies warten und wühlen und warten der wächter auf deine erschöpfung, und wie das verrückte dich lauert, mal freundlich, mal peitschend gemein, daß du begreifen sollst, schlucken sollst, verschwindelt aus dir herauswürgen sollst, ums dir dann einzuschlingen wie strick, daß auf der welt nichts gutes mehr geht, vermauert stehn dinge und mensch, wie hier das gitter, der stein, daß du dich abgeben sollst in ihren dauernden tod, den sie sich jeder, gequält wie gerissen, längst reingetan haben, einverleibt haben, einverstanden, so wollen sie dich, wie sich, ganz einfach, ganz frei von freude, ganz friedlich tot. und so weiß larry das und sagt das zu jojo, wer sich hier nicht gleich panzert, undurchdringlich als kollektiv, als nur wir sich dichtmacht im allerersten moment, den haben sie.

ach was die haben, lacht jojo, die panzern sich selbst, gegen uns, und zeigte nach draußen, wachtürme wachtürme, mauern und mauern, und fern, aus der heide, das schleifen und schießen der panzer und panzer, da sickern wir ein, nach überall hin, drinnen und draußen ein kampf, wie immer schon, bis der stein bricht.

der lange larry griff aber jojo ins haar, zog ihn sich nah, da haben sie sickergruben, du zwerg, da gehst du wie scheiße durchs rohr, und kaum noch gestank, mein freund, und fließt du nur leise so ab. oder verrätst dich. oder wirst der verratene sein. wo viele sind, da sind viele spitzel. sie haben system –

– na und, na was, schrie jojo ihm rein, das hatten sie immer.

sie rechnen uns aus. das möchten sie gern. ich bin aber unberechenbar. du auch, larry. alle. wir leben.
sie töten.
ach wir sind viele.
wir sind die guerilla.
die geht nicht ohne proleten.
die gehn nicht ohne guerilla.
ja denkste, du leuchtturmwärter.
ja, denk ich. so wirst du stranden. allein.
ach larry, was hast du angst vor den wellen.
das ist keine angst. sie waten nicht nur, ich hab es gesehen, sie schwimmen in blut.
wir schwimmen, schrie jojo.
ins netz, sagte larry.
so standen sie schließlich nah gegeneinander, die da und die, stumm fest. und die bewacher notierten gute signale.
aber doch mitten aus widerspruch hungerstreikkampf kollektiv, wir sind gefangene im klassenkrieg, wir wollen das kriegsstatut, die zusammenlegung der guerilla, anders von lübeck bis straubing kein leben, der kampf.
jojo, obgleich er das anders verstand, sprang in den kampf an die seite der andren, ach *an*, er war ja darin, schrieb aber hungernd sich finger fusslig für andren knastkampf, jetzt, heute noch, hier, für proletarischen kampf, in allen knästen mit allen gefangenen, männern und frauen, front gegen trakt und stufung und dissoziierung und spitzel, kampf gegen bunker und brechung von menschen, *denn das ist für uns der gefährlichste trakt, der stillstand, die schließung, die steinerungen, der kreislauf, der hofgang unserer gedanken! wir drinnen und draußen müssen jetzt wege suchen und lernen und laufen, die diesen kreislauf zerreißen. drinnen und draußen sind praxisprozesse, auf die wir uns hin und her einlassen müssen gegen den stillstand der alten papiere, anders sterben wir hier, und auch draußen, den blöden tod der verengung, der nur noch dann spiegelt den dauertod derer, die uns gefangen haben, die wir bekämpfen, wir alle drinnen und draußen krieg wie knastkrieg jetzt gegen das löschen, ROT-*

FRONT. und nix extra für die guerilla! aber seine briefe wurden von den bewachern nicht weitergeleitet, wurden angehalten, verschwinden gemacht, versackt.
und plötzlich hieß es in hungerkampfkammern, es wird einer sterben. da brach jojo ab und schrie und schrieb und suchte wege, wie er die anderen schnellstens erreicht, hört auf, jetzt sofort, es soll uns von uns keiner sterben in unklarheiten und widersprüchen, wir haben arbeit zu machen, für uns, ums leben, nicht die der schweine, den tod.
armer jojo.
denn es wird einer sterben.
und es wird draußen und drinnen den totgekämpften, den unter riemen und schlauch und schließerpfoten niedergemachten menschen kaum einer kennen.
und es werden spitz und konsorten sorgen, daß unter dem bild des ermordeten ledrige demos laufen. und aber auch das besorgen, daß deine nachrichten, jojo, schläge, schreie an die genossen, nicht weiterkommen, versacken, verschwinden.
und es wird eines abends spitz deinen brief an alle, häßlich mit feinem gefinger, aufheben und dazu sagen, *schon wieder so schweinereien von dem.*
und wird marie aber leise sich noch einmal weigern, das mitzumachen, warte mal, gib mir den brief von dem, der ist doch nachgedacht für uns alle.
und aber spitz wird nicht geben, nur niedlich an kutte hin lächeln, an den eiligen schatten von knast zu knast, von termin zu termin, an diesen dunklen freund aus papier und verschwitz, und wird zu ihm sagen, wen meint die, wer *uns*, die marie gehört doch gar nicht dazu.
und marie wird allein sein, wie nicht auf der welt, rot in der weißen haut unterm haar, starr gegen solche verweisung.
und werden spitz und ihre paar straighten begleiter sorgen und sagen, gehuscht und gepuscht und gehetzt, von knast zu knast, von termin zu termin, daß solche wie die marie und wie du *aus allen zusammenhängen rausfliegen*, kein besuch mehr von spitz, keine nachricht von larry, nichts mehr, da bist du jetzt *müll.*

was die bewacher genau so meinen.
denn sie mögen dein lachen nicht leiden, dein feuer, das du an alle gibst, das du an alles gern legen möchtest, deinen mut, dein vertrauen zu menschen.
und werden dich wegverschuben, weit weg, allein, nach bruchsal, zum beispiel.
und werden von nun an zwei mal im jahr dich die armen alten besuchen, weihnachten und am geburtstag, und werden süßes für dich gebacken haben, und die beschämung schleppen und ihren faltigen rat, du mögest dich bitte doch endlich nun sorgfältig führen. du nicht wirst die alten deswegen spotten, nicht hämen, du nicht, denn sie tun dir leid, so angeschissen in angst. und wirst schreiben an jene zarte in freiburg, *das mußt du bitte mal überlegen, bevor ihr über so eltern lacht.*
und werden larry und all die anderen oft nach dir fragen. aber spitz oder kutte oder sonst wer noch alles aus hastigem haspligem nachgebet, als schatten von knast auf knast, werden nur halbe antworten geben, nur halbe geschichten von dir durchs glas, am liebsten zweideutigkeiten.
denn es wird eines tages die freiburgerin zu dir nach bruchsal kommen, dir schwer, dir gut, und wird, dort im knast, dich heiraten, richtig mit schein und vergünstigungen ab dann. die trauung am panzerglas. aber es werden die bewacher ein lächeln beachten, bei der stillen, weichen frau und bei dir, als hättet ihr kluge gedanken.
und larry wird an dich schreiben. aber du wirst seinen brief nie bekommen. die bewacher halten ihn fest, sacken ihn ein, lassen verschwinden, wollen nicht den zusammenhang nie zwischen euch. sie reißen grad dich, diesen einen, *aus allen zusammenhängen.*
denn du hast lust.
du bist unberechenbar.
sagt das pack.
dort und dort.
dein klopfen.
karst und proff horchten nach. proff hob den dünnen arm

und ließ ihn über sich schwankend aufgereckt pendeln nach dort und nach dort. und habe ich aber die lust nun auf schlaf, sagte proff.
er kippte knochig nochmal aus der bettenwärme, kam mit einem glas wasser zurück, legte sich wohlig heim ins kissen, zog achtsam aus einem schwärzlichen blechfutteral seine lesebrille, schob die sich auf wie zu einer entdeckung, knipste aus einem plastikstreifen ein stückchen stanniolboden frei, nahm das kleine geröll, hielts unters andenkenlicht, hälftelte unterm genau gerichteten daumennagel das winzige scheibchen, hob die übrige hälfte behutsam zurück ins stanniol, schnappte den mageren mund auf, legte sacht auf die zunge das weiß, die dicken augen weit aufgerichtet, wie aufgehoben, fern weit, griff das glas, schlappte ein, schlürfte weg. das ist die liebe, schnaufte er eng, *scheibchen für scheibchen*, äffte er, fistelig krächzend, grausam marie, und immer alles nur halb, sagt juli, und eines tages das ganze, oder auch nachts, wer weiß das, und streckte sich hin, und sank ihm bald alles in schweigen.
warum machst du das, fragte karst.
o warte, sagt anna, wenn ich sie nach ihrem namen frag, sagte proff, wo mag sie sein.
dann warte ich jetzt, sagte karst.
ach weißt du, ich denk mir, das ist eine sehnsucht. mir hauts das herz gegen wände. es lärmt. es möchte da durch. was steckt aber hinter der wand, mein lieber, und wer, und mit wem, vergeßlich, ich bin so vergeßlich geworden, ich bin so vergessen geworden, verfressen worden, und drehte sich weich in der decke zurecht, zum einschlafen braucht es vertrauen.
weiß juli das.
sie traut mir. da brauch ich das nicht.
oder du ahnst nur noch nichts.
proff hob matt den kopf, bog ihn erstaunt zu karst, ließ ihn schlaff ins kissen zurück, das fürcht ich zuweilen auch. er lallte satt. ihm war alles reinlich weich weißlich vom hals nun weggeschafft worden.

(6) der hals in tölz, achtzehn autominuten von proff, hockte noch wach. die weißen augen hatten ihm vorgeschlagen, sich kundig zu machen. nach mexiko achtundsechzig. das sind nun schon viele jahre. mein lieblingsroter schon beinah ein toter. aber der hals war auch ärgerlich. was war in mexiko damals. die weißen augen löschten weit weg, *ins eis mit der leich*, verschlußsache forschung langley, mach weiter, die wichtigsten daten abrufen. da war die grenze, auch also für den. trotzdem. jetzt läufts doch. zur übung. der hals.

(7) *standardsoftware soll manpower einsparen neuer siemensmikro im trandatanetz platzcomputer neunsiebenacht mit vielfach systemanbindung rekordgewinn bei ibm einskommadrei dollarmillarden reingewinn im dritten quartal nixdorf nun doch in thailand mit optimismus sich im dschungel der produktion erstprotokoll garantieren den echten dialog klassifizierung von schriftzeichen unterschiedlich die abtastung zur segmentierung der zeichen mit automatisch erzeugten masken orthonormaler reihen oder polynomklassifikatoren mit dem ziel der verarbeitung isoliert gesprochener worte in der erkennung gesprochener sprache zur identifikation von sprechenden bei der zugangskontrolle hochgesicherter räume vergleich in anlage sechs die gefahr des mißbrauchs der bombe durch die stimme des opfers zur erhaltung verwalteter endverbrauchergemeinschaft als zentrales problem der verteiltheit*, die sprache der teile der eile auf nichts hin als teile als tod alles tot. aber juli ging trotzdem jeden tag hin in die arbeit, allerhand dies und das technik und tippen und organisieren bei der herstellung einer informatikerzeitschrift, transnational, multigesteuert, alte villa in wohlersallee, nicht weit von sternschanze, messer und hund, sie fuhr mit dem rad in die acht stunden gleitzeit pünktlich jeden tag früh, sie wollte das jeden tag möglichst schnell hinter sich haben, gibt was schöneres als sich verkaufen, kaum was de-

mütigenderes. nur noch demütigender, kleinbürgerkindertamtam, fand juli, hierüber zu klagen.
proffs extraleben, so beweglich, zutraulich faul und eigenartig riskant, fand sie manchmal verlockend frei. dann war sie ihm wütend oder zu felix hart. fands aber endlich richtig, wie alle zu laufen mit allen, jeder nur seine armen gut anderthalb meter über der kiste, paar tage paar träume weit von der grube. extramenschen mit extrasachen fliegen leicht weg aus den wirklichen sachen. wohin fliegt karst. was karst. sie räumte den schreibtisch glatt.
dann kam der anruf vom schwarzen abu aus bremerhaven, so gegen acht oder neun heute abend landen wir an, ganz schön frech, aber freut sie sich trotzdem, aber noch viel zu tun bis heut abend, aber auch typisch mal wieder proff. er hat die lust auf nachts noch zusammen durch freihafen laufen, er hat die lust auf winken und leute und hocken und hin und her erzählen, er hat die lust und lockt sie bei andren, und wenn sie dann plötzlich da sind aber, dann ist er weg, schon wieder auf tour, immer das netz in schlepp. wo ist wasser für so viel fisch. oder willst du uns in die pfanne hauen. mich nicht, mein liebster. idiot.
als sie bei felix lehrerin saß, war es schon vier. felix hat neuerdings angst vor fehlern. fürchtet die lehrerin, die er liebt.
aber grad felix, sagt die, ist mir von allen der zutraulichste.
es gibt da ein schlimmes ding, sagte juli, das kennen sie doch vielleicht, oder kennen sie keine angst vor menschen, die ihnen wichtig sind, grad vorm liebsten, vor der entdeckung des fremden. daß man da zutrauen lacht, und faxen macht, gegen den schreck vor, ich sag mal, vor schwarz.
was wissen die kinder vom schwarz.
jedes hat vater und mutter.
da kam die lehrerin wieder frei, von frau zu frau, ja, die beziehungskisten.
kann sein die auch. es gibt aber die noch engere kiste der selbstbefreiung, toll selbstbehauptung, die angst vor entdekkung.

bei mir gibts nicht viel zu entdecken mehr, sagte die lehrerin. so ziehen wir uns den mann an, felix ahnt was, kriegt angst. fliehen ist eine drohung.
also das versteh ich jetzt nicht.
da würd ich mal nicht so sicher sein, sagte juli verdrossen, und wenn sie lust haben, fahren sie mal mit zu uns raus, am wochenende, aufs land. ich möchte, daß niemand sie fürchtet.
kommen sie mit aufs klassenwandern, ich hab von den eltern noch niemand.
ich überleg mir das, sagte juli. und ab.
dann kam aber auch zuhaus gleich der krach mit felix, erstens will ich, daß du mir manchmal hilfst, schrie juli ihn an, die leber für mimi gibts immer nur montags, liegt doch der scheiß da drüben beim herd schon lange, warf felix lässig dazwischen, und denkst du, schrie juli voran, mir macht das laune, jede woche das kalte blutige zeug in fetzen schneiden, in kästchen frieren, und drittens, schrie felix zurück, hab ich dir nie was gesagt von was rumquatschen in der schule. und knallte die tür und war weg.
also drei kilo schlabbrige leber, geschlitztes schweinsherz würfeln, und mimi rollt klagend und spreizend ums küchentischbein, felix hätte ihr gern einen kater zugeführt, aber erst wenn du acht adressen hast, die mit unterschrift eine katze abnehmen, sagt juli. die fand felix nicht. dann beim tee mit moritz das päckchen für wolfratshausen gepackt, geschichten von leskow, eine honigkerze von freaks, und selbstgebackenen kuchen, die mutter von proff war zwar zuckerkrank, aber kinderchen, sagt sie verknöselt, was nützt denn das schlechte leben. und proff hockt da jetzt zwar die tage ganz nah, aber ob er dran denkt, ist die frage. und moritz ist nett, hat viel zeit, und schlakst das noch eben zur schlüterstraße, zur nächsten post, sechs minuten. dort hing das neue fahndungsplakat. einer kam ihm bekannt vor. er war aber voller gedanken, schrieb an einem heimlichen text, auch unterwegs, im kopf, alles tanz, und während, bis abends nachher zur abholefahrt für abu nach baakenhöft, juli noch klo

und wanne und waschbecken wetzte, jeden tag in der woche eine ecke klar, sonst kommst du nie durch durchs ganze, und während sie eben, im copyshop, noch zwanzig kopien durchlaufen ließ für die stadtarbeit gegen das videonetz, einen aufsatz aus england aus wohlersallee, *protopia als das modell einer datengesteuerten selbstversorgungsgemeinschaft*, sie gab das nur weiter an adam, den politologen mit orgel im auge, sie saß an der quelle für diesen und jenen dreck, in gruppen war sie oft ungeduldig, hatte auch, wenn schon mal zeit in der woche, lieber lust auf ein buch oder blödsinn mit felix oder die alten verkratzten trompeten, achtundsiebziger scheiben aus new orleans, und während sie dann für abu und felix und sich das abendessen schon mal präparierte, aal aus zachun in dill, und vorher, aus sonntagsresten, eine rahmige suppe und hinterher obstsalat, mensch hilf mir doch einer mal schälen und schnippeln und knacken, verdammt, schrieb moritz im zimmer von proff unter gittern und draht und schottischen weidenwindmauern, in sein fleckiges, zettliges, mit sprechzeichen, bildzeichen, schreibbildern kritzlig verdeckeltes nothilfebuch:
um die ecke gehen. wir haben nichts zu verlieren als unsere angst. unsere ängste sind die grundlagen unserer verwertbarkeit. angst schwarz. schwarz dialektisch fassen. einerseits hoffnungslos nichts, andererseits anarchie. der süden. die trommel. der tanz.
drum möchtest du gern, aus unsern versteinerungen, daß bald die verhältnisse tanzen, drum redest du groß, hatte juli zärtlich zu proff gesagt, als der, sie waren mit abu, dem seefahrer aus nigeria, bei dessen erstem besuch, noch raus ins *top ten* gelaufen, stumm und ganz arm am bier gehockt und mit augen aber an abu gehangen hatte, an dessen tänzen, reglos offen, zu niemand, zu allem, mit allen. wir tanzen, so gut wir können, küßte juli auf proff. und wollen doch alles noch besser und besser und schöner und schöner, küßte proff ängstlich zurück.

(8) sie fielen ein bei milchigem licht, es war keine sonne, die taugt, kein schatten, überall blendung, schlapp unter fliegen standen rot rinder, das fette gras nicht naß von tau, nur matt, die linien der weiden und wälder, fern roßkopf und benediktenwand, in schwülem nebel verwischt, kein guter tag. in unterbuchen schleppten sie warm ein kleines kind zu grabe, vor tölz war ein *edeka*frachter in brand geraten, auch dort, aber um zu retten, schleppten sie blumen und fleisch, laß mich mal kotzen, sagte proff, rollte aus an die erstbeste konditorei, so früh schon, die herren, was darfs denn sein, alles frisch alles warm, na dann erstmal stück kuchen mit torte. und während nun proff sich zuckrig gebutterte wärme eindrückte, während karst, wie von ihm weggewendet, die morgenblätter umständlich wühlte

hatte im seewald hinter zachun ahlers drei stunden waldarbeit, stahlseil, reißhaken, prellbaum, schon hinter sich, war nicht zufrieden, die arbeiter hatten seine weisungen nicht beachtet, mancher stamm lag hangab, er mußte sich einen stehenden stamm suchen, krank oder tot, einen prellbaum, jetzt wird gerissen, verletzt, um den oder jenen niedergesägten, gestürzten baum um die ecke zu ziehen, mußte, über sein steuergerät am gürtel, am zähgemuskelten mageren bauch, hohe zugkräfte auf die winde loslassen, nicht ungefährlich, das ding, in dem zum see hin abfallenden gelände kann es dir leicht passieren, daß die vorderachse des schleppers übers grenzmaß hinaus entlastet wird, und dann kippt der stamm den trac, und nicht umgekehrt, und es hatte auch wieder mal ärger gegeben mit nina, die schickte ihm manchmal, für paar tage frische luft und arme und beine recken und kleines stückchen penunse, so junge arbeitslose aus den haufen vorm arbeitsamt lübeck, so einfache waldhilfsarbeit, entasten und schälen, können die doch wie jeder lernen, aber ahlers wollte nicht mehr, er wollte den wald, sein ding, da redet mir keiner rein, das reiß ich mir alles allein zu grunde, auf zack, und nicht die verschlafften, verschlafnen halbzwerge aus der stadt, du bist zwar kein zwerg, aber kaputt aus der stadt warst du auch, die verkifft immer erst hier eintrudeln mittags um elf im dicken auto, alle fenster nach unten gekurbelt, alle boxen auf discosound, gelblich baumeln paar nudelärmchen nach draußen, du bist doch genauso spaghettifreak und *die stones* doch immer auf überschall, nee schluß da, die lutscher, und paar tropfen regen, dann fahren sie nachhaus, die hinker, paß auf dein ohr, mann, sitzt schief, das soll, da hör ich mit um die ecke, und wenn hier die bauern so typen sehen, dann fällt das auf mich und heinrich ab, der möchte am liebsten bloß noch beißen, wen hast du denn nun wieder angeschleppt, ahlers sah hoch, einem eichhörnchen nach, oben, paar bäume, ganz nah, waren auch hier schon braun, auch im laubwald, im hartholz ging das schon los, sind sie mit ihrem leben schon fertig, irgend etwas gefiel ihm am sterben der wälder, es wird alles krank, es wird viel zu schlagen, zu reißen geben, dies niederfallen gefällt einem mann, der früher mal selbst, mit tapp und den andren, ganz unten, ganz vorn war mit *nein* und *so nicht* und *das muß erstmal weg hier, wir wollen alles*, der dann aber abseits vorwärts war, er war übern berg, nun gings bergab, nun sag mir mal, was ich da soll, hau rein, er riß sich zurück hinauf in den trac, war auf der erde groß, war in der maschine klein, ich werds euch schon zeigen, wem was

hatte nina, mitten in akten und armen gesichtern, weißderteufel, wann ich hier rausflieg, den streit im kopf mit verwandten von andren gefangenen, die hatten, aus angst um schwester und sohn, gegen hungerkampf den abbruch von jojo genommen, konnten nicht wissen, die schließer und spitz halten dicht, sperren weg, warum und aus wie weit gehärteter hoffnung jojo für sich das entschieden hatte, wollten nur keinen menschen mehr tot, wollten frieden und auch die gefangenen friedlich, und nina aber, wie larry, die beiden wußten bescheid, die beiden kamen aus alten geschichten, aus kampf und ilonas kämpfen doch schon, hatte die eltern und brüder und schwestern angeschrieen, es gibt keinen frieden mit pack, noch nie, die töten doch nur, wenn sie frieden meinen, oder du frißt aus der hand, aber aus ihrer weißen, deine rote binden sie fest, und daß es gefährlicher ist, zufrieden zu sein als zu kämpfen, und am allergefährlichsten sei es, jetzt den widerstand auseinanderzuspalten von knast zu knast, diskussion, wo längs, kannst du immer noch mal, und mußt du auch immer wieder, aber nicht jetzt, nicht mitten in action, da müssen wir fest zusammenhalten, und den schritt, wann was, den bestimmt die zentrale, und im knastkampf ist die zentrale der knast, bloß welcher knast aber, wer, das ängstete schwestern und mütter, und stimmte ja auch, ist scheiß, daß die sich selber nicht einig sind, aber wie sollen sie das, die kriegen ja keine connections mehr, das ist ja der sinn von der folterei, von iso bis glotze das gleiche ding, die verwirrung, damit die verbindung zum leben kaputt geht, und dann zu dir selbst, und genau gegen das geht jetzt unser kampf, drinnen und draußen, daß sie zusammenkommen, ja sag ruhig, daß wir zusammenkommen, wer sieht denn hier draußen noch wen, und will was mit dem, die vereinzelung ist die pest, die sie wollen, und also mal schluß jetzt mit angst, es wird heute nacht gesprüht, und wer noch jammert, fliegt raus. das hatte sie schneidend laut rausgesagt gegens zögern und friedenmachen. war aber gar kein kaltes verarschen sondern lust von lina und rocker bis wladiwostok und nix hier papier und abgelesen und gar nix draht in der birne, sondern wir leben, der kern, ihr herz. aber das stimmt schon, die angst vor dem tod, das ist eine schwierige wichtige sache, ist schmerz. larry schleicht nach den hungerkampfwochen nun auch schon mehr wie aus belsen die letzten. ach jammer, wenn du das leben liebst, das kostet dich manchmal das leben

hatten blues und flügel wege zu laufen, kein großer wald, mehr stadtrandgehege, sie trabten beide blauweiß, bis blues in paar zierdebüsche wegsackt, flügel macht schutz, die lokkerungsübung, am trimmdichpfahl, mit neun milimeter im tennispullover, karst hatte aus seesen, damit das in tölz notfalls ohne proff alles wie sender läuft, bei dem weiß man nie, das war diskutiert und beschlossen, rasch die fotokopie schon geschickt von den zulassungsdaten des grünweißen ford, jetzt brauchten sie freien zulassungsschein, um die daten zu übertragen, einen *granada* holen ist kein problem, und umspritzen, blaugrün und cremigweiß, das macht uns der typ in eutin, jetzt erstmal aus den reservebüchsen das kleine wachsweiche ausweispapier, die post von karst war an tapp gegangen, der hatte die mittagsschicht diesmal, so konnte er morgens, noch eben nach neun, mit der kopie nach himmelstraße in winterhude zu costas, für ihn wars ein umschlag mit absenderpostleitzahl 403, das reicht, und bei costas ist morgens schon schnaps angesagt bei lola und erwin und max, da fällt keinem weiter was auf, erst recht nicht so tapp in arbeitsklamotten, die junge frau mit ihm war hier neu, gehaut muß ja manchmal die weiber, sagte costas zu tapp, aber nix immer gleich beide augen, mensch, er meinte die augen von blues, das wulstige fleisch drumrum, die merkte er sich, die sah gehaut aus, die frau, aber da costas das offen versoffen von mann zu mann an tapp so hingequatscht hatte, wußte nun blues bescheid, sie war einem mann in erinnerung, sie ging nie wieder dorthin

hatte tapp zeit bis zur schicht, stand unausgeschlafen und quergeträumt, noch gewärmt aus der seltsamen nacht, in seiner niedrigen bude, vor seinem knarrenden bett, das hatte aber nicht sehr geknarrt, war eng, aber alles leise wie meise, sie hatten beide in zeug gelegen, hier läuft kein programm wie du denkst, hatte einfach marie gesagt, und ihm aber einsam und sachte und sachte, ach sacht, mein freund, hals und haar und hände und füße und ohren und zunge getastet, alles als sei sie allein, als rühre nur eben in überall schwarz das licht vom messer ans licht vom hund, da kannst du dir erstmal nur schön was wünschen, und werd ich uns beiden bald wieder was kochen, und mag doch bestimmt auch harmonika. und lief dann an seinen arbeitsplatz, helfer bei blohm in der gruppe von brocken, hände für alles geschickt, nichts fertig gelernt mit schein, war alles reichlich nervös zuhaus, weißt ja noch, hirschen und kirschen, aber für alles lernen zu haben, machte auch peinlich paar werkschutzaufgaben, das gab ihm vor den kollegen und meistern günstig die örtliche freiheit im riesengefilde der werft, und so kam er

im hafennetz weit herum, immer die augen wie spinne auf biß, oben trauten sie ihm nicht viel zu, treue bestimmt, bestimmt keine heimlichkeiten, nur brocken wußte bescheid. die partei hatte ihn vergessen, denen war er nur eigenartig, das mochte die leitung nicht leiden. die besten, gefährlichsten sachen, Rotfront, macht tapp fast immer allein, mal auch mit brocken, demnächst auch mit uwe und pitt, ansonsten jedesmal tags oder nachts die schwere klamottenarbeit, paßstücke schneiden und bohren, rohre haltern, den rücken hart grade machen beim stemmen der schweren elektroflecks, beim tricksen gegen die meister, die meisten kollegen mochten ihn leiden, die meisten kannten ihn gar nicht, korrekter kumpel, vier mann vier ecken, los, vorwärts damit, und mein freund, die marie, die ist wie noch nie, da will ich mal langsam vertrauen fassen, so wie die mich ganz langsam angefaßt hat, die hält, die hat was von damals von kerstin, bloß hoffentlich leben wir länger, so erstmal die hundertzwanzig jahre wären für uns beide gar nicht verkehrt, wird sie schon machen, paßt überall ganz genau auf, träum nicht, tapp, der dreiachtelviez hat dich im auge
hatte marie beim anwalt von jojo durchgesetzt, daß der von ihr einen brief an den reinnimmt, daß der kampf auf jeden fall weitergeht, und daß man auf leben und tod nur immer ganz allein selbst entscheidet, was jetzt das richtige ist, und daß wir jeden von uns eindeutig selbständig brauchen, *jeder er selbst als wir selbst*, und eine umarmung von vielen, von denen die schweine nichts wissen
hatten kutte und spitz den anwalt von jojo *eine abgefuckte ratte* genannt und ihm straight sein büro verwüstet, *aus allen zusammenhängen raus*
hatte felix geträumt von riesigen glucken, nie mehr kommt er da nackt von der leiter, und aus kreta ruft ihn die goldene frau
hatten feder und pauli den arbeitsplan bank, nach allerhand abchecken hier und da, als ablenkungsplan entwickelt, aus einer knastarbeitsgruppe wußten sie, demnächst *bambule* neumünster, schließer abfangen und dach besetzen, gegen

die tägliche niedertracht in den arbeitszellen und beugebunkern und formularen und formularen, da würde die kleinstadt rings um den knast mit allen kräften beschäftigt sein, und die sparkasse und die raiffeisenbank gut frei, so dachten sie sich das netz, um rasch viele scheine zu nehmen für tölz, und fuhren in bummelzügen zurück durch die wälder und felder, auto ist die bullensortierung, sagt feder, schon lange das muster, der stempel vom amt, damit sie jeden leicht finden, uns nicht, und pauli reckte den spillrigen hals nach hühnern und hasen, er wurde in dieser lebendigen welt nie satt
hatte der hals die daten gelistet, die weißen augen aus princeton tappten das ab, reisen und kinder und angesehen in seiner arbeit, seit mexiko dort die legende, es sei das ein mutiger mann, wir werden uns gut mit ihm unterhalten, freund hals.
weiß man genau schon, was er hier will, das filmkonzept, seinen vorwand.
sehen sie doch, der colonel wischte übers getickte nach einer fliege, katholisch und kpd. und die kinderchen alle, und nun der knast seiner freunde. einer wie der will, egal wohin, immer nachhaus, nur nachhaus.
was soll aber hier ein film.
hier im haus die geschichte bis heute, der transnationale begriff und betrieb im kampf gegen weltkommunismus, den hat er ja, lese ich, hinter sich, mag er auch weit links sich selbst vermuten, nicht wahr, hals, wir kennen das doch, wie sich bei uns alles verliert, was aus den moskauer schienen springt, es gibt ja, wenn es ums messer geht, nur dieses scharfe entweder oder, die rote armee oder uns, und genau am messer sind wir tick besser, don't you worry, son, laß ihn nur kommen.
proff wischte das maul, blickte raus durch wespige kuchenauslagen ins postkartenkaff. was wollte er hier. ach juli ach kammer.
karst hatte mit seiner taschenschere zwei texte zur aufbewahrung geschnitten, er schob sie zu proff. proff las in dem aus der *taz*, daß zwei junge italienische journalisten, sympa-

thisanten einer radikal-autonomen linksgruppierung, eine gut imitierte armee-prawda hergestellt hatten mit text, nach welchem die Rote Armee, wegen schwierigkeiten im innern der su, afghanistan bald werde verlassen müssen, hatten diese zeitung zu den antisowjetischen gruppen, ins grenzgebirge vor pakistan, gebracht und sich dann, vor einem ausgebrannten hubschrauber der Roten Armee, photographieren lassen. die beiden lachten wie max und moritz, als die dem lehrer den kopf verbrannt hatten. und das war auch das grinsen der *taz*. das andre kam, illustriertenbunt, aus guatemala, wörtlich so

Die Soldaten brachten fast jeden Tag neue Leute, um sie zu foltern. Sie wollten uns nicht sagen, wie viele Patrouillen die Berge durchkämmten, aber ich zählte dreizehn Proviantstapel, die sie in den Helikopter luden, der die Soldaten versorgte. Die Hubschrauber wechselten ständig, aber es waren immer amerikanische Bell 412, außen zivil weißblau gestrichen, innen mit Militärausstattung: Gepanzerte Pilotensessel der US-Airforce. Die Piloten trugen Splitterschutzwesten und nagelneue amerikanische Uniformen. An der rechten Außenseite der Helikopter war ein Maschinengewehr montiert. Auf der Maschine FG-WOL war über dem MG das Wappen des Papstes angebracht.

proff blickte auf. sie sahen einander an. sie lächelten einander zu. jetzt aber los, und rein in die scheiße, guck raus, die sonne zieht blank, bitte zahlen.

an proff war jetzt nichts mehr schläferig süß, er ging ohne anstrengung leicht gespannt, trotz sommermorgen der angefleckte burberry fiel frei, mit dem linken arm lässig zurückgefältelt, die hand stak unterm kupfrigen tweed in der tuchhosentasche. aber als er den wagen ausparken wollte, sagte neben ihm karst, dreh um, fahr nachhaus, sofort.

jetzt erschrak proff.

wir sind im auftrag des senders in tölz, merk dir das einfach mal, jetzt erst recht, von uns wird arbeit erwartet, jedenfalls hier von mir.

und da rollten dann schon der edekaladen, die post, die dicke frau mit den blumen, die uhr am gelblichen zwiebelturm hinter ihnen leer weg, und rollten leise nah auf sie zu gitter und gitter und scharfer draht und hinterm tor der kalkgrüne stein, das enge fenster, das kahle karree. und ins tor gelehnt lümmelt der posten, und in seinem schatten, schläfrig, sehr schwarz, hockt *heiß der müll* aus new york, die bewaffnete frau.

(9) wir sagen aber nicht *heißer müll*, sondern die frau aus dem mann, die verratung des aufstands im selbstverrat, die lust als vernichtung, der haß auf dich selbst, scheinbar der tod des andren. und hättest so gerne lachend gelebt mit vielen, offen bewegt der laute fliegende kreis, das leuchten der feuer. aber was, wo sie herkam, so sehnsüchtig brannte, das brannte von anfang an unter müll, unterm schrott der gewalt.
zuerst war sie über den tisch gebunden, nur blut. danach in weiche wagen verschleppt, dann in den keller, dann auch schon mal in ein warmes kissen. wo war das, new york, die straße, die stunde, der stoß, der mann. wo war sie selbst? damals war sie noch mehr ein kind. und manchmal lag sie schwarz allein nackt und freute sich, daß sie so schön war, warm war, da war. ich leb. und könnte sogar auch die liebe leben, sogar auch die liebe lieben, das leben lieben, gut mich. aber wer hat mich da immer im griff, im kiff, im siff, und plötzlich das kissen nicht warm sondern quer auf meinem gesicht, die kappe, die klappe fällt auf, ich häng, an wem denn. das will ich nicht. aber unten im dämmer der weiße, der arzt, horcht schon die letzten töne ab aus dem gestreckten fleisch. horcht nur. und sieht mich gar nicht. ich leb!
das kind hatte zu einem kind gesagt, ich möchte ein messer nehmen. was dann. ihn stechen. was dann. zu tode stechen. was dann. ihm das gesicht ansehen. was dann. ansehen, wie er drauf kommt, ganz zuletzt. was dann. erstaunt. was. er ist nicht allein auf der welt.

sie war allein, war nur gefickt, die sache, nie das gesicht. mochte die sachen ja auch, seine und ihre, auch sein gesicht, aber ihrs auch, sieh mich, da bin ich. das sah er nie. da stach sie ihn einestags ab, kroch unterm blut raus in knast.
nun gar kein gesicht mehr, auch ihres nicht, nur augen aus glas, eins weiß, darin spiegelt sie sich, ihr gesicht ganz aus tod, das konnte sie gut verstehen, ganz kalt ganz klar, aus der weißen augen beratung, die frau aus dem mann, aus seinem ihr tod. zwar ist der ein mann, aber tot. so weiß war er leicht. so mochte sie jagend jetzt jeden. war sechzehn. *der heiße müll aus new york*. den namen gab sie sich selbst.
der weiße, der arzt, hob sie ab, raus aus dem knast, damit ungestört einsichtig eingesichtig die erstarrung erkalten kann. sie hatten kühle gespräche des lernens, auch verloren ächzendes wälzendes stoßen, sprachlos die fremde als lust, die gereizte zerstörtheit, die weigerung, wahrzunehmen, verbissen, kein wort, sie fand sich selber allein den feind.
sie zeigte zuerst auf ein stadtrandhaus, ein leitungsquartier der weathermen. klandestin. es wurde umstellt, vermint, ohne warnung flammend zersprengt. da sie dort einen liebsten hatte, konnte sie auf es zeigen. zwölf tote, auch frauen, das hatte sie nicht gewußt. danach auf einen mann in managua. danach auf einen in quito. danach mozambique, tansania, lagos. die männer mochten sie leiden. das mochte sie nie mehr leiden. was dann. nehmen aber nicht nehmen lassen. was dann. das leben nehmen. was dann. ich seins, mir keiner mehr meins. aber war da ja nun auch kein leben mehr. die frau aus dem mann macht überall opfer, damit sie nicht opfer wird.

(10) der posten wollte nicht mal die ausweise sehen, lichtempfindlicher rothaarbolzen mit großen ohren und kleiner hand, das ndr-dienstfahrzeug war ihm angekündigt, er zeigte nah links einen schattigen platz für den wagen, und dann beschrieb er den weg durchs gelände, oder gleich hier quer

durch über rasen, und unter den birken noch mal nach links, und dann der flachbau schon bald, die bude aus glas, die bibliothek, dem colonel sag ich bescheid.
na fein, meinte proff und winkte ab als hätt er ein stöckchen in seiner hand, und später zu karst, ein lauschiges plätzchen. seit vor rund vierzig jahren die ss-junker hier die ersten bäumchen begossen hatten, wars angenehm buschig zugewachsen, wurde nun wirklich, was wurde, geheckt. bißchen wolfsschanze, fühlte der alte proff.
aber da war dieser feine rasen, das arme gras, die warnung der amsel, ende juni ist schluß mit gesang, gewarnt wird das ganze jahr. proff horchte. von vorn kamen schritte. er hob den kopf. der andre, noch halbfern, blieb stehen. die weißen augen aus princeton. und in der sekunde des anblicks, und hatte doch vorher alles gewußt, gesehen, erkannt, sprangs in proff noch einmal entsetzlich verträumt weit fort in den blauen sturm am schwarzen ben hope, einmal noch weit, ach nah ach juli.

(11) blau schlug regensturm über den kleinen wagen, felix, auf einem kissen, zwischen den alten, ein blankes stiftchen aus neugier und abenteuer, wischte und schöpfte geschickt, was ihnen der sturm nass durchs blech pfiff. stunden und stunden rollten sie so durchs versprühte gebirge auf harris. bis überm hafen von tarbert das wolkengeröll zerplatzte in lauter blau. da holperten sie auf das stampfende boot nach skye, beides im auge noch nicht aber toll in der absicht, *cape wrath*, die spitze des zorns, und *ben hope*, den felsen der hoffnung.
sie hatten zu viel gegeneinander geschwiegen in jahren und jahren, auch füreinander. hier draußen nun in den wochen der ungestörten bewegung, der findestrände, der stemmenden zerrenden winde, der hände im kamm der wellen, im kraut der quellen, unterm häßlichen meckern der mantelmöve, unterm rötlichen angriff der küstenseeschwalbe, im

flackernden duft und geräucher von torf, in armen klammrigen betten wollten sie augen aufmachen und mund und gedanken.
wer.
komm.
wir wollen zusammen leben.
wir werden die straße verlassen.
an der südlichen spitze der bucht
wo aus den bergen der fluß ins meer fließt
heben wir säcke und lampen.
gehen nach links flußaufwärts durch heide und farn.
über stein und moos und moor hier gibts keinen wald.
erst nach stunden buschig verhuckt die kleine birke.
erst im mai dort im schwarzen gebück der heimliche kukkuck.
zwischen den wänden der berge doppelt sein ruf die leere.
aber dann. dann aber
steinschattenstill sinkt zu uns nieder
der liebe drosselliedton.
aus der büschung der ufereschen.
ja dort sind bäume.
dort ja sind wollgraswiesen.
ja dort ja unter dem rücken des sithean mór
strabeg.
die brücke an bändern.
das dach
die tür
das fenster.
komm ja kein weg
hinterm letzten stück moor
jetzt
spring.
ich könnte dir helfen.
du könntest mir helfen.
wir werden uns helfen.
wir kommen an.
das haus steht fest und hat platz.

unten zwei holzwändezimmer mit feuerstellen.
oben zwei bunte kammern mit alten betten.
es tropft kein wasser durchs dach.
früher haben hier hirten gewohnt.
im stall steht hoch braun torf.
das feuer würzt.
wir hängen unsre kleider zum trocknen.
vom bett aus sehen wir hinterm haus die biegung des flusses.
wir wollen zusammen arbeiten.
das gras der weiden und drunter die schwarze erde.
die bäume am bach und drunter das glänzende wasser.
zwischen borstigen ufern der vogel der fisch der stein.
viel arbeit.
aus bergwaldbäumen pfähle schneiden.
gegen kaninchenhunger grünfutter schützen.
großen holzkasten dicht mit rostfestem blech beschlagen.
eingesenkt in teer und tran einsetzen in das flußbett.
kühlkälteboot.
hier ist kein elektrischer strom.
viel zeit hier ist finster naß lang.
wir putzen und schneiden sorgfältig unsre lampen.
wir tragen sie über die treppe von zimmer zu zimmer.
ich könnte dich manchmal rufen gegen das ding
mit den springenden schatten.
oder du rufst mal mich.
wollen wir sein
genau mit allen sachen gesichtern und wegen.
was wissen wir von den plänen der beiden schafe frühmorgens.
vom schreck der drei schwarzen hühnchen.
von deiner geduld.
von meiner ungeduld.
geheim machen wir
unsren aufriß der arbeit
sehen wir
zwischen struppbärtigen flechten und zottigen hirschen die bunten markierungen der armee,

zwischen der trittlinie, tanzlinie unsrer dreierlei spuren im bald wieder spurlosen sand von sango und draußen der kimm mit den schweren wie winzigen frachtern von ost nach west, von bergen nach boston, schlingernd signalrot die zieltonnen der armee,
im blick zwischen flächenweit sonnentau, felix wollte die mücken retten, aber auch ansehen, wie sie von klebrigen blumenhaaren gefangen, vom fleischigen kelch gefressen werden, und den gipfeln überm loch diunard heulend im tiefflug die untat aus blech und gehirn,
und einmal, sie hatten zu dritt, nach schwimmen und viel sammelei und rennen gegen den wind, im graskissen einer klippe oben über der brandung gelegen, zog schleichend, nicht weit, fensterlos schwarz das boot aus tod.
das sahen sie an. das schwiegen sie an. das schwieg sie nicht an.
aber worte hin und her endlich kamen nicht los, blieben verflogen ins starren dort, ins staunen hier nah, der sandigerdige brutstein der puffins, ein riff, durchhöhlt von kaum zweihandgroßen bunten schwimmvögeln, zwergigen pinguinspielern, die dort, überm glitzern von gischt, ihre erdnester hatten für ihre kinder, unterm schweben und kreisen und gleiten der eissturmvögel, schräg aufwärts gekippt gegen feinde die aufmerksamkeit im schwarzweißen kopfgefieder. denen sahen sie, hunderten dort, leise zu, zueinander zufrieden stumm. aber stumm. das meer und die steine lügen nicht, hatte juli gesagt und proff geküßt und geküßt. aber der stein hatte das lügen vom frieden blechern markiert, und auch in der wiegedünung die lüge vom frieden.
felix konnte so versunkenes starren und stummen nicht lange leiden. er war, über tag und nacht wasserdicht eingestiefelt, ein wirkliches messer am gürtel, mit dem riverwatch unterwegs, einem schwerknochig großen mann, der von den südlichen eigentümern der heide hier und der herden und flüsse eingesetzt, eingekauft war zur bewachung von private property. der zeigte felix wege von füchsen, den laichplatz der lachse, die fluchthöhle zwischen loch eriboll und loch

hope, in die, vor fast tausend jahren jetzt, die küstenleute sich selbst und ihr vieh getrieben hatten zum schutz vor den horden aus norden, und der zeigte auch, wie man trotz regen ein feuer macht mitten im farn, zeigte auch, vorsichtig hingerobbt, den kampf von braungeplusterten moorhühnerhähnen, und hatte was zu den hennen geflüstert. felix klang das wie fluchen. er fand den mann toll. später mal, nachts, in der armen pinte von smoo, hörten juli und proff die dorfleute von dem riverwatch reden, der käme aus den *commandos*, sei schon oben im norwegenschnee mit einem sprengtrupp zu den russen rüber gekrochen und habe dort eine radarstation zerstört. als sie, zwei jahre später war das, wieder dort an der küste waren, hatten die leute erzählt, donald sei, vor wochen erst, bei durchführung eines geheimauftrags, in ulster erschossen worden, *and boy what bloody well payed a job that was*. felix wußte weder vom norwegenschnee noch vom kopfschuß am stadtrand von belfast.
erst auf dem weg zurück, im süden schon, nahe wivenhoe essex, proff wollte durch den park, durchs gatter aus holz, durchs constablebild flog das schwarz auf, krähen überm dickicht der ulmen. sie hatten quartier, bei einem alten onkel von proff.
jimmy, der hagere stoppelbart, der schweigsame lacher, der war schon in den zwanziger jahren als ein empfindlicher sohn von reichen englischen bankern in ulster, nach ängstlichen schülerjahren im schloß hinter hecken und säcken mit sand gegen irische freiheitskämpfe, nach frankfurt geflohen, in bankgeschäfte, endlich einer der wieder deutsch spricht mit felix, dann aber bald, vor dem messer der nazis, ins wärmere kalifornien, dann endlich, unter dem haß und der hatz von mccarthy, ins essexversteck. noch nie hatte proff es erlebt, wie juli sofort zärtlich vertrauen zu einem ihr fremden menschen faßte. aber hier war ihr nichts fremd. sag niemand davon, komm in den schatten der feigenbaumblätter, lets have another dram, aus der in silber gefaßten flasche im leder der fuchsjagdentasche, und da felix den tag geburtstag hatte, schob sie ihm jimmy hin, its yours, fast wortlos

alles die liebe, laß alles fahren dahin, und antworte aber gut auf die dir nächste hand, sonst nichts.
ein kostbarer frieden, fand juli.
ein frieden der kostbarkeiten, fand proff.
proff tappte unruhig. hinter der freude hier nah im garten stak ihm die katastrophe der wüste, hinter der liebe hier nah das tickende arsenal der vernichtung, im feigenblattschatten das konto. wer zahlt. wessen saft wird getrunken. wessen leder geschnitten. wessen silberstück geht da von woher wohin für was. auf wen geht die jagd. was wälzt unter bildern und büchern.
aber jimmy griff nach der hand von juli und packte ins haar von felix, politics is nothing but madness, und küßte der wirklich nun leuchtenden juli ergeben die hand. das sei wohl wahr, erwiderte proff, aber sei doch, wenn man es ansieht, ein wahnsinn mit händen, und es seien die hände doch anschaulich mit dem niederträchtigsten werkzeug bewaffnet, und plan und wüstes system seien im herrschenden wahnsinn gegen jegliches menschenleben, hier gegen felix und juli doch auch. auch er wollte jetzt zu beiden zutraulich seine hände geben. aber juli zog ihre hand weg, dann tu endlich, was du redest, geh los, sie warten ja alle schon, grad auf dich. felix sprang auf, warf juli das jagdlederzeug vor die füße, rannte weit weg zwischen rotkehlchenhecken, um trampelnd zu weinen.

(12) er habe nie einen weinen sehen, sagte ein schwarzer verhenkter, statt namibia sagte er, proff gefällig, ohne akzent, *deutsch-südwest.* er war ein sprachengenie, sprach fließend diverse stammessprachen, jetzt arbeitete er in angola, als *unita*-mann, auch schon mal als cubaner, im dickicht der bedrohten befreiung. er war aufs verhören spezialisiert, er hauste mit seiner spezialeinheit nebenan in lenggries, ohne physische schmerzzufügung aussagebereitschaft erarbeiten, die demütigende erschöpfung, die löschung, er sagte immer

befragung, nie folter, ob antwort ob nicht, das sei die frage, nicht am ende der tod, der sowieso, aber nicht mehr direkt mein job, nein, also weinen fast nie, denn, und das sei zu verstehen, es sei das weinen ja innerst ein rufen nach mutter und vater, nach der heimat zurück, nach schutz, was aber für terroristen, also all that guerilla-people, gäbs denn da noch zu rufen, wohin, sie seien ja bei sich zu haus, da gäbs für die kein rückzugsgebiet, sie seien sich vater und mutter und schwester und bruder und alles, und alles sei jeder allein für sich selbst, und alles, nun ja, das wüßten ja die, sei verloren, sobald er, sobald sie bei uns ist, was soll er, was soll sie da weinen, wohin. sie kennten, sagte der spezialist, dies problem denn eher noch bei sich selbst, da wolle er ehrlich sein, wer immer *special forces* macht, ist in der fremde, hat sein zuhaus weit weg, windhoek, new york, lochinver, haifa, und wenn eine krise kommt, und die kommt für den besten mann, wenn er kämpft, dann sehnt er sich raus aus dem dreck, dann springen ihm in den kopf, auch wenn das abtrainiert ist, bilder von heimat, liegt aber fremd, das macht dann schwach, das ist die gefahr, er möchte nachhaus, es ist ein problem, wenn es noch rückwege gibt, das müsse ein jeder sich abüben, dies bildermalen, er kicherte hell in die hand, das täuscht, nein, es wird nicht geweint, es wird viel gestorben. aber das ist das ding der guerilla-people. was immer sie tun, es ist ihrs. drum gehen sie von uns ohne zu weinen. wir aber machen den *job*, *a special job*, und egal, wie scharf du bist, jobben ist manchmal schwerer, als um dein leben kämpfen.
proff plauderte nun schon den zweiten tag mit den killern. karst kaum. karst hatte sich vieles zeigen lassen, er brauchte als medientechniker die räumlichkeiten, was wann wo, lichteinfall, geräuschpegel, stromanschlüsse, sie wissen schon. der begleiter wußte, war hobbyfilmer, u-bahnstationen, kerzenkneipen, er arbeitete aus nahost hier in süddeutschland, frankfurt bis passau, münchen bis freiburg, auch nachts, die besonderen treppen, in stammheim, leise, von hinten, oktober.

karst aber redete kaum.
dies ist ein dunkler raum.
sie standen im konferenzzimmer der bibliothek.
das könnten draußen die bäume sein, es hat aber auch einen vorteil, halbjährig machen wir hier, also der kern international, grundlagen und perspektivdebatte, titisee bis tasmanien quasi, und fürs lichtkartenmaterial müßte dann hier sonst verdunkelt werden.
für unsre arbeit ein wichtiger tag, sagte karst.
nur sehr beschränkt, denn es werden gäste aus brüssel und washington kommen, das bringt uns förmlichkeiten ins haus, auf die wir hier, das sehen sie ja, keinen wert legen. es hatte von anfang an, über rasen gerade aufeinander zu, keine förmlichkeiten gegeben, nicht mal den anschein von formen der vorsicht. die weißen augen aus princeton und proff hatten, als sei das verabredet, im handhinreichen, im ersten kreisetreten auf gras, keiner dem andren ein zeichen gegeben, daß etwa einer den andren kennt. schon nachmittags hatte proff die gang im warmen rasen um sich versammelt, die weißen augen wogen das hin und her. der hals tastete karst. karst merkte, daß sie beobachtet wurden. er würde nicht lange mehr bleiben. er wußte schon jetzt genug, was hier geht wo wann. das ganze pack mit den leitenden gästen aus washington/brüssel im lichtbildraum der bibliothek mitte oktober. und es sei, hatte proff ihm erklärt, nach einigen drehtagen durchaus gewöhnlich, in pausen und über nacht kassetten und koffer am drehort stehen zu lassen, auch und besonders dann nichts abzuräumen, wenn, aus geheimhaltungsgründen, und die gäbs ja nicht nur in tölz, auch in rathäusern und personalbüros, das team einmal gebeten wurde, für stunden den vorbereiteten raum noch mal zu verlassen. zwei koffer sind gut und genug. karst hatte die innenmaße notiert, die genaue vermantelung für die äpfel. besser vielleicht den dritten doch, es waren die hauswände leicht, viel glas. und damit im moment der aktion keiner vom team gefährdet wird, wird proff am stichtag, mittags, fernab, draußen am dorftisch, die arbeit für heut unterbrechen, das

team wird ausschwärmen frei, nach ruderbooten, nach pilzen, und proff wird zu gleicher zeit, mit ausgewechselter mannschaft, karst und pauli und blues, das kann man erklären, das gibts immer mal, die letzte einstellung drehen.
karst stand auf aus dem kreis und schlenderte, wie in das reden von proff vertieft, in leisen immer weiteren kreisen ums pack.
proffs stimme war heiser heiter, machte rings aufmerksamkeit, und das machte ihm spaß, er sei in eigenem interesse hier, in niemandes auftrag, klar brauche er geld vom sender, aber das sei nicht der motor, der ihn bewege, sondern ihn reize zuallererst seine geschichte als deutsche geschichte, als europageschichte, auch als geschichte wie organisationsgeschichte des kampfes gegen den kommunismus, einst hier, und wieder genau jetzt hier konzentriert, er selbst, das lachte er ihnen hin, da sei hier im haus ja gerät genug, seine herkunft und zunft herauszuschlüsseln, sei inzwischen irgendwo weit links außen ein einzelgänger, das aber gäb ihm den abstand und die geduld und die freiheit der forschung nach allen seiten, und deretwegen sei er gekommen und sei er, sofern es nur auch in ihrem, in hier eines jeden interesse gelegen sei, nichts gehe vernünftig ohne zusammenarbeit, auf ihre mitarbeit, auf wechselseitig entdeckungsabsicht angewiesen. sollte die von ihm längst geplante filmarbeit hier wirklich zustande kommen, werde man vieles offen zu reden, vieles schwierig nachzudenken haben, aus alter zeit, und aus jetztzeit, er komme gleich noch hierauf zurück, aber zu anfang erst einmal wolle er sagen, was ein andrer vor ihm geschrieben hat, als ein motto für künftige arbeitstage, *kommt, laßt uns reden, wer redet, der ist noch nicht tot.*
im ursprungstext gab es kein *noch.* in princeton hatten die weißen augen auch benn gelesen. nun, dachte er, ist dieser mann doch gefährlicher, als ich vermutet habe.
aber proff fand sich köstlich ungefährlich, schon hatte er sich zu einem teil des raumes gemacht, den er entdecken, zu einem stein gerollt in all der mauer, die er sprengend durchstoßen wollte. auf die abgekälteten jungen männer wirkte

proff zäh, schnell, auch eigenartig, auch eigenartig verständlich. es stellte sich bald heraus, daß niemand hier die ss-geschichte der schule kannte, wohl der eine und andre den fakt, hier war mal ss, die ist abgeschafft, *verbrecherische organisation*, und jetzt also wir. aber was heißt denn hier abgeschafft, sagte proff, inzwischen wird man ja offen doch wieder mal drüber reden dürfen, und er erklärte ihnen aus den *junker*texten der vierziger jahre, wie eben in diesen bäuerischgrünkalkigen häusern junge männer aus ganz europa, enthusiasmiert gegen *weltgefahr nummer eins*, ausgebildet worden waren zu internationalen spitzeneinheiten gegen den *weltkommunismus*, und er zitierte, was er zuvor aus den ss-büchern für sie gelesen hatte –
die Notwendigkeit einer derartigen internationalen Zielsetzung drängt sich um so stärker auf, je mehr der gesamte Kontinent durch die unverhüllte bolschewistische Expansion bedroht wird ... das Vorhandensein vieler innerlich unabhängiger Geister in Bad Tölz bringt es mit sich, daß sich ganz von selbst ein völlig undogmatisches Vorgehen ergibt, gilt es doch, die Grundlagen für ein Zusammenleben vieler Nationen zu erarbeiten. Außerordentlich beachtet wird in diesem Zusammenhang der Gedankengang unsres Reichsführers SS Heinrich Himmler, wo seiner Meinung nach der nächste Reichsführer, also sein Nachfolger, vermutlich kein Deutscher, sondern ein Angehöriger irgendeiner andren kämpferischen Nation sein wird, denn gerade aus den Kreisen der Vorkämpfer in Bad Tölz gehen für unsren gemeinsamen Kampf die stärksten Impulse aus ... und seit nun der deutsche Angriff gegen den Bolschewismus unaufhaltsam in Bewegung gekommen ist, erkennen besonders die Männer in Bad Tölz, daß sie die Vorhut sind all derer, die begriffen haben, daß diese, die Phase des jetzigen Krieges, nur der Anfang ist zu der großen endgültigen Auseinandersetzung zwischen den freiheitswilligen Völkern und der Zerstörungskraft des Bolschewismus.
aber, warf einer ein, es klänge ihm dies ss-deutsch, wie zur gleichsetzung hier verlesen, doch eher infam, er sei in israel

aufgewachsen, alle menschen seiner verwandtschaft seien von deutscher ss ermordet worden.

dies, der rassismus, erwiderte proff, nachdenklich gerichtet auf den jungen mörder aus lauter ermordeten brüdern und schwestern, dies sei offenkundig der wahnsinn, das nackte verbrechen im gedankengut der ss gewesen, nicht aber, merkwürdig aufschlußreich, hier *im bad tölz des neuen europa*, es habe hier sehr wohl ein vergleichendes interesse gegeben bei der wahrnehmung, dem studium des zionismus, man wisse ja, selbst ein eichmann habe deutlich respekt vor dem selbstbehauptungswillen, ja dem offen völkisch abgeleiteten herrschaftsanspruch, dem bis in blutig verdeckten kampf hinein sich durchsetzenden stolz der jüdischen kämpfer in palästina gehabt. hier im tölz der ss wurde tatsächlich herzl gelesen, und wenn sie sich bitte erinnern möchten, was da schon um die jahrhundertwende geschrieben stand, auch hier hatte proff, zwischen glucke und knarre im küchensofa zachun, ein zitat vorbereitet –

zwischen Juden und Arabern ist kein Band der Gleichheit möglich, sondern nur jüdisches Übergewicht, das sich dann einstellen wird, wenn die Vertreter unsrer Rasse sich genügend vermehrt haben werden ... inzwischen müssen wir uns darauf vorbereiten, die eingesessenen Stämme mit dem Schwert zu verjagen ... wir Juden sind fleißiger als der Durchschnitt der europäischen Menschen, von trägen Asiaten und Afrikanern nicht zu sprechen ... so werden wir für Europa ein Stück des Schutzwalles formen gegen Asien und so der Vorposten sein der Zivilisation gegen die Barbarei.

ich sage nun nicht, sagte proff, daß mit ein paar zitaten die fragen, die unruhe in unsren köpfen beseitigt sind, ich möchte vielmehr, daß, wenn erstmal die kamera hier ist, wir offen alles besprechen, was aus der arbeit, die hier jetzt in tölz geübt wird, die auch früher schon hier geübt worden ist, sich an denk- und erfahrungsproblemen für uns ergibt. es mögen uns, das möchte ich meinen, mythen und mystizismen von rasse und körperkraft längst fremd geworden sein, auch der junge ss-wirtschaftsführer hanns martin schleyer ist ja bald nach dem ende der nazis, ich hab hier den *stern* von 74, ein glühender verehrer des militanten zionismus geworden, ach schleyer ach mossad ach leise das morden in stammheim, kalt sah proff um ins eis, ins weiß, es bleibt, fuhr er fort, ich nenn es den kulturbegriff der eliten, zu fragen, was damals wie jetzt junge menschen bewegt hat, sich entschlossen zusammenzufinden, sich zu binden in ein gefährliches, ja tödliches training gegen die kräfte des kommunismus, des sowjetstaates. wem dieser gedankengang, diese fragestellung denunziatorisch erscheint, der möge mit mir vor der kamera offen streiten, und ich sage, sozusagen zur provokation, es gibt nach der logik der dinge in dieser welt, und das sind die materiellen dinge und daraus die wertbegriffe, keinen kampf gegen moskau unter ausschluß der wertmuster und kampfbereitschaften der ss. wer den klassenkampf bekämpft, wer die selbstaneignung der arbeitenden klasse nicht will, will die macht einer minderheit, egal, unter welcher werteanleitung, inzwischen geht es im kapitalistischen herrschaftsbereich ja wirklich scheinbar fast ohne rassismus, wie viele aktive leute aus damals ss sind heute weltweit in spitzenfunktionen der westlichen industrien, und das wohl nicht ausdrücklich, weil sie mörder sind, sondern, ganz anders, weil sie begriffen haben, und dies begreifen setzte logisch ein in den ersten internierungscamps der us-administration 1945, wurde dort administrativ geplant, gefördert, daß der freie markt der menschen, sein freies reisen und reden, weltweit für eigentümer ergiebigere ziele setzt als das pochen auf runen. genau die ss in tölz, das läßt sich aus dokumenten nehmen, hat nicht an der judenvernichtung gearbeitet, sondern an der vernichtung des marxistischen internationalismus, des weltweiten klassenkampfes, also an genau der sache, für die sie hier heute auch wieder üben und lernen, schließlich ihr leben einsetzen werden. und wenn sie sich demnächst mit mir auf filmarbeit einlassen, dann will ich leute, ein stückchen noch älter als ich, die vor ihnen in diesen häusern gelernt und gearbeitet haben, mit ihnen vor der kamera dikutieren lassen die ziele des kampfes damals und heute, die ziele green beret, weltweit, und ich denke, wir werden sehen, wie alte und junge menschen einander verstehen und achten lernen. daß es hierbei nicht um meine achtung geht, nicht um meinen begriff von verständigung auf ein politisches ziel, ist klar, ist aber genau der anlaß für neugier und präzision, aus dem heraus ich hier mit jedem von ihnen arbeiten und einen lehrreichen film herstellen möchte.

proff setzte sich leicht in den kreis der killer.

zutraulich sagte ihm der aus israel, der zuvor mit karst den weg gemacht hatte, sie sind ja verrückt. lassen sie uns, nickte proff, das nachprüfen, wenn die kamera läuft. ihn fror nun hier mitten in sonnenhitze. der verrückte nennt mich verrückt. aber auch er weiß bescheid.

nun gingen die weißen augen ruhig an seinen männern entlang im kreis, es sei fraglos, und er und niemand hier seien zunächst einmal darauf vorbereitet, konfrontativ, was da nun an arbeitsabsicht an jeden gerichtet sei, aber konfrontation, die vorm hirn wie die vor der hand, gehöre, falls er den special job hier richtig verstehe, genau ins trainingsprogramm der truppe. er erbitte zunächst allerdings ein zeichen von denen, die nach so provokativer einführung eine filmarbeit mit diesem widerpart grundsätzlich ablehnen möchten.

nur der aus israel sagte, mit der alten ss von mir kein wort. sonst ja.

also ran, fand das weiße auge, und aber sogleich frontal an proff, in einem entscheidenden punkt sei die arbeit im ansatz falsch. ursprünglich seien die special forces, während des zweiten weltkriegs, zuerst als british commandos, zur unterstützung von antifaschistischem widerstand im besetzten europa aufgebaut worden, kampf also durchaus seite an seite mit kommunisten, und mit erfolg, wie man an ihnen, er meinte scharf proff, genau jetzt erkennen kann, ohne den sieg 45 wären sie in nazieuropa jetzt nazi oder schon tot, jedenfalls sicher nicht frei für so einen film. daß allerdings bald aus einer truppe für die guerilla die anti-guerilla-einheit green berets entstanden ist, kam folgerichtig aus der erfah-

rung, daß fast alle widerstandsgruppen, besonders dann die in der dritten welt, ins sowjetinteresse merkwürdig umgedreht wurden gegen den westlichen, unseren freiheitskampf. studieren sie bitte, bevor das hier mit uns losgeht, diesen prozeß genau, unsre bibliothek steht ihnen jederzeit zur verfügung, es ist ein sehr schwieriger prozeß, und es geht in ihm, und das ist ihr zweiter wichtiger fehler im arbeitsansatz, um freiheit, und nicht um, wie sie es nannten, vernichtung. gerade weil wir aus allen den medien wirklich den killerruf haben, liegt mir an fairer öffentlichkeit, also an einer genauen. und noch ein wort zu dem, was sie den kulturbegriff der eliten genannt haben. wir sind elite und wissen das. fragen sie jeden mann, ganz für sich. auch hier die frau. er zeigte auf *die frau aus dem mann*. nur selten kommt in eines jeden entscheidung, den kampf zu kämpfen gegen das böse, und dies ist christenentscheidung, der politische begriff zuerst, wenn überhaupt. überall werden sie finden im kern der absicht, der arbeit den willen zu verpflichtender treue, zur kameradschaft, zur entschlossenheit, zum mut, zur besonderen unbedingten tapferkeit. zum besonderen an sich. gehen sie hin, fragen sie nach, es ist, erarbeitet, erkämpft, erlitten, das besondere, das ihnen hier begegnet. und ich habe den eindruck, sie sind ein mensch, der weiß, was das für ein wunsch ist, besonders zu sein, gerufen zu sein, jeder bei seinem namen gerufen. nun noch, zu beginn, zwei kleine technische hinweise. erstens, ihnen ist jedes gespräch, jeder weg hier offen. grenzen ergeben sich logischerweise hinsichtlich organisationsstruktur, aufgaben spezieller art, zusammensetzung bestimmter einheiten, tätigkeiten zumal dort, wo sie in zusammenarbeit mit bestimmten nationalen wie internationalen diensten aufgebaut sind. zweitens, heute abend wird im vorführraum 1 für alle, die ein interesse daran haben, ein dokumentarfilm gezeigt werden, um die arbeitsweise unseres partners hier in einem konkreten filmablauf deutlich zu machen. das wärs.
es ist erstmal einfacher, als ich dachte, sagte proff, als sie abends am waldrand liefen.

es ist noch viel widerlicher, als ich mir vorstellen konnte, sagte karst, wie viele tage willst du das machen.
ich mach erstmal alles mit, sagte proff, die lassen mich überall ran, da kann ich rauskriegen, welches bild wo in welchem umfeld, welche nase, welche stunde, welchen konflikt, welche brutalität oder frechheit ich mir wo von wem hole für den film.
wir werden beobachtet, sagte karst.
das ist klar. ich beobachte besser, sagte proff.
wir sind zu mördern gefahren, sagte karst.
scheißmörderei, sagte proff.

(13) karst hatte kein gepäck, nur die ausgeblichene, hüftlange jacke aus leinen, das zeug eines baskischen jägers. mit dem hatte karst seine ersten heimlichen schritte gemacht. als sohn eines postlers in bodnegg war er aus salem, aus einem begabtenstipendium weg, ins südliche ausgebrochen, weit übers gebirg und gebirg und gebirg geschlendert, gestoßen, gerissen ans offene meer. dort war auch anna gewesen. wie er, aus absicht, allein. sie waren zusammen zurückgefahren. wo sind wir zuhaus.
einmal hatte karst einen lehrer geschlagen, einen schweren, verächtlichen mann. der hatte nie seine hand gegen einen schüler gehoben, kaum je die stimme, aber gelauert auf alles erste und zarte, aufs zögern stieß er weiß licht über den rand seiner brille, schwenkte er häme und hohn, was träumt, war ihm liederlich nur das faule schweifen der freiheit. als karst das verstanden hatte, war er nach vorn gegangen, hatte dem lehrer, vorhand und rückhand, den unrechten kopf gewirbelt und hatte die schule verlassen. den weg von der eigenen hand zum fremden ersten versteck, diesen weg ohne eile, den fand er den weg nachhaus. wo ist das. wer kommt ihm nach dorthin nach. nicht gleichgültig wer, sondern leidenschaftlich fragt er nach proff, wo bist du.
die voralpenlandschaft war ihm vertraut, von bodnegg hin-

unter zum bodensee, die schwingung der felderbewegung, der spiegel im hochgelegenen moor, entfernt das dorf, der baum, die geketteten hunde, das rufen der tauben über nur wenige schritte hangan die weide hinauf, den bachlauf. als läg dir das ganze nah in der hand, ohne anstrengung rund, und bleibst aber doch in sie eingefaßt, wie eingeschwebt aufgenommen in die bewegung der erde, als gäbs für dich nichts zu verlieren hier, als sei alles gut beieinander zuhaus, und kein verrat.
es gibt aber was zu verlieren. es gibt aber den verrat. ich will mich nicht täuschen lassen. ich strenge mich an. nicht wo wir sind, ist heimat, sondern da, wo wir das richtige tun. ich will nicht täuschen.
daß ich mit euch bin, hatte er später zu feder und anna und blues und pauli und flügel gesagt, kommt am anfang vielleicht nur, weil das ist für mich mit menschen das erste mal, außer vorher die basken, aber da war die fremde sprache, daß es einen zusammenhang gibt, in dem nicht gelogen wird.
er war von dem häßlichen lehrer zu einem schulaufsatz veranlaßt worden, was denn *heimat* sei und wenn wo. und wider sein hoffen hatte er ausentwickelt, heimat sei, was bleibt, also gibt es sie nicht, denn auch der baum fällt, das warme haus, die liebe, des flusses biegung, der ganze stern, auch ich selbst bin nur kurz unterwegs, danach die blöde vergrabung, heimat sei nur unser traum gegen das, was wirklich jeden tag ist, der verfall, er hatte gespreizt getönt vom verfall, und hatte die beste zensur erhalten. denn das mögen sie gern, und nur das lohnen sie hoch, ist ihnen von allem wissen das feinste, zu wissen, daß wirklich nichts geht. außer es läuft ihnen zu.
karst wußte auch jetzt, daß häuser und liebe und sterne kippen, nichts bleibt, fand aber das jetzt den fehler, daß wir nach bleiben suchen anstatt nach bewegung, wir sind nie zuhaus, wo wir sind, sind aber angekommen, wo wir, mit andren, nächsten, das notwendige tun, unseren aufbruch, den menschenangriff gegen zerstörung, den angriff der klasse im klassenkrieg, den griff aufs pack, als prozeß, einan-

der nah, kollektiv. im knast hatte, schon vor jahren, einer an alle uns rausgeschickt, *nur im kampf, also in der praktischen erfahrung, gibts das moment der harmonie.*
am hang über sumpfiger lichtung, unter paar alten birken und tannen, wuchsen langstielig akeleien. die hatten sie auch in bodnegg im garten. woher und aus was und wohin war juli zuhaus. er wischte sich mücken aus gesicht und genick. was wollte hier juli? er fand lauter einfachen garten, jedes an seinem platz, reglos die stille hell, und hatten doch kralle und gift schon auf alles getan, auf jedes blatt, auf jedes schöne gesicht. und schweigt alles seinen schrei.
auch juli ihren vor proff.
auch proff seinen vor juli und ihm und allen.
auch karst hatte plötzlich kein wort mehr gekonnt vor den alten in geretsried. nur innen alles. was war aber außen. warum ist das ein gegensatz. wir gehören doch alle zusammen. aus der gleichen gefahr in den gleichen kampf, in die gleiche bewegung der niederwerfung von pack. aber vieles war ungleich, noch vielerlei ungleichzeitigkeit, wie abgerissen vom ganzen die heimat, das kollektiv. in brüllender wirklichkeit sind wir stumm. warum. was hat uns die zunge so festgebunden. als seien wir fern voraus künftig, wie jenseits, von was, und nicht doch jetzt hier nur, mitten in diesem, mit allen, zuhaus unterwegs, auf unserm eignen weg mit vielen. wie teilt sich was wohin mit. wie aber teilt sich das wie getrennt, wie abgerissen. so waren sie immer dichter, enger zusammengerückt, die drinnen im stein, und wir hier draußen. aber wer. aber du, proff, wo bist du.
auf dem weg hierher waren sie, zwischen main und tauber, ein stück von der autobahn weg über land gefahren, zur kontrolle, ob schatten, ob clean, oder doch nur zur freude von proff, der mochte das land, kannte bauerngeschichten und niederbrennlieder, wußte von einem jesusbild unweit von wildentierbach, was dort ins bilderleinen heimlich hinten geschrieben stand in verschlüsselnder judenschrift, *der bauer am kreuz*, kannte auf einem hügel, im anblick von satt ländereien und wäldern und ziehenden wolken, den letzten,

und wie eine zierdetafel es nannte, *besterhaltnen dreischläfrigen galgen*, und wußte sogar dessen jüngste braut, vor gut hundert jahren erst ein zigeunermädchen, umhalst wegen hühnerdiebstahl, kannte überall leute und deren arbeit und tanzen und hängen, einen pfaffen mit holzbein, eine frau mit vielen kindern und einer verrückten, versunkenen mutter, einen schweigsamen bildermaler, der, nach dem tod seiner frau, allein seiner tochter, ihrem aufwachsen, lernen, schönwerden zugewandt lebte und nicht nur bilder vom verlorensein, vom versprengtsein malte und stach, sondern duftendes essen vorkochen, ausbraten, auftischen mochte. proff schaukelte leicht und schlich und flog durch alles das hin wie durch heimat. und fraß aber nachts das weiß. und betrog aber seinen ältesten sohn. und saß, noch mitten im eis der mörder, wie wohlig im nest. konnte mit menschen und kannte von menschen viel. was kannte er von sich selbst. was konnte er mit sich selbst. proff dreht auch das lieber um, nicht gegen karst, aber in ihn wütend hinein, ob der denn keine augen, schnappaugen, saufaugen, beißaugen, kußaugen in seiner birne hätte, was er denn rauslesen täte aus den blättern da als nur blattern, er soll doch mal anschaun dort links den flußlauf, das holprige städtchen. und karst konnte, schmal aus erfahrung an proff hin leise zurücktun, was dort denn sei außer die plagen des schleppenden kaufens und eingekauftwerdens, die fremde, der untätigkeiten untat, alles verkettet. da meinte proff aber nur, die kette greifen wir an, nicht den mann, nicht die frau, und das aus lust, nicht aus last, mach die augen weit, sohn, auf dich selbst, denn du lebst, und kippte alles vorwärts ins lachen, nah zueinander, der alte. was uns teuer sein soll, dachte sehnsüchtig karst. denn bei uns in der arbeit, im block, ist es oft merkwürdig kältlich still, und die lust, jeden tag, und nachts, unser ding, das schwierige ding der befreiung von menschen, kommt so dünn nur nach draußen an mann und frau, so arm geschärft, so scharf oft gehärmt. proff aber traute man gern, auch alles gern zu, aber wo bist du, proff, blitzt überall heimlich heimat, machst überall warmes zuhause auf, stehst aber selber

starr, pochst ans mit eisblumen düstergefrorene glas, bläst dir ein einsichtenloch, stehst aber draußen, allein, alles nacht, komm endlich rein, proff, komm rüber, wir leben, du fehlst.
manchmal, plötzlich, siehst du ganz krank aus.
ich bin krank, erwiderte proff, es beißt mir unter der haut das fleisch weg, die beine zu gräten, den kopf, manchmal tast ich den nachts, zur verdorbenen winterrübe.
und was tust du dagegen.
schön wärs, sagte proff.
der eindruck vom anfang, sie hätten in tölz einen schatten, war falsch. karst lief, auch am zweiten tag, ohne ausweiskontrolle, als sohn, der den vater begleitet, hieß auch nur son don't you worry let's do it. anders ging es mit proff. kaum anders. aber dann hauchdünn, farblos, nur eben so hingestaubt.
angeneckt von den weißen augen, war proff, von karst gefolgt, mit dem hals in den schießgarten abgelaufen, was solls denn, handfeuerwaffen, nun ja. aber am rand der grube, oben, hockten, nicht weit, die weißen augen. und als jetzt der hals an proff eine waffe hinreichte, da war das, noch aus dem zweiten weltkrieg, ein seltenes ding, ein webleyrevolver MK IV, und die weißen augen achteten auf proffs winzigen schreck, sie kennen doch das, sagte leichthin der hals, die war fünfundvierzig zum nazijagen, sagte proff kalt.
auch als er, der noch paar tage bleiben wollte, karst nach münchen zum intercity brachte, hatten sie keinen schatten, prüften das peinlich durch, alles wie nichts.
könnten sie gegen dich eine falle machen, fragte karst, irgendwas altes.
ich bin älter, sagte proff.
wer ist der typ im sender, der dir tölz angeboten hat.
ich bin besser, sagte proff.
kanntest du vorher schon mal den colonel.
ja.
aus mexiko?
proff sah nicht auf, aber legte erstaunt noch einmal die hand

auf die schulter vom größeren karst, den zug entlang gingen sie so. kein wort, sagte proff.
es geht aber um dein leben, um uns.
ja, sagte proff, und das machen wir gut.
er ging rasch vom zugfenster weg längst vor der abfahrt, der runde rücken, die leichten schritte. karst dachte dem nach.
lautlos das gleiten der abfahrt.
bald dünstete rings das ausgefressne vorstadtland, fließbandbepflanzung gerottet, wir nicht, wir leben.
als in augsburg nach kurzem halt die türen schnappten, sperrte karst mit einem schlüssel die bewegung der einen tür, sprang ab. er kaufte in einem kaufhaus eine krawatte, einen regenmantel mit schulterklappen und ärmelschnallen, dazu einen einfachen hut, ordentlich braunrot kleinkariert, leicht keck sparkassenhaft. die jacke vom jäger hatte er hinter hattenhofen in ein waldmoorgelände fallen lassen, die paßte für bauernknechte, er kannte das land, die gibt keiner ab, im scharfen fahrtwind breitete sie die arme weit, flog hoch auf und davon. nun trug er all seine taschenhabe in einer plastiktüte von *spar*. nun mußte er einen langen langsamen rückweg machen.
in lauter zeitung die neue fahndung. auch sein gesicht. ein baskenfoto. grenzüberschreitend *counterinsurgency*.

(14) hintergehung, die dort freilich nicht schlagen kann, wo menschentreue ein dreck ist, dort fehlt der begriff für die dimension des trauens und schreckens, der ton aus ältesten klageliedern vom mißbrauch der zuflucht, der freundschaft, hintergehung schlägt wunden, die, anstatt nach angemessener zeit sich vernünftig zu schließen, maßlos, gleichsam in hintergängen, sich immer häßlicher öffnen, öffnend sich graben in fuchsbauartig unübersichtlich verdunkelte gruben, in labyrinthische teufelsgärten, in denen kein kraut mehr wachsen mag, am liebsten das grauen. das muß nicht laut gehen, kein schrei.

moritz fand, was er heimlich geschrieben hatte, *daß nachher unwiderruflich alles ganz anders ist als vorher*, zwar bestätigt, aber anders. nicht er war *um die ecke* gegangen, fand er, sondern gegangen worden, und gar kein toben daraus, eher tot. sein vater, ein schwein.

schon als er, vor jahren, den alten namen wegverwandelt, ihn neu sich zuverwandelt hatte, aus moritz war maurizio geworden, war sein gedanke gewesen, was soll mir die nennung, der anspruch von einem, der von mir weggeht. proff hatte ihn und die ganze erste familie allein gelassen, als moritz noch keine vier jahre alt war. sie hatten sich oft gesehen danach, ferienzeiten, die zärtliche hand, aber wo geht die hin, meine liebe, der lachende mund, aber wen meint der, mein vater.

eine der ersten erinnerungen. kam ein freund proff besuchen, griff moritz den an, springend ernst, und wenn der freund endlich knurrte, nun laß das, machs mit dem vater, dann sagte der sohn, mit so einem kann ich nie kämpfen. was nur heißen konnte, so einen kann ich nie finden.

jetzt hatte er ihn gefunden. erwischt.

daß der ausweis fehlte, war bald heraus, aber von wem genommen für was. das sah moritz erst vor dem fahndungsplakat. er war, nach tagen, noch mal vor die post in der schlüterstraße gegangen. so war das also. da nähte der alte den ganz heißen faden. für welches kleid. für wessen verkleidung. dein theater spiel ich nicht mit, du pfaffe, paß auf, daß du dich nicht versprichst. er dachte aber, mitten im schmerz, vernünftig für karst, klug an sich selbst. karsts sicherheit war seine eigene nun, wie eben es dessen verhaftung jetzt wäre. und es mochten in einem kaff wie tölz die fahndungsfetzen ja paar tage später erst rausgetan werden als hier in der stadt. neben ihm war ein telephon frei, er fragte beim sender sich durch nach fokken, fokken gab ihm den ledermann, der hätte gern noch dienstlich stückchen was rausgeplaudert vom sohn, gab dem dann aber, man sieht sich ja sicherlich irgendwann wo, die nummer von tölz. und dorthin meldete moritz nun scharf, der vater möge bittesehr schnellstens den sohn, meinen bruder, nachhaus zurückschicken, ja, tödlich gefahr, in extra schlecht englisch, und klack, die fangen sich stimmenmuster, meins nicht. daß aber am gleichen tag, abends, der ausweis, nur so gebracht, ohne stempel, im heimhuder briefkasten lag, gab moritz kenntnis davon, daß karst für diesmal sein ding noch gepackt hat, seines und seins, und auch, daß karst menschen kennt, zuverlässig, die rasch für uns sich bewegen, wo wir jetzt langsam sein müssen. und obgleich sonst moritz zu juli ein altes zutrauen hatte, sagte er ihr von alledem nichts. wie proff. so ist das mit vätern und söhnen.

(15) ach was, sagte keckerig proff zum hals, der anruf ist tip unter brüdern, der bursche hat pausenlos trouble mit frauen, der ist gestern nach schon husch ab nachhaus, wie alt sind denn ihre herren söhne. der hals hatte nur eine tochter. was nur, fragte proff, ich wollte am liebsten töchter, und hab lauter jungs, nur eine schön, er zeigte das bild, er sah das der tochter vom hals, ein niedliches pärchen, die beiden, im fotopapier wie dort im gras. proff lachte sich eins, du hals gehörst bald umstrickt. du bist es schon, dachte der hals.
aber es schwang sich noch leicht so hin, der tag, der dienst, der proff, und es war eben dessen kunststück, sein kleines arbeitsgeheimnis, zu schwengeln und doch nicht zu läuten, zu schwingen und doch nicht zu singen. jedes mal war das beim tüfteln der arbeit am anfang die schwierigkeit, am neuen platz, am künftigen filmeplatz, zwar viel zu entdekken, aber allerwenigstes vorläufig aufzudecken. denn was zwischen hier den leuten und ihm einmal rausgetan, offen geredet ist, das geht dann nicht eben noch mal, bloß weil die kamera läuft, wird nur abgekartetes wortegeplapper. das wollte er nicht, erst recht nicht hier. die toten hier sollten, gemein unvergeßlich deutlich, aus seinem film in die wohnzimmer, in die gedanken der zuschauer treten.
so tastete, blinzelte, winzelte, witzelte, tauchte und

schmauchte sich proff nach hier und da ein, quer durch untäterei wie frei. und was er da alles nun lernen, ansehen, einsehen mußte, war, wie immer vergleichbar mit alter *ss*, in seinem kern doch neu, in der mitte, im bild vom feind. denn ob das das planen und vorbereiten von nachrichtenbeschaffungsaktionen war, ob infiltration, sabotageaktion und exfiltration, ob befragungs- und beeinflussungstechnik geübt wurden und studiert unterm hinblick aufs jeweils besondre des einen volkes, des andren stammes, ob ein lehrgesprächsaustausch stattfand in sachen struktur und taktik von massenbewegungen in millionenstädten, ob fallschirmspringen, ob bergesteigen, ob fernmeldetechnik, ob chirurgie, ob länderkunde, ob giftekunde wie schriftenkunde, es gab hier ausdrücklich kaum noch die ferne sowjetmacht als den feind, es gab als den feind, gegen den alles eingelernt, ausgeheckt wurde, nur noch nah den jeweils *inneren feind, die guerilla*, wohl weltkommunismus, aber nicht mehr der staat des oktober, sondern, durch alle jahreszeiten und klimazonen, der mensch, der aufsteht, ihr feind.
das patt der zerstörungskräfte macht alles neu, sagten abends, bei leisem berlioz, die weißen augen zu proff, denken sie an die angriffe heidelberg, frankfurt, brüssel, um nur eben, wie ganz und gar zufällig, von diesem wahrhaft winzigen feld hier in ihrem lande zu reden, offener mord und mordanschlag im subzentrum eines transnationalen kräftesystems. noch vor jahrzehnten hat der fingierte angriff auf eine grenzlandradiostation, hat der hastige schuß auf einen halbalten aristokraten weltkriege ausgelöst. heute gehts so nicht mehr, nur noch verdeckt, sozusagen in finsternissen, sie kennen ja die geschichte, früh gezeichnet das bild, weiß das boot niedergerostet, verpilzt, stampfend allein, im nebel gegen den schwülen strom, und in den uferwäldern das trommeln endlos, wie unbegreiflich, ganz unergreiflich, das herz der verzückten finster, es wird daraus das gezückte, tückisch. da haben wir vieles zu lernen. den neuen krieg.

der teufel singt uns
aus der erinnrung der zukunft
vernichtung

reden wir bitte hier jetzt nicht weiter, schob proff ins gleißen, da frage ich sie, da fragen wir uns, wenn später die kamera läuft. und er notierte klein in sein vorarbeitsheft *conrad die gegenströmung, frankfurt und brüssel, die finsternis* und *die trommel, der teufel.*
nun ja, er war also jetzt unter mördern.
und hatte den zeitpunkt günstig gewählt, denn was da um ihn versammelt war, waren, aus ganz verschiedenen aktivitäten und weltregionen, killer, die ein *cross-training* absolvierten, um gegenseitig sich auszutauschen im verteilen und zusammenwirken verschiedener erfahrungen und fertigkeiten, um so, nachdem sie einander weiterführend sich ausgebildet, später zwischen kabul, luanda und el salvador, zwischen oman und stammheim und montevideo mobile trainingsteams aufzubauen, herrschende dienste und truppenteile anzuleiten gegen verdeckte aufstandsbewegung. *counterinsurgency.* und all das verknüpft mit fleißiger spracheneinübung, spanisch, französisch, kurdisch, armenisch, suaheli, persisch, arabisch, amharisch und hindu/urdu, auch viele indiosprachen, auch deutsch, aber nicht mehr russisch. und endlich prüfend die krönung, die prüfende abschlußübung, im herbst, spät draußen drei wochen in spanischen pyrenäen, westlich, zum baskischen hin, in wildwalddickicht und felsenzerspaltung und ausgetriebenem dorf, im umfeld von jaca präzisionsschießen, morsen, skizzenzeichnen, tarnübungen und photographieren, seilklettern, sprungzonen auskundschaften, mit maschinenpistolen gebäude säubern, spritzen geben. dann am feuer das männerfest.
subversion und aufstand, sagten die weißen augen, sind in der menschengeschichte nicht neu, die encyclopaedia britannica schreibt schon früh, daß guerilla wie aufstand zu definieren ist, traditionell die waffe des widerstands, der aufhebung gegen bestehendes unrecht, das einem volk durch ent-

weder eine fremde macht oder durch die herrschende regierung zugefügt wird. wir allerdings, und das macht oft alles schwer, trainieren guerilla gegen guerilla, was nicht nur wie widerspruch klingt, auch schwerlastend einer ist, denn bei aller beherrschung technischer fähigkeiten und militärischer praktiken sowie einer sicherlich ausgezeichneten theoretischen schulung ist eines kaum zu vermitteln, der, ja wie soll ichs denn anders nennen, revolutionäre impetus, das wissen, daß es ums ganze geht und darin ums eigentlich eigene.
proff notierte ins heft, *das eigene geht nicht als nachahmung, nur als es selbst*, und schob dann aus einem schluck tee, als gäbs hier was nachzudenken, an die weißen augen den satz, setzen sie in der britannica mal klasse und klasse an die stelle von volk und regierungsherrschaft, schon ist logik im widerspruch ihrer arbeit, ist guerilla und counterguerilla, der sinn, das eigene und das fremde.
die weißen augen mochten, konnten so rasch den umsetzvorschlag der worte nicht machen, sagten, ach sinn, da hat es unlängst in grafenwöhr einen der ihren gegeben, der hatte, im widerspruch zu den befehlen, zur übung scharfe munition mitnehmen lassen, ein bundesdeutscher major, der dann in einer manövernacht seinen leuten plötzlich befohlen hat, die magazine zu wechseln, scharf auf den feind zu schießen, egal wer das ist, ausrotten alle. später, bei mir, ins stillere weiß beruhigt, meinte er sich zu erinnern, es seien ihm all seine männer wie auch jeder mann aus dem angriff der gegenseite vom teufel besetzt gewesen, also nur niederzumachen noch und auszutilgen. ich glaube, er sagte erlösung.
auch das wär nicht neu, sagte proff, daß der verrückte die wahrheit sagt.

(16) der tag bei blohm war schrill und kantig wie immer die andren tage, aber in einem moment war musik, hohe offiziere aus der türkei, zusammen mit drei toptypen aus der werft und einer uniformfigur aus bad godesberg, hatten, die

einen aufgezäumt klimprig, die andren dunkelblau fadig schlicht schlecht, hoch oben auf einer der laufgerüstbrücken fachgesimpelt ins halbfertige schiff, ins kriegsschiff, ins boot für *nato.*
unten im boot hockten brocken und tapp und zwei türkenkollegen, armaturen montieren, und mampften die pause, sannen hinauf.
die platte ist acht meter lang und vier meter breit. und zwölf tonnen schwer.
sie hängt in ketten.
an einem haken.
ungefähr fünf meter hoch.
über den kraken.
im krankasten steht der rote schieber.
von uns eine hand entsichert.
die hakenzange öffnet sich lautlos.
in nullkommazwei sekunden
auf die brücke fallen
zwölf tonnen stahl.
es gibt keine fluchtzeit.
ohne zu kreisen der tod fällt ein.
unser leben kommt schnell.
es dröhnt weit weich.
es wird still.
der kran hebt die platte langsam zurück nach oben.
wir arbeiten nun mit klarem wasser.
räumen den rest blech, baumwollfaden und blut.
licht spülicht.
das ende einer verkleidung.
keiner hatte zum anderen ein wort gesagt. keiner hatte sich von seinem platz, werkzeugkiste, werg unterm arsch, gerührt. schade noch erstmal, kaute tapp. und ein türke sagte, ich sehe ein einfaches unglück. dann hatten sie die augen wieder geschmissen nach oben hinab auf die, still hin gerichtet.
aber was ist denn das bißchen laufgerüstbrücke gegen das wipfelgeäst der alt hoch ausgereckten buchen am uferhang

zachuner warder. tapp schwang und schwankte in freiheit, und wimmert sich eins aus harmonika, für sich harmonie und tief unten marie. die saß rundstill am schwappenden goldgrün blühenden rotfederwasser auf steinen.
seit sie zu ihm gekommen war, nicht gerufen, gelockt, hier gabs nicht den hinkehusch, einfach sie selbst war zu ihm gekommen, fand er sich bei ihr aufgenommen. und schon rührt ihn die welt auf, und nicht nur in bäumen, zu allerhand lieblingsträumen, er hätte nicht sagen können, wohin, aber frei alles bunt unterwegs. er war von marie gemeint. genau er. er, tapp, der knochrige magermann. da wollte er fette lieder ansetzen und kräftig fleisch ans gemüse. denn ringsum in der verschandelten welt bin ich in ihrer liebe bewahrt. die hat mich gesehen, die frau, mich, tapp, noch immer knallhart *vier mann vier ecken*, aber mittendrin lacht nun marie.
lachte ihm auch fahl matt.
dann schien sie ihm weit von sich selbst verschleppt, lag alles um sie her staub, ließ sie teller und tassen und tag so liegen, auch sich, stand nicht auf, flog nicht auch. ließ ihn mit sich, mit wem denn, allein alles machen. das wollte er nicht. dann lag er neben ihr still, strich schwer mit der hand übers zugezerrte gesicht von marie, damit sie nicht schmerzen hat. denn so sah sie ihn plötzlich an. so sah sie ihn von sich fort. oder der stein verletzt ihn. dann schrie er sie böse an. dann weinte sie abgeschlossen.
oder ins gegenteil weggedreht dies, packte sie seinen körper, warf den, stieß den sich ein wie ein bündel, ein irgendwas nur noch, als habe sie angst, gebündelt zu werden. er wollte wohl denken, sie wiegt ihn, aber sie warf ihn.
alles nicht einfach im leben mit menschen, da kannst du dir erstmal nur schön was wünschen. und so waren sie aus der arbeit raus, im roten klapperkadett, ans zachuner ufer gerollt. tapp zappelte runter aus ästen. nah über marie, sie sah gar nicht auf, blieb er noch hocken und hobelte *la paloma*. obgleich sie zu ihm gesagt hatte, daß sie das lieber nicht mag, wenn er sie, so wie die spanierkollegen, ma palomita flüsterte, täubchen, mein vogel der wollust. er pfiff ihr trotz-

dem sein lied. dann sprang er vom letzten ast. und weil er gern weich elegant und nicht kantig vor ihrer nase aufsetzen wollte, stolperte er, gab aber noch dem stolpern die lust der liebe, sackte vor ihr aufs knie, da siehst du mal, täubchen, da knie ich schon, so gerne verehr ich dich.
marie sah ihn bange an, ich will aber keine verehrung.
jetzt war ihm dumm und kalt.
warum siehst du mich manchmal so an. ich bin doch kein bissiger hund. und du rennst auch nicht in wüste. er kniete noch immer. sie hielt ihm ihre hand hin, ich muß immer achtgeben, wo ich bin. bei mir, lachte tapp. das ist aber nicht so einfach, sagte marie und nahm ihre hand wieder zu sich zurück.
tapp hatte damals noch keine ahnung, wie man das rauskriegt, ob einer einen menschen aufnimmt, oder ihn für sich nur nimmt, einfach nur nimmt, aus angst, genommen zu werden. als mann hätt ers ganz gut wissen können. war aber nicht so ein mann. schon mancher kollege, auch brocken schon mal, hatte deswegen spott gemacht. und das wußte tapp wohl. aber konnte das gar nicht ändern. kein richtiger mann, was ist das. ihn fror. er wollte da durch. er rollte sich klein wie damals *beim bund*, saß *ei des kolumbus* in ihrem arm, summte vom häschen was in der grube. wer saß denn aber da jetzt in der grube. wer hase. marie sicher nicht.

(17) auf dem knastdach hockten sie unter fleddrigen decken, nicht warm, verwichstes zeug. als endlich der morgen die sonne hochstieß, schüttelten sie sich im dampf, riefen und drohten. unten das pack in waffen stand klein, auf festem grund, auf befehl, oben die freiheit stand schräg, auf nach westen hin moosigen ziegeln, bodenlos über der stadt.
die neumünsterer hatte der tag pünktlich schon auf die beine gebracht, in den sound der vertuschung, ndr zwei jeden morgen in aller ampeln und ängste getickt und daß da im *zuchthaus*, wie sie das ordentlich immer noch nannten, bambule los war, das machte milchfrau und möbelmann, raiffei-

sensusi und essomathias, pastor und postler ärgerlich laut, ungemütlich verbrüdert gegen den schlappstaat in kiel. und es gab beim friseur keinen widerspruch, als der grünliche apotheker von gettobalkonen erzählte und fliegenden fakkeln, und faltig nach seiner büchse rief, *jeder schuß ein russ*, wo gewiegelt wird, seh ich rot, denn das auf dem dach sind die roten, piffpaff. schnippschnapp.
im dach oben saß man jetzt warm, nahm tee, dazu fett gebäck. sie hatten zwei schließer zu sich genommen, die ließen sie heulen, dann wurde es ernst, dann wurde von unten gehorcht.
die beiden gefangenen lagen gebunden an händen und hakken, uns fickt ihr nicht mehr, alles vigine, halts maul, sonst springst du die kante –
sozialpsychologisch gesehen ist es für das Bewußtsein, die Psyche des Täters sehr wichtig, wie die Gesellschaft Tat und Strafe bewertet, wie die gesellschaftliche Atmosphäre in bezug auf den Bestraften ist. Hier das Primat der Medienvermittlung täglich verantwortungsvoll gezielt. Ich liebe meine Jungs. Dabei kann das Moment der Isolation positiv eine Rolle spielen, und zwar insofern, als die empfindliche Abhängigkeit, wie sie fast immer nach scharfer Isolation entsteht, planvoll einzubinden sein wird in den Prozess unserer Umerziehung. Die meisten Mütter von Gefangenen sind Huren. Und da hängen sie sich auch noch Volksverräter vom zwanzigsten Juli an die Wände. Ihr Schweine wollt Forderung stellen. Werdet mal erstmal Menschen. Ich liebe meine Jungs. Ohne Hoffnung geht es nicht. Oberste Prinzipien sind dabei Abhängigkeit, Erschöpfung, Erschrecken. Das Ziel ist die unauslöschliche Spur, die wirkliche Hilfe. Wirklich, ich bewundere euren kämpferischen Geist außerordentlich. Aber ihr seid von dem rechten Weg abgekommen, wenn ich das einmal so sagen darf. Aber noch ist ja Zeit, umzukehren. Vertauscht eure falschen Gedanken mit richtigen, die Drecksklamotten mit Menschenkleidern. Wir können euch vernichten, das ist wahr. Aber wir wollen euch retten. Ich liebe meine Jungs.

die liebe wollten sie nicht, waren nun zu der gemeinsamen sprache gekommen aus der sprache des einen, weit weg, ganz nah, schon totgeschlagen, *sie werden meiner rache nicht entkommen, niemals niemals. ich gehör zu den leuten, die langsam in gang kommen und dann aber unaufhaltsam losgehen. unser stampfen wird die erde beben machen. wir werden uns blutige wiedergutmachung holen. wir werden niemals vergeben. nie. und niemals vergessen. und wenn irgendwas falsch an mir ist, dann, daß ich nicht gnadenlos genug war.*
da kam, geflüstert, die nachricht, im hungerstreik der politischen ist einer abgekratzt, haben sie einen kalt gemacht. keiner hatte seinen namen gekannt.
Verlaufsinteressante Aufschwemmungen im Gehirn.
vom dach hinab fuhr gebrüll, schlirrend ans holfter der posten. einer im dach saß etwas entfernt, eher scheu. den tickte der gruppenruf nach veränderung, die freie wut kaum an. der dachte über die treue eher räuberisch leicht. alles kampf überall und jeder gefährlich allein. hätte er jedoch seinen blick von oben dort weit genug ausschwärmen, hügelig südlich ausschweifen lassen bis hin nach san gimignano, sie hätten zwar dort auch den mord gesehen, die türme aus männermächten, und mitten am klassischen platz den ekelstein, den hochsicherheitsknast, aber doch auch die treue, fünf jahre alt, das könnte rocker gewesen sein.
kam eben dort aus dem tor, aus der wegschließeklappe, eine große familie, dick eine junge frau, dürr eine alte, drei kinder. kaum aber war die familie ein paar schritte weg vom knast, springt der kleinste, wir sagen jetzt rocco, den drehsprung um scharf hundertachtzig grad, die kleinen ellenbogen sachkundig hingestützt auf die winzigen schenkel, stößt er ein unsichtbares magazin leer gegen oben das pack im glas, hoch im scheitel der mauer das blaue barett, im panzergläsernen laufgang die wachen. er hätte sein spiel auch mit denen dort oben in gleiche richtung loslassen können, von dort gegen uns, in die stadt. so kennen wir das von zuhaus. so haben wir manches vergessen.

da fiel in der mickrigen holsteiner stadt fern ein schuß, und noch einer. aus all den köpfen im dach, aus ziegel und zinne reckte sich einfach ein ohr. auch der abgesonderte spreizte sein kleines.

(18) feder und pauli an diesem morgen waren gut auf die beine gekommen, anna briet schon paar steaks zum tee, auch blues hatte lust auf den biß, bloß nicht so blutig, laß mal noch drin.
wie weit ist die kasse vom knast, fragte flügel. da lachte feder, alles weit weg, und alles nur halbglas noch erst, und keine lampe, mehr so bauern am schalter für bauern, die bleiben gern alle leben.
wir waren nach dem krieg bei bauern, sagte blues, husum die gegend. der mochte kinder. der hat zwei polen auspeitschen lassen. schnipp schnapp. da war ich heimlich dabei. da war ich noch nicht in der schule. das können die schnell, egal, wer schreit, wieviel blut. zehn jahre später bin ich mal hin, zum helfen, zum dreschen, hab ich sechszehnerschlüssel eingeschoben, ist der treibriemen ab, und die hand von dem bauern dann auch gleich. immer gut, wenn du siehst, daß es geht.
feder und anna und blues und pauli und flügel zogen jeder die handschuhe an, nahmen plastiksäcke mit frischem zeug, für danach, für jeden, alles neu macht der mai, sagte pauli, und auch für jeden paar neue *adidas*, jetzt los.

(19) jetzt aber los, schmatzte hafermann zu elvira, die er sein tierchen nannte, und die er fürs jucken, wenn er die woche ein zwei mal aus seinen güsterschen tabakfeldern nach kiel hoch zum landtag fuhr, gern piepsen ließ, die maus, sie nannte ihn kater, wie vater, und außerdem war er zum dritten mal schützenkönig geworden, die walther aus minsk noch immer dabei, ein kerl von kaum eben sechzig, er hörte

das heulen vom knastdach, er riß sich die hose dicht, griff nach, trug rechts, jetzt aber los, mein mäuschen, jetzt geht dein wüstling mal wildern.

(20) regelrecht wilde braut, lachte pauli, die sonne auf seinem kleinen gesicht. auch auf den teichbudenwiesen von *waldeinsamkeit*, einer camperstation für kaffee und cola und knallheiße würstchen am einfelder see, schrottplatz nicht weit, auf einem bein kannst du hier draußen nicht stehen, und basteln auch mehr was, die leute hier, viel arbeitslos, geld knapp und haufen zeit, sagte oli, der wirt mit dem lachenden zahnloch, vorn immer alles quer rausgefiedelt, der war auch im knast schon ein unerschrockener schläger gewesen, so kannten sich pauli und der, und oli in seinen bergen aus blech hatte für freunde, schön unübersichtlich, noch immer die sichere bleibe für dies mal und das, hör ich richtig, daß tapp jetzt eine frau hat, ach den kennt ihr ja gar nicht vielleicht, so einer mit scheitel auf, jeden tag die maloche bei blohm, aber musik, mein freund, musik, und du hier nun heute ja auch, regelrecht wilde braut, auch oli lachte auf anna, denn die war für diesmal auf tennisplatzschönheit gezogen, und am knöchel das kettchen aus gold.
aber anna lachte nicht mit, fand gut, daß hinter der spiegelbrille ihre augen dem lacher verborgen blieben. sie saß bei ihrem campari an einem der plastiktischchen ins klapptuch gestreckt wie lässig zur bräunung, als er die andren ans schrottloch führte. der rest geht allein, sagte feder. und oli horchte, wie sie im riesigen automüll ihm aus den augen kamen. und er hatte noch kaum erst seinen milchkaffee angemischt, saß kaum erst träg bei der schweigsamen anna draußen im gras, geiles fahrzeug, so weißer *cx*, da kamen, was niemand sehen konnte, der jetzt nicht oben im schrottberg stand, aber da stand niemand, wär ja gelacht, ohle oli kennt sein gelände, feder und pauli ans licht als zwei pistoleros, an den beinen gebügeltes dunkelblau, um die schultern

das weiche leder gekaufter schützer und transporteure, und hellblaues hemd mit schwarzer krawatte am hals, und offen am schenkel die *wesson*. für die klamotten war waldi gut, ein kleiner alter von *studio hamburg*, der wußte den schlüssel für filmrequisite, der war schon mit klinsch fünfundvierzig paar wochen lang nazi jagen gewesen, bis der tommy ihn deswegen eingesperrt hatte, ordnung muß sein, bloß wann denn mal unsre ordnung, für so jungfilmer tut opa alles, die sind nämlich meistens für gegen, und das ist ja nie ganz verkehrt.
eine minute durchgepokert, das kann uns für jahre kräftig halten, hatte pauli noch lachend mal eben durchs frontglas gepfiffen.
da kam aus dem autosender die nachricht vom tod des genossen im hungerstreikkampf.
pauli wußte, der kampf geht ums leben. er wollte aber, daß keiner stirbt. he, scheiße, sagte er, warte mal eben, und legte die hand auf feder. feder stieß weg, drehte ton aus, gab gas, der ist nicht gestorben, den haben sie totgeschlagen im stuhl, geriemt, damit er sitzt, wie er soll, und nicht stehenbleibt. tölz, sagte feder.

(21) flügel im halteverbot vor der kasse, unters kühlerblech niedergebückt, als sei am wasserstutzen was leck, hörte die nachricht aus offener tür, glaubte das nicht, starrte ins dunkle sich fest, hörte hinterrücks hafermann nah, wie hätten wirs heut denn mal gern, schöne frau.

(22) blues im wechselfahrzeug, am kircheneck unterm friedhof, als die nachricht getroffen hatte, im nacken, den kopf, sah zuerst auf die uhr, dann legte sie sich übers lenkrad, ums haar die beiden arme geschlungen wie jemand, der schläft. weinte aber. mein mund meine haut. ihr ganzer verfall, in den sie uns werfen wollen. aber wir leben.

(23) hafermann fand sich recht angeärgert von flügels reglosigkeit. es juckte ihn flink zwischen halteverbot und bank. ihm kam da was spanisch vor. er trat leise zurück in den schatten der kioskbude, paar von den weißen mäusen, den weichen, ja vier oder was, er kaute am liebsten weich, das stellte ihn auf. er hatte posten bezogen.
dann, zack, die walther gezogen.
und vielleicht wars auch diesmal wieder die lust am leben, die pauli, als er mit feder springend die kasse verließ, gar nicht drauf kommen ließ, daß ihn das da meint, die mündung der walther. es fiel ihm nur feder ein. der bullige hafermann hielt den matz pauli wie einen *polenlümmel* im *bandenverseuchten gebiet* einst von bialystok. aber feder, mensch feder, nicht sterben, eh, opa, mach kein theater. pauli warf seine beine, er war sich selbst die schnellste waffe am liebsten, wirklich die kleinen eisenhacken im besten kung-fu ins nackte zwischen hafermanns kragen und zahn, trat dem alten das kantige kinn weg in trümmer. hafermann flog ins gewürstel der bude. sein schuß flog leer. flügel mit pauli und feder gleich hinterher.
auch feder hatte ans schießen noch gar nicht gedacht. seltsam die sechs sekunden, in denen du alles vergißt, nur nicht all unser leben. nur hafermann hatte nicht vergessen, außer grad immer schon das. aus der colabude griff er dem rasenden wagen noch nach, noch aus zertretener schnauze bellt er den zweiten schuß. pauli im fond wurde vom schlag auf die hüfte herumgeworfen, krumm gespannt.

(24) alles war nun aus blut. feder, im niederwerfenden stoß des vorwärtstreibenden wagens, hatte zurück sich gewälzt zu pauli. sie riß ihm die hose weg. pauli hatte noch keine schmerzen. sie fanden das blutloch, das helle. hafermann, in frittenpappe versackt, hatte von sehr flach unten geschossen. sein schuß durch blech und polster war rechts in paulis arschbacke rein und innen, halb überm knie. wieder riesig

raus. von dort triebs ihm das blut weg. drunter, das knie, der kleine rest bein, lagen häßlich verstellt. scheiße, der knochen ist weg. wie kann ich das blut festhalten. keiner sagte ein wort. dann sagte vorn flügel, am mittleren innenschenkel. dann sagte feder, jetzt fließt nur noch wenig. sie hatte den aderpunkt knapp überm ausschuß gefunden. sie hielt jetzt mit beiden händen das leben von ihrem genossen fest. aber blues, als die frauen pauli zu ihr in den heulenden wagen gerissen hatten am kircheneck, als sie paulis gesicht sah, sagte genau im start, das krankenhaus in eutin, weg mit dem koffer, mit allen klamotten, anna weiß auch allein, sonst gehst du kaputt. keiner soll sterben.
als würde jetzt aus diesem einzigen wort alles tuch von den schmerzen gerissen, blendete plötzlich den körper von pauli der weiße hieb. er schrie. feder durfte nicht von der wunde lassen. da hielt flügel mit beiden händen sein weißes gesicht, hob nah seinen kopf, riß seinen mund nah an ihren, flüsterte gegens geschrei, genosse genosse ja tölz ja wir!
mensch mach die sonne da weg, sagte pauli, dann wurde ihm leichter, dunkler, dann sagte er deutlich zu blues, wir haben beschluß, das geht alles geplant, anna übernimmt koffer, wir fahren nachhaus, nicht knast, nie wieder, wir fangen uns einen arzt, oder was, wo hab ich die dreckige wesson, dann sackte er ab in ein weiches boot.

(25) rocker war von der bootsbank gekippt, vornüber in all die fische, bloß so. aber das war wie vom hammer, schrie ahlers den arzt, los, finde das raus, mach mir den bengel hier klar, sonst bist du geschissen, du molch.
rocker, an ahlers hand, lachte über den frechen vater, ihm gings ja gut, den hammer hatte er gar nicht gemerkt, und daß er beim spielen längst schon blöde daneben gegrabscht hat, das macht nichts, der alte ist groß und stark, der wird ihm schon helfen, er rieb sein rundes gesicht in die warme, von allerhand holzbruch und stahlseil beulige faust seines vaters.

bloß mal angenommen, der spatz wird verrückt, wälzte ahlers sich nachts, schon beinah schon morgens, elend an nina. ach der doch nicht, nie, flüsterte nina, hielt ihren mann fest, um nicht wegzurutschen in angst. was nun leipzig. was wladiwostok.
auch ahlers, im feuerwehrsuff, war stumm ohne freund, nicht lange stumm, schon brüllt er rum, ohne schutz gegen schmerz, besonders gerückt unter allen kollegen, verrückt. aber lieber allein als ein schwein, er nicht. lieber ein schwein als allein, schmeiß mal die ganze flasche gleich durch, und drück hier mal einer die ossis raus, *dat matscht so scheun, schabbidu*, es ist so fein, ein christ zu sein, nicht mit mir, nicht mit uns, *es ist so schön, soldat zu sein, ro-ho-se-ma-rie*. die dorfmänner, bauern, vogelwart, grenzschutz, maulten und graulten die alten lieder, und daß für verrückte, das hatten sie alle gelesen im dorfblatt, demnächst hier ein heim gebaut werden soll, gleich nah hier die ecke nach mölln, *don bosco*, oder wie heißt der scheiß, nix freudenhaus, alle freuden aus, kommt hier doch gar nicht infrage, mußt du mal denken, wie sieht das denn aus, auch schon mal wegen berlinverkehr nächstens, da kauft uns doch keiner mehr baugrund, was soll das, wie komm ich mir vor, alles hinker im busch und bettenpisser und schaum vorm mund vielleicht auch noch, weil guck mal, so wut hab ich doch schon alleine genug jeden tag, sag bloß, dir gefällt dein leben, hör auf, und geht sowieso alles über den jordan, alles schlachthof, schmatzt mußmann, der grenzer, und *allein marschiert wird hier nicht*, und ist auch alles in ordnung, der scheiß, weil das hast du doch auch gesehen, im fernsehen letztens, wo einer das sagt, wo das langgeht, und hat das gelernt, hat studiert, der arsch, daß das nämlich immer so läuft, also erst kommst du schön immer hoch, nee, laß mal, wir alle, die gegend, so länder, so ganz europa hier, sagt er, und dann, nach bestimmter zeit, kippt das um, sackt das ab, geht nix mehr, sense, ja gut, also auch keine kinder, und zum schluß vernichten sich alle bloß selbst, und genau so, sagt der im fernsehn, ist das jetzt hier, mit bäume und krüppel und alles

atome, klar ist der in ordnung, der mann.
und was krank ist, das sägen wir ab, rief ahlers und rülpste laut.
aber sein bengel, sein sohn war nun krank.
aber rocker ist doch kein baum. der lebt doch gern. aber leben wollen wir doch alle, der krüppligste baum doch auch noch. und soll er und soll er doch auch. und ich werd, wenns noch lange so geht, verrückt. denn das hab ich schon damals zu erni gesagt, so krank, daß ich hier in der scheiße gesund bin, war ich noch nie, und will ich auch lieber nie sein.
aber erni ist auch nun schon zwei jahre kalt.
ihn fror.
heinrich maunzte ihn unruhig an.
ja siehst du, sagt ahlers müde zum hund, das kommt von alles bloß da von, weil wenn ich mit larry gejumpt wär, einfach die wumme und weg mit schaden, einfach der knall gegen killer, das war mal mein ding, dann wär ich jetzt tot wie die oder knast, und gäbs überhaupt keinen rocker, und solche krankheit, und so schöne augen hat der, und blind, ach alles so blind.
er blinzelte durchs schmutzige frontscheibenglas, gegens glitzern im laub, die brombeerböschung hinunter, ins regglose weiße wasser. dort draußen, nicht weit, ne halbe stunde, wenn du gut schwimmst, die kleine insel, der schreck und die schöne reise damals, der schuß. *für die tu ich alles.* das kann man wohl sagen. und nina war gut zu ihm, seine frau, von anfang im schlafsack im inselgras damals bis jetzt. bis er jetzt hier bei dem, der geschossen hat, auch noch, wie knautschen die dörfler das immer, *im dienst* ist. und lina wird schön wie strubbeldistel und honigklee. und rocker wird blind.
heinrich schrie auf. er schlug ihm die faust unters kinn.
und wo hat der bengel das her. hab ich sackratten, oder was frißt an mir rum. wir sind nämlich alle schon blind. der da hinten doch auch, der waldbaronsohn, der letzte von drei reichen brüdern, kommt er fledermäuse verstreicheln, sammelt siebenschläfer in sondernistkästen von *greenpeace* oder

wo hat er die her, und immer den walkman dabei, am liebsten zithermusik, dröhnt nicht so raus wie joe cocker den haß und auch nicht wie kwesi die praktischen dinger, zipfelt mehr süß und süffelt die schmerzen, das ist ihm die lieblingsmusik, flott ökofreak, früher im k-gruppenschwindel, haß auf die eltern, auf gleich alle alten, *trau bloß keinem über dreißig*, so kämpfer wie erni und karo und emmi und ossi und merkatt und leo und rita und auch nicht ilona hat der niemals gekannt, und ist nun selber schon gute und gerne, na, gern ist ja erst noch die frage, so in der mitte von dreißig, und traut sich lieber längst nie mehr was, bloß lang und schlapp häme und träne, da gehst du doch lieber gleich richtig tot, ehrlicher kampf und schuß und schluß, so wie er das gemacht hat, der bruder vom zitherer, malte, sie hatten ihn immer bloß stößer genannt, so einer mit tiefen gedanken, und sehr gutes herz für menschen, war mit larry los damals und all den andren, knarre und angriff und unser leben, und ist nun schon ab in die kiste, der mann, gegen us-depot augsburg, auf offener straße gelöchert und abgelegt und vergessen. und sonst auch, wie neulich der dritte baronsohn, bei sterley hat der, besoffen vertrauert, den hondakopf weg ins waldholz geknallt, um die ecke war bißchen zu scharf und zu glatt, aber sicher, was solls, warum nicht. bloß hier den nicht auch noch, den letzten bruder, im eichenast zupft der sich ohren zu, aber stimmt schon, taub paßt zu tot und blind. und aber auch mit siebenmal schlafen wird die scheiße noch lange kein traum, na, mal sehn, der freak hatte durchblick, am liebsten auf schwarz.
bloß keine kinder, herr ahlers.
das schon mal gleich zuerst. eine exbraut von dem war drüben, als harrisburg war, cutterin fürs *zdf*, die hatte angesehen, mitgemacht, hingemacht jeden tag, wie sie lügen, auf botschafterweisung schneiden, wie sie alles nur klar *freie meinung* geigen von alles nur halb so schlimm.
und in wirklichkeit haben wir, zuhören, herr ahlers, eine apokalyptische pest am hals, den zerstörungstrieb einer peinlichen menschheit, noch die freiesten korrespondenten

hat der sender zurückgepfiffen, und guck dir die kinder da drüben mal an, paar jahre später alles schrott, also kinder, die kannst du vergessen.
ahlers sah ihn blaß an, der weiß nicht, daß ich, bloß eben ein griff, von proff die wumme im werkzeug hab, der hockt mir im trac und tritt mir mitten ins weiche, ganz frei, oder will er gern sterben, das kann er fix haben, neun milimeter, das flutscht, herr baron, und der hat noch so bücher von selbstmorderei, die kann man jetzt überall kaufen, sagt er, denn der selbstmord, das ist ein vorteil vom menschen, eine sache von freiheit, sein recht auf glück, sein recht auf die menschliche würde, die geht aber so gar nicht mehr, sagte der waldbaronsohn, denn hier eingeklemmt in verwüstungsprojekte der großmedizin und zellbiologie, dort in den zynismus der erstschlagplaner, denen unser leben im freiheitsfall keinen pfifferling wert ist, so tief zwischen massenvergiftung und overkill hat der selbstmord kaum eine chance, es klingt ein bißchen verrückt, aber sind wir ja auch, alles klar, wer hier weiterlebt, bringt sich um.
ahlers sah ihn blaß an.
und wir brauchen auch gar kein hiroshima mehr, kein kalkar und gorleben auch nicht zum füttern von unserm soliden tumor, neutronendosis und gammadosis, latenzzeit und milirem, alles gebongt, aber geh mal, herr ahlers, in neubaugebiete, draußen, am stadtrand, alles gedämmt für wärmestau, schon mal was von radon gehört, radiumzerfall im zeitgenössischen bauschrott, und wenn also endlich alles plastikdicht zu ist, damit dem papa der arsch nicht kalt wird, dann kommt, paß mal auf, herr ahlers, neue musik aus der wand, zerfall von baustoff, zerfall von leben, frag mal in zehn jahren nach, die krankheitsrate der schreibsaalfrauen bei esso in city-nord, alles radon, ich weiß schon, lachte der waldbaronsohn, warum ich mir alles in holz, aus bestem nur, arbeiten laß, kostet natürlich tick mehr, als neue heimat für ihre trabanten rausrückt, ja, manchmal wirkt sparsamkeit tödlich, macht blind.
ahlers sah ihn blaß an.

meine kinder, sagte er leise, die sind nicht aus plastik, und neun milimeter gehn fix, herr baron, einfach radonn!
der zitherer schüttelte die ohrenstöpsel, als hätte er wasser geschluckt, als hätt er den falschen ton erwischt, sprang vom blech, wir wollen nichts übereilen, herr ahlers, komm mit, ich zeig dir mal was.
er hatte aus einem spezialinstitut pilzmyzel eingeschleppt, speisepilz, würzig und fest, damit spritz ich die eh kranken bäume, mal sehn, ob das geht, das bringt was, und in portugal großflächen aufgekauft, dort züchte ich damhirsch und mufflon, alles für beste häuser, meine freundin sagt, wir ziehen ganz hin, mal sehn, vielleicht zieh ich mit. denn dies land hier wirklich ist kaum noch erträglich.
auch ahlers und nina kannten das suchen nach fluchten. aber zur flucht brauchst du geld. das war schon gegen die nazis so, mit kasse gehst du nach kalifornien, nach dänemark, mexiko, rio. mit arm bloß schwer deine arbeit täglich, jeder mit jedem, kein feinerer mensch, gehst du tausend mal tausend mal weg in die kiste, und vorher kämpfst du, so lange das geht, haust nicht ab. die klassenlage. mehr hast du nicht. aus princeton die fahrkarte schickt an proleten keiner.
auch nina und ahlers hatten nur jeder hier ihre arbeit. und zusammen die zwei schönen kinder.
und ein kind ist also krank.
wahrscheinlich tumor.

(26) wir aber gegens versinken, gegen das schreiende blind, das rasende weinen, haben, sagt nina, uns nicht nur vieles zu fragen, wir haben einander genau jetzt auch etwas zu sagen. kellerschule für arbeitslose, jobber und solche dies werden werden, autonom lübeck und anderswo. sitz mal still, bevor du straight scheiben einrennst, ihr glas ersetzen die leicht, aber wir ersetzen dich schwer. denk das mal aus. wir fangen neu an. vieles ist umständlich langsam.
bleib jetzt bei uns mal endlich zuhaus, sagte ahlers über den

dunklen tisch, wenn ich grusel hab, tu nicht wie alles egal. oder was sind wir für affen.
laß sie doch, sagte lina über das kleine messer, sie schnitt ihren puppen pfeile.
paß mal genau auf dich auf, sagte juli am telephon, was bist du für deine genossen wert, wenn du dir selber davonrennst.
wo gehst du hin, fragte aus seinem bett rocker.
krankes kind, schlechte mutter, das reicht mir, das kotzt mich an, sagte ahlers und riß sich die wurmige tür zu.
fliehen ist eine drohung, sagte juli ins telephon.
gespenster, sagt nina ins lenkrad, unterwegs im R4 nach lübeck, rechts draußen im see unterm gutshof bresahn die kleine insel die insel. was mach ich mit liebster liebe. gegen den wirklichen dreck, den schreck hilft mir nur unsre arbeit, der kampf, jetzt heute noch hier, mit allen. allein bin ich klein geh ich ein. was kocht sich ahlers auf schmerzen. ich habe schmerzen. sie sollen mich aber nicht haben. ich schlage zurück. sie wird in der kellerschule von vielen erwartet. ich wein ja gar nicht, los, vorwärts, hört zu. vieles ist umständlich schwer.
denn arbeit, sagt nina den jüngeren arbeitslosen, auch wenn die hier immer noch fremdgeht, sei gut, was bestes vom menschen, und hier mal und da mal leicht kaufhausraubzug sei kleinbürgerkindertamtam, und der spott gegens wütende arbeitsuchen abgeplagter kollegen sei die frechheit aus metropolengelümmel, sei die kälte der neuen art, sei lieblos wie dumm, simpel unkommunistisch, die mißachtung des wirklichen, ja nee, jetzt laß mich mal, du warst schon vorhin, und geh auch inzwischen mal rüber im knast und im hafen, und hock dich da hin und fang da mal an und erzähl da mal den kollegen dein geiles verweigerungsding als *emanzipativen angriff*, die haun dir aufs maul, die ziehn dir die nase lang, doktorin, paß auf, die schmeißen dich raus, deine nutten und räuber, deine traumgestalten, du kitsch. und auch also, wenn mich die feineren kämpfer und kämpferinnen hier weghaben möchten, ich sag euch das immer noch mal, arbeit ist toll was vom menschen für menschen, und wenn das noch immer

verkehrt rum läuft, dann ist das von menschen gemacht, und können wir das auch mal besser machen. was falsch geht, das geht auch richtig. sie kenne das bücken der täglichen arbeit, den schmerz der fremde im rücken, im nacken. sie kenne die ohnmacht, die, wie sies uns richten, wir immer noch jeden tag schleppen wie sack. und doch, oder wir flippen wie frei, flunkern uns faul paar leichte lügen vom schnell mal befreiten menschen, den es so aber nicht gibt, sei unser tägliches rappeln, jeder an seinem platz mit jedem, auch die zusammenführung, die härtung, die konzentration der kräfte, die uns zur richtigen zeit – ja stimmt, das dauert schon lange zu lange! – befähigen werde, unser leben als klassenleben uns anzueignen, als produktionsleben an uns zu reißen. daß das schwer geht, das stimmt. daß das nicht geht, stimmt nicht. wer das sagt, soll sagen, er kapituliert, aber nicht, daß er extra noch schlau ist.
und so auch seien nicht spöttisch abzulehnen die den arbeitslosen gebotenen beratungs- und unterhaltungsgruppen aus den geldern der stadt. zwar sei dies betrugstheater, ein trick von denen, die unsre ohnmacht planmäßig produzieren im für sie günstigen abhängigkeitsverhältnis, der trick, der die wirkliche lage, den wirklichen anspruch, die wirkliche angst und die wirkliche lernchance der arbeitslosen wegzunebeln, zu vertuschen sucht mit tröstebasteln, tanz und geschwätz. es sei aber eben auch dort, mitten im raum der zynisch verwalteten schweinerei, von uns nicht müde abzuwinken, sondern wir hätten dort einzudringen, die trickkiste der beschwichtigungen zu entschleiern, fleißig, lehrreich, geduldig, schlau und klar. denn am gefährlichsten seien uns nicht die städtischen vorsorgepfaffen, auch nicht die niederträchtigen kleinen beamten hinter diesem und jenem karteikastentisch, so richtig es sei, da stimme sie michi und seiner bande leicht zu, den einen, die andre da auf dem hocker mal handgreiflich über den tresen zu ziehen, auf die beine zu stellen, an die kasse zu bitten, alle ämter machten uns absichtlich schwach allein, also rein in die bude zu dritt, zu zehnt. sondern wirklich gefährlich sei unsre beschämung, dies stumme bezichti-

gen aus dir gegen dich selbst, die verstummung unsrer interessen, der klasseninteressen. auch dies, daß wir uns fühlten wie stumm, ohne eigenes stimmvermögen, sei resultat einer herrschenden absicht, sei in jedem von uns früh angerichtet. wortführung scheinbar sei nur für fein oben, nicht einfach unten frei unser schrei. genau solcher wahn sei zielstrebig zu unterbrechen, denn wachten wir auf, dann lachten wir auch, und dann seien wir nicht mehr zu halten. das wisse doch jeder, jetzt lachte nina, stumm auf die dauer macht dumm. aber hier ist keiner dumm, hier sind wir, hier sind wir in eigner sache. das aber zeige sich ihr von mal zu mal deutlich: wie immer sachkundig sicher treffend einer sein ding zu nennen gewußt habe aus seiner arbeit am platz mit den andren, es schlüge dem sich der stein ins maul, es schlepp er sich, schweig er sich unsicher hin, sobald der gewußte arbeitszusammenhang, die produktiv gewordene gewohnheit der gemeinsamen tätigkeiten ihm unterbrochen sei. in der bude weißt du, was oben ist und was unten, wer wen, aber dann, leer auf der straße, im park, in der chromigen küchennische, verschwimmt dir die zeit, dein gesicht, wirst du dir selbst eine undeutlichkeit, siehst dich wie dreck in bloß nur noch dreck. andrerseits, nina paßt auf, sei es die blöde zyne der freunde des kapitals, zu hoffen, wir kröchen nun, weil der arbeitsverlust als ein selbstverlust uns beschämt, in jede maloche, bloß damit wir den küchenhocker, den unsinn am tresen, das mächtige amt loswerden. was sei denn, tickt das mal durch, das amt, wärs nicht aus unsrer arbeit bezahlt. noch nicht mal ne frittenbude. das sei also unser amt. auch wenns falsch oder frech funktioniert gegen uns. und niemand, den sie, nach jahren genauer arbeit, jetzt zum schrott stellen, zum sozialfall stempeln, soll sich von amts wegen schwäche reinschwatzen lassen, sondern ran an die kasse, da steckt unser geld, und macht und schande und krankheit und wirklich ein schaden gegen das leben täglich sei die infame eigentumsordnung, aus der auch das amt funktioniert. und nicht du und nicht du und nicht ich, nicht wir sind eine schwäche. kennte das pack nicht aus der geschichte die kraft

der klasse genau, dann täten die medien nicht permanent uns *die sozial schwachen* nennen. wir sollen ihnen das glauben. wir glauben ihnen das nicht. also schämen wir uns in den amtsfluren nicht. also krümmt euch nicht hin. ihr könnt mehr als das bißchen geld, das die euch auf sozi rüberschieben. und genau so das andre auch: sie sollen keinen von uns so weit kriegen, daß ihm, bloß um davon zu kommen, wieder an arbeit zu kommen, alles egal wird. ihre täuschung in uns darf nicht unsre selbsttäuschung werden. arbeit her, das ist wohl wahr, sagte nina, aber nicht jede arbeit. nicht rüstung für nato sei menschenarbeit, nicht schmieden für türkenfaschismus bringt auf die eignen beine, auch nicht doppelschichtstress bei gedrücktem lohn. das helfe den falschen nur aus der krise, nicht uns aus unsrer ohnmächtigkeit. da müssen wir wachsam bleiben, möglichst genau. aber daß einer wütend nach arbeit sucht, einfach nicht nachläßt zu suchen, das ist nicht zum lachen, michi, hör dir das ruhig mal an, was der alte zu solchen wie dir gesagt hat, also marx schreibt das so: leute, die ihre tägliche arbeit aufgeben, stiften stets theoretisch unheil und sind stets bereit, sich an wirrköpfe anzuschließen. also ich will, daß das klar ist.
da meckert jemand gelächter versteckt. otto, der sich das haar kahl abschlagen läßt, der sich glasglitzer durch die nase stößt, dem draht im ohrenrand dreht, schmerz in den augen, ottto höhnt raus, steht schief, das ist ein befehl, stampft otto, die klarheit der kämpfe, die aber so gar nicht geht, oder wir fangen die an. bebend nennt otto den anfang als eine drohung. und nina rief ihm zurück, rief ihn zurück hier ins klamme gekeller, ja, fertig, wir fangen das an, und reden noch gar nicht so einfach von kämpfen, sondern von arbeit für uns, und ich sag das hier immer lieber noch mal, doch otto, raus aus der ecke, du auch, vernünftig mit vielen andren zusammen auf arbeit losgehen, das ist nicht schlecht sondern gut, denn wühlten wir auch, egal welcher laden, fremd in den alten abhängigkeiten, wir seien mit unsresgleichen dort täglich zusammen. das sei von großer bedeutung. das werde sehr oft unterschätzt. denn in nichts geh ein

mensch so rasch und so gründlich kaputt, als in der vereinzelung, diesem wegsinken ins verletzliche innre, aus dem dann die selbstbezichtigung kommt, die ihn nach außen verschließt. wer also arbeit findet, der packe die an.
aber es sei auch das klar: für viele sei keine arbeit zu finden. zwar gebe es arbeit genug, sehen wir die welt mal so, wie sie ist, voll hunger und dürre und unwissenheit. und jeder hier wär gegen unrecht und unsinn eigentlicht überall wichtig. und das wird, wenn wirs schaffen, wohl hart, aber nicht die maloche für fremden profit, sondern arbeit, die eigene, schwierig und gründlich, für menschen, für jeden hier, uns, eigentümlich. für das aber, so sei das eingerichtet im interesse der eigentümer, sei der arbeitsmensch immer noch nicht gedacht. also steht er im schnee? aber nina sagt: nee. sondern machen wir uns, noch im fremden betrieb, schon jetzt an die eigene arbeit, reden wir von uns selbst. nein, laß mich mal, rief sie blaß, laß das mal, wie ich jetzt ausseh. ich hab ja gar nichts. ich sag ja gar nichts. das ist alles nicht so leicht. hier nämlich, ganz genau hier, sei eine verschüchterung zu bekämpfen im erwerb gegenseitigen zutrauens und wissens, niemand solle sich einquatschen lassen, sie oder er habe nichts zu beklagen, nichts von bedeutung zu sagen. denn daß wir im kapitalismus täglich in unseren eigenen kräften mißachtet werden, mißbraucht, das dürfe, sagte nina, nicht dazu führen – was die gern hätten! – daß wir uns selber verachten, mißbrauchen. was uns wichtig ist, haben wir selbst zu bestimmen. und wärs mal so weit, daß jeder sich selbst und einer dem anderen wichtig ist, dann gäbs was gutes zu überdenken, mühsam auch zu studieren: das eigne interesse als das von vielen. und zu entlarven also sei das verächtliche gegeninteresse der eigentumsgruppen, uns immer noch tödlich im nacken.
ach hör doch mal schluß hier mit blöde bloß immer im nacken, das muß alles radikal weg, der scheiß!
jetzt hatte ihr piffi dazwischen gepfiffen. der hatte, sagten viele, den *blues*, der hatte den mut fürs bullenjagen, der hatte den kopf hell mit neuen gedanken, ahlers war auch mal so

einer, und larry war dafür nun beinahe schon tot, ach mein mund meine haut. sie hatten in knästen den hungerstreik jetzt unterbrochen. bist du verrückt immer noch oder was! nina rief unruhig rüber zu piffi, sie mochte den typ gern leiden, aber so nicht, jetzt nicht, die sollen nicht auch noch bald sterben, ihr käm da, rief sie, bei so viel verschätzung der wirklichkeit, larry, ihr bruder, in ihre gedanken, den kennten sie hier doch vielleicht, oder mancher den namen von dem, aus dem knastwiderstand bundesweit jetzt bis gestern. der habe ihr eben, nach all dem hungerstreikkampf, als sie heut morgen am panzerglas ihn endlich mal wieder gesehen habe, erklärt, der kampf sei im knast unterbrochen worden, weil, nach dem tod des einen, stünde *bonn* nun *international denunziert*. was in wirklichkeit leider falsch sei. denn würden wir heute irgendwo irgendwen fragen, und der tote genosse ist kaum erst kalt, dann wisse, so machten das presse und sender, fast niemand, daß knastkampf war, und erst recht wisse keiner vom toten. wüßten sies aber, dann wäre bei vielen, den meisten, die antwort klar: weg damit, kopf ab, verbrecher. und *bonn denunziert*? da müsse sie leider bloß lachen, und habe zu ihrem bruder gesagt: respektiert. und aber habe larry ihr streng gesagt, es seien aus ihren knastkämpfen draußen bewußtseinsprozesse gelaufen, aktionen, die kräfteverhältnisse ändern. was in wirklichkeit aber nur jammervoll falsch sei. und es gäb da von niemand beifall zu klatschen, schlug nina quer durch piffis geröhr, denn das sei nur aus lüge gehofft, aus falscher information, sei alles nur, faul wie gefährlich, verschätzung, von knastbesuchern mit schlechtem gewissen durchs glas in die gittergesichter getönt, weils mit genauigkeit immer ein ganzes stück leiser erstmal und mühsamer vorwärts geht. und so sei es auch übel verschätzt, hier heut, wie manche von uns das gern tun, zu *exemplarischem plündern* etwa die arbeitslosen zu rufen. da werde nur ungeduldig von den verwirrten verwirrung gemacht in einem moment, wo sture arbeit ansteht, ja arbeit, du tänzer! denn aus bock und aus bock und aus immer bloß böcken wird das die herde für schlachthof, hör auf!

wir arbeiten hier, hier jetzt im keller, jetzt also mit einer zeitung. und wenn mir hier michi den schwachen *uz*-text ranschiebt, wo ein arbeitsloser bloß noch mitleidig vorgeführt wird, und gefeiert, wenn er, egal welche, *bloß raus aus der küche, man fühlt sich gleich wie ein neuer mensch*, endlich ne scheißarbeit unter tarif irgendwie irgendwo für sich gefischt hat, da finde ich diese anbiederung so falsch wie du. den neuen menschen wollen wir anders, das stimmt. aber dann solltest du dir die mühe machen und diese schwäche unsrer partei exakt kritisieren.
meine partei ist das nicht, maunzte piffi.
und hatte mit michi das aber schon schriftlich vorbereitet, hartnäckig seinen protest an genossen geschrieben. das fand nina gut.
sie setzte sich später noch deswegen mit ihnen hin.
und ihr kind also krank.
wahrscheinlich tumor.
wo halt ich mich fest.
und saß noch die halbe nacht fest mit michi und piffi und einer frau, die hieß trude. der war sie bisher aus dem weg gegangen bei den treffen der arbeitslosen. von der ging schweigen aus, die stimme fad, der zierliche körper lasch in grauen klamotten. so eine mag sich selber nicht leiden, was soll sie da kämpfen, für wen. und sie hatte mit juli, denn trude war einmal zum schwimmen mit in die wälder raus nach zachun gekommen, hinterrücks spöttisch geredet von *regentrude*. nun schrieb sie mit michi und piffi und der den kritischen text an die düsseldorfer ergebenheiten, sie kannte da oben bei der *uz* ja jeden beinah noch aus alten zeiten, aus den verbotszeiten der partei, aus den hetzjahren unter den globkes, den adenauers und hallsteins, als ilona, die mutter, und andre genossen heimlich arbeiterferien angeführt hatten, fdj-lager krakower see, *seid bereit*, da hatten sie glück gehabt mitten in angst, kommunistenreisen waren damals verboten, die zeltlager waren vom knast bedroht, nazirichter im amt überall, kommunisten schon wieder gefangen, scheißangst vor verbot jetzt in düsseldorf. aber trotzdem, was falsch ist,

muß richtiger werden. also schrieben sie kritisch auf an *uz*, daß es falsch sei von den zeitungsgenossen, die beschissenen fakten der arbeitslosigkeit, des ängstens draußen vor ämtern und drinnen in der familie, abzubildern wehleidig ohne begriff. wenn einer arbeit gefunden habe, schlechtere, als er gelernt hat, dann sei das, schrieben sie hin, noch lange kein grund zum jubeln, oder schreibt ihr für springer, ihr kasper, sondern sei das ne klarzumachende sauerei. und es sei von ihnen als rote zeitungsleute ohne beschönigung rauszuarbeiten, wie und in welchem kapitalinteresse solche arbeitsvermittlung gedreht wird. und es sei auch eine unverschämtheit, pfäffisch zu reden von der lieblosigkeit in der küche, solange der mann draußen keine arbeit hat, und von entspannung aber zu faseln und heiteitei, sobald dem fleißigen mann der rubel schön wieder rollt, denn es sei mit der lieblosigkeit gründlicher umzugehen in einem text der kp. der dreck der plötzlich wieder geregelten einkauferei regele eben nicht das ding zwischen frau und mann, erstrecht nicht zwischen genossen. sondern so kaufe das kapital sich immer schon menschen ein. und genau dies geschäft sei nicht unser geschäft, sei gegen das klasseninteresse. richtiger text, von genossen an arbeitslose kollegen, sei notwendig der, den kollegen beizubringen, wie sie die demütigungen der untätigkeit, anstatt gegen frau und kind und sich selbst, für uns alle wenden können ins lernen und organisieren von klassenkämpfen. jetzt wurden piffi und michi weggeschleppt von bantumak, einem schmächtigen arzt, der seit neuestem, was nina widerlich war, in der lübecker und auch hamburger punk-scene den unter den tisch gesoffenen jungen leuten ihre verzweiflung umzureden versuchte in *die unaufhaltsame wie unverzichtbare kraft subproletarischer unberechenbarkeit.* und daß der, fand mißtrauisch nina, noch immer knastarzt ist im zkh hamburg, da darfst du dir ruhig mal was drüber denken, denn der weiß doch selbst nicht mehr weiter, der hat bloß noch gittermuster im kopf, bloß asche, verbranntes papier, viel gelesen und sonst nix gewesen, nämlich lies doch genau mal nach, was lenin, ach ja mensch, jetzt halt mal die klappe,

du heinzi, was nämlich lenin gemacht hat, als der schmerzen gehabt hat, in zürich die zeit illegal. da hatte er morphiumpillen vom doktor. die hat er dann aber weggeschmissen. weil denken ist für uns wichtiger, sagt er, als schmerzlosigkeit. und ich sage dir was, und denk drüber nach: schmerzlos ist harmlos. und harmlos geht klassenkampf nie.
bantumak meinte mit seinem hohn die ganze partei, die sowjetunion, jede frau, jeden mann, alle sture anständigkeit und fleißige hoffnung. er haßte jeden normalen schritt, alle einfache absicht. die peinigungen seiner leere warfen ihn, banden ihn an die ärmsten dort unter dem tisch. er, der selbst dort nie wirklich lag, lobte die niederlage als den einstieg zu heimlichen kämpfen. er, der, wüst den gefangenen treu, seine eklige knastarbeit tat, pries arbeitsverweigerung als *kampfschritt im tanz der befreiung*.
am liebsten möchte der tot sein, grübelte nina, es rühre der mann sie mit furcht. das mache sie wütend und ungeduldig gegen sein trauriges hecheln und hetzen. der habe mal, ahlers war selber dabei, vor langer zeit lustig geliebt, sei dann von seiner frau, die hieß polly, verlassen worden. das mache ihm alles gewöhnliche alt und nur böse schwarz. und das sei, auch wenn hier zerstörungswege einzusehen seien, nichts sei da leicht zu verlachen, eine falsche, eine schlechte politik, sei müde eine verdorbenheit gegen das wirkliche leben der klasse.
die beiden frauen, die ganz junge trude und nina, schrieben den kritischen text an die *uz*-genossen zuende. da sagte trude, du hast bestimmt peter weiss gelesen. da lachten sie beide. und trude, jetzt endlich im sprung, ihr vater war in der sowjetunion verurteilt gewesen, war spätheimkehrer, jetzt managementlehrer und jäger, der tags seine tochter mit der null-acht zur ordnung gerufen, und aber laut um gnade geweint hatte nachts, aus untat verloren, also trude sagte, nichts an ihr grau mehr, nichts lasch, sie wolle mit anderen arbeitslosen eine gruppe für schulung machen, erstmal lenin und marx, wir wissen zu wenig, dann peter weiss, wegen widerstand, also daß wir damit nicht allein sind, weil das ist

alles unsere eigene geschichte, der kampf, und nicht alles erst von uns neu erfunden, das könnten wir endlich mal lernen, denn das macht mut. und ob sie schon mal am krakower see war, serrahn.
mensch trude, wo hastn das her.
aber offen so angefragt werden, machte trude unsicher klein, rötlich bis oben ins fadige haar. sie sagte verzittert verschlossen, wenn du nicht untergehen willst, dann mußt du dich kümmern.
so fing eine freundschaft an, eine klare verläßlichkeit zwischen nina und trude.
aber kümmern, plötzlich schlug dieses wort in ninas kopf. kümmern, sagt sie, hat was mit kummer zu tun. sie packt die schiefen hände von trude, legt ihr gesicht rein, weint über rocker.

(27) die weißen augen hatten leer niedergestarrt vom roc blanc, hitzige nässe dünstete überm hérault, er suchte nicht ausblick, mochte das blinde verschweben, die reglosen höfe, weit unten nach süden bombequiouls, im norden steilab les euzes, verlassen oder von städtern gekauft, den flattrigen schrei der hähne, das hinken der hunde, die fensterlöcher aus schwarz.
er war, vom schloß hinab, in den park der nachtigallen getaucht, ins hämmern der unken, blutiger amboß aus glas, war wieder aufgetaucht überm pfad der hirten, nah den grotten von rabanel, ausgeschlichen hinaus hinauf in nebel am schotterweg fürs personal der relaisanlage im gipfel des roc. heut war dort oben kein mensch, nur weiß das auge der öde, nur glockenblumen und ginster, wicken und winden, verschwendrisch gelb, lilan das blau, das gesumm. ihm war alles einfach hier oben. er liebte verstohlenes starren. legte den kopf ins gras. nah zerrte ein schabenartiges tier sich zittrig über den panzer der reglosen tierin, unter der lupe, behutsam vielgliedrig blank, die beiden bewegten körper, langsam

tastend balance, endlich, in großer ruhe, nah zueinander in gleichzeitigkeit, die öffnung der panzer, der einfache weg. so nahm sie ihn mit ins dunkle des krauts. er wollte mit seinem kleinen messer rasch nach, erreichte sie aber nicht mehr.
tief unter ihm, losgebunden im schatten des baums, er nahm das glas, zog eine frau einen mann durchs gestrüpp aus buchs, lisa und paul, verloren verborgen des einen hand in des anderen. vom nebengipfel stießen sich drachenflieger. so war er, zum einzigen einsatz, bevor er sich ins geklügelte weiß hineinstudiert hatte, genau so lautlos stürzend, vor jahren und jahren geschwebt aus nebelgestein, aus honduranischem grenzwald hinab ins rote guatemala, war verronnen das rot ins weiß, zurückgetan das kämpfende land in das interesse der banken.
er persönlich hatte ponto nie gemocht.
kaum sichtbar, weithin ein hauch aus bruch und verdornung, lag schmal ein bergrücken niedergetürmt nach st. jean de buèges. das war ein karges dorf, fortsterbend alt, unterm sturz von burggemäuer die arme verschlüpfung vormals heftiger hoffnung, unter den augen von alten frauen und männern in schwarz die herberge auch getäuschter revolten, verdickt der rauch aus gehüpftem rot, verschlafft an die hand, ins gesicht, in die greisengestalt eines kindes, das sich windet, zerrt, das greint gescheit die schmerzen des vaters.
er hatte, an seiner seite den hals, vor jahren, in counterdiensten, dieses steinetal schätzen gelernt, aufdeckend dorfgeschichten, ratgebend grenzüberschreitende fahndung. die beamten aus montpellier hatten wenig interesse gezeigt. es sollten im dorf dort waffen liegen und kinder spielen von einem verfolgten aus frankfurt. die kinder und ihre mutter hatten gelacht. es hatte das dorf geschwiegen. und waffen lagen dort nie.
keine freude für mörder.
aber über brissac das schloß hatte ihm zugesagt. auch war seiner kränkelnden frau dort wärmer als an den arbeitsplätzen weltweit. krank war sie nicht an bein und bauch, eine köstliche peitsche im fleisch, rannte sie morgen für morgen

die endlose gerade hin nach cayzergue und zurück, verwikkelt ins lila kostbarer tücher, trabendes weiß am fuß, knotig als turm ums haar, nein also war sie nicht krank, war ihr nur immer mehr kalt. auch die kinder waren der krustig gebräunten haut kaum ein hauch. er hatte sie ihr aus arbeiten mitgebracht, noch schreiend klein, aus laos, den jungen, jetzt ist kim zwölf jahre alt, und ein rundliches töchterchen aus la paz, inka gerufen zur freude der frommen schwestern im vorschulgarten von cazilhac. er mochte die spatzen. er fand sie nach seinem abstieg im dorfdunst des abends auf dem bouleplatz vor der mairie. die dorfleute hatten geduld. er hockte weißlich nah abseits, sah zu, und fand, daß ihm alles das guttat. nach den tückischen tagen mit proff in tölz war ihm das ausspannen, weit vor dem greifenden schlag, grad recht.
inka wippte die kugel tief aus den kleinen knieen. kim streckte sich dünn hoch auf und stach die kugel ins feld zur zersprengung der günstiger liegenden gruppen, er lachte pfeifend, wenn alles stäubend zerbarst. auch ledermann, um in ruhe den angriff auf proff und konsorten zu wägen, zu planen, war für zwei tage hergeflogen, leicht hob er, scheinbar verächtlich, aber doch wirklich neidisch gespannt, die kugel genau ins ziel.
pelzig nackt aus schwarzer diensthose streng warf der hangelarhals das eisen zur salutierung, freudlos der mann des erfolgs.
vertrottelt verlächelt daneben nur der alternde schriftsteller sörensen aus dem nachbardorf agonès, der hatte vor zwanzig jahren im auftrag der special forces, freigebig angeregt aus einer stiftung der westdeutschen industrie, für große blätter knackige kampfberichte verfaßt, für us-filmgesellschaften blutigen drehbuchtext, war im counter-kill-service mitgereist, unerschreckbar insektenblick, der hatte ihn fit gehalten, jetzt lebte er draußen aus allem fern fett, schrieb preisgekrönt wohlversorgt hämische fiction, geschickt die zerstörung des menschen, die botschaft, daß alles zum teufel geht, nützlich die angst verbreitend vor einer künftigen welt, in

der nichts mehr geht, die große verdummung in kostbarem schlafrock, weiches schwarz, golden umrandet, auch jetzt hier unter maulbeerbäumen beim boules der haß auf alles, was hofft. ihm rollte die kugel schlapp nur ab, ihm längst war alles frei unübersichtlich egal. sicherlich nicht das menu. er hatte *la crèche* vorgeschlagen, die krippe, an der lag er zeitlebens gern. sie ließen die kinder oben im schloß beim lila verkrust. schon fuhren sie, ausgangs frouzet, ein ins alleengeschlängel unterm düstren zweisternehotel.
aber es lassen sich noch aus ältestem hofstein, noch aus der würde nützlicher stallgewölbe lügen und trügen herstellen, wo sie den stein nur richtig lackieren und schamlos beleuchten. gut war das abgestimmt. saßen sie bald also bitter bedient wie bebückt von einer frau aus dem land, die gezwängt war in ein zu dünnes zu kleines kleid, mördern zu diensten, frauenleben, knapp fünfundzwanzig. und als der hals achtlos suppe vertropft an das bein der bedienung, sagte die auch noch auf das *o merci*, und alle lachten. und zum vivaldi, den aus der rezeption ein dünner mensch durch löcher im wandputz zu ihnen trieb, sannen die weißen augen bald klamm so hin in wärmendes feuer aus blassem wein schwer, aber unter den abgesunkenen lidern dachte er weit aus nach proff.
hat er den arbeitsauftrag, den sie ihm nahegebracht nach unserer absicht, denn ohne zu zögern genommen.
ohne zu zögern neugierig, rapportierte der ledermann, auch braucht er das geld.
und hatte von ihnen ein bild von mir?
er hat sie wohl nicht erkannt.
ich weiß es noch immer nicht. weiß aber jetzt, ich hätte ihn nicht erkannt, so ausgezehrt in veralterung, so verlacht. ach das entdeckt werden, wie das entdecken, sagte er müde zum hals, magert den menschen aus. schaun sie dagegen das runde gesicht des sohns. sie hätten den jüngling uns aus der neufahndung rauslassen sollen. jetzt ist er gewarnt. und war so leicht arglos zu uns gekommen nach tölz.
was einmal in wiesbaden angerollt ist, sagte der hals verdrossen.

das ist der nachteil der großen maschine. und so lachen sie noch gegen uns, schreien das, schreiben das an die wand, *wir werden menschen sein.* aber, und das ließen die weißen augen raus, als gäbs auch in mördern noch trauer, es geht ja kein menetekel gegen maschinen. gehen wir also weiter, vorsichtig hob er vom fisch eine schimmrige haut, bis ans ende. nicht wahr, du aas, er sträubte den arm um den ledermann, das ende, das haben wir hinter uns. fast.

(28) proff, nach ekel in tölz, spreizte sich männerhaft auf in kitzliger sonne, tat sich leicht, fand sich stark, mochte nicht untergehen, die arbeit wird gut, ich mache einen entsetzlichen film.

auf der rückfahrt umwegig kam er vergeßlich durch ein städtchen am oberen main, gelockt in träume vorm grauen. da juckte ihn, links vorn unten, ein länglicher häßlicher zahn, ein alter kumpan aus vielerlei bissen und küssen. und es hatte proff aber längst die gewohnheit, was pocht, ans hellere licht zu lassen, raus damit, mach dich mal frei, mein freund, denn käm er, der heimliche held, das war seine furcht, einst in der häscher gehändel, täten sie ihn, das weiß man inzwischen, gern quälen an jedem bein, auch am zahnbein, also entziehen wir denen das mal, vorsorglich zange, ruckzuck.

und da wars auch schon, das knarzende treppchen, das messingschild mit den titeln. proff klingelte kurz und hart wie aus der hüfte die gläser zur seite weg über den tresen gerieben, eh, mach was hin, du knipser. und da schwang schon lautlos die hohe tür, lächelt ihm dicklich der schmerzenmann, die gummischürze ums knie, grünlich bereit. proff bog den finger ins offene maul, der da, mach raus! aber ja, dann entspannen wir uns doch schon mal. und da dort eben auf hilfe kein nachbar hoffte, hatte proff sich sogleich zurückgelegt, gestreckt zwischen abwaschbar schwarz und matt gemildertem stahlweiß, sie tragen ja heute gern targa

look, wenn sie uns an die zähne fassen, und der schürzenmann hatte die nadel gewetzt und sie ihm leise ins rote nackte gestoßen, dann, aus dem ärmel gehuscht, das blitzige beißeisen eingelupft, na also, knirschknupp und autsch der traum, der alte kollege stand erstmalig in seinem leben vollkommen frei. und ich setze das wort vom kollegen, sagte proff zum arzt und warf sich das blutige knöchelchen vorn oben links ins hemd, in ernster absichtlichkeit, denn denken sie bitte, die jahre und jahre und jahre, und hat er sich unverdrossen mit mir doch durch dünnes und dickes gebissen, das ist die treue, nach der ich lechz, und es soll ihm daraus der lohn wohl werden, zur letzten ruhe der beste platz, einer liegt oben am gornergrad, enzian und ewiges glühen, einer hakt leicht im würzigdunklen verschwamm einer modernden erle, unweit von mölln, dort sieht er im frühling die kraniche tanzen, ein dritter ruht im toskanischen im nest einer nachtigall, sie werdens nicht glauben, ein kuß hat ihn mir gezogen, nun bin ich schlauer von trauer, und neulich einen hab ich geschickt in die riege unruhiger geister, fährt rastlos die linie bornholm kopenhagen unterm dollbord von einem der rettungsboote, und werden im ganzen von mir auch springende bäche bevorzugt, ein beichtstuhl drüben in banz tuts auch, barock die schwüle der angst. er lächelte taub.
droben im schloß im düstern sündenkabäuschen roch es nach zeck, nach fliederbeinerner hand, der zahn fuhr auf und davon ins versteck, zwischen flüstertuch und geschnitz.
draußen, gelehnt über balustraden, warf proff sich ein weilchen ins augenweiden, dachte ans sterbende kind eines freundes, sah unten im wiesental weit, alle wolken waren verflogen, die frauen die blumen schlagen und niederschneiden für heu, wollte eben, ach liebstes faules gebrumm, über alles das friedlich weithin sich verhummeln verschummeln.
da standen ihm duft und bewegung, gebückt die frau unterm hut, der schritt, der schnitt als ein bild hinter glas, der schritt, der schnitt aus maschine. hing er an langen ohren im griff einer faust. lachte gegraust. lief fort. lief. fuhr haltlos heim.

(29) das auch hatte juli satt.
proff, der alles dielenholz kannte von tür zu tür, nichts bog da, nichts knarrte des nachts, küßte leise das schlafende kind, fand juli mit offenen augen, die flachen schuhe griffnah, in allen kleidern des arbeitstages, auf zugeschlagenen decken. proff fragte sie, was das sei. und fing nun ins weich seiner heimkehr einfach den stein, von juli geflüstert den schrei, verfluchte selbstmörderei, krüpplig legendengeschwätz, krumm in deine verkrümmung lockst du dir keinen von uns mehr nach, dein lügen hinkt an sein ende allein, niemand geht mit, es liebt dich keiner, es findet dich keiner, du bildest dich allem nur ein, zuerst dich dir selbst, bist durchsichtig spurlos gespenst, hüte dich. paß jetzt auf, wir leben. sie hob den kopf, streckte sich wieder weg. ich kann dich nicht sehen, wer denn, traust niemand, nicht dir selbst, schaffst dir vertrauenstumulte, so gibt es das aber nicht, für niemand, nur jeder ist jeden tag arm hier wir, du wo. zerrüttest dir alles genaue verhältnis, färbst deine einsicht auf nichts dir aus unsrer freude, reißt ins unglück, in deins. du täuschst uns nun aber nicht mehr, zum letzten mal hast du verraten, zuallerletzt moritz, der hat dich gesucht, hat gefunden, wie leicht du das leben sogar deiner kinder verrätst, hast keine, hast keins, nur den gebrochnen rücken, den hast du dir aber selbst gebrochen, keiner weiß, wie, nicht wir, lieber lügst du uns deine legende, weißt alles, machst alles blöde allein. das ist offen die bullenkrankheit, damit wir dämmern, uns nirgends finden, niemals uns trauen. ach wüßtest du, was das ist. ich hab es für dich geträumt, du träumst ja nicht, sagst du, ach wüßtest du was, du hast es gewagt, mit mir zu sprechen, du hast es gewagt unbewaffnet, wir brauchen uns nicht mehr zu fürchten, du hast vor mir keine angst gehabt, wir haben getraut.
proff fand juli erfreut wie verrückt. er wußte, er hatte ihr nicht getraut, er wußte doch, wie sie vertrauen nutzen.
das stimmt, sagte juli verächtlich, nicht du warst das.
da fing proff an, um rettung um rettung, von fernen gefangenen zu flüstern, die hatten ein boot gebaut heimlich, die

hatten zusammen ihr boot durch stürme gebracht, die hatten nach wochen hunger und krankheit warm eine küste erreicht, zehn menschen frei, sechs suchen sich arbeit, bauen das haus mit elf fenstern, lieben die frau, werden geliebt, fassen vertrauen. nur nicht die vier. die stehlen ein schnelleres boot, schwirren ab, weiter, wohin, nie mehr gefunden, nie mehr gefangen. die sechs, bald alle in ketten, werden zurückgekarrt, hatten hoffnung gehabt, zu bleiben, zu trauen. welche hoffnung hatte die flucht, der ausgriff der vier nachts geflügelt schwarz zwischen erde und himmel wohin gegen riemen um alles aus unserm blut. sie hatten bestimmt eine hoffnung, flüsterte proff, nennt aber keiner, weiß keiner, welche. ich, juli, sage dir, todeswegen.

da fragte ihn juli, was weißt du vom tod, als daß du ihn jämmerlich liebhast, oder weißt du den namen, sag mir, wer ist verhungert vor tagen, nach jahren, aus deinen jahren, verflucht, von deinen freunden war einer das, und fast wär auch larry verreckt.

an was.

sag mir den namen vom toten, schrie juli ihn an.

aber proff hatte draußen, weither weithin, geträumt getrickst, er wußte vom tod des gefangenen nichts, wer denn, schrie er zurück.

da lächelte juli kahl, geh weg, wie dich einen brauchen wir nicht.

er horchte. ein klingelzeichen. nicht das, das er kannte. sie stand schon auf, nahm die schuhe, das ist für mich, bleib stehen, wo du stehst.

es schien in der tür gegen sie eine schwelle, ein federndes netz, sie drehte sich noch mal zurück, schlaf gut, du hast ja die pillen, sie sah angestrengt nach ihm hin, ach proff, ich kann dich nicht sehen, dann grinste sie aber, als hätte sie gegen ihn beide fäuste erhoben, kann dich weißgott nicht mehr sehen. bückte sich, zog sich die schuhe an, ging.

proff wußte selten morgens die träume aus seinem schlaf, aber er kannte den traum, in dem du dich nicht bewegen kannst, von wand zu wand berstend leer. er horchte. juli hatte sich immer spöttisch, gern auch mit nina, gern gegen ihn, hergemacht über die sprache der scene, nie hatte sie *bullen* gesagt. aber jetzt. und was wußte sie von seinem schlaf aus dreck, er hatte es heimlich gemacht. dort an der wand stand proff.

es hat geklingelt. kann ich zu euch mit ins bett.

was denn euch, sagte proff, ich bin allein.

auch felix kannte die stimmen. er ließ die hand los, lief tappend zurück in sein zimmer, drückte die tür fest zu. er weinte fast immer verborgen, vergraben. der jüngste von proff.

III

die mühe ums leben

(1) kein blut mehr, gelber geruch im kutscherhaus jenischpark, der spott zwischen eiben und ahorn, der ruf des pirol, düliolu.
kiwitt, komm mit, sagte pauli, schieb mal das bett unters fenster, wir füttern den an, der ist schön. wissen wir denn, was der frißt. sie hatte ihm bücher der vogelkunde geholt, sie half ihm beim blättern, las ihm auch vor, er lag über schulterbänder gebunden an einen kostbaren schrank, am fuß hing, glatt geführt die leine über das lehnenholz eines gedrechselten stuhls, ein topf mit sand. so lag das zerschossene bein gestreckt, beulig verschwollen gespannt, lagen im fleisch die knochenstümpfe verborgen, unsichtbar die berührung ihrer splittrigen ränder, nach tasten fürs finden und wachsen unsre hoffnung, *es geht.*
der kommt, sagte pauli, das geht, wirst sehen, sieh zu, daß das futter im schatten liegt, er ist scheu, das hatten sie ausstudiert, für alles brauchst du genauigkeit, und daß es dich freut, er hatte lust auf den bunten vogel, den colt im schuh vorm bett, wenn sie mich finden, fliege ich los, die können nicht fliegen, die hinken nur nach, paß jeden schritt auf, ob du schatten hast, sie sollen uns nicht finden, mach mich gesund, ach teufel, ich stink schon so tot, mensch schwester, denk dir was gutes aus, dir trauen wir alles das beste zu, los, tick mal, und weg mit den traurigkeiten, er lachte sie an, streckte sich eng, lauernd, als könne ers lernen, geduckt den hieb zu fangen aus weiß, zu widerstehen der angst, dem hauch, hör doch mal, sieh doch, es geht. er lag starrend verkrallt. sie rührte sich nicht.
früher hatte sie oft nah sich niedergebückt in die qual der andren, offen augen ins leere, ohr in atem, hand in den hieb. hier rührte sie sich nun nicht mehr, hier ging nun nichts mehr gebückt, stand sie nur selbst, unser schmerz, unsre hoffnung, es geht.
das kann gar nicht gehen, hatte boye, nach abbinden, tasten, absolut ruhig stellen, spritzen gegen den schmerz, sofort scharf gesagt, das kann ich nicht so allein, macht schluß. sie wollte sich nicht mehr rühren. sie kauerte noch beim reglo-

sen pauli. sie kauerte noch. die anderen standen. sie war umstellt. das wollten sie nicht. so gehts nicht. so geht nichts. zuerst hockte flügel sich zu ihr hin, dann feder, dann blues, du bist nicht allein, das quatschen sie nur, das ist aber jetzt alles schwer unser leben, deins auch, oder was ist dein leben, steh auf, sofort, fang jetzt an, sie haben auf einen von uns geschossen, das sind wir alle, du auch, sie haben getroffen, dich auch, steh auf, sie wollen dich tot, tu, was du kannst, doch, du kannst, es ist krieg, hier vor dir rinnt blut, hier ist front, hier fang an. feders haar fiel an boyes gesicht. sie stellten sich hin. jetzt bist du aufgestanden, jetzt sag, was du brauchst, jetzt gehts.
blues hockte noch unten nah über paulis augen, wortlos schweres gesicht. das sah boye. das trauerte sie an. so habe ich meinen mut gefunden, hatte sie später zu pauli gesagt. wo hattest du den verloren.
die grauenhaftigkeit des tags und der nacht ohne mut.
es war ihr immer schwerer geworden, sich andren verständlich zu machen.
daß eine juristische laufbahn, boyes vater zu ehren, der war gefallen, justizinspektor, niedergemacht, zu recht, sagte boye bekümmert, auf polnischen feldern, was wollte er da, daß eine gute karriere, oben studiert im gerichtshaus, zu der die mutter sie angehalten, ihr mit schwerer, verkaufter arbeit den weg geebnet hatte, sie mitten ins herrschende unrechtsverhältnis führen würde, in die eigentumschützende machthabung gegen den freien aufstand der menschen, das hatte boye der mutter nicht mitteilen können. der war durchs leben hin alles so rechtschaffen recht, durchs frauenleben, war alles recht, wo kämen wir hin, wenn jeder, gar wenn wir frauen, wir sollen auch an die sicherheit denken, wer schützt der nützt, die mutter war immer nützlich gewesen. ihr war auch gar nicht verständlich zu machen, weit vorher schon, noch in der schulzeit der tochter, boyes schweigsame, ach übereilte, du dummchen, rückkehr von einer teuren sonnigen reise zum bruder der mutter, dem ölingenieur bei den saudis, ihre nur noch gestammelte flucht vorm weiß der wü-

ste, der augen im wohncamp der bohrspezialisten, hinterm draht aus messern höchster comfort für eliten, überwältigungen, entmutigungen, das gelb im haar der hand, ein mann ihr nah, ihr nach. noch die gangway hinauf, hatte der bruder der mutter gerätselt, was läßt die sich so eine chance entgehen, what bloody well paid a chap he was, sie wollte wohl über bezahlung reden, das leben als ware, den deal, es war ihr aber nur immer schwerer geworden, sich andren verständlich zu machen. noch vor larrys verhaftung, als boye unter dem decknamen priska, in k-gruppenarbeit studium zerbrochen, *dem volke dienen,* mit kanzki an ahlers geraten war, hatte nina sie ärgerlich ausgelacht gegen den hinweis aufs steilshooper küchenfenster, das sei, hatte boye versucht zu erklären, kein fenster, das sei nur noch klappe, ein schlitz, die wegschließung unserer augen, die vorbereitung auf knast. nina hatte gereizt erwidert, dann muß ich nicht so viel putzen, und die kinder fallen mir nicht raus, sie wollte schon damals paar kinder mehr als nur lina, und ihr geht man los, steckt die kampfkerze an, in der *bar centrale* ist revolution, aber nicht die von uns für uns.
was ist von uns für uns. da wird auch von leiden die rede sein, sagte boye, konnte das aber nur immer schwerer verständlich machen. sie war nun entschlossen, doch noch genau zu studieren, jetzt medizin, nachts schichtarbeit bei frauenleichtlohn. lernte auch von robert beck, aus der alten partei war der vertrieben, ein verbitterter schlosser mit musikerglatze, der aber, was boye nicht kannte, weinen konnte im nachdenken über das scheitern von kämpfen, weinen wie würgen, wie kotzen, sie hielt ohnmächtig seinen kopf, horchte ins atemgeschrei, mehr wußte sie nicht. es wird aber darauf ankommen, mehr zu wissen, auch wenn es schmerzt, sonst wird uns die angst gefangen halten, und mehr zu wissen heißt mehr zu fragen, denn die ursache unsrer mutlosigkeit und angst ist die weigerung zu lernen, was ist, wo wir sind, ist unser schreck vorm loslassen, vorm verlieren, als sei uns, die wir noch wirklich nichts haben, die angst eine kostbarkeit, die panik ein teurer besitz, die vermaurung ein

schutz. so halten wir, wollte boye erklären, fest, was uns dummkettet, schnürt, zerstört. aber sie konnte, auch in der nächsten nähe, sich nicht mehr verständlich machen.
frühlingnachts siebzig, nicht weit mehr von unsrer ersten befreiung. jetzt sind nach jahren und jahren die meisten aus der befreiung gefangen, zerfangen, tot, *wir wissen nicht, was wir tun, weil wir nicht tun, was wir wissen,* das war *aneken einhundertvier,* dann olga, nachts, in kämpfen und diskussionen, der kampf um den kopf eines jeden genossen, einer jeden genossin, der kampf um den kopf, was wartest du noch, das mußt du verstanden haben, laß mal den müll, *wir sagen,* du fliegst morgen früh nach berlin. dann aber ins milchblinde fenster gehenkt in stammheim im mai, *der tag der befreiung.* aus einer der diskussionen hatte tapp zu boye gesagt, die waren schon regelrecht irgendwie frei. dann hatte er olga rausgeschmissen, er mochte so teure klamotten nicht, mit luxus haut hier man ab, und silberne püster haben wir hier nicht. er war allein zurückgeblieben, nicht mitgegangen ins bahrenfeldkino, *bonnie & clyde.* boye war mitgegangen. dann aber, mitten im film, als dort, technisch geschickt, sorgfältig grausam, das erste gesicht zerschossen zerplatzt, im glas der autofrontscheibe sein dickliches blut verschmiert, ins dunkle raus weggeschlichen. es schauderte sie das frohe gebrüll von larry, pollys gequiek. sie hatte polly geliebt wie keinen menschen zuvor. sie hatten noch eine reise zusammen gemacht, frankfurt, im herbst einundsiebzig, die leute finden, den angriff, die verständigung unauflöslich. die überschreitung. aber polly war plötzlich verschwunden. wohin.
boye hatte zu fragen, auf was im horizont ist das gerichtet, das einander so leicht verläßt. wer sind wir, daß wir es wagen zu sagen, es geht auch allein. was aber ich leicht nenn, wie schwer ist das wirklich. wer aber lacht über blut.
beck inzwischen lacht nicht über blut, aber krächzend über die mühe ums leben, mag den verlust, locker verschlafft, lernt spotten, denn lieber packt er das falsche als nichts, vertrieben aus der partei der genossen, greift er nach füh-

rungshänden, hängt sich in schwindel, grüßt niedergelassen den rest der welt, weiß, das stimmt nicht, weiß, er stimmt nicht, macht alles nieder zu sich, haßt sich, kann niemand lieben. hat alles verloren. hatte alles, schien es, zuvor gewonnen hoch oben. aus jahrzehnten proletarischer arbeit hatten sie ihn ins gewerkschaftsstudium, ins studium der trennung, ins feine fremde gelockt, sein traum wird wahr, an der wohnungstür heißt er jetzt *dr. rer. pol. robert beck,* ist aber arbeitslos dann, sitzt vertrieben, gefoppt, nichts in der hand, ist beschämt, sein weinen ist weg, kein ton mehr, nur hohn, alle jungen gruppen verhöhnt er, ist einzeln alt, der schlund zwischen herz und kopf ist ihm eng, da lacht er verbaumelt den witz der verluste. die entmutigung eines genossen. die entstehung der lieblosigkeit.
es gelte aber, auch boye krächzte nun schon, zu fragen nach denen auf unsrer seite, die uns vertreiben, erst dann nach pack. schon zweimal hatte boye abtreiben lassen. dann war sie ärztin geworden bei *pro familia.* sie weigerte sich, hierüber nicht zu weinen. denn auch, wenn in den männergesetzen sich gar kein ansatz ausmachen ließe zu einem begriff für ein menschliches leben, wenn also dies pack, für seinen großen profit, gebannt in die schwellungen seines wachstums, weltmarktweit vergewaltigung treibe, die laszivität der entmündigung, bleibe uns dennoch, knurrte, schon mutlos, boye, denn kaum noch, fand sie, war sie den frauen verständlich, zu fragen, ob denn den mördern treffend geantwortet sei, wenn wir uns töten, ob, wenn wir uns in uns selber angreifen, dies der angriff sei, wirksam, auf killer. manches wichtige in unserm leben, für unser leben, werde, das wisse sie, weinend getan. es sei ihr aber ein lachen im ohr, ein männerlachen, wenn wir es tun, ob denn da niemand das mit ihr höre, ob denn das niemand beobachtet habe, sie sammle genaue notizen hierzu, es sei für diesen eingriff in uns, auch hier in den häusern der frauen, fast nie eine ärztin zu finden, überall immer nur weiß der arzt, greifend der mann.
boye war klein gewachsen, rissig biegig gehärtetes holz, ge-

spannt, aber auch zum singen, der große mund in sprüngen und gegensprüngen kühn bewegt scharf, offen die dunklen augen, vorwärts die liebe, der schreck, die entschlossenheit, drüber, zerschnitten, borstig, sehr zart, braunes haar, fernher das klotzige kinn schien schatten zu werfen, bist gut eine nußknackerin, hatte karst ihr gesagt und sie geküßt, als damals, längst lange her, lang her, endlich die begnadigung durchgesetzt worden war gegen den hafttod von marie. es war die begnadigung aber doch eher erwürgung gewesen. sie wünschte auch hierin verständlich zu sein. wir siegen nicht. sie hatten marie und mich in der hand. wir arbeiten weiter. sie hatten damals, marie und boye, in todesangst wahrgenommen, gepeinigt eingesehen, hart in ordnung gebracht, was deren *gnade* ist, deren *verschonung,* was das ist, von den toten das leben nehmen, von diesen männern der fahndung die freiheit, hatten schließlich einander sorgfältig vorbereitet auf deren eintritt ins grauzimmer, morgens, auf deren gnadennachricht, gnadennachrichtung, auf die feierlichkeit der gewalt. noch war marie, von denen mördern, von denen toten kann ich nichts essen, das geht nicht, todkrank vermagert gefangen, in selbstverzehrung gegen gehakten bissen, gegen das futter der schweine, einsam, alle genossen tot, in sich zurückgemergelt, eingekrustet im fahlen weiß zum kern, alles zeug stand ihr fadig grad hoch von den füßen zum hals, alles dickrötliche haar war ihr niedergeschoren, das hatte sie selbst so gewollt. noch hockten nah um jegliche tür nach draußen bewacher, die schlinge, das leise gummi, die *heckler & koch,* unterm arztkittelgrün, verraschelt im unrat von *spiegel* und *bild,* verschäkert in männerwitz. boye, als ärztin, hatte die schwestern und pfleger, auch die leitenden herren der station, vom medizinischen her überzeugen können, daß vom pack der bewacher keiner zu keiner zeit marie in ihr zimmer nachfolgen darf, auch wenn hieraus peinlich kontrollen kämen täglich und stündlich für jeden, hatte klarmachen können, was für ein tod das ist, den marie, nach vier jahren sonderbehandlung als *terrormädchen,* nach vier jahren trakt gegen widerstand, nirgend mehr loswird, was denn

da wirklich hockt um marie, im klirrenden kittel die fremde als ekel, die zote der macht als mord.
als boye verstanden hatte, daß marie ihren mut verloren, allen, also sich selbst, schlug sie ihr vor, das auszusprechen, anders kriegst dus nicht hinter dich, hats dich, komm, wir holen das nach vorn, wir werden das überschreiten, wir gehen vorwärts. das wär über meine leiche, hatte marie gesagt. manchmal sterben wir, um zu leben, hatte boye erwidert. und eines tages sterben wir, um zu sterben. dann haben sie uns. ja, sie haben mich, sagte marie, es ist in diesem land keine freude, sein leben zu retten. du bist nicht allein. woher weißt du das. du bist eine freude. marie suchte tastend mit ihrer hand zu sich hin, über die haut ihrer stirn, über die narbe des mundes. boye nahm ihr die hand dort weg und legte sie sich ans gesicht. marie sah der eignen hand nach, fuhr mit ihr vorsichtig hoch bis an boyes haar. dann schlug sie zu. knöchern quer in boyes gesicht. ja, sagte boye, so täuschst du dich, daß du allein bist, so haben sie dich getäuscht, so haben wir dich, sagt das pack, so werden wir ihnen einfach sagen, daß sie dich haben. sie lachten einander vorsichtig an. und taten von nun an fremd zueinander, wo andre sie sehen konnten.
das war danach auch die bedingung im plan von pauli, die offne unberührbarkeit aufzubauen zu unsern nächsten genossen, zu den freunden der normalität, zu den verschwiegenen. er, der gern alles berührte, alle lust mit leuten gern teilte, hatte im block, in der gruppe vorangetrieben, daß jeder von uns für den sprung, für die flucht, für das verwischen der spur, auch für die freude, mensch, denn das sind menschen, mindestens sechs gute leute kennt, die in der täglichen welt, quer durch die abkreisung der bewacher, unerkannt ihre schritte laufen, üblich die arbeit täglich und wohnung und regelrecht jeden tag warmes mittag und monatsfahrkarte und sportverein oder ornithologischer sängerhaufen mit satan gleich an der leine, und krankenkasse bezahlt, und wohnsitz seit dreizehn jahren konstant, oder knirschknupp, die flinke zange, der zahnarzt mit segelboot, denn

mal hast du heulende schmerzen, mal mußt du leise auf reisen gehen. so einen kannte blues. der war in der schulzeit mit ihr auf die heimliche drogenreise gegangen, als sei das der flug in die freiheit aus einer welt, die nicht stimmt. der wußte, was für den kämpfenden menschen unrecht ist und was recht, und bohrte doch stur sein stück zahnbein pro tag. aber namen kamen nicht vor. nur genau die adressen. anders wär unlängst karst der umweg von tölz zurück nicht gelungen. streng fragten sie sich die adressen von zeit zu zeit ab, die zutrauensplätze von pocking bis bederkesa. und dort die wußten nur, wollten das so und mehr nicht, daß es ums ganze geht, wirklich ums leben, den angriff jetzt, die zerstörung unsrer zerstörung, nie einzelheiten, nie namen, nur essen und bett und schweigen. vielleicht manchmal ein stückchen weg, die nachdenkliche entlastung, die hilfe, die geht. denn das war für paulis quartiermeisterei ein düsterer anlaß gewesen, es waren vor jahren frauen und männer auf paar mal lebenslänglich gefangen worden mit einer plastiktüte. die hätte jeder von uns genau so in das depot der genossen getragen, für schlimstens paar jahre knast, aber nicht gleich für lebenslänglich. aber so jede und jeden von uns, die kannten die damals wohl gar nicht mehr, da hatten die schlimme bilder im kopf von *legalität und verrat,* von vielleicht noch prozeß *dreiundsiebzig moabit,* ist egal jetzt, sie hatten genau das geändert, gebessert, denn das sind menschen, sind wir, sind viele, war paulis lust, als kennte er jojo, das machte ihn ruhig, nicht weinerlich, auch nicht nachlässig. so würden, heckte er aus, machte er seinen genossen klar, nicht er zu den seinen, auch blues oder feder nicht zu den ihren sechslingen springen, wenns mal drauf ankommt, denn es tickt die bewachung das netz unsrer freunde, hat keine, muß sich fürchten, steht öd, sondern jeder hatte den seinen, nur ihnen, ein stichwort gesagt, und wer mit dem kommt, feder zu freunden von blues, die sie nicht kennen, blues zu freunden von pauli, die sie nicht kennt, der kommt dort klar an, hat essen und schutz. boye war aus der kampfgeschichte, vertrauenserfahrung von karst. sie hatten sich schon seit jahren nicht mehr

gesehen, das kutscherhaus war ihm versperrt, eine frage der disziplin, die sie exakt beantwortet hatten, sonst läg jetzt pauli nicht dort so sicher verborgen im herrschaftsgarten. wer zu boye kam, hatte das stichwort, merkwort, schlüsselwort für vertrauen, *kallocain.* nur boye wußte, gegraust und entschlossen, warum.
plötzlich zu freunden vertauchen, hieß *sechslingspforte.* manchmal mußte der turm, blues sagte, scheiße, wir sitzen nicht oben, aber pauli meinte die festigkeit und den weiten ausblick auf alles, blitzschnell verlassen werden. jeder von ihnen, auf dem weg dorthin, ging zuvor in die telephonzelle tarpenbekstraße, gleich schräg rüber von *teddy,* und blätterte da die seite mit *raffey,* und fand er dort einnotiert *sechslingspforte,* dann ging er nicht weiter mehr ins quartier, sondern sofort zu einem der freunde. für wie lange und wohin dann, das war vorher jeweils für jeden geklärt. das erste mal hatten sie groß mit kreide sechslingspforte ans fenster geschrieben, das sollte der rückkehrer sehen, konnte er auch, war schon gefangen, die häscher sind auch nicht ganz blöde. aber doch blöde genug, nun die sechslingspforte, den vielseitigen verkehrsknotenpunkt, jagend zu blocken, für nichts. und wütet gut haß aus viel autostau. das hatte zwar freude gemacht, aber das sind so die freuden, wenn du noch nicht viel begriffen hast, die du mal besser läßt.
von paulis freunden einer war waldi, der großvater im *studio hamburg,* der kleine schneider mit kalter zigarre, mit dauerqualm in der brust. auch fern im finstern regensburg saß ihm treu eine alte christenfrau, schon bißchen was blind, aber äußerlich nur, die kannte von ihrem herrn jesus her den teufel, das schwein, die not des menschen im pilgerweg durch die fremde, sie sagte noch nie *entfremdete welt,* sie sagte, schiebs unters bett, mein täubchen, dann ist mir das sperrige zeug nicht im weg, und lachte aus briefen vom bruder münzer, *ja schmiedet nur vorwärts pinkepank auf den ambossen der gewalt.*
einen siebten zu seinen sechsern hatte pauli erst neulich beim tanken in ostrhauderfehn gefunden. der ersatztank war nicht

rauszukriegen gewesen, das kofferschloß hatte ne macke, der scheiß geht nicht auf. der geht, hatte der junge tankwart geknurrt und war hochgekommen hinter der kasse, nein hochgekrochen, geklettert, gekraucht, suzukimeister, verkrüppelung früh, der kerl war gottweißwie gelähmt, werweißwoher zäh, der warf seine baumelnden beine um altertümliche achselkrücken, leder und holz, der schlug mit der einen, geschickt im vorwärtsschwingen, das antioxydspray vom bord, der schoß die dose, bevor pauli zeit fand, sich nach der zu bücken, schlagsicher nah ans heck des wagens. hängte sich ächzend über das klappenschloß, tastete, stemmte, beugte sich ganz in die anstrengung seiner hand, seiner schulter, schwitzte, atmete schwer, gab nicht auf, tastete vorsichtig nach, hockte, horchte, schüttelte sacht den schlüssel im schloß, leckte sich schweiß aus dem bart, sah nach nirgendwo hin, öffnete leicht die koffertür. *hilft ja nicht, muß ja fertig.* er nahm für das bißchen schwerste arbeit von pauli kein geld, bloß, dich suchen die bullen, sieh zu, was du lernst. er hatte das fahndungsplakat nicht ausgehängt, aber nachdenklich aufgehoben. er hatte jedes gesicht dort immer mal wieder betrachtet. so war er ein freund von pauli geworden schon vorher, heimlich, gelähmt. nicht daß du alles kannst, aber daß du genau alles tust, was du kannst, so geht das mit uns, sagte pauli.

ach die grauenhaftigkeit des tags und der nacht ohne mut. marie war mit dem tag der *gnädigen* haftverschonung rasch gesund geworden, also rasch gegen boye unberührbar. nicht gegen straße und wind und hamburger regensonne und tabakladen von früher, endlich wieder von früher das schuppige, zwieblige, süßsauersahnige reden der fischfrau *am felde*, gut, daß du raus bist, mein deern, komm her, pack ein, ganz frisch vom fang. kein vorwurf und gar keine ahnung, das lügen in *bild* gegen menschen schlappt lasch, wird weggewischt zwischen rollmops und karpfen, aber auch unser kampf ums leben ist für die und so viele so viele, als wär der nie gewesen. oft stand marie mit ihrer erfahrung aus widerstand und vernichtung so fremd wie ganz allein auf der welt, wie nicht auf der welt. *nach der sprengung der deiche im kamm im weiß das treibende dach die wurzeln des baums die zunge des pferdes* der flügel zerschlagen. ich will keine überflutungen, sagte boye zu pauli, aber auch nicht vermauert gepeinigt schießend den kanalisierten strom.

kutte und spitz und konsorten hatten nicht nur sofort von knast zu knast, von termin zu termin maries begnadigung denunziert als verrat, die ist verrückt geworden, erst kippt sie im knast, dann frißt sie sich fett aus scheiße, geh auch mal, pfiffen sie, nachts durch die bleicherstraße, da haust sie im küchenkäfig bei den alten von larry, so *revigesocks,* nichts geblickt, da hörst du noch morgens um drei ihr zetern, *scheibchen für scheibchen,* und trampelnd gerufen, gelacht, gefeixt *herbei herbei, gekocht ist der brei,* aus faulfisch und honig und beefsteaktartar backt sie sich kuchen, das riechst du bis pickenpack. die haben sie eingemacht. erst recht wurde boye von ihnen beschimpft als der büttel der psychiatrie, *wenn das pack nicht mehr weiter weiß, holt es sich boye* als das schwein, als *counterfigur, die kannst du vergessen.*

und wenn du, sagte pauli, im loch hockst seit jahren und jahren, und siehst nur die da und den, dann blickst du das alles bloß langsam, ihn fror, red zuende, nein, keine spritze, ich will dich genau verstehen.

so machen wir, boye saß streng unterm schweren kinn, und ich sage dir ausdrücklich, pauli, wir, denn wer von uns fehler macht, macht unsre fehler, wer von uns klarkommt, macht unsre klarheit, also, sag ich dir, machen wir isolation noch mitten, noch doppelt im counterprogramm der büros, es gibt einen grad der entschlossenheit, es ist aber eine verschlossenheit, der die mechanismen der verfolgung viel genauer bedient als jemals das weinen. schon immer sind menschen ums leben geflohen, noch nie sind aber behauptete kämpfe ums leben so widerspiegelnd die herrschende niedertracht, so wirklich äffend verkommen in ersatz und erstikkung, und drum, wer von uns sich in angst und lügen, in den machtkämpfeleien der selbstversteckung, hier draußen vom wirklichen, ja, gut, vom wirklich erbärmlichen, ja, hör mal,

erbarmen, wegisoliert, der isoliert so uns alle, also den wirklichen kampf, also doppelt dort uns in den trakts.
es hatte der dreck der denunziationen für boye, für uns, auch vorteil gebracht. wo das hämmern verschlissener floskeln, wo leidenschaftslos die niedermachung als macht, das blenden der frankfurter *lampe*, das spulen des öden kampfredefadens geübt wird, da sind, gern und leicht, auch bullenspitzel, da haben die leere, die dummheit, die fremde, da hat die mechanik des ängstens und folgens gute gelegenheit, da sind sie verkappt straight verledert immer ganz vorn mit dabei, lauschen hin, schreiben auf, lernen auswendig, haken ab. so hatten sie boye abgehakt, *getickt* mit genau den gleichen worten, die mit der *power*, wie die mit der macht, *die ist raus aus allen zusammenhängen, erledigt, die könnt ihr vergessen.* das war für boye gefährlich, die verdrehung des wirklichen, die vertreibung. ohne das harte verständnis von karst wär sie irre geworden an allem und allen, gekippt. aber mit ihm zusammen konnte sie bald verstehen, daß es richtig so ist. daß es wichtig ist, daß die, und die auch, uns streichen, uns nicht mehr sehen.
denn was ist wirklich zusammenhang.
einmal hatte ihr kutte erzählt von ausländerfeindlichem klebetext im treppenhaus in der eulenstraße, dort wohnte er hastig grau in einer wohngemeinschaft, kampfplakat überm abwaschhaufen, türgriffmülltüte am überlaufen, die zeit ist knapp, die blume hängt schlapp, grußlos der kampf treppauf treppab, so wollte er jetzt die menschen im mietshaus fürs unterschreiben gewinnen. er hatte jeden besucht, den autoschlosser aus israel, aus der heimat, aus wüstenfaschismus geflohen, zurück in die heimstatt der öfen, die reichsbahnerwitwe in scharlachpumps, stück kuchen mit hut auf und willy birgel, *man sah ja mal glänzend aus*, sagt frau margot, hört aber leider nichts mehr, und den schwulen fan vom fc st. pauli, eigelbe locken aus volumén, die verschüchterte frau vom kripobuchhalter, ihr kind ins gitter gebunden, den friseur mit schottischem schäferhund, die behaarte gesangspädagogin, beine wie ein reh, schnalzte kutte unpassend männ-

lich weltlich. er war aber nicht von dieser welt. er sah da im haus keinen menschen aus arbeit und rente und kuchen und schmerzen, sondern bloß feindliche dummheit, sich selbst streng gefordert von letzten dingen, einsam im auftrag der wahrheit. aus allen zusammenhängen rausgeflogen: der knastkampf. aus uns allen zusammen fortgeflohen, sich selber verflogen: kutte.
komm weg da.
grob hatte er boye und sich aus dem anblick gezogen. bei karstadt hing ein spiegel im fenster. kutte konnte sich nicht mehr sehen. mußte eilen.
wir müssen aber nicht eilen, hatten boye und karst einander verständlich gemacht, es kann mich niemand vertreiben aus meiner straße.
aber notwendig, sagte pauli, die militärische intervention.
da fragte ihn boye nach sprache, warum reden wir wörtlich wie die.
jeder, auch der feind, sagte pauli, redet von liebe, von lernen, von arbeit, von freude. genau so wie wir. was willst du da machen. verstummen? es sind nicht die wörter, es sind die interessen, die bestimmen, was ein wort wert ist. da unten die knarre, jeder faschist kann die auch, auf wen wir sie richten woher, das kennzeichnet sie, nicht die herstellerfirma, die übung, noch nicht mal der mut, der schuß. eines tages, boye, und manchmal höre ich das schon, wird die klasse sprechen in einer sprache, die bis heute noch niemand gehört hat, entsetzlich gerissen frei aus dem stand geworfen das wort, musik, boye, alles los alles los! wir hier fangen erst an, wir sagen, die notwendigkeit. das ist noch kein schönes lied.
aber wie, fragte boye, können genossen dann denken, es sei von ihnen wer zu vertreiben aus dem zusammenhang der interessen, aus den notwendigkeiten.
das sind die paar schausteller. notwendig ist denen nichts als die rolle, der tanz der bedeutung. die meinen nie sich, nur das stichwort wollen sie schnappen, das vorbild, den trab, den trip. hör doch mal, boye, das schreit um hilfe, wenn es

dich denunziert. es graust sie das leben, das eigne, das sie an dir erkennen, an sich vermeiden. sie werden nie kämpfen. bewege auch deine hand nicht, boye wollte von ihm keine hilfe, jetzt keine zärtlichkeit. sie sagte genau vor sich hin, nur im widerspruch zu dir selbst bist du erpreßbar, sind dir die fakten der strick.
etliche draußen, wenn die uns beiden hier wüßten, würden noch einmal erpressung sagen.
es war nicht dein bein. es war blues. nein. ist falsch. es waren wir.
ja, sagte pauli. und aber ganz genau das hieß mal in frankfurt erpressung. damals der negt. weißt du das noch. warst du dabei. die ratte der angst, im strick der fakten, *zerhauen,* hat er gesagt, *die solidarität zerhauen,* hat er gesagt.
es läuft nicht, boye ging immer noch tastend allein den saum für den fuß, den riß für den griff der gedanken, es läuft nicht, indem man den andren deckelt. es ist solidarität ein prozeß. er läuft nur praktisch. über ziele gegens vernichten. dies hier jetzt. und dies jetzt. kollektiv. es kann repressiv gar nicht laufen. nur konkret. als deine befreiung.
von was.
vom lügen. und das ist, vom eigentum. und das ist, von der angst. was nicht heißt, sagte sie zögernd nach, daß es falsch wäre, druck auszuüben. druck ist die vermittlung der schärfe der situation, des wirklichen widerspruchs der interessen, dort der markt der vernichtung, hier wir, unser leben. jede bemühung um selbstachtung, die nicht von diesem antagonismus ausgeht, führt in verrat, ich nenne es mutlosigkeit.
die kannte boye. von daher hatte sie sich, die geborene antje steen, die junge kaderfrau priska, den dritten namen gegeben, *boye,* eine frau, von der man nachlesen kann, sie ist erstickt am moment verrückter verbrüderung, mißbräuchlichen vertrauens. boye kannte das. die sehnsucht und ihre verdrehung. sie stellte sich deshalb in diesen namen, gegen die mutlosigkeit. auch reizte sie im klang des namens die irritation, dies flirren, ob mann oder frau. auch daß dieser name nicht vorname war. denn längst mißfiel ihr das vorna-

menstreicheln der *scene,* dies kindliche kürzeln. das flieht, fand boye, die härte des eigenen namens.
manche nannten das konspiration, da lächelte boye allein, es heißt konspirieren zusammen atmen, zu viele von uns atmen nicht mehr, nehmen nichts mehr in sich hinein, stoßen nur aus und ab. auch kutte war zwei mal bei ihr gewesen, wollte die spritze, keine erklärung, mußte sich sputen, menschen retten, viel rotten.
sei geduldiger, sagte pauli, wir fangen alles erst an, und jeder ist erstmal blöde von haus aus. ich hier doch auch. denn versteh mal, es war meine lust für feder, der kick mit den hacken. war falsch.
nach hafermanns schuß war das der fünfte tag. pauli lag flüsternd gestreckt. aber das hast du dir gut überlegt. wir atmen. zusammen.
das hab ich mir übersetzt. aus turin.
bist klug aber horch aber saust wie allein eh schwester pack meinen atem den vogel der friert mich und feuert und fliegt und futtert mich gelb der schöne der stinkt der atem des vogels.
boye, die diesen angriff, dies branden aus giften, dies brennen der bilder kurz vorher schon konnte aufflackern einflattern sehen, hatte den schuh mit der waffe vorsichtig näher an sich gebracht, weg von der hand, die im fieber nicht wissen kann, was sie tut mutlos, jetzt klammerte sie sich eng über paulis fliegenden körper, er durfte sich nicht bewegen, es könnten die spießförmig aufgerissenen knochenwunden noch unverletzte gefäße, aus denen das übrige bein bis jetzt schwach versorgt wird, zerreißen, und als hätte sie dritte und vierte hände, spritzte sie ihm gegens fieberschütteln und schmerzenwerfen das schwere opiat, die weiße ruhe, mag sein die rettung. ihr wissen. unsre liebe. die notwendigkeit. und niemals hiernach würde sie das vergessen, das dunkeln, der adern vielförmige bewegung, die lautlosen wege durchs fleisch, aus allem um alles der atem, die schönheit, notwendig.
pauli lag gelb in tiefer entfernung von allem frei.

boye band arme und beine ihm doppelt, lockerte gegens absterben, kälten die lederschlingen unter den armen, ums fußgelenk überm sand, band beides bald aber wieder zurück in die streckung, tastete seinen puls, bereitete sich nun vor, noch einmal die dunkle wunde im schenkel innen weit auszutasten, nach eiter zu suchen, den herd zu finden, um von da das spezifische mittel, im labor die würden nach keinem namen sie fragen, bestimmbar zu machen gegen die infektion, für unsern angriff. es gibt aber, grübelte boye, im magma ums zentrum unsrer verwundung viele verstecke, auch für den feind.

(2) klar barbarei, rief flügel, überall finden sie nischen, den spielraum, denken, sie spielen frei, dienen aber jeder ihr ding in die funktionen des ganzen, ach dieses ganz verruchten. es ging ihr gegen juli und proff, um karst. um die arbeit des ganzen, um uns, den angriff.
nach den schüssen auf pauli hatten sie sich, gegen bankenfahndung, apothekenobservation, ärztebefragung, krankenhausschnüffeleien, als *westdeutsches arbeiterfilmsyndikat* in der rue bertholet jetzt wiedergetroffen. einer von ihnen ist schwer verletzt. wer wird sterben. wir fragen. wir halten an. anna und feder und flügel und karst. in den räumen und kammern eines roten arbeiterstadtteiltheaters. proff hatte hier vor jahren linke kulturarbeit dokumentiert und zum leiter der bühne, andré petite, kontakt gehalten. die winzige schrift auf dem zettel nah oben links im hemd. nur blues war in hamburg zurückgeblieben für die verbindung zu pauli und boye, auch zu deren schutz.
jetzt im pariser sommer lagen die räume still. die genossen hockten in alten dekorationen. falls jemand kommt und weiß von nichts, dann proben da *westdeutsche friedensfreunde* ein gastspiel für kommenden herbst. so hatte andré das angezettelt, auch das vorsorglich ausdrucken lassen im üblichen vorschauheft.

dies, sagte karst, ist auch eine nische. von proff. für uns.
das stimmt. aber von uns genutzt. und da genau ist proff geschickt nicht dabei. hat zugesagt, kommt nicht.
er hat was mit seinem jungen zu tun.
auch eine von denen nischen, karst, die wir jetzt hier diskutieren, in die verschlüpft sie alle schweinereien ertragen nicht nur, sondern wirklich bedienen, wirklich erst möglich machen. da hör ich doch meine ganze familie vom alten faschismus jammern. mitten im praktischen täglichen mord hatte jeder sein gärtchen zu kratzen, sein sanftlebefleisch, die dreckige angst aus wittenberg, die befreiung nach innen, die weigerung, denn das macht mühe und manchmal kostets das leben, die eigne befreiung reinzutun in die befreiungsbewegung der klasse, ach feigheit, karst, kinder, die ärmsten.
ich hab kein kind. du auch nicht.
aber wie mans verliert, sagte flügel, das weiß ich. du auch. von amsterdam bis shatila, von der peacecorpsberatung in andendörfern bis ins schlachthaus der eimsbüttler experimente, von spritze bis hunger und hitlerschulen in guatemala city, sie töten kinder, millionen mal meins, das schoß flügel ab, und als wärs eine waffe, nahm sies noch mal, rief sies noch einmal, meins! und wir sagen, wir wissen, wers killt. und sagen jetzt tölz. denn mitten hier töten sies auch, verstümmeln, dressieren, weiß. singt er nicht chor in der kirche, der proffsohn, der jüngste.
proff erzählt ihm von camilo torres, von schneider in buchenwald, von kolbe in auschwitz. von der simone weil gibts ein großes foto im dorfhaus.
ach meinen wir denn erzählen, karst, dorfzierrat, vorbildertappen. denn geschichten labern ist auch so ein trick, der entsetzliche reichtum des schnatterns, das bunte zerstöbern von bildern und räumen, von genau ort und zeit, die uns jeden tag brauchen, unausweichlich, jetzt heut noch, konkret. aber alles das ablenken kann proff sehr gern und sehr gut. und sehr faul.
warum sagen wir labern und hören nicht, was er sagt. warum sehen wir nicht, was felix lernt.

storys lernt er, damit er das wirkliche schlagen der stunde nicht hört, nicht angreift demnächst, der lieblingssohn, denn moritz *möcht ja leben,* höhnt proff gegen dich, gegen uns, gegen jeden, der kämpft. und er weiß das und will das genau so. das nenn ich seinen verrat. das macht ihn mir so verächtlich, plötzlich, so verräterisch alt.
er weiß das.
aber er lebt doch, rief flügel geschaudert, warum sterben die alle denn lieber, als wenden ihr leben, als lieben ihr leben zur waffe. ach, mir ist kalt hier im sommer. was für ein übles haus.
ist ein schön haus
wenns brennt
im sommer
so kalt so
übel von flimmer
durchkrochen ist schön
ein haus
todkalt verredet zu schweigen
wortlos die sprache ablenkend
die bewohnung des schreis noch
unter den händen noch
hinter den augen auf
alles gestürzt aus verschüttung
die muster der gruft kühl
die trauer der engel versteinert
ihr flattern mutlos zur zierde
blutlos dröhnt wut das haus
alles wir
sind messer
gespannt zu hauen
zu stechen zu häuten
zu häupten
haben gerichtet uns die
denen das haus gehört
die mahlzeit aus
töten ins stöhnen und sterben viel

kleine freude
jedem das seine laßt
alle hoffnung ums rampenlicht
fahren in nischen es soll
uns ein spiel
sein ein spiel der gemeinheit
aus tagen und nächten ach
blutig sind meine hände
mein mund mein hauch ach
mein lied mein lügen für alles
ist platz die nische
vom bauherrn gelacht
unserer blödigkeiten hat er in alles
gedacht uns nischen ins nischen
uns seinen abschnapp geworfen
aus hausen und sausen
der ketten klatschen
der riemen und räder und bänder
biegen der stiefel
frucht aus blut wir
fressen lebendige menschen sollen
sättigung finden uns
dummheit im spielraum unsere
bewegung fürs haus denn
ohne gegriffenen menschen draußen
sein nächtliches reißen
verrenken verrecken
kein sausen im haus kein klatschen
in unserem maul kein billiger biß
alle
riemen und bänder und ketten
und unsere spiele sind
eingekauft eingeschlauft
tief bis aufs blut in das riesige
fleisch von manaos bis mogadischu
in das verwüstete
fleisch von durban bis dublin

nichts für uns geht
kein feiern nicht fahrt nicht
wärmendes feuer
ohne die die wir jeden tag brennen lebendig
treiben lebendig fressen wohl
ja wohl möchten fliegen
die hände rot aus geheimnis
aus grau leuchtend
aufweht
der brand zerschmelzt das
myzel ihrer macht
schlauchwerk der saugung
ach doch endlich
äschert
in unseren aufstand
die hausherren gnadenlos alle aber
gnadenlos doch o anders
nutzen wir nischen
sagen für uns
wissen für sie
trödeln wir scheu treu bescheid
in der gewalt unsern teil
in den machenschaften
der untätigkeiten untat
komplizen faul
die freude aus tod
was soll der kämpfen der
nicht zu kränken für wen
wessen leib
dem krankheit eingestrotzt ist
als eine gesundheit
und glaubt das so
beißt in den nischen
der haß ohne hand sich
den hals sich den schrei
es ist krieg
ach fett macht sich der

ohne uns
barbarei
wie schwach sind wir denn, rief flügel, daß wir dastehn und fragen nach proff, dem zwerg, diesem spuk, dieser tanzmaus aus schlaflosigkeiten. was ist das, anna, dies glück in den nischen, wenns brennt im sommer so kalt, so übel geflämmelt von flimmern durchkrochen die schönheit des hauses. anna, wo bist du?

(3) hier. das war zu merken im voraus, das fett im schrank war schon abends schneidhart. jetzt nachts stand der moorkaten weiß eingewirbelt, schlugs aus nordosten den schnee wie sand gegens krumme fenster, in schwaden wolkig geworfen vom sturm, polterndes toben um alle vier ecken, winseln und seufzen im überlandkabel nicht weit, im mast geächz, leise getös gestoß im gelblichen küchenofen. da konnte der telephonrundruf nur klapprig verkommen in all dem wettern. aber sie hatte das vorher gewußt, stand auf, fluchte laut, es war kalt da vorm eisenbett, sie fluchte gern laut, stand laut gern auf gegen sowas. die wäsche, das zeug, sweater und stiefel klamm überm bauch und knöchel und hals, erstmal den ofen an, wärme her, das brett auf den tisch, das messer, den speck, das grützenmehl in den kleinen topf, den speck briet sie sich ins grützebrodeln gegen den winter frühmorgens am liebsten. jetzt wars noch weit zurück in der nacht, noch kein hahn, noch kein schimmriges licht im gewölk, nur schwarz ringsum, gegens grün der wand, gegens rot der niedrigen tür, das schlagen des wetters, weiß geschüttet, aus kälte. das war ihr das liebste, das bricht sie auf, da bricht sie auf, das packt sie, das hält ihr nicht stand. in alles, in eisen und öl, war sie reingekrochen zum lernen, zum packen, son moie wicht, so ein fein glattes mädchen, die bauern und lehrer und handwerksmeister im stadtrat hatten gelacht, naß männerrede geleckt, da hatte sie, als im schneeniederstöbern und viechertotfrieren, altjahrsabend vor neun-

undsiebzig, enno farlages saufleber umgekippt war, den stadtvater in eine falle gelockt, kannst an mich ran, wenn ich steckenbleib rüber bis dornum, und ich laß auch keinen hof aus, keinen stall, das siehst du dann schon, oder mich, geflüstert, ohne was an, gelacht das große gelächter aus aurich. klar war sie durchgekommen. und weil enno nicht wieder in ordnung kam, und trotzdem, gegen eis und verwehung, die piste bis kuhstall und kneipe und kirchhof frei sein soll, war der stadtrat schließlich geknackt, übergab ihr das räumgeschirr, wartung und einsatz im kiebitzdreieck von esens bis dornum und aurich, und für alltags den schulbus, die will das ja so, auf das geld und die wut vom dreisternevater da scheißt sie, und schnappt sich verlassenen katen west dunum, nordmoor, die ist ja verrückt genug, fluchte der oberst, sie steckte aus heißer pfanne schnell noch stück duftspeck an fallenhaken, der rieslige schnee, so flach übers feldeis gepeitscht, da kriegen die angst, suchen unterschlupf, werden frech, eben nachts war eine ihr über das bettzeug gehuscht, was soll das. sie drückte die haustür gegens geheul, gegen fäuste. unterm gelben blech des motorkastens war sie klein, hockte sie wie ein spatz im faß, und damit der sturm ihr die bleche nicht wegfetzt, band sie sich die an einem strick um die hand, die andre hand war fürs wolldeckenreißen, sie hatte paar teile dicht abgedeckt gegen so zwanzig und mehr grad frost, auch gegen eintreibend flockenmehl. der riesige volvo wummerte los wie aus spaß. das gelächter der klugheit, *es geht!*

erstmal bei holtgast den alten helmut freischaufeln. unterwegs die garage zuschieben vom tückisch sensiblen deutschpauker zossen, mit dem sohn war sie mal verliebt gewesen, da hatte der vater ihn weggesperrt, gitter und kette wie hund, der junge braucht ordnung und nachdenklichkeit, nicht dies verwildern, das walten der lust, die lust der gewalt. dann aber hatte der lehrervater zur anreicherung seines unterrichts, einen dichter ins haus gebeten, die oberprima mit kerze und kuchen dazu, sterbverse waren angesagt, der schreiber zog plötzlich auch knast aus dem sack, die angst gegen isolation, scharf vorgetragen, gekeckert, die schüler hatten ein großes ohr, auch der arme sohn hatte sehnsüchtig aufgepaßt. da war ihm der wüste der schöne der heimliche haß im kopf zum schrei aufgeplatzt. da hatte der alte ihn wegverschubt, weit weg, internat, die löschung. der direktor war vormals fallschirmtruppe. der junge war ein jahr später bereit, berufsoffizier zu werden. da wollte ihn anna vergessen. da schob sie den weg dorthin klirrend zu, soll der bulle doch zusehn, der arsch. und helmut soll seine flasche haben, der tischler, der drechselkünstler, dem war über malta, als funker im *stuka,* in der hose was mulsch gedrückt worden, seither war er traurig und soff, saß eingemauert in tüchtigkeiten von frau und schwiegertochter und sohn, die bauten das eigentum größer und größer, glassteinwand, grillplatz und thermopen, und für den vater, den dummen, den suff, hinter der küche, wo früher der stall war, das verglotzen in resopal, die zelle mit pritsche und color-tv, die fickbilder aus der *bild* und die flasche, und die soll er haben gegen den schnee, sonst blickt er durch, was sie mit ihm machen, und hängt sich auf. das wollte sie nicht. sie rammte und türmte und schob den kleinen extraweg frei, helmut soll leben, sein kummer hat recht, *freiheit für alle gefangenen, es geht.* sie kommt durch. jetzt das stück bis westerholt willmsfeld, dann kehrt und nach dornum hoch, krachend gegen das weiß, sie schluckt heißen tee aus der plastikflasche, hängt streckenweise im eiswind nach links aus der tür, hat sonst keine sicht, schlägt zu, reißt hoch, dreht leer, drückt durch, friert sparkelig zu wie ne weihnachtsfrau, draußen cool und drinnen schön heiß. am *us-shop* nah westerholt, schneewehe reichlich halshoch, beißt sie sich fest. erstmal beine vertreten, im windschatten pissen, das shopfenster hängt voller mörderzeug, von stahlhelm bis spaten und kompass, von kampfanzug bis zum kochgeschirr, von springerstiefel bis käppi. also wenn mal manöver ist, und die stehn da im regen und öden sich an, die natozwerge auf russenjagd, da kleidest du dich, die army ist mode, hier feldmarschmäßig und mischst dich mal ein, da liegt doch musik genug in der ge-

gend, und jeder nimmt sich sein teil und verschwindet. ihr teil hier war erstmal die wand aus weiß, die welle, starrend, aus ihrem kamm geweht pulvrige gischt, die stäubte ihr, rhythmisch durchfunkelt vom lichtstoß der beiden einsatzlampen, gegens frontglas von hub zu hub, die wischer kamen knapp durch, sie hatte den spanndruck der blätter verstärkt, das war gut jetzt, sie schafften ihr teil, jetzt kam auch die heizluft innen scharf rauf, sie hatte gut sicht, übers braune stricktuch um haar und hals den schutzhelm gedrückt, rannte sie an, das stößt, da fliegst du, da halt dich stur fest, sorgfältig rannte sie an, stück für stück, stich für stich, schub für schub sorgfältig an gegen das, wollte den weg frei, bis dornum hoch, nah hier von haus zu haus, von fenster zu fenster, von tür zu tür, tischlern hätte sie gern gelernt, und weiter von garten zu garten, am liebsten auch gleich noch die zäune nieder, dies mickrige dein stück und mein stück, wir kommen durch, *wir geben nicht auf.* und der stadtrat, das ferkel, hilft schieben. lachend, als erstes wässriges licht überm feld hing, stand sie ein stückchen westlich von dornum, war durch für diesmal, es schneite nicht mehr, der sturm, als sei er erschöpft von gewalt und vergnügen, lag plötzlich todstill weit irgendwo hinter der kimm, sie fummelte zittrig im jackenfutter nach schneenaßgewehten gauloises, schluckte den letzten schluck tee, hatte getan, was sie mochte und konnte, fand dies hier alles sehr gut.
als sie den hebel der warnlichtanlage runterkippte auf aus, blieben der volvo, ihr ganzes gesicht grell hell.
von was denn.
sie drehte sich um.
das war ihr beim arbeiten gegen die wucht aus weiß und eis gar nicht eingefallen. ein kleiner us-convoy, an der spitze ein jeep und am schluß, dazwischen zwei achtachser, kolossal, dunkel verpanzert *danger,* dampfend aus glas, aus kälte stampfend ein dünner gestreckter mann, klein dort unten vom fahrersitz oben, offen das große schwarze gesicht, let's do it, baby!

sie lächelte schuddrig. kaputt. sie bückte sich unter die armaturen, riß ab. die kolbenbewegungen kollerten aus.
es würde den trupp viele stunden kosten, zu allen seiten tief eingeschneit, den riesigen volvo sich aus dem weg zu zerren.
dann aber würden sie weiterrollen.
zweitausend meter bis ans depot.
das lager der barbarei.
das weiß.
sie sah ihren bunten bus mit den kindern, die lustigkeiten, die neugier, die wollige furcht, jedes gesicht jeden morgen warm, jedes jeden tag nah dem depot. ach jedes aufflammend asche kalt. sah ach den unsinn des eignen, der guten arbeit, der freude, der heimat. außer im angriff aufs pack. den unsinn der nische.
in der großen stille aus kälte stieg anna vorwärts nach draußen, nach unten, klein in das weite feld. hier sind wir, antwortete anna, wo bist du feder.

(4) hier. knarzend duftend, nach all dieser kälte ädrige risse auftreibend, die erste wärme des frühlings im holz der deichsel, im fell der pferde, im klimpergepinker der finken, im klirren des girlitz, am liebsten jetzt fliegen, aber es fällt noch schwer der rötliche schlamm zwischen die speichen der eisenbeschlagenen räder, und der wagen ist kostbar beladen der traum. ich träumte geschichten, war ins träumen verflogen, in die wärme auf meiner haut, in das rostrot gehäuteter korkeichenstämme, ins schnauben der pferde, wir brechen überall auf, schnaufend und zäh, und lachend, die erste, drängende wärme der sonne, hoffnung im alentejo, portugal fünfundsiebzig, nichts gegen mulis. wir sind etwas schneller. nicht zu schnell. *alles ist gut, wenn wir so langsam sind, daß wir keine zeit verlieren.* das hatte mir, auf einer ansichtspostkarte, eine hamburger frau, die nie zeit hat, geschrieben. so sind sie dort, abwesend, reden. tüchtig in widersprüchen. der luxus, der keine lösungen sucht. reichhaltig die ästhetik

des hastens, der feinen erschöpfung. wir waren nicht erschöpft, waren anwesend, alle, aus arbeit, unsrer, hatten das gut diskutiert, würden das lösen, werden uns wehren, von *ford* und *vw* die anbieter kamen schon angekrochen, die angebote der diebe, der krieg der krüppel, die falle der *freiheit*, in die tappen wir nicht, in den ziehen wir nicht, von denen nehmen wir nichts, werden wir alles nehmen erst dann, wenn wir stark genug, klar genug sind, ihnen nichts zu geben, ihnen nichts von uns zu erwidern, auch heimlich nichts hinterrücks. das werden wir sorgfältig kontrollieren. wir sind bewaffnet. manchmal saß bei mir im flatterschatten der wagenplane der genosse von der miliz, ein brauner zwerg mit klugen gedanken, schon alt, schon vieles gelernt und gelitten, narben und stachliges haar rund um den kopf. gewöhnlich sauste er schleudernd, lasten hatten die felgen des hinterrades verbogen, altes ledergeflecht um den kopf wie die panzermänner der Roten Armee, er hatte in moskau eine menge studiert vor ewigen zeiten, brauste er knatternd von dorf zu dorf, von arbeit zu arbeit, achtung zu achtung, uns zu uns. aber wenn ihm gemütlich war, ein teures wort für uns alle, ich hatte das eingeführt, es hat was mit mut zu tun, sag ich, fuhr er ein stück zum plaudern, zum alte geschichten erzählen, zur *hoffnung* oben drauf neben mir mit. *esperança* hieß der standplatz der pferde, auch meiner, produktionszentrum kork, oliven und wein. ich sah noch einmal zurück, ich liebte das blau im sockel der weißen häuser, den breiten fuß der palme am brunnen, das sirren aus dunklem laubgrün, die bunte stets runde bewegung der gruppen. hier laufen wir selten, eigentlich niemals allein zur arbeit, zum rat, zum busstop weit draußen an der chaussee, im schatten der reste des daches von vormals englischen gnaden. die herren hatten puten hier züchten wollen. nicht für uns. da hatten wir sie vertrieben, aprilgewitter, das gibts, sagt antónio von der miliz.

ich war zur vertreibungsfeier noch nicht dabei, jetzt fuhr ich woche für woche den wagen mit medikamenten und büchern, mit planmäßig, das war die dritte ladung, nachrichten,

die nicht der rundfunk hatte, nur wir hier von arbeit zu arbeit, von streit zu streit, von plan zu plan, von erfahrung zu erlahmung zu erfolg zu erfahrung, reizende, brennende, brechende frühlingsnachrichten, das glaubt ihr mir mal! vorn unterm sitz das schwarze buch mit den roten ecken, dick dauerhaft groß, zur sicherheit saß ich drauf, zum lernen sprang ich vom bock, vom buch. jedes dorf, jede cooperativa hatte darin ihren packen gelblicher seiten, fragen, antworten, angriffe, freuden, gruß und befürchtung, alles mit namen und anschrift. hier hatte niemand was zu verbergen, und wenn doch, dann raus damit! denn es fiel uns immer noch schwer, von ängsten offen zu reden. das war mal von nutzen gewesen, dieser stein uns im maul, unsre dummheit, für die. nicht für uns. also reden wir endlich, plaudern, streiten und jammern und jubeln herum, wo der baum, der stock, der acker, die kuh, das abgestürzte stück dach uns das oder das erlauben. wir haben gelacht, als wären wir frei.
obgleich wir heute ein bißchen in eile waren, die pferde und ich, zwei dörfer hatten über antónio nach medikamenten gerufen, in corticados lagen die lämmer schlapp, in lavre hatten die schulkinder husten, und fieber kam auf, eine alte geschichte, du kannst keinen frühling haben ohne gefahr, überraschung, sturm, also in eile, aber es mußte jetzt sein, stieg ich vom wagen, um rechts dem, der mir zu unruhig lief, mit einem getränkten tuch zwei fette zecken auszureißen, auszuwischen aus der innenhaut seiner schenkel. er hielt gut still. es war rings ganz still. auf einem pflöckchen, nah überm boden, überall neue vermessung, das wird noch alles was werden, saß ein abelharuco leuchtend die lauer, am liebsten auf bienen. ich mag bunte vögel. wir alle sind bunt. erstrecht in der sonne, im frühling. ich ließ die pferde sachte ein stückchen nach frischem randgras ziehen. ihr weiches rupfen tönt mir im ohr wie ein schönes sehr leises endloses lied, wir kennen das schon, wir ahnen das schon, *das war die wüste.* dies waren die ersten takte. ich nahm mir noch mal das buch, die angst der mutter. ich war beauftragt, mit einem burschen zu diskutieren. dem liefen die kinder nach. das sollten sie

auch, denn er fuhr sie zur schule. aber er fuhr eben so, wie einer mit sechzehn fährt. er hatte ein wägelchen sachkundig und sehr liebevoll ausgepolstert mithilfe von flattrig wildfarbigen resten, tuchfetzen, sack und plastiktaschen, er konnte mit beinah allen resten kühne anfänge machen und aus ihnen dann auch wirklich das neue, das ganze entstehen lassen, ihm fiel zu jedem deckel nicht nur der ganze topf ein, sondern gleich auch die speise, der kuchen, so einer, also, beto hieß er, hatte aus beschädigten weinkisten ein anhängerchen konstruiert und gebaut, riesige räder hatte das kästchen, zwei, eigenhändig demontiert von einem rolls royce in porto, und platz darin hatten, eng gemütlich geschaukelt, acht kinder, auf gehts, und klar war das moped frisiert, von beto aufgebohrt worden bis an den rand der zerreißung, und so staubte er, schwang er, so ritt und sang er die alte arme wegschlängelei jeden tag von dorf zu dorf, nah im nacken die wonne der kinder, im rücken das flüstern der mütter. eine nun flucht und klagt. ich kannte sie noch nicht gut. sie lebte mürrisch abseits mit einer tochter. beto gefiel mir, den mochte jeder, und frauen mochten den kerl doch erstrecht, auf diese gewisse weise, denn in aller neuigkeit sind wir ja längst noch nicht ganz und gar neu. so hatte ich auch den gedanken, die wütende mutter hätte ihr kind gern fromm zuhaus, zur arbeit, gegen gefürchtetes unrecht, denn jeden tag schule, für alle die ärmsten auch, die jungen und mädchen einander nah, das war neu. ich nahm mir vor, das ganze mit beiden, zu dritt also, zu diskutieren. überall läuft noch der unsinn, über ein moped genau so wie über die liebe zu einem kind. wir werden es lernen, uns nicht darin zu verstecken, sondern, aus fehlern neugierig, uns gegenseitig was besseres zuzutrauen.

es gab auch die angst vor dem arzt. die kannte ich selbst. die hatte geschichte. nicht nur die mördergeschichte in meinem land von hadamar, rampe und kälterascher bis wittlich, la roche, das kennt lieber heut alles keiner mehr, den deutschen mord gegen geisteskranke, den deutschen mord gegen alte und kinder, das forschungsinteresse auf deutsch, als mord,

gegen damals und heute den widerstand, die verkaufte chemie gegen menschenleben, die weißlichen dienste. auch hatte ich aus meiner ausbildungszeit dauernden anlaß für die vermutung, daß wir, in alten herrschaftsinteressen, vom menschen und seinen notwendigkeiten zu wenig und falsch unterrichtet werden, nicht uns begreifen sondern vergessen sollen, was dem leben des menschen guttut. wie schaffen wir uns da raus, mit verachtung und angst gegen wissenschaften wohl kaum. mit wachsamkeit und erfindungslust sicher besser. und ohne mich für eine hexe zu halten, hatte ich in der station eine fläche beackert für kräuter, und der ängstlichen mutter bring ich heut welche, von denen wir wissen, daß sie warm machen gegen das kalte pochen und hocken. der bunte abelharuco, grün gelb und braun und blau, schoß schrill einen kleinen kreis um seinen jagdsitz, als wir lostrabten, vorwärts, durch diesen frühesten frühling. wirklich war das wie glück. auch dieser gatt dort oben im hügelig gestreckten dorf, in dem sie die weinkisten sägen und klopfen für überall hin weit und breit. gatt war mir strahlend wichtig, sooft ich ihn sah, obgleich er nie eigentlich strahlte, wirklich nie lachte. er wußte.
als ich, vom diskutieren müde und auch von unbestimmtheiten geärgert, geschwächt, zu meinen beiden pferden zurückkam, stand er, über ein kleines meßband gebückt, am hinteren teil des wagens, er sagte mir nicht, ich fragte ihn nicht, warum. ich wußte, er würde mir seine sache erklären, wenn er sie kannte und konnte. und als ich nach wochen wieder dorthin kam, hatte gatt ein winziges bettchen gebaut, rutschfest eingepaßt in das hellste und doch geschützteste eckchen der verschachtelt gestauten pritsche, zierlich mit schnitzereien geschmückt, die pfosten mit rundem knopf fedrig beklebt mit dem rötlichen barthaar des eukalyptus. ich dachte sofort an indianerhosen, die wir als kinder anhatten. ich wollte kein kind. aber er aber er aber er, gato gravo! das ist der wildkater, schroff in felsklüften lebt der, jagt seine beute bis weit hinauf. ein kletterkünstler, sagte antónio. von ihm hatte gatt hier für alle den namen. gatts ganze verwandt-

schaft war ausgemordet, er sagte verwertet worden in den industrielagern der ss. als baby war er, auf abenteuerlichen wegen gerettet, bis endlich nach israel, bis endlich in den schutz für ein kind. in einem kibbuz war er aufgewachsen, treu. nach dem dritten mordzug, verledert verschworen verschlossen an schwestern und brüder, gegen die armen, die bewohner des landes, *für freiheit,* gatt kannte auch hier die verwertung, vernichtung für wen, war er als unteroffizier desertiert, sich treu. in lisboa half ihm ein rabbi, aufheulend betend, schaukelnd gebückt gegens unrecht im lande der väter. dann hier der aufbruch, das jagen. eines abends ein auflauf im hochhäuserschrott von quinta do paço. rausbalanciert aufs gestänge hochoben in einem neubau, sackförmig ausgestülpt die gestalt eines alten mannes, seine drohung zu springen, er möchte nicht länger mehr leben. das ist gut von dir, lachten die leute weit unter ihm laut, denn die alten kannten ihn gnadenlos, einer von der geheimpolizei *pide*, schon als gestapo hier gegen die fluchtschiffe, die letzten, im krieg, jetzt möchten die mörder gern sterben, jetzt ist das frei unser krieg, ach leider das schwein ist zu feig. polizei steht ratlos, soll retten, wagt aber keiner das kletterkunststück. da sagt gatt zum offizier, ich versuchs mal, dann quatsch ich ihn voll, dann wird er schon runterkommen.
er soll phantastisch langsam geflogen sein, lautlos.
als gatt allen stangenwirrwarr durchklettert hatte, auf dem t-träger droben weit draußen, hatte er zugestoßen. gegens verwertungsgesetz, sagt gatt.
die polizisten hätten ihn gern sich geschnappt. das war aber noch vom volk nicht erlaubt. in den zerklüftungen unsrer befreiung kam er noch leicht aus der stadt. jetzt war er hier einer der tischler und wünschte sich kinder, eins erstmal, einfach bei dir nah im wagen, einfach mit dir auf fahrt, unterwegs, so wird sie lernen, wie wir schön alles ständig bewegen. er hatte am meisten lust auf eine tochter.
grüß gott, beieinander!
wir drehten uns um.
da waren sie wieder, geschleich, geseich, gesüffel, geschnüf-

fel vom ortsverein münchen mitte, die tennisfrau mit tonband und mikro, der halbweiche typ im lederblouson, *stipendiaten der friedrich-ebert-stiftung.* gatt sagte banken, die tücke, seit eh der verrat als verwertung. aber es genügt nicht, sie stehen zu lassen, sie bewegen sich weiter, hinterlassen die spur vom betrug, den leim, den schaum der bilder vom leichteren leben, traktor und fernsehen und waschmaschine, das reißen, der schwindel, die laugung. und so ein moped wie das von beto für jeden schüler, die vereinzelung als die freiheit. zu uns hier kamen sie klein und fein, in die behörden, in den plan unsrer leitung schlugen sie kahl ihre zahlen, die zähne, das schneiden, das weiß. die internationale aus nato. die widerlichkeit ihres lächelns. *ach einmal dies lächeln verbluten,* sagte mir gatt, sagte ich gatt.
ich hab gatt nicht wiedergesehen. er soll noch verborgen gearbeitet haben am aufbau des volkskampfes gegen die zange, die schlange, den mächtigen einkauf aus bonn. er ist gefangen worden. auch beto. antónio auch. unterschlagung von waffen. gatt wegen hochhausmord. und beto hetzten sie mitten ins lachen die unzucht mit kindern, den dreck der ängstlichen mutter. alles, auch unter uns, ist immer noch sehr kompliziert. wir, sagte feder, in einen bühnenkarren gekauert, hier sind wir, jetzt tölz.

(5) und nun diskutierten sie paulis verwundung, die gefahr. es sei, kritisierte flügel, von pauli in neumünster ein fehler gewesen, zu springen anstatt zu schießen, auch sei er ihr in die schußlinie, diesem killer zu nah gekommen. der war nicht sauber, das konnte ich sehen, und falls er uns angreift, ich hatte das beifahrerfenster runter, keine zehn meter, er saß gut drauf, der hätte auf uns nie mehr durchgeladen. aber schon klar, nein finster, pauli macht den beschützer von feder, die ganz alten kisten, den dreck, der jedem von uns noch drinhängt.
feder wußte, obgleich sie hierüber mit pauli nicht mehr hat

sprechen können, woher sein schutz für sie, sein wüster sprung an das kinn von dem jäger, kam. und sie entwickelte mit den genossen nun, vorsichtig rollte sie auf, packte sie aus der verschnürung, packten sie alle den widerspruch. denn, sagte feder, wenn kollektivität die struktur sei, das ziel des angriffs, des kriegs jetzt der klasse, wenn sie der neue, der einzige raum sei, in welchem verbindlichkeit, lernen, auch also selbstbestimmte beziehung zueinander sich frei erst entfalten könnten, wenn also kollektivität die konkretion neuer wirklichkeit unter uns sei, also für uns, fürs ganze, der schritt, vom feind nicht erreichbar, für ihn nicht mehr faßbar, wenn also dies von jedem gewollt sei, begriffen, wenn auch noch nie leicht getan, denn jeder finde sich immer auch blöd noch arm für sich selbst, sie hätten zwar alle die gleichen probleme, es sei in jedem aber die konstellation aus altem und neuem, aus reaktionärer struktur und revolutionärem entschluß, aufgrund von vorgeschichte als einzelgeschichte, sehr wohl sehr unterschiedlich, und so könne es jeder doch streckenweise nur selber rausfinden, wie er da rankäm ans alte, wie er das abschafft, rausschmeißt, müsse allein den code finden, knacken, um sich zu entschlüsseln, denn das prinzip der versauung sei zwar überall gleich, die kombination aber individuell unterschiedlich, wenn wir also, sagte feder noch mal, suchte weiter den weg zur frage, den knick, in gleicher, gemeinsamer zielsetzung, arbeit aufs ziel hin, jeder seins als unsres, jeder sich als uns, einander gleich werden, leben von gleich zu gleich, ja *zugleich*, was sei dann, woher, die liebe zu einem, zu einer, in leidenschaft, eigenartig, auch ängstlich, besonders – gesondert? von was denn? aber es läuft so noch immer. und ich sag auch, es hinkt, wenn pauli losspringt gegen das schwein, mich schützt, dabei den arbeitsprozeß, das von uns allen verabredete moment der arbeit, die bank gegen tölz, in sekunden vergißt, bloß mich nicht vergißt, mein leben, nur grad noch jetzt das, und flügel hockt leer, die ganze aktion in gefahr – aus liebe? was drängt sich da vor, warum? ich will doch nichts extra. wir wollen doch alles, die klasse, uns, wirklich

den aufstand des menschen. aber ich lieb den typ. wie mein leben. ach müll. denn wenn er nun stirbt, sterben doch wir nicht, ich nicht, der angriff. und doch. finster. als wär dann sein tod auch meiner. mein leben auch seins. aber eben genau nur seins. nicht unsres. nicht ihr. nicht wir. was ist das? wie geht das? o mühsam, warte. ich will keine liebesgeschichte. sondern uns. als liebe. das ganze. nah.
das nahe ist immer das einzelne, sagte karst.
dann geh, sagte anna zu ihm, auf abstand.
wie weit wär denn das von mir selbst, fragte karst, was im ganzen wäre ich denn, wenn nicht nah genau zu mir selbst.
ach rattenrede, rief flügel, ich hör immer juli und proff.
die sind keine ratten, proff traut uns.
aber nicht sich. er faßt nichts an und er läßt nichts los, ein monstrum, die krake als torso, der krüppel, der turnt, in sich selbst verfressen, erstickt er sich selbst, und kichert, und keckert, als wärs ihm ne freude. und ist es auch. sterben gern möcht er.
das stimmt, sagte karst, um nichts zu verlieren. da sagte feder zu karst, das ist seine täuschung, die kenn ich, scheinbar verliere ich mich, aber wirklich finde ich uns, das befreite gebiet.
wirklich mißtrauen wir, sagte anna, noch immer dem ganzen, drum ziehn wir uns nieder ins einzelne, ziehts uns ins eigne weg, als hätten wir das ohne alles ringsum, ins eigentum, als hätten wir das ohne alles für alle, verkriechen wir uns ins heimliche haben, ins sonderbare besitzen, beschützen, nennen das liebe, ist aber krieg, nicht unsrer, sondern von denen für die eines jeden kampf gegen jeden, das chaos der barbarei, das rasen der einzelheiten, der paroxysmus der eigentümer. einfach der untergang.
liebst du mich so, fragte feder flügel, wie den von cuchumatanes?
nein. nie wieder. paß auf. einmal hatte er sich für eine arbeit gemeldet, von der wir ahnten, wer losgeht, kommt nicht zurück. diese arbeit war für ein ganzes gebiet von bedeutung. ich hab ihn heimlich gehindert, zu gehen. ich hab ver-

sucht, daß ich für ihn geh. lieber ich tot, als er. so war das, die liebe, das opfer, die überschätzung, die größe als untergang. das ist die liebe als nische, natürlich und einfach das alte, so einfach falsch, der verrat, der nicht geht. unser angriff macht alle gleich, jeden zu jedem, oder er geht nicht. sieh mich mal an.
feder sah flügel an.
nein, sagte flügel, nie wieder. dich lieb ich viel deutlicher. so wie mich selbst. als uns. zahllos vielfältig das gesicht der befreiung. nicht zu ersetzen wertvoll massenhaft jeder.
und doch, sagte feder, was ist das.
der kampf, sagte anna.
die gefahr, sagte karst.
zu diskutieren war auch die gefahr der schnelligkeit. es war zwar der arbeitstakt für tölz gegeben aus der reise der brüsseler und der pentagongäste, aber was war mit proff. für ihn wärs, wenn er den angriff macht, nein, sagte karst, auch wenn wir den ohne ihn machen, die connection wär für die bullen glasklar, er wär dann illegal oder geht ab, ohne den mindesten umweg das ende seines bisherigen lebens. das wäre nicht schlecht, sondern gut, sagte flügel. familie, arbeit, freunde, die nachbarn, die mutter, sagte karst. vielleicht aber auch das ende des lebens, sagte feder. wie er sichs wünscht, sagte anna. wir haben aber, das sagten sie alle, das hatte auch blues in hamburg noch mal hart rausgelassen, mit einem, der sterben will, nichts zu schaffen, kamikaze ist für faschisten, im gipfel der fremde zerstürzend die selbstabschaffung, heroisch das nichts. für uns ist das gegenteil, unten das leben, namenlos alles, die selbstaneignung als klasse, die aufsteht. wir haben vielleicht, sagte karst, seinen hinweis, er fahre nach tölz, zu schnell, zu leicht zu unsrer sache gemacht, zu unsrer als seiner. er will zwar den angriff aufs pack, aber auch als den angriff auf sich, als versteck, als endlich die unauffindbarkeit, gegen wen, gegen was, vielleicht mexiko, ich habs noch nicht raus, ich wills aber wissen, er solls aber wissen, dann könnte er leben. wie wir, fragte flügel. ja, sagte karst. angreifen, fragte flügel. das meine ich nicht, sagte

karst, ich meine die eindeutigkeit. eindeutig was, fragte flügel. die liebe zum leben, sagte karst. ohne zu kämpfen, fragte flügel. dann wärs keine, sagte karst, aber der kampfplatz ist riesig, eine bewegung darin sind wir. also los, wir beiden zuerst nach antwerpen, dann fahr ich nach hamburg zurück. warum nicht feder, sagte anna, wie das geplant war, und wir beiden carrara, die äpfel für tölz.
in italien, sagte karst, kommst du mit feder leichter durch als mit mir, die sprache.
und ich will jetzt mal nicht in die nähe von pauli, sagte feder zu anna.
stimmt, sagte anna.
also antwerpen, sagte flügel, das boot dort synchron zu tapp. dann fährst du weiter zu dem, und sag ihm noch mal, kein türkenkontakt in sachen boot, das ist für die auf der werft zu gefährlich, es gäbe für niemand dort schutz, nicht mal das hat die hamburger scene gepackt. also absolut nein. das ist ein beschluß der bewaffneten kader in izmir. sag ihm das immer wieder. ach wahnsinn, mensch, küß diesen teufel. und grüß mal marie.
sie dachten gern an marie. nicht ohne schwierigkeit.
laß mich noch mal zu tölz was sagen, von antwerpen geh ich, das ist ja geklärt, sagte flügel, erstmal nach utrecht, der unikontakt, der wirbel, der schwatz, die lateinamerikawochen, und da treff ich dann noch mal den companiero von neulich, vom mexikoschuppen. ist aber, das wollt ich fragen, jetzt klar, daß ich dem das bestätige, daß wir in tölz ohne drüben, die front, nichts laufen lassen, also nichts ohne absprache, klärung, timing wann was genau wer und wo, wir drinnen tölz, die draußen city, die keller der forces. und gar nichts zufall, nichts einfall, nichts anfall, sondern dort und bei uns die gleiche bewegung zu einem einzigen schlag, auf den tag, vielleicht auf die stunde genau die front, ist das richtig so, steht das, oder was noch?
pauli war dran, sagte feder, über tölz was zum knast zu machen.
er soll, sagte anna zu karst, wenn das für ihn jetzt geht, mit

blues da was rauskriegen, klarkriegen, wie wir was koordinieren können.
das schließt sich nicht aus, das ist nicht der punkt, sagte karst, aber proff. ihn reinreißen geht nicht.
du bleibst ja mit ihm zusammen, sagte anna, und du, flügel, frag das in utrecht noch mal den genossen aus cuchu, wie sie das machen mit freunden wie proff, die gibts ja auch da in den städten.
o warte, rief flügel, die gibts, die gärten der reichen, die weißen wege, das grübeln und grausen. ich hab mal mit einem dichter gesprochen, der hatte hanoi nach dem sieg besucht, der war so verletzt von der härte der macht der klasse, daß er hernach, um öffentlich seine wichtigsten hoffnungen zu verhöhnen, die heftchen, in die er jahrelang seine vietnamesischen träume einnotiert hatte, dem psychiatrischen institut übergab mit der bitte um analyse. die kam dann. er hat ein buch draus gemacht, viel kohle, die hatte er vorher schon, aber jetzt auch den ruhm der rückkehr ins weiß, den frieden, daß nichts mehr geht.
waren das seine träume, fragte feder.
die waren pur glück. der blaue ballon vom menschen. bodenlos *freiheit und glück.* was es nie gibt. drum sein schrei aus hanoi. denn die dort kennen den boden, aus allen träumen die härte des aufschlags, daß krieg ist, daß wachsamkeit gilt, die frage der macht, jeden tag, stunde für stunde mal vierundzwanzig. und der dichter hatte gehört, dem glücklichen schlägt keine stunde.
uns wohl, sagte feder.
proff auch, sagte flügel.
tölz, sagte anna.
obgleich keiner von ihnen sich bewegte, berührte einer den andren.
mach dem kurier aus cuchu auf jeden fall klar, sagte noch einmal warnend karst, daß hier bis jetzt für alle termine in sachen tölz die unbestimmtheit mit proff noch drinsteckt.
o dreck, sagte flügel.
das ist der dreck der genauigkeit, sagte karst.

flügel lehnte sich an ihn, riß ihm unruhig haar aus, stieß seinen kopf mit ihrem, und am liebsten möchtest du tanzen und zaubern, aufrührerisch alles pack verderben, und stehst so stur und rechnest so peinlich, du ärmster. und plötzlich, geschlagen hart, ohne zu lachen, rief sie, wo bist du, he, karst!

(6) hier. das prallt echo zwischen fachwerkwand, gosse und katzenkopfstein, das stellt den fuß auf im spitzen schuh, das sticht ins schnürwams, das weht unter schlappe kappen, es wird eine fahndung getrommelt, das rathaus bückt sich gemein in den markt und zieht an den ohren, denn michi, der mönch, ist los, heimlich genannt *der pirol,* oriolus oriolus düdlio, fromm verkleidet ins schwarz und ins gelb, aber das flötenmaul rot, stopft euch die ohren, er lästert, er hat keine angst vor dem tod, singt vogelfreiheit im bruderring, flicht überall nester, der luderling, im marktplatz aus engem hälserecken rülpst leise ein freier gedanke ans licht, niko, der schmied, drei zentner dick, unter breit schwarz gekrempeltem hut, wütender dichter, furchtbarer fresser, horcht auf das versmaß der fahndung, auch dort also, oben im rattenrat, in büttelbirnen, im ferkelfett, macht der haß aus der angst ein gedicht, lügt das und biegt, daß der mensch niemals fliegt, es sei denn als asche vorm wind, mein kind, gefangen gehangen, wenn wir ihn packen und zwacken, den zacken, den höllenschlingel, gekreisch und geklingel, still da, es redet der rat der stadt, weh dem, der jetzt keine heimat hat, den merken wir uns, der schweift, den greift, sperrt die augen auf, seht hier das bild vom wild, von michi, dem bruder liederlich, ach jesus, der wär mir nicht widerlich, tannenbaumbärbel zwickt nikos hand, der höhlt sie ihr hin wie nen korb, sie klettert hinein, er hebt auf die schulter, sie stemmt seinen hut, um freien ausblick, ein stückchen zur seite, nun sieht niko aus, als könne er singen, als wolle er fliegen, als werde er kämpfen, heftig rülpst er aus kuchen, ach süßige

sauerei, denn es ist ja, hetzt michi der mönch, das himmelreich einem sauerteig gleich, ohne den alles lasch ist der leib nur des herrn, das futter der angst, die knechtung für uns, bis unter kruste säuerung schüttelt, dann ist es gut und nicht schlecht, denn saures erst, wind der zersetzung, wirft unsern leib in erhebung, das niedergeschmierte volk ins schäumen, ins knistrige treiben, in unsre schönheit aus brot, in unsre kraft aus hunger, seht die geduld unterm deckel, singt michi, seht die vernünftige wandlung, dling dling, aus süß wird stoßen, aus weiß wird wild, was für ein kluges bild, aber wärme, vergeßt das nicht, stille zuerst, nicht hastige kälte, nicht liebloses panschen, sonst habt ihr am ende platt quark für die schweine, die nachricht an alle verdirbt, und das brot, wir volk, werden steine, dann rollen sie uns zu haufen hoch, zur burg, die uns drückt, zur mauer, ach menschen, wir drücken uns selbst, steht auf, seid leicht und aufsässig sauer. aufsitzig leicht drei mehlsack schwer, nikos mundwinkel zuckt unterm fetten backen, da packt mit zwei fäusten bärbel sein ohr, unk nicht, du wanst, du kennst meine flügel, halt dich gut fest, wir fliegen.
überm krebssee im nebel, feuriger bucheckernhusch, sind sie schon vier, schwarzen hamburger baumelt besoffen an karo, und als sie einkreisend schleife ziehen überm raubnest von lucky linda, da windet sich pfeifend, schleift zierlich fallend aus wolkendreck moritz an isabell, am zarten verzerrten gesicht, das täuscht zu fliegen, das fällt, das läßt sich schleppen von moritz, die not dieser frau nach besonderlichkeiten zwingt sie zu ornamentalen schwüngen, in gekicher verkleidet sie haß, verbirgt sie das schluchzen der tochter, moritz hält die im mantel warm, der mantel trägt vielerlei zauberzeichen, geflamm und gefackel zum beleuchten von hintergehung, die beiden als einzige sind nicht aus freiheit und liebe gekommen, sondern aus hatz, sie hetzen proff, gefährlich, schreiend umkreist umfliegt umflüchtet sie bei seinem anflug der riesenbärtige wagner, der feuerradschläger, der brändesänger, fähig, wie sonst nur michi der mönch, ohne frau, leicht allein, seine freude zu fliegen, sein rasen zu stür-

zen, bedroht vom hetzenden pfiff isabells, winkt er ihr mildernd zu mit gelenkiger zunge, schnellt in die von allen andren nur schwer zu erreichende rückenlage, summt dröhnend sich eine entspannung aus seinen liedern gegen den stein, *droben drohet die kapelle schlabberfetz, laub flötet zum einsturz, steingebrüll fang die feige*, juchzt verliebt ins genebel hinauf zu emo, der quiekt zurück, beinah freihändig schwingt er am schuppigen fuß von hildburga, die reitet, der weiten anreise wegen, auf einem faß, das gibt ihr die freiheit, hoch im flug auf hofmann, den hecht, geschickt duckt sich emo beiseite, hinunterzuscheißen, vielstimmig fallen sie ein, michi der mönch, zur trommel der dommel, zum kratzen der teichrohrspatzen, tanzt der glücklichen landung ein großes, ein geiles gebet, die tücher bauschen die schatten aus feuer, die flammen im dickicht stachelt marie, auch sie ist allein angeflogen, jetzt lacht sie uns zu, da landet gewagt, ein bißchen verspätet, in locken verwickelt, klaus, an frida, unglaublich, sagt emo, na endlich, sagt bärbel, was wären wir ohne musik, dies fragen beklagen die vögel im schilf, was wär ich mit meinem saxofon ohne von euch das geigen und trommeln, sagt klaus, so soll es sein, sagt michi der mönch, auf händen springt er zu klaus und umbeint ihn, wieder zuckt neid in nikos backen, trauer nicht, träum nicht, fang an, sagt karo, sie zwickt ihm flapsig die länglichen klötzer, heut tanzt auch der stier, ruft marie, niko schlägt erde aus laub und kraut, schnaubt zuversichtlich, schwarz glänzt sein hut, flink springt sein bein ins getrommel, die drei eröffnen die freude ums feuer, die freie wut der verschwörung, den fliegenden kreis, und wirklich tanzt frida in dieser nacht auf zwei beinen.

das darf uns genügen, hämt gelblich der schmüser, der waffenwärter, als ratsbüttel ist er der freiheit weit nachgekrochen, schlingert warzig im brakigen ufersteinwasser, das schilfgras verdeckt ihn den hottenden vögeln, ihr rock und pop verschluckt sein gelall. nur frida, als sei das im tanzen schick, wirft sich unauffällig ein ohr auf. sie horcht. sie schnüffelt.

sie tanzen gegen den tod, als seien wir frei.
sie schaukeln sich, gaukeln sich.
werden alle verraten. alle im markt verbrannt. ins fachwerk gehängt. an den katzenkopfstein geschlagen. in der gosse erstickt. wegen freude. nicht isabell. freudlos verständig fürs hochgestellte, ist sie dem rat nicht unangenehm. kann sie die kleine familie retten. hetzt vorwärts. aufwärts. verschwindet in höherem dienst. wird ruhelos weiterhetzen.
auch klaus, von frida geleitet, entkommt. aber ohne den mindesten pakt mit pack. ein zottiger herrenhund stößt ihnen nach. verwirrt vertappt er die fährte. frida lenkt ab. klaus rennt. fliegen können wir nie aus flucht, nur aus lust. der köter bleibt schnaufend geklemmt in den höhligen fuß einer uralten buche im warder. oben im nest des milan erörtern die beiden alten mit frida die freuden und die gefahren des gaukelns, den vorsprung und absprung und abgrund. und daß michi der mönch erschlagen sei, glaubt auch dort oben die nestrunde nicht, *verborgne frucht pirscht spät vom ast,* er stehe inzwischen, heißt es beim armen volk bald, verölt und verkrümmt, der tänzer, der vogel priol, ins arbeitsgeschirr eines schlossers vermummt, unschlagbar, hier sind wir, antwortete karst, es ist kein tanz, ich heiße von nun an *schlosser.*

(7) bleib, sagte andré petite, uns fehlt einer, der so turnt wie du, du machst auf der bühne mut, papiere werden wir finden, weil es kommt darauf an nicht nur, daß man es kann, sondern daß man die lust hat, also nicht nur darauf, daß man die lust hat, sondern auch, daß man es kann. bleib hier.
schlosser lag ausgetobt hingestreckt auf den staubigen bühnenbrettern. in lauter verkleidungen hatte er losgemacht, freigeturnt, rausgetanzt, was michi der mönch uns leuten zu sagen hat, freut euch, wehrt euch, es geht, wir leben.
andré schob ihm die flasche hin, wir trinken oder wir dursten.

aus steinen werden wir wasser schlagen, erwiderte schlosser. bibelzauber der macht. nicht, um darin zu schwimmen. wir werden schwimmen, um alle uns satt zu trinken.
andré zog schlosser am haar die augen zurecht, verstarr dich nicht weit da durchs dach, bleib hier. sieh mal das licht im glas der flasche, die farbe des weines im licht. die einzelheiten von licht und glas und wein. und welches licht in welchem winkel fällt es durch welches glas wie gebeugt in welchen wein welcher farbe zu wessen freude. bleib hier.
schlosser liefs unterm schlucken rot hinter beide ohren, das einzelne nah, *bist gekommen, hast es gewagt,* jeder tropfen da rollt was vom ganzen tag, von der ganzen nacht, vom jahr vom dorf vom tal, vom wetter von der eile von der angst, vom lernen was und vom fluchen was, von wissen und dummheit und liebe, sausen und grausen und kausen. es wird was geschenkt, es wird was bezahlt, alles die guten und schlechten gewalten. ist die gewalt. aus der nichts, damit nichts sich ändert. das wollen wir nicht. ich will absuchen mit einer leuchte, rief michi der mönch, und heimsuchen, die auf den hefen erstarrt sind, die da sprechen in ihrem herzen: das tut weder gutes noch schlechtes.
die nische, sagte schlosser, gab die flasche zurück, umarmte zum abschied andré.

(8) vor der wand flatternd proffs versuche, sich zu verstekken, sich unberührbar, unerreichbar zu vertuschen, nie mehr zu antworten niemand. er warf sich quer durch die stadt zu tapp in die kammer, wollte dort auf dem fußboden schlafen, aber tapp gab ihm störrisch ins küchensofa vier große riechende kissen, denn so einer bist du, warm wasser und weiche federn, den spruch immer flott voraus, bloß vorn hast du immer bloß angst, jetzt mach das mal klar, spring selber, mein freund, oder hock, geht beides, bloß entweder oder, auf einmal das macht dich verrückt, und laß mal die frau nicht allein, die ist gut, das ist deine feigheit, wenn du die

schimpfst, guck, wie die gut mit dir trauen will. jetzt lach mal, idiot.

proff flattert gelächter.

proff hatte zeit seines lebens, schon die lehrer hatten den bänglichen frechdachs für einen guten menschen gehalten, überall leicht gern abgestaubt, er mochte, dacht er, das leben, die menschen, und dachte so einfach, ihn mag das, ihn mögen die auch. nie war es ihm also schwer, den nächsten und auch noch den drittübernächsten um hilfe zu bitten, um geld, um bett, um schutz, viel männerverschämung um schwachheitssachen kam ihm in nöten nicht bei. so galt er bei vielen als zutraulich stark, als hätt er im unsinn der welt ein freies stück land zur bewohnung. eh, wohnungen, alter, wo bist du?

er war in freundeskreisen bekannt für das aufspüren und benisten zauberischer quartiere, manche sagten belisten, ein kuckuck sei er, so flink und so faul. proff lachte rot im flug und stieß über acker und halm grau davon.

er hatte schon mal, schon beinah im bischofsauftrag, man mag sowas kaum noch für möglich halten, im lieblingsnest von einem meßweingroßhändler gemütlich gehaust für fast lau, der lebte zwar tags in harten geschäften, nachts in viel härteren ängsten aber, in frommer wut unter biblischen blättern, kabbalischen rätselbüchern, die fragte er klagend nach kindern, nach endlich dem erben fürs faß, er tobte mit all seinen geldern auf lauter sandigen feldern, bis endlich sehnsüchtig schlich er in wäldern fürs wildern, reblausig würzburgerei, dort hatte er glück, am geschlängelten fluß, im apfelbaumstübchen die winzertochter hildburga wollte für ihn alles tragen, das bischofsfluchen, das ablaßsuchen, den kleinen faßrunden sohn, biblisch verschwiegen das kebsweib des herrn. dem wär es von schoß zu schoß, wies aus den alten glaubensbüchern dem frommen mann aufmunternd zugesagt war, von bilha zu rahel, von silpa zu lea, lieber gewesen, aber so fromm waren die frauen ihm nicht, da baute er für hildburga ein haus, umbüschelt von einer niedlichen schleife des mains, und gleich eine zweite wohnung ins

häuschen für proff und seinen familienverein, der hatte kaum geld damals noch, was solls, jetzt hatte er apfel und angel vorm fenster, und alles schön billig, cum spiritu tuo, er war ja derzeit gern bei herren zuhaus, ganz oben und lieb auch hier unten, denn das war vom bischof der wunsch gewesen, der anspruch gegen das flüstern und lüstern, es soll dort ins haus zu der stillen mutter ein fromm geordneter mensch, ein butler gegen das buhlen, für hilda ein helfer im täglichen beten, gegen das nächtliche flöten und nöten, proff lernt das kreuzlein schlagen, gesonnt im weinbergbalkon hat er die ersten pläne für film, häßliche bilder der weißen, der engelsgewalten, keiner kauft sie ihm ab, seine frau war darin geduldig, für alles hilfreich, nur nie für sich, lief sie nach arbeit ums geld für sie alle, auch von ihr war proff gern versorgt, ein gemütlicher platz fürs verstecken, fürs tolle entdecken, warm zugedeckt, fürs aufsässige behagen.
inzwischen war längst dies nestchen zerstoßen, planiert, radiert für hochstraßensockel, leitplanken, spurrillen, ödes getummel, abgasgetöse, totenrummel, egal wohin, hauptsache scheiße bewegt sich. proff war vorher schon unruhig weitergeflogen. er hatte kein glück, nur sucht ers und fand ers und floh.
bald hatte er geld aus den sendern, ihm kamen aus seiner furcht scharfe fragen, die stachen das fleisch in den sesseln, na versuchen wirs mal, na wie siehts denn aus, na sehn sie, herr proff, jetzt läufts doch. und proff wohnte wohnung im burgturm ob bozen, im bahnwärterhäuschen vor unterlüß, im blockhaus bei rosenduft, birnbaumbiegen, moorweide, gleich hinterm dammtorbahnhof, leise lockend das klirren von zügen, grad hatt er verlassen die, die ihn lieben, tat kühn. wir können, krähte er scharf, für wichtigen anlaß stets alles verlassen, wo ich bleib, bin ich nicht, wo ich bin, bleib ich nicht.
jetzt freilich lag er nieder bei tapp. jetzt plötzlich war ihm zu kalt der frost aus der wirklichkeit seines redens. er lag da ächzend erstaunt.
und hatte so gern geguckt und gehämt. am besten geht das in

altona, das rasseln und pfeifen und laden und schieben, das winken und weinen und kofferhinken, das gackern und flattern an großen taschen, die bahnhofsmission bietet freie flaschen mit freien gefühlen aus freien bananen den untertanen aus kötschenbroda, und kaffeesaft ist für die sowieso da, der abschied fällt schwer, der kopf ist ganz leer vom glotzen und kotzen und *zone*motzen, schnell noch bis büchen ne *bild* und ne *bunte.* ihr ahnt ja nicht, was das heißt im leben, all diese freiheiten aufzugeben, bloß daß sie bei uns keine punker dulden und auch nicht dies hetzen gegen den staat, das ist akkurat, na tschüschen, mein kind, und sag auch noch arnold noch mal viele grüße, ich wünsch dir, er kommt wieder bald auf die füße, und tu ihn nicht wegen der enten zanken, arbeitslos schleichen leicht schlechte gedanken, alles ein elend und alles ein wanken, wir hatten das alles ja schon einmal, alles qual, bis dann die führung mit eisernem besen, na schwamm drüber, das ist vorbei und gewesen, und wenns hier zu schlimm wird, kommt ihr zu uns, habt wieder arbeit und nicht diesen stunz, und alles ist klar. das ist wirklich wahr. die türen schließen. die reichsbahn rollt an. schön qualm aus baku, flott diesel mit mütze, verstopfte toiletten und klebrige sitze. grüß lothar, grüß dörchen!
laut schreit ein hund.
der mann neben proff spitzt die öhrchen. sie hatten sich eben erst kennengelernt, autoverladung nach avignon, da fahren die besseren menschen davon, staatsanwalt, dichter und gynäkologe, pastor mit angel aus wangerooge, sondersaab mit haifischmaul, schön dunkelgrün auch ein ganz alter gaul, kompressormercedes zum liebhaberpreis, proff und dem dicken wirds angenehm heiß, früher die führung hatte so dinger, wir saßen im bus und auch sonst im geschlinger, na schwamm drüber, hoffentlich kommt er heil an, feines fahrzeug für den, ders bezahlen kann. sie staunten dem zug nach.
da heulte der hund.
proffs nachbar fand sich im spreizohr erschüttert, wo kommt das her, das klingt ja wie folter, das darf doch nicht, kommen sie, suchen wir, er griff an die jacke aus tarbert on

harris. sie fanden das tier tief eingehöhlt im provisorischen kofferdepot, hoch überpackt von reisegepäck, aus kisten und kasten käfiggeschrei.
laßt mir den frei, leute, helft, der hat durst.
den packern war aber der dicke egal, auch der hund. nun wurde alles sehr rasch sehr schrill. es war, als hätte der runde passant sich die klagestimme des hundes geliehen, heulend trampelt er kreise, kläfft er die bahnpacker an, maunzt er nach tierschutz, blafft er an eilige reisende hin, eine nonne aus trier schreit angefaßt, ein oberst aus bonn geht rückwärts. der hundsfreund zittert gewidert. endlich steht er matt ausgetobt in der fremde. die bahnproleten mögen ihn nicht, haben ihn eingekreist, haben hier arbeit und kein theater, denn der hund, der hat heimweh und sonst hat der gar nichts, das hättest du auch so im knast auf der reise, und wahrscheinlich beißt er mich, wenn ich ihn aufmach, und ist mir auch gar nicht gesetzlich erlaubt.
ach erlaubt ach gesetz, schreit der tierfreund enthemmt, das ist doch ne menschlichkeit für son tier, das mindeste, was wir uns ausbitten dürfen, auch wegen freiheitsberaubung schon mal.
und mitten aus unsinn kommt nun die freude.
dem jüngsten packer reißt es die magere lange hand an die jacke, als wär da was zugeschnürt, an den uniformkragenhals, als wär da was eng, ach wer hat uns so festgebunden, mein sohn, und schlenkert sich nah an den dicken, und bölkt ins fettige ohrloch, was schreist du hier rum, alter sack, glotzt jeden abend im fernsehn, und was siehst du da, schreist du da auch. hau ab.
wieder so drei sekunden, in denen proff denkt, er ist zuhaus. und bewahrt das auf, und ehrt diesen burschen, und merkt sich namen und anschrift von dem, von sönke, dem bahnamtsanwärter.
er hatte im hüttchen nah hinterm bahnhof bei rosen und birnen mit juli den anfang geflogen, nachtigallen und nudelsalat, gelächter und *wilde palmen,* war mit ihr aber dort weggezogen, bald weitergeflogen, verflogen, kiwitt. nach

liebsten wohnungen auszukreisen, einzuschweben war ihm beinah wie künstlerisch eine freude der produktion, der vorwärtsführung, wohin. jedesmal waren es tolle gehäuse, unter zaunkönigzinnen schaukelnester, weitblick und warme füße, und als er mal mitten in hinterhöfen, hein hoyer, ein niedriges loch behaust hatte, da hatte er sich mit geschicktem griff vom trödel die sonne mit kirschbaum geholt, wer da eintrat, dem wurde warm. einmal war beck, noch nicht weinend verlacht, in proffs behausung herumgewandert, wo hast du das her, wie machst du denn das, ich würds ja gern auch mal so schön wie hier, bloß bei uns wird mehr alles wie *karstadt*, ganz kalt. aber proff tat schon wieder genüßlich riskant, ihr sollt haben, als hättet ihr nicht, euer herz nicht hängen an dinge der welt. so äffte er christenzeiten. so kränkte er arglos die sehnsucht von beck. so hast du jeden getäuscht, sagt jetzt juli, zuallererst dich.
eines morgens, felix singt frühstunde chor, juli hängt längst in computertexten, proff muß erst mittags am drehort sein, rollt mimi, die katze, sich aus der wohnungstür, im grünlichen treppenhaus sucht sie die liebe. proff, aus abwasch und bettenmachen, ach alles wohnen ist eitel, ist eng, ach freieres leben, ach weiteres suchen, proff hastet der trostlosen mimi nach. da haucht ihm zugluft die wohnungstür zu. der schlüssel steckt innen. und innen plötzlich in proff dreht schreck, die bewegung offen der angst, flatternd proff vor der wand. und obgleich der mensch sowas mit ruhe betrachten könnte, und obgleich erstmal mimi gestoppt werden sollte, und obgleich die nachbarn lisa und paul ins biodynamische frühstücksei grad eben die langsamen blicke senken, und die hätten für proff bestimmt auch noch eins, und obgleich die schlüsselzentrale nur zweihundert schritte weit weg ist, und obgleich man mit einem taschenmesser den inneren schlüssel so drehen kann, daß er aufgibt und rausfällt, und obgleich es ein schöner morgen ist, der totale leichtgrüne maikäfermorgen, obgleich also gar kein anlaß für panik besteht, ist proff zumute, als sei er verloren, vertan, verwiesen, verwaist, wenn er nicht, jetzt sofort, er, ich, das nicht mit mir, wenn er

nicht allsogleich wieder zurückkommt, nachhaus, sprengend den kopf durch die wand, die öffnung, das weite suchend, aber bitte nach innen, nach innen.
vor der tür ist ein kleines anlaufterrain. proff greift an. da ist ihm kein platz zu klein. beinah bricht ihm der fuß. noch mal. proff greift an. das ist ihm die heimkehr wert, er hat beide füße zugleich geworfen, er fällt geschickt, so leicht ist er nicht zu schaffen hier vor der eigenen tür. er springt auf. er greift an. er knallt anderthalb zentner herz ans holz, türschrauben sausen wie kleine geschosse drinnen ins bücherregal, proff kommt an, kommt nachhaus, aller verschluß ist aus der verfassung geraten. schön wärs.
abends sagte juli zu ihm, schön wärs. wir kennen dich aber als einen, der weg will, der angeblich immer das weite sucht. erzähl doch mal einfach, was denn nun wirklich, dann wären wir vielleicht alle froh. proff küßte ihr wie vertraut die hand, heimelte leicht, so ist das, siehst du, mit kennen und suchen, und rieb sich die schulter mit salbensaft gegen schmerzhafte weichteilerkrankung und chronische überlastung. und juli war also wieder die dumme, die stumme, das hatte proff gern gut raus. denn das war ja wahr, er hatte am liebsten draußen gelebt, weit draußen, tief dickicht, des baumes raunendes auge aus schoß. und aber nah ums eck berstend die küste, die freiheit der klippen, traumschwarz.
ihn erreichten morgens, an der schwelle des erwachens, vor den stufen des tages, unterm thron der pläne fast nie die bilder, der aufstand der träume, der freie tumult im reisesalon am bunten ballon, von sausenden seilen gesichert, über alles hin aufgehoben, zerstoben, die kraft des orkans, der rotpunkt im bleiernen blau, *der fliegende robert,* verdreht, so tat er sich sich verbieten, wie siehst du denn aus, wo kommst du denn her, wo hast du dich wieder mal rumgetrieben, so kommst du mir nicht vor die augen, so laß ich dich nicht nach draußen, was sollen von dir denn die leute denken. wer hatte ihm das gesagt.
nur zweierlei traum war schamlos genug, mächtig über die schwelle zu treten, bestimmt das horn zu blasen, den horror,

die heimat, da hielten die mauern nicht stand, barsten die hände auf dem gesicht, funkelten dunkelten die gesichte, tunnel und turm. in kellergärten, gekachelt, von echo durchlacht, die höhle als hölle, die vollstreckung des urteils, proff wird zu tode gebracht, bestraft, gelöscht, es ist von ihm kein wort mehr gefragt. das gestammel der staunenden angst. nackt das erwachen naß am morgen, enthautet. da manches mal hatte er julis hand genommen, sie unter sein ohr gelegt, in schultergruben, ach grubenlachen aus schweiß, also steht mir das wasser schon bis an den hals? entweder will ich ersaufen, oder will schwimmen. wir kennen dich jedenfalls wasserscheu, sagte juli und küßte die kälte, lächelnd.
der andre traum, der durchkam, war warm von freude. proff war mit gefahndeten freunden zusammen, köstlich ein wintermorgen, kein schnee, licht rot und blau im dampfenden reif leicht weit die zurückgelassenen dächer, der gruppe lachen, spielen, klettern und schaukeln und balancieren, rätseln, suchen und finden in der durchsichtigen gerüstformation eines turms, hoch unfertig neu, alle zimmer zu anderen zimmern frei, alle treppen riskant, noch keine tür, und an den schönsten plätzen, in der geflochtenen spitze aus messern und moos, im riesigen roten bad, oder weit ausgefahren auf einem ragenden träger, über dem fluß der stadt, unter keinen wolken, gespräche der freunde, das planen des angriffs, die liebe zum leben, wir.
beim erwachen schlug ihm die helle der wände die augen ins weiß. da stand er rasch auf, sagte zu juli nichts.
proff hatte jede wohnung, auch noch die schönste, bald wieder verlassen. gar nicht gefunden hast du, gar nicht gebaut, sagt ihm jetzt juli, zur einen hälfte vergißt du dich lieber und lügst. er hatte beim onkel in essex locker gepfiffen, geträumt, einen alten park zu bebauen wär mir wohl recht, drei hütten aus festen balken tät ich uns schneiden, die vierte für gäste behaglich groß, auch für uns, falls einer vom andren wirklich einmal etwas wissen will. und stellst aber, sagt ihm jetzt juli, fürchterlich zwischen blüten ins fenster bei nacht ach aus deiner nacht dein verliebtes licht, um anzulocken den, der

dich sucht, es findet dich dann aber keiner, die wohnung liegt schon verloren. proff war immer weiter gezogen, als könne ihn, wo er bleibt, was ertappen.

viel lust im versteck war gleich hinterm hamburger hauptbahnhof, *koppel,* gewesen, unter alten linden bei türkenmusik ein einziges zimmer, wohl früher ein werkstattraum, elf meter lang, acht breit, sieben fenster, alles nicht hoch, leicht hell, nichts einander unweigerlich nah, in langen gesprächen konnten da wort und gedanke frei wandern, vom bett zum tisch, vom schrank zur flasche zur wanne, hier eines abends waren selbst kutte und spitz ohne angst und eifer gewesen, hatten, nah unterm herd, schon walmten spaghettis, in kräutrigem badedampf einander gelabt und geschabt und leise gelacht und gewunken ins ferne gegeneck drüben am tisch, dort saßen genossen, ein knastkämpfeflugblatt zu schreiben, und proff hatte malzgoldnen assam gebrüht, und hatte traurig nach juli ausschau gehalten. die mochte treffen wie diese nicht leiden. das stimmt nicht, sagt sie jetzt, dich nicht, denn da schaffst du uns eine verliebung in unheimlichkeit, bist mitten allein, läßt mitten uns alle allein, dich kalt, bist kalt, so bruderst du, aber du luderst.

bald hatte proff auch dies liebste wohnen verlassen, als vor ihm, unter ihm, neben ihm türkengenossen verhaftet wurden, verschleppt in *nato*interessen, hast aber, sagt juli jetzt, leicht ihre lieder gesummt, verbogen ein bißchen, verlogen ein bißchen, nichts in der hand, was schützt, was kämpft, nur lau was im maul, spucks aus.

und wirklich bekotzt lag er matt nun bei tapp, das faulige bodenholz bog unterm arm, er mochte noch nicht in die küchenkissen, er lauerte still, in sich eingekrümmt, eingestarrt, eingescharrt wie als kind, als ihn jeder schon kennt, als ihn niemand mehr sucht.

bald war er, kaum schuljungenalt, an sandwanderwegen um wintermoor, den eltern, der schwester entkommen, das jagdfieber, sagte der vater stolz, der schwindling wird uns schon wieder finden, wir laufen zum imker voraus. und proff, den sie damals noch rübchen nannten, von rupert, noch war er klein rund, war im knistern und kratzen und fratzen der heidebüschel zurückgeblieben, unter lerchengeschrei im käfergerenn unter wolkenhexen im sandverrinn, gebückt in die höhle der füchsin. da wart ich, bis einer rauskommt, den fang ich mir, mach ihn mir zahm. ein richtiger junge, sagte der vater. die schwester ließ bang des vaters hand. die mutter küßte und winkte und ging. der junge starrte verfangen, gar nichts wollte er fangen, schon dort viel lieber verschwinden, viel lieber gelockt ins silbrige sinken von sand im verwunschnen verwundenen bau verwinden sich selbst unerreichbar wo bist du gefunden bei füchsin und fuchs. keckernd lacht proff. verschnürt möchte er alles erbrechen.

sie wollen uns töten, sagte marie, da liegst du schon also, jetzt gib mir die hand, steh auf, du lebst, du bist eine freude. proff schutzlos in einer dürren ahnung sagte, ja, raserei, sieh hin.

sieht hin.

sieht sich in einer der nischen deutlich winzig, es hat den anschein, als suche er einen halt, als zerre er eines mannes kleider, kann sein eines baumes rinde, er steht sehr weit, alles leis, es ist ein gezüchteter wald, auf den schnee zwischen fichtenstangen fällt scharfes licht, der schatten als gitter, ins gitter geduckt huckt das kupfrige haus aus holz, der gemütliche trug, sagt proff, blinzeln sie nicht so erschöpft, mein herr, sie wissen bescheid. sie erkennen die begabung eines jungen, fürchten den mißbrauch seiner begabung, die zerstörung eines menschen. sie beobachten schwarze reiter, sie erkennen, wen sie einkreisen, wem die einkreisung dient, daß es ums leben geht. sie zeigen die vernichtung von nützlicher arbeit. sie zeigen bestien, die unsre kinder erziehen. reden sie bitte lauter. doch, sie haben *bestie* gesagt. bitte trampeln sie nicht, auch mir ist kalt. sie brauchen ein taschentuch, bitte sehr. und dann halten sie wieder die ohren still und nehmen die hand von der nase, schlechter geruch ist ihnen nicht fremd, verschwitzte wolle, manöversocken, *der hauptgefreite* am lebernapf, in waffen geduldig, verarscht von denen, die ihn sich eingekauft haben für den dreck ihrer ziele, zu jeder untat schläfrig bereit, nicht bereit, herablassend behaupten sie das, über stalingrad nachzudenken, sie nennen ihn proletarier, dann rufen sie *bruder*, denn sie bewundern ja seine erfahrung, die *furchtbare stärke*, und zeigen ihm den begabten jungen, bitten für den um hilfe. weil *man das licht in seinen augen auslöschen wird*, rufen sie den proleten *zur tat, zu den waffen*. jetzt lassen sie mal das salmifressen. sie wissen bescheid. *wir fangen noch einmal an, wir geben nicht auf*. wir graben nach. sie haben, heißt es, ihr herz vergraben im knast alcatrac, ihr herz *dort draußen versteckt*, im nebel, *von denen nicht aufzufinden*. das soll wohl ein witz sein. hören sie auf zu hüsteln. sie wissen doch von der besatzungsmacht, die auf uns drauf sitzt, *aus bestien eine besatzungsmacht*, den bestien sind wir eine besitzung, warum da das herz vergraben im alten knast, warum nicht *zur tat, zu den waffen*, gegen den neuen, den mord, den *transport*, sie werden sich doch erinnern, es war im april, in der nachbarschaft, der angriff auf die besatzungsmacht, ich nehme noch einmal ihr treffendes wort, ein angreifer wurde schwer verletzt, kolbenschläge ins hirn, hochgradige verbrennungen, die ärzte hatten jede bewegung verboten, die bestien, von klippe zu klippe, warfen, noch nicht geworfen, immer noch nicht von uns geworfen, einander ein zeichen zu, das *modell* ihrer gesten, aus *deutschland* die alte formel für mord, *der geht auf transport*. siegfried hausner war gleich nach der reise tot. sie erinnern sich doch, mein herr. auch wenn sie lieber von *nebel* reden, der hülle den feind uns ein, der zwinge uns, die wir *gelähmt* seien in vermaurung, *kein riß* sei da mehr *für die spitze des eisens*, gegen *schemen* zu kämpfen. aber die schemen sind bestien, adresse interesse bekannt, *autoschrotthändler*, sagen sie, *roboter*, die trachten, den totzuschlagen, der zur tat schreitet, zu den waffen. wir erinnern uns. wir geben nicht auf. wir fangen noch einmal an. sie nicken. ach nein, sie nicken nur ein. denn was geben wir ganz bestimmt nicht auf, dort das haus. denn was fangen wir wieder und wieder an, klirrend geschwätzig *den düste-*

ren marsch des hector berlioz, den taktschlag der lieblingsbotschaft, wie nannten sie die, *daß alles zum teufel geht.*
flehentlich schien proff zu hüpfen, zerrend, trat nah an den mann, an den baum, wachen sie auf, ich kann nicht schlafen.
nun waren proffs kleider zerrissen. am andren schien gar nichts bewegt.
du wirst dich erkälten. komm in mein haus.
proff ließ sich führen. der voraus ging, sah in die wipfel der fichten. dort brachen gestorben die spitzen.
der gastgeber sagte, ans feuer gestreckt, kaminholz genug, auch eben der friedliche duft aus den spitzen, die lampen laß ich nach möglichkeit aus, draußen ist nacht, die kerze tut der nichts an, läßt dunkel sein, was uns dunkel ist, macht hell, was notwendig nah ist, oder siehst du darin einen sinn, daß zu gleicher zeit alles beleuchtet, erfaßt wird, es wird ja das meiste doch gar nicht erfaßt, steht nur deutlich verlassen, da werd ich es lieber in ruhe lassen, im dunklen. denn *was man nicht zu deutlich sieht,* höhnte proff, *das kann man ziemlich lange ertragen.*
oder ich nehme die kerze, gehe genau auf was hin, will von dem was, dann ist es dort hell und nicht irgendwo hier.
und *zur tat* schreiten, fragte proff, *zu den waffen.*
es erfreut mich doch auch, fuhr der gastgeber fort, das schlängeln, die flamme rührt sich. wie das die dinge im zimmer bewegt. und mich. und alles hat seinen schatten, kann den ausbreiten, vorführen, tanzen lassen. ohne schatten sind sachen unsachen, unding, der horror, das industrielicht, schattenlos falsch.
proff war aufgestanden, der raum war groß, das kerzengeschimmer erreichte ihn vor der wand nur noch matt, er könne das auswendig reden, so oft gelesen, so oft gerätselt, *ich wußte, daß sie mich opfern würden, ich fand, es sei besser, das selbst zu tun,* wie könne es aber besser sein, was die bestien mir antun wollen, selbst zu tun, ihr interesse, mich auszuschalten, zu schänden, zu demütigen, mich zu vernichten, zu verkaufen, zu vergessen, zuvorkommend zu erfüllen, mich selbst opfern, schänden, vernichten, vergessen, warum

töten wir uns dann nicht selbst. es seien die tat, die waffen doch eben noch anders gefordert, brüderlich, unser leben, in unsren augen das licht nicht auslöschen lassen.
auch was mich, fuhr der gastgeber fort, nachdenklich reizt, ist der faktor der perspektive, erst vor dem verlöschen, niedriggebrannt, gibt eine kerze ihr wärmstes licht, je höher das ding, desto kälter, ärmer der schein. wieder die sache der nähe.
die barbarei, flüsterte proff, nun wollte er kriechen, um ein versteck, einen halt, endlich doch eine verbindung, knickte er nieder gespannt, undeutlich ob zur klage, zum sprung, zur liebe. der gastgeber nahm die stummlig vertropfte kerze, stellte sich auf, suchte, wo proff denn sei, klar bist du müde, ich zeig dir dein bett.
da kippte der docht, soff ab. da stand in der dunkelheit *gustafsson* zitternd.

(9) also gut, blind oder tot.
das ist nicht wahr, rief nina.
weil blind und kämpfer nicht geht, tocktock kommst du nicht bis nach wladiwostok, und da solln wir ja alle so unbedingt hin, rotfront.
ahlers schoß seine halbvolle *holsten* ins glotzenglas ab. der blitz schlug scherben durchs ganze zimmer, die kinder riefen aus ihren betten, nina war übers gesicht quer verletzt, sie wischte blut ab, holte den besen, wir kriegen das alles noch richtiger raus, warte, mein mann, mensch, warte. ahlers war weg nach draußen, schön laue nacht.
wir kriegen das raus, sagte sie zitternd, es roch nach brand, sie ging an die wand, zerrte den stecker weg, wischte blut, schob die kinder zurück ins bett, du blutest ja, kommt von der glotze, erzähl ich dir morgen, rocker sang sich selbst schon in schlaf. nina nahm heißes tuch, damit der schnitt sich zusammenzieht, wo ist ahlers hin, vor der tür draußen nur die trommel vom dommel, die blinde. wir werden ler-

nen, es richtig zu machen, sie legte sich hin, entweder oder, jetzt gehts ums leben, so war das schon immer, sie weinte nach ihrer kalten mutter, wir werden das richtig entscheiden, wir werden das alles erst noch, so war das schon immer, was muß, das muß.
was muß.
eppendorf sagt, gefährliche operation mit chance ist möglich, kann aber sein, das kind stirbt. oder wir schnüren nur ab, dann tritt die erblindung ein unausweichlich, und ganz gewiß lebt unser kind. ogott ahlers warte ich sag dir das anders, rocker kann leben, wenn wir das wagen, oder wird blind, nämlich blind bestimmt, aber tot bloß vielleicht, oder blind ist das tot oder leben, das lügst du dir, ahlers, wir schaffen das alles, weil blind gar nicht geht, und tot kann nur sein und blind ist bestimmt, hör auf, mann, mit immer bloß blind oder tot, kann sein tot, hat er uns gesagt, der dokter, warum lügst du dir alles falsch rum, mit kann sein fahr ich rüber bis moskau mit rocker, die wissen viel besser, was gut sein kann, wegen menschen, das sind doch die kämpfe schon immer, eppendorf hat keine ahnung, traktforschung, geldschneide, pillenversuche mit obdachlos weggegriffenen frauen, alles verwertungsgesetze, mein freund, ich sag der partei das, dann schnappt die sich rocker bis leningrad oder niederschönhausen, da reisen die los für menschen, dadrüben, wir geben nämlich nie auf. wer aufgibt, lügt.
ahlers hat lange schon aufgegeben. ich nicht.
sie stand wieder auf, ging leise, tuch ins gesicht gedrückt, kerze an, daß er nicht wach wird, an rockers bett, an rockers gesicht. rocker lachte im traum. der ist nämlich einer von uns. wir geben nicht auf. egal, wie das hart wird, gefährlich ist alles, kann sein tot, kann auch nicht sein, wir powern das durch, rocker, los, sie küßte ihr kind. weil blind, das ist schluß, kein leben.
weinend schlich nina sich weg. lina starrte die bebenden schatten, wollte der mutter nach, legte sich hin wie holz, das sag ich felix, der kennt das, wenn juli weint, länger.
wenn jetzt der zitherer einschleicht, knall ich ihn ab, ir-

gendwo muß mal ein loch sein, irgendwo muß doch. heinrich der dobermann wußte wohin, sprang übers hellgrüne blech hinters glas, hinters knüppelgestänge, ahlers zog sich ihm nach, riß die tür dicht, verschraubte die fenster, hier geh ich nicht raus, bis ich weiß, was ich mach. oder mach bumm. mit wumm. er rutschte noch mal nach draußen ins funkelnde laub, sah nach der waffe von proff, faßte nicht an, alles schön klar, schloß den werkzeugkasten sorgfältig wieder ab, kam zum hund zurück, der erwartete ihn auf dem beifahrersitz, aufrecht. nicht zittern, mein freund, ganz ruhig, jetzt müssen wir nämlich zielen. der große hund warf ihm sein kinn auf die schulter.
aber nun ziel hier mal ruhig, ziel mal auf rocker, der ist mein kind. der will nicht sterben. und auch nicht lebenslänglich am stock will der mensch doch genau so wenig.
genau so wie was?
tot genau so wie blind?
leiche wie lachen, tot wie träumen, halsab wie vögel abhorchen, birne durchsägen wie blumen riechen, kiste wie küssen, dreck und weg wie denken und wonnen und weinen?
eh, heinrich, wein nicht, da stimmt was nicht, warst du doch selber mit bei.
in ratlosigkeit, obgleich nina von ihm erwartet hatte, daß er wieder für waldarbeit hilfskräfte aufnimmt, eine arbeitslose frau, einen arbeitslosen mann, grad jetzt, von den behörden gesucht wegen rumstreicherei und anschlägerei auf brokdorfmasten, nordenhampisten, das ging jetzt an ahlers ohne die leiseste tastung vorbei, waren heinrich und er nach hamburg gebrettert, obgleich ihm proff da querläuft, fast schreiend ihn fleht, mit ihm zu laufen, zwei tage ruhe, absetzung, reden, es gehe bald los, und er, proff, wisse nicht, wie und ob, das war jetzt alles für ahlers lichtjahrweit weg, im blindenverein dehnhaide der chef heißt harribert stolper, ich denk schon, ich bin aufm horror, und gibt mir so heftchen mit über witze mit blinden, die man besser nicht machen sollte, auch besser keine gespräche anleiern über die letzte talkshow. und dann sitzen sie da und sticheln bürsten. und

im bahnhofskeller vorm pißbudenbecken spritzen sie gegen die wand, aber drüber der mann in der auskunft, gutegüte, der hatte was drauf, aus riesigen punktschriftbüchern blättert er nahtlos die weiteste reise, freundlich fix da reingetrickst in den trubel von abfahrt und ankunft und eile, als wär nix, als wär der bei uns voll dabei, aber guck mal die haut, den mund, was blaß, was bitterlich eingekippt in den kummer, kein ende in sicht, ach nichts in sicht als nur nichts.
das geht nicht, heinrich, wie soll das denn auch.
nee warte mal aber noch mal.
ahlers und heinrich waren um diesen geübten gepeinigten mann herumgeschlichen bis arbeitsschluß, gewimmel im bahnhofsbeton hamburg altona, aber nun guck auch mal, heinrich, da kommt eine frau mit drei kindern, der blinde faßt seine kinder an, die fassen sich an seine hände ran, die frau küßt dem krüppel das eine ohr, das lächelt richtig, so kommt mir das vor, und ab zusammen, das lebt. zusammen geht nämlich fast alles. und wenn die kittelmänner bei rocker danebenschneiden, geht nämlich gar nichts mehr, siehst du, nina hat keine ahnung. doch hat sie ahnung, die blickt was, die frau, die gibt nicht auf, für die tu ich alles, bloß was alles tu ich für rocker und was lieber nicht, aber sie, das aas. blindes kind und arbeit für kämpfe, das paßt ihr nicht unter die mütze, dann reiß die doch ab, dein haar ist doch schön, das muß doch nicht alles auf scheitel gehn.
die beiden da draußen nachts im *mb trac,* ahlers und heinrich dobermann, saßen starr jetzt jeder mit zugebundenen augen. heinrich wollte das runterkratzen, kriegt er getreten, jetzt starrt auch er unter ölgelapp. wir zielen ins schwarze, halts maul, mein freund, anders kapiert keiner was, denn was ist das denn, blind, guck mal, gar nichts, da sind die minuten wie steine, und in den steinen saust dir dein ohr, weil da ist nichts mehr, gar nichts, na siehst du, von wegen siehst du, april april, halt die pfoten still, heinrich, bist blind.
sowas lernen, das kam von theo. zu dem hatte bantu sie hingeführt, der matte knastarzt, der verlassene mann von

polly, hatte heinrich und ahlers vom grauen tor weg nach isestraße geführt, da wohnt theodor, der simultanübersetzer, tatsache beide augen zerfressen, falsche dosis im brutkasten augsburg, aber gut, der mann, keine frage, der lacht, der macht, den nennen wir ninus, und astrein die wahnsinnssprachen gelernt, erst russisch, dann spanisch, dann kurz portugiesisch, und neulich mal türkisch, und jetzt auch noch kurdisch, paar anwälte, hartmut und jakob und uwe, wären ohne ihn glatt auf sand, und springt auch da unten die richtigen kneipen, wenn *Roter Oktober ladas* anlandet, und springt auch mit ratten im rathaus, wenn da mal gäste sind, und im werftenverband, wenn da feste sind, tip an tapp ist immer mit drin, alles klar, nee düster und dunkel, und doch und noch bis brüssel hin ist er schon rübergehuscht, und das mit lust, und klar alles bißchen verwüstung die wohnung, wenn nina das sieht, würd sie kribbelig, aber ninus greift selten daneben, lauter tonbandgeräte, teepötte, tulpen, die faßt der sacht an wie der könner vom bahnhof sein kind, faß du die welt mal so an, du arsch, dann würdest du wissen, was los ist. die liebe, nämlich. blind geht.
dunkel saß ahlers mit heinrich unterm gelapp, draußen ein dachs grub hustend im laub nach larven, tatzen und schmatzen machen viel bilder im ohr, mücken ums armaturenbrett tanzten gesänge, kriegst richtig ein supergehänge, so blind, was die alles singen, so nachts, die beißer, nee heinrich, laß, nicht schnappen, dann machst du sie stumm, blind reicht doch, ist schwarz, ist schlimm, aber geht, weil alles lebt, eh, heinrich, zieh ab – rocker soll leben.
er riß erst dem hund, dann sich das ölige tuch vom kopf. sie maunzten einander, tatzten das kleine getümmel. sahen noch nicht dort hinter der nacht, in die verborgen das blatt, der baum, der wald, der see, hier die welt bis eben, bis eben auch ihrer beider zwei augen, stunde um stunde, unter den schmierigen lappen, gelegen hatten, den morgen.
da kristallen traf ihn, ahlers, der aufbruch, das fluten des lichts. ein hauch schlug ihn nieder, die wendung aus nacht in tag.

noch die kleinste faser moos, in das er den kopf nun stieß, öffnet augen aus haar, blank tau, wächst jeden tag auf, nur rocker wächst zu, wächst jeden tag zu, was soll das, mach ende, ich lauf jetzt amok, wo hab ich den schlüssel für werkzeugkasten, *das muß alles erstmal hier weg.*
eh, larry, das war doch von dir.
denn genau mit so sätzen, wie dem, war larry damals mit seinen freunden weg um die ecke gegangen.
los, heinrich, ab nach celle. larry, jetzt bist du dran. weil einer wie larry, die lügen nicht.

(10) besuchsantrag gleich *lka* telephonisch hannover, verwandtenbesuch aus den wäldern, das flutscht, da denken sie, steckt nix dahinter, da, rechnen sie, kippt was für sie. rocker lief mit durch die gitter und gitter still, an der hand vom alten geht alles geht alles, barockfassade und auge gesummt, gitter und käfig und käfig, dann gartenanlage, dann käfig, dann steinerner hof, dann käfig, dann in dem käfig der käfig. *der trakt.* ihre sicherheit gegen menschen.
dann larrys blasses gesicht.
dann unwillkürlich die händebewegung, die suche nach rokker, unerläßlich die suche nach einer berührung. rocker kletterte auf den tisch.
das ist nicht erlaubt. auch das kind muß sich setzen.
da lächelte larry und klopfte ans schußfeste glas.
dann setzte er sich dahinten hin. hier setzten sich ahlers und rocker.
erzähl mir genau, sagte larry.
rocker war noch zu jung, um das elend der sache zu packen, wohl das elend im stein da, nicht seins hier in ahlers worten. aber larrys gesicht wurde nach und nach rot von schmerz. zwar sah er den redenden ahlers ununterbrochen an, aber es bog am dünnen hals sein gesicht sich tiefer und tiefer ab zu sich selbst, als gelte es, einen schlag zu fangen, noch einen schlag und noch einen gegen den breiten knochen aus stirn,

drunter, tief unter den brauen, die augen weit offen, rot auch das weiß.
nina sagt, sagte ahlers zum schluß, das geht nicht für dich hier, ihr habt hier genug zu schaffen.
sagt sie, zu schaffen, dann küß mal die frau, und euer kind soll leben, und nicht nur vielleicht, sondern ganz bestimmt soll der leben, es geht um die eindeutigkeit, was hier im loch geht, geht draußen erst recht, blind sind wir hier seit acht jahren, aber noch keinen tag tot, und keinen tag leben von denen, ich werd mal versuchen, rauszukriegen, aufzuschreiben, wie alles geht, auch wenn sie dir in die augen treten, es geht, in alle bilder, es geht, wirklich in jedes licht – o warte, jetzt japs ich, das find ich nicht gut. er klopfte weinend ans glas.
besuchszeit beendet. gehen sie bitte voraus.
so klirrt das aus larrys augen so ab hinter klappen und klappen zurück unerreichbar. so sackt ahlers wehrlos so hin im sommerflimmer vorm knasttor. unterm gelben barock der fassade. im klapper-cv von juli. larrys tränen, rockers hände am panzerglas, ahlers hilfloses leben, larrys klarheit, oder einfach das weichliche knurren der schließer, das schmutzige weiß der geschmierten wand, eins von allem genügt, um ahlers, den klotz, krumm hinzukippen an juli, und was wartest du hier vorm knast auf mich, er hielt kindlich sich an julis hand, mensch, nachbarin, mir ist kalt.
das stell ich mir vor, sagte juli, und nina kann ja in lübeck nicht eben mal raus, ich kanns mir einteilen, arbeit ich heut mal von mittags bis nachts.
ahlers rieb seinen kopf in julis hände. juli schlugs aus ahlers haut in die haut.
larry will keinen tot, sagte juli. sie war nie reingegangen zu keinem, die jahre und jahre. wie ahlers. *die hat schon der teufel geholt.* das stimmt nicht. es ist die genauigkeit.
das ist ja die schweinerei, zerrte ahlers, alles die leute von uns gefangen am hals, guck mal von larry der weiße mund. und guck mal hier uns. das rollt ab.

(11) auch das ist, schrieb juli nachts aus zachun an lisa und paul, gespenstisch und schauerlich, gleichzeitig lern ich mein schwindelgefühl wegüben, dies handfeste, nicht vom turm runtergucken und schon gar nicht das maul dabei aufmachen, sonst fallen die zähne und ich, eins nach dem andren da runter, also felix und lina und buhlemanns willi und ich mit anlauf nun vom einmeterbrett, federn, hochfliegen, köpper. manchmal denk ich dann, jeder von uns schon verloren verloren, und denk aber auch, jeder von uns da am leben, kostbare einzelstücke, das nahe ist immer das einzelne, sicherlich schwach, ich weiß, aber doch schönheit. auch proff auch proff. er nennt aber unser leben barbarisch. ich seh ihn so deutlich und kann ihn nicht finden. wo ist er. ich weiß es und weiß nichts und haß das. manchmal jetzt greif ich ihn an, als könnt ihn das aufschlagen, könnt ich ihn aufreißen, fetzen den frosch. wage es dann aber nicht, ihm zu sagen, daß wir ihn lieben. fürchte die antwort, es gäbe barbarische zeiten, da werde sogar unsre liebe zur barbarei. naja brecht. alter hut. aber was machen wir dann. keine liebe? keine zukunft. sag ich.
und fallt nicht vom roc!

(12) fahrt nach carrara schlenk über le vigan, sagte flügel, und grüßt den hérault, ach verflucht, in den gärten spät abends die warmen tomaten, das leise poltern der wasserräder, triefend das grün der bärte aus moos, die wellenbrände aus mohn, das jagende blau des martin-pêcheur, ach grüßt alle gärten an allen flüssen, ach alles verflucht und verraten, avanti. und erinnert claude und monique, sie sollen nicht einpennen im pain complet, auch nicht im faltenwurf ihrer gespenstischen puppen.
und nun brachen sie auf, um noch einmal zusammen zu essen. andré petite wußte den besten koch, david, den tänzer aus trauer.

(13) ach sonntags fleißig die alsterratten, schlank im dreck nahe sierichstraße, unterm anleger heilwig das manschen im fraß aus scheiße, aus harvestehude der biß, der ledermann im grünen kanu.
er hatte vom hals ein paar frühe daten von proff, ließ das boot unterm krugkoppelbrückenbogen stadteinwärts treiben, sah rechts im uferparkrasen die ersten herrchen und frauchen joggen, sah mißbehaglich ein rudel ratten flach ums boot eine starke weiße ratte jagen, schnitt mit dem stechpaddel quer durchs gewimmel, traf wirklich den einen verfolger ins hirn, im nacken zerrissen wälzte das kräftige tier sich im wässrigen schmutz zu tode in einer kleinen wolke aus blut.
er machte sich sorge um proff. der schien auszuweichen, zu zögern. fand sich auch mißmutig gegen den hals, er hatte um daten aus mexiko nachgesucht, statt dessen kamen vom dienst protokolle, proffs jugend betreffend, was sollten ihm die. war der altfuchs denn über kindheitsmuster zu kippen, hatten denn kinderkriegsjahre ihn eingerichtet, hingeschliffen, gefüttert, gespannt zur falle für alle, für alle, nun ja, die ihn lieben. *umhalst von angst,* wer hatte das hier unterstrichen. das war gefühlvoll herausgeschnörkelt von einem alten englischen pfaffen, dem war proff einst ein stückchen nachgelaufen wie nachgehinkt, nach dem krieg, als hamburger hungerbursche, im südlichen waldreichen devon, austauschschüler, *democracy,* der alte hatte in der befragung, viel später, rührselig sich erinnert, es sei so ein flüchten an diesem jungen gewesen, ein so sehnsüchtiges verflüchtigen, da habe er ihm an manchem pfarrhausabend zuflucht gegeben, aufrichtung, unterweisung, nein nie, obgleichs wohl die zeit war, von den griechischen partisanen, vom gegenangriff der britischen truppen, vom niederschlagen *in freiheit* sei dabei nie die rede gewesen, gar kein politisches wort, nur zitternd die suche zu lieben, geliebt zu werden, ach wo denn in dieser welt, da habe der junge mensch merkwürdig hingesucht, wie heimgesucht, verloren nach überall, als wollt er nichts lassen, hätt er im haus kein bett genommen, sei jedesmal spät ins stroh zu den tieren gekrochen, man habe damals noch aus

der gemeinde ein pferd und zwei schweine gehalten, auch hühner, er habe die sprache der tiere nachzuahmen verstanden mit einem ausdruck der wonne, oder, plötzlich nachzukrähen lust gehabt das kleine gequälte geschrei der zwerghähne im holunder. als möcht er singend alles umarmen, hier war an den rand der notate geschrieben: *conrad, stevie, das pferd, die bombe.* und weiter gings im pfaffengelaber, er war mir in dieser zeit eine tüchtige hilfe. ich dachte, er wird eines tages so gut ein bauer sein wie ein pfarrer. dann aber war er hier plötzlich auf und davon. ich hatte seine außerordentliche aufnahme ins theologische seminar von salisbury vorbereitet und ihm eben die zusage von dort mitgeteilt. seine neigung zu flüchten aus dem moment des gelingens war mir zuvor schon auffällig bis hinein in die sprache, den satz. dabei war ihm das sprechen, sein englisch war gut, ein tiefer wunsch, das sich miteinander verständigen wohl eine freie begabung. aber dann oft, wo ein gründlicher dialog, ein strenger gedankengang seinen satz, seine stimme zu einem klaren, scharfen schluß hindrängten, verlor er sich, schwieg er sich fort in immer die gleiche, von einem verdeckten stottern gebremste wendung: ach es muß ja nicht sein, und sprach dann durchaus nicht weiter.

nur zu, nur weiter, dir muß die umhalsung sein, und wen nicht die angst küßt, den küßt der haß, schmatzte ungeduldig der ledermann. proff machte ihm sorge. es war schließlich ledermanns einfall gewesen, diesen alten sprengsatz aus lustigkeit, ohnmacht und haß nach tölz in bewegung zu setzen, diese entsetzte liebe zu einer falle zu machen für seine verliebten verfluchten genossen. wichtig aber in all dem blieb proffs berechenbarkeit. da hätt er jetzt gern die mexikozahlen. die hatte der chef. in ordnung, der weiß. und es hatte das einfädeln bisher ja mustergültig geklappt, mein lieblingsroter schon beinah ein toter, jetzt läufts doch. aber auch, daß proff, am tag nach der rückkehr aus tölz, nicht bei ihm zum bericht, sondern beim hauptabteilungsleiter erschienen war, um dort nach den möglichkeiten einer festanstellung beim sender ausschau zu halten und um in sachen tölz nur unzufriedenes kleinzeug leichthin zu faseln, war ihm sehr irritierend. bisher war proff den kollegen bekannt als leichtfertig unbekümmert in puncto sicherheit und vertrag. war denn der kippunkt für alles das nur eben das harte gezeter der frau am späten abend der rückkehr proffs ins heimhuderstraßennest. der sportsfreund von fd7, lehrer im nachbarhaus, volvo und bobtail, hatte allerhand einfangen können, schon wahr, die geräte sind gründlich inzwischen, aber was ist das, der ledermann hatte beim durchlauf des bandes fast jedes wort und doch fast gar nichts verstehen können, ratlos nannte er julis schmerz, julis angriff den ausbruch aus spätehelicher verklemmung, er mochte das nicht, ihm machte dann aber doch das um proff die deutlichsten sorgen, ums funktionieren der falle bad tölz, denn es braucht dieser mensch wie jeder ein sicheres fleckchen land, um es aufzugeben, ein festes häuschen, um es zerschlagen zu können. es geht kein ausbruch ins offene wasser ohne den strand, den stein, den der fuß packt für den stoß, für die trennung. oder es schwankt dir der boden. dann fällst du nur flach vor dich selbst. kann sein, proff fürchtet gelächter.

(14) als greife aus dem zentrum der sonne der schmerz, wirbelnd die schlange meinen arm, die aufs gerät erhobne rechte hand.

ich hatte keinen auftrag. unser thema waren *olympische episoden,* nicht straßenschlachten, *buntes,* nicht blut. schon beim verlassen des kleinen hotels, ich hätte die stumme genommen, aber der tonmann wollte *dabei sein, wenns knallt,* schlug das licht auf uns ein wie stein. wir wichen weg in die kurzen schatten, liefen vorsichtig vor der wand aus weiß von schwarz zu schwarz den mächtigen liedern nach, dem gekläff der lautsprecherwarnungen, zögernd den schüssen. das gebiet der demonstration war eingekreist, lautlos die schlinge, auch die gassen verstampft von den leisen stiefeln. die kamera war ein kennzeichen. jemand stieß uns in einen

keller, trieb uns durch faulige küchen, über höfe aus müll, aus dachfenstern über dächer, hinunter in abwässerei, ins tappen durch rundes getunnel, durch wälzenden dreck hinauf ins knallen aus licht und liedern. da standen wir mitten bei menschen, im glühenden stein, im schußfeld. plaza de las tres culturas. nicht aufzuhalten befreites gebiet. die wachsamkeit der gesichter. die freude der stolz. ohne zu zögern unter den aufgestreckten bildern von mao und che. *nicht die regierenden schreiben geschichte sondern das volk*, gegens weiß aus der sonne, *u-ss-a! u-ss-a!* jeder mund unser mund, jeder mut unsrer, *wir werden menschen sein*, kamera läuft. die sprache dieser gesichter. *wir werden.* endlich. aber das rasseln der kleinen straßenpanzer aus kassel, der abschließenden formationen aus heckler & koch, der kralle am schloß, der kugel in der kammer, ton ab. im bildausschnitt eine junge frau winkt uns zu, zerborsten als greife aus dem zentrum im kamm der woge die zunge des toten pferdes tanzt auf den stätten der asche beulenhäutig verkappt die kußhand fröstelnd des freunds. an meinem mund.
rede das ganze, versteck dich nicht, sagte marie.
proff war die geste im filmbild am schneidetisch früher schon aufgefallen, oft bückte er seinen mund, die nach innen verschluckten lippen, hinter den rücken der hand, hob nur den blick noch über die wand, die falten der stirn. er konnte den schreck erkennen, das eigne als die verheimlichung, wer hält mir das maul zu, ich selbst, fand aber doch dann die handbewegung angenehm eindrucksvoll nachdenklich. er dachte aber nicht nach, lauerte nur, um zu springen, wohin.
marie sah ihn weinend an. ihn rührte die sorgfalt, ihm zu vertrauen, die härte. hinter der hand stand er auf, nahm halbkalten tee vom herd, lehnte sich weg ins tapetengekritzel aus hirschen und kirschen und tropfenden herzen, nun müssen juli und tapp sehr weinen, und wir, o wie fein, werden menschen sein. als wär ihr gesicht von gleißenden scherben getroffen, warf marie die arme um ihre augen. proff hatte spöttisch geflüstert vom tod seiner wichtigsten freunde. nun stieg er schon weg über enge dreckige treppen. und im ton

der *vogelhochzeit* kams aus ihm rausgezischelt: die schlange, die schlange, die macht uns alle bange.

(15) tapp im boot zwischen schweißteil und armaturen denkt sich was, alles musik mit schön scheitel, zu den ernsthaften reden von brocken, stückzahl auf zettelzeit runtergekloppt, der viez ist weit weg, das boot hat viel dunkles versteck, nachtschicht, da hast du gedanken.
und grad doch auch nachts, sagte brocken geklemmt, da tät ich sie locken, scharf stoßen, du weißt schon, sonst wüßt ich doch nicht, wer ich bin und wo, weil anders versteh ich mich gar nicht, als daß ich stark auf sie wirk, egal wer, schon mal einfach als mann so gedacht, und sie will das auch so, deine frau, daß du sie schwach machst, will jede, setzt sich fremder bei ihr aufs küchensofa, drei tage vier und dann fünf und sie kippt, was hat das mit waschmaschine zu tun, das sind ganz alte gesetze sind das, klar programmierung, aus tierische säfte, guck doch auch mal freie wildbahn, ob du bei hirsche kommst oder bei hühner, die zipp hält am liebsten bloß still für den ersten besten, naja still sag ich, bis du sie eingebockt hast, bis sie versteht, was sie soll, klar willst du kämpfen, dich kenn ich doch, klar willst du macht, die wolln wir doch alle, wo ist da der unterschied, alter, das gibt noch nie freiheit mit ohne macht, denk mal an klassenkämpfe, und ficken genau so, ist alles kampf, paß bloß auf, daß die frau dich nicht alt macht, und guck auch mal proff, grade die oben, nee so studiert sag ich bloß und das alles, die haben schon viel mehr nachgedacht oftmals, bleibt ja nicht aus, wenn du zeit hast, die schrecken vor nichts mehr zurück, o doch, und genau wenn er jammert, dann doch erstrecht, uralter trick, daß sie weich wird, legt er sich ihr in die hand, legt er sich bei ihr bequem, zum trösten, die offene wunde bei jeder, so wird das oftmals am allerschlimmsten.
reglos sitzt tapp, verweigert bewegung, lächelt nicht mehr, sonst werd ich verrückt, wir sind nämlich immer noch einge-

sperrt, brocken, und einmal möcht ich mich auch mal verlassen können.
geht nicht, oder im angriff, wir, siehst du, die frage der macht.
du schmeißt was zusammen, was gar nicht paßt. ohne verlaß geht kein lieben. geht gar kein leben, setzte tapp drohend nach. er strich mit der hand die schiffswand, den stahl, die verläßliche arbeit von jedem. guck doch auch mal, demnächst hier, der kampf um das boot.
aber brocken sagte, geh mir bloß los mit den weibern.

(16) ahlers glotzte und horchte verdüstert ins riesige kreisen ins knarren der adler hoch überm see im aufwind vorm uferwald, neben ihm *bgs*-mußmann auf streife, gemütlich verdrossen, von marmeladen fett langsam gesicht, neben ihm heinrich der dobermann, scharf alles blank gestreckt in die augen aus gelb, nun guck doch mal aber, das mußt du doch einsehn, entweder sind wir bei killern gelandet, oder das sind verrückte, die schreiben hier auf meinen tabaksack, *rauchen gefährdet ihre gesundheit, der bundesgesundheitsminister*, der mischt aber in der regierung mit rein, ne frau doch noch auch, die alles für massenmord aufbaut und ausdenkt für die ersten zwölf stunden vom ernstfall, also *ernst* ist doch gar keine rede, oder wie doof seh ich aus, ich kann dir das auch mal zu lesen geben, kein flachs, die ticken nicht richtig, mörder entweder oder verrückte, such dir was aus für den haftbefehl, geh aber los und leg sie in ketten, am besten gleich weg in die kiste, ich hab doch die kinder nicht zum verbrennen und nicht zum vergiften und nicht zum verblöden doch auch nicht, noch nicht mal die küken, guck doch mal, mensch, das ist doch zu sehen, das muß dir doch schon deine schlafmütze sagen, wir werden gelinkt, mich macht das ganz krank, mich kränkt das, mußmann, auch guck doch mal rocker, und hast du auch früher alles gewußt, bloß jetzt ziehst du kohle aus schlachtersack für alles später die rente, du arsch.

mußmann nölte aus rülpsen, hat damals doch schon olis vater gesagt, besser wir gehn mit den russen vielleicht, bloß leider sind das ja immer die roten, na bloß nicht die nerven verlieren, kannst ja mal mitgehen, sonntags immer, auch geistigmäßig schon mal, beim trödler in ratzeburg, alfons heißt der aus bayern, aufstieg von alles da unten die berge, früher kommune, jetzt weiß er bescheid; hat er erst neulich was vorgetragen, daß sie grade auf kinder spitz sind, auf unsre, die juden, wegen damals alles die vorkommnisse von der rasse, ganz interessant sowas ausgedacht, auch wegen rokkers kaputte birne. gib mal den tabak, zum husten.
die haben wahrscheinlich genau gewußt, ahlers schob ihm den tabaksack rüber, warum sie früher so scharf waren auf jacken und mützen und dollars mit überall adlern. schön größtes tier. und mächtig allein. und alles egal von da oben. ahlers fiel seine mutter ein, die hieß rita, die hatte auch haß gehabt, hatte ihr leben gegeben, war gut, war immer ganz unten gewesen, zuletzt unter eisenbahnrädern in bad oldesloe. aber ihr kind war nicht krank. jedenfalls damals noch nicht. ihm fiel wieder stein ins gesicht. mit krachenden zähnen schlug heinrich nach mücken.
was kaust du da, gib mal was ab.
weiß ja nicht, grinste mußmann, ist mehr einzelstück. er zog auf nassem finger ein erbsgroßes kügelchen sich von der zunge, lehmfarben mattgrün. nierenstein, schmatzte der lokkige freund in waffen, da ist mein vater dran abgestorben, bringt was, für wenn du nicht pissen kannst.

(17) zank im sender. proff nannte das hochhaus den affenstein. denn sichtweit springen die robben nach fisch, schleppen die löwen steppen schmerz, fliegen die affen feixend die nachricht von den gefangenschaften. also im affenhaus zank. was geht hier vor. warum greift niemand ein. schnupp hatte eingegriffen, das wars ja. ein junger freier war von ihm angezeigt worden im dienstebüro der anstalt. angezeigt aus ver-

antwortung für das bedeutend höhere haus, für unser freiestes land. anzeigeninhalt kp-verdacht. aber anstatt nun dem alten schnupp die hirtenschuhe zu binden, die freiheitsliebe zu küssen, pißte im haus man ihm auf den fuß, warfen viele gegen ihn unrat, klatschten sich frei mit den hacken die bakken, schnalzten und schlappten spott und spargel gegen den scheuen anzeigemann, bleckten bananenzahn schrill. auch proff sann in lauter affengestalt, sah den zorn im zoo.
wir alle schlagen die schwänze der freiheit, aber, kollegen, erklärt mir das mal, er tut seine pflicht, der alte herr schnupp, was tut ihr.
schnupp war antifaschist, aber andersrum, fromm, gern zu gast im heiligen land. oft saß er kratzend abseits der herde, plapperte aus versenktem blick weit. heut stand er wütend allein.
was härmt ihr den alten, über futterfrüchte, kasinoklappern hämte proff die jüngeren heuler, unter ihnen auch ledermann, schnupp hat von euch einen angezeigt, bei den diensten für ordnung, was wollen denn die, euch allen hier sicherheit machen, den goldenen topf, aus dem ihr wohl naschen, um den ihr aber nicht kämpfen wollt, schnupp hat um ordnung gekämpft, um seine, eure, nicht meine, hat einen jungen mann denunziert, von dem es heißt, von dem schnupp meint, er wolle das käfighaus unterwandern, er sieht sich und euch in gefahr, der alte, niemand greift ein, aber er, das affenhaus abzustützen zu schützen, das auch euch jeden tag gut was hinwirft, euch birgt, was greift ihr den einsamen helfer an, anstatt ihm zu danken, los, ungarnschönheit, kratz fuß, denn wäret ihr ohne dies haus, wärt ihr verloren, die welt, die mal unsre, nicht eure sein wird, schickt affen zum nüssepflücken und schluß, also lacht nicht, wehrt euch, haltet zum alten herrn schnupp.
proff schwang ängstlich ab an bändern, er suchte den tonmann busento für tölz, auch kamera soll ein bestimmter machen, nicht diesmal er, er will die killer ins nackte locken, ins wort, wo steckt rudi, das rasende auge der stille, rasend, denn rudi dreht gern bei rallyes, von finnland runter bis nach

marokko, über stock und stein haarfein die schärfe gezogen, die matka am pruth springt mit lieblingshühnern, den schwarzen, durch heulen und stäuben, raus unterm tuch, husch in den fluß, was muß, das muß, und jetzt tölz. und auge der stille, das war in der rhön mal gewesen, sie hatten nah unterm fingerhut hoch die große pause gemacht, drei männer liegen still hin im gras, der assi, der tonmann und proff, rudi sitzt oberhalb links im stein, entspannt wie der mönch, wenns drauf ankommt, ach zeig mir mal einer den himmel offen, gleich kommt er, wer denn, rudi bleibt lautlos am ort, proff manchmal knickt seinen nacken, sieht blinzelnd hoch auf den stillen mann. so geht das lang. es wandern die schatten. jetzt kommt er, sagt rudi, den aufwind, den mag er, den abend. frei aufkreisen weit sahen sie braun den milan. rudi versteht es, wachsam zu warten. drum sucht ihn sich proff jetzt für tölz, im oktober, hast du da schon termine.

was du mir von dem gelände erzählst, gefällt mir nicht, mußt du das machen.

ich wills, sagte proff.

immer dein haß, woher, freu dich mal, flieg, der abend, du weißt.

es ist längst kalt, sagte proff, offensichtlich das grausen, das pack, und das decken wir auf in tölz.

ich nicht, sagte rudi wachsam.

sein assi aber blieb noch mit proff, dieter, jahrelang fahrer gewesen, *wenn ich nur einen einzigen tag genau das tu, von morgens bis nachts, was ich am allerliebsten für richtig halte*, ja, der, der wollte von tölz, von *ss* und *us*, noch alles und viel mehr noch wissen, den hatten sie nämlich mal fertiggemacht, sie setzten sich weg ins kneipenholz zu wieland und kitti und söhne, und dieter, tick älter als proff, läßt raus, wie das mit ihm gemacht worden war, mit siebzehn, im märz fünfundvierzig, ich hab auch noch vorher noch *hübner* gekannt, durfte man besser nichts reden, aber post eben, reichspost, war ich ja auch, für später die fachschule funkmeßtechnik, alles studieren, erstmal bloß lehrling, und weißt du ja noch, wie sie damals so kamen, *ein volk steht auf ein sturm bricht los,* mit finger ab, auge raus, reichlich die orden, für werbung für die *ss,* auch einzelgespräche, so blond warn sie scharf drauf, ich nicht, die ganze verwandtschaft sagt, kommt nicht infrage, denk mal an harry. aber da kam der postrat zu uns, noch gar nicht mal alt, *mit fronterfahrung* und holzbein, und weißt du, was der mir sagt, und weißt du, was ich dem geglaubt hab, jetzt *ss,* dann hast du die meiste chance, später, nach *endsieg,* das technikum, das lernen, alles studieren, jetzt ran, später dann. zack, ab. jawoll. nach sibirien vier jahre. hatte noch glück da. ganz gut kommissare. so jungs, wie uns, da wußten die wohl. und als ich zurück war, zuhaus, verdünnt, aber wie, aber immer noch scharf auf lernen, und brauchte ich bürgen oder was scheiß, ich such mir den postrat im telephon, bergedorf, radel ich rüber, ja, leider, mein lieber, so geht das nun nicht, als *ss* kann ich einfach schon bundespostmäßig für bürgschaft, stipendium, ausbildungswege leider für sie nichts tun. und sitzt noch im gleichen zimmer noch immer, wie damals, als er mir rat gab. das hat mich plötzlich bißchen verbittert, war jung, versteh mal, ich hatte doch ratschlag gefolgt, und hab ich ihm frei in die fresse getan, und post war schluß und kein lernen, nix lust, hab ich auch gleich noch verfahren gekriegt wegen zähne raus und ein ohr taub, bin ich fahrer geworden, das blödeste, jetzt immerhin mach ich assi, hab ich zugeguckt, nachgefragt, lernst du alles, und wenn du noch zeit hast, dann komm jetzt mal mit, gärtnerstraße, da zeig ich dir was, heimlich, was ich die jahre studiert hab.

jetzt sind wir noch einer mehr. *warum hatte er ihnen von tölz erzählt.* nur noch wochen. was dann.

enges treppenhaus, messingschild, flurgarderobe mit puschligem stoffhund aus rosa. schleich leise, die frauen schlafen schon. wann schlafen fische. eine kammer hoch, wände hoch zierfisch, wie bücherborde, phosphoren durchweht, perlkettenglas, exoten aus birma, tiefsee unter spezialdruckregler, auch stichling von hier, baut feine nester, auch die kleine maräne aus plön, das zucken und schnappen, gleiten und nisten, und wer frißt wen, das ist alles studiert, gelernt,

stumm fisch statt funkmeß, das ziel eines menschen verwandelt, seine wut verdreht leise in schönheit, die dir kein wort nie sagt, die fenster die fenster ins dunkle licht, nichts in sicht nichts in sicht.
das wollt ich dir mal zeigen.
sie flüsterten noch in der küche paar takte kaffee. in tölz, das wird gut, sagte proff.
wenn rudi mich wegläßt.
das schaff ich, zwölf tage, was solls. kennst du noch welche von der ss, ich such noch für tölz paar von damals.
laß mich bloß raus da, kommt gar nicht infrage. noch stück boulette.
nein, danke.
frag doch die eine frau auch noch mal, für kamera die, die neue, ja, siehst du, die, wo der hund mitläuft, frida von klaus, richtig, tini, das ist sie. für die wär in tölz, und gerade mit dir, auch was gutes zum lernen. fängt ja erst an, wär chance für die frau.
auch für uns, denkt sich proff, eine frau für den austausch am letzten tag.

(18) *die welt wird schöner mit jedem tag man weiß nicht was noch werden mag nun muß sich alles alles wenden,* wieder blieb juli stehen, wandte sich um, wer ging ihr nach, niemand, aus den fernen kronen der buchen, nah im weißen waldgras, unterm schlagenden sirr des waldlaubvogels, überm spiegligen kranichwasser im erlenbruch niemand. streng lief juli voran. ihr auf der schulter, tot, lag richard, der schwarze freund. bella, die bunte tochter, lag weg in ketten. *nun muß sich alles alles,* aber es war nicht frühling, es war ein schwüler sommermorgen. aus ihren schritten durch farn stiegen mücken zum angriff. woher kam das zuversichtliche lied. aus dem krieg der kindheit, aus den ängsten der eltern. sie hörte die beiden stimmen, die wortlosen tritte im teppich, die geige.

sie hatte klein den großen vater begleiten dürfen, schulferienzeit, auf einen bauplatz nahe stralsund, still weite reise im *dkw* durchs buschige mecklenburg, süßlupinen und moosiges strohdach, langsam von alther getreten, gerollt, geschlurft, getrabt, knarrend gerädert die wege und sommerwege zum markt, zur kirche, nach haus. nachhaus war ihr lieb. manchmal jetzt unterwegs hatte der vater die gleiche lust. dann hielten sie hinterm haselnußbusch, im obstbaumschatten am rand der schmalen chaussee, *pflück mich pflück mich bin reif,* in sauerampfer und mohn, und liefen den feldweg durch hummelgesumm, durch lerchenluft, bis an den rand einer fichtendickung, der vater erzählte von fuchspirschnächten im sternschnee, bis ans ufer des sees hinterm blauen roggen, der vater sagte, bald werden wir schwimmen. bald kamen sie an seinen arbeitsplatz. er war der leitende ingenieur. juli sollte, das verlangte der vater sonst nie, auf ihn im wagen warten, zu den arbeitern diesmal nicht mit. sie schlich aber nach. die arbeiter wankten in fadigen streifenhemden an langen schaufeln. nah stand bewaffnet *ss.* juli wußte, *das sind unsre besten.* einer der besten trat mit dem stiefel. aus leder und nageleisen traf das die schulter eines zusammengesunkenen mannes im hemd. juli sprang weg, kroch tief ins auto zurück.
nach der rückkehr fragte sie ihre mutter, hatte auf all der reise mit keinem wort den vater gefragt, die lippen im blassen gesicht des mannes am steuer, ihr war beim zusehen bang, hatten viel unverständlich geflüstert, flattrig die angst zu weinen. da hatte sie einmal die kleine hand in seinen nacken gelegt. so machte das ihre mutter, wenn die dort neben dem vater saß, unterwegs, die liebe familie.
die mutter fragte, das hörten die kinder, am abend blieben die türen ins zimmer der eltern offen, zögernd den vater. da stand der wohl auf, schloß die tür. die geschwister schliefen. sie horchte aufs flüstern. dann auf das teppichtreten. dann auf das krähende klagende klappern aus wörtern, *fliegerhorst kriegswichtig endsieg danach erst alles zu ändern,* des vaters stimme kam nah an die tür, ich werde ja gar nicht gefragt,

und aus dem zimmer, die tür war geöffnet worden, fragte die mutter dem vater nach, die frau fragt den mann, was wolltest du antworten, wenn sie dich fragten. kam der vater nicht weiter, wo blieb er nach dieser frage, wo stand er nun still. ihn würde die mutter aber nicht stehen lassen. ihm würde die mutter sachte die hand auf den nacken legen. zärtlich würden sie gut sein zusammen. nah das flüstern im flur. nah zueinander sprachlos der atem, das trösten gegen das grausen. verschwiegen das geigen bald, das liebe verschweigen. der vater spielte klavier, die mutter geige, und die tochter war eingeschlafen unter den *nebensonnen,* unter dem *lindenbaum,* mitten im finstern der welt, die *schöner* wird *mit jedem tag.*
noch war überall nacht.
im wald das ächzen in jedem stamm, das widerstehen, die last. auch wir haben uns nie genau gefragt, auch wir haben uns nichts genau gesagt, ich werde proff alles fragen, wir werden uns alles fragen und alles sagen. wir weinen und schreien und wissen bescheid und wissen noch nicht genug und fangen uns noch einmal an. ich fang noch mal an. ich will meinen mann nicht verlieren. ich will mich von meinem mann nicht vertreiben lassen. fliehen ist eine drohung. wir laden uns, einer den anderen, ein.
wir werden uns alles fragen und alles sagen.
sie packte den toten hund wieder fest, überlief eine blendende schneise. starrte da aber noch einmal ins rötliche grün der schattennaß hochgeschossenen gräser, ins durchflimmerte wirrgitter der schon erstickten, der schon gestürzten bäume. kam an den waldrand, die alten eichen der eulen, den schutz. schwarzbunte standen im hohen klee, kein kranich tanzt, fern geduckt gebreitet das ziegelrote zachun. kein hund, kein hahn, ein trecker läuft an, das rufen der kinder. sieben höfe hatte das dorf, den reichsten, den ärmsten, den großen klaus, das war lukas, den kleinen klaus, das war atzen, und ein bungalow, oggersheim, aus den heftchen der banken, der platte fleck für fuzzi, den mann mit dem hut aus texas, gelb im gehaar der hand, getränkegroßhändler aus

westberlin, der saß, wenn der mond hochrollt aus der blauen kammer von tante else, wenn das käuzchen schnurrt, der fuchs jagt, der frosch knagt, auf waschbeton vor der farbglotze draußen, ein pilzfuß schubbert den andren, paar bierchen stehen griffig kalt, und wenn fuzzi bei leichter laune ist, bei demokratieverstand, dann hißt er vorn im gekratzten die riesige colafahne, *sechshundert meter bis zonengrenze,* damit die da drüben wissen, wos langgeht, und die roten eng oben im antifaturm, die wissen das dann also wieder. fuzzi war gut gelitten im dorf, ein dicker idiot, wen stört der.
juli ging über das weideland schleppend. keine kuh trabte an. sonst waren sie alle zusammengelaufen, wo richard kam. heute standen sie nur und sahen ihr nach.
das dorf im blick, lief juli sich weiten umweg. felix konnte die suche nach richard nicht leiden, der lebt, der ist schlau, den kriegen sie nie, er schob sich ins dunkel der decke, es war noch erst eben bei anbruch des tages gewesen, kaum hell. auch proff wollte sich an was halten, den findest du nicht, was krank ist, kriecht weg.
mensch proff, ich finde dich gern.
sie waren zusammen im holz gewesen, das rascheln der natter, des waldsees schwarzes grün, im schwarz standen birken, gestorben, lauter leben im mürbem stamm, hatten, sie kannten die wege auch nachts, auf käfrigen fichtenstämmen gesessen, jeder in seiner hand einen zweig gegen mücken.
da hatten sie auch die angst, hatte proff gesagt.
welche.
daß nichts mehr geht.
wann hatten sie die.
als sie dies hier gemalt haben wieder und wieder, weiher und nebel und dürres geäst und liebe und mond, am liebsten den nebel, das dünsten. ich habe genug.
ich hab keine angst.
was keine hoffnung, das keine angst, hatte proff erwidert, ihr seine hand weggenommen.
nah hier, sagte juli.
nicht fern, die dickung hangauf, trieb richard ein reh. nah

schlängelt die schlange, lächelt proff schreiend die frau, zeigt ihr im schwarzen spiegel des wassers die beinernen ohrenflecken, das jagende gleiten.
du sollst nicht zaubern, sagte juli, nahm wieder seine hand.
es ist schon alles gezaubert grauslich zurecht, flüsterte proff. legte in ihre hand seinen kopf, du arme.
die frau ist so arm wie der mann, so fangen wir an, sagte juli.
ja fangen. ja fangen.
proff hatte endlich von tölz reden wollen. juli von karst. sie redeten aber, nachdenklich zueinander verborgen, vom leben im dorf, von frieden und trügerisch frieden, von freude und trügerisch freude, von schutz und gewalt und geschwätz.
mancher bauer hatte jetzt viel leeren raum. wo früher die knechtefamilien gelebt hatten, lag jetzt müll, saß im kissen die maus. maschinen brauchen kein bett. lukas hatte die besten maschinen, den schärfsten anwalt, den höchsten kredit und die teuersten gifte fürs schnelle ernten. so prügelte er nicht nur frau und hund, auch die erde. sonst haben, nölte er matt, mich bald die banken am arsch. wo er früher die ferkel hatte, ein großer flacher raum mit vielen halbmondförmigen fenstern, eisen und spinnenglas, jetzt baute er nur noch weizen und raps, der stall stand leer, saß bunt natascha aus bergedorf, die wirklich bloß ingrid hieß, das war ihr aber zu arm hanseatisch, sie mochte es lieber dramatisch. klar war sie toll radikal, sie hatte in lauter ferkelfenstern allerlei schlümpfe am tanzen, und allen hatte sie eigenhändig die schlafmütze rot gepinselt. auch draußen die fenster. sie hatte freude an farben, alles im stall stand, wippte, wehte ihr bunt, auch anrührend lust auf wuchernde blumen. wo hinterm stall die senke für mist und jauche gewesen war, hatte sie erdige stufen geschaufelt, aus allerlei reisen durch dritte welten krüge, schalen, töpfe und kannen sich mitgebracht und die mit fremden blumen besetzt. die frauen der bauern, die in ihren gärten, als seien sie männer, jedes blatt, jede frucht zu einer marschordnung hackten, nannten das üppige drunterunddrüber, dies duften und welken und schwellen eine

unordnung, liederlich. es war aber eine ordnung der sehnsucht, auch pflanzen weinen, manchmal aus freude, sagte natascha. die nachbarn hörten ihr einsames reden und brachten ihr unkrautgift. und lasen dann da an weißer wand, natascha schrieb gern gegen wände, *wer fleißig ist wie eine biene und arbeitet wie ein pferd, wer spart wie das eichhörnchen und abends müde ist wie ein hund, der sollte mal zum tierarzt gehen, vielleicht ist er ein kamel,* und sahen das flotte plakat aus kreuzberger kneipennächten, *ein lachen wird es sein, das euch beerdigt.*
manchmal kamen, lachend schon, stadtfreunde von natascha. juli mochte die jetzt hier nicht treffen. sie hörte sie kommen weithin. sie kannte nah einen hochsitz. mit richard, dem toten, saß sie nun da im turm aus holz. und unten liefen die freaks. jeder von ihnen hatte sich einen kräftigen ast griffrecht gebrochen. sie liefen unruhig ausgeschwärmt einzeln den wald ab. sie schlugen mit ihren stecken an jeden erreichbaren stamm. sie schlugen sich durch gegen stille.
was tun wir selbst, hatte proff gefragt, was andres frage ich keinen mehr.
ich will, sagte juli, daß wir die rücksicht lernen auf das, wo wir wirklich sind, ohne dabei nach hinten zu fallen, einzukriechen. nur mittendrin gehts. proff hatte gestochert, mit seinem messer rinde vom trocknen stamm gehoben. das rasen der fliehenden käfer. da hatte juli mit beiden händen seinen kopf angefaßt, was siehst du entsetzlich aus, rede doch endlich mal.
wer redet, ist noch nicht tot.
ja, proff.
aber das stimmt nicht. redend kann ich verschweigen. es sollte geantwortet werden. aber wer fragt.
es fällt ein schuß. im knall schreit richard geheul. es hallt das von stamm zu stamm. danach, ohne stimme, reglos sitzen juli und proff. schwarznacht. das schnäuzen des schützen.
juli starrte ihren mann an, nichts mehr geht. wortlos starrte sie proff. konnte das aber nicht mal stammeln.
weit zurück, unterwegs aus schottischen steinen nach haus,

im departement oise, zwischen crèvecoeur-le-grand und breteuil, durchs fette sommerland hatte die schmale straße sie raus hinauf an einen feldwald gezogen, vom fahren und fahren waren sie müde, waren felix und proff nach himbeeren ausgeschwärmt, hatte juli sich mit dem kopf ins laub, ins wurzelbett einer riesigen buche gepackt, blinzelnd da raus ins dach aus schwarz, ins bewegte geblätter, gut schutz gegen hitze hoch drüber aus blau und weiß, lauter arme dort oben, hände, finger, federn, kein tod. juli dachte sich weg in ein blatt. da rasselte flach ein windstoß. sie hob den kopf. hinterm stamm, hinterm wald kam eine wand auf, auge aus blei. juli hockte sich um den wurzelstock in eine andre nische, der steigenden blitzewand, regenwand zu.
auch du bist eine von uns.
aus der quellenden hitze würde das wasser blätter und boden treffen, kühl dann im schatten der dampf würde duften. juli kauerte wach, wollte den schlag erwarten. sie sah einen rindenfalter. der wußte, was kommt. es kann ihm die flügel zerschlagen. er sucht sich schutz in der wurzelborke. juli horchte auf felix und proff.
wer wird uns schützen.
als hauche ein weiß in alles eine entfärbung, als falle jetzt gleich, mit jedem tropfen, in alles die löschung.
verflucht armes dach armer käfer verfluchtes gras blume da beere da wege da wind verflucht mein mann und mein kind mein mund meine haut.
sie werden uns alle töten.
wir, flüsterte proff ihr zurück, umfuhr ihr gesicht mit den händen.
stirb du nicht, sagte juli.
du wirst dich wundern, sagte proff.
mensch, mann, die liebe, flüsterte juli.
kann jeder, um zu verkriechen.
bist ja nicht jeder, bist selten, ich weiß. sie waren vom schwarzsee den weg zurück mitten durch stein gelaufen. kein wort mehr, kein licht. auch das haus in zachun lag bloß schwarz.

die freaks mit den knüppeln, nataschas lärmende fluchtgenossen, waren verstrichen. vorsichtig, über morsche sprossen, ließ juli, den toten hund im arm, sich über die ansitzleiter nieder zurück auf den warmen boden. getümmel der mücken. wir werden uns alles fragen und alles sagen. fliehen ist eine drohung. sie packte den hund wieder fest.
aber als sie die dächer des dorfs, nun weit von süden her, sah, was sollen wir da, was will ich hier mit dem kadaver. dreck ach schatten auf alles. ach tot. sie warf den freund in nesseln weg über den rand einer grube am feld. jetzt lag er zwischen kanistern, rostigem mähbinderschrott, asche und büchsen und lumpen. besser, daß felix den gar nicht mehr sieht. besser, solang alles dauert, im kleinen nacken die hand. nichts wird sich wenden.

(19) rede von dir.
das ist mein schweigen.
so hältst du dich fest. damit nichts losgeht, du auch nicht gehst.
alles festgebunden.
dann löse das auf, sofort, ja jetzt, der typ, der dich beauftragt hat, die adresse privat, sein zimmer im sender, die schlüssel, schaff das.
es wurde notiert, im grundriß der weg. es wurden schlüssel kopiert.
gut. das hast du gesehen. es geht.
es schwappt, es schimmert, es schwillt.
es geht das ertrinken. es geht auch schwimmen.
wohl blut. nicht blei.
du liebst, dich zu übertreiben. da ist dann kein ziel zu hoch zu weit, um es anzulaufen, keine zerstörung gemein genug, um sich in ihr nicht zu fassen. treibst dich aus weg über jegliches ding heut hier, so läufst du dir, uns, jedem davon, bist nicht zu fassen. bedeutend die deutung. das rätsel, kein rat. untätig untat.

untat.
wann war das wer wo genau gegen wen. rede von mexiko. weites land. die pfade dunkel getreten aus blumen und grün. auch aus kind.
welches kind. sag einen namen.
den namen darf keiner nennen.
was keinen namen hat, geht nicht.
so soll es sein.
sieh deinen schritt. er geht.
vorsichtig, sagte proff, legte den arm um den langen mann, stützte sich hin.
zum zweiten mal fuhren die bullen nah, leise das gummi. schlosser war fort. kein schatten.

(20) proff war bald nach juli doch draußen gewesen, er mochte das sinken des sterns, den aufbruch des lichts hinterm nva-grenzwald. nicht den toten suchen. nicht finden. im grauen schlafhemd stieg er, durch nasses weidegras, durchs schnauben der rinder, in alte johannisbeerbüsche, mal sehen, ob die dinger schon schmecken. warf die faust den wachtürmen zu. das glas unterm spreizdach dort oben schien blind. kein gruß war zu sehen, kein gesicht. was du auch tust, sie denken, du drohst oder willst sie verarschen. das ist schade, genossen, hat was mit schaden zu tun, mit schädlich. das ist gefährlich, genossen, hat was mit fahren zu tun. wohin unterwegs.
von bad tölz bis nach bad doberan, wie weit.
im stall hinterm sack hob er summend die glucke vorsichtig auf, morgen werden sie schlüpfen, oder heut nacht, aufpassen, daß nichts passiert, die henne ist manchmal was aufgeregt, dann stellt ihr, hatte ihm mia atzen gesagt, so kästchen mit tuchkram nah an den herd, und jedesmal, wenn eins draußen ist, schnappt ihr es euch, husch ins körbchen damit, bis das letzte den panzer geknackt hat, dann gebt ihr sie alle der alten zurück, das mag sie, dann ist keins tot.

juli war weit dem geschossenen richard noch nach. felix mit nachbarn auf eisbudenbummel, ostseegerummel. den hausvater macht jetzt proff. die glucke gurrte geärgert. proff schlich ums eck raus zur küchentür hin. die küche stand aufgeklappt hell. draußen und drinnen die luft kroch weiß still. wird noch gewitter geben. dann atmen wir auf. von tölz bis turin. wir atmen zusammen. die luft ist zum schneiden. wir hoffen auf regen.
proff tappte nach einer bilderrolle, nach kleinen familienfotos, nach leim, räumte den küchentisch frei. nur die teeschale blieb, dick braun die schüssel vom langelandwinter. er spannte den bruegheldruck über den tisch, leute im winter, beinander. proff bückte sich nach und nach hin, tappte der spur nach, den schritten im eis, horchte aufs klagen der schwarzen vögel, auf das gelächter der hunde, der steine geschluchz.
nach stunden stand juli ihm lautlos hinter der schulter, kein schatten gefallen, kein laut zu hören.
proffs hände hielten schere und fotografie. auf der kam, durch eine gartentür, in braunem licht, proff nachhaus, einen korb am arm, ein papier in der hand. proff schnitt vorsichtig seine kontur. gekrümmt saß er überm bild, ging suchen, wo lauf ich mich da hinein.
überm schneelichten dorf dort, oder ist das ein stadtrand, treibt aus kirchturm aufsteigend himmelwand schwarz. unterm himmel viel klein vermummt menschen, unter dunklem tuch, hut, drei tragen rote jacken. durchs dorf, unterm speicherturm, mühlenhaus, oder ist das ein knast, biegt fluß, knarrt eis, vor der mühle führt, rundlich gefügt, eine brücke ans andre ufer, im scheitel ein bettelmann, zwischen ufer und ufer, bittet brot. übers flußeis treiben schwankend die schlittschuhläufer, plaudernd, wer stürzt, kriegt spott. am flußufer bucklig beratung um eine tonne, trinken sich warm. quer durch die frauen, wenige draußen, tragen bündel sack oder kind, die männer eilen und stehen, reden und zeigen und starren. einer schreit nachricht aus weiß, den hört keiner, schreit nur so hin, gleich wird er durch reifkalte dornen

ins blasige ufereis stürzen, der schrei kommt an, viele werden ihn retten, der nachricht nicht achtend. es achten die schweine. sie sind schon verkauft, sie haben durst, sie beißen schnee. kinder spielen im schnee. unterm schöpfbalken schöpfgalgen heimlich geht proff. alles lebt da zunander vonander in eis, regt sich, streitet sich, kauft und verkauft sich. drüben am ufer ein boot liegt verschneit, auf seinem rand die gestalt eines frierenden. kein arm, kein gesicht. verkauert. kennt den denn keiner. hier kennt jeder jeden. proff geht zufrieden. ans ufer. die brücke hat er schon hinter sich. es geht glatt bergab. nachhaus. mitten im sommer, allein zwischen ufer und ufer, kriecht proff in den winterpelz eines dorfs, schneidet sein bild, klebt sich klein ins ganze am fuß der brücke. über dem bild bebt die schulter, jappt der atem den jammer, schüttelt die trauer.

sieht gut aus, sagte juli, es passen die farben, der korb und der brief, kleiner mann auf der brücke, den niemand merkt. wo bist du.

bettler.

juli umarmte den kopf, wir sind noch nicht tot.

schon nah den klippen, das schwache boot, du kennst den fortgang der sache. proff tastete fahrig ins brueghelbild. dort bei den schafen und schweinen hockt felix. und dich hab ich hier auf das eis gestellt. sie werden uns töten.

hab keine angst, mein junge, wir gehen in den tod.

sie hatten einander früh das alte buch vorgelesen, aber proff fuhr fort im zitat, *einmal hörte er den posaunenchor, die welt wird schöner mit jedem tag,* ogott proff, das war doch ein andres lied, *das waren die lebenslänglichen,* führte proff kalt den satz aus, *die blassen lippen in das zu enge mundstück gepreßt.*

juli küßte den mann.

nein, ich will raus.

das willst du nicht. das lügst du.

wo hast du den hund.

ja. weggeworfen.

er war doch von uns. zeig ihn mir. wo.

(21) blues war nie weit, kam nie selbst, gab zeichen, ließ geben, dann gab boye nachricht, dann fand blues den weg, keiner weiß, über wen, durch welche tür, welches glas, gegen welches schloß, mit welcher waffe, in welcher stadt, denn nichts geht in hamburg, sonst konzentriert sich die fahndung. auch keiner weiß, welche angst. es wurde boye gebracht, was sie für pauli brauchte. das schwierigste konnte ihr niemand bringen. machst du allein.
heute war es schon leichter, der elfte tag, das zerschossene bein war gut durchblutet. das im oberbereich des schenkels in mehrere bahnen sich auszweigende hauptgefäß war in seinem rechten ast vom schuß nicht berührt, von den kanten des knochenbruchs nicht zerschnitten worden, von boyes wissen, blues mut, paulis geduld und härte intakt gehalten, *ich werde ihnen meinen knochen entreißen, ihn abschießen gegen das weiß, kollektiv wir.*
oft lag pauli in stimmen, einmal auch feders stimme, im dröhnen von gittern und tritten, befehle hallten verkachelt, ihn traf genau jedes wort, *hören sie auf, sich zu wehren,* er wehrte sich, wachte klar auf, sah seine hände, waren jetzt bläulich verdünnt. die antibiotikastöße trafen nicht nur den feind, auch den mann, auch den feind noch nicht ganz. durch tag und nacht sirrte fieber, mach das weg, boye, mach uns fett.
bist auch ganz einer allein, sagte boye, sei nicht faul, kommst sonst nicht rum.
bist schlau, schwester, flüsterte pauli, geht nichts gemogelt. er fuhr sich den ohrenrand, nasenrücken mit fingerspitzen, die kontur eines bilds, den schärfsten schatten. eindeutig ich allein.
in paulis schenkel hinein führte ein schlauch zur einspülung der medikamente, ein andrer hing raus zur eiterauslaufung. das mittel jetzt, hatte boye gesagt, läuft aber nicht nur zentral, es muß auch, gegen das fieber, von mir ein tropf gelegt werden, die stehlampe wurde zum halter des glases, der fuß der lampe mit büchern beschwert gegen schwankung, wir brauchen das medikament regelmäßig präsent in deinem

ganzen körper, das fieber muß weg. sie stach die kanüle, regulierte tropftempo, lufteinlaß, fürchtete sich vor der verklebung der nadelöffnung, fürchtete sich, achtete weiter auf jede stunde, jede pulsschlagabweichung, jede verfärbung der haut im fußbereich, jede ausnässung, abheilverzögerung, roträndererei auch der kleineren, kleinsten nebenverletzungen, schürfungen, risse, erstmal ist das normal, sagte sie, im umfeld des angriffs wird nebenher manches krank, unvermeidlich geschwächt, im gewohnten prozeß irritiert. verfiebert schauderte es pauli oft, dann suchte er boyes hand, besser, ich bin ein toter mann, als drin da im stein, nie wieder knast, versteh mich da endlich.
geht denn, das hatte boye nun oft schon gefragt, kein leben drinnen, kein prozeß, nur panzer.
ja. denn sie können sich alles vom menschen, alles, boye, auch deine liebe, zur ware, die ist ihre waffe, das weißt du, verwandeln, zum fraß, der sie fett macht. nur eins macht sie dünn, sie tottreten, ihnen das blut rausreißen. frag mal die alten nazilandser, was sie in der sowjetunion gekippt, wirklich vernichtet hat, wars der *freie menschenprozeß* in moskau, in stalingrad, minsk, oder war es der T 34, der schnellere panzer.
beides, pauli, immer beides, das weißt du doch ganz genau, und ich schrei dich jetzt an, daß du feige bist, mann, liegst dich hier tot und fliehst, wo du leben bliebest, weil dir der knast deinen T 34 geknackt hat, du mann, ach dreck, du soldat.
boye flog, eingesunken festgebunden lag der zerschossene pauli, mit ihren händen um diesen mann, mit ihren armen, dem atem, als könne sie tücher heben, nebel zerreißen, als könnten menschen einander erkennen, mach doch mal auf, mann, mach los, dann bist du nicht mehr zu schlagen.
stell dich hin, boye, sieh mal.
pauli hielt die waffe auf boye gerichtet, im T 34 waren meine und deine genossen, das stimmt, waren menschen, aber hätten sie ihren panzer nicht bei sich gehabt, hätten sie jetzt die pest, die nazideutschen, cia, itt, siemens und hoechst im

land, die killer am hals, als herrschaft, nicht nur als drohung. es ist krieg, genossin, mach mich gesund. steh auf. oder ich schieß mich ab.
boye wechselte sorgfältig die kanüle.

(22) felix wollte nicht schlafen. der tote richard sollte, fand er, draußen im stall nicht liegen bleiben, die glucke kriegt da doch angst, mensch, nein, auch nicht zugedeckt, dann doch erstrecht, auch nicht draußen im nebligen niesel wollte er ihn lassen, schon wegen der offnen augen, denk doch mal bißchen nach, er zerrte den schwarzen schweren länglichen leblosen freund durch küche und elternversteck in sein zimmer, legte ihm dort aus bunten tüchern, ich wasch die wieder, jetzt laß mich mal, ein lager, bog den kalten körper da rein, streichelte, flocht und schob den wolligen toten in die figur, die er kannte aus vielen wochenendnächten, als richard im küchensofa geschlafen hatte, stellte auf einen kiefernklotz zwei kerzen, zündete an, schlich die vier schritt bis ans hohe bett, hockte sich gegen das kopfteil, die decke am kinn, die augen auf was. wenn ihr pennen könnt, pennt doch. ich nicht.
leise aus dem winkel der tür sah proff sein entschlossenes kind an, sein verschlossenes kind. kann ich heut nacht bei dir schlafen.
felix rückte ihm fast allen platz. dann zog er sich den arm des vaters übers gesicht, zitterte, biß dünne haut. draußen im halblicht flog warnend ein vogel auf.
die sind meistens klüger als alle katzen, sagte proff leise.
draußen darf keiner fest schlafen.
aber draußen ist besser als drinnen.
wenn man glück hat, sagte felix.
was hat man schon, sagte proff, laß uns mal lieber sehen, was wir machen. er stand auf und holte die kerzen ans bett und holte ein schweres buch, *totenfeste und grabrituale durch die jahrtausende,* viele seltsame bilder.

längst hatte proff zu todesarbeiten den wunsch, daß wir die zustimmend selbständig machen, nicht uns stierend in trauer einsacken, sondern die trauer uns in ein gemeinsam zu übendes handwerk verwandeln in den fahlen nächten der überraschung. also, stürb uns ein freund, eine freundin, würden, nach ersten schlägen des schweigens, nach der erduldung der kälte, würden nach aller hoffnung verfliegung wir freunde an unsre arbeit gehen, den grabplatz suchen, wurzligen boden aufgraben, kistenholz sägen, einfach die bretter schlagen und schmirgeln und fügen, kinder und alte malen gesichter und blumen, tiere und flügel und sonnen, schreiben wünsche und flüche und lieder ins holz, wer malt hier die schönste schrift, los, fang an, und schütten im inneren der kiste ein lager, gras, bunte kleider, in das wir die freundin, den freund, im gewöhnlichen zeug, bestimmt nicht im weißen jammerhemd, einbetten, traurig den deckel zuschlagen fest, jeder nagel taktunk, und es würde später, nach schaufelschlagen und kreuzhintragen, doch doch, sagte proff, ein kreuz muß sein, ein fest gefeiert, bei regen zuhaus, bei sonne und wind rings ums grab. na also, wir geben nicht auf. wohl haben wir manchmal die trauer, sagte proff felix, laß mal die kerzen in ruhe, die tropfen sonst tot, aber sie hat uns nie ganz.
kaum mochte felix die nacht abwarten, um mit buhlemanns willi loszuspringen ins tolle begräbnis von richard. unterm birnbaum die grube graben, ich tu paar blanke knöpfe mit rein, dann denkt später einer, da liegt ein mensch, kann doch sein, so zwergereiter. und kletterten weg in lübecker bauschrott, das bruchstück einer säule suchen. und liefen im grenzkraut hundsrosen graben, bei fuzzi brause und eis abordern. und radelten rauf nach ratzeburg für würdiges tuch. felix sagte der verkäuferin, für kindergeburtstag brauche er was, und wühlt zwischen samtschwarz und silberschnur, das hab ich dem kleinen gleich angesehen, flüsterte die frau zu proff, ein eigenwilliger junge, ihr sohn. und beim blumenmann mölln den kranz. aber klein, sagte felix. aber das kenn ich doch auch, sagte der mann, proff zu helfen. aber doch auch mit schleife, sagte der sohn, mit rot und gold und herz-

lichen grüßen. es ist jetzt genug, sagte da mißmutig proff, es ist nur ein hund. wieso denn, rief felix tröstend, ich hab uns doch alle umgezaubert. weinend lachte er, und richard kommt nicht in die kiste, guck mal, peru, mehr geschaukel in ästen, die toten fliegen gern leichter, oder wir stellen ihn hin, und die bänder überall bunt durchs fell, so freier indianerkönig, nee häuptling sind neger und oben im norden, du hast immer gar keine ahnung.

julis ahnung blieb stumm, sie summte verloren, machte sich anders zu schaffen, brannte das alte fensterholz ab für frische bemalung. und die küken, die sind euch plötzlich egal. sie haßte vergeßlichkeiten.

proff hatte nicht vergessen, sieh mal die enge, er brachte ihr vorsichtig in zwei händen ein ei. ein stück schale hatte sich schon gelöst. gepreßt verfaltet ins weiß mußte innen das tier das gehäuse zerschlagen. ich helf ihm mal bißchen. sacht löste proff die schalenteilchen um den nassen, verschlossenen körper. alle sechs küken kamen aus, alle munter, schon scharrten sie in den gesten der mutter. eins starb, am mittag des zweiten tages, schwankend wie ohne fuß. nicht aus anstrengung zu seinen kräften gekommen, nicht aus eigenem schlagen klug, daß *es geht.*

juli warf den vogel auf buhlemanns mist, so ist das mit eurer befreiung.

das seh ich anders, auch das, sagte proff, so ist das mit der befreiung, die wir nicht selber machen. die lähmung.

deine längst auch. dein gezappel.

proff sah sie mitten getroffen an.

hatte juli ihn plötzlich verstanden.

er streckte nach ihr die hand aus. sie trat zurück, dein lachen ist irre.

hältst denn auch du uns für krank.

dich nicht. bist harmlos.

schmerzlos?

ja.

das wäre die tödlich gesteigerte krankheit. mensch, hüte dich, juli, was du mir sagst.

(23) damit hatten sie in antwerpen nicht gerechnet. wieder war es schlosser, der darauf achtete, daß wir nicht pfuschen. daß wir genau nicht nur den kampf, unseren angriff, jetzt tölz, das boot bei blohm und hier kaaien acht, dort in guatemala city den keller der killer, machen, sondern auch jede peinigung, deine und meine, die eines jeden im feld der bewegung, wahren. unsre arbeit ist nicht ein schrei, ist eine antwort.
auf was denn, ihr seid nicht gefragt.
das täuscht. viele fragen an uns sind leise. immer ist so die hellhörigkeit, den flüsternden griff zu vernehmen, ihn sorgfältig aufzunehmen, gemeinsam in angriff zu wenden unsre tägliche schwierigkeit auch. es geht, das ist die erfahrung von uns, kein produkt, nichts vorwärts, ohne zerstörung. aber auch nichts, ohne vielseitig unsre achtung.
flügel und schlosser kamen nach flandern in eile. einmal zeigte sie ihm die ferne reihung der pappeln vorm nebligen rot der untergehenden sonne, einmal zeigte er ihr das spiegelbild fahler rinder im schwarzwasser eines kanals, drüber die türmung der wolke.
hier hat proff seine liebsten kneipen.
ach der, sagte flügel, kein leben.
und überall gräber, leichenfelder und leichenfelder, marschgemustert aus weißen kreuzen die lüge vom helden, *krieg dem krieg, die bewaffnete front in westeuropa aufbauen!* so wollte schlosser uns einschreiben in das gästebuch einer leichenfeldbude. das laß, sagte flügel, komm weg von hier, besser, sie finden nicht deine hand.
wie bewegen wir unsre hand, ohne uns zu verraten. wann sind wir unauffindbar in den schützenden händen der klasse. warum sind wir so wenige.
wir sind weltweit, nur grad noch nicht hier.
hier kämpfen wir, lachte schlosser und warf die guzzi ins vielspurennetz um antwerpen, ins brückenschwingen und tunnelgefummel, ins wassergepeitsch um setra und volvo und benz.
entkommen unten zwischen kranen und kneipen, schon im

geruch von hafendreck, im tropfenden gleißen der sonne, fragte sie an einer essostation ein junger mann nach dem *hsv.* er habe die übertragung des spiels gestern abend verpaßt. er sehe ihr hamburger nummernschild. stumm trieben sie schmal von ampel zu ampel, suchten sich einen umweg gegen verfolgung, durchfuhren einen vorstadtbezirk, die geputzten wege um laubige gärten, um pilzige eigenheime, weich rollte ein hoher kinderwagen nur leer, jeder für sich erschrak, sie wußten von fußball kein resultat, von gartenarbeit kein blatt, vom haustürenschmuck kein muster, vom frühstückstisch nicht die uhr, die dich tickt, nicht die gemeinsame hast, vom abendtisch kein programmhefteblättern, kein ehebettklettern. flügel griff über den helm zurück an schlossers gesicht. das war verkleidet.
sie schoben die guzzi ins parkplatzgelände der u-bahn-station, fuhren getrennt bis ans schiff.
dort erst, in einer kammer, die schwimmt, im engen röhricht der arbeitskabel, im klirren der stählernen wände, der ausgerechneten wege, fanden sie ihren platz, wußten sie wieder bescheid, plan und gesicht, *compañieros,* vom *hsv* keine spur, aber die spur unsrer kämpfe, *siempre internacionalistas!*
mit alle dem war in antwerpen zu rechnen gewesen. nicht aber dann mit dem.
der alten nele de winter, unterm scheldedeich saß die verborgen im norden der stadt, war besuch angekündigt worden. mal wieder den happen tee, wir hoffen, du bist gesund. ein zettel im briefkasten, *403, der schlüssel, der lebt,* der sind wir. es ging um kisten, um ein depot der genossen. das wußte die alte frau. einer hatte bei ihr schon früh pläne gegen die *nato* versteckt. ach, wenn es doch nützt, genosse, da möchte ich eisen verstecken. der freund hatte sich gewundert. nichts war vergessen worden.
schon fuhr nele ins tuch, entstaubte die dicken tassen aus blau, reichte dem dünnen hund einen korb. der sprang, sie tappte raus in den garten. es lagen im gras schon äpfel für kuchen. der wurm sticht sie süß. ich bin ach allein. mein

liebster ist von den nazis erwürgt. an dem ast. in dem wind. flach in dem wind überm fluß üben die würger den angriff auf schlafende menschen. aus verkrüppelter pfote warf sie mit einem apfel gegen *mirages*. sie wußte. wußte doch nicht, was in der hafenguerilla drüben im süden für sie verabredet war: wo wir kisten stellen, stehn wir auch selbst, eine frau, ihr mut ist kein schuppen, eine wut ist kein keller, ist eine liebe. so kam manchmal einer zum tee. auch ohne depotunternehmung. nur so.
jetzt war das lange versäumt.
eine frau war erschossen. ein mann gefangen.
eine andre frau holte flügel und schlosser pünktlich von kaaien acht.
beide hatten es eilig, beide saßen gern frei unterm deich, aber heut nur von nele die kleine tasche für brocken und tapp, fürs boot, pappen und scheine fürs flüchten, für die fortführung unsrer arbeit danach. dann weiter, utrecht und tölz. beide dachten an boye und blues, an pauli. ach haut ach mund.
schon gab aber unerwartet ein freund das täschchen aus seinem büro, stadtbücherei im dritten bezirk, er hatte selbständig vorgearbeitet. der weg jetzt zu nele de winter war für den raschen arbeitsablauf kein nutzen, ein umweg.
aber nele erwartet uns, sagte die frau.
ruf an, der wagen könnt ja kaputt sein.
sie kam von der straße unzufrieden zurück, so gehe das nicht zu machen, die stimme der alten sei klapprig versackt, aus kuchenteigschlagen. ach an den ast in den wind.
wir können nicht, sagte flügel, eine ganze stunde umsonst, und noch eine stunde zurück, für nichts.
für nichts ist da draußen die meiste zeit, sagte die frau, das liebste ist ihr für uns. jetzt schmerzt es sie, daß wir nicht kommen.
wir kommen auf jeden fall bald.
bald weiß keiner von uns, sagte die frau, nur heute noch, jetzt.
dann fahr du.

ich kann nicht, sagte die frau, ich treff die türken vom boot.
nele hat sich gefreut, jetzt macht sie sich kummer, sagte jetzt schlosser, das ist eine arbeit für uns, die sie macht.
von uns. sagte die frau.
auf das waren sie nicht gefaßt in antwerpen.
fahr du, sagte flügel zu schlosser.
der bücherfreund ließ ihm den daf. dohlenschwärme fuhren vor ihm auf, ließen sich werfen im wind von ufer zu ufer.

(24) anders von wand zu wand kutte und spitz, da blüht kein kuchen, viel farbe sprüht rund um den sackbahnhof altona, glüht aber gar keine kohle aufs haupt von schnellen passanten, die schnappen nach *bild,* die machen bloß stumpf für uns alle die arbeit, *freiheit für günter sonnenberg,* ist der gefangen, das kommt davon, die großen sind immer noch schlimmer wie wir, hol ich mir schnell noch paar boxen für lau, bei pleite wird alles leicht lecker verschleudert, ist sein bier, wie einer sein leben vergeudert, wer aufs geld guckt, kennt *sonnenbergs ladenketten,* die kette vom *asperg* kennt keiner, kutte wird immer kleiner, was sind wir denn blöde allein, spitz schnappt ihn zu sich, hier lies doch mal das, ein mann, den sie kannten, ist explodiert beim bombenstopfen, den mochten sie leiden, klar *straighter abgang,* sagt spitz.
ein mensch ist vernichtet, sagt kutte.
kotzt vor gleis drei in den fotoschrank, dann springt er von wand zu wand zickzack, ruft gell *die wände zur waffe machen,* die bahnbullen greifen ihn ab, sprühdose leer und knastkampfpapiere, *sachschaden* und *unterstützung,* drei jahre. kaum in der klause aus grau, schreibt kutte den antrag für einen kleinen spiegel.

(25) rot oleander wiegend im rost kniehoher schmierfetteimer, umkrautet trocken von schafgarbe und kamille, nah stürzen braune wasser, gesang, aus dem schwarzen schiefer der brückentürme blitzt sonne aufs kneipentürfenster, die drehklinke beulig aus messing hängt schief im ausgeschlagnen holz, nichts ist verschlossen, die alten farben fallen von immer noch älteren farben, im barstubenschummer duftet es grün nach knoblauch und café noir, summen die fliegen, schnauft gelb der hund, unterm tisch nah der tür liegt sein kopf auf den weißlich verschliffenen dielen, sein schwerer bauch, umwickelt, gewärmt gegen alterskrankheit, mit einem kinderjäckchen, ruhig sieht er auf gäste und katzen, die kleineren katzen liegen im arm der kinder wie kleinere kinder, aus strümpfen, karton und blumen ist im thekenbereich die wohnung der puppen, der vater, um zwei pastis auszuschenken, steigt über bunte schachteln, der vater ist dick, so sind seine füße, sein lächeln, das seine frau am späten morgen wiedererkennt, zertanzte pantoffeln, langes brot, in der pfanne springt fleisch, im käfig der fink, die frau legt den kopf zur seite, ihr hals küßt ihr kind, es schläft an der schulter, kräuter und schweiß, das feuchte hemd auf der haut vor den spiegeln und flaschen, die kleine hand der ältesten tochter schreibt schulaufgaben an einem gästetisch zwischen den gläsern von gestern, das blaue heft, die braunen augen, der vater pfeift ins tassenwasser, blumenkraut, kind und öl und feuer, hund und haut und schummer und tisch, frau und mann und arbeit sind miteinander befreundet. leicht faßt der wind die tür, blinkt messing, blitzt brückenlicht. nichts ist verschlossen. niemand von hier steht auf. aus solchen häusern wär ich nie losgegangen, ist alles schon in bewegung, der tag, die nacht, der fluß, eines jeden gesicht. nichts ist verschlossen.

anna hatte geträumt.

wo bist du denn, fragte feder.

das war anna noch nie passiert. die spritanzeige lag platt auf null. von der standspur aus winkten sie mit dem kanister. ein grauer pritschenpeugeot hielt an. der fahrer, hängender

schnauzbart und glatze, sprach deutsch, war jetzt hier bauer, warf ihnen seil zu und ab.
weithin schwang die bahn nah montélimar, fielen weit voraus hinab hubschrauber, sperrten die *autoroute du soleil.* ohne ein wort, ohne ein wort der frauen, brachte der fahrer den wagen nach rechts in den schlamm von straßenbauarbeit, in den wald hinter raupen und bagger. auf der N7 trieb alles nur schläfrig hin. sie kamen davon.
die nacht unter campern im buschigen ufer der rhône war deutsche gemütlichkeit, friedenslied, sonnenbrandhöschen.
das schnappt mich wie eisen am hals.
weiter.
im flußnebel brachen sie auf, banden ein surfbrett aufs dach. die ihnen das ding verkauft hatten billig, schliefen noch matt, abcwaffenjunker aus der zentrale in emden, sie waren mit beiden ums bratwurstfeuer gehopst, hatten viel gefragt und gehört dies und das, man würde doch gern mal sich wiedersehen, den prüfstand für abckampffahrzeuge im gelände der karl-von-müller-kaserne hatten die kleinen urlaubssoldaten *eichmanns hobbykeller* genannt.
in aubenas war markt, alles war offen zu haben, unter großen hüten fuhren sie aus der stadt, mensch, siehst du ekelhaft aus. jede von ihnen trug ein signalfarbenes hemdchen, *cola* und *stars and stripes,* die männer pfiffen ihnen nach, sie winkten und lachten und fluchten, bald fuhren sie leise durchs waldgebirge um ribes.
clarisse petite, die von andré geschiedene frau, erwartete sie in einer verdornten weglosen hütte.
hier, zum beispiel.
sie machte das netz der quartiere für die tage und nächte und wochen nach tölz. sie hatte kleine bunte karten mit wegen und stegen gezeichnet. sie hatte plätze und flüsse ins italienische umgeschrieben.
falls sie euch filzen, sagte sie, die umschreibung lernst du mal wie vokabeln, später ihr alle lernt das von dir.
anna fuhr mit ihr das netz ab in tagen und nächten. im schlaf oft brüllte clarisse einen schrei. sie hatte das alter

von proff, war lehrerin für ökonomie, betrogen, entschlossen.
und kommt mir hierher kein typ, sagte sie, das muß klar sein.
die hütte hatte nur einen raum, groß, alles holz und haken. feder, allein dort, sah von zwei frauen drei bilder, die eine, marcauer, hamburger kommunistin, verwundet in der sierra alcubierre, parteiintern liquidiert achtunddreißig, aufgenommen in einer gruppe von männern und frauen, im aufbruch, in einem gebirge baumlos, der kreis der kämpfenden dunkel zerlumpt, entschlossen, jede, jeder bewaffnet. die andre frau betrogen lachend im pelz der jahrhundertwende, dann, aus jahrzehnten gebückt vor die hand eines kahlen mannes, der sich über sie beugt, ihr an die staubige bluse den orden der ordnung, die auszeichnung sticht, in die niederlage den stern. alexandra kollontai. für sie hatte hier clarisse kein wort aufgehoben, nur die trauer der bilder. zur marcauer gab es den gedanken von peter weiss, *denn das gehört untrennbar zusammen, die impotenz und der krähende hahn, ich bin für äußerste gewalt gegen den feind, diese aber braucht keine büffel als gespann, ihre wirkungskraft ist am größten, wenn das kollektiv intakt ist.*
intakt, sagte feder, und eben nicht illusion.
die freunde in le vigan, felder für biodynamischen anbau aus vaters erbgeldern eingekauft hoch überm blütenhaus, weiß an den hängen des mont aigoual, lebten gern, sagten sie, kollektiv, lebten gern am grünen hérault. erst eine halbe stunde flußab, im marktflecken ganges, floß jeden tag farbig gift ins wasser, in die schluchten unterhalb cause de la selle.
erst dort sind wir kollektiv, sagte feder, wo in der gruppe der einzelne für die gewinnung seines lebens kein rückzugsgebiet, kein individuelles terrain mehr sieht. keins. einfach keins mehr will. weil dir, das hast du erfahren, sonst gehts nicht, die aneignung deines lebens ohne die gruppe im angriff nicht geht. weil einzeln gegen das prinzip der entfremdung, gegen das system der vernichtung, in dir und draußen,

nichts geht. nur wir. ohne rückblick. hinter uns wüste, der stein, die gefangenschaften, das tote gewühl.
wer seine hand an den pflug legt, sagte mißtrauisch claude, und sieht zurück, der ist nicht geschickt zum reich gottes, sagen die christen. laßt die toten ihre toten begraben, das sagen sie auch.
das sagen sie gut, sagte feder, wenn sie es tun. wenn sie aufstehen und nicht nach innen brechen ins knie. manchmal, der rückzug zuvor, wie die glaubensmenschen das machen, kann, auf kurze zeit, die vernünftige chance sein, kann einsicht bringen, praxis nach vorn. aber, so weit ichs erkenne, kippt dieses stille innenleben selten nach vorn, ins wir. weint lieber sich weg aus der welt, in anschauung statt in angriff. dabei sage ich nichts gegens weinen.
wer von euch weint denn, bevor er schießt, höhnte claude, wer weint und fesselt an einen stuhl, wer unter tränen lacht am *airport* sich einen genickschuß an.
ach zyne, geh weg, was willst du von mir, sagte feder, oder frag mal, was willst du von dir. nur noch nichts, altes schwein.
claude lachte verletzt, eher geht ein kamel durchs nadelöhr, rief er, als ein schwein geht ins kollektiv.
ja ja, so bist du fein raus, macht ihr euch aus dem staub.
wer sagt denn hier schwein, wer wirft denn hier raus, das seid doch von anfang an ihr, schrie monique.
mach ende, mach schluß, sagte anna, jetzt geht auch noch das wieder los, wer hat wen rausgeschmissen.
laß mich hier raus, sagte feder, lieber geh ich doch tot, als daß ich da drinhäng in dieser verschleppung, in dieser zerstörung von leben, dreck selbstzerstörung.
da siehst dus, der paßt dir, der tod, rief monique, wir wollen aber leben, stell dir das vor.
feder bleibt hier, sagte anna. und ihr wollt leben, sagst du. das ist in ordnung. das ist ein einfacher satz. bloß wenn ihr sagt, kollektives leben, dann müssen wir das diskutieren, damit nicht gelogen wird. denkt mal mit uns zusammen, anders lernen wir nichts. und ihr auch nicht. jeder von euch

hier, das ist doch an allerhand ecken und seufzern und briefen und schnellen versprechern deutlich geworden, hat noch, ganz ohne die andren, sein kleines geheimnis in petto. wenns hier nicht klappt am hérault, dann klappts vielleicht anderswo. ich find das nicht gut. wir sagen, das sackt. wir sagen das nicht mit vorwurf, was soll das, wir fragen hier nicht katechismus ab. aber die logik von worten. wer für sich stickum noch anders kann, der kann nicht das kollektiv. das ist keine denunziation. das ist nur ein jammer. das sind an der front die verluste.
ist ein schön haus, *la maison héraultique.* ocker leuchtet gerissenes gemäuser, blank springt der fisch, heiß sticht der vogel martin pêcheur, schießt blau.
claude und monique backen vollkornbrot, von nah und fern kommen zum markt, immer noch hinkt die bäckersfrau, freakin und freak fürs *pain complet.* das ist fürs geld, fürs kleine. größere summen kommen aus fürth vom vater von zeit zu zeit, man ist ja froh, daß die kinder den k-gruppen-unsinn heil hinter sich haben. für die lust schneidern claude und monique große puppen, tanzpuppen lila und grün, hexen, mätressen und nonnen, offiziere und mörder, bauern fürs blutgerüst, kinder fürs klatschen. käm ihnen aus paris ein reales geschäftsinteresse, gäb man ihnen das reisegeld, führen sie auf und davon für lang, nach timor und bali, nach thule, warum nicht botswana, nicht für befreiung, nicht gegen air base, nicht wegen blutbad, auch nicht zum beten, sondern die kleidermuster der völker zu lernen, den zauber, der uns versteckt. noch bleiben sie kollektiv. aus paris kommt kein reales interesse.
hamid und günther machen am berg den mondigen acker, auch den wein und das pilzepuder. ihr beitrag für das gemeinsame leben ist gründlich. beide kommen aus gründlichen tätigkeiten und schrecken und ängsten, hamid aus beirut, von der front, günther aus den *rz* bei *ford köln.* es gab noch die front, aber die beiden in ihr nicht mehr. nun sind sie mitten im berg daheim. jeder schleppt jedes für jeden. allerdings, kämen *luchterhand* oder *hanser,* käm gar aus

darmstadt ein preis, ein ruhmgeld fürs einsamsein, tät günther fürs dichten auf eine warme insel verschwinden zu braunen weibern und kindern, das leben könnte so schön sein. und allerdings wartet hamid, das weiß auch günther noch nicht, auf postlagernd ganges eine nachricht von *gulf*. er ist noch jung, und nach so viel kämpfen, vergeblich, möcht er nochmal was *vom leben haben*, als bohrinselkuli vor angolas küste käm ihm von *gulf* eine stange gold, warum nicht. noch schweigen aber darmstadt und gulf. noch sind wir im kollektiv.
der das haus macht, kocht, die betten schüttelt, florian, der baumhausmeister, der wendländer republikaner, ist erschöpft genug, der bulldozer gegen sein traumhaus damals hat ihm zwei finger abgerissen, wunschlos im schönen haus hier bleiben zu wollen. neben der täglichen arbeit für alle pflegt er in einem terrarium eine weiße schlange.
als im vergangenen jahr oberhalb arboras wochenlang dikkicht brannte, alle dorfmenschen tag und nacht löschen liefen, eimer, erde, besen und jacken, hatte florian im schutz seiner schäferei, kostbare farbstudien herstellen, menschliches elend und handwerkliche traditionen einfangen wollen mit seiner *hasselblad*, er hatte früher mal werbung gemacht für freizeitkonzerne, *geo* zahlt gut, war aber aus den ästhetischen leidenschaften, aus seinem attendrissement créative von den ureinwohnern mit stöcken vertrieben worden. so war ihm sein schäferplätzchen verbrannt. nur die weiße schlange konnte er retten. manchmal tanzt sie. sieh mal, sie lächelt, sagt er. florian bleibt kollektiv.
dazwischen sind cora und wagner, sind hier die beiden verheirateten, wären wir nicht im kollektiv, würden wir uns erwürgen, sagt cora. lieber denkt wagner gedichte. *keine rettung verliert das obszöne.*
cora will keine rettung, kein kind, keine frauenverschwörung. den feind. wo bist du, cora.
ihr mann hat drei jahre knast gehabt, straubing, für falsche papiere und autokennzeichen. so fängt einer, sagt wagner, an, weil er *es nicht mehr aushält.* es gibt aber immer noch

schlimmeres, sagt er, wir können also, wo wir grad sind, auch bleiben. die techniken der zerstörung sind unerschöpflich. nur wir sind es nicht, vielleicht, in der stille.
noch hinterm altgelben haus hilft feder ihm wasser schöpfen, tomaten binden, den ziegenzaun flicken. sie hört ihm zu. anstatt ihm zu antworten, fragt sie, wo bist du, wagner.
denn auch das mit rz war noch kein kollektiv, sagt wagner, in der tat sind wir einfach, nach der tat wieder noch nicht, ist jeder allein, nur nun jeder an jeden verwickelt. so allein aber bin ich dann doch lieber ganz allein.
wo ist das.
die erfahrung deiner ohnmacht. drum kommen sie zu dir ins loch anfangs oft nachts. wenn du schläfst, öffnest du deine haut. da wollen sie rein. der zeck. violett. die stundengebete. sie haben gegen uns alles studiert. *beer* hat *panzern* gesagt, *geschlossen als kollektiv.* ich sage *konzentration.* ich will nicht schließen.
wer kommt dann zu dir.
es lebt ein alter allein unterm stein nah sivergues. er betet sein leben. seine briefe haben sie jederzeit zu mir durchgelassen. so habe ich in der isolation die ersten schritte von ihm gelernt. nein, es sind eben keine schritte. allerdings war, woher er mir seine weisungen schickte, offen das licht der sonne, waren auch früchte, flogen auch vögel. im loch war alles das nicht. aber die konzentration. ich habe von ihm gelernt. ich lerne weiter. es kommt eine furchtbare ruhe weißt du es kommt eine leere.
für wen.
für mich.
wo sind deine freunde.
ich habe ein langes gespräch geführt in aix-en-provence. sie werden mir eine forschungsarbeit bezahlen. *kulte der konzentration bei der wiederentdeckung völkischer identität nach beendeten bürgerkriegen.* das freut mich, schluchzte laut wagner.
dies haus ohne dich, fragte feder.
ist eine täuschung. ist alles leer.

sie treten schon ein, sagte feder. mutter und vater monique traten ein, sie hatten, per mietwagen ab fréjorgues airport, einen abstecher zu ihrer tochter gemacht. im brüsseler auftrag, als nato-mann zwischen brüssel und siemens, flog der vater beobachtungshalber nach tschad, fünfzig flugminuten bis quagadougou, na da sehn wir uns dann ja vielleicht mal, mein bub, lachte der vater zu wagner. ihn begleitete seine frau und, in zivil, ein mann der *forces.* schön kleine welt, lacht der vater.
komm hier weg, mich friert, flüsterte cora.
cora und anna warfen aus uferbambus die angel, denn ich will keine rettung, auch keinen kult, auch von dem mann kein gedicht, sondern, so gut ich kann, meine geschicklichkeit. wechselt den wagen. ich hab das für euch genau gemacht, über hebelzug könnt ihr von innen die kennzeichen kippen. drei. und für jedes den wisch. hier hast du.
und die grenze konntest du auch, fragte anna.
cora stammte aus wissembourg.
nur zwei. aber die kennen den grenzwald jetzt sehr genau. zwei frauen.
wie finden wir die.
fahrt bis erste shell pirmasens, also wenn ihr von hinterweidenthal reinfahrt, sagt *öl für 403,* am achtzehnten zehnten ab mittags sind beide frauen bei dem. er fährt euch bis an den wald.
das ist gut, sagte anna.
cora zog ihre hand zurück, ich hab eine frage, sagt mir das mal. sie zeigte anna ein buntes foto.
einen mann im knast, in seinen händen ein bier, eine wurst, an seiner nackten schulter die nackte schulter des nächsten, des nächsten, ein gruppenbild mit sonne, das lachen gefangener männer, die nicht allein sind.
was zeigst du mir den, fragte anna.
was ärgert dich der, fragte cora.
ja jammer, was noch.
hau jetzt nicht ab.
ach weil wir doch weitermüssen, rief anna.

ach weil ich was rauskriegen muß, rief cora, sieh mal das lachen, die haut, die sonne, endlich für den die sonne, und das ist nicht schlecht, sondern gut, er lebt. ich will daß er lebt. aber starr ich ins leben, cora zogs krumm in das kleine bild, starrt mich was an, wie komm ich da raus, wer schneidet mir das aus dem kopf, was ich weiß, was ich seh, was mich sieht, wohin verkriech ich denn das, wie denn wann irgendwoher weiß ich nicht mehr die bedingung für diese sonne, für diese nähe zu leuten, für all dies freie bier und gelächter. denn das weiß ich doch, nur wer nein sagt, darf lachen, nur wer weggeht von uns, kriegt menschen nah, nur wer uns absagt, dem lassen sie sonne auf sein gesicht, sein leben. was aber sonne, was für ein lachen denn, welches leben. wessen alles das ist das. wie soll ich mich freuen. denn das hab ich doch nicht vergessen, denn das werden wir niemals ihnen vergessen, celle, du weißt, der käfig, fünfundzwanzig mal fünf in beton, drüber der draht, und nur minutenkurz täglich, von frühjahr bis frühen herbst, die enge, wandernde sonnenhaut an der wand, der warme lichtfleck für einen menschen. sie mußten in celle ums leben hungern, damit der hofgang, täglich versetzt, zur kleinen sonnenzeit läuft. und ich red nicht und müßte doch reden von köln und marliring, von frankenthal, straubing, moabit. ach mensch, das liegt mir doch alles über dies bunte bild, so oft ichs mir anseh. ich freu mich und kann mich nicht freuen. endlich, daß einer von uns doch lebt! aber doch von todesgnaden! ich habs so an seine freunde geschrieben. sie schreiben zurück, ich gönnt ihm das leben nicht. was denn? bin ich verrückt? nein, sagte anna, sie haben angst vor sich selbst, drum sagen sie, du machst ihnen angst. sieh mal, ich freu mich über dies haus, diesen fluß, diese sonne. und doch hat mir wagner gesagt, ich fänd das alles heimlich nur lächerlich, auch ihn selbst. mit ihren unterstellungen vermeiden sie die erörterung ihrer eignen lage. das hast du bei vielen, die flucht vor der selbsterörterung. bloß weil wir aufstehn, sind wir ihnen die beängstigung ihrer existenz, die aufdeckung ihrer niederlage. die sie nicht aufdecken wollen. erinner dich mal, man-

che kennen, ach viel zu viele kennen die latte unserer fehler wie ein lied, aber nicht mal den anfangsvers ihrer eignen möglichkeiten, *jetzt, heut noch,* sie selbst. als kämen sie so sich selber davon, stürzen sie sich auf uns.
was ist das, frag ich dich, hör mal, wo bin ich.
wo bist du, cora. das ist die einzige frage, und wenn du es raushast, dann ist das die einzige antwort, anna riß leer die angel, stand auf, mehr weiß ich nicht, komm. oder so, murrte sie eben noch nach, daß nirgend geschrieben steht, es sei jeder schmerz zu lösen. komm, mensch, steh auf. wieder, ach jeden tag, fiel ihr pauli ein. auch kann es jeden tag sein, daß wir sterben. wer ist da im haus zu besuch. es sind ja nicht nur die eltern von der.
der killer sah dem wagen nach. ihm kamen die frauen bekannt vor. er merkte die nummer, schnupperte seinen schmalen koffer, die fahndungsfotos, pfiff nach lyon, nach nice. der hals bei bonn war heut schon einmal angeregt worden. fern bei den proffs eine einschaltung antwerpen. was denn die mutter. er kramte noch mal den lauschbericht, den schnüffel von *FD7.*

(26) gruß aus den kretischen labyrinthen, sag der mutter, es geht mir gut. danach hatte schlosser die leitung sofort gekappt.
mit vielen verschiedenen zügen fuhr er über rotterdam, groningen, leer nach papenburg. dort die arbeit im zentrum für emslandlagergeschichte die sah er sich an, das antifaschistische lernen, die wachsamkeit in einer eingeschläferten stadt, unter popengebimmel die freche frau und der fromme sdajotler, beide erkannten ihn nicht, brauten kaffee, er sei ein lehrer aus westberlin, da lachte die frau, ist kreuzberg noch auf den beinen, und schlosser sagte, seines wissens sei mr. president unbeschadet aus der stadt, aus dem schloß, entkommen. da dachte der stille ans reihenhaus, an die treue stärke der *bruderstaaten,* an die sicherheit auch der renten,

hob hände gegen provokation, schwieg sehr. schlosser besah mit ihm auch den ausstellungsraum, die mühsame sorgfalt der sammlung von bildern und schriften und gegenständen aus dem schinden und kämpfen der moorsoldaten. weißt du, warum die soldaten hießen. so hat die *sa* die gefangenen genannt, sagte rotschneck. ach die, sagte schlosser, wir sagen, der klassenwiderstand, auch der im knast, ist teil einer roten armee. klar, parteidisziplin, hastete rotstift nach. das verbot der partei, sagte schlosser matt, war am siebzehnten august sechsundfünfzig, nicht irgendwann fünfundfünfzig, ich fänds echt besser, wenn du das auf der datentafel da umschreibst. das ist doch gedruckt, da einfach was rein schreiben, meinste?
frag in der *hauptstadt,* ich fahr schon mal weiter, machts gut. draußen sah schlosser die junge frau vor einer gewerkschaftergruppe, er nahm von ihr den satzfetzen mit . . . *nicht unter in niederlagen sondern in kämpfen die wir nicht* . . . er winkte ihr zu, fuhr über köln nach hamburg, ab köln *intercity,* sonntäglich abends der pfiff aus der holstendose, aus bild die nachricht vom stöhnen brennender kinder. schlosser sah einem schuljungen zu, lecklolli und digital, der junge kratzte das handgelenk, seit er die uhr hat, juckt ihm am arm die haut, strahlt immer bißchen was ab, so plastik, sagte die mutter, los, kauf dir was, kratz nicht, der hat bestimmt cola. von sitz zu sitz schob ein ausländermann geklingelten dreck, *unsre minibar.* was sitzt im urwald, sieht schwarz aus, das ist ein verbrannter neger, und neben ihm sitzt ein roter, wer ist das, das ist sein freund, der glüht noch. der vater grinst. lauter junge soldaten rollen zurück in die pflicht. wieviel russen passen im golf, fünfundzwanzig, vier in die sitze, der rest kommt im aschenbecher.
schlosser starrt. schlosser horcht. kein klopfen. noch immer kein klopfen. schlosser hat angst. immer wieder duckt schlosser sich über den rand der zeitung. ihn rührt das gesicht einer frau. sie sitzt vor ihm. er sieht gesten der augen, des munds, der haut ihres dünnen halses, hört stimmfetzen, zwei drei lehnen gelb hin. die frau hat ein kleines kind neben sich.

schlosser stand auf, bückte sich über den mittelgang hin, wollte näher an diesen schutz, an das klopfen. bückte sich seinen schritten voraus. sah die frau. das kind. die kleine idiotische tochter.
schlosser stellte sich weg, schloß weg, stand gegen versifften spiegel, starrte, horchte. das klopfen der verrückten.

(27) die guzzi war schneller, bei nieuwleusen sprang flügel weg von der autobahn, aus utrecht waren ihr wagen gefolgt, mal aus holland einer, mal oldenburg, grenzüberschreitend counter.
schwarz fett stand torf an den brechenden rändern der gruben, vom himmel her blau und weiß, übertanzt von mücken, ihr kreisen und steigen und fallen, kein laut von menschen, kein laut. der sonntag der reformierten.
in einer torfbude hingen jacke und hose, standen auch kleinere stiefel. flügel schob weiter als torfarbeiter. ihre kleider schnürte sie um den tank, schob dann die guzzi unter schwerem anlauf ins große, noch unverletzt stille wasser. die maschine sank weich ins schwarz. schon wiegten drüber die mücken.
flügel bückte sich übers kartenblatt, maß nach, gut zwanzig bis an die emslandgrenze, hier war schon in nazinächten widerstand durchgekrochen, fast alles wiese und moor, wenn sie hardenberg nördlich umläuft. schweres laufen. los, tölz. zwischen laar und radewijk kam grau regenlicht aus den grenzgrabenbäumen, kam gegen flügel, in fremdem auftrag, ein grüner gepanzerter sehr junger mann mit einer sehr schnellen waffe, aus fremdem interesse bezahlt fürs fremde jagen und niederschießen, für mein leben, von irgendwas muß ich ja leben, von der bewachung, mein job, was willst du, ich schieß. kam genug licht, um einen menschen zu töten. mitten im anlaufenden schrei stolperte der mann, fiel an den wurzelknoten, an die im grenzwaldwasser eingewurzelte erle. da konnte flügel ihn treffen, bevor die heckler

noch einmal gegen sie hochkam. des getroffnen funksprechgerät pfiff und faselte noch, als flügel schon weit in sicherheit war. seltsame frauen hatten sie ahnungslos aufgenommen. die sangen frieden, hatten viel brot und obst in der tasche, tee in der flasche, den mut zum frieden, gebete und zärtlichkeit. es war eine grenzwanderung von christenfrauen. sie waren von borkum nach bonn unterwegs, von us-depot zu atomkraftwerk zu us-depot, gaben auf handzettelchen von dorf zu dorf die schönheit der schöpfung, den unsinn der macht, baten bei biederen bürgermeistern um einen diskussionstermin, bei pastorinnen um ein kurzes gebet. jede trug neben nahrung und freude ein säckchen für muttererde, die packten sie immer da, wo ein menschenprotest gesungen war, mit bloßer hand, die wollten sie, notfalls auf bloßen füßen, bis bonn, bis nach oggersheim tragen, denn die wissen dort den plan der zerstörung, aber die möchten sich ändern, träumt sich hedwig.

flügel wandert tag und nacht mit.

inzwischen kamen sie immer wieder an sperrbezirke, an schneidenden draht, *vorsicht schußwaffeneinsatz!* wir lassen uns von überhaupt nichts bremsen, sagte die lehrerin aus bederkesa, wir laufen jedesmal stur drumrum, sie lachte flügel liebevoll an, sie tauschten eben die kleider, die andren waren ein weilchen voraus, flügel hatte von einem freaknest erzählt, die bullen hätten ihnen den ziegenhof niedergerissen bei morgengrauen, sie selbst habe eine *wanne* gezündelt, jetzt müsse sie weit die mücke machen, wir finden gewalt nie gut, mahnte die unterstützerin, du bekommst das gesicht deines feinds, aber ich will, daß du wegkommst, und sie fand auch arbeiterkleider irgendwie immer ganz passend für sich, findest du nicht. und dann sagte sie noch, auch wenn so ein marsch nach bonn ohne sichtbare wirkung bleibt, ich finds schon toll, wie wir alle uns tag für tag näherkommen, wirklich sehr nah, du. hinter diesem zuwachs an menschlicher offenheit, gegenseitiger betroffenheit rückt alles andre weit zurück.

sie saß nun in gummistiefeln, unter leinenjacke und schwärz-

lichem hut und beugte sich zärtlich nieder zu einem schmetterling. das allein, daß es den hier noch gibt, oder vielleicht schon wieder, macht mir, ich kanns dir nicht richtig sagen, mut gegen alles das andre.
flügel hatte es eilig, ich dank dir sehr, hör auf damit, lies mal remarque *im westen nichts neues*, da stirbt der letzte am schmetterling, richtig froh soll er ausgeschaut haben im tod. wir sagen aber, wir leben. wer wir. hedwig riß sich vom schmetterling ab, sah flügel nach.
ein weißer *polo* nahm flügel mit, eine stramme frau aus steenfelderfehn, lachend laut klar auf trab kneipenwirtin, irgendwas fällt mir wie schuppen aus meinem haupthaar, wenn ich dich mir so anseh, sagte sie herzlich zu flügel. am nächsten bahnhof stieg flügel aus.
im klapprigen dieseltriebwagen schlief verkauert ein junger mann. um ihn nicht aufzuwecken, um von ihm nicht erkannt zu werden, klammerte flügel das schlagen der ängste mit händen und füßen an den verschwitzten sitz. es schüttelte sie grünes gebrüll, es klatschte sie erlenstockwasser. es schrie sie ihr liebster aus einem brunnen. gegen die dorfbrunnensteine lümmelte us-grün. drunten das flattern der immer schwächeren stimme von wand zu wand. hier sind die zentren. jetzt tölz.

(28) da blutet aus seinem zentrum der nacken nackt bin ich geschleudert winde nach einem halt.
laß los, ich halt dich, küßte marie.
hintergehung, flüsterte proff, hör mal das weiß, was ist das, nichts klopft, noch immer kein klopfen nimmer.
wir leben. jetzt freu dich.
ich habe angst vor dem bösen, bin verantwortlich für was ich weiß. verantwortung ist eine tätigkeit, nicht eine moral. ich hätte den film nicht drehen sollen, dreh aber tätig untätig untat. so hat es mich niedergedreht in einen strudel. ich hatte die siebzehn kilo kamera noch auf der schulter. meine ver-

drehung, als schlüge aus sonne mich eine faust, gab ihr schneidende kraft, es ist gewalt in der ohnmacht, es ist ohnmacht in der gewalt. der auf die frau, mitten in ihr gesicht, ihr ganz aus der nähe ins freie winken geschossen hatte, war klein, unter meinen ellenbogen sein nacken, kein helm, es war heiß, er fand sich siegreich, ach die pornografie unsrer siege.
es sind nicht deine siege, wenn sie uns morden.
ich rede von männern, proff zog von maries schulter seinen kopf, da bin ich in einer verschwörung, schwer zu entdekken.
bist kein so ein richtiger mann, lächelt marie, proff spielt mit haar, ach schön, schnalzt er, weißt nichts von strafen, jäh nahm er die hand zurück, tat sie weit weg, denn ich wollte wohl weiterdrehen, den mord, den mörder, es sind auch ein halt die arbeit, der auftrag, die verabredung mit andren menschen. war aber bodenlos aufgehoben von widerlichkeit, die explosionen der angst, von ohnmacht niedergewirbelt, das licht aus stein, niedergeschlagen der schlag ins genick des killers, war nicht mein schlag, nur meine erschlagung. mein zusammenbruch war seine zerschmettrung. meine zerstörtheit hatte die kraft seiner zerstörung. andre hatten die kraft. ihn zu zerstören, sag das.
mich zu retten als einen helden. ich nicht. sie hoben mich auf ihre schultern. sie wurden unter mir weggeschossen. *nicht die regierenden schreiben geschichte sondern das volk.*
alles verdrehst du.
so fall ich unter die toten, werde gefangen, nicht geschlagen, nur eilig verschleppt.
vorm fenster hing marokkanisches tuch, proff schobs beiseite.
es schneit.
was redest du denn, wohin.
mitten sommertags alles weiß, alles dahin.

(29) jetzt hör mir mal zu, du feiner schlauch, spitz mich nicht an, sonst pieks ich dich ab, *allein marschiert wird hier nicht,* vier mann und vier ecken, und wer losläßt, ist klassenverrat, was nichts neues wär, auch nicht von dir die tour, von hier krabbelt keiner zu mutti zurück, du auch nicht, und auch nicht zu muschi, bloß ich. aus eisen sind wir zusammen das messer, nimm deine weiße hand von ihr weg, wir schneiden den schnee, proff, bis glut kommt.
tapp saß jetzt oft allein, suchte sich zur gitarre und schlug und pfiff sich die eignen lieder.
du kannst schöne lieder.
das ist die liebe, zupfte tapp kühn.
warum hat dann unser kampf keine.
das ist die liebe, tapp mochte, ach armer tapp, die wiederholung, die treue.
dann hätten wir oratorien, mann.
dann wären wir massenhaft, frau. wir sind aber winzige wenige. tapp riß schrill eine einzige saite.
mach uns ein lied auf das boot.
da hör ich, tapp trommelte heimlichkeiten ans holz, nur dies, was meine marie nicht leiden kann, singst mohnblumen, sagt sie mir streng.
achgott marie, laß doch die, sagte blues, mach uns tee, schmeiß paar trockene klamotten, bin durch.
blues, seit tagen und nächten, durch gewittergeprassel und steinehitze auf posten und wegen für boye und pauli, ogott mensch mach daß der lebt, sah runtergekommen aus, lief weiß in tennislook, schweißband und schläger, elbchaussee, ganz gut gemein siehst du aus, sagte tapp, ich bin auch gemein, sagte blues ihm müde, sie war froh, als er ihr pullover hinwarf, jeans und norwegersocken, klamotten alles von brocken. wenn illegal treff war, ging brocken angeln an olis schrottberggetümpel, seine wohnung war cooler als die von tapp im schanzenviertel, da stand FD7 längst stammgast, hier wohnblockterrasse neugraben noch nicht, hier war wochenendruhe, bratenkohlrülpsen, sonst nichts.
mal abwarten, sagte tapp.

ach warten, wie läufts, mann, es eilt.
das wird ein fehler, tapp schwappte tee, das werden dann tote auf unsrer seite, oder wir haben die zeit, die so ein schwieriges werkstück braucht nach fachwissen, eigenart seines stoffs, nach dem umfang genau unsrer kräfte, was du auch nennen kannst umgang mit unsern kräften, mit jedem von uns.
frag mal nach möglichkeiten, schon machstes falsch, findst immer noch immer paar unmöglichkeiten, wos also nicht geht, nie was geht. sag mal notwendigkeit. wirst sehn, es geht.
mit den türkenkollegen gehts nicht, sagt ihr aber.
das sagt die leitung in izmir, weil sie der scene hier nicht traut für pappe, quartiere und wege nach draußen.
die scene sind wir. oder wer.
ich nicht.
wo bist du, komm hier, schmeiß dir zucker rein, macht besser die wärme, du schudderst ja noch. ach so. das weißt du noch gar nicht. muß übel was abgespult sein da im moor.
blues sockenfuß hatte ungeduldig durch zeitungsseiten geblättert. jetzt lag im pvc-küchenmuster flügels gesicht zur fahndung, *polizistenmord grenzgebiet holland, moto guzzi mit hamburger kennzeichen, mutmaßliche terroristin entkommen, möglicherweise verletzt.* blues starrte noch, zitterte nicht, als der freundliche tee von tapp schon todkalt war.
so ist das mit unserer eile, versteh das mal endlich, tapp nahm die zeitung vom boden weg, wir eilen, nicht weil sie uns jagen, aber weil wir sie jagen. blues horchte, du kannst schöne lieder, mann. ohne sich aufzurichten, kam sie nah rüber zu tapp, lehnte sich flüsternd, mensch, wärme. schon stand sie auf, ging verdeckt ans fenster, jetzt komm ich schlecht durch die stadt.
tapp, ohne aufzustehen, wußte, was sie dort draußen sah. auch das aber, was sie nicht sah.
hier der wohnkomplex, die proletenheimstatt, mobile einsatzanbindung ans autobahnnetz, stand fern von den arbeits-

plätzen, abgekniffen von alten quartieren, neustadt, mottenburg, karoline. die alten häuser waren geschönt, gehellt, die kneipen hatten jetzt speisekarten und kerzen mit pfiff, nicht siff. hier die hochhaussiedlung, fernab, neugraben, war dicht auf dicht leicht licht gebaut, durchsichtig kontrollierbar, flach bunt getopft in den innenhöfen, man lag da im sonnenschutt, schlief oder schrie. bis brocken die einigkeit machte, mitten im stein die kühlung. ein kleiner teich, wirklich zwischen den hochhauswänden ein flaches becken für schnecken, die menschen sollten das gras umhin nicht betreten, war ausgelaufen, lag trocken grau, und die aufsichtsfigur der hausbaugesellschaft war wegverreist, ins sauerland, muß ja auch mal. der rest hier liegt heiß im wochenendhof. wo kriegen wir wasser fürs becken. die kinder schrein uns ja tot. hat keiner den schlüssel bis an die leitung. sind alle nur weggeschlossen ins freie. denn man darf keine türen aufbrechen, man darf keinen rasen aufgraben, den schweren deckel nicht sprengen mit stangen. brocken darf alles. mag aber nichts alleine nur dürfen.
wenn wir zusammen was wollen, dann machen wir das auch zusammen. wassermusik für uns alle. was brauchen wir sauerland, wenn wir gesund sind.
alle sind flott gesund. wir werden ins wasser springen. wir werden die trockenen becken durchplätschern. los, schmeiß an, vier ecken, vier mann!
heiß gehn die wühler ans werk, das kellertürschloß reißt ab, der deckel platzt auf, die feine rasensohle fliegt weg, der schaden ist bald behoben, dreck raus, rohr frei, wasser marsch.
die kinder springen nackt in den ersten strahl. die kinder wundern sich über die freude der alten.
es wird eine lange nacht, ein fressen und saufen an unsren ufern, samt rollstuhl und kopftuch und *doors*. wir schwimmen und summen.
wir mummen am montag durch alle ordnungsbefragung. wer war das.
weiß ich doch nicht.

das waren wir, sagte tapp zu blues, die bande, die sie nicht mögen.
wenig später, kopftuch, stickjacke, langer rock, ein kind an der hand, stand blues am busstop als türkin. so kam sie sehr gut durch die stadt. und tapp brachte später in seinem klapperkadett das kind zur mutter zurück.

(30) von wand zu wand denn oder von ufer zu ufer, wirr zickzack oder die brücke, der bettler blind oder klug, es geht ums leben, um unser leben, proff wußte, nicht weit mehr bis tölz.
und hin und her fliegt unser strolchi durchs törchen.
der blasse bäcker in aurich, der brickhoff, hatte die nachricht für die zwei büttel vom hals. treu ist der hund seinem herrn und wachsam, gegen staatsfeinde ist der von niemand zu halten, ich rede nicht gegen den oberst, aber man weiß die verstrickung, das elend des vaters gegen die tochter, blutweib, schneeschenkel, dieselhexe, jawohl doch, da red ich zur sache. die schnüffler schoben ihm ungeduldig ein foto nah hin, das lange zahnfleisch des bäckers glänzt gelb, keine frage, der wars, so dünn, so traurig gemein gescheit. könnt ein jud sein, schwamm drüber, damals.
beim friseur in mölln, in vergrabbelten illustrierten, hatte proff annas rundliches lachen wiedergefunden, das männerlachen aus buntem halstuch, kanonen und mozart und spott und schande. die ermutigung gegen den tod. der oberst da dort im interview war damals sein leutnant gewesen, der einzige mensch im dreck der vorgesetzten figuren, die lustigkeit gegen die niederwerfung.
auf einer insel, im schmutzigen strömen des flusses, dunkel gestrudelt des toten pferdes gewalt, seiner armen zunge geschrei, blocken kanonen die sonne, platzen nachts sterne, hocken kistenkinder, zünderkinder, kommandokinder, *k4* und *b5*, erwarten verledert verstählt den anflug, den *bomberstrom über der nordsee*, den angriff, warten. es werden

schwartenkarten und weiberleiber gespielt, herzbube damenbrust, dösig lecken die obergefreiten die lippen, kanonier neuber kennt polenstädtchen, mag polenmädchen, der helm drückt das hirn, auch das der kindskameraden, schülersoldaten.
im gefechtsstand der leutnant poser, der vater später von anna, jetzt selbst fast noch ein kind, neben ihm dünn klein proff als b6, hat alles gern leicht gelernt, will rings in den unterständen die blöde öde zerbrechen. im loch ums gerät, ums geschütz, am kinderhals, für das gefecht bereit, fürs schleppen und schreien und töten, klammert den kehlkopf ein mikrophon, jeder steht in der schlinge, keiner ist ausgelassen, *motorengeräusch richtung zwozehn!*, spannt ein bügel zwei deckel auf ohren, muscheln zum horchen, gehorchen, *achtung anton abschwenkend schnellfeuer zehn grad in acht eine mustang!*, alle kabel laufen zentral an die gurgel, die ohren von leutnant poser, ich hab euch hier allesamt fest am draht, und auch wenn für diesmal die feindverbände an uns vorbeigeschwenkt sind, an hamburg vorbei richtung leipzig berlin, ihr bleibt dran, ihr bleibt wach, ihr bleibt klar, pennen und porno sind was für greise, wir lernen am tod vorbei, das muß gar nicht immer zum lachen sein, mal herhören, *cäsar zwei!*, das war der seitenrichtmann am dritten geschütz, in all seiner jugend schon dick, gediegen langsam und klug, nennen sie uns aus der deutschen geschichte ein bündnis im volk hinterm rücken der herrschaft, erläutern sie uns die bedingungen, werten sie das ereignis moralisch, geben sie uns einen hinweis auf den maßstab ihrer moral, definieren sie hochverrat, und achten sie, während sie uns unterrichten, auf einwände ihrer zuhörerschaft, jeder hat eine stimme, sie werden von jedem gehört, wir denken zusammen nach. los, mann, fangen sie an!
nachdenklich, unterm einspruch und zuspruch, die entwicklung unsrer gedanken aus dem verwirr der nacht. aus posers befehl, nicht einzuschlafen, nicht niederzublödeln, von geschütz zu geschütz bis zum funkmeßgerät, von der umwertung und dem kommandogerät bis rauf zurück zum ge-

fechtsstand, gedanken gegens gedampf, aufbruch ohne gestampf. ich will nicht, daß ihr versackt. in der dummheit neuberscher nächte, im gewichs der gewalt, verbat poser sich müdigkeiten. wer weiß gedichte von großer liebe, welche rohstoffe liegen am donez, im wüstenland südlich bengasi, wer braucht diesen stoff für welches interesse, warum jammern euch lehrer von *hottentotten*, sobald sie euch aus dem griff verlieren. wer greift gegen wen, wer steht auf.
der leutnant möchte, von nachtdienst zu nachdienst, den schülerhaufen, so fremd verfangen, ins eigne leben locken, lacht gegen nächte und mächte. und manchmal, tags, pfeift er proff aus seiner verängstung, komm nachher rüber, sie machen den *don giovanni.* im leutnantsquartier hängt kein hitlerbild, liegen bücher von büchner und trakl, brüllt don giovanni sein *nein.* am ende ottavios folgsamkeitsflöten hat in posers gehirn keine chance, wird verlacht. der eifer der toten gegen das leben, sagt poser.
plötzlich war poser verschwunden. an proff ging ein länglicher bleistiftbrief, quer durch den mief der gestapokontrollen, durch messer und fleischbrandgeruch, ich sitze versetzt in idiotischen dünen, bin wegdegradiert bis aufs hemd, meine großmutter ist eine judensau, oder sagten sie, weiß nicht mehr, hottentottin, oder war es die weltgefahr, staatsfeindschaft eins, die deutsche sicherheit innen, ich laß das mal, bin, das kannst du selbst denken, der großdeutschen flak eine schande, lach, aber rede nicht drüber, mach, daß du auf deinen beinen bleibst, wer sich hinlegt, ist niederlage, *siegheil.*
so verwitzelt blieb poser von bullen verschont, in leichtfertigkeiten versteckt. bis die erste gangart der menschenzerstörung im mai fünfundvierzig blockiert worden war. der T 34 machts möglich.
proff beim friseur in mölln, viele jahre danach, widersprüchlich versteckt in den zweiten, den weltweiten gang jener menschenzerstörungsgeschichte, fand posers gelächter, gesicht. traurig lag da ein oberst in aurich. was ist, fragt proff vorm haarschneidespiegel, aus dem tänzer und hetzer ge-

worden, was hat dieser vater warum vergessen, was hat diese tochter warum behalten, den ekel gegen das lügen, den stolz, daß *es geht.*
nicht weit mehr bis tölz.
unterm sicheln der haarschneideschere, den seh ich mir an, dachte proff, der müßte erinnern, woher ihm so eine tochter kommt und wohin, woher und wohin schönheit und mut. was denn zerrissenheit, vaterflucht, was rasen wir zwischen wänden. schwimmen denn wir nicht von ufer zu ufer, unsre geschichte könnte uns tragen zusammen an helle plätze und buchten.
ich schwimm einfach hin. von anna kein wort. oder er läßt was raus. aber so sieht er da heute nicht aus. die rede wird sein von uns alten. mitten im wasser. nachts.
das wasser war viel zu tief.

(31) *wenn du es nicht mehr aushältst, dann fängst du an, stehst auf, jetzt, heut noch.* das war wagner in le vigan.
aber so geht das nicht, sagte feder, läuft bestimmt falsch, vielleicht in verrat, weil dich von ihnen immer noch unaushaltbarere schweinereien treffen werden.
sonnenflirren ins colahemdchen, ins knallen der fahrt nach carrara.
es nicht mehr aushalten können als dein motiv für den sprung, das ist die selbstübertreibung, später die peitsche, mit der sie dich von uns vertreiben.
dies hier nun war kein vertreiben, war auszuhalten, *corniche,* côte d'azure, das schwingen weithin der bilder, die süß gedünsteten farben der buchten, das steigen und stürzen des kleinen R4. jede tunnelmündung schoß sie hinaus in anderen horizont.
in einem küstenstädtchen unterhalb der autobahn, in roquebrune-cap-martin, nah vorm grenzübergang ventimiglia, zurrten sie sich die bundesfahne ans surfbrett, stopften die hemdchen weg unter gummifußmatten, der nachblick des

reisebegleiters der alten von le vigan war ihnen nicht entgangen, kippten die kennzeichen neu, lang lebe cora, luden durch, lachten aus spiegelbrillen, winkten aus offenem dach, aus nacktem bikini leicht durch alle grenzmänneraugen den weg frei ins piemont, in den umweg nach nordnordost, die kontrolle gegen den fahndungsschatten, gegen nachsuchenden kontakt die unberechenbarkeit.
es ist eine täuschung, zu hoffen, es sei genug, es könne nicht schlimmer mehr kommen, fragte feder die frage von eben noch weiter fort, in stammheim hatten sie eine von uns, der war der nächste genosse erschossen worden, und der, mit dem sie verheiratet war, hatte bald das, was er von uns wußte, ins karlsruher countergeschäft verraten. und fern bei fremden schrie ihr ein kind. all das zusammen nun schien ihr genug. *ich habe genug*, das ist dein satz, der sie reinläßt. ihr aber war der trost gekommen, die lust, zu hoffen, vor allen kämpfen sei so schlimm das leben denn doch nicht gewesen, dies hier erst sei nicht mehr auszuhalten, erst dies, der verräter, das weinende kind, die zerschießung. seither strickt sie muster nach therapeutenvorlage. als sei nun dies auszuhalten. vom therapeuten hatte sie nachgelesen, hatte man es sie hilfreichend nachlesen lassen, der sei *partisan* gewesen gegen die naziarmee. aus den erschöpfungen der enttäuschten, aus dem entdeckten moment der täuschung zerschlagen sie dir den begriff, machen sie dich sich zahm, wie wagner, wie ach noch paar andre von uns in jahren und jahren.
draußen in einem bauerngarten kippte ein mann eine leiter in einen baum, er legte um kirschen ein grünliches netz. feder fragte weiter, der kampf aus privatem schmerz, dann dein zusammenbruch, wenn sie dich fangen, dann die steigerung ihrer torturen, das weiß deiner schmerzen, das kann dich, oder du hast ganz andren anlaß zu kämpfen, am ende nur niedermachen. zu ihnen. oder du kommst im schmerz, im kick ihrer tricks, im mittelpunkt ihrer vernichtungen auf den kern des kampfes, der nie privat deiner, nur kollektiv unser kampf ist, die geschichtsrichtigkeit der internationalen klassenbewegung als klassenbewaffnung. wer sollte dir die zer-

quälen, die ja millionenfach, wirklich auch ohne dich, materiell ist, greifbar begreiflich geschichte, jetzt, wir.
draußen der wind fuhr durch silbriges laub.
schwalben flogen durch rauch.
eine katze lag tot in wegranddisteln.
ein mönch trieb ein lamm.
mädchen umstanden ein mofa.
aus kleinen käfigen brüllten vögel.
nein, es nicht länger mehr aushalten können, das geht nicht als ausgangserfahrung, als grund für kampf, heißt nur, daß du dich nicht aushältst. dann aber kannstes gleich lassen, kippst dich. oder du hältst dich aus. einfach weil wir uns halten, standhalten, stehenbleiben. halten um loszumachen, fragte nun aber feder noch mal, standhalten als bewegung, ach, das ist schwierig zu packen.
manchmal redest du mit dir selbst, sagte anna, laß das, schicks rüber. das muß ja nicht immer zum lachen sein. ich will nicht, daß du versackst.
große käfer aus alten kastanienwäldern klatschten gegen das frontglas, gelbtot.
er wirds nicht schaffen. ich denk an pauli. das ist nicht mehr auszuhalten.
anna horchte auf vogelstimmen, das tuchdach des wagens war weit zurückgefaltet, hier gibts noch reichlich pirole, schnapp mal das *wall street journal*, lies mal den botschaftertext, lies laut, das schwein schreibt notwendigkeiten.
– mehr als fünfzig Prozent der Natotruppen sind westdeutsche Kontingente.
– innerhalb von zweiundsiebzig Stunden kann Westdeutschland eins komma fünf Millionen besttrainierte Soldaten mobilisieren.
– Deutschland leistet den Hauptanteil der Natoinfrastruktur zur Aufnahme neuer US-Divisionen im Notfall.
– leistet auch Hauptanteil an der Militärhilfe für Griechenland, Portugal und die Türkei.
– kein andres Land in der Welt hat eine solche Dichte US-militärischer Anlagen und Aktivitäten.

– jedes Jahr werden an die fünftausend Militärübungen in Westdeutschland durchgeführt.
– bemerkenswert ist die Unterstützung, die die US-Präsenz von der Mehrzahl westdeutscher Bürger und Politiker erfährt.
o dreck, was für ein land.
unser land, sagte anna, *völkermord täglich,* nennt pasolini das. dies hier. die täuschung der singenden stille, auf dem eckbrett im winkel der wand das stechende licht überm offnen feuer, noch in der elendsten hütte die weglenkung der gedanken, der augen, ins fremde, der serienhorror gegen die eigne entdeckung, der ohrenstöpsel gegen den schrei, feixend umdröhnung der niedertracht imperialismus, das weglocken aus der notwendigkeit. auch jetzt hier. tölz.
sie bückten sich, pissen ins kraut. buschflächen weit hinab sahen sie draußen ins blau der höfe, gewundenen wege, ins schwarze blut der zypressen. noch zwei stunden bis zu den steinbrüchen von carrara. die milchigen wände der gruften, kühl die muster der trauer. das arbeitsgerät der sprengung. die genauigkeit unsrer freunde.

(32) der oberst in ruhe im garten, ins riff gelaufen, ins ufer des feinds gescheitert. aus hecken blinkt wachsam das falschlicht, brickhoffs blick und gezüngel. rücken an rücken die großen gärten, das bäckergemüse grenzt an soldatenrabatten, einander entgegengesetzt sind die zufahrtswege, in gemeinsamer pflege heckert der dornige zaun.
die letzte ratte, der mann. die gemütlichkeit des verrats. was will ich denn hier in dem loch.
ach *lernen am tod vorbei,* sagte poser aus seiner matte, das muß gar nicht immer zum lachen sein, erinnern wir uns, wir suchen schutz, wir sind an der front, wir legen uns, es ist tödlich, sich aufzurichten. wir kriechen nah zueinander, reihen uns hin, es wird mit dem tode bestraft, wer sich weigert.

sie waren damals der einzige, der uns wachgehalten, hingestellt, stolz in uns hergestellt hat.
wir werden menschen sein. mal gehört?
ja.
sagte die kleine tochter lustig.
weil sie als einziger damals das mit uns konnten, waren sie wichtig für uns, lehrreich die leblose zeit.
totmachezeit, mein lieber herr. es ging an den kragen.
haben wir also den kragen behalten?
aus bluterguß einen bläulich. schon mal gesehen?
ja.
so. doch. poser trat in das arme gras, es macht uns übel, das baumeln, habe mich für disziplin entschieden, er griff aus der eisbox, goß bräunlich nach, wir waren zuletzt noch drei freunde geworden, wir waren ein nest in den dünen, es war die schlinge aber aus witz. bekannt?
so ähnlich. aus faulheit die.
keiner von denen, bald dann unter der latte, vorm haken, war faul, hat mich verraten. so hatte ich einen rückzug. das grauen des überlebens. für ordnung. ich meine zerstörung. die freude stirbt, die killer machen ein angebot. pardon, ich fasel von mir. wie denn sind sie davongekommen.
bin nicht davongekommen.
leben nicht gern? nicht schönes haus? nicht dicke kinder? leben sie noch?
alles gut und gesund. eins ist verloren. war lustig.
ich hatte sie nicht nach dem leben der kinder gefragt.
haben wohl keine.
und hätt ich zehn, ich steh allein auf. oder bleib liegen.
sind aber, sehe ich, aufgestanden bisher. und losgegangen. was alles mag begegnet sein. wo ankunft. mal meldung, bitte.
mag das leben sterben, der tod darf nicht leben.
hat witz. die tochter lustig fällt ein. wo mag sie sein. sagt nein.
was wir, fragte proff, wo wir.
ins quadrat getreten brüllen die freuden der ordnung. selten

der hohn wirklich frei inszeniert. auch wir beiden sind nun brav. sie machen freude, B 6.
der eifer der toten gegen das leben, leutnant *ottavio.*
gutes gedächtnis. wir narren. unser finales gequiek. die frauen, mein lieber, sind unser kummer. je junger je schlummer.
längst sind wir niedergelegt, sagte proff, da stehen die plötzlich auf.
verkehrte welt, die pornographie der wahrheit, ach müde, sagte der oberst in ruhe, es reicht doch, es riecht.
ein ausgelaufener mann, sagte proff und stand auf aus dem gras, kroch weg über ränder. nichts brücken, nichts ufer. brand und abrutsch. der sprung der riß der stein. nach tölz geht jeder allein. und ist aber eine plage, ist keine frage, raste weiter in proff die lust auf verbindungen, aufs tumultuarische bündnis.
und hin und her wachsam im heckenbogen *flog unser strolchi durchs törchen.*
und gegen den mann in der matte unten schloß oben die magere frau weinend das fenster.
das wasser war viel zu tief.

(33) das wasser schnappt schwarz schwappen aus maurizio die schatten der hintergehung, steigen ihm nach, kälten den nacken, einversammelt sich schon die angst vor dem vater, um seinen vater, gegen das schwein. wo treibt das sich rum. wo treibt der mich hin.
seit in den vergangenen tagen maurizio von proff bestohlen war, fast auch, hätte nicht schlosser genau und sehr schnell gehandelt, ins raster der fahnder geschludert wär, schlief er den schlaf der hasen, tauchte nicht zutraulich weich tief ein, huckte nur leicht im gras aus glas, in der furche der furcht, allen hintergang zu bewachen, den verrat zu lauschen. kaum war er früh erwacht, stach ihn der schreck, stand ihm der heimliche vater vor augen, der undeutlichkeiten getanz.

deutlich waren die stimmen von felix und juli.
jeden tag morgens sehr früh unterm heimhuder dach, montags bis freitags pünktlich durchs jahr, der ruck, das knurren, die wärme der ersten stunde des tags. juli kam es drauf an, daß genau diese erste stunde stimmt, der entschluß, an die arbeit zu gehen. eindeutigkeit. und vergiß nicht schon wieder die hälfte. und kuß.
nebenan maurizio im zimmer von proff rührten die stimmen nah, die schritte, das flüstern und leise klappern machten ihm schutz, bilder von früher, als er, in kindslangen ferienwochen, hier mit dem winzigen bruder, mit juli und proff, gemeinsame zeit gehabt hatte. er hatte den küssen sich anvertraut wie den flüchen. maurizio dehnte sich warm ins bettzeug, schlaf hier bloß immer, solang du magst, wenn ich dich such, dann ruf ich, hatte juli zu ihm gesagt, er dehnte sich wach ins kissen, so gehts mir gut. geht aber leider nur selten.
viel gutes fiel ein.
schon bevor er noch laufen konnte, war felix, der mutter nach, gar nicht nach proff, der scheute wasser wie eine zu nahe berührung, speckig seelöwenlänglich ein kreischender taucher gewesen, fehlt bloß noch der ball auf der nase, das heringbeißen im sprung. die große wanne aber war glatt, da fand der zwerg zum luftschnappen keinen halt, da fuhr mit ihm der dürre älteste bruder ins brausen und gischten, blasenpusten und hilfeschreien, so war der winzling geschützt. wirklich geschützt genug. das war für den schwierigen moritz die nachdenkliche, die katholische frage. noch war er seinen verunglückten alten nicht nachgeeilt ins freie desaster, noch fand er all die zertrennungen bitter, und bitter war falsch, denn wir wollen es süß wie im himmel. gab aber keinen himmel für felix, auch wenn sich das unter wasser so anfühlt, denn felix war nicht getauft. wie aber dann, als einer doch aus der brut auch von proff, war er gefeit gegen das, was uns menschen von menschen angetan wird, uns kindern vom vater. früh angerührt von der schutzlosen lust und zutraulichkeit seines kleinen bruders, hatte, eines schreienden

planschenden abends, der große den kleinen sich zwischen die knie geklemmt zärtlich und schutz gegeben, der ewig hält, moritz war gut in der christenlehre, wers gutmachen will, kann auch nottaufe machen, egal, ob du klein oder greis bist, *ergo ego te baptismo in nomine patris, et filii, et spiritus sancti,* wasser war ja genug im faß fürs ersäufen des alten adam, felix hatte dem neuen zuversichtlich entgegengequiekt.
lieber hätte es moritz dem vater und allen verschwiegen, er mochte nicht dies tropfende lächeln, das er vom alten kannte, aber felix schwatzte frei die eintauchende erlösung, und proff rief sofort, quer gegen julis mißbehagen, jetzt richten wir uns das fest der befreiung, erst taufen, dann fressen und saufen! und es gab wirklich brause und negerkuß satt, mittendrin berge spaghetti in knoblauch und öl, zart angesahnt. wirklich auch schutz? was droht?
das hab ich dir nie erzählt, sagt jetzt juli ins nachdenken über die hintergehung, aus seinem fest für euch ist er weggegangen, eure freude berührte das nicht, ich ging an sein zimmer, es waren erst tage vergangen seit larrys verhaftung, ich wußte nichts, ahnte bloß was, sah die gefährdung, den schmerz. ich fand ihn hinter der tür, starrend in diesen zweiten satz, du weißt schon, im schumann-quintett, er zeigte mit händen den ton, der schritt gegen strick, sagte er, was denn wohin, ins blödenhaus hat er noch jahre sich hingezerrt, und kein nie besuch, die clara. ich wollte ihn trösten. er nahm meine hand, warf sie an mich zurück, schluß mit den lügen.
kein mitleid mit dem, sagt jetzt maurizio, keinen reißt der mehr rein. er hat mir gedroht. jetzt droh ich.
in kalten kissen lag maurizio. jetzt wollte er aber noch liegen bleiben, lieber jetzt nicht ins frühstücksgeflüster. er hörte am herd dort die eieruhr schnarren. *kz-eier,* sagte oft proff. zynismus, so reden wie ihr, sagt jedesmal juli.
sie hatten, proff und sein ältester sohn, da war moritz neun, eine männerreise nach frankfurt am main gemacht, opernmusik aus der deutschen bauerngeschichte, die kannten sie

schon vom plattenspieler, die wollten jetzt proff und sein sohn mal mit andren zusammen aufsässig trampeln. singend, noch nachts, fuhren sie heim nach norden. im morgengrauen im rasthaus ob kassel schluckten sie sacktee und laschen toast, lutschten zu weiches ei, lau. da fiel moritz weißes geschlabber vom löffel. da knurrte proff, laß liegen den scheiß. da zuckte was durch des jungen gesicht. er rutschte ins dreck unterm plastiktisch, griff sich das weißteil, tauchte blaß auf, schluckte das schleimstück zitternd.
was ist das, eh, laß das, ich sag doch, schmeiß weg, was hast du mich denn nicht verstanden.
da zuckte das kleine gesicht noch mal, dann weinte moritz. er hatte den vater falsch verstanden. er hatte verstanden, den dreck soll er fressen. er hatte gehorcht. nun zitterte proff. nun sah ihn der sohn wie noch nie.
er hats mir nach eurer rückkehr erzählt, sagt jetzt juli, ich bin, sagt er mir, nun weiß ich das, was ich nie will, gewalt für mein kind, ich bin eine drohung, wie kommt das. du fliehst, fiel mir ein, sagt jetzt juli, ich wußte aber damals noch nicht, woher ich das weiß, fand mich nur oft auch bedroht von ihm, fand nichts zu sagen.
kein mitleid mit dem, sagte moritz. er zog seinen schreienden kopf tief unter die decke, als sprängen ihn steine steil an aus verwüsteten halden, tief unten das auge aus schnee.
ich erzähl dir das, damit du erkennst, es ist seine angst, die dich ängstet, sein bedrohtsein, das uns bedroht, plötzlich seine verlassenheit, die uns verläßt, kein wort läßt.
juli und felix verließen die wohnung gemeinsam. leise klirrte die tür, seit proff einst heimgesprungen, sich heimgesprengt hatte.
gelb fiel das licht der morgensonne.
moritz, der junge maurizio, der arzt aus der triester region, so klug so erschrocken so dünn, hockte gespannt im kopfkissen gegen die wand, knieknochen unterm gesicht. weich schob mimi die stubentür auf, sah auf den mann an der wand, harrte still mitten in ihrer bewegung, grüßte schnirrend, kam unters bett nah, duckte spannte und sprang den

sprung ins wärmliche zeug, unter die hände, ans knie von maurizio, bog das fleisch unterm fell, sah nah den mann an. bist eine von uns, schnurrte maurizio, bin einer von dir.

wo bin ich, was bin ich denn selbst, hatte eines tages proff den studierenden moritz gefragt, wer denn, ohne daß alle ihr da seid, ihr freunde und feinde und arbeit und lohn, und sagt mir den platz und den wert, streitet mich ab oder streichelt und füttert mich auf, daß ich mich mag, mir schmeck, mich such, was such, was mag, wer sucht mich. was bleibt mir von mir, wenn von euch mir keiner was sagt, wenn niemand mehr mich erreicht, ach unerreichbarkeit, sohn. hier erst werde ich, hatte er später an moritz geschrieben, wissen, warum ich wer bin. auch erst, ob. daß ich bin und nicht nicht.

ein film war fertig geschnitten, abgenommen, dick bezahlt, soldatengerammel von sechsundfünfzig, freiheitsgestammel, na bitte, freund proff, jetzt läufts doch.

da war proff allein weit fortgelaufen, düstern wie lüstern der stein nordnordwest, das sausende hüttchen vom schäfer auf klippen, westsüdwestlich von tarbert on harris, nicht mal ein hund, keine maus, um dich nur sand noch und springender schaum, die älteste löschung. oder du selbst.

die ereignisse draußen hier oben, hatte proff an moritz geschrieben, sind von solcher wucht, so namenlos das tosen verwüstender wiederholung, daß sie dich niedermachen, wirklich vernichten. oder, seltsam erhellt in den gegenlauf, du richtest dich auf in unwiederholbarkeit, zärtlich. zu wem. hör zu, lies nach, schlauer schon.

ich war den dritten tag unterwegs, tags in den stiefeln, nachts im sack. ich war allein wie ein stein, ein kleiner, nicht bunt, nur verloren. nicht ungern verloren.

früh nachmittags nah unterm braunen gipfel des sithean mór wärmte die sonne zerwaschne flächen aus fels. ich fand in der öden größe da rings mich müde erniedrigt nackt, legte mich weg in schründe, horchte auf nichts, sah auf nichts mehr hinaus. plötzlich wehte kein wind. die leere versin-

kung. nicht ungern. mit offenen augen. nicht mal ein käfer kroch noch. über mir nah tropften tropfen. unter mir fern grau draußen dröhnte das wasser, fand ich mich nieder zuwider zu nichts, bleiern verschmolzen der krümmung der krusten.
da fiel mein blick auf ein blatt. richtig heißt es, da zeigte sich mir aus einem faltigen block ein blatt. grün fliegenflügel, nicht größer. im riß die geringste aller bewegungen, ruhig die schwebe.
ich sah lange das an. lange sah mich das an. streckte hand hin. faßte mich hin. tastete blatt. fülle du da und ich wir leben. flüstern und küssen und trinken nicht aufzuhalten. wir flüstern, wir sind, nicht nicht, einfach.
und da lach jetzt nicht sohn, daß ich staun. denn zwar das blattfassen reicht nicht hin, das wissen wir beide, die wirklichkeit ändernd zu greifen, aber ziele in ihr zu erhellen, wohl. name getanzt. ach wie gut, daß jemand weiß. rumpelstilzchen liebt liebe. nackt einander genannt.

(34) mir waren die augen verbunden worden, die rechte hand lag an den linken knöchel geschlossen. bald waren kein schuß kein lied kein schrei mehr zu hören. nah kamen leder, laugenhaut, geschwitzter atem, fiepend das gummi der wachen.
dann gings, geschleppt über eisen, den schritt hinauf. dann schob das klatschen der klappen. ich tastete glas. dann wurde ich schwingend weggehoben, gesichelt das runde gleiten, vorwärts stürzend die neigung. kaum später einschwenkend niedergedreht die landung im garten der fremden, weithin verschwenderisch singende vögel. die fesselkette wurde gelöst. das tuch wurde von meinen augen genommen. schon stieg das gemesserte pack hinter mir auf und davon.
warm lag um mich der rasen, das arme gras, die blendung wie frieden. noch bückte ich meine augen, hielt meine hände übers gesicht gestreckt, horchte aber. erst den weichen

schritten entgegen, dem reichen haus zu, das schön war unter den blassen platanen, das fern lag, hob ich den blick. *welcome*, ein typ aus tennis und alter schule kam auf mich zu, ein mann meines alters, kein blut kein schuß ach kein schuß, er hielt seine hände mir hin wie einem fernhergereisten freund, wo bin ich, er sagte, sie sind hier geschützt, kommen sie tiefer hinein in den garten, der tee ist bereit.
wo ist der tonmann. wo sind die toten.
wir interessieren uns nur für sie sehr.
wer sind sie.
colonel. wir finden, sie hatten menschlichen mut.
ich werde gehen.
wohin denn, wo sind sie welcome!
die einladenden gefangenschaften, sagte proff zu marie, die wärme der weißen augen. da liegts.
über ihnen grau im dock lag die türkenfregatte. ich rede nur weiter, wo keiner mich hört. so waren am späten nachmittag er und marie auf einen der kleinen hafendampfer gegangen, tageskarte sechs mark, stundenlang hin und her zwischen landungsbrücken und finkenwerder, die dinger fahren alltags fast leer, da hört uns kein dritter zu, auch günstig das stampfen vom diesel. und blind so dumpf hinter feineren ufern oben zerrollt die bewachung.
lenk jetzt nicht ab, sagte marie.
tapp wirds nicht machen, sagte er, proff wies zurück auf das boot im dock.
auf arbeit weiß tapp, was geht und was nicht. wir schlagen von uns keinen tot. auch nicht im angriff. das stimmt.
was stimmt, wenn du ihm von uns nichts sagst.
ach, männerdreck, sagte marie.
nackt einander genannt. nicht verloren.
red nicht für dich allein.
das war auch für dich, sagte proff. hör du zu, wenn tapp singt. er krächzt jetzt die hintergehung.
ja, mystik, sagte ängstlich marie.

(35) bist einer von uns, bin einer von dir, bin einer mir, weil ich leb, und dir, weil du lebst, unwiederholbar. und ich schreib dir auch das noch, mein sohn, alles kleiderzeug hab ich mir ausgezogen, das blatt im schrund hatte keins, am allerdürftigsten wohnplatz kein dach und kein kleid, aber sein leben. gut. ich auch. denn sieh mal, ich war ja versteckt entdeckt, vom freund, da lach ich, jetzt spring ich ums eck. fällt mir mexiko ein, in gärten die
ohne die zeile zu schließen, ohne den namen zu schreiben, proffs brief an den sohn.
starrend lagen maurizio und mimi, schleifend das hasten der stadt kam ins zimmer, klirrte das glas in den fenstern. damals hatte der tanz seines vaters moritz stark angefaßt, angetanzt, aufgemacht. er hatte zurückgeschrieben, du freust mich sehr, lieber alter, ich unterbrech meine arbeit für kurz, unterbrich bitte du deine auch, laß mal den sender, mach platz, laß uns zusammen was machen, ich möchte mit dir etwas produzieren, weiß noch nicht was, das kriegen wir raus.
alles produkt, wie moritz es damals verstand, als das vorwärtsgeführte, vorangebrachte, hat im kern der voraussetzung unsre verschwörung, verläßlichkeit. die mit dem vater suchte er längst.
proffs antwort war rasch vergnügt, husch ab da unten, mein sohn, komm rauf, wir bauen hier die klippenbude neu auf.
das hatte der sohn nicht gemeint. er hatte, dachte er, mit seinem alten andres erst noch zu produzieren, durchzumessen, vorzutreiben, andres als ein häuschen mit garten. hatte dann aber, ihm war der getrennte gefundene vater zu wichtig, dem schottischen bauplan zugestimmt, das semester verschenkt, den großen rucksack gepackt, die stiefel geölt, den schlafsack genäht, die schiffspassage gebucht.
da kam von proff telegramm, geht nicht, muß weg.
aus kontakten und zeitungsberichten sprang proff nach mailand zu internationalen arbeitsgesprächen in sachen folter und knast. unsre koordination gegen counter, jetzt.
jetzt das also, wichtig genug, das stimmt, aber was treibt diesen vater, wohin, wann find ich ihn eindeutig wo, was

meint er, wen meint der bestimmt. macht eine tür gern weit auf, durchläuft aber lieber keine.
dich meint er nicht und uns meint er nicht, nur sich, sagt jetzt juli, nur eben gräßlich da ist nichts als der tumult einer sehnsucht, die so nie geht, sondern entweder oder.
so kannte maurizio julis gesicht nur aus augenblicken der schärfsten wut, im auftritt gegen das treten, er hatte schon als kind, als anverwandter geliebter gast, dies lippenverblassen, im lippenrand diese haarschmalen einfaltungen beobachtet, dies ausstreichen einer freude, dies ausbluten einer wärme, diesen kampf gegen demütigungen, gegen den tritt ins gesicht.
er tritt, sagt jetzt juli, und sei es ein torkeln, es trifft. ich mach ihn verantwortlich.
eines tages hatte ich keine lust mehr, mit ihm zu schlafen. es hat eine zeitlang gedauert, bis er begriff – ach immer fürchtet der mann zuerst um sich selbst, könnt er sich lieben, könnt er mich lieben, wer hat euch nur so bestohlen, mann.
was jeder junge zuerst sieht, ist eine frau, sagte maurizio, wer möchte aber hier in der fremde nicht erst einmal seinesgleichen erkennen. wo ihr frauen ankommt, da seid ihr schon. wären wir männer zwischen den beinen zuerst eines mannes gelegen, wär uns, mag sein, nicht so bang um uns selbst.
es genügt doch, hat er an dich geschrieben, ein blatt, um zu tanzen.
das war nicht lustig, das war der rand, das kannst du begreifen, nicht spotten.
doch spotten. denn lange wollte er nicht begreifen, daß, obwohl ich die lust an uns nun verloren hatte, er mir im bett überhaupt nicht mißfiel, ja ja, das wollt ihr doch hören, ihr männer der angst seid arm dran! als er endlich das zutrauen hatte, konnten wir weiterreden ohne selbstjammer und verdacht. auch du kennst die angst, nicht ganz dicht, nicht normal zu sein.
maurizio hob seine zehn magren finger, auf jeder fingerspitze das lächeln.

dann weißt du auch, daß therapie keine lösung ist. wir sind das problem und oder sind seine lösung. welches problem aber, welche lösung. wir kamen auf kindergeschichten von mir, dann auf kinder, dann auf kinder und liebe, dann aufs kindermachen und liebemachen. von anfang an war verabredet klar zwischen uns gewesen, proff hat genug kinder laufen, felix war ausschließlich mein wunsch. selbst würde proff mich später verlassen, ich wollte von ihm ein kind, meins.
weiß proff das.
ja.
seinen ausschluß, sagte moritz bekümmert.
kein mitleid mit dem, sagte juli. also nach felix kein kind mehr. wir hatten erstmal nur stumpf die pille, später verdrahtung. also ich hatt das drin, nicht er. und hatte das nach und nach satt. was satt. zum teufel, man kann sich nur wundern, was überall oberseits sicherheit heißt, ausschluß von risiko. und je weiter wir hierin gehen, desto weniger wissen wir, wo wir sind, wird uns eng, liegen hilflos einander nah offen, jeder sich selbst sein eigner wichs, was soll das. da war uns finster, das glaub mir.
proff, der nach all seinen kinderein ein kind fürchten mußte mehr als ich, proff hatte manchmal gesagt, er, wenns aus der chemie, oder aus stahl, für männer was gäb gegen kinder, er tät das nicht nehmen, nie mit sich machen lassen, und da fänd ers schon richtiger, ich ließe das auch, die scheißen doch drauf, wenn ihr frauen kaputt geht, *gefickt ist gefickt ex und hopp,* das sind doch nicht wir, das sind die, der drill als fick, der fick als drill, wir wollen es ohne schließer. und er mochte auch gern die freude ausmalen, die lust des bewußtseins, unser geschick im flug. sie bieten uns, sagte er, weltweit die freiheit den frieden aus rammeln. wir lehnen das ab, wir haben lust auf beleuchtung, auf das geschickte, das sausende ornament unsrer selbst.
und wirklich, hör mal, wir übten. wir waren nicht nur einander gut, wir waren tatsächlich gut. wir studierten balance, die raserei auf dem seil. reiß weg die verknotung, wir brau-

chen kein netz, wir sind gut. mir blieben aber noch fragen, wollte das ding noch nicht ohne netz. denn welches ding denn genau. hatten wir nicht noch viel mehr zu verstehen als balance. wir meinen ja, fragten wir nach, wenn uns so unlustig wird gegen lust, also jetzt hier mir, nicht das kind, nicht die angst, zu stürzen. klar kommt das kind, diese schönheit aus liebe und lernen, in den dreck einer tückisch bestimmten welt. es gibt keine rettung. aber es gibt unsre liebe. noch mitten im wühlen der lügner könnten wir uns verschwören mit uns, uns rotten zu uns, dem pack unerreichbar. da wär jedes kind eins von uns, eins wie wir, geliebt, egal wie besiegt. mehr können wir alle ja nicht. aber das, sagte juli stolz. so kamen wir auf unsre liebe als auf die verschwörung, und daß die verschwörung voraussetzung ist für leben.
aber sind wir verschworen?
starr sagte juli starrend, könnten wir unter einschluß des risikos, des uns unbekannten, einander als ganzes nehmen, uns als einheit erkennen, unsre körper anerkennen nicht nur in ihrer möglichkeit, klug zu sein, sondern auch in der notwendigkeit, der vereinzelung entgegenzutreten – ja, das wär wohl freiheit. und das war eine freiheit, unsere, wie wir sie vorher nicht kannten, wie ich proff vorher nicht kannte, er mich nicht. verschwörerisch frei von angst.
juli hielt inne, sah wände nach ausgang ab.
dachte ich das denn nur. log er denn alles, auch das.
kaum merklich begann ihr oberkörper zu taumeln, im schlag von haß zu pendeln traurig zu baumeln haltlos. er ist unfähig, sich zu verschwören, er lügt, sagte maurizio, wir wissen, er hintergeht, hieb er nach, so, als könne sein schärfender schmerz julis bewegung noch dämmen, den brand der bilder noch niedertreten. aber juli hob krumme hände, bückte den kopf, bog langsam sich an seine jacke, hakte wie krallen die finger ins weiche gewebe der ärmel, des kragens, ihr kopf kroch tiefer und tiefer nieder unter das haar in röchelnden atem, ein knirschen rieb sich vom haar durch den leib, als sei er von eis durchstochen, ein prasseln, als läg er in flammen, ein fluten an stein.

ein stein hat aus leben mehr, als der, sagte sie. dann schoß ihr atem in rufen auf wortlos.
maurizio hielt ihren kopf fest. der schlägt sonst an wände. dann sagte er, besser wär dem ein stein um den hals.
juli verstummte, sah maurizio an, den für die kinderverräter, sagte sie nackt. jetzt hör mal, ich sag dir die sache zuende, ach sache, es war eine freude gewesen, die keiner von uns bisher kannte. es kamen gute drei jahre, meine besten mit proff, und da das anfing nicht weit vom ende der mexikostummheit, konnte ich auch noch glauben, unsere liebe ließe seine sprache los. ich idiot. ich hatte frei meine lust wieder für diesen mann, mußte jetzt sollte jetzt durfte jetzt heißen, wir hatten frei wieder unsre lust aus der einander zugesagten vertrautheit. wir lachten zuversichtlich über das altfromme wort von der trauung. wir würden genießerisch klug sein mit unsren körpern, würden verschworen aber zusammenhalten, falls was geschieht über das hinaus, was unsre klugheit kann.
eines abends, heimlich war alles vorbereitet von proff, er liebt es ja, mich zu täuschen, seine feste gelangen ihm leicht, felix sprang für paar tage zu nachbarn, juhu, da glotz ich bis nachts, die meckern nicht immer gleich alles wie ihr, warfen wir uns in den schnellen wagen von fokken, der mochte das glück seiner freunde, und sausten nach süden, siena. schon am nächsten mittag lagen wir hoch im ginstergeröll von talamone, küßten und schliefen und küßten blau überm meer. die stunde zurück ins land, der tumult der untergehenden farben, auf allen dächern und bächen und blumen die sonne aus fleisch. dann kamen wir nach badia a coltibuono. wir wurden, das war der plan, die lockende vorbereitung von proff gewesen, als brautpaar, eben getraut, so hatte er uns da angekündigt, aufgenommen mit blumen, madeirazunge und walderdbeeren. es wurde ein fest mit vielen. einfach mit nachbarn. uns wurde geglaubt. ich habe geglaubt.
juli stand auf.
diesmal kein weinen.
und in dem sie nun das alles da auserzählte von wand zu

wand, atem zu atem, stoß zu stoß, ging sie mit ihrem gesicht, mit beiden händen, vor die wand mit den gitterbildern, vor proffs strickegitter, den gitterstrick, und riß das ab und zerriß. proffs zimmer war groß, in der mitte frei. es waren viele bilder zu reißen. auch große farbige. auch kleine ausschnitte, alt, unersetzbar. mit jedem bild ging juli von der wand in die mitte des zimmers, dort nieder wie in gestecktes feld, an unsichtbar ein gerüst der vernichtung, zerriß bild für bild, türmte die fetzen tastend zu einem hügel.
diesmal kein weinen.
ruhig redend ging juli hin und her zwischen der wand und den fetzen von proff.
kein mitleid mit dem. er hat seine feste gehabt. keinen schritt weiter mit ihm im totentanzen. die braut springt ab.
es ging aber, sagte juli, noch eine zeit so hin gut, gut blind. dann, genau ein jahr nach unsrem toskanischen hochzeitsschwindel, fragte mich proff nach den schlüsseln einer kollegenwohnung, die leute saßen auf inselurlaub, er wußte, ich gieß da die blumen, gärtnerstraße, der zierdefischblock, da denkt keiner, sagte proff, daß wir da diskutieren, die wohnung ist cool, und spuren lassen wir keine, gib her.
um was es ihm ging, das wußte ich nicht, aber für den, der proff kannte, gabs da kein großes rätselraten.
mir hat ers erzählt, sagte maurizio.
laß mich zuendemachen, dann machst du deins. ich gab ihm die schlüssel. mir sollte das aufgenommen sein, auch das, ins ganze, über alles hinaus, was unsre klugheit kann. noch war ich froh, war dumm. mir tauchte aber in proffs gesicht plötzlich härtliche hast auf, die eile der heimlichen wahrheit, der kalte stern. mein mann, rief ich hin, bleib hier, du bist drei, kann sein, vier.
da stutzte er. kann gar nicht, darf nicht, kann auch nicht sein, nicht von mir.
knapp kalt.
da wußte ich, nichts mehr kann sein.
ich habe ihm von unsrem zweiten kind kein wort mehr gesagt. es war ja nicht seins. verloren nur meins. proff hatte die

kleine liebe vergessen vom kind, vom blatt, den schwur. es gibt aber keine verschwörung *ins große und ganze.* so kommt uns keiner davon. egal, was sie stammeln und hassen, sie werden ein elendes ende haben aus stein.
kein mitleid mit dem, sagte maurizio.
ach doch, sagte juli weiß, es ist ja kein ende, auch unsres, nicht elend. auch das blatt, auch der wurm, auch das kind. ich habs gesehen aus der wand hinterm wald. alles verraten. so auch sprang proff vergeßlich verräterisch weg in die heimlichen zimmer. ich hätte noch sagen können, wir können nicht eines zerreißen, das andre nicht. doch auch wenn er zugehört hätte, ich wollte ihm nichts mehr sagen.
ich fand einen arzt.
es wurde zerrissen.
mütter werden kinder gebären, die bei der geburt schon vollendet sprechen können, um kundzutun, daß die zeit reif ist und daß sie wünschten, getötet zu werden.
ich habe gelegen, proff hat gestammelt wie mißverstanden, wollte mir haydn, ich sagte nein. dann bin ich aufgestanden, habe mir arbeit draußen gesucht. auf so einen ist kein verlaß, nicht mal für essen und trinken. unterm abschätzen der personalchefs war ich entschlossen, mich lieber zu verschwören künftighin mit dem letzten bildkranken pförtner, mit dem ängstlichsten fußballfreund, mit jeder standfesten bowlingbraut lieber als jemals mit einem wie proff. er lügt, wenn er lockt, er flattert, er ist ein fetzen.
der hügel mitten im zimmer, schlechte geschichte geschichtet, juli riß haar, nichts soll entkommen, es gibt keine rettung, sie zündete an. es loderte klein.
die gräber brennen.
proffs spruch, erwiderte maurizio.
an denen er sich wärmen mochte. das ist vorbei.
maurizio, aus seinen vormittagskissen, drauf bedacht, mimis schlaf nicht zu stören, schob den oberkörper über den rand der bettenkiste, streckte den arm, die hand am arm, griff einen mannshohen, knotig dürren, vom salzwasser silbrig gewaschnen schottischen ast, loch fyne, das schweigen und

küssen und schweigen, hob mit dem ast den kleinen kreisrunden teppich, das sternornament in der freien mitte des zimmers. da war das brandzeichen noch in der jute. proff hatte es zugedeckt.
die asche brennt auf meinem herzen.
manchmal war proff überraschend beim schülersohn moritz aufgetaucht, in der jugendbude unterm pistengedröhn hinterm förderturmbruch, angreifend redelustig. proff redete gern vom flämischen *ulenspeegel,* von der asche, die brennt, vom alten blut, das zersprengt.
schon einmal war blut nicht zersprungen, sondern zerhungert worden, knastkampf gegen vernichtung, wochenendbummel des lagerarztes, die vernichtung frei. und rings ums gefangene kämpfen hatten in städten, in wenigen zimmern junge frauen und männer einander gefragt, was werden wir tun. proff hatte mit der gleichen frage, der sohn in der apfelbude hörte sich bald danach die vatergedanken an, in der leeren zierfischwohnung der inselkollegen heimlich seine debatte gemacht, zwei frauen, zwei männer und er. es geht nicht, hatte proff gesagt, daß das so bleibt, wo in klassenkämpfen der knast nicht aufgemacht wird, schlägt er schatten auf jeden von uns. es darf kein terrain geben, das sie uns unantastbar machen. was wir nicht angreifen, lähmt uns. es ging eine leidenschaftlich zuversichtliche freiheit aus von proff an die, mit denen er saß und sprach, auch im holzhaus hier auf die schüler, erst recht auf den sohn, was ging aber, horchte moritz schon damals, aus auf den vater selbst, warum saß der da noch in tee und tweed. alle sind wir erschrocken, flüsterte proff, also werden wirs lernen, unsern schreck zu wenden ins erschrecken von pack. alle haben wir schmerzen, einer von uns ist erschlagen worden, wir wollen es aber bald lernen, unsren schmerz zu wenden in den schmerz von pack. alle haben wir angst ums leben, wir sind nicht verrückt, wir werden die aber wenden in deren angst vor dem tod, überall jederzeit unberechenbar heute noch jetzt.
proff erzählte dem sohn, was er in der heimlichen wohnung

rausgetickt hatte, wir überschmeißen das pack mit plötzlich einem ausmaß an horror, der ihnen aufs herz, in die hände schlägt, der sie lähmt, die genossen im knast noch länger zu würgen, der ihnen entreißt, was sie krallen möchten, den kampf ums leben. proff sah das in schritten, wir holen uns geld, wir studieren für eine reihenaktion die ziele, in meinem alter in meinem job komm ich fast überall rein, werde gut begrüßt, er erwähnte die tage in blankenese, mitten in fahndungstumulten um buback war er, den burberry lässig gefältelt, den kopf geschoren, den wärmlichen christenblick rausgehängt, ohne einzige ausweiskontrolle gast der führungsakademie gewesen, am hintereingang der großvater mit dem übercolt hatte aufs stichwort vom fernsehjob ihn plaudernd zur bibliothek gebracht, ich konnte dort lesen, sie fragten nicht was, ich kann auch reisen, sie winken mich durch, *ihr alter sieht unser computer nicht vor,* hat mir mal so ein grüner rübergegrinst, wir werden aufmerksam reisen, auch weit, proff hatte bunte karten im sack, ohne aufnahmeland geht gar nichts. wir werden es finden. sie werden versuchen, so wie sie es immer versuchen, uns unsere auffindungen unmöglich zu machen, jeden weg zu verpesten. es sind aber gar nicht die möglichkeiten, nach denen wir suchen, wir finden notwendigkeit vor, die klasse global im krieg, uns mitten darin, entweder oder. weltweit an der *front* ist kein niemandsland, kein niemand, sondern sind die oder wir, ihr knast oder unser land. zum beispiel das aufnahmeland. wir werden es finden. dorthin brechen wir aus, mit allen, brechen wir auf, wir alle. dort wird die arbeitende, die antiimperialistische klasse die macht haben, nicht mehr das pack. und sie werden die macht haben, uns in ruhe zu lassen, damit wir nachdenken, damit wir ruhig einander die fragen fragen aus dem, was wir nach all den jahren schwer genug wissen, nach dem, was wir jetzt wollen. und diese arbeit dort werden wir leisten, damit wir, was an uns falsch ist, richtiger machen, was an uns gut ist, besser. wir werden lernen, unnachgiebig einander verständlich zu sein. und einander sind zahllos viel mehr, als wir paar wenigen ersten, sind von straße zu straße,

büro zu büro, fabrik zu fabrik, sind von kaserne bis lehrerzimmer die klasse aus angst und verwirrung, sind wir, die notwendigkeit. ohne die arbeit der fragen sind wir verloren. ohne die vermittlung der antworten aber erst recht.
proff im leichten flattrigen mantel, den ließ er gern an, der gab ihm gesten, stand auf, ging schlendernd krumm durchs gerauch und gehorch der holzbudenschüler. moritz beobachtete seinen vater. was war das ein pfiffiger blick der zaghaftigkeit, den proff jetzt losschickte mit der bemerkung, im geborgten zimmer waren nach meinem planungsvorschlag die freunde mir plötzlich stumm, dann, aus den einen, stiegen verknotet verkleidet fragen und klagen, umwegigkeiten der furcht, aus den andren stieß fraglosigkeit, der kampf als trip. den aber fürcht ich, da schrei ich, den will ich bekämpfen.
proff zog den mantel um sich, nahm wie ermüdet wieder den gartenstuhlplatz, dann sagte er vor sich hin, so sitz ich oftmals dazwischen, die kämpfen wollen, wollen nicht fragen, die fragen wollen, wollen nicht kämpfen.
was willst du selbst.
moritz beobachtete seinen vater, wer war das. gab es denn das in einer gestalt, gewitzten kummer, entspannung verkrümmt, die lässige last.
von gesicht zu gesicht lächelnd sieht proff lehrling, schülerin, punk. plötzlich wirklich sind sie ihm seine kinder. kratzend durchläuft ihn schmerz, nachfragend bittet er um erinnerungen, wollt ihr angreifen, fragt er, und wißt denn nicht mehr die einfachen ausbreitungen der sonne morgens, ohne die angst, entdeckt zu werden, wißt denn nicht mehr nachts die versammlung der ruhe, nichts tickt, furchtlos die tageswege, ohne verdacht das gesicht von menschen, die freude auf liebe, die organisierte verständigung täglich am arbeitsplatz, dort seid ihr beim namen genannt, von euresgleichen produktiv täglich erwartet, ist uns denn das nichts wert, unser name ohne zu lügen, unser schritt ohne zu täuschen, freude ohne den plan der vernichtung. wie alt seid ihr denn, wie jung erst, was alles wißt ihr denn nicht.

ach es sollten die alten den angriff laufen. ich hasse das bild eurer tode.
aber sitzt krumm, sagte ein junger mann, und hast uns doch eben erklärt, es tickt überall, es droht, die sonne täuscht uns, wenn wir ihr licht nicht zum zielen nutzen, zu furchtlosigkeit sei nie anlaß nirgends, kein richtigs leben sei möglich im falschen, kein gutes im bösen.
und auch egal mal, wie alt wir jetzt sind, sagte zu proff eine junge frau, wenn ich genau das richtige tue, dann ist, was ich liebe, darin, auch meine fragen sind drin, auch alles älterwerden, fügte sie klar hinzu, falls sie mich, bald vielleicht, killen.
proff starrte hoffnungslos.
wann gehen wir zusammen los, fragte moritz lauernd den vater, wann gehen wir zusammen auf diesen weg. kümmer dich du nicht, dreh dich nicht überall hin. aus unsrer arbeit wird fragen kommen, aus unsrem fragen arbeit. das ist eine gleichzeitigkeit. ich will nicht mehr eins gegens andre verschieben.
es schrillt ein blick von proff auf den sohn, nicht nur um dich da, um jeden hier habe ich angst. nur nicht um mich.
oder umgekehrt, sagte moritz.
ach kluger mann, murrte proff, laß das nach.
hab keine angst, mein junge, wir gehen in den tod.
die zimmersonne fiel auf die zeilen im alten buch. maurizio fand diesen satz unterstrichen, auch war von proff etwas an den rand geschrieben, unleserlich verkürzt, die versteckte hand, auch das. auch die keine rettung für den mehr. die hintergehung.
maurizio hob mimi vorsichtig nieder, stand auf. jetzt hab ich den punkt genau. da kann ich ihn packen, das wasser schnappt schwarz. bist keiner von uns. lügst asche.
sag zu karst schlosser, sagte juli am abend, du wirst ihn ganz bestimmt finden, die runde brücke im alsterpark, die kleine skulptur.

(36) der ledermann legte den tesching, die kleine waffe ins warme gras. sie schossen auch kleinere vögel, hier im pfarrgarten pfaffenheck tauben, dem popen waren tauben verhaßt, ihm zerrissen die fetten vögel des noah, des david, des wüstenjohannes im kräutergarten die aussaat, viel blut lag zerflossen im *lorrain american military cemetery,* alte *ss* und *us* waren, auch pack aus tölz, verbrüdert nach st. avold gezogen, nicht um anzubeten, nur wieder und wieder um anzutreten den kreuzzug gegen *das reich des bösen.* die toten drohen uns mit dem tod.
ist aber staub von vorgestern, mehlten die weißen augen, die totenkopfpeoples starren nach osten, es sind aber hier die menschenfreunde zur *westeuropäischen front* unterwegs, insofern ist richtig, mitte oktober in tölz den plan zu fassen für den aufbau kleinster spezialeinheiten für den raum westeuropa, singlaub hat zugesagt, auch lutz, aus honduras zieske, aus guatemala ricardo lau, comandante mack aus der panamazone, auch linda pfeifel ist unterwegs, sogar fagoth müller aus der misuragruppe. seltsam deutsche nomenklatur das ganze.
in sachen deutscher identität, sagte der ledermann, ist das einzige kontinuum, massenhaft, unser haß gegen links. so sind wir freunde geworden. mit ihm waren die nasse hand und der heiße müll, wir sagen die frau aus dem mann.
es zieht sich um sie zusammen, sagten die weißen augen, ach menschenfreunde, ach alles die gleiche erkrankung. sie laufen uns zu wie geschnürt. was nichts für auslobung, kronzeuge, fahndungsdruck sagt. eine lachhafte fehleinschätzung der guerillakonstitution. was einzig gegen die zählt, ist verdeckt der griff. erinnern wir uns. lautlos die treppe im stammheimer herbst.
zwei laufen im schußfeld, sagte die nasse hand, in tölz ein zugang aus polen.
wir wollen sie über ein weilchen aber noch leben lassen, spelzten die weißen augen, irregulär allein zappelt proff, das ist nicht gut, denn ist eine falle auch fein gebaut, ein köder, der stinkt nach dem jäger, vertreibt das wild.

was hätte von uns denn einer an sich wie der.
er ist ein mann, sagte die frau. bevor die weißen augen ihr zureden konnten, der ist deine chance. wohl ist er geil, setzte sie fort, aber anders, gespitzt auf den tod, nur frag ich mich, will er hinein, will er ihn niederstoßen. das macht, sagt auch, die blues genannt wird, ihr die schwierigkeit.
leichten kontakt gehabt, hör ich.
nicht wiederzuerkennen. mimt was im nuttenbüro *bordstein, bar und bordell.* foto bring ich. das ist keine schwierigkeit.
auch proff hat für schwierigkeiten nicht mehr viel zeit, es wirbeln die tage und wochen so hin, ihr roter oktober, ihr toter dann, weht bis hierher seine blätter voraus.
er fängt sie, mag den tod bunt.
oder greift nach ihnen verrückt als nach einem halt, so war er jetzt auch bei mir, rennt mir privat in die sierichstraße, der ledermann fuhr sich durchs haar mit kleinen fingern, um die er dünn strähnen schlug, um an sich selber sich festzumachen, einen halt zu suchen, einen strick zu drehen, er brauche, so habe ihm proff gesagt, im sender jetzt stimmen, die sich für ihn entscheiden, die sagen, dort oder dort werde er gebraucht, anders gäbs keine festanstellung, auch brauche er selbst, das müßt er jetzt einfach mal sagen, daß er gebraucht wird, da suche er, bitte sehr, bindungen in den normalen betrieb mit uns allen, und einer von allen sei ich, aber einer, der seine arbeit kenne, zu schätzen wisse, also bitte er mich, obgleich oben die herren ihn sperren wollten, irrtümlich, wegen parteiarbeit früher, sich sofort für ihn einzusetzen, ja fürs feste geld jeden monat, das stimme wohl auch, doch, sehr, aber auch gegen, sagt er, die verfluchte abdrifterei, lieber bin ich doch einer von euch, plötzlich duzt dieser fleck mich wirklich, als daß ich, kreischt er mir fast nun, allein was weiß und krepier dran. klar hab ich mitlaufen lassen.
und er wollte sie küssen, sagten, an mexikobilder verloren, die weißen augen. das kitzelte ledermann. aber der neuling sagte, ist der denn schwul.

ach nasse anfängerei, sagte der colonel, unversöhnlich tappt proff versöhnung, ohne bisher zu stürzen, ins unglück, geschickt.
wie geschickt sind wir selbst, fragte die nasse hand, auch wenn ich hier, drüben nicht, anfänger bin, ich möchte mal fragen, was fällt uns denn ein.
na schieß los, du pestmaus aus polen.
als unlängst proff mit seinem burschen in tölz war, kamen tags darauf neue fahndungsbilder. daß der mann sich sofort erkannt hat, ist klar. was sind jetzt seine gedanken, die konstruktionen im gesamtkopf der gruppe. wir kennen ein bißchen die psychologik von proff. ohne die neugesetzte logik der gruppe, neu nach der neuen fahndung, zu kennen, arbeiten wir den fall falsch. ich denk mir den mann. am tag nach tölz wird er gefahndet. es legt sich ihm nah, daß längst vor der straße der hals informiert ist. warum hat ihn der dann nicht weggegriffen in tölz, sofort. das geht nur, sagt sich der mann, wenn sie von meiner bewegung was wollen langfristig gegen uns alle. ich war da als sohn von proff, also kennen sie unsre kopplung, proffs verbindung zu uns, hätten ihn mit mir zusammen sofort dort festnehmen müssen, lassen ihn aber tag und nacht beinah frei durch geschütztes gelände laufen, geben ihm, scheinbar ahnungslos, seine konspirative chance, weil, anders kann dieser mann gar nicht schließen, sie ihren plan gegen uns so am besten nutzen. nach diesem schluß können sie, da es sich bei keinem von ihnen um einen selbstmörder handelt, ich nehm da den proff mal aus, ihren anschlag auf tölz nicht mehr machen, zerstreuen sich also anderswo hin, aus unserm blick, und proff als magnet verliert alle kraft, läuft einfach aus, läuft leer der film, sonst nichts.
alles wahr. wie gehts weiter, kohlweißling.
um der gruppe ihren begriff einer chance in tölz zu erhalten, um ihr einzugeben, wir wüßten von nichts, hätten im ganzen nichts gegen sie vor, müssen wir plump sofort packen, was kommt, am besten den falschen sohn. aber eben nur den.
ist denn wer auf dem drauf.

ich denk, über blues.
die hat kontakt zu proff.
das freut mich, das ist gut.
aber proff, schob der ledermann nach, was denkt proff, daß wir uns ihn nach tölz nicht greifen, er sieht die plakate ja auch.
er weint also, sagen sie eben, um einen platz im nest, denkt frech, wir glaubten ihm seinen sohn, und wirklich, das muß man gesehen haben, es ist ein witz der natur, die weißen augen legten zwei bilder ins gras, schlosser en face und profil, maurizio vorm postamt schlüterstraße. nein, sagt er, das ist bindend, bis tölz will ich keinen schatten auf keinem, sie sollen sich sicher fühlen, alle, todsicher. sacht hob er den tesching. bevor wir den künstlichen sohn angreifen, der in seiner liebe zu proff, ich darf an die schaltung antwerpen erinnern, die ganze bande ihm leichter und sicherer nachzieht als vielleicht dieses tennisnuttchen, er rieb sein gesicht an den schaft, fangen wir die. man hört ja, er suchte den druckpunkt, vom jenischpark an der elbe.
wieder stürzte ein vogel.

(37) *am rand der straße drei bullenautos also unklar ob ich weggekommen wäre und es ging so schnell daß ich die hand aus dem kasten mit der knarre halb gebrochen von bullenpfoten nur rausbekam und wie ich bei dem kampf dann die handtasche loswurde weiß ich nicht sie haben fürchterlich getreten und klar gelinkt haben die mich gleich noch mal vier stunden später fotos fürchterliche raufereien ich immer eine kugel haare ausgerissen büschelweise dann haben sie mich alleingelassen ein zimmer ein stuhl zwei bullen an der wand ich sah kein verdächtiges loch in der wand und auf die idee daß der bulle nämlich vor dem bild so lange nur stand wie ich da hinsah ich idiot dann wieder kopf auf den knien fingen sie an mich zu provozieren gekitzelt gelacht was ich geplatzt bin und rumgelaufen und gebrüllt sie getreten was falsch da*

entstanden die bilder als sie rauswaren und ich die zigarette sah und eine rauchte.
es sah nach regen aus, auch der kleine rauch, der herkam unterm regenhut älterer englischer frauen, aufgebogen die krempe über der stirn, verwehte nur träg, als schleppt er schon tropfen. selten kam jemand vorbei, vormittags alltags am parkrand, gelegentlich bläulich führungskräfte beim joggen, auch die ratjensöhne rainer und oliver, blohm und messerschmidt-bölkow, waren dabei, oder es schritten glatte langsame damen in weichen stiefeln, oder ältere, schlichtes gold am hals, am arm, still nach besondren blumen, toskanischer butter, norwegenlachs, schwarzrindigem pyrenäenkäse zum markte nienstedten, pflegten ein grab, freuten sich auf den masseur, auf den jagdbegleiter nordöstlich des kilimandjaro. manchmal blieb einer, blieb eine nah an der regenhaut, nah hinterm rücken der malerin stehen, schön die geduld, die parkschwingung überm fluß, die wahrnehmungskraft einer halbjungen frau, es geht ja so vieles verloren, heut.
manchmal rollten nah die bewacher, dreckselten was über trockne weiber, tippten lehrerin, sport und chemie, einer von ihnen war notorisch urlaubsgast beim metzger in vagen, kirchspiel mit abendlich zithervortrag unweit von rosenheim, da laufen die so gleich gruppenweise, knallhart juhu mit nagelstock, von gipfel zu gipfel die stramme sandale, obs stürmt oder schneit allzeit bereit mit ganzkörperregenhaut, im farnkraut manchmal auch splitternackt, da stehn dir die haare im frühtau zu berge, ich sag dir, so weit kann das kommen. nur ein älterer stieg mal aus, so ähnlich mach ich das auch, da hat man was schönes, viel ist ja nicht schön, und nennen das auch noch naiv, aber stimmt schon, frau malerin, will mal nicht stören, so gelbe vögel sind selten.
den größeren teil des jahres verbringen sie im zentralafrikanischen regenwald im brutgebiet hier besiedeln sie auwälder feldgehölze parkanlagen fast nie kommen sie auf den boden herab trinken tautropfen von den blättern und fühlen sie sich beunruhigt verbergen sie sich im laubwerk so blei-

ben sie meistens unsichtbar auch wenn wir sie in der nähe hören.

neben der staffelei lag ein kleines vogelkundliches buch, am schemel hing ein glas von zeiss, ein flacher länglicher kasten aus sperrholz, griffgünstig, mochte gemaltes enthalten. schon zwei mal hatte sie den pirol nah bei sich gehabt, das war die schärfe der gläser.

im parkrandgebüsch zur elbe hinunter stand das kutscherhäuschen, wenige sprünge von hier nach da gebückt von busch zu busch von deckung zu deckung. wenn sie sich wegdrehte von der leinwand, vierzig grad still nach links, den malpinsel quer im boxermaul, das glas an den augen, dann sah sie den dachdecker, bauschlosser, wen, ziegelhammer und lattbeil am gürtel, auf einer leiter, am firsthaken fest, die ziegeldeckung ums kippfenster rum ausheben einlegen, wieder ausheben wieder einlegen, fleckige latzhose, beulige hamburgmütze mit schirm, der schutz, pauli soll leben, wir sind pauli.

blues klappte im schmalen kasten den sicherungshebel. sie richtete sich wieder auf. augenflimmern, trommel im ohr. vielleicht mach ich das zu schnell. alles mir grau. sie nahm das glas, suchte den bunten vogel.

nach acht jahren isolationshaft war ihnen unklar gewesen, ob der körper dann draußen das noch mal packt, den angriff. klar ist im knast auch angriff, aber die waffe ist nur noch dein nackter körper, und der ist, bei menschen, nicht aus stahl, sondern ist schön und sehr sterblich. dann aber war es einfach gewesen, die sonne, die offen rasenden straßen und farben, die leichten türen, die warme haut eines menschen nah, fast wäre blues geblieben. dann aber hatte sie nachts auf jemand gewartet in einem zimmer mit kampfplakaten, von kuba und beirut bis kapstadt, südafrikakomitee, manche plakate waren, auch der schreckliche kanzler im klo, längst überkrochen von schlingenhaft pflanzenfingern, auch drunter die fotografie eines knastgitterfensters, im gitter klein ein gedicht

gitter das
ach der
ordnung
schützung
stützung
zierdung
erst hölzern dann
aus geschlagenem stein
beinweiß gesenkt
als fangfaden schwarz
der strick

jetzt wollte blues da weg. was sollen wir hier. wo sind wir. hier nicht. sie hatte die wohnung, umstrickt von schatten, verlassen, ohne auf jemand zu warten. wir greifen an.
aber die angriffsräume, die wüste.
eben in diesen letzten tagen, an die sorgfalt der arbeit täglich gebunden für boye und pauli, mitten in dieser gekesselten stadt fast allein, in allen stunden, in allen dir wichtigen schritten in falsche kleider versteckt, umringt nah von haut und haar, von plagen und lachen und weitermachen, das kennst du alles, das darf dich nicht kennen. das kann dir dein leben abfressen. das grauen ist wirklich grau.
blues litt am verlust der einfachsten freude, daß ein leben das andre findet lebendig, sich immerfort selbst darin wiedererkennt, wie blöd, wie klug, wie krank, wie stark, ja auch wie reich wie arm alles ein atem, der sich vielleicht mal versteckt, der stinkt, der stockt, aber doch unser atem.
bin ich verrückt?
wir haben unsern atem nicht rausgeschnitten aus deren, aber die ihren aus unserm, damit ihnen ja nichts passiert, damit ihnen nicht passiert, was wirklich los ist, auf uns los ist, pack, das uns täglich würgt, den atem kleindrückt zur rassel, die das lied nie mehr kann, das sie fürchten. wir stehen auf. das ist die wüste. wir hüllen uns fest in tuch gegen sand. nicht das röcheln der metropolen ist unser atem, sondern der schrei um die welt. der wird euch das fettige fell abreißen mit

einer musik, von der schon eben die ersten takte euch panik machen. und hinter der maske der schwamm, der vertropft. und damit ihr uns nicht erkennt, also auch wir maskiert. aber plötzlich auch gegen uns selbst.
denn obgleich blues aus den berichten von tapp sofort hatte einsehen können, wie schwer es war, tapp hatte gesagt, unerträglich, das boot zu kippen, dies natogerät zu zerstören, die verbindung zu machen zur front dort fern, ohne zuhause hier kollegen zu kippen, zu töten, eh, hör mal, hatte ihr tapp gekratzt, bist du da in arbeit oder sind wir, das boot ist kein pappkarton, auch kein edelbunker für bonzen, das stell dir mal erstmal eher so vor wie die sauberste schwierigste kleinarbeit auf hundert mal dreißig mal achtzehn, reichlich überlebensgroß uhrwerk, und denk dir nun jede schraube, jeden chip, jedes ventil als eine kammer so groß wie du selber, jedes kabel ein gängegeschlinger, wo du wegkriechen kannst, jeder kolben noch toll in sich selber verdreht, verstuft, noch der splint ein spind, wo du wegtauchen kannst, so groß alles, hör mal, so urwaldmäßig, und da krabbeln nun zweihundert mann drin rum tag und nacht, und gar nicht nur nachts, auch jederzeit tags haut sich da der oder der mal weg in so nischen, einfach mal so aufs ohr, wo ihn der viez gar nicht finden kann, und pennt, weil er müde ist, schutz braucht, bloß kurz mal die ruhe, damit er nicht abklappt, der mann, in dem stress, und wenn du nun anfängst, nach dem zu suchen, also bestimmt, wir drei finden jeden, bloß während wir suchen und finden, haut sich vielleicht schon, nein, ganz bestimmt, ein andrer, der nächste, oder noch einer, hinter uns irgendwo weg ins fach für erholung, versteh das doch bitte mal schön, schichtlohn, da holst du dir gut deine mark, da verlierst du dir aber auch kräfte und säfte, auch gegen die liebe, erzähl mir doch nix, hör mir bloß auf mit den weibern, jetzt war tapp plötzlich gelblich verdünnt, ich red da ja gar nicht von mir, und hatte ein zittriges zucken in seinem körper, in seinen händen und augen, als möchte er tanzen, aber aus grausen, und während da blues wohl hatte einsehen können die komplizierte gefährdung der tappkollegen beim an-

griff aufs boot, sah sie tief in das ausbluten seiner träume, in das er nun auch das vernünftige zog, sein denken ins schlachthaus trieb, ins verwirr seines leids um marie, die war ihm mit proff wohl gelegentlich weg, war ja auch wichtig, zentral für tölz, wer ist proff, das könnte auch dieser tapp mal kapieren, männergewinsel der angst, griff sie tapps sorgen jetzt kalt als tapps schwätzen, als wisse sie immer noch nicht die konkrete gefahr für kollegen, wenn wir das türkenboot niederreißen, nannte ihm seinen schmerz einen schwatz. da fand er sie nur noch höhnisch und hart, die kontur ihrer maske gemein die figur unsres kampfes. hatte abgebrochen, war ausgebrochen, nicht mehr zu finden seit tagen.

ebenso gegen marie, deren schwere genauigkeit von wort zu wort sie verstand, sie kannten einander lange genug, es gab keinen zweifel, gegen das leben der bootsarbeiter, gegen ein einziges arbeiterleben war die fregatte nie abzusenken, härtete blues ihr gesicht, jeden satz, brach das gespräch dann ab. denn es lauert, warf sie so hin ans gesicht von marie, obgleich grad die solche mahnung nicht brauchte, das wußte auch blues, in jedem von uns, noch im wissen, noch in der klassenparteilichkeit, die ratte der flucht, der täuschung, nagend der schlupf, der rückzug, geflenn, hör damit auf, pack deine knochen, schieß ab, wirst dick.

blues suchte den bauschlosser mit ihrem glas.

wären wir damals härter maskiert gewesen, wären andre von uns schon befreit.

boye hatte, noch jurastudentin, als schreibkraft am holstenglacis, im untersuchungsknast ferienarbeit gesucht und gefunden, bei den alten im öligen amtsgestall war ihr toter vater noch nicht vergessen, nette kollegen, *man tut was man kann*, kann aber nur die pflicht.

anders war das bei boye gewesen. sie hatte ihre eignen gedanken ins kalte gehäuse gebracht, kommt zeit kommt rat kommt tat, wir holen die wegisolierten ins freie, *karo* und *leo* sind nicht bloß von damals, jetzt wir. und eines morgens war boye, aus den vorderen dienstbuden raus, ein zwei wachteln in schlepp, durch die klirrgitter in die eisenvertürmung, mitten ins knastzentrum reingegangen, irgendein formular war nicht klar, sie wollte das selber mit der betroffnen gefangenen besprechen. da kam ihr auf langem riffellaufeisen blues entgegen, die von boyes gedanken nichts wissen konnte, weggeschlossen seit jahren, graurock, mehlmund, handschellenhände, und obgleich du mit solchen händen ja niemand so richtig umarmen kannst, hatte blues, von bewachern weg, ihren satz zu boye rübergemacht, mensch, alte, haben sie dich jetzt auch, und hatte die hände um boyes kopf geschmissen, eh wärme, eh wir, eh offen, unschlagbar! war aber zusammengeschlagen weggebracht worden. und boye, nun unter scharfem verdacht, auch bei den besten kollegen, *irgendwo hört die gemütlichkeit auf*, war weggeführt worden, war am gleichen tag noch aus allen hilfsarbeiten entfernt. nichts war ihr nachzuweisen, aber es reicht ihnen, daß wir uns wiedererkennen. das fürchten sie als ihren tod. wären wir also damals härter maskiert gewesen, dann wären jetzt andre von uns schon befreit.

ach tod. ach pauli soll leben. ach furcht. was machen wir richtig. was falsch.

jeder von ihnen hatte, gezettelt, auf ausgerissenem rand einer zeitung falsche adressen, fingierte dates, stunde und tag stark verkürzt notiert. falls einer von uns gefangen wird, rennt das pack diesen zettelchen nach zuerst, gewinnen die andren zeit.

jetzt hatten sie nach der verletzung von pauli jeder ein rezept in der tasche, datiert auf den tag nach dem schuß in neumünster, blutstillungszeug drauf, schmerzmittel, infusionen. finden die bullen dies, das war die idee von boye gewesen, nicht ihre handschrift, dann rannten sie der adresse nach, rahlstedt, osdorf, egal, und fänden dort leer eine wohnung blutig, blues war mit eingeschnittenem fuß dort getappt, auch reste von schaumigem mull hatte sie dort verstreut, prints von pauli sogar, sorgsam nur seine, und alles verwildert wie nach übereiltem aufbruch, nach flucht, und damit sie falsch nachspüren von dort weg, weit weg von jenischpark, lag, die

hatte proff angeschleppt, da im klo eine kleine münze aus lagos, beim schiß aus der hose gerutscht, das pack schlürft ja letzte scheiße noch ab, damit sie uns finden, und blutfleckig eine stadttageszeitung zerknüllt, aber mit dem datum genau, an dem, das scheckte tapp für sie aus, am afrikakai ein nigerianer, genügt auch nur westafrikaner, ablegt, alle zwei tage wurde die zeitung ausgewechselt, auch der name des schiffs, wie gedankenlos flüchtig notiert, im rand irgendwo, als sei pauli weg weit weg übers meer, denn daß sie nach pauli, nach einem schußverletzten, engmaschig suchten, war in der zeitung gewesen, war klar. war auch hafermanns spezialität, das wundbett schnüffeln, den fangschuß setzen.
ach furcht.
was war ihr heut alles matt so grau.
blues fuhr mit dem vogelglas die weiten parkrasen ab. da lag plötzlich fern, in shorts, eine schwarze frau, wohl jung, oder warte mal, war das schon die von den forces. dann war sie eine stunde zu früh. warum.
es wehten die ersten tropfen.
ich räum mal lieber zusammen.
der ford stand greifnah unter dunklen kastanienbäumen.
jetzt räumt sie ab, sagte die frau aus dem mann. aber sagte das nicht in das sprechgerät. sondern.
unterm weißen herrenhaus nieder schräg hinüber hinab übers weite gras suchte die frau in langen sprüngen blues noch rechtzeitig zu erreichen. *freute sich daß sie schön war.* die mörder *sind nicht allein auf der welt. sieh mal da bin ich. ich leb.*
auf weiten abstand drei bewacher, unter ihnen der hals, gepanzert waren ihr nachgetreten morgens, den hinterhalt legen. zum ersten mal gegen eine frau. die frau aus dem mann kannte eines jeden position genau. es war kaum zu machen. sie wollte es machen. sie wollte jeden. keiner kommt mir davon.
die weißen augen hatten den hals gewarnt, noch in der schärfsten verdorbenheit irrt das zuweilen zurück zu sich selbst, keiner frau mochte er trauen, kannte nicht nur alle

einfressende zerstörung, auch unsere unzerstörbarkeit heimlich. hatte auch lust, den hals heut zu schwächen, fühlte sich kraftlos vor dessen dünkel, mißgönnte dem jüngren hier heut, eine junge frau zu verderben, warnte verdrossen vorm *heißen müll.* das geilte den hals nun erst recht.
da hinein mähte sies ihm zuerst. dann eben das eine auge. blues wirbelte weg durchs geheck an den wagen. die frau schnitt quer durch *die nasse hand*, bevor der noch etwas begriffen hatte. wo war der dritte, der tropf vom *mek*. der kniete. nicht kroch. der kniete wirklich gelähmt. da schoß sie ihn einfach um, von vorn, durch die nasenwurzel.
sieh mal da bin ich.
ich leb.
der eigene tod, im letzten moment, einer frau.
weiß sieben männer aus parkrandwagen zerschossen sich eine schwarze.
blues lag schon mehrfach verschlossen verschlossen im rücksitz des einsatzleiters. das grauen aus grau.
hören sie auf sich zu wehren.
dann rasten die fahnder nach pauli ins leere. blues schnappte das labern der sprechgeräte. alles lief vom kutscherhaus weit. sie streckte sich in die ketten.
im dach starrte schlosser. nichts war zu retten. er sah das massaker verzerrt, entfernt, mitten im eigenen fleisch, band sich fest an die leiter, die arbeit heut hier ist der schutz für pauli.
aber unten drinnen pauli, obgleich auch er fest gebunden war, hatten die nahen schüsse seinen kleinen körper geschleudert, als schlüge ohne distanz ihn die volle salve, und die ausgesplitterten knochenkanten im schenkel hatten nun doch die letzten intakten gefäße zerschnitten. boye band ab. schon lag das bein im untren bereich nur noch lau.
hören sie auf sich zu wehren.
am rand der straße drei bullenautos also unklar ob ich weggekommen wäre und es ging so schnell daß ich die hand aus dem kasten mit der knarre halb zerbrochen von bullenpfoten nur rausbekam gelinkt an der wand wieder kopf auf den

knien gebrüllt die bilder klar die drei toten geben sie mir es müßten vier sein verrat oder was der dreh gegen uns na ich laß das mal jetzt.
die frau aus dem mann hatte an blues also nichts mehr vermitteln können.
blues wollte die hand in den regen halten. sie konnte das fenster nicht öffnen. *das ist eine anordnung.* blues wollte den regen sehen. das glas im eisernen rahmen war weiß.

(38) es sind unterm bergrücken schleimige pfade gekrochen von wem, ich werde von kindern getragen, schuljungenstimmen, ich hätte noch sprechen können, auch laufen, aber noch einmal waren mir meine augen verbunden, die luft war von nässe weich, durchschrien von singenden tieren, durchweht vom geruch glasiger schlingen, schwarzer blüten. manchmal berührte mich eine hand, es konnte kein irrtum sein, oder waren es lippen, wer liebt, es sucht, zärtlich, im nacken, am knie, im inneren einer der ellenbeugen, war ich denn nackt, nur in ein netz gebunden, rühren wie flüstern die hände der kinder, war ich von freude durchwärmt, hüpften die schrecken wie puppen.
rede deutlicher, sagte marie.
schon vorher, schon in der ersten nacht nach der landung im park, hatte der colonel alles verstanden, hatte ich alles verstanden. es war der schlag auf der straße aus angst kein angriff, nur wirr der schauder im allgemeinen, das erbrechen, kein bruch. und bald war von einem bild aus meiner frühen kindheit die rede, der kleine mensch mit der großen tasche verläßt den garten, will in die fremde wandern, winkt weit zurück, die mutter hat ihm gut eingepackt, die verzehrung, das wichtigste, daß sie ihn schluchzend zurückrufen wird, sobald ihn die hecke, die ecke, verschluckt. er fuhr mir mit einem tuch die tränen weg, als wollt er mich küssen, wer weiß wer weiß, vielleicht ist ihr kleiner freund auch dabei.
welcher freund wo, fragte marie.

wir wissen erst wenig.
nach langem tragen und tasten, und nachdem die jungen mich vorsichtig niedergelassen, das tuch mir von den augen, das netz vom körper gezogen hatten, sah ich vor mir, stand vor mir im kahlen zentrum der lagerlichtung blank geordnet gescheitelt eine gruppe kleinerer jungen. die sangen mir die begrüßung. mitten im lied, durchs zwitschern ein pfiff wie ein knall. alle jungen, wie ins genick geschossen, warfen sich weg ins gras, kein lied mehr, kein ton, das zirpen und jammern aus dickicht. aber es lag da nun eine spur aus kindern, ein pfad geworfen aus körpern, hingereiht zu der tür der kommandantur. treten sie bitte jetzt jeden schritt auf einen körper, nicht bitte in den raum zwischen körper und körper, dort wächst das gras, wir lieben das gras, alle hier pflegen das gras. ich trat auf kinder.

(39) es geht kein sieg, sagte juli zu ahlers, wir haben das leben, das ist genug. auch schauerlich ist das genug. auch genug für die liebe. mehr haben wir nicht.
aber nina ging ihr entsetzt dazwischen, so wird aus der angst die gewalt, die uns alle zum teufel jagt, blind. ahlers starrte sie trostlos ab, sind wir schon, muschi, das zertickt rocker schon seine augen.
bevor ihre hand sein gesicht traf, sah er ihrs schaudern, wellen unter der haut um die augen, stell dich mal hin, du feigling.
wir bleiben sitzen, setz du dich auch, sagte juli, als sei der plötzliche riß durch ein haus die linienführung, die jeder kennt, das beben der erde alltäglich, das leben schon tot, und ob schmerz und geduld feigheiten sind, fuhr juli fort, oder ob es, nina, den mut aus feigheit etwa auch gibt, das kriegen wir raus. ihr bleibt jetzt mal hier in der stadt, bei lisa und paul sind die kinder gut dran, paar tage schulschwänzen macht nichts, macht spaß. wann fährst du mit trude nach drüben.
ich nehm rocker mit, da sind bessere ärzte.

ja wichs, sagte ahlers.
juli sagte, wenn du schlapp wirst, redest du porno.
das war aber gar nicht der grund für plötzlich den roten kopf von nina. war eine sache mit trude. eine angst, eine ahnung, eine schande.
die beiden hatten, obgleich sie sonst bücher tauschten, einander lerntexte hinundherschoben, eine zeitschrift, ohne daß einer vom andren das wußte, sich gegenseitig vorenthalten, als wäre das ding grad jetzt nicht zu finden, als wär eben schnell mal was andres wichtig. die zeitschrift kam unregelmäßig, aus der faschismusforschung in hamburg, einer ihrer mitarbeiter war bantu, der knastarzt, der altlinke antisowjetische fachmann, der mann, der klug ist, den nina nicht sehen will. für beide frauen war jedes heft bisher wichtig gewesen, denn hier war faschismus nie gruseltheater von früher, kein dämonistischer zwischenfall, sondern ist, das zeigten die dokumente, von gestern das fundament für morgen, aus vorher weit bis weit künftig hin das kontinuum der profitinteressen, ist die entstellung des menschen, nützlich wem gegen wen. es kam den frauen in ihrer arbeit mit arbeitslosen darauf an, erklären zu können, belegen zu können, was der zusammenhang ist zwischen *leistungsbezogener sozialpolitik* jetzt und faschistischer planung damals, wie das zusammengehört, aus der *arbeitsfront* über *reeducation* bis zu schleyer und blüm und konsorten, wie sich das gegen uns panzert, das gewalttätige interesse gegen die selbstbestimmung der klasse.
das neue heft hatte das thema *aussonderung und tod*, *die klinische hinrichtung der unbrauchbaren*, und es ging um *soziale minderwertigkeit*, um *fürsorgeheime* und *wohlfahrt*, um *katastrophenmedizin*, gestern und heute. ein aufsatz war überschrieben, *die ermordung kranker menschen in der sowjetunion*. nur eben mit einem blick hatte nina die zeile gepackt, schon schob sies von sich. konnte es so nicht vermissen, als trude gelegentlich ahnungslos das heft mit zu sich nachhaus nahm.
dann fragte nina sie aber doch.
da sagte trude, ich habs nicht.

da aber trude so gar nicht lügen konnte, jedenfalls nicht gegen uns, jedenfalls nicht ohne selbstverletzung, fiel nina an ihr was auf. ist irgendwas. nee, nix, du hast dir das ding doch verlegt, was weiß ich. trude zappelte schon das kinn.
sie liefen ärgerlich fremd auseinander.
wenn einer hier weint, dann bin ich das, dachte sich nina verbiestert, kummer bis oben, das reicht doch, mensch rokker, wo lauf ich mit dir denn bloß hin, ogottnee die kriegen dich nie, ogottnee das kann doch nicht angehn.
anderntags rief trude sie an, komm mal da raus aus dem kasten, eisessen, will dir was sagen.
auch trude hatte das heft, genau wie nina, nach eben flüchtiger einsicht ins inhaltsverzeichnis, zwei tage weit weggeschoben, hatte sich dann aber tastend rangefragt an den schreck dieser einen zeile, *die ermordung kranker menschen in der sowjetunion*. ekel ist angst, sagt trude, angst bedient nur die schweine. und obgleich ihr als kommunistin das kleine stück zeile rätselhaft ekelhaft war, fand sie dann doch, beim tappen ins halblicht der raschen momente in uns, die wir nicht auszählen können, die wir nicht einfach in ordnung haben, die also auch kommunistentage irrlichterlich durchflunkern, hinterm klassendurchblick das blinde fenster, die dreizehnte tür, den blutstein, fand die verwundung, die jeden dreck fängt: das wissen ihres verfluchten alters, die schande, die es erst jetzt gibt, früher noch nie, daß überall alles geht, keine niedertracht ist uns unmöglich.
trude packte die hand von nina, stimmt schon, auch ich hab geheult.
lauernd hatte trude nachts den aufsatz gelesen wie hinter der hand, wie *unter der lampe*. von den gaswagen der ss war geschrieben, von kindermord, krankenmord, nazi. von pack, mensch, nina, doch gar nicht von uns.
nina kroch weiter in sich, wir haben es aber für möglich gehalten, so als könnte es doch was von uns sein. es ohne zu lesen falsch gelesen. wo lernen wir das. wer macht das mit uns. und ich wollte das vor dir verstecken. vor uns. mensch, trude, wann hört das mal auf.

wir wollten uns schützen.
wir sollen uns nicht schützen. wir sollen uns wehren.
manchmal geht nur noch schutz. denk mal an rocker, was der braucht.
der braucht einen, der nicht aufgibt, der vor gefahren nicht abhaut.
nacht und der schall der stimmen und wann wirds hier endlich mal hell. sie saßen noch morgens, gaben nicht auf.
das ist mir schon klar, sagte nina, zögerte hin von wort zu wort zu trude und nun auch zu ahlers und juli, trotzdem versteh ich was nicht, grad nicht von larry, daß der vor gefahren abhaut, also die schwierige operation, daß ers erträgt, daß was nicht geht. ich pack das nicht. weils mir kein leben ist, wenn was nicht geht.
wie hältst du das leben dann aus, fragte juli.
weils geht, murmelte nina, als frage sie das, als plage sie das, dann rief sie es hell gegen beide noch mal, klar, weil es geht, nur, weil es geht, was bin ich denn sonst kommunistin.
wegen leben, sagte juli, wegen rockers auch.
wieder sackte nina ab, als sei sie getreten, blind ist kein leben, beim kampf gegen krankheit sterben, das wohl.
paß genau auf, sagte langsam juli, denn nicht du stirbst vielleicht bald, vielleicht aber rocker. vorsichtig, nina, hast du nicht angst zu sterben.
nein, sagte nina, ich hab lust zu leben.
genau so wie rocker, sagten juli und ahlers aus einer stimme.
nein, nina stand auf, nicht blind.
da starrte sie aber wohin, als sei sie allein. als sei sie in einem verschneiten hof. krankenhausgarten nah krasnodar. väter und mütter klammern sich an ihre kinder, ss reißt sie ab voneinander, zerrt hebt und schiebt und wirft kleine menschen in einen feldgrauen bus, seine fenster sind weiß, die türen schlagen, die gummileisten der türen saugen sich ein, der bus fährt weg, sein abgas erstickt alle kranken kinder.
nina ging, als sei niemand da, rückwärts, langsam, bis in der zimmerecke ihr kopf, der nach hinten hing, an die wände

schlug. da rutschte sie ab, krumm rund in ein altes dunkles stadtstraßenhaustor.
da war ich auch schon mal, muschi.
juli hielt ahlers fest.
nina kotzte sich ächzend zwischen die schuhe.
komm rüber, ahlers.
ahlers ging hin, kroch sich klein nah zu der frau, das kenn ich, muschi, flüsterte er, das war bei mir auch schon, das schaffen wir aber, das geht.
ich bin kein nazi. ich werd bloß verrückt.
nicht verrückt werden, muschi, nicht abhauen.
leise sah proff zum zimmer herein. juli sah auf, schnippte weg.

(40) mit proff arbeiten mochten die meisten. aber die weißen fahnen, aus nebel geschnitten. noch sieben wochen bis tölz. wo find ich mich denn mit wem. was geben wir auf. wer gibt auf.
totenblaß siehst du aus, sagt jetzt fokken.
alles ist besser, sagt endlich proff, als bleiern gestreckt auf den tisch von pack.
aber aus dienstwagenpolstern blaffte fokken den freund sanft an, läufst uns aus der arbeit davon, läufst aus, schlägst heißen funken, machst jedem sein bild, was aber aus dem brennt, trittst du aus, läßt dich kalt.
bin mitten immer dabei.
auf der flucht.
woher weißt du das. wo ist der mittelpunkt, fokken.
wir rasen an rändern, klettern an kanten.
pumpen luft, lachte proff, und surren davon.
ja, davon.
links vor ihnen hoch starrten tragkonstruktionen, die brükkenreste der kaiserbahn kiel-berkenthin-berlin. der salonwagen, sagen die alten bauern, des kaisers war weiß, sagte proff. wenn der schreihals zu *seiner flotte* fuhr, stand das volk an den wegübergängen, bliesen förster aus schneisen.

ohne mit mir je zu trinken, bist du zeitlebens besoffen, sagte ihm angerührt fokken.
sobald es die arbeitszeit zuließ, immer waren die beiden auf suche nach *menschen, die nichts zu sagen haben,* fuhren sie nebenwege. sie hatten, nach jahrelang stadtfilmarbeit, bei ratlosen redakteuren den plan durchgesetzt, die zeugensuche ins offne land auszutreiben, das dokument der gewöhnlichen tage und plage zu blättern im licht hinterm stall, im tresengefunzel der dorfratssitzung.
unten ist leben, drauf hockt der tod, sagte fokken, schon lief er gebückter als proff, fahr vorn scharf links raus, dann haben wir, was wir wollen.
sie liebten beide den buckelasphalt ohne weißen strich, die bauernchaussee, die duftet und frucht schmeißt, den tintenschöpfling, der schwarz vertropft.
die jungen sind fest, sind gut zu essen, proff hielt, sprang raus, schnitt vorsichtig ab, sackte ein in den faltigen tuchhut, die großmutter, die uns die brät, heut abend, die find ich. und auch das stille hotel.
unterm möllner altbacksteingiebel hoch draußen im fensterloch hockt spitz emo, der halbjunge seemann, der negeraufpasser, das käuzchen als hotelier. seine gäste hascht er als mäuse. untenher pfeifen schon fokken und proff. emo flauscht ab über steile treppen ins geriegel der schnapptür. mißtrauisch unter geschorenem haar fragt er verächtlich, der tritt auf die schwelle erhöht den kleinen, straff gemuskelten mann, nach wünschen.
ein wirt, der gern seine gäste beißt, hat lebhaftes eigeninteresse, sagt fokken, ist kostbar, sagt proff, schmeckt schmerzen, ich rieche rieche menschenfleisch, sagt der tonmann busento, mönchisches dünsten, eifer und eiter, das lachen der lauer, hier laßt uns hütten bauen, sagt axel, der assi.
schon hatte die kleine dokumentarfilmgruppe das dunkle hotel bezogen, das fachwerk, durchzischelt vom eiligen wirt. den assi axel von anfang an quält gern der hausherr. bald verspricht er sich beim servieren, assel axi nennt er den stoppelbärtigen helfer. axel mag leute lachen machen, flink kit-

zelt er jedweden unter den armen abrupt, am liebsten, wenn die was halten wollen. entspann dich schon mal, sagt axel. emo streckt sich gebissen, dir zieh ich die nase lang, bimbo, lacht geschichten aus durban, kitzler wie eine bratwurst, gelächter spritzt aus der pfanne. proff fordert ein schützendes tuch. bald mögen alle im team die nächtliche heimkehr ins eng vertreppte schlurfen der schatten, ins schlucksen und schmatzen der wasserhähne. betrunken das tasten nach einem weg. irgendwo hier im geblätter tappt assi axels rothaarpfötchen nach einem knopf. beinah an einen kopf. wo hockt der verfluchte schalter.
weich an axels hals sind die hände des wirts emo lappi. emo mag knorpel drücken, nie mehr beschämung am frühstückstisch. es piept der bimbo, es quieckt die maus, emo entspannt. schon schnellt er weg unters laub. axel tritt übel nach, fällt stoßend an kübel, ins philodendrongerank unterm treppenbogen. der schürft ihm den augenrand blutig. lausig lacht emo nah unterm blatt. mausig schwänzt axel fort aus dem haus, sucht sich ein andres hotel.
der wirt hieß wirklich frank waldemar topfer. aber fokken macht ein gerücht, topfer sei wirklich nicht topfer, in wahrheit ein finnischer mückenforscher, der, aus moorwanderjahren düster, aus tundrischen lichtfluten schlaflos, aus millionen verstechungen sonderbar eingezogen entzündet, sich, um nun sein hauptwerk zu schreiben, in einen holsteiner wirt verkleidet habe, in den wirklich unwirtlichen topfer, dessen betitelter hausname bitte verborgen bleibe, professor d. dr. emo lappi, ja eben der kirchentitel sei von den mücken auch, den einen mache ihr gift gesund, den andren geheimnisvoll.
und nun also, eines abends, spät, aus mölln-waldstadt die rückfahrt diesmal im taxi, fragt fokken den taximann salbig nach dr. lappis adresse.
wie heißt der mann.
professor doktor doktor emo lappi.
doch. den kenn ich. moment mal. wo soll das sein.
das frag ich sie eben, bitte.

lappi. lappi. wie heißt der mann. ist der türke.
finnische mücken.
ach der. wo war das mal noch.
können sie das für uns rausbekommen.
gar keine frage. wie war der name.
lappi.
auch wieder so ein name. sollte ich mir ja wohl merken.
das dacht ich.
was man so alles vergißt. dabei hab ich den xmal gefahren.
moment, ich ruf mal zentrale.
der magensaure zwölffingerdarm funkt sich durch zu der muschi an knöpfen.
sag mal, wo lappi wohnt.
wer.
weißt doch, der finne.
der pinnsee.
nicht pinnsee, finne.
mückenforscher, raunzt proff.
mückenforscher.
ach der! ja wo war das mal noch.
na wenn ihr das dahinten nicht wißt.
weiß ich doch. hab ich doch selbst neulich eben erst durchgemittelt. warte mal noch. ich hab das gleich. finne ist der doch bei femina auch.
nicht nutten. mücken!
ja mücken. bloß immer mücken. blödsinn sowas. gibt aber einen. das weiß ich genau.
nichts weißt du. mach ende.
sie landeten, knapp bevor sie die polster bepißten, vor der katzenkopfpflasterbude. oben im giebel, wachsam im mond, unerkannt saß der professor. streng die weißlichen händchen winkten das team zu bett. assel axi war vorher schon abgesprungen.
proff zog fokken die brückenböschung hinauf, ich bin für bestrafung. emo hat recht gehabt gegen axel.
als wärs eine rettung, was jeden würgt, zu einer waffe machen. wann endlich reißt der strick.

nie. wir hängen entweder oder wir handeln.
nein. oder wir henken. sagt fokken.
oben die kaiserschienen lagen zugekrautet unter büschen und blumen, rot rund geätzt vom rost. fokken wollte lieber nicht weiter in ragende brückenreste. proff hatte aber lust zu locken. sie kletterten beide weit hinaus ins lichtdurchsauste gegitter.
so holt ihr euch, sagte proff, scheinbar entsetzt gegens henken, wirklich ins weiß ganz verwickelt, täglich den vorteil der faulheit. es ist aber nicht, wie ihrs wünscht, das weiß der unschuld, sondern der unterwerfung, die abwirft.
bin ich denn reich geworden.
dein reichtum ist deine reglosigkeit, sagte proff, das friedliche polster wühlt ihr gegen die pritschenkante, den schnitt, duldig ins wundbett schiebt ihr schnüffelt ihr altes laub.
ja *kampf oder schwein,* fokken schnitt ab, aber sieh mal, sagte er spöttisch, beide sind wir nicht angeschossen, auch du bist in deinen kämpfen noch unverletzt, auch wenn es dich wurmt, wir leben gemütlich in abgestorbenen brücken, umblüht.
so lügst du dich an, rief proff, ich habe dich abstürzen sehen.
ist alles gewalt, hatte fokken, vor jahren und jahren, kaum vierzig alt, mitten aus dreharbeiten, thadenstraße nach pferdemarkt rüber, plötzlich geflüstert, sie hatten ihn vorsichtig niedergelegt in den weichen wagen des senders, so werden wir alle zertreten.
wir kennen den tritt ins gesicht, in deins auch.
bring was zu trinken, nein, schnaps.
seither schon morgens das kleine glas.
welche gewalt denn, fokken, hols aus dem nacken, nach vorn, in griff.
das greift keiner, proff, das hat uns. er zog sich den schwarzen kassettensack über die augen. von verbundenen augen in mexiko aber hatte proff an niemanden etwas gesagt, auch nicht an fokken. das team ging nachhaus, dreharbeiten für heute beendet, busento rief abends bei fokkens mal an, wies geht, die frau wußte nichts, proff hatte den freund fernweg

in die ziegelei gezogen, alte biermöbel unter kirschen, das reden von unsrer angst in den nischen des weißdorn, leise klappert der grasmückenvater, was schreit gewalt, was blendet fokken.
kann sein, es ist nur das lächeln, sagte fokken, von allen wänden das angebot schmierig, es häuft sich über mich hin. ich will das alles nicht mehr.
dann sagen wir nein, rief proff, fangen an.
ach fangen, das wird zermalmt. wer hilft.
fokken nahm therapeutenrat. war bald geheilt. nach und nach konnte er jeden drehplatz lebensplatz schwindelfrei halten. lernen wir einfach doch ja zu sagen, ja zu der welt, wie sie ist, was denn, ich kennte das nicht, sagen sie einfach doch friedhelm zu mir, sie schalk, jetzt malen wir, was uns so schreit, hier sind leuchtfarben, doch, noch das häßlichste glüht, und großes weißes papier ist hier auch, da wollen wir uns gern freuen, kein fleckchen ach gar kein fleck, er rieb an tisch und wort und haut immer flecken.
das weiß triffts gut, sagte fokken.
was denn weiß, fragte der peuti.
damals war larry noch nicht gefangen, auch nicht bewaffnet im jackensack, war noch frei mit proff unterwegs, *das muß alles weg.* fokken hatte den freund gewarnt, schaff ihm ein lustiges weib, einen tanz, nicht deinen haß, dein geschrei.
so mal ich den schrei, sagte fokken zum therapeuten, ganz weiß ins weiß.
da war der enttäuscht, schoß sein wärmeres auge auf fokken, dann schreiben wir jetzt einmal wunderschön ja, unser zauberwort vielgliedrig groß, als wollten wir innen drin klettern, ach innen ist alles so wichtig, herr fokken. und kommen mir immer mal wieder hierher, bis wir zufrieden sind.
mönchisch vielfarbig blaugold gebrochen in blumen, vögel und kronen, die vögel streckten die zunge, malte fokken ins weiß die übung, sein großes ja als ein kostbares gitter, den frieden. aus nebel die fahne.
noch heute, nach jahren und jahren, sah er unruhig hin auf proff, dessen spott, dessen traurigkeit, oben hier in den blu-

men, im rost, das balancieren auf schienen, wohin willst du dich stürzen, mann.
proff sah auf, als sei sein name genannt, als käm einer, ihn zu fangen. mich fängt keiner, sagte er streng, ihr seid verwickelt ins weiße tuch. gern tät ich springen, wo seid ihr. ach fokken, das muß alles weg.
am liebsten du selbst. ich kenn dich. was machst du in tölz. angreifen, mann.
denn obgleich proff kreidig getroffen war von fokkens schlüssiger frage, tat er, als liefe das wortespiel weiter, tat er genau, was die arbeitskollegen, die ihn gern mochten, längst von ihm kannten, redet hart raus, läßt weich alles rein. mein lieblingsroter, schon beinah ein toter.

(41) jetzt läufts doch, lachte der redakteur kies, genannt kid, kupfermähne mit vollbart aus island. kid war vor jahren ins mangfalltal mitgefahren, giftmüll schnüffeln, die halbheiße story, von irgendwas muß man ja leben, es schossen forellen über das bachbett aus stein, komm her, proff, wir fangen uns eine. die beiden verband eine überraschung. irgendwann hatte proff in den schneideräumen, gern hetzt er da, diskutiert, sein maul mal reichlich weit aufgemacht, es ging nicht um film, es ging ums ficken, es hat zwar jeder zuhaus seine frau, und hier hat er seine gelegenheit, die liegt ihm, so wurstelt ihr halben kram, wie arbeit, so liebe, manchmal ließ proff den alten pfaffen gern los, mensch was seid ihr hier alle kaputt. da hatte ihm kid gesagt, das stimmt, und hatte dann drangesetzt, es ist im haus aber keiner, der so kaputt ist wie du. proff wundert sich.
nun liefen sie fische fangen.
das bachwasser hatte, im sturz über stein, unterm niederschießenden strahl der dauernde aufschlag, ohne aufenthalt kommt das und springt das davon, kiesige becken gewaschen, flach geflimmer, darin die forelle sich sonnt, ihr bunt im seitenstrich leuchten läßt, die kleineren fische, durchlich-

tert schwärmen sie ein, zerschnappt. das ist ein endloser hunger. proff und kid spielen.
hier steht eine. wirf keinen schatten. bevor wir sie greifen, schließen wir ab, mauern ein, stellen ihr stein in den einzigen ausgang. den großen da roll. die springt weit.
sie hoben, es schmatzte im ufergrund, nie mehr da würde das sein, wie es war, das wasser stürzte abgelenkt weg, schon zuckte der fisch gefangen, stieß nach dem ausgang, starrte, schoß wirr, lauerte einsinkend tief sich fort, nirgend wars tief, flach in den sonnenlichtspielen der schatten der hand.

(42) schußwechsel halbfern. larry stand nun allein. verfluchtes flirren aus sommersonne und angst. er rannte stürzte sprang die böschung aus gärten. der bauplatz war eine riesige gelbe schüssel aus sand, kein arbeiter nirgends, freitagsruhe, weit vorn, gestolper gekeuch durch sinkenden sackenden grund, die kleinen buden der leitung, der schatten, der ausgang. da war aber schon die hand. die hatten acht hände, ach acht mal zwei hände, drei schossen ihm nach aus kirschen, drei lauerten ihm im schatten der buden, zwei brüllen ihn an aus den himmeln, mal brokdorf mal bonnepark, nieder damit, von irgendwas muß ich ja leben, ach leben, die drücken mich hier einfach tot, fünf meter überm genick von larry das sicheln, das rasen, das hecheln, schmeißen sie weg, mann, wohin denn jetzt noch, er schoß wirr, alles leer, sank in sand, war gefangen, stellt sich hin. weißes hemd in der sonne, leuchtend. dann blutig geschlagen. wo proff jetzt wohl steckt. ach das schwein.

(43) ich hab ihn, rief kid. er zerschlug der forelle den nakken. schade, ein schönes tier.
und was nun, fragte proff.
feuer machen und camel rauchen. ich hasse gewalt, sagte viel

später kid, in der sonne im uferfarn satt. proff ging aber dünn an ihn ran, wie machst du denn das so gemütlich.
gegen solchen wie dich bin ich nicht gemütlich, paß auf. auch wenns mir geschmeckt hat, auch wenn es mir gut geht, wie dich die, die laß ich nicht durch.
machst dicht, hältst dich warm, sagte proff.
ja kälte, das seid ihr, erwiderte kid.
was wär kälter denn noch als die nische am bach, der treibt blut.
deins treibt verzweiflung.
wenn du rauswillst ins offne wasser, und keiner geht mit.
ersaufen tut jeder allein.
wem beim sprung nur ersaufen einfällt.
man weiß allgemein, du bist wasserscheu, proff. mach dir nichts vor.
merk die gewalt, unter der du jedes wort redest, kid. und flehentlich fragte dann proff, wie haßt du gewalt, verrate mir das, ohne sie anzugreifen.
du fürchtest, dich lacht wer aus.
nein, sagte proff, aber daß ich mich selbst verlach, so weit, wie ihr, geh ich nicht.
bist dir recht wertvoll.
wie denn das nicht.
so ist das mit der gewalt, lachte kid.
so ist das mit haß auf gewalt, lachte proff nicht. er stand auf. komm, fahren wir essen am see, sankt heinrich, ein alter kastaniengarten.
zwischen ölgoldglänzendem leichten salat lag ihnen bald das bein einer jungen ziege, das könnt ich mit fokken nie machen, knusperte proff, blätterte schmierfetzenreste von *bild.*
terrormädchen in hamburg erschossen.
und larry, das weiße hemd.
den kenn ich, sagte proff taub.
kid sah lange in larrys gesicht. dann böse aus fett auf proff. der mann tut mir leid. so ist das mit eurer selbstüberschätzung. aber, er schlug leise mit seiner gabel den teller von

proff, es geht ja vielleicht auch stellvertretend, komm alter kämpfer, lang zu.
viel später, vor wochenfrist eben, hatte sich proff an diesen seegartenkid erinnert, der weiß, dem muß ich nichts sagen. noch wochen nur noch bis tölz.
kid bewohnte mit kindern und frau ein reihenhaus am nördlichen stadtrand, im garten ein baum alle äste hinauf war von ölfarbe brandrot verändert, laß doch die kinder machen und malen, alle waren fuchsrot wie der vater, gartenbau hat hier bei uns keine chance, lachte kid, und sterben, er strich übers blattlose holz, küßte das ohr seiner frau, müssen wir alle ja mal.
nicht alle, leider, so rot, dachte proff.

(44) kid hätte was lernen können, schloß proff das ab aus dem brückenrest blütennest oben, aber steck deinen schlaukopf weit weg in die kiste, sag einfach ja, egal, was verbrennt was verreckt, the games must go on, ich war dabei, programm ab! es werden menschen zertreten. unser bißchen verweigerung, matsch der ermüdung, greift sie nicht an. sie trachten uns nach der stimme, jagen uns unsren schrei ab, mögen uns stumm, unser ja.
ich sage nicht ja zu der welt, wie sie ist, da hab ich den therapeuten getäuscht, aber zum schmerz, den ich hab. der ich bin, fügte fokken ruhig hinzu, sieh mal, das ist dein schmerz auch.
meinen, denk ich, könnt ich noch wenden ins grausen derer, die ihn mir machen.
und dann, fragte fokken sacht nach, und was dann.
dann wär ich verändert. wär froh. wäre neu.
im alten garten endlich ein kind. aber blutig. sieh mal, das blut.
mir ist das ein unterschied, wessen blut, wälzte proff, warf den arm weit ins dorf dort hinab, was eben da unter der kirche aus ihrem auto die frau schleppt in plastiksäcken ins

eisfach ins schnappen, ist alles uns hergehungert, von banken gepeitscht, doch peitsche, du kennst die zinsen, zerrte proff, ist uns zugeführt, alles ach denn so gern ja verführt, doch, fokken, mein ich verführt, genau das, hör mal am schneidetisch moni, die kluge, wem im oman die ard seit jahren das netz aufbaut gegen wen. gegen den aufstand von lesen und schreiben bombt die royal-airforce die wasserquellen, fummelt der westdeutsche redakteur die herrschende sultansphrase. frag mal bei rtf meine tochter, wer in kamerun, tschad und senegal, sonst wo noch, jedwede nachricht steuert, sieh den colaversifften *teng* an, in jedes chinesische haus, hat er gesagt, kommt jetzt erstmal ein fernsehgerät. warum denn. der griff in die grütze. damit die verführung ins blut geht, damit sie gern bluten, ach wir, ach blut, fokken, was denn, denn wessen – es mag mich wohl ändern, nahm vorsichtig proff noch mal auf, ob ich das freß, oder angreif.
fokken schwieg. seine tochter, jetzt sechzehn alt, wollte seit monaten kaum noch was essen, die halbe welt hungert, warum dann nicht ich, riß sich seit wochen den kopf kahl, es half kein geigen der mutter, und kam eine fernsehfahndung am abend, starrte sie weinend.
starrte nun fokken.
krochen sie krumm nun die hohe brückenböschung hinab ins dorf zurück. sie wurden in mölln erwartet. sie fuhren schweigsam die schneisen, die dünung aus raps.
auflauf am bahnübergang marienwohlde. ein kleiner zug steht blockiert. blaulicht, bullen, der schrei einer tochter. ein nachbar hat seinen kopf sich abschneiden lassen. ein kluger nachbar. sieh mal, das weiße tuch, sagte proff. fokken weinte. der tote war beiden aus langer filmzeit in mölln ein wichtiger mann gewesen. sag ja, sagte proff. da aufheulend stieß ihn fokken weit von sich. da sind keine brücken. da sind die fahnen, aus trauer geschnitten. oder du springst. wo bist du, proff.

(45) vom staat die millionen oder für pauli das leben, warm sommernacht. sie führten den kleinen doktor wie einen betrunkenen freund quer übers domgelände, zuckerwatte und geisterbahn, in der essogarage, kastanienallee, hoffentlich läuft da anita noch nicht, die kennt mich, die denkt über so was nach, stand der wagen voll raubchirurgie. da unten erst steckte schlosser die waffe, band über bantus augen das tuch, flügel blieb wachsam, ging mit dem gast in den rücksitz, leg dich tief unten hin, hier ist platz, kennst uns ja, nix hier passiert dir, nur jetzt dein wissen. und nicht nur dein wissen als arzt.
im jenischpark war jedes fenster verhängt. auch nachts kann einer sich zeichen merken. über paulis gesicht lag ein leichtes tuch. mehr mußt du nicht kennen, jetzt iß was und trink diesen tee, tu alles so ruhig, wie wirs dir sagen, bist einer von uns, sagt flügel, das mußt du erstmal kapieren, alter, du lachst ja, als wär dir zum weinen, das stimmt, laß das, lern das, es geht.
an der wand, nah bei pauli, stand weiß marie, dann band sie die breiten riemen, umschlang den mann damit ganz. boye ging hinundher flüsternd, allein, dann setzte sie sich zu bantu. also auch antje steen.
dies sind aus elf tagen die daten, sieh hin, denk das nach, ja, sofort.
draußen bis elbchaussee sicherten schlosser und einer, der nie genannt wird.
und proff, fragte pauli.
ist nicht gekommen, sagte flügel.
den laß mal, sagte marie.
hätt er die nachricht, sagte pauli, wär er gekommen.
er kennt, sagte flügel, den trick, der ihm die wichtigste nachricht erspart.
bantu, ein bißchen schon schleppt er den rechten fuß, legte sich nah zu pauli, winzige nächste stimme, kennst mich nicht, bin da schon lange, erst larry, inzwischen pino und quipp, motte und steward, und manni hat satz gemacht, kennst du den nicht, wieder so euer fehler, ist einer wie wir.

wir lernen noch was. wir lernen noch was, erwiderte bantu, oder das schneckenfleisch wächst uns zu, aber sigurt, flüsterte pauli, läßt grüßen, flüsterte bantu, aber jojo, der lebt, aber kutte, lernt dichten, lernt auch, was dichten, losbrechen alles, flüsterte bantu, bist gut drauf, alter mann, bist gut drauf, kranker mann.
fangt an damit, sagte pauli, und riß mit seinem gesicht das gesicht von bantu, mit seinen händen die hände. wir fangen an, sagte bantu. stand zu den andren hin auf. nichts schleppendes mehr an dem mann.
bald will ich tot sein, schleppte er aber am hellen morgen anderntags hin, sie hatten ihm wieder die augen verbunden, sie hatten ihn schleifen geschleift bis quickborn, und daß er in büschen und bäumen auch blind bescheid weiß, von klein auf das rascheln abhorcht, im blätterfunkel den pfiff, den tip, der verrät, düdlio, das ahnt so leicht keiner. er war bis ins morgengrauen geblieben mit allen, im herzschlag von pauli, im grauen. im ruf des pirols. ach so. der ruft nämlich nur in großen, sehr alten parks. im jenischpark hatte bantu rollern gelernt. der singt sonst in hamburg nirgend mehr. kann sein im brook draußen, duvenstedt. kann nein, zu viel moor, zu viele fichten, und birkenblatt, drin zu vertauchen, ist dem zu klein, der braucht kastanie und ahorn.
also auch antje steen.
die war mal vor hundert jahren, unterm decknamen priska, mit kanzki bei ihm vorbeigeschneit. der hatte inzwischen die rote fahne durch seine waschmaschine gejagt, nun ist ihm alles fernöstlich verfärbt bis ins leibchen, blutet er betet er zart kalifornisch. verfluchtes mein namengedächtnis. ahlers und er, nicht polly nicht polly, hatten schon damals, angeödet, die beiden ausgelacht. ach polly, wann will denn ich sterben.
hey polly, der mann wird leben.
er schlurfte sich seinen weg von der u-bahn ins leere nest. postamt helene-lange-straße blätterte er das buch, mal sehn, antje steen, jawohl, herr pirol, na also.
was also.

er hob den kopf.
leicht rechts versetzt hing die fahndung. zwei sind im ticken also schon drin, zwei noch nicht, und ich bin drei, und der unterm tuch, der schon längst. den finden sie aber nicht. oder bantumak sackt sich millionen, die *langenhagener* spesen, *um weiteres blutvergießen zu enden.* so verendet ein lehrer. da wollen wir lieber gern leben, ach polly.
im schalterraum pfiff ein dicker.
april-april pfiff bantu zurück, hier mitten am sommermorgen. der amtmann kannte den knastdoktor längst, armes schwein, mit alles so negerin, aber muß der ja selber wissen. da pfiff ihn bantu vergnügt gleich noch mal. gut, wer seins weiß, und tut es.
ihn bewegte der rhythmus des freien gedankens, ihm warf sich unterm dünnschwarzen mantel das hinkebein schlank frei stramm. bantu tanzt ab. weiß wohl.

(46) großfahndung in den römischen natoprovinzen, der hals kann leider nicht mehr dabei sein, ins pink gebissen von einer frau, kein heißer müll mehr, sondern die freude, *da bin ich*, liegt er schon steinkalt weiß. aber es reicht auch so. es macht angst. vom piemont übers sarntal bis runter nach rom die suche nach menschen, die hatz, der krieg. da müssen wir viele umwege fahren, im einen sack urlaubsklimbim, im andren die äpfel für tölz, in carrara war alles vorbereitet, minutenarbeit, *es geht.* sie hatten den kleinen wagen gecleant, kein schnipsel von was von wem, kein print, falls wir springen müssen. die hände sind weiß verkleidet seit le vigan, papierdünn der cutterhandschuh, trotzdem, die hände sind naß.
in den serpentinen über poggibonsi der wald voller bullen. stau. weit vorn ist ein kleiner westdeutscher reisebus eben flau durchgeschnüffelt. nach grünen gewitterstürzen dampft die wärme der sonne alles land blau. gut chaos aus kräutern und käfern um hunde und waffen. sie fahren den wagen zur seite weg hoch ins geröll nah an ginster, bißchen picknick,

dauert ja doch noch was, springen ab, entsichern, feder hakt beide kennzeichen weg, sonst fliegt le vigan, das geht nicht, unten zur seite im stau ascona und gti fluchen bloß blind, schwitzen, schütten cola an kinder, wann gehts denn mal endlich vorwärts, scheißterroristen, achten auf nichts. sie schnappen die bunten säcke, schnattern sich vor durchs blech, klopfen und lachen hinten die kleine bustür sich auf, viel junge frauen, was zufall, moin, die eine kennt anna aus leer. bettine hat anna erkannt. wo kommt ihr denn her, wo wollt ihr denn hin, na das sind ja dinger, los rein da und ab, erzählen kannst ja nachher noch. feder kotzt in den hut aus tuch. die frauen verspotten die abgleitenden carabinieri. busfahren kann ich nicht gut, sagt feder, besonders die kurven. bettine weiß alles besser. entsetzt sagt sie polternd aus sommersprossen, klar fahrt ihr mit nach cagnano. gut, wer seins weiß, und tut es.
aal up stee, sagt anna, was ist cagnano.
sommeruni, sagen die frauen und singen wiegend das biermannlied vom soldaten. die männer nicken.

(47) damit sie soldaten werden hernach oder werfen, nein danke. sagte die lehrerin. auch juli sah alle die kinder.
zwei jungen kamen mit einer rinde, sie hatten bonbonzucker drauf gespuckt.
die ameisen trinken gern süßes, sagte die lehrerin, klar, so wie ihr.
nee guck mal, warte mal, hier, sagte der kleinere junge, schon brannte in seiner hand leise die lange flamme, wischte die kleinen tiere tot, knisternd brannten die panzer.
warum machst du das, fragte die lehrerin.
riech mal, sagte der kleine zum großen, das stinkt.
die lehrerin nahm ihm das feuerzeug weg, du stinkst im gehirn.
sehr witzig, sagte rainer, sprang weg.
der hat jeden tag ein neues.

vielleicht ängstet ihn, daß er bald brennen soll.
dann kam ein mädchen und fragte, ob wir bis dallas wieder zuhause sind.
nein, sind wir nicht.
das kleine gesicht erbebte, da war keine chance, dann versteck ich mich so, daß keiner mich wiederfindet.
sag uns bescheid, wenn der mond aufgeht, rief ihr die lehrerin nach, gleich wird sie weinen, was sind das für tränen, ich hab keine lust mehr.
das geht nicht. das frißt dich. könnte auch sein, daß felix das fürchtet. den fraß. das schwarz.
da kam er schon, küßte juli.
gut, wer seins weiß, und tut es.
nachts kam maurizio an julis bett. hats geklappt. hat geklappt. hat er gefragt, was du von ihm willst. ich hab nur gesagt, ich weiß, was ich will. und sonst. dann tus auch, sagt er. bloß wo ist proff. das fragt er mich auch, sagte maurizio, er sucht ihn. hast du noch hunger. ja. auf dem kühlschrank, im topf, sind reis und fleisch. hast du nicht auch noch hunger. ich komm, sei leise am herd, felix schreibt morgen mathe, ich will, daß er pennt.

(48) der fährt mit, sagte nina, und genau zu dem fahren wir hin. und müssen gar nicht bis wladiwostok. diesmal reicht rostock. und den beauftragten sucht hier keiner. wir brauchen die erfahrung von genossen.
moment mal, wer fährt bestimmt mit nach rostock. otto. wer ist das. und zu wem da ganz genau hin. zu kargow. und wer ist beauftragt. und wer hat erfahrung.
es sind briefe geschrieben worden. den ersten hat nina geschrieben.
lieber genosse kargow, ich schick erstmal grüße an dich, rote, von meiner mutter, von der genossin ilona, denn ich les grad ein buch aus portugal, da sagen genossen von toten genossen, sobald wir von ihnen sprechen, sind sie am leben, jetzt mitten

dabei in den kämpfen. aber gut, so einer wie du, der weiß das auch ohne aus portugal bücher, hast aus den lagern in nazi-deutschland und aus eurem kampf in spanien tote genossen viel und weißt, daß die leben, kämpfst. lieber alter genosse, du freust mich. drum schreib ich an dich jetzt in einer angst, die ich hab. wir brauchen hier deine gedanken dazu. ich schreib mal die situation, einfach, wie das passiert ist. uns belastet da etwas ungeheuerliches. ist was von uns. ist ein arbeitsloser. von all den jungen einer, genosse, otto. ist ausgerastet, völlig neben der spur. ich hab sowas noch nie gesehen. wir hatten termin, ich leite gerade einen kurs in die einleitung in den dialektischen materialismus. otto kam zwei stunden zu früh. er sagte guten tag und wann der termin denn anfing, und das wars dann auch schon. er setzte sich und gab keinen ton mehr von sich. ich fragte, ob er was mitessen möchte (die jungen autonomen haben in einem keller so einen arbeitslosenladen hergerichtet, für schulung und treffen und dibbern und alles, da kann man auch kochen, das bringt auch verbindung immer zuerst, wenn du noch keinen kennst). also ich frag, und er antwortet nicht. ich frage dann noch ein paar belanglosigkeiten, nichts. ich machte meine sachen dann weiter und ließ ihn in ruhe. nach zwei stunden schweigen, eisigem, bedrohlichem schweigen, das den ganzen raum erfüllte, unter den teppich kroch, die wand hoch und alles in mir verschloß, kamen die anderen kursteilnehmer. es war dann eine weile wieder alles »normal«, kaffee trinken, plaudern, auf den letzten warten. ich begann dann mit meinem vortrag und alle hörten zu, es war wieder still im raum. und irgendwann war dann auch wieder diese totenstille mitten in dieser lebendigen, aufmerksamen stille. otto stellte sich hin, wortlos. nahm eine drohende haltung ein, sein gesicht verzerrte sich. ich bat ihn doch bitte das fenster zu schließen, weil es kühl wurde. er ignorierte das, nahm sich ein stück kuchen, fraß das in sich hinein, in seiner gier fiel ihm die hälfte aus dem mund. ein genosse sagte, he, dir ist was runtergefallen, nichts geschah. irgendwie zogen wir in dieser atmosphäre unseren termin durch. redeten über die materie und ihre bewegung, über die unendliche bewegung vom niederen zum höheren, vom einfachen zum komplizierten. vom werden und vergehen. und immer spürten wir otto. es war absurd. als ich den genossen und genossinnen dann erklärte, daß die philosophischen wörter, die wir benutzen, ohne moralische wertung zu gebrauchen sind, daß neue qualität nicht zwangsläufig gut ist, daß gut und schlecht eine frage der interessen ist, gab otto einen schrei von sich, stellte sich in kampfstellung und ahmte in unsere richtung das geräusch einer mp nach. danach wieder schweigen. ich erklärte den termin für beendet, erzählte noch, was nächstes mal dran kommt und lehnte mich dann zurück, erstmal eine rauchen. alle standen auf, einige gingen, otto setzte sich. es waren seit seiner ankunft etwa fünf stunden vergangen. fünf stunden schweigen, durch einen schrei, sein geknatter und gelegentliches schweres atmen und künstliches husten von otto unterbrochen. fünf stunden sein tod gegen unser leben, oder umgekehrt. fünf stunden er gegen uns, warum? ich rede da über unsere sache, verzweifelt, laß mich nicht aus dem konzept bringen, zieh das durch, was hat da gelebt fünf stunden, und was nicht? als die meisten gegangen waren, nur noch die vertrautesten übrig, sag ich zu otto, daß seine provokation gelungen sei, daß ich mir sorgen mache, daß ich wissen will, was los ist, daß wir so nicht arbeiten können und und und. er sagt nichts, stiert mich an. andere fangen an, auf ihn einzureden. es fallen wörter, die hart sind, voller unkenntnis der situation, voller hilflosigkeit. nichts! er starrt mich an, jemand sagt, daß er in der wg, wo er wohnt, schlafen kann so lange und so oft er will, daß er nicht reden braucht, wenn es jetzt nicht geht. daß er sich zurückziehen kann in ein zimmer, lesen, schlafen, alles was er mag. aber nicht so gegen uns, wir sind wehrlos. nichts regt sich in ihm. ich frage, ob er stirbt, ich mein das auch so. er starrt. wir fangen an, uns ohne ihn in seinem beisein zu unterhalten, wir streiten uns, wir spekulieren über ihn. jeder weiß irgendetwas, keiner kriegt das zusammen. ich hätte nicht geglaubt, daß ich jemals über einen von uns so reden werde, wir leben, bei uns gibt es das nicht. ich weiß über unsre unfähigkeit. ich weiß das system hat schuld, aber es ist lächerlich, dar-

über zu reden, wenn einer stirbt, weil es nichts ändert in diesem fall. weil wir ihn nicht sterben lassen können. weil er nicht mit diesem system zusammen untergehen soll. auch sollen die schweine nicht auf seinem tod weiterleben. ich glaube, ich hasse zusammenbrüche, aber bestimmt nicht den, der zusammenbricht. was tun.

bring ihn mit, wenn ihr kommt, hatte jakob kargow geschrieben. darum fährt otto mit, sagte nina. die mühe ums leben.

es war alles gründlich vorbereitet. frei arbeitslose reisen zu armen brüdern und schwestern, dreißig mal *menschenrechte* ins *reich des bösen*, der heilige josef mag schützen, der holzfacharbeiter oder der mit dem T 34, dreißig mal schwarze katze von links, auch wenn nina danach ihren arbeitsplatz loswerden sollte, dann kämpf ich, das laß ich nicht zu, das war bei ilona doch auch schon so, und doch war die los mit uns, larry und mir, schwimmen, serrahn, krakower see, und viele kinder von hier gleich mit, auch wenn von adenauer die bullen, laß sie, wir wissen die wege, ogott und ich weiß keine wege für rocker, und jeder lernt schwimmen, und larry ist bange, und kargow trillert volkspolizei, immer zack kopfsprung und gleich noch mal, der klassenfeind schläft nämlich nie, mein freund. wer ist der feind von meinem kind, wer bin ich, wer freund. eigentlich sollte auch tapp diesmal mit. aber tapp liegt grünlich bei seiner mutter, und knirscht und schweigt. der redet mit keinem, sagt ahlers, bloß mit marie, sagt er, aber die kommt nicht, jetzt will er schießen, aber getroffen werden, ach, noch einer, mensch, ich kann bald nicht mehr, aber muß. trude und sie waren kurz mal nach ostberlin gewesen. die stasigenossen sorgen nicht mehr, erwarten die *westdeutschen friedensfreunde* pünktlich sonntag morgen in selmsdorf. total geiles ding, röhrt michi. er ist der dritte reisebetreiber. auch er sagt, arbeitslos ist was zum lernen, auf auf in *die republik*!

was denn aber trabte da an. kein klageclub aus düsseldorf. kein *lada*bastler mit reihenhaus. kein klampfen und an gesetze krampfen. nix flaute, mehr säfte und büchsen, geklaute. und manches schon ausgedacht, *autonom*, und vieles bloß rausgekracht, poliphon.

der teufel ist auf die erde zurück
hau weg den scheiß
wir leben im herz der bestie
schweine ins weltall
altona zurück an dänemark
hände weg von der hafenstraße. oder die russen kommen
freiheit für alle gefangenen revolutionäre
wer das gesetz nicht bricht, wird vom gesetz zerbrochen
die obersten kerls von der regierung und von den oberlandesgerichten sind verlarvte menschenschinder und nur an allem übel schuld. diese bestien müssen von kleinen haufen braver leute, die in einer nacht um dieselbe stunde zugleich in die wohnungen derselben einbrechen, abgemurkst und ausgeplündert werden, dann können wir unsere gefangenen kameraden befreien, haben weiter nichts zu befürchten und zugleich auf eine weile etwas zu leben
das ist ein kassiber, sagt piffi.
von achtzehnhundertunddreißig, sagt nina, wir sind von heute, verrückter mann, sieh zu, daß otto auch mitfährt, wir reisen nach morgen ab!
aber nur trude sucht otto. manchmal sah sie auf schulhöfen ihn zwischen tobenden pausenkindern, manchmal vor kinobildern, eingegitterten fahndungsplakaten, manchmal sah sie ihn streichen nach unfallplätzen, manchmal hocken im kleinen hafen, wie eine möwe, die augen gegen die sonne, sobald er trude sah, ging er weg, ging sie ihm nach, rief ihn beim namen, blieb er wohl stehen, ohne sich umzuwenden, lachte er so, daß sie ihn lieber nicht sehen wollte. der könnte auch ole olsen heißen. proffs lieblingsbuch kannten sie alle. *alles verwandte.*
für die besondere reise, vom treffpunktlager am krakower see nach rostock zu jakob kargow, damit das nicht alles zu teuer wird, tagegeld, visum und all das theater, klar brauchen die harte valutas, sagt nina, hatte trude den rostockplan nach berlin geschrieben, kann ja sein, daß die auch interessiert sind, wenn jakob uns was von spanien erzählt, von moorsoldaten und saarkampf, ohne geschichte mit allen uns allen,

egal wieviel jahre und niederlagen, bist du geschissen, beschissen allein, bist klein, da denk ich an otto. und schrieb an ihn diesen brief.
lieber otto, ich schreib jetzt, weils sonst nicht geht. wir wollen nicht ohne dich fahren. und ich sag auch, ich will das nicht. sag mir, was du willst, und was du nicht willst. überleg mal, daß alles das, auch der dreck, daß das alles von uns ist, also gegen uns oder für uns, du entscheidest. aber ich will dir noch mehr sagen, otto. ich mach mir sorgen um dich. darüber ist so schwer zu reden. drum rennst du auch mir immer weg. oder lachst. ich wollte, ich will dir nicht zu nahetreten – auf der einen seite. auf der andren seite kenn ich, glaub ich, solche zustände schrecklich genau und will ich nicht, daß wir uns gegenseitig allein lassen, wenn wir merken, daß einer von uns sie hat. das ist doch der begriff von solidarität, daß wir uns gegenseitig bei allem helfen, so guts geht. die solidarität fängt doch nicht erst bei genossen in fernen ländern an ...
du gibst an viele viel solidarität, wenn du klar bist, ich hab das erlebt – warum fällt es dir so schwer, solidarität anzunehmen, wenn du sie brauchst? du bist nicht allein. du machst es einem aber total schwer. durch die mauer traut sich keiner ran. oder leute, die sowas nicht kennen, fühlen sich brüskiert und arrogant behandelt und reagieren entsprechend. was natürlich scheiße ist, aber sie wissen es nicht besser.
(weißte, was ich grad mach? ich sitz am grünkarierten küchentisch, es ist nach elf uhr abends, und ich höre ndr zwei tina turner, ›i can't stand the rain‹.)
also, weiter. ich weiß natürlich nicht genau, was los ist. kann es nur vermuten. greif da auf eigene erfahrungen und ›zustände‹ zurück. wo ich mir sicher bin: du mußt lernen, unterstützung von anderen anzunehmen, wenn du sie brauchst, genau so, wie du bereit bist, unterstützung zu geben, wenn sie von dir gebraucht wird. das hat nichts mit abhängigsein zu tun! sondern das ist unsre klassenlage, daß wir aufeinander angewiesen sind, uns brauchen. alleine kommen wir nicht weit. keiner. (auch wenns manchmal so scheint.) abhängigkeit bedeutet, der unterlegene zu sein in einem macht-

gefälle. angewiesenheit bedeutet, sich gegenseitig zu brauchen. unter gleichen. das zu verstehen ist total wichtig!! wenn du das verstanden hast, brauchst du keine angst zu haben, dich bloßzustellen bzw. dich auszuliefern. wer (unter genossen) andere fertigmacht, weil sie schwächen zeigen, verhält sich schweinisch. das sind nicht die ziele, die wir haben! wir werden nie gemeinsam nach außen stark sein, wenn wir uns nicht nach innen ohne angst unsere schwächen zeigen können, mit dem ziel, gemeinsam daran zu arbeiten, daß wir stärker werden. ein solcher darwinismus (also ich mein das behaupten von machtgefälle) unter genossen (wer schwächen zeigt, wird verachtet/geschnitten/rausgeschmissen und wie der dreck sonst noch geht) schlägt aller erfahrung nach auf diejenigen, die ihn draufhaben, voll zurück. und, und das ist das schlimmste, er macht kollektivität unmöglich, erzeugt angst und leistungsdruck mit der drohung des entzugs der existenzgrundlage für die eigne identität: des arbeits- und damit gruppenzusammenhangs. weißte, was ich meine? die frage ist: was willst du? wie willst du leben? für was kämpfst du? für oder gegen diesen darwinismus? und wenn du dagegen kämpfst, dann mußt du zuallererst mal für dich selbst kämpfen. (das ist immer so. frag mal in palästina und nicaragua! die kämpfen für sich. und wir auch. oder gar nicht. oder sind nur moralisch. und dann, weil wir für uns kämpfen und die für sich und wir aufeinander angewiesen sind, entsteht die solidarität. ganz ohne krampf und ganz selbstverständlich.) für dich selbst kämpfen heißt, du mußt die darwinismusstrukturen bekämpfen. mußt offensiv sein. dich trauen, für dich selbst einzutreten. findsten nicht auch merkwürdig, wie leicht es uns fällt, für andere einzutreten und wie schwer, für uns selbst einzutreten? wahrscheinlich steckt dahinter, daß wir von uns selbst nicht so viel halten. aber was ist das für ein schwachsinn! na, es ist der übliche, weitverbreitete. die schweine wollen es so von uns, und sie machen es so mit uns, von klein an. und dagegen gilt es zu kämpfen. das heißt zuallererst, daß du den darwinismus in deinem eigenen kopf, der dir sagt, daß du nicht schwach sein darfst, keine angst haben darfst, keine eifersucht etc etc haben darfst, abschaffst. und dem gelassen ins auge blickst, was du, was ich, was wir alle an bürgerlichen strukturen, die uns quälen, mit denen wir uns gegenseitig quälen, noch so an uns haben. das ist normal. du bist normal! wer von sich behauptet, daß er mit der scheiße nichts zu tun hat, der lügt. der ist kein materialist. der ist bestenfalls (und das ist immer der schlechte fall) ein bürgerlicher moralist, der damit nie die revolution vorantreiben wird, weil er die wirklichkeit nicht sieht, und die menschen verantwortlich macht für die strukturen, also ich red von den menschen seiner klasse, unter denen sie leiden, statt gemeinsam anzupacken, um gemeinsam zu lernen, wie wir wirklich die angreifen, abschaffen, die diese strukturen machen, sich was aus ihnen ranziehen. schlimm ist nicht, wenn wir bürgerliche strukturen haben, schlimm wär nur, nicht dran zu arbeiten, sie zu verändern. ich bin so in rage, weil ich an dem dreck fast mal krepiert wär. und wenn ich was in der richtung bei genossen seh, dann krieg ich die kalte wut auf all den ›revolutionären‹ schwachsinn, der so läuft. verdammte scheiße! verdammte bürgermoral! na ja. und wenn du weißt, daß du was nicht willst, weil du solche verhältnisse der menschen zueinander nicht willst, weil du so nicht leben magst, dann mußt du auch dafür eintreten. und wenn du dafür angegriffen wirst, dann ist das halt so. dann wirst du mit den leuten nichts zu tun haben können. dann mußt du dir die leute suchen, die dasselbe wollen wie du. und die gibts. und die wirste dann finden. durch deine eigne eindeutigkeit wirste deine genossen finden. das ist anstrengend. macht hin und wieder auch angst. aber es lohnt sich! ja. ich mach mal schluß. ist schon fast ein uhr inzwischen, und ich werde müde. machs gut. guck mal um dich rum, hast etliche gute genossen. und laß dich umarmen. fahr mit! (und wenns nur wegen dem kargow ist. der nicht aufgegeben hat. der jetzt achtzig jahre alt ist. und immer noch nicht aufgibt.)

da war aber dann noch ein dritter brief geschrieben worden. in berlin.

Liebe Kameradin Gertrud, leider habe ich eine schlechte Nachricht für Dich. Wir hatten dein Anliegen weitergeleitet. Die Kameraden haben uns nun gebeten, Dir mitzuteilen, daß Kamerad Jakob Kargow keinen Auftrag hat, in Eurer Sache aktiv zu werden. Bei Kamerad Kargow handelt es sich nach ihrer Auffassung ohne Zweifel um einen verdienten Widerstandskämpfer. Sie bezweifeln jedoch, daß Kamerad Kargow Euch in Eurer Arbeit behilflich sein kann. Es gibt speziell für Eure Fragen eine Kommission, der auch der Kamerad Karl Zaun angehört. Sie schlagen Euch vor, Euer Arbeitsvorhaben mit ihm abzusprechen. Aus den genannten Gründen sehen wir uns nicht in der Lage, Euch beim Besuch des Kameraden Kargow behilflich zu sein. Solltest du die Auffassung der Kameraden nicht teilen, dann bleibt nur der Weg, zu Kamerad Kargow eine Privatreise durchzuführen, die dann auch mit den üblichen Kosten, Mindestumtausch usw. verbunden ist. Es tut mir leid, daß ich Dir keine andre Nachricht zukommen lassen kann. Mit kameradschaftlichen Grüßen. na. ja.
kameraden wir oder genossen.
augen auf, grenzer, wir kommen!
augen.
nina schlägt das herz in die augen, steinschlag, ach rocker, rühr mich nicht an, sieh mich nicht an, kleiner mensch. überm bus der himmel frührot. guck mal, noch sterne, sagt rocker. nina springt weg. ahlers hebt rocker auf seine schultern. sie winken. ich kann sie noch sehen, sagt rocker.

(49) rockers augen sind ohren, denkt ahlers, also hat er dann vier. hör mal pirol, sagte rocker. aber nur der dobermann hört den, maunzt. aber du wirst kein hund, mein sohn, sondern du wirst dich mal freuen, das schaffst du, ich auch, da sind noch paar mehr so wie wir, *ohne kollegen bist du verloren*, das hat mir roger lamarque gesagt, und der ist dein onkel, vergiß das mal nicht, los komm, wir butschern mit

lina zu juli, ich hab keine böcke auf kochen. ich nehm paar maränen mit, sagte lina.
dann hol auch salat oder zwei.
im steinturm hockten die grenzer.
auch in diesem jahr waren die störche nur bis lehmrade gekommen.
und hinter den elf alten fenstern pennte das stadtvolk noch. mit juli und felix waren diesmal auch lisa und paul, sogar adam, der orgelpolitologe, war aus büchern und strengen gedanken ins grüne mit rausgetrudelt. verlegen tat er das unruhig nuschelnd wie einen fehltritt ab. das war das versteck, sich seiner bedeutung zu freuen. und heut wirklich war er mal wieder bedeutend, abends fahren wir nach ratzeburg, orgelkonzert, adam spielt. fahr ich mit rocker mit, sagte ahlers. scheißorgel, sagt lina zu felix. ahlers und orgel, grinst juli. muß ja nicht immer mit beten und alles, ahlers schob riesigen tee ein, woher kannst du denn sowas so klimpern, ich denk, du bist so gewerkschaftsfreak mehr, so körner fressen und masten abbeißen. paul ging raus, ich hack bißchen holz, ihn quälte die sprache von ahlers wie ein angriff auf seinen körper, ich werde ganz andere wörter finden, aber werd ich sie finden. die kann man leider nicht beißen, sagte lisa. das entwickelt sich so, sagte adam verdrossen, hast lust in den ohren, hast arbeit mit händen und füßen. der satz gefiel ahlers gut. den merkte er sich. aber mit füßen doch nicht, oder was. kennst die bettelsäcke vom mönkebrunnen? ich steh ja nicht so auf betteln, aber die bringen was ins ohr, jiepern sich durch paar harmonikas, weißt ja, so schiefes gestell vorm kittel, haun mit den hacken sechs trommeln, und die rechte hand kitzelt ne ratte, die pfeift, und die linke krallt in der zither. mensch geh mir bloß ab mit so zitherern. kennst du den auch? eh, juli, der hat aus sardinien geschrieben, wahnsinnsadresse, und alles gedruckt, und oben gemalt ein stiefel, aus dem ihm ein bäumchen wächst, na, viel mehr wächst dem wohl auch nicht mehr, kein dummer mann, bloß kaputt, radon.
was heißt denn radon, fragte adam.

alles gifte.
aber nur in den billig gebauten wohnungen für die proleten, sagte adam.
felix und lina zogen mit rocker raus zu den küken. so schlau wie du bin ich auch, sagte ahlers. der knecht ist doch klarer, als er so aussieht, die pfeife, dachte sich ahlers von adam, riß sein gesicht zu ihm auf, mein junge wird blind, blafft er ihn an, jetzt sag mal sechs richtige, mann.

(50) der machts.
wer.
laß das.
weiß er, für wen.
für mich.
das ist wichtig. wann.
nächste woche.
früher. es eilt. ja morgen sofort oder was. zieht die ratte aus dem loch. es geht.
das geht nur mit proff. von dem frißt er alles.
wie finden wir proff.
proff ist zuhaus.
seit wann.
als wär nix.
dann sag ihm, ledermann ist morgen mit ihm weit weg. unerreichbar. sechzehn bis zweiundzwanzig. sag ihm, das ist ein befehl.
der braucht keinen. der bewegt sich aus angst.
schlecht, wer angst hat und läßt das so.
er wird jeden halt verlieren. plötzlich beim stürzen ruft jeder den namen.
mexiko.
wer sagt das, fragte maurizio.
laß das, sagte schlosser. dann fuhr er rüber nach baakenhöft. marie war pünktlich. unterm fallreep taten sie wie abschied vorm auslaufen. er ist nachhause gerannt. laß ihn nicht weg,

er soll dir alles sagen, sonst gehts nicht, geht er nicht, stürzt ab. habt ihr die wohnung auch. morgen von sechzehn bis zweiundzwanzig sind wir im sender und in der sierichstraße. nah streiften bewacher. sie küßten.

(51) romantik. die zärtlichkeit und der mord. der wannsee hatte so was. *die raphaelitischen hände, zum hinhaltenden würgen wie geschaffen.*

der bayer, der ungeduldig das an proff hinstieß, war kein bayer, hieß aber so, von dünnen christen ein preuße war er. der mann mit den wichtigsten filmen im sender, sagt proff. du aber, bayer stieß nach, entweder suchst du pilze, weinst schubert, oder du knallst ab nach tölz, am liebsten, erlaub mal, ich übertreib, die kassetten voll dynamit, nein, proff, ich hab keine lust auf den jammer, hör damit auf, laß tölz, klink dich bei uns ins projekt, wir sind noch zu wenige.

schwer zu sagen, ob bayer die wirkung kannte, gar wollte, die er auf menschen hatte. er schüchterte ein. sein angeedelter ernst, ins flache tuch einer arbeiterjacke kultisch geschlagen, brachte die meisten kollegen auf ärgerliche distanz, machte manche, nicht die dümmsten, zu verehrern. die besten filme kamen also von ihm, auch also die besondre figur, auch mal die sonderliche. das nun insofern erst recht, als er der einzige war dort im haus, der von film zu film seine arbeit, das ist mein lernen, sagt er, verknüpft hatte mit der arbeit draußen der leute in den betrieben, mit dem stress, der maloche, dem können, den wünschen, mit den krämpfen und kämpfen der klasse. ihm klang dieses wort nicht alt, nur alther verkauft, mißbraucht, auch hier und da jetzt in bürgerzimmern, aus solchen zimmern komm ja ich selbst, modisch verwendet, ich wende mich da gegen den schwenk ins romantisch bedeutende ich, weil es führt, auch politisch, zu schludrigkeiten, die blaue blume, ins rote vertuscht, bleibt traum, mag sie bienen füttern, mich macht sie nicht satt, alles das ist auf dem weg in den wald, mißachtet das wirkliche

material, von dem auch du nur ein teil bist, mißachtet den bestimmten ort der verfluchten bestimmtheit, den stand der meisten, das leben des kleinen mannes, ja doch, ich will gar nicht größer sein.
so entkommst du der frage nach dir selbst, erwiderte proff, was weißt du von tölz.
nichts. wir kennen den, der dich beauftragt, wer den beauftragt, denk nach, der reißt rein, der hat doch mit dir was vor, mann.
denk mal, ich hätte mit ihm was vor.
ach einzelkämpfe, turnierreiterei, und wer den einzigen preis nicht gewinnt, die dame im schleier, die keiner kennt, den traum hinterm tuch, ach das loch in der wand, ach das loch, der will lieber sterben als weiterleben, wie alle, zufuß, im dreck.
du, bayer, lebst nicht im dreck.
ich rede vom stoff, aus dem, wenn wir viele sind, wege getreten, steinerne bahnen gebrochen werden.
wir sind nicht viele, sagte proff.
bist einer von wenigen, sagte bayer, du feiner mann.
soll ich jetzt sagen, du feiger mann, nein, das sage ich nicht, sagte proff, aber denk mal die vier letzten leute damals, im hamburger naziterror, im heilsgeschrei, als die den knast aufreißen wollten, waren das feine leute, bloß weil sie da so allein, so von allen verraten waren? so wenige bloß noch.
sie hatten die halbe welt hinter sich.
und wir heute, fragte proff, die halbe welt kämpft an gegen hunger und krieg und den terror der eigentümer, nur hier grad im land sinds noch wenige, aber hier sind die zentren der macht, auch hier, die an hunger und krieg interessiert ist, am eigentumsterror. deine steinernen bahnen, bayer, werden ja längst gebrochen, nur grad nicht hier, hier bücken wir pfade.
ach pfadfinderei, schon wieder der wald.
du willst lieber nicht verstehen, sagte proff, lieber dich nicht verlaufen. denn man kann sich verlaufen, das stimmt.
tu dir nicht leid, denk nach, sagte bayer, denk nach über organisation.

ich denke nach, sagte proff, die organisierten verirrungen. so kann es zu katastrophen kommen.
oder zum T 34. hast du von nina mal wieder gehört.
o, grinste proff, den schwung hast du schmissig gedreht.
klar, daß so einer nina kannte. klar, daß den vieles mit proff verband. aber er wußte das seine und tat das. im sender hatte er durchgesetzt, was er zuvor mit kollegen draußen, mit gewerkschaftern und vertrauensleuten diskutiert und ausgeplant hatte. es wird im sender eine dokumentarsektion aufgebaut, die sich draußen kontinuierlich verknüpft mit einem großbetrieb, hier hast du jedes thema, die welt, hatten die kollegen gesagt, von bauerspark bis rothenburgsort, von urlaub bis urabstimmung, von reune bis rente, von türkenfregatte bis liebeskummer jeden krimi, jeden porno, klassenkampf, uns.
also wenn wir das mitbestimmen, sagt tapp.
aber das ist ja das schöne bei dokumente, da bist du gefragt, da läuft nämlich ohne uns gar nix, und siehst du, das finde ich richtiger, sagt benni fick, sag mal einer bei proff bescheid, der ist gut, wo steckt die maus überhaupt. der hat sich verpißt, sagte tapp. der hat doch was mit so terrorknäste, rief einer dazwischen. schnauze, rief brocken, du glotzt zu viel, im knast bei uns gibt das kein terror. hat ja auch keiner gesagt, du arsch. paß auf, sonst läßt bayer das tonband los. ist doch gut, sind wir doch. das senden die nie. oder extra noch, daß jeder das sieht, daß wir blöde sind. ob was blöde ist, das wird man ja sehn, sagte tapp, das bestimmen bayer und wir.
also laß tölz, mach da mit, sagte bayer zu proff, zieh dich da wieder rein, du warst da doch weit schon drin.
und die werksleitung macht das mit?
es gibt manchmal so geschichten, du hast das doch damals auch erlebt, wie hieß noch der bautyp.
ratjen. der hats dann kaputt gemacht. und hier im haus das verwaltungsfleisch.
diesmal gibt es verträge, sagte bayer, und doch werden die oben uns von tag zu tag das problem sein, der gegner. genau

wie für jeden kollegen täglich, sein leben lang, wenn er weiß, was er will, und tut das. trau du dir das auch zu und komm. proff schwieg. sechs wochen bis tölz.
da wünsch ich mir, wär ich dabei, sagte proff vor sich hin. wo bist du denn traurig eingesperrt, daß du auf wünschen fliegst. lebst ein märchenleben. bist nicht zu beneiden. romantik.
du täuschst dich. das macht es dir leichter. komm noch was trinken in die kantine.

(52) da kommt er ja, hedderte ledermann aus einer gruppe von lauschern, sein mundwundes lächeln war ihm zerstört, das niedliche offen gemein.
suchen sie mich, fragte proff. er hatte ja gestern dem blutfink erst futter geworfen. aber da war was passiert. der mann, der sonst lammkeck die wörter setzte, schreckte in plattes geplärr, bei mir war wer in der wohnung drin, gestern, wo ich im boot war, und oben hier auch mein tisch zerwühlt, und kopiert weiß ich was, aber stimmt schon, jäh zogs ihm wieder die milch in den blick, sie könnens nicht sein, proff, sie waren
– was war ich.
bei mir im boot.
schon merkte ledermann das leck, zu spät, leckte das, wollt es verschlecken, fühlig griff er an proff, sie mein ich ja gar nicht, was solls denn, sie witzbold.
war noch ein dritter im boot, fragte proff.
nun lassen sie mal unser boot, kniff fips, wirklich griff er proffs arm, sie kennen ja unseren rechtsstaat, haha, besser als alle hier wir, haha, wer was riskiert, auf den achten sie heimlich, da weiß man erst, was das wichtig haha ist, was wir hier jeden tag machen.
haha, äffte proff. der bengel ließ los. ich möchte mit bayer was reden. ach so. da kam der schon mit den kantinentassen. ledermanns lächeln war wieder intakt.

er fürchtete sich nun aber vor proff.
da kam der noch einmal zu ihm zurück, jetzt will ich mir gut überlegen, was ich für mich hätte finden können, in sierichstraße, im puff dahieroben. sie geben mir altem mann rätsel auf. mal tschüs. bis bald. bis tölz. fahren sie die drehzeit doch einfach mit.
im nebel der ledermann.
noch einmal ging proff dem mann an die locken, inzwischen jean paul gelesen? ach traumtänzerei, daß sie ein menschenbuch lesen. und ab schnürte proff zu den tassen. er hatte jetzt seinen haß wieder blank. nicht betrieb jetzt sondern jetzt tölz. die zentren. da hätte ihm bayer bestimmt gesagt, ihr seht nur die zentren des unrechts, denkt mal die zentren des rechts, die konzentration aller arbeit, wir, der betrieb. proff sagte ihm aber nichts.
bald stand bayer auf, und als weise er einen schüler von der tafel zurück in die bank, unzufrieden, besorgt, als seien die katechismusfragen ihm ungenügend erwidert worden, sagte er, denk darüber nach, es ist feigheit, die weiße fahne. und ging.
da stutzte proff. aber auch das, er sah die versammlungen, die gesichter, dies blättern und tüfteln, dies haspeln nach halt, dies heimkehren ins gewöhnliche traben, für futter, den klaps, den zucker, auch das, dies reden von *feigheit,* gehörte vor jahren und jahren schon ins arsenal aller distanzierung, war das wippbrett ganz oben im turmbau der sätze für den liebsten den letzten satz. den ins nest. von anfang an war das so. wir hätten einander fragen können, könnten uns fragen, wie es denn ob es denn geht. sie sagen uns aber von anfang an, daß es nicht geht. so wollen sie uns lossein. nein, sich.
noch nachts gab er schlosser ein zeichen, erreichte ihn nicht.
anderntags sagte er marie, daß, könnte sein, er wisse nicht ob, die bullen was mit ihm machen.
figurenraster massenmord jenischpark *schlank lückenhaft Zähne warzenförmig einszweiundsiebzig unauffällig verfärbt notieren nach Umständen wulstige Lippen zurückweichend blaugrün Nasenspitze verfälscht die Kennzeichen der*

benutzten Ohren abstehend Augen verlassen bei Dunkelheit ohne Beleuchtung den Kaufpreis doppelkonturig Ösendruckspuren schießen Rasternachahmungen fort die Schmauchteilchen aus chaotischen Frauen.
warte auf mich, sagte marie.
lauben räumen wichtig sofort ohne bunkerschlüssel durchbohrt halle und drittes zelt aufgeben alle garagen spaghetti kann faß machen erstmal lollis stadt weg da der pfaffe kriegts durch unbedingt durchspielen tickt ihn nicht nachricht und weg über kleinen dicken
nach zwei stunden war sie zurück, mach keinen kontakt, kriegst nachricht. erzähl mir jetzt weiter. bist freude.
was weinst du dann, fragte proff sie.

(53) nachrufungen der liebe. feist das hinken des ausbruchs schüsse der angst schallen den abschied schreien den kindern die eltern.
in den wohnblockterrassen neugraben. ein kleines türkisches mädchen fragt seine mutter nach einer mutter. an deren hand war es mitgelaufen, hingefahren im rotgelben bus durch bewachung. warum konnte die unsere sprache nicht, wohin gefahren, ich möchte weit los, da sind zwerge und affen und inseln, wenn ich groß bin, verreis ich. die mutter hüllt ihr kind in den rock, umschlägt ihres kindes augen und mund. sie kennt aus der heimat den sprung, das kämpfen und flüchten und helfen und weiterkämpfen, die schnauzen der schinder der nato, die gräber, die sie verbieten. morgens, bevor es hell ist, flüstert sie alte formeln, den schutz für blues. sie kennt keinen namen, sagt wir.
obgleich dem postmann in bodnegg der anblick der berge vertraut war, im südlichen horizont weiß, es brummten lieder aus ihm heraus, wenn er die fern so nah sah im föhn, er trat in die postpedale, als hätt er die kraft noch von früher, heut, seit sein sohn gesucht wird vom tod, sah er gegen die berge mit sehnsucht, wußte nicht, wollte er hin, wollt er

holen, was denn, es ist ja verloren, er ist ja gegangen, vergangen, wie kannst du durch stein, mein sohn, von hexen kenn ich kein lied, wir haben nur brände gesehen gehört im prasseln das platzen der haut gefangener kinder. ich hör dein geschrei. das gebirge steht still. ich ahne die schönheit der wege. ich wünsche euch glück. seit karst sein dorf, sein haus, seinen vater verlassen hatte, flogen morgens beim postsortieren die augen des alten die handschriften ab, ob eine nachricht vom sohn kommt irgendwohin an einen an eine im dorf, in der heimat. oder was denn ist hinter dem stein draußen außer nur eis.

hinktspringt die magere frau vom fenster weg auf den gallimarkt leer, schleppt, seit anna ihr das getan, aus aurich schlapp ihren rechten fuß, nervöse schwächung, sagen die ärzte, ins jahrmarktfeiern der stiere und ziegen, ins blumenschießen, ins sommersprossige haar *unserer teekönigin*. auch einmal war ihre tochter, weinend, für dunsigen vater, gekürt worden ausgestellt in den stierstoß, bocksprung der schlachter, ins flattern der mütter. ein dünnes, nur noch lauwarmes bein zieht frau poser zu markte. dort ist sie aufgenommen in den kreis alter mitschülerinnen aus möbelhandel, aus ratsapotheke, saatzucht und jagdkanzlei, werftgarten, bridgeclub, was für ein unglück, so eine tochter, wo die doch auffällig ja ach zum anbeißen hübsch so leicht einen tüchtigen mann.

im festzelt der tierschau liegt wurst für jede, für jeden. ins wurstsäftedampfen bläst feuerwehr tangomärsche. es wippt der stock, es lächelt der bock. was denn in unsrer ostfriesischen freude, in warmherziger gemütlichkeit macht einen jungen menschen, ach meine tochter, so kalt. ein alter knecht aus ditzumverlaat tritt zwischen würstchen und tangokonsole, tanzt mit erhobenen armen, wirft aus gebücktem knie, lallt aus kruiden sein großes getrampeltes lied, torkelt den tritt der freude, glubscht sich in seine verkrüppelten hände, die klatschen zur trommel. der trommler schließt verlegen die augen, hält seinen takt. der kapellmeister an der trompete schießt einen blick, seine führungsaufgabe ist ordnung, auch

tangomäßig. fein setzt er ab, die kameradschaft swingt weiter, feldgrau vertraut legt er das längliche instrument sich auf vorgehaltenen unterarm links, zielt leicht, die rechte fingert in der windung der waffe, das mundstück spitzt die mündung der mauser spritzt feuerstoß dem tanzenden alten ins dünne genick. der knecht merkt nichts. die zuschauer klatschen. der kapellmeister lächelt den fangschuß.
frau poser stürzt hin. weinend fängt anna die mutter auf. die mutter kennt ihre tochter träumend. der zeltarzt spritzt weiß. wirklich, flüstert frau poser geweckt. denn was aber, tröstet der doktor. klug geworden, sagt mutter poser.

(54) *die genosen der roten arme dürfen nie tot sein,* selbst die kleine stimme von felix hatten die schweine auf band, *es hat geklingelt, kann ich zu euch mit ins bett.* also das klingelzeichen hatten sie auch. alles gefangen. alles in ledermanns akten. wer wird von denen zu juli kommen mit welcher lüge. wer warnt juli sofort. einen schutz finden gegen die angst. so laufen die ältesten muster. wenn wir die nicht zerschlagen, läuft das in labyrinthe. es sind schleimige pfade gekrochen. von wem. sind wir verrückt geworden. mit den verrückten verrückt. worauf warten wir dann. wir werden nicht warten. wir werden sie überraschen.
schlosser verließ, fast den ganzen tag hatte er gegen spuren gekämpft in leeren zimmern, den block city-nord geängstet. zuerst das tarpenbektelephon, *raffay*, die *sechslingspforte*, flügel würde er heute noch sehen, aber die frauen aus carrara, hatten sie den kontrollruf turin heut nacht noch gepackt, in den block darf niemand von uns zurück, jeder springt weg sofort, paulis sprung, pauli wird den nie mehr springen, boye und pauli werden allein zurückbleiben in dieser stadt, auf jeder bewegung von uns dorthin längst der schatten von pack, sie lassen uns, weil sie uns haben, ihnen zieht proff, das wissen sie, uns alle ins loch. was wissen sie. was weiß proff. er hatte heut nacht sofort gewarnt. das war

die freude gewesen, klarheit, das weinen von marie, proffs verläßlichkeit, ich wußte das, bald weiß ich alles, der lügt uns nicht an. aber was lügt uns das pack. das weiß jetzt viel. ihr wichtigstes wissen ist unsere berechenbarkeit. was haben wir falsch gemacht. proff ist ihnen berechenbar. wir haben, was sie von ihm gesammelt haben. was haben wir noch. sind wir mit leben verbunden, sind wir denn zu berechnen. wir sagen, das leben ist unser angriff. was ist das leben noch. juli sieht nicht nur felix. rocker soll leben, sagt juli.
aus der tarpenbekzelle trat eine junge frau, sehr zart, sehr lang, sehr langsam, sehr weiße haut, sehr rote nase, ein storch. sie blieb so stehen, daß er an ihr nicht vorbeikam ans buch. sie sagte einfach ihm in die augen, oha. kennen sie mich, fragte schlosser. da sagte der storch, einundsechzig zweite links, und ging weg. diese frau ist dem pack nicht berechenbar.
schlosser sah aus der zelle übers buch ihr nach, prägte sich die fassade ein, ging später dorthin, tarpenbekstraße einundsechzig. also einer von uns kann noch bleiben. oder war das beobachtet worden. es war nur die genaue verlangsamung einer bewegung gewesen, auch leise gesprochen die zahl, als gäbs das wissen von der empfindlichkeit ihrer geräte. mitten im überraschtsein die sorgfalt.
schlosser hatte jetzt zwölf kilometer stadtweg vor sich, falls er die strecke zufuß läuft, zwei stunden. so lang wird waldi, der kleine mit der zigarre, auf ihn nicht warten, jungfilmer hin und her, jetzt auch noch pfaffenkleider, die werden dem herrgott nicht freude machen, und das ist gut, und nicht schlecht, und sie brachten auch pünktlich zurück, was sie borgten, die dienstmannhose damals sogar nahtneu ersetzt, hatten sie brandlöcher in der alten, die zündler, die lausigen, *jugend, die kämpft*, aber nicht hier mir abends mein bier vermiesen, so nicht. also schneller, schneller. und doch keinen fehler machen, und doch keine auffälligkeiten zeigen, und doch keine ruhe an keiner ampel, auf keiner station, in keinem gesicht.
gesichter.

während schlosser seinen weg als schnellweg, umweg, rückweg, irrweg, freiweg hinter sich brachte, hinter sich ließ nach möglichkeit keinerlei spur, keinen schatten, *und hinter uns lassen wir schrott*, das sagt proff, wußte er plötzlich einstechend scharf, ich hätte den storch nicht gesehen, aus der fülle der zwölf sekunden keinen fetzen, was seh ich, außer dem feind. vorsicht, der war dehnhaide am kiosk. warte, das ist doch lisa, von felix die nachbarin. zurück, da kommt spitz. zu spät.
spitz schien betrunken, wischte laut lachend an ihn so hin wie sonst an einen verehrer, na du, immer noch straight unterwegs, paß gut auf dich auf, sonst machen das andre, und zog einen afrikaner ins taxi, buntmütze, *rastafari*, siehst du, der ekel, flüsterte spitz, und ab. sie hatte mit ihrer zuckrigen pfote auf den begleiter gezeigt, als sei der bloß blöde und blind, ach laß das, ach weiter, schneller, der dreck, der feind, die stadt. was ist das für eine stadt. der block citynord, das sparkassenhütchen. und flügels strammes schneiderkostüm silbrig grau, gerüschte manschetten, halbhohe hacken, haar wie gedreht zur *quick*, kein mensch wird flügel erkennen. kein mensch. keine stadt. achtung, da fahren sie, bullen.
es war aber niemand um ihn herum, kein mensch, er ging rasch so hin. ohne schatten.

(55) gern verschlüpft sich der dichter in den kapellentrakt, euch schwestern geb ich mein liebstes, feder und anna bezogen das schönste zimmer im haus, es brannte schon duftendes holz im kamin, jemand trug scheite, edelkastanie, prasselnd knallts aus der rinde, niemanden mitten im sommer da fror, es waren den gästen lieb aus flammen die schatten, aus schatten die funken, in gitterschirmen, durchsichtig schwarz, glühten sie aus, flogen nie weit, sicher ist sicher. anna sagte, hier bleiben wir keine zwei tage, die sind ja verrückt.

wer.
eben wie anna hatte zuvor auch der dichter gespottet. eingeladen als referent, toscanawochen mit honorar, her freunde mit den paar riesen, wollte man arbeit von ihm zu *widerstand und literatur*, ihr spinner, lachte der dichter, wenn ihr mirs zahlt, dann los. aber der austausch der worte, der blicke, der lasten und küsse, wir geben nicht auf, wo kommst du her, wo willst du hin, kann sein, das geht besser zusammen. das war die idee der reise, unruhig die idee eines jungen lehrers, arbeitslos ratlos erpicht auf lebendige menschen. und da *die idee*, da tickt sie von jeher falsch, von fahndung nichts weiß, nichts von der wirklichen macht der interessen, lieber den flug der gedanken kennt, lieber das gitter nicht, wer es stellt, es angreift, heut noch, jetzt, wir, kannte niemand da feder und anna, waren beide beim ankunftswein unter zypressen von bettine leichthin bald eingeführt. fast jeder fehler birgt auch die chance, die wendung in unser interesse.
eine woche bleibt ihr mal mindestens hier, sagte bettine nachts, ganz norditalien ist knast im moment, hier suchen sie nicht, und paßt mir auch gut, kriegt ihr was mit mal von menschen.
müll uns nicht an, sagte anna.
und laß mal das arme deutsch, sagte bettine, immer noch nur die dreineinhalb wörter, die dreizehn schläge aufs maul der andren, die dreiunddreißig parolen. die kennt hier leider wahrscheinlich jeder. sei klug.
ja komm.
bin hier, sagte bettine. dann umarmte sie anna, dann feder, und ging.
da hab ich gemerkt, sagte später feder, wie der das herz schlägt. sie lagen im hellblau gestrichenen großen holzbett und rauchten. der geht die muffe, schon klar, sagte anna, die weiß viel zu viel, ist klug, tut nix.
denk lieber mal, im urlauberbus wär jedesmal überall so eine frau wie die. sind die rucksäcke sicher?
wir schlafen ja drauf.

die funken.
solang das zeug voneinander getrennt ist, geht gar nichts.
schläfst du?
sags.
mit solchem gepäck will ich lieber zu niemand.
anna legte sich nah an feder, scheißurlaub, wir wollen nach tölz. da flog feder weit nach hamburg zu pauli. da schlief anna schon. da sah vom holzrand, oben aus einem alten, dunkelgemaserten muster in der bettenfußwand, eine ameise feders schönheit. es war eine ameise wie die im alentejo. eine von denen, die wie hunde den roten kopf heben. die nichts vergessen. *es sind sehr aufmerksame tiere.*
auch das hatte von allen denen hier niemand, in bamberg nicht und nicht in bochum, auch nicht in bremen oder in bonn, nicht mal in giesing die gaby hatte auf ihrem bettrand daheim die ameise aus montemor. die sich empört. *empor empor, empörer empörer.* so weit sind wir in cagnano noch nicht.
tagsüber wird in gruppen gearbeitet, in den nischen einer florentinischen villa, im bogenhof, an terrassensäulen gekauert, an die flechte aus ocker im silbernen stein, unterm rosmarinbusch, im schmatzen und lüsten der nachtigallen tauschen sie ihre erfahrungen aus von der arbeit, von der ehe, vom schwarz in der klinik, dem weiß der träume. immer wieder aus dem alltag der arbeit prüfen sie, schärfen sie die gedanken, wo sind wir, wo wollen wir hin, mit wem, was stellt sich uns quer woher, wie widerstehen wir dem. widerstand, sagte anna, das wort enthält einen fehler, was steht, das kippt bald, wenn es nicht losgeht, besser wär widergang.
da freut sich der dichter.
aber den sah anna gar nicht, den händchenhalter, den niedlichen trauermann, schreibt von befreiung dick was, wird faul. sie lief lieber früh morgens raus rauf den hang unter pinien, wenn schon hier weg auf den mond geschossen, dann kann ich auch gleich mal training machen, das kannst du immer gebrauchen, lief vor dem frühstück mit lehrern und lehrerinnen, ein tabakarbeiter mochte sie gern, sie ließ ihn, als sei sie

aus stein, seine zärtlichen wünsche haben. er deutete ihre verschlossenheit als ein zeichen von trauer, und da er verletzt war wie jeder, nahm er die trauer als eine verwandtschaft, als nähe, als eine langsame hoffnung, die seiner neigung, zu dulden, gut entsprach. anna war das egal. sie lief an der spitze der gruppe. schon zerrollten im blendenden schotter die kleinen momente des grauens. eine woche gespenster, das schaff ich.
und abends filme von pasolini. *wir setzen uns in tränen nieder.* wir nicht. anna ging in die sirrende nacht, ums schöne haus, das umleuchtet war aus gebüsch, umflattert von faltern, sie wollte mit feder sein, fand die nicht, ein beamter des bochumer bauamtes stand da allein unterm kuckuck, tatsächlich nachts noch der kuckuck, sagt er, singen, aber die kinder aussetzen. dann gab er sich unruhig mühe, riß sich barthaare aus, um anna den filz, den dreck hinterm bauamtsdeutsch, hinter recht und gesetz, das höhnte er nur, zu erklären. was tust du dann da, fragte ihn anna. naja, ich kenn früher den plan, den bauangriff auf dies oder das, als die, die ihm bald danach ausgesetzt sind. ich informiere. wir organisieren protest. ich bin auch im amt nicht der einzige. noch eine frau. zweimal schon konnten wir machenschaften der eigentümer der presse geben, dem spiegel. hats was gebracht. naja, er riß, er biß, seine hand kniff die halshaut, es reicht eben alles nicht aus. aber das wollt ich zu dir noch sagen, widergang finde ich gut, aber standhalten, das ist auch was, bedenk mal, ich will dir ja nicht widersprechen, aber es ist alles schwer. warum willst du mir nicht widersprechen. naja, sagte boris.
als sie zum haupthaus zurückkamen, immer noch *accatone.* sie blieben im dunkel stehen, sahen durchs hohe fenster im saal die gesichter aufmerksam hingesunken in zuckendes licht, in schmerz. naja, sagte anna.
gute nacht, sagte boris.
und überall in den zimmern brannten die feuer duftend.
und fünfhundert schritt unterm herrenhaus, ein pfad war getreten an weinstöcken hin, unter oliven und obst, rechts

stand auch hafer schon hoch, huckte das haus des bauern lino. seit er lebt, gehört er zur villa, seit der signor contino nach djakarta weg ist, da kommt was auf, da wollen wir dabei sein, sie sorgen inzwischen uns hier für das haus, war er ein freier mann, manchmal half er den ferienmietern in handwerkssachen, schleppte auch mal, dann saß er lustig im sitz, mit seinem eselig alten trecker den lancia eines gastes, den porsche einer gästin, wenn der nach wochenlang parkplatz nicht ansprang, die zypressenallee hinauf an die piste nach castellina. seine söhne waren erwachsen, am band in turin und in münchen. franca, die frau, machte das haus, achtete auf zwölf schwarze hühner, die ziegen, auf alles. schnitt und hackte und schleppte das holz für die villa. franca erklärte den holzplatz hangab, hier sind die sägen, die axt, das beil, der strick, der block, hier die trockenplätze, leicht überdacht gegen regen, frei für den heißen wind aus süden, für den günstigsten sonnenlichteinfall. das war von ihr alles genau überlegt. und der esel moro war ihr fürs stämme ranzerren.
moro, fragte feder.
moro, sagte franca. sie zeigte ihr haus und hof. dann den mann lino. beide alten waren nicht groß. feder war kleiner. warum hatte franca nach niemand gerufen.
es steht leise die rede reglos.
und kein scheit mehr steht in den hohen zimmern der gäste am dritten morgen. alles verbrannt. nirgend ein liebes feuer. wo denn bleibt franca. es kam die sonne, blau aus blumen, was suchen wir an den kaminen, wir setzen uns alle nach draußen, los, weiter, ein schöner tag.
nieder im holz saß franca beim blut. rief niemand.
nach wem denn, rief paula im gruppenkreis oben, noch unser schrei treibt ihr geschäft, ich kenne die *selbsterfahrungsgruppen*, die *transaktionsspiele, sensitivtrainings*, die berührungsrituale der anästhesierten, *bezuschußt* von oben, damit gegen dort kein schuß fällt von unten hier uns.
ach so, dachte anna, und blieb dann den rest des tages mit paula in einem langen gespräch, bald liefen sie früh das jog-

gen seite an seite weit von der gruppe allein, der tabakarbeiter suchte und fand nicht, kamen ruhig zurück, von stein zu stein, der sprung, die balance, warte, ich helf dir, *es geht*, denn so gehts nicht weiter, so nicht, sagte paula. freute sich anna.
fragte boris na ja, bomben in kaufhäuser werfen, an flughafenschalter, wo führt denn das hin.
das ist, an uns jetzt gerichtet, die sprache der von uns weißen mißhandelten weltmenschen alle, das wort geworfen, sagte bettine aus leer in ostfriesland, das wird uns künftig noch oft entsetzen, es ist die sprache ihrer entstellung durch uns, die aufstellung, wort aus dem stand geworfen, die explosion, das reißt uns verstummte, *schweigen ist gold*, aber für wen, aus aller sanften wie satten betrachtung, wir kriegen die tracht, und *mit großer sorge beobachten wir die entwicklung* des, wer nennt das so schnöde schön, *terrorismus*, den sprung, die hast, den haß plötzlich auch von freunden, vielleicht kennt einer diesen schreck, ich kenn ihn und weiß, es ist aus den kämpfen, die jetzt beginnen, nicht unsre beobachtungssorge, noch nicht mal unsre beachtung gefragt, sondern die achtung, die achtsamkeit im wirklichen krieg, obachten ist von-oben-achten, da sind wir nicht, keiner von uns, aber die, die das kriegsverhältnis lange schon lange schon machen und wollen und machen und lachen, unser arbeits- und lebensverhältnis als krieg, unser schweigen ihr gold.
im feuer platzte leuchtend das öl aus den alten ästen, viel schweigen, viel starren, flackernd, wo sind wir, was tun wir denn hier. weißer wein am feuer schon früh. dann war auch am küchenloch das letzte holzscheit verbrannt. rasch rinnt zeit. wann wird wer wem wo wieder begegnen. wo finden wir uns zusammen. es steht leise die rede reglos.
leise steht feder.

(56) die erfahrung der verlorenheit ist die eröffnung, macht offenheit, wunde, die sich nicht nur nie schließt, sie bewegt den verletzten bis zu seinem tod, wunden zu reißen, um jene einzige wunde doch noch zu schließen, gefunden zu werden. in dieser spannung strafft schon der kleine mensch, eben achtjährige sind schon bei uns geblieben, sich zu eigenartiger strenge und ordnung, nun ja, zum kampf auf leben und tod, wirklich zum tod, wir nennen es freiheit.
wer sagt das, fragte marie.
nicht nur der, der mir das so sagte, auch der zweite, beide jünger als ich, ende dreißig, sprachen heidelberger akzent. so macht man den jungen zur ausgangserfahrung, es waren alles indiojungen aus dörfern, die ermordnung aller bis dahin ihnen vertrauten menschen, der nachbarn, der geschwister, des vaters, der mutter. die jungen werden in der aktion nicht gebunden, nicht befohlen, man pfeift ihnen lachend wie hunden, dann entweder stellen sie sich an den stiefel, das bein, die hüfte des mörders, unter die waffe, zaudernd, kann sein, aber sie stürzen nicht hin. wer stürzt, wird erschossen wie der, der aufs lachende pfeifen mit einem fluchtversuch reagiert. dies anfangsverhalten im mord wird ausschlaggebend für jeden noch weiteren schritt. sie haben mir gesagt, es sind in jedem größeren dorf von hunderten maximal zwei jungen, die nach der aktion bei den killern bleiben. oft müssen auch alle jungen erschossen werden. mädchen gleichen alters werden mit allen andren dorfbewohnern sofort vernichtet, wenns irgend schon geht, vorher gefickt. auch hierfür werden in den *special forces* praktiken durchgesagt, ohne zu flüstern. ich habe ältere jungen, die schon in einsätzen gewesen waren, hierüber reden hören, *ein bißchen messer, ein bißchen öl.*
aber also zuerst für jeden die wunde der duldung, der löschung. niemand erleidet die schmerzlos. es gibt jungen, die schreien, schon mit den ersten schritten vom schandplatz weg, noch am stiefel des *bruders*, so sollen sie nennen, unter dessen waffe sie standen beim mord, ununterbrochen monatelang. sie werden künstlich ernährt. die, deren körper man

kräftig findet, die andren läßt man verhungern, verschreien. in kleinen käfigen setzt man sie mitten ins lager. niemand darf helfen. niemand mit ihnen sprechen. nah um den käfig setzt sich die unterrichtsgruppe, singt, lernt waffen, lernt foltern, zuerst sich selbst.

was foltern, fragte marie, was kinder, was hast du gesehen.

da drehte proff seinen stuhl, sie hatten einander gegenüber gesessen an einem gartentisch unten am kühlhaus, drehte den stuhl wieder hin, drehte sich selbst auf dem stuhl, preßte die rippen ans lehnenholz, schloß sein gesicht hinterm rükken, vor ihm der fluß. und es gibt drogen, sagte er leicht, vom ersten abend an, unter deren wirkung du nichts vergißt, das wäre ein wichtiger fehler, sondern dir wird alles leicht, was du weißt, auch mutter und vater sind puppen. er tastete mit seinen händen den kopf.

mach keine gesten, sagte marie, red weiter.

nein, sagte proff, sah nach ihr um, sieh mal, grinst er, mein haar, denn es wurden im lager zuallererst alle jungen geschoren, gar nicht für sauberkeit, was man so sagt, sie sagten, im haar steckt die eigene freude, sprang wieder um auf dem sitz, starrte hin, die grünen kittel flattrig und die gesichter, geschnitten, so zart ohne haar, proff starrte marie, schönes haar, großes haar.

red weiter.

nein.

red weiter.

nein, sagte proff, wo menschen leben, soll keiner das reden.

dann wo. ich wills wissen.

sie schleppten einander, wohin, noch überall menschen, siehst du marie, proff drehte durch straßen, stationen und fenster, als wolle er sein mit allen leuten, als faßten ihn alle an, als sei er mit allen verschworen, verloren, sagt er, und will in die wüste doch keiner mit.

ich will.

marie riß ihn weg in ihr zimmer, billbrook, tankstellen, rampen und peitschenlampen, und lauter leichen im keller, pfiff proff, hier sind tausende weggebrannt, dreiundvierzig, hier

gehts, alles kriecht da und riecht und kreischt aus vergessen, proff drückte das fenster gegen den ladelärm draußen im fluten aus gasglas, weiß, so hast du mit niemand geschlafen, so duftendes öl der waffen ums bett, so feuriger schrei von den käfigplätzen nicht fern, so das rasen der kleinen hände im dunklen saal im stein das hüpfen der lippen wer liebt es sucht in der nacht alles flüsternd die rettung doch und es tötet den bruder der bruder.
mach auf, palomita, rief draußen tapp.
das geht jetzt nicht, sagte marie.
es geht, sagte tapp, trat die tür ein, sah nicht erst hin durch den bruch, tappte die treppe ab weg, er war nicht gemeint, er nicht, in all der verschandelten welt hat sie mich nicht gesehen, da kannst du dir nichts mehr wünschen.
red weiter.
wir werden menschen sein nein.
du schwein.
richtig, marie, sagte proff, daß wir uns gegenseitig beschimpfen, strikt war jedem sein eigener name verboten, auch eines jeden geschichte vorm mord, die heimat, es galt nur die zahl und der fluch und das ziel, wir werden killer sein. ich lernte von ihrer sprache schnell das gemeine.

(57) gut, einen bruder zu haben, motte hatte sofort widersprochen, bullensprache, ihr kick, ihr kill, das besondere als ihr schlich ins private, so zieht sich dich das an die brust, so zieht dich das aus der gruppe, ziehst du dich selbst, besonders benannt, sei wachsam.
kutte hatte nicht nur den kleinen spiegel bekommen, auch bücher, einem lyriker hatte er texte von sich geschickt, die kannte auch larry, woher nimmst du die zeit, fragt er aus celle, der kampf geht weiter, kein tag, da zähl mal gut nach, hat die fünfundzwanzigste stunde, und vierundzwanzig sind wir, zeitung, fachbuch, das training im hof, der rhythmus der hörfunknachrichten, die harte kontinuität, die schwere

bemühung, zusammenzuhalten die gesprächsbrocken, diskussionsfetzen aus hofgang und kleinstgruppenumschluß im trakt, fortzuführen aus brieferesten, viel war geschwärzt, war verboten, aus besuchsdialogen unsern gedanken, den kampf, jetzt, heute noch, hier, wo bist du, kutte, fragt motte, bleib klar, bleib *wir*, zieh nicht ab in die wälder der schmerzen. da hatte ihm kutte beim hofgang, das war von ihm wort für wort sehnsüchtig einstudiert worden, takte aus einem großen lied aufgesagt, aus nicaragua jetzt, aus den kämpfen, los, motte, hör dir das an

und wir hörten die affen vor angst weinen in der nacht
und sie bildeten untereinander stille zeichen in der luft
und der hatte ein glückliches los
der in der schlacht fiel
oder bei einem nächtlichen hinterhalt
ums leben kam auf wegen unheimlich wie ein traum
und die töchter des orinoco lachten zwischen den bäumen
und blätter so groß wie boote fielen auf den fluß
und wir stachen wieder in see voll trauer

und motte hatte gesagt, noch mal noch mal, mann, kutte, das ist ja was schönes, und guck mal, das ist genau auch der wald, für den wir grad eben die bäume pflanzen, salute, bleib wachsam, kutte, *das ist ein befehl.*

nach acht jahren isolation konnte motte nicht nur sein schuljungenenglisch, las täglich jetzt auch *le monde*, bekam auch, unregelmäßig, material aus lima und caracas. und nun gings mal rein in die freude, das buch vom ernesto war endlich gekommen, und eines tages beim hofgang konnte motte für kutte das lied auf spanisch, und die töchter des orinoco lachten, *voll trauer* ließ motte weg, ich schreib dir das auf, *kleiner dichter*, bleib klar.

klar wars den schließern dann auch. solche freude mochten sie nicht, solche freunde pfiffen sie durch. seither haben kutte und motte sich nicht mehr gesehen. nur manchmal gibt bantu zeichen vom einen zum andren.

der lyriker hatte geduld. lief frei. und als er dann endlich den ersten besuch lief zu kutte, riß er vom rand heiliggeistfeld

eine löwenzahnblüte ab, aber geht nicht, das wissen wir schon, alles dort bitte ins schließfach, das glauben wir nur immer jedesmal nicht, geduldig geht auch das vergessen.
geduld geduld wenns herz auch bricht mit gott im himmel hadre nicht, sie lachten einander brüderlich an durchs glas, kutte liest nun auch alte balladenbücher, friß, was du gutes reinkriegen kannst, sie wollen euch verblöden verzagern versteinern, paß auf, sagt der lyriker, beiß und schmeck, laß das leben nicht los, das steinhausgesindel will dich als stein, sag nein! das *lka* ließ ihn machen. sein lachen war wohlnotiert. solche freude mochten sie leiden. wird leiden.
aber sechzig minuten, sechzig mal sechzig sekunden gesicht in siebenhundertundzwanzig stunden gepickel, weißlich getick, das ist nicht viel, das ist, damit du dich sehnst ums verrecken, so wenig. so wichtig für kutte bald, so zauberheimlich endlich doch die fünfundzwanzigste stunde, die freistatt, egal was verbrennt, in der kälte hier täglich brenn ich mich einmal im monat selbst, was asche, da birgt sich die glut, da hab ich im stein warme hände, mann, er zählte von besuch zu besuch jeden tag, andrem besuch schrieb er ab, nur wenn der lyriker kam, austausch von text, streiten und lernen, nachdenken über die welt, gelächter, fand kutte sich ganz bei sich selbst. befreites gebiet, sagt der dichter, aus der zeit befreit ich und mein bruder, die fünfundzwanzigste stunde sind wir, der husch, den sie nie packen.
da schnurrten die schweine einmal das panzerglas runter.
was wissen wir draußen vom brandgeruch unsrer kleider, von den flammen in der lebendigen hand, vom leuchten des hauchs auf der haut, vom glück der gesten. nun wußte das kutte.
nun zerrten sie zwischen beiden die weiße wand wieder zu.
noch lehnt einer zum andern sich hin an das glas. *jeder sitzt bitte am tisch, ich muß den besuch sonst beenden.* kutte beendete selbst, ließ sich abführen, ausziehen, abgreifen, anziehen, wegschließen, weint. aus der zentrale sieht einer ihm zu. er hat richtig gerechnet.
auch der lyriker ist verstört, das schreibt er sich auf, dann

brät er sich dänische muscheln in butter, dann telephoniert er, geht gern, drüben läuft ruth, die singt schöne lieder, ich komm mal vorbei, das mach mal. der dichter geht gern erschüttert.
da kam, in der not lernst du denken, kutte nach tagen, nach tagen aus weiß, schlüsselschritt hofgang papier margarine kippen schlüsselschritt hofgang papier margarine kippen hofgang papier margarine kippen papier margarine kippen margarine kippen, nicht kippen, alter, nicht flippen, kutte, kam er auf eine idee, wenn ich schreiben will, muß ich lernen, wenn ich lern, sind das ausbildungszeiten, besuch ist das nicht, nämlich dienst ist dienst und schnaps ist schnaps, er lachte schon wieder laut, lacht gern, mal her mit den antragspapieren.
ausbildung ist doch reso, lachte kutte den anstaltsleiter. ist der herr denn, fragt ihn der strolch, ist der freund denn ein lehrer. wenn man lesen will, kann man das lesen, sagte kutte und gab kleines buch. die hand, die wir verantwortlich machen, nahm buch. der freund möge antrag stellen, das lernprogramm bitte beschreiben.
da schrieb der lyriker langes deutsch, trabte gewaltig helferisch an, auch in der begegnung von mensch zu mensch fand der anstaltsleiter ihn tüchtig. berechenbar, fand der berater. wir werden den antrag befürwortend weiterleiten.
wenn das durchkommt, sang kutte verzettelt an larry, dann kommt der typ jede woche zwei stunden, und lernen, kein glas, und lieder sind auch was für kämpfe.
es lachten aber nicht alle töchter des orinoco.
wir sagen jetzt: laß das, gab die gruppe über bantu zurück. sonst nichts.
was bin ich ein kind, fragte kutte sich selbst, von nasebohren war gar nicht die rede.
von uns.
der bruder und ich, wir sind froh. aus dem loch im putz blies bizet sein *auf in den kampf*. kutte blies so laut mit, daß aus der sprechanlage der wicht kam, wollen wir nicht bitte als schriftsteller auch die üblichen rücksichten beibehalten. o

nein, das wollen wir nicht, brüllte kutte das weg. nicht weit weg, jetzt läufts doch, blies der berater ganz leise.
nina würde jetzt sagen, das hätte ossi genau so wenig geblickt.
das hab ich ja gegen euch ossis, sagt larry.
der ist dein vater, haut nina.
meine geschichte ist *raf*, sagt larry, der rest ist müll.
ich bin deine schwester, schrie nina entsetzt, und rocker liebt dich.
paß auf den auf, sagte larry, bebend brach er das ab. das hatte kutte, damals der kutte von wand zu wand, von termin zu termin, genauso gesagt, unsre vorgeschichten raufwühlen ist counter, salewsky, der psychokrieg, *wir werden menschen sein*. was war ich denn vorher, fragt kutte sich neugierig jetzt, und er wird mit dem bruder, der will das genau so, den langen weg in den widerstand, an die waffe, ans wir aufschreiben, ich werde es von ihm lernen, wir werden lernen, wir werden menschen sein, sichtbar.
nach sieben monaten, einer woche, einem tag und dreizehn stunden, kutte war immer schon buchhalterisch genau, kam der bescheid, kam vom bruder ein brief. zuerst den bescheid: genehmigt. kutte sprang an die gitter, da wars aber weiß. kutte sprang an die tür, da glotzt aber einer. kutte sprang an die kippen, da waren keine mehr. kutte sprang an den kleinen spiegel, haut den sich übers knie, spring sterne, du zwerg, ich seh mich schon selbst, ich fang meine arbeit an, wir fangen an, und jede woche bloß warten, und jede woche zwei stunden ein schritt. wohin. da wirst du dich wundern, larry, da wollen wir uns endlich mal wundern. still stand kutte und horchte. im ohr saust ihm wilder wald. achsoja; der brief. *mein lieber, ich muß hier weg, ich dreh durch, vor den bullen das rauslassen, geht nicht, ich meld mich bei dir, wenn ich durch bin, kann dauern, geduld, es wird nichts vergessen.*
sehn sie doch mal, sagt der zentrale, es war richtig, ihm beides zugleich zu geben, die eine spannung baut auf, die andre reißt um, das schafft ordnung.

als kutte aufgewacht war, zum ersten mal hatte er bantus dreck gefressen zum schlafen, und gewaschen, rasiert den kaffee drin hatte, dachte er, gut, paar wochen, was solls, bruder ist bruder, wahrscheinlich so ding mit ner frau, ich fang schon mal an.
im verlauf eines jahres aber, ach im verschlepp, muß sich bei kutte im warten der unsinn eingepilzt haben, larry, die gruppe, säß hinter dem schweigen vom bruder. wie soll man anders erklären, daß eines frühmorgens, mitten im langsamen satz eines mozartklavierkonzerts, kutte den schließer randrückte, ich mach das *stern*interview, lassen sie bitte die herren kommen.
der schmutz dieser zeitung fällt weit.
aus mohn und oliven flog bald an kutte zurück ein lyrikerschmerz, er, solidarisch, und nichts sei vergessen, könne nun nicht mehr, wolle nun nicht mehr kutte noch jemals sehn.
hatt er ihn je denn gesehn.
zwielicht. in den wäldern der schmerzen die bruderplätze sind luderplätze. der fuchs hat hunger und stirbt dran. *voll trauer.*

(58) krieg und hexe und sonne, knall mich voll, aber so, daß ich klar bleib, wir haben noch vieles zu reden, du hast zu reden, das seh ich schon längst, eh, liebste, kipp nicht, guck dir das an, sie haben mich nicht gekriegt.
boye stand wie gehackt, und immer noch treibt ein blatt, reckt unzerbrochen ein ast sich, hebt sich ein zweig durchs gestrüpp, wo du liegst, treibt was unter der rinde, im schnitt noch, *es geht.* und wenn du mal weinen willst endlich mal, schwester, dann wein, dann komm, wein ich auch. pauli weinte jetzt nicht, flüsterte alles geschwächt, ins sterben geschärft.
als blues gegriffen, *die frau aus dem mann* erschossen wurde, war boye, ohne dafür ein zeichen, von pauli das einverständnis zu suchen, nach draußen, den parkrand hinauf, in die

zuschauerszene gegangen wie alle andren nachbarn auch, mal sehen, was da los ist, so machen wir das, und eine wie wir ist frau doktor steen, ach schrecklich, frau doktor, die jungen leute, und ganz kleine negerin auch, meingott, ist die zugerichtet, die schrecken ja nie noch vor gar nichts zurück, reine verzweiflung, was soll denn sowas, da müssen sie bis nach afrika runter, und verstecken sich hinter der malerei, ach die war das, da sieht man mal wieder, erst kinderwagen, dann künstlertum, wo soll man denn da noch dran glauben, gar nicht erst fangen wär besser, da liegt sie beim offizier hinten drin, früher war kurzen prozeß, wird auch zeit, und drei von der polizei sind tot, das darf doch nicht wahr sein, die geben ihr leben, für was bloß, ach alles vergebens, wenn das mein mann heute abend hört, aber darf man ja gar nicht hier sagen sowas, gehn sie man wieder nachhaus, frau doktor, hier kommt alle hilfe zu spät. aber boye ging bis ans fahrzeug des einsatzleiters, und alle hörten ihr krächzen durchs glas gegen blues. keinen kontakt bitte, sagte ein bulle, auch keinen angriff.
und als in den tagen danach kreuz und quer der jenischpark abgetappt wurde mit suchgeräten und hunden nach spuren, fetzen, depots, irgendwas muß hier ja sein, sonst hätte die frau doch da nicht gemalt, es war ein heißer tag, alle elbuferwelt im garten, nur *unsre jungs* im dienst, da hatte boye groß besten tee gebrüht und gut den gartentisch bunt gedeckt und *die herren* auf ihren großen rasen gebeten, nur bitte die hunde nicht.
krause, mein name, ein schöner platz.
wo wohnen denn sie. ich heiß antje steen.
hein hoyer ecke paul roosen.
kennen sie den arzt da auch.
türkencarlo, weiß ich, bauchschuß, war auch so einer, aber guter doktor inzwischen, nachts kommt keiner auf schein, doch nie, wer denn, aber der, als unsere kleine den blinddarm hatte, und wenn ich jetzt tot wär hier gestern, fragt man sich doch, was wollen die bloß, ich kenn einen, der ist in fu.

gefangen.
nein, was, ja, das war der mal, jetzt ist er da wärter, schon reichlich was älter, gegen die nazis war der in fu im knast gefangen gewesen mit folter und alles, der sagt mir auch immer neulich wieder, also lothar, sagt er, da guckst du nicht durch, und wollen die vielleicht auch gar nicht, das sind menschen von irgendwie ganz woanders, er hat da ja auch zwei laufen, auch immer wegen terror, total den kopf voll gedanken, und alles am lesen und schreiben, und kriegst keine antwort auf nichts, egal, was er fragt, bloß schwein alles, bloß alles haß, oder was soll das heißen, so mal eben so drei von uns abzuschießen, von irgendwas muß ich doch leben, und außerdem, bloß noch mal so gesagt was er sagt in fu, der alte, also ich hab mir das regelrecht aufgeschrieben, weil sowas kriegt unsereiner so leicht nicht raus so genau, moment, sie kennen ja den dichter vielleicht sogar, hier, *keine abkürzung, die versucht, auf dem weg zu einer gerechteren gesellschaft die massen zu umgehen, wird je ihr ziel erreichen.*
der sitzt auch.
wer.
der das geschrieben hat. in italien.
achso.
es kam ein signal, der bulle mit fragen stand auf, da kommt keiner klar, ist alles verrat, sagt der alte in fu, jedenfalls alles verkehrte welt, sag ich mal, und vielen dank für den tee, und wenn mal was ist, bißchen abgelegen das haus, eins eins null, alles klar, frau doktor.
wenn feder zurück ist, soll sie ein bild hergeben von sich, ich seh bloß immer die augen die augen, das geht nicht. aber das geht gar nicht mehr. pauli wußte, er fliegt bald ab. warum sagen wir fliegen. guck mal, wie dünn. und wenn er die hand ins fensterlicht hob, konnte er, dachte er, drinnen die knochen sehen, fein alles aufgebaut, sagte pauli, ach schade, schwester, ach halt mich fest, ach schade, das kannst du nicht.
nichts mehr konnte die ärztin boye.

gold rollt der vogel pirol.
gelb zerfällt pauli.
die verstümmlung greift jetzt den ganzen mann. was retten sollte, das hebt sich auf ihn. kälteflimmer und hitzeschauer und durst und durst, und wenn er das glas nur sieht, bricht er schon bittrigen schleim. die nieren, sagte boye genau, die packen die medikamente nicht mehr, und es steigt auch von unten aus dem infekt, das balanciert keiner mehr.
mit den augen, die hände haften schon lehmig ein, holt pauli sich boye nah, das wort magst du gern, das kenn ich von dir, das seil und die trommel.
dann wieder krieg und hexe und sonne. immer flüsterte pauli diese drei wörter.
als boye dachte, daß kein würgen ihn packen könnte, wenn was aus ihr käm, nicht was aus tasse und löffel, nahm sie kleinste fruchtstückchen, weinschlückchen sich in den mund und gab sie pauli. auch so das medikament, das er wollte, das sie verabredet hatten, mach mir alles kaputt, mach mirs weg, machs einfach, aber den kopf halt mir klar.
so ging das den sechzehnten tag.
zersplittert lag pauli taub in gestank, im giftedünsten der haut, die ausbläht, abschuppt, einsinkt verfleckt, aber sein kopf war wach entweder oder vertaucht in träume oder ins schlafgefieder gefiederchen federchen feder. er sah boye an, sie kroch sich hin, her mit dem bild, da ist keins. da ist keins. pauli schlief weinend ein. dann erwachte er leicht, grinst boye an, komm, erzähl, wer hat dich, wen hast du verraten, und warte noch, eh, was für wind, hörst du mich, boye. ich hör dich. die gruppe, die knäste zuerst, den stein entreißen, sonst schlägt der durch, sieh hier mich da, sonst läg ich ja nicht, das pack darf den knast nicht behalten, geht nicht, sonst geht nichts, nichts darf denen allein gehören, nichts, uns alles, egal, was sie krallen, durch alles der riß der griff, unsrer, sonst haben sie uns, schon vorher, bevor du so liegst wie hier ich, kannst du das sehen, was ich sage, du mensch.
ich seh das.
dann machst du das auch.

dann fuhr sein blick hastig so hin, dann zeigten die augen aufs schuhzeug, nimm mal die knarre da weg, weit weg, ist deine, meins laß ich los, alles los, schwierig, er starrte sie an, schön wort, alles los alles los, kannste hören, wie schön. ich kanns. dann red jetzt, ich bleib noch ein bißchen. er warf schon den leichtesten puls, den hauch, alles los alles los.
wo bist du, boye.

(59) hier. das bleiben als gehen, ich kenn das, die überredung, polly genoß die fremde stadt, frankfurt am main, der dreck, der sich reckt, das schmeckt nach manhattan, das muß alles weg, sie griff aus den westendgärten das laub, da, riech. wir hatten die warmen oktobertage, buchmessentummel, da lachten wir bloß, wir waren entschlossen, das mittel zu finden, das angreift, leute, die ändern, herbst einundsiebzig, wir frauen, polly war älter als ich, zwei kinder, laß bantu die machen, dann freut er sich, daß er wen hat auf der welt, sie verspottete ihren mann, so oft sie gelegenheit fand, nicht männer, das wäre mir leichter gewesen, *auf was im horizont ist das gerichtet*, wir waren verschworen, in dieser frage nicht nachzulassen, einander nicht loszulassen im prozeß der entziffrung des ziels. wer hat wen losgelassen. wer ist gestürzt. all unsrem nachdenken, reden, verabreden, suchen, noch der entscheidung, die wir einander zugesagt hatten, den kontakt, endlich den treffpunkt, den ich uns ausgemacht hatte, zu nutzen zur diskussion, alles zu prüfen, nichts schon zu springen, all unsrem plan, die verbindung zur kämpfenden gruppe zu machen, die verständigung unauflöslich, lag doch von früh an eine unachtsamkeit zugrunde, die mißachtung der umstände unsrer herkunft, das überspringen der geschichte eines jeden, die überheblichkeit. es hätte sonst einer den andren nicht so überraschen, nicht so verletzen können. polly in diesem senderarchiv, für was denn, für fadenschein täglich, polly in dieser verschreckten partei, diesen anmaßungen der angst, polly den rücken an bantus rücken, und

elend trampeln die ratlosen kinder die mutlosen eltern, die mutter lacht männern, der vater schreit witze, polly in einer nachbarschaft, von der sie schon denunziert worden war als negerhure, alles um polly ein unsinn.
den fand ich im ganzen, im grunde der herrschenden dinge auch. aber nicht so in meinen dingen. ich wollte ärztin werden. im betrieb neben mir fand ich frauen, die keine angst hatten. mit beck konnte ich rausarbeiten, was uns mißlingt, ahnen, was wir uns wünschen. meine mutter erwartete mich, wollte von mir zuletzt noch auskunft gegen das arme lebenslang schützen. und die nachbarn, seit ich die sperren der kaderfrau mir von den augen, mir aus den ohren gerissen hatte, hatten vor mir keine angst mehr, brachten mir angelfisch, fragten mich bauchweh, ließen die kinder nah an mich ran. es ging mir in allen täglichen dingen damals viel besser als polly. es war aber hinter dem unterschied unsre liebe, und in ihr die sicherheit, sicher das wissen von der richtigkeit des bewaffneten angriffs jetzt hier in den zentren. so war vor der reise verabredet worden, oder denk ich mir das nachträglich nur, wünsch ich mir das als den fluchtfleck gegens verbrennen von polly, daß, wenn der kontakt sich machen ließe, wir ausarbeiten, wer von uns im prozeß des auszulösenden kampfes was tut. nicht ein sprung, sondern viele spuren. nicht der *trennungsstrich*, sondern das netz. jeder ein knoten, das reicht. die verständigung unauflöslich.
in heusenstamm der treff war zunächst nur für mich verabredet worden. die gruppe kannte, obgleich der ja damals schon tot war, meine verbindung zu stößer, es war aber selbstverständlich, nicht undiskutiert einen fremden mit ins versteck, sie sagten bunker, zu bringen. also wartete polly in einem lokal nicht weit, bis ich sie holen käme. als schwarze wäre sie, so allein in der freßbude dort, ungünstig aufgefallen. ich kannte aus meiner kaderzeit, als wir die desertierten gi's unterstützt hatten, im airportbereich einen schwarzen koch, der ging gern den abend zu pollys begleitung mit, und da ich ihn gebeten hatte, in uniform zu kommen, war am tresen da alles in der gewöhnlichen ordnung.

der bunker war unterrollt, durchlärmt von bowlingfreuden, geflüster war hier für niemand abgreifbar. unruhig eilig drängend fragten sie mich nach hamburg, nach leuten, quartieren, fahrzeugen, zielen, objekten. ich wußte nicht viel, erzählte genau von polly. sie fragten nach. ich antwortete. sie fragten nach. ich sagte, was ich von polly wußte. dann hol sie. ich denke mir heute, wir waren da eben erst zwanzig minuten zusammen, vielleicht noch nicht mal. ich brachte polly bis vor die wohnungstür, dann ging ich zurück zum koch, wir machten die nacht durch, tanzen und trinken und lachen. und haß auf die army. ich war froh, jetzt gehts los, jetzt fangen wir an, jetzt lernen wir, die verständigung unauflöslich.
polly ist aber gar nicht mehr an unsren frankfurter platz zurückgekommen, ein brief war für mich gebracht, im umschlag ein zettel, *hamburg in einer woche bei dir.*
wir haben uns pünktlich getroffen. wir haben uns immer, bis sie nach wenigen wochen dann gar nicht mehr kam, pünktlich getroffen. es gab aber nichts mehr zu diskutieren, nichts mehr für polly, nur noch zu tun, die *vierundzwanzig stunden*, du weißt.
in all dem ging offensichtlich polly zunächst davon aus, ihre entscheidung sei meine entscheidung, ihr tun meins, netz und trennungsstrich, spur und sprung, alles eins, alles wir, *heute noch, jetzt*, bis ich in meiner irritierung, und die macht unbestimmt, und die macht undeutlich, und die macht zweideutigkeiten von tag zu tag, von geste zu geste, schlimmer und schlimmer, nur noch unzuverlässig, nur noch verlassen von aller verabredung mit mir selbst, vor ihr stand. da hieß dann das, was ich von uns wollte, auch aus pollys mund *müll.* oder wollte ich fragen, diskutieren, lernen, wissen, das netz ziehen, die spur, um so nur nicht handeln, nicht springen zu müssen. ich kenne ängste. ich möcht mich verständlich machen. verschwörung. wer läßt los. wer stürzt. so oder so, es ist verrat. wer hat verraten. ich habe mich nie vorher und nie mehr danach so ausgesetzt vorgefunden. aussätzig.

(60) bin ich nicht, sagte boye, wir versuchen zu lernen, und was wir verstanden haben, das fangen wir an, das geht. anders geht die verwüstung. sie sah in paulis kleines verwehtes gesicht.
hast dich ja hingestellt, schwester.
als sei er, aus leichtestem traum erwacht, aus einer einfachen ruhe zwischen den tagen und kämpfen, im begriff wieder aufzustehen, an die arbeit zu gehen. dann mußte er wieder flüstern, komm näher noch mal, ich sag dir was, ungleichzeitig, verlust verlust, kein verrat keiner, und hast du verstanden, liegt von uns einer, gehst du schon los, es geht.
da raste ihn boye an, wie denn, wohin denn, sieh doch hier uns.
wieder hinstellen, sagte pauli, wir werden sie überraschen. ruf tapp.

(61) die letzte reune läuft anders. das will ich gar nicht mal sagen, denk mal an viezefisch. glücksache, sagte tapp, nicht bei mir, schön ist ja jede menge, bloß richtig schon weniger, die letzte reune läuft bloß noch gemein, ein rennen mit vielen toten, wobei du vorher gut durchticken mußt, wie das am günstigsten mendelt, tapp saß jetzt oft in bergen papier, tierzuchtfachblätter und hobbyzüchter, irgendwann willst du ja wissen, wies läuft, hier guck, was sie bieten, das glaubt man sonst gar nicht, ägyptischen blutdackel gegen mongolische rennmaus, und jetzt mußt du mal denken, was das so bringt bei quer hin und her durcheinanderficken, knallhart die neue art, mongolischer renndackel, ägyptische blutmaus, blutiger mausmongole, dackelnder rennägypter, rennendes mongolenblut, mausiger ägyptenrenner, ich steh auf blutige dackelmaus, klein und scharf, anders kommst du nicht durch, immer mensch bleiben auch noch mal erstmal, und zum schluß paar pershings auf alles, wär gar nicht verkehrt.
kenn ich genau, sagte ahlers.
die beiden streiften mal wieder durchs viertel, heinrich ist bei

natascha geblieben, den fahren die verrückten hier doch bloß kaputt, weidenallee bis spielbudenplatz, susannen schulterblatt lager und zickzack, jetzt beißen sie hackbrot im schlachthofschatten, fix frisch, sagte ahlers, komisch, das mag ich, das quiekt noch unter der zwiebel. *messer auf stich geworfen*, sagte tapp, da hat sie mich sauber erwischt, die frau, na sauber, das war wohl nichts, ist in der scene gar nicht drinne. *allein marschiert wird hier nicht*, tapp, ist was dran, so frauen sind heute freier, die denkt sich da was. zack stach das messer von tapp im tisch neben ahlers hand, die soll sich nicht denken, die soll mir was treu sein, oder was kann ich alles verwechseln, ich verwechsel mich selber schon, kennst du das auch. das kenn ich auch, zack fuhr das messer an tapp knapp vorbei ins rückholz der bank, und das kommt, wenn du dich nicht klarkriegst und was du genau am wichtigsten willst und mit wem.
brat noch zwei lebern ab, rief er dem wirt, schön bißchen mit essig getröpfelt, weißt schon, paß auf, daß du immer hunger hast, tapp, beiß was, nicht schleich was, du bist nicht allein auf der welt.
mit marie wollt ich alles.
das ist zu viel.
richtig, jetzt bin ich satt, sagte tapp, jetzt beiß ich am liebsten bloß gras.
paar hühnerfutter, fix fix, rief ahlers. der wirt brachte korn in zwei großen gläsern. kipp das, mein freund, uns kippen sie nicht. tapp schluckte weg, und als hätt ihm der schnaps an den hals geschlagen, nicht schmerz, sagte er zittrig, das war ihr das liebste, wenn ich zu ihr gesagt hab, mein freund, ich haß mich, daß sie mich lügt. das sagst du gediegen, da denk ich mal drüber. der wirt brachte riesige teller, da kommt unser innenleben, hau rein. ich bin nicht vom schwein, sagte tapp, kannst ihr mal sagen, und keine grüße mehr, nie. los, iß. ich mag lieber alles jetzt kalt, sagte tapp. das kommt wieder, sagte ahlers, mögen und machen, das sind so zwei sachen.
sie reunten den schulweg durch zwischen feldstraße und bu-

dapester, hinterm *plaza*schrott die gittertür, der fußballplatz für die nazims und günters, da wars halbstill, tapp mochte kinder, das wußte ahlers, paß auf, du verstehst doch musik, er rutschte sich faul so hin in die dreckige böschung, hast mal so orgeln gehört, ach scheiß doch auf krematorium, so richtig, so wimmern und wumm und schleifen und kreischen, ich kenn einen, der das kann, mit händen und füßen, doch doch, total der springende affe, und auch noch die augen fest zu, das mach ihm mal nach, fischt jeden ast, genau jede taste, den kleinsten ton, oder sag ich mal mehr der singende orang, der brummt nämlich alles und jault und piept seine liebsten töne beim fummeln gleich mit. und unten unter der orgel die leute, ich war da ja selber mit rocker mit zwischen, denen zieht das die schuhe aus beiden ohren, ehrlich, kein flachs, mir auch, und soll ja auch alles, denk mal, so kirche, schön leise latschen wie jesus auf barfuß, also das mein ich ja nicht, das ist klar, bloß was ich mal sagen will, ahlers stand auf, stemmte das kreuz ins gitter, sah runter auf den grünlichen tapp, nächsten dienstag geht rocker ab, nach eppendorf, wird er blind gemacht, die scheiße abbinden in seiner birne, damit er nicht totgeht, sagt larry auch, ahlers schnappte von wort zu wort luft, als schlügen ihn wellen, weil leben ist gut und tot ist schlecht, hast du das jetzt mal verstanden, du arsch! tapp ist ein mann, der hört auch beim andren den jammer, ist gebongt, alter, setz dich mal hier wieder ran.
sie sahen den kindern zu, dem ball, andreas im tor, dessen schwester spielte im gegensturm, frauke, die kampfmaus aus bleicherstraße, klar kannte die opa ossi, morgen sieht rocker den letzten ball, sagte ahlers, in zwei wochen ist er sechs jahre alt, noch zehnmal noch fünfzehnmal mehr ist das leben, was ist das leben, so rennst du genau vor die wand, was ist mein leben, so nicht, so hab ich das nach und nach überlegt, kannst du verrückt dabei werden.
mein leben war mit marie.
rockers leben war mit zwei augen. und ab mittwoch sind das bloß matschige reste. ist rocker dann auch bloß noch reste.

der ball flog über den zaun her, tapp war schneller, als wolle er dem eignen schlag nachjagen, trat er zu, war überm stein ein stück, für sekunden, der ganze mann, dann saß er wieder beim freund.
am grübeln war ich ja immer schon oft, kannst dich erinnern, was ich früher am liebsten alles gesagt hab, *alles bloß hund, alles vigiene, das bin ich doch alles nicht richtig selber*, oder wie komm ich mir vor. mit nina komm ich mir vor, mit den lütten, mit den schweren maschinen, das klappt, das muß, was ich genau mach, das bin ich selber.
ich war mit der frau genau, jeden tag.
das laß mal eben, ich denk was nach, und ich will, daß wir uns da verstehen, tapp, also erstmal, daß ich mich selber versteh, dann kommt das auch rüber, paß auf. ich bin jetzt so reichlich wo hingetigert, was wird aus rocker, wer sagt mir mal was, nina ist mehr bloß am weinen und starren, oder sie läuft uns weg, weißt ja, die kämpfe, die frau will vorwärts, die schreit, also ich los zu so clubmäßig alles die blinden und ratgeber dibbern und ämter, weißt ja, versifft, und bücher gewälzt, also tatsache, ich, und heftchen geblättert, und nachgeguckt bei dem eumel im bahnhof, kennst du doch, auskunft altona, der weltmeister tastet dir jeden trip, *praktische tips für das tägliche leben, tricks für den alltag, segeln für blinde, viel freude auf dem tanzparkett, der blinde programmierer kommt, schnellausbildung zum teilezurichter, führer für unsre behinderten gäste, eingliederung ins soziale gefüge, ihr weg geht weiter, viel glück*!, also echt, ich weiß jetzt sogar so paar blindenwitze, bloß was hat das alles mit rocker zu tun, wer will denn so werden wie jeder, das gibts doch gar nicht, der will rocker werden und sonst erstmal gar nichts, und ab mittwoch gibts keinen rocker, der guckt, nur noch genau den einen, der blind ist, so, und jetzt mal rauskriegen, was das ist, nicht was, sondern ganz genau wer. der laber beim amt, der pfusch im club, das ist rocker noch lange nicht selber, oder wie seh ich das, und siehste, wenn du mit rocker sitzt, dann sagst du gefälligst, wie hör ich das, tast ich das, schmeck ich das raus. an dem kerl lebt vielleicht noch

mal mehr als an mir, verstehst du das, tapp, wenn wir ihn man, wenn er sich man, wie machen wir das, bloß richtig zu finden kriegt. guck mal, das will ich gern lernen, das will ich ihm lernen, das geht, weil er lebt, versteh das jetzt mal mit der orgel, ahlers stimme war immer leiser, darin schärfer geworden, kann doch sein, vier ohren, zwei hände, zwei füße, die können tanzen, tapp, horch dir das mal ganz umständlich rein, auch für dich und die traurigkeiten.
stimmt, sagte tapp, aber hängte dann trostlos dran, kriegst du geliebt, kriegst du gelernt. aber ahlers sagte ihm wütend zurück, reiß mal das maul nicht so auf, wer dich liebt, das bestimmst du nicht selber, los, alter, hoch, zu popow, billard.
wohlwill ecke paulinenstraße, am hellichten tag, ludert schon wieder *die glatze* von *FD 7*, tapp trat dem spunt vor die ösen, am luderplatz liegen leichenteile, hier gibts keine, sag mal bescheid, bist verbrannt. gern ließ tapp alles stehen in angst. aber das ist ein fehler. noch in der woche, die eben heut anlief, war er im hafenbereich aus allen werkschutzfunktionen geschaßt.

(62) ahlers kam erst spät, da schliefen die kinder schon, in die heimhuderstraße. die schulferien sind zwar noch nicht ganz zuende, aber das wichtigste, und manchmal ist das das schlimmste, und auch, wenn ossi das andersrum sieht, geht nicht allein. juli und felix waren aus zachun also schon wieder zurück in die stadt. die krankenhauswochen von rocker wird ahlers in proffs großem zimmer hausen. keine frage nach proff.
lina fand hamburg schick, möchte mit felix sausen. es wird aber nicht gesaust. es ist, auch adam war borstig dazu gegangen, nachgedacht worden, es wird mühe gegeben, arbeit gemacht, wir jetzt hier, wer denn sonst.
den tag lang mit tapp hatte ahlers sich klarheit gemacht. mit juli jetzt hier konnt er schweigen, ins rätsel fallen. noch paar

worte, das hocken, der letzte tee, als gält es von weitfern zeichen zu horchen. dann gingen sie schlafen. jeder lag lange wach allein. spät sagte lina leise zu felix, wenn du jetzt heulst, bist du morgen zu nichts zu gebrauchen, schlaf. und als felix schlief, dachte lina, warum sind wir nicht alle tot, das wäre viel einfacher.

aber ein schöner morgen kam über die stadt, es funkelten den leichten himmel die ödesten wände, im laub der alten, der letzten bäume raucht blau, und jetzt nur die halbe autogewalt rollt an, die andere hälfte rennt hinundher zwischen gipfeln und küsten, juli kam klar in die wohlersallee, stieß ihren kopf in die fremden stunden, *seit ich einen computer hab, bin ich um einige punkte besser als andre, mit alphatronic pc schreib ich persönliche bestleistungen, der computerfrühling %d\n«,i); while (!Cconis ()); für den vollen durchblick c16/116/plus 4 checksummer*, ums geld, von irgendwas müssen wir leben, und jetzt erst recht, es geht. manchmal sah sie raus an die hecke, da stand ihr hohes grünes dänisches fahrrad, zum sprung bereit.

auch in der heimhuderstraße waren arbeit und sorgfältigkeit. felix und lina schabten und wärmten und schnitten und brühten das frühstück für alle, danach verschwand adam mit rocker paar häuser weiter, den laß, und ahlers, juli war einverstanden, räumte die große wohnung neu nach dem willen und der idee der kinder, sie hatten gemessen, gezeichnet, beschriftet, jetzt zerrten und schoben und hoben und stellten sie um, wir bauen ein neues haus, und obgleich es mit freude geschieht, geschieht es aus ernst, der faden der arbeit liegt klar, jetzt ist er zu tasten gegen den schlich und den stich der schatten, jeder hat angst, aber keinen von uns soll sie haben.

mittags war alles getan. aber der lange tag noch nicht. sie liefen rüber zum grindelchinesen, danach kramten lina und felix ihr geld, wir sind nachher wieder da, bis gleich. bei der heimkehr schleppten sie stoffreste bunt und viel band. und was aber nun da gearbeitet werden sollte, das sah ahlers sich nicht lange an, wenn ihr losgeht, paßt auf, daß ihr schlüssel

habt, ich geh erstmal irgendwo kotzen. lina sah zu ihm auf. dann sprang sie an seinen hals, klammerte fest, küßte den mund, ist gut.
sie horchten zuerst ahlers treppenschritt ab, dann sagte lina, warte erst noch, laß uns die farben gut überlegen, sie breiteten über allen wohnungsboden die fetzen, pünktchen und streifen, blumen und hirschen und kirschen, paar stücke flogen gleich weg in müll, so schwarz interessiert uns nicht, sagte felix, toll teppich alles, sagte lina, und wenn wir das überall drumgedreht haben, wird flott.
alle möbelkanten, ja, alle, wurden nun polsterig bunt umwickelt. damit rocker sich erstmal nicht stößt. bißchen später kann er das sowieso, sagte lina. los, mach mal fernseher an, ich werd sonst verrückt. da kam juli nachhaus.
hau lieber gleich wieder ab, sagte felix, leiste dir auch mal was.
ihr macht das ja toll, sagte juli. weg war sie.
halt mal den finger mal eben hier drauf, sagte felix, tot ist scheiße, sagte lina, kennst du larry, der sitzt im knast, mein onkel. weshalb. raf. alles klar. hier muß noch mehr drüber, das ist noch zu hart. nimm doch das puschelstück da in rosa. zwischen braun und gelb sieht nicht aus. sieht nicht aus, sagte felix, das gibts überhaupt nicht, entweder schlecht oder gut sieht das aus. hauptsache du kannst sabbeln, sagte lina. dann hatten sie alles getan. jetzt ab zu ossi, leg zettel hin, gibt sonst wieder ärger.
unterm fernsehturm quietschten allerhand reifen, proff, im wagen bei maurizio, hatte die beiden erkannt, sag juli, wir müssen noch mal nach tölz. hupkonzert, weg damit, stoßzeit. der rast nur immer was rum, sagte felix. der muß öfter kotzen als ahlers, sagte lina, bloß daß bei euch keiner blind ist. er vielleicht, sagte felix. sowas ist scheiße, wenn du das sagst, sagte lina, haben wir noch geld für eis.
kitti und willi wieland im feldeck kannten sie nicht, sonst hätten sie da unter boxtrophäen juli und ahlers gesehen, fast stumm und schon ziemlich besoffen.

(63) sie fuhren am sehr frühen morgen auf pirmasens zu von hinterweidenthal her. bei der shell fragte maurizio nach einem *403*. welche farbe. schwarz. und wie alt darf der sein. meinetwegen mai siebzig. dann komm. der kleine dicke nahm maurizio mit in die kassenbude, er soll mal warten, wies er auf proff, tat fremd, zeigte im fettigen telephonbuch der stadt straße und nummer. nichts schreiben. noch bevor die beiden außer sicht waren, hatte der freund den wagen von maurizio in einen keller gefahren. erstmal vielleicht stück kuchen, fragte proff. erst ankommen, sagte maurizio, dann fressen.
von anfang der fahrt war proff in einer situation, die er nicht verstand. ihm hatten sie ziel und weg genannt, und doch war er stunden gefahren und lief jetzt, als würd er verschleppt. was fährst denn du überhaupt mit mir mit, hatte er maurizio gefragt. vater und sohn, mehr war keine antwort zu kriegen. ich verstehe kein wort, hatte proff gezerrt. auch du hast mich schon in rätsel geschleppt, sagte maurizio. dann wieder las er verschiedene zeitungen. dann wieder horchte er nachrichten ab. so war es verabredet worden. denn es war jetzt höchst ungewiß, wer die grenze noch schafft und wer nicht.

(64) lieber nicht *alle gespenster verjagen*, sonst verjagen wir auch lauter menschen, oder ich bin gar kein mensch. sowas sagte am abend otto, als die bande am see gelandet war, im bungalowdorf der pioniere. in den alten spanienkampfliedern. da sei du nicht bange, hatte nina erwidert, wenn wir alles wollen, und das ist wichtig, und das willst du auch, egal wie und wann, bleibt rest genug, nie zu packen, wie du. pack mich doch, sagte otto. warte mal ab, sagte nina und wußte ganz gut, daß gar nicht sie gemeint war, wollte aber den trick unterbrechen, den otto draufhat, wenns ernst wird, redet schief ab vom ding, vom gesicht, das er meint, damit keiner merkt, was er meint und wen. trude machte es mühe, ihn deswegen nicht zu verachten.

grad du, sagte nina, nimm ihn beim wort, dann kann er nicht weg, dann lernt er.
oder sagt gar nichts mehr.
dann will er auch gar nichts mehr.
das stimmt nicht.
kann sein, sagte nina ungemütlich, an irgendwas muß ich mich halten. und er sich auch.
es gibt keinen halt, sagte trude, bloß weiter geht alles, und wir gehn drin unter, oder wir greifen ein, und darin zusammenhalten, das will ich.
stimmt, ist genauer, komm.
denn ob du nun *kleiner trompeter* oder *sieben mal asche* bist, es war schon am ersten abend im westfriedensfreundeolympiadorf, schön dreistöckig grauer und gelber beton über alten gänsen und blumen, eine wichtige frage im lagerzentralbau durchzustreiten. wo wohnst du, wo nisten wir ein. *lagerausweise* schön und gut, und jeder hat tolles bett, und alles für alle gemütlich mit glotze, und leuchtend hoch drüber rot nylonfahnen, und überall ratgeber blau, und berge zu fressen, und dorfkinder draußen fern rund um den zaun, unkontrolliert geht hier gar nix, das wollen wir erstmal noch sehen, knurrt piffi, denn alle die bande rundwegverteilt auf lauter zertrennte gebäude, das geht nicht, wir sind hier zur arbeit gekommen, und nicht für bikiniverölung, was hier losgeht, das geht nur zusammen los, wir, und nicht einzelig von balkon zu balkon.
so tauschten sie stundenlang bungalowzimmer, terrassenstockwerke, zuteilungsnummern, bis endlich zwei plätze, nah beinander, autonom behaust werden konnten. und konnten dann aber doch nicht. drei dkp-lehrer-familien mit kindern hatten den einen bungalow schon *besetzt*, denn klar war das falsch, die kinder in stockwerke raufzuschieben, schön überm parkplatz, so bakudämpfe. da machte trude den vorschlag, oben am wald steht ein bungalow frei, der ist für *persönlichkeiten*, die pennen hier so nur mal eine nacht, den schnappt euch, den bau, den besetzt, und wir bleiben unten hier nah beinander, und wenn ihr das brauchen könnt,

gehen wir mit, zur lagerleitung, zur unterstützung, immer besser, beim amt bist du viele. aber so kühn nun wieder auch nicht, lieber drückten sie auf *solidarisch*, jammerten was von den kindern, die hast du ja autonom weniger, und persönlichkeit ist persönlichkeit, das müßt ihr verstehen, genossen. verstand michi aber nicht, und buden besetzen versteht er viel besser, paar von uns gehn mit euch mit an den wald, und bleiben da drin, bis das durchgesetzt ist, das interesse, los, hopp, ihr mäuschen vom heimatspeck, hier ist befreites gebiet.
soll das ne provokation sein.
da lachten michi und piffi und alle den grölend aus, das überleg dir heut abend mal selber, wenn dich die roten ameisen beißen, du schnulli, los komm, wir sind ne persönlichkeit, klassenmäßig, studier das noch mal.
von wegen studieren –
musik, *über brücken* und *hellen schein*
und die musikergruppe, die soll da rein
in die stille oben am wald,
ganz *solo* und *sunny* und *exquisit*,
bald –
da sagte trude, das reicht, ist doch quatsch, jetzt gehen wir alle da hoch, bevor die piepser da einziehen.
mit abstand, anstand, vorsichtig sichernd, wir suchen nicht streit mit der leitung, wir nicht, gingen die lehrer dem wohnungstrupp nach, und siehst du, da stehen sie doch schon, was hab ich gesagt, das geht nicht. bei uns geht alles, was richtig geht, sagte susette vom lagerrat, kurz blondes haar, groß blaues hemd. sie hatte trude gut zugehört, die bande soll nicht verzettelt werden, und die kinder sollen nicht weg in etagen, das schieben wir, bis jeder richtig liegt, wieviel kinder hast du, genossin. da wurde trude die nase rot, aber jetzt auch aus wut auf die lehrer, mensch ihr sagt jetzt was, ihr abgezähmten, ihr habt die kinder, ist euer interesse, immer schiebt ihr euch leise auf andre, und ging einfach weg. susette war nie in hamburg gewesen, die muster der feigheit kannte sie nicht, doch, kannte sie doch, doch doch, heiße

reise, das ganze, lachte sie scharf, und brachte, mal wieder, das ganze in ordnung, jeden arsch in die passende hose. und wunderte sich, daß von trude und michi und piffi und biggi und siggi und ronni und conni und otto bilder von ulrike meinhof und von andreas baader aufgehängt wurden, *wo die doch banken überfallen und frauen und kinder erschossen haben.* da mußten sie erstmal ein bißchen genauer erzählen. also dann auch vom mord in stammheim.
beim einräumen weit oben am wald sagte der eine lehrer lässig, gar keine hürde, man muß sich bloß kümmern, und der andre sah hinten ins fernsehgerät, ob hier ameisen sind, was meinst du.
sie wimmelten rot durch die tage.
aber volles programm jeden tag, und knackvoll die tische, und alles umsonst, bloß otto sagte, alles aus arbeit, und pißt die vergnügten kollegen an, die sich kuchenpakete aufs zimmer schleppen, laß ihn doch, der hat alterszucker, und schon stand er wieder allein. aber trude fand das in ordnung von ihm. da schieft er ihr was von den fahnen, die kippen. wo kippen fahnen. komm doch mal mit, nicht jetzt, schob er nach, dann gucken bloß wieder alle.
lieber hätte trude am abend die gruppe gehört, aber otto sagte ihr leise, jetzt, und da ging sie mit ihm nach draußen. im riesigen dunkelfeld fuhren noch trecker mit gift, käuzchen schrien, böiger wind kam über den see, wird gewitter, fühlt sich gut an. und du, fragte trude, fühlst dich auch gut. die geben sich große mühe mit uns, sagte otto, das rührt mich an, das will ich dir ruhig mal sagen. denn es beruht auf gewalt, sagte er später.
sag mal genauer, welche gewalt.
otto stocherte schritte und worte, ich würde ja gern sagen unsrer, aber wo ich leb, also mal anders, mein alter ist von hier weg, schon früh, die haben hier sabotage gemacht, alte nazicliquen, gehlen. weißt schon, er war dann nach bautzen, hat adenauer ihn rausgelöhnt, konnt er ja brauchen, so typen. hier ist viel freundschaft, das rührt mich so, trude. es ist ja noch krieg, das dürfen wir nie vergessen. und wenn die

hier nicht so kämpften, wär hier für mich kein kuchen gewesen. aber.
was aber.
ich möchte mich nicht vertun, versteh das genau, aber, also es kommt mir sehr friedlich vor, alles. sehr scheinbar. was soll das. ist das für uns oder wen. da, siehst du, schon wieder sind drei gekippt.
die masten der roten fahnen steckten in zu leichten plastikscheiben, plaste mußt du hier sagen, sagt otto, siehst du mal, wie die hier überall knapp sind, ich wollte dich bitten, trude, mit mir paar steine zu suchen, große, die knallen wir dann unten drauf.
sie hatten kein licht. sie traten durchs weite gelände an uferböschung und busch, ein igel hustete ab, leuchtholz moderte unter dem ersten stein, den sie wälzten. ich kann nicht schwer heben, ist mist, sagte trude. ich faß ja mit an.
vor mitternacht standen die fahnen stramm. standen auch immer noch mopeddörfler und horchten am zaun die musik ab, fern, den tanz für die gäste aus *tschibo, bonanza* und *gtx turbo*.
sieht nicht gut aus, sagte otto, komm bißchen weg hier, ich bin doch kein schließer, aber das hab ich vorhin auch gemeint mit gewalt, nicht nur, aber auch, da kannst du die sehen, die das aushalten müssen, gegen die schweine bei uns, den siff über alles, und werden nicht lange gefragt, die kollegen, zack zaun quer über dein auge.
wie würdest denn du sowas regeln.
so hart, wie nötig. was gegen den feind ist, ist unsres.
und die gespenster im menschen?
das ist kompliziert, sagte otto, da denk ich noch viel drüber nach, zuerst war das gegen radikal singen und nichts in der hand, bloß kuchen. da müssen wir mißtrauisch bleiben.
du traust lieber keinem.
das ist die gefahr, das stimmt, aber im krieg darf dein kopf nur immer für den bruchteil einer sekunde, zum schuß, aus dem schatten der wand.
auch mal gehts übers freie feld.

klar, wenn du deckung hast.
und wenn keiner da ist für deckung.
dann hast du was falsch gemacht. bereiten wir das besser vor.
auch boote lagen für gäste aus westen frei. sie machten eins los, laß mich rudern, sagte trude. später, viel später schlug sie ihm vor, was gut wär, denk ich, und wichtig, daß du fürs friedensforum das aufschreibst für uns, was du so denkst von gewalt, nämlich von der gewalt der interessen, und sagst das dann mal, wenn die gruppe das richtig findet, als unseren beitrag.
ich spiel nicht gern schlau, sagte otto geschieft.
du hast krieg gesagt, nicht spiel, sagte trude.
nimmst mich beim wort, sagte otto, ist gut.
was einer sagt, das ist er, oder er soll die schnauze halten.
hier kann man auch fahrräder kriegen.
ich mach die veranstaltungen lieber mit.
als sie zurück an den bungalow kamen, war noch leise musik und gedibber rund ums haus auf schummrigem rasen und quer vor der hauswand, auf rot gespannt gelb, war piffis machtwort wie lachwort zu lesen, *keine macht auch für hier niemand*.
bißchen naiv, sagte otto, schlaf gut, ich hau mich schon weg.
noch in trudes erwachen schlug das den ersten ton schief, wie kann ein mensch so vom schlaf, von der nacht so schlecht reden, *ich hau mich weg*. weghauen tun wir, wenn wirs mal können, das klassenverhältnis, den feind, um als wir menschen endlich mal da zu sein, denn das freut uns. will er denn weg sein, wohin.
was sagst du da, lachte nina schon hastig, hast dich verträumt die nacht. sie stand schon flott mit möndchen am ohr, glitzrigem tuch um den hals, sie hatte von erster stunde im lager an hier arbeit sich rangezogen, planung und ordnung, sitzung und ausschuß und klagen, und hier kommission, und da komitee, es sah aus, als lief sie auf wolken froh, aber schnell aber schnell, sonst versinkst du. ach rocker, ich hau mich weg, ach dreck. ich treff mich jetzt mal mit karl zaun. weg war sie. sehr laut.

karl zaun war ein tischler aus magdeburg, von leuna bis zur argandabrücke, von plötzensee bis stalinallee, von prag bis *trabant*, immer dabei, dies jahr war er fünfundsiebzig, er zeigte nina ein kleines rotes billett, das anrecht auf einen überdachten sitz, auf handschlag nah dem ersten sekretär der partei, hoch überm marsch, *überm winken und rufen und lachen der massen am kampftag der arbeiterklasse*. nie hatte er gezögert, die verantwortung zu übernehmen. denn, sagt er, sieh mal, und warf seine arme hoch wie ins schlagen und stürmen einer großen musik, hinter jedem von uns, weltweit, die hundertmillionen der klasse, auch noch im todesbunker. bei einem bombenangriff vierundvierzig hatte er fliehen können, ich sag lieber, hab ich mich frei gemacht, sagt karl zaun.
und man kann das alles auch anders raustun, in leuna *radeks befehlen gehorcht*, am argandafluß marcauers *ehre geschmäht*, in plötzensee einen *beamten gemeuchelt*, in der stalinallee *deutsches blut denunziert*, in prag *das menschliche antlitz mit füßen getreten*, im trabbi, da sitzt der richtig, besser noch *kurzen prozeß*. wir tuns aber gern nicht anders raus. Rotfront.
an jedem ohr ein knie, das schabige lenkrad am gürtel, fuhr karl mit nina nach güstrow, knallten gewitter auf barsche und backstein und barlach, wurde studiert, was das ist, die verantwortlichkeit und der haß.
denn durchaus auch und eben beim studium der klassiker, sagte karl zaun, kämen tief im lernenden selbst scharfe konturen des eignen elends ans licht, lösten sich vielfältige bewegungen ältester demütigung, stünde auf, zur empörung bereit, das wissen der klasse als qual, und jeder, der schulung macht, drum sage er nina das, müsse vom plötzlichen aufstand verborgner klassenkräfte ein realistisches bild sich gewinnen, denn leicht seien diese kräfte zu locken, schwer zu leiten, wohl wahr, hier im land seis oft umgekehrt, jetzt sei die rede aber von drüben, und möge sie das genau verstehen, keine schulung sei leicht, niemand gehe aus dem anreiz privater verrechnung in die schwierige summe des *wir*, den-

noch, er gäbe für das, was er habe sagen wollen, ein beispiel, immer wieder habe er als junger kader, im vorfaschismus, im kampf um die hungernden massen, und es sei das ein hunger gewesen nach mehr noch als nur nach brot, dem einen, der andren das manifest überreicht, aber nie ohne eine warnung, und die habe so geheißen: wenn du dies buch verstanden hast, dann wird dein leben schwerer, nicht leichter, und dies sei von ihm gesagt worden nicht nur, weil jeder genosse, jede genossin gejagt werden wird vom klassenfeind, sondern auch, weil, wenn einer verstanden hat, er getrieben werden wird vom wunsch, und wenn es falsch geht, gejagt werden wird vom haß, von der gier, die welt, das klassenweltverhältnis zu ändern, und zwar sofort, heute noch, jetzt. sagt nicht larry das so.

so sagt er das, sagte nina.

grüß ihn von uns. aber verdeckt. und sage ihm noch etwas: die mystifizierung des kollektivs hat zu ihrer voraussetzung die resignation gegenüber der klasse.

und so sei nun zu studieren also nicht nur im wirklichen die gewalt, sondern darin das zeitmaß, der schritt, dies sei der schwerere teil jeder schulung, denn einmal eröffnet das bild des herrschenden unrechts und in dieses bild gebrochen die kontur unsrer hand, stelle es den, der den einblick gewonnen, den anblick erlitten hat, unausweichlich in den auftrag härtester disziplin, unausweichlich nun leider nicht, mancher und manche versuchten zu entkommen, denn beides, hier der rückfall ins dämmrige folgen, dort der sprung in die rebellion, sei leichter als der aufbau der angreifenden front. der erst sei die mühe ums leben, und keine schulung dürfe in dieser mitteilung nachlässig sein, denn wer solche mühe nicht lerne, der gehe der front verloren, und dienten beide, dort faul, hier krank, dem feind, drum sag ich verantwortung, nina. in uns menschen, wie wir unterm klassenverhältnis nun mal geworden sind, hockt hoffnung auch in der wendefigur der verzweiflung, in der gestalt der raserei, und also, wo wir im studium der klassiker zwar unsre hoffnung lernen, die kraft unsrer klasse, die aber nicht greifen, uns

führen lernen in der entdeckung, da schlägt aus dem studium unser aufbruch um in barbarei.
dann wäre, versuchte nina das weiterzuführen, der bewaffnete angriff jetzt auf die zentren des imperialismus, barbarisch, in euren zeitungen heißts auch faschistisch, wäre die unterbrechung der geduld, des gehorsams, der klassischen disziplin barbarei. sie denke schon längst mit anderen hierüber nach. sie bitte ihn, jetzt hier mit ihr zu denken, was wir aus unsrer geschichte doch wüßten: habe es denn, frage sie sich, frage sie andre, jetzt ihn, in der partei je an gehorsam gefehlt, es seien im februar dreiundreißig millionen proleten in deutschland bewaffnet gewesen, und hätten nun die, frei kollektiv verschworen zu ungehorsamen kleinen gruppen, den antifaschistischen kampf losgebrochen, was wär dann aus hitler geworden.
bürgerkrieg, nina, blutbad.
und das blutbad, das wirklich dann kam, rief nina, blutbäder machen sie dann, wenn sie es für richtig halten, wann halten wir es für richtig, sie anzugreifen. auch sei es ihr wichtig, im bewußtsein zu halten, nach siebzehn sei keiner partei in europa, und es seien starke parteien gewesen, zu opfern bereit, die befreiung vom kapital gelungen im aufbruch etwa massenhaft organisiert, sondern es sei der einsatz der waffe, internationalistisch als klassenwaffe, gewesen in all diesen ländern jetzt, doch, karl, hör bitte jetzt du mir zu: die befreiung berlins, das waren nicht deutsche arbeitermassen, das war der T 34, international unsre klassenwaffe, und polen der T 34, und ungarn der T 34, und die tschechoslowakei der T 34, was aufstand, der vierundvierzig, achso, slowakei, den haben wir auch studiert, den hatten ss-junker längst im griff, bevor die Rote Armee bán bistrica endlich befreien konnte, wieder war es der krieg, der mut der klasse zur waffe, zum angriff. und cuba, afrika, vietnam –
– und jedesmal, unterbrach sie scharf karl zaun, war die kämpfende gruppe heimlich im klassenterrain begrüßt als die eigene hand, als das eigne gesicht, aber larrys gesicht gilt in hamburg als fratze, das ist der unterschied –

– und gegen so falschen unterschied, und da will ich von dir unterstützung, unterbrach jetzt nina, für den aufbau der front, den angriff, machen wir unsre schulung, eben gegen die alte verwirrung auch, wir kommunisten seien friedlich mitten im krieg, denn wir kämpfen nicht gegen us-raketen, weils uns angst ist vorm tod, wann einer stirbt, ist gar nicht die frage, sondern was einer tut, und wenn das pack seinen krieg gegen die sowjetunion nicht kann, weil wir massenhaft gegen das aufstehen, dann ist das der frieden, den international die klasse braucht, um ihr leben zu finden im klassenkrieg der befreiung. nach einem atomkrieg geht der nicht mehr, geht nichts mehr von menschen für menschen, also stoppen wir den, wenns geht, strengen uns an, lernen, aber bestimmt nicht für hinterher händchenhalten, sondern weil wir den frieden, das leben brauchen für unsern krieg, den für den menschen, für uns, daß wir uns wirklich ändern können, proleten, ach gesagt ist das alles schon tausendmal, was das proletariat solidarisiert ist der krieg, egal, wo revolution als soziale, als sturz der alten klasse gelaufen ist, war es krieg, durch den eine situation begriffen, zur entscheidung aller werden konnte und geworden ist, oktober, china, vietnam, überall siehst du das klar, die klasse, die kämpft und die im kampf um ihre befreiung die vereinzelung umreißt ins kollektiv, also die beziehungen aller zueinander befreit. friedlich mitten im krieg geht alles nur schief, und dann auf die flucht, guck mal bei uns, komm mal rüber.
du hast doch zwei kinder, genossin.
nina starrte ihn an, sah auf die große uhr am arm, ja, zwei kinder, das stimmt, kein wolkenrand hält meinen fuß, *mensch rocker, mittwoch, dein erster tag*, nie wieder nie wieder, sie sperrte die augen mitten hoch gegen die sonne, und auch noch mal tausend mal tausend paar kinder mehr hab ich auch, sagte nina. und das steht bei dir auf der uhr, fragte lachend karl zaun, er zog mit ihr weit hinauf in ein kaufhaus, kaufte die russische mutter als ei im ei und, aufs holzbrett gebunden, die hühnchen, die picken, bring das den beiden mit.

nicht im wissen, im unwissen hockt barbarei, sagte nina.
wo sagst du denn das plötzlich her, fragte karl.
mensch, karl, warum wollt ihr nicht wissen, was bei uns los ist.

(65) barlach, der engel, der schmerz am haken, die christen wissen bescheid, ich bin kein christ, ich bin kommunistin, was will ich denn von der geduld, wir sind nämlich nicht auf der welt, um die gemeinheit zu dulden, wir greifen an, es greift mich an, rocker, wer ist der feind, er fällt auf mich drauf, er stürzt mich ab, kein wolkenrand hält, fliegt engel hängt stangengrad ab aber schwarz die großen augen der schweren füße des engels, was soll das, da tob ich, es tobt, nichts halt. halt da, wo wollen sie hin. aus der hand, die den paß hält, springen die augen ihr nach. überall volkspolizisten. nie schläft der klassenfeind. rocker ach wer ist der feind, ich find keinen weg zu dir hin mensch kind du mein kind du zersprungen bin blind sind find kind nix. dann folgen sie bitte zur sicherheit. nina folgt hin und her tastend die grenzbaracken, hin und her grenzen. dann wird sie getastet. auffällig ist sie geworden. und nicht wird geweint. im ersten deutschen arbeiterstaat. reden sie jetzt mal vernünftig. das ging nicht.
drei mal war nina losgefahren, weg da weg da zu rocker wo bist du wer bin ich wer sind sie bitte bleiben sie stehen. drei mal im grenzbereich weggedreht abgeknickt. beim dritten mal dann den verdacht im genick. die sicherheit hört sie streng. susette holt sie stur bald da raus.
das geht so nicht, sagte susette.
was rennst du, bleib stehen, sagte otto.
kann nicht, sagte nina. alle drei gingen langsam das feld so hin, aber nina schleppt immer den schritt den meter den andren beiden voraus.
hättst mich doch damals da gar nicht gesehen, sagte otto,

bin einfach die schulung so hingestanden, da hast du geredet.
was bist du für eine, sagte susette, das kenn ich, das ist zum kotzen.
klappt, sagte nina, es stinkt an mich hin, ich laufe weiter, was sonst.
du spielst dich auf. warst schon festgerannt. hab dich rausgeholt. und rennst dich schon wieder. was hast du davon.
genau wie du.
du kennst mich noch nicht. du tönst schon wieder. sag uns, wohin.
damit ich nicht untergeh.
susette sprang vor, riß nina zu sich zurück, fasel mich nicht, dein kind ertrinkt.
ich auch.
du nicht, dröhnst töne. dein kind ruft.
ich auch.
du lügst.
laß mich los.
halt dich fest.
laß mich los. sonst tret ich mich ab.
susette ließ nicht los, doch lügst du dich, sie hatte mit beiden händen in ninas haare gegriffen, du tolle genossin aus angst, das sind die schlechtesten kämpfer, sie stieß nina ab, weißt du, ich habe schlecht gesagt, nicht falsch, sondern dreck. sie zogen schon weiter. jetzt zogen sie nina. zwischen susette und otto zog sie sich ein allein. überlege mal, sagt zitterig otto, alles, auch noch der dreck, ist von uns, also gegen uns oder für uns, entscheide, und nicht erst bei den genossen in fernen ländern fangen wir an. rede lauter red klar, sagte susette an nina vorbei zu otto, und ich wills auch nicht mehr ertragen, wir haben genug hier davon, es ist nur noch eine widerlichkeit, die zerstört, sieh mal hin, hast den plan im maul, immer den wisch weit voraus, bloß der gegenwind schmeißt ihn dir hoch vor die augen, kein mensch mehr in sicht, kein mensch mehr. aber das schreitet voran. aber dann laß ich das lieber.
geht nicht, sagt nina, wir geben nicht auf.

bloß den einen, höhnt otto, und den dann, und den, das kenn ich. das ist so beschissen.
ich dachte noch nie, daß ich sauber durchkomm durchs kämpfen.
bist du verrückt, diesmal riß otto sich nina, ist dein kind denn, das ruft dich, ein fleck.
da zog nina arme aus beiden armen, schlug schnell hin und her um sich selbst, damit ich nicht untergeh, ihr wißt noch nicht, was das ist, und gehen jetzt weiter, und faßt mich nicht noch mal an, und später, wenn ich es kann, geh ich zu meinem kind. wenn ich es weiß. nicht im wissen, wiederhole mir das, im unwissen hockt barbarei.

(66) *das wissen die nämlich vom menschen nicht*, fuhr otto in seinem forumsbeitrag fort, *die regierung bei uns hat die angriffswaffen installiert, obwohl millionen im land gegen die dinger auf der straße waren. das müssen wir sehen. und das müßt ihr hier doch auch sehn. denn es stellt sich da raus für uns wie für euch die frage, wie wir verhindern können, daß diese waffen zum einsatz kommen. demonstrationen sind nur solange eine beunruhigung für die herrschenden, solange sie damit rechnen müssen, daß diese demonstrationen eines tages umschlagen in angriff. ich weiß das von mir, ich geh dann auf die straße, diskutier mit leuten, verlier den mut nicht, wenn ich weiß, das ist teil einer strategie, die langfristig wirklich den kampf will. sonst bleib ich lieber zuhaus, und zwar hilflos, einfach weil du zu viel weißt von der skrupellosigkeit der schweine und den skrupeln nebenan und drinnen in dir. das hält keiner lange aus, auch keine noch so gefühlvoll singende friedensbewegung. ich sag mal ein beispiel, meldungen in paar zeitungen bei uns, so irgendwo auf der fünften seite, revolutionäre zellen hätten anschläge gemacht, einen auf die maschinenfirma man, die die fahrbaren untersätze herstellt, auf denen die neuen raketen zum abschußplatz transportiert werden. einiges von dieser produktion ist*

durch den anschlag zerstört worden. verletzt wurde niemand. erwischt wurde auch keiner. der andre anschlag hat wichtige computeranlagen in einer andren firma zerstört, die für die funktionsfähigkeit der raketen gebraucht werden. auch dort niemand verletzt. auch dort niemand erwischt. ich habe mich gefreut. war erleichtert. konnte mir wieder vorstellen, daß unser kampf weitergeht. demonstrieren und unterschriftensammeln gibt für mich dann wieder einen sinn, wenn ich weiß, daß mehr läuft. auch wenn ich an solchen andren aktionen nicht beteiligt bin. auch wenn ich sie selbst nicht machen kann, mirs nicht zutrau, schiß hab. aber ich weiß dann, daß es den praktischen widerstand gibt. daß er hier und da aufflammt. sich entwickelt. daß da andre sind, die damit anfangen, den kriegstreibern in den arm zu fallen. sie zu stören. zu behindern. was sie vorhaben, rauszuzögern. und wie mir, ist es vielen gegangen, mit denen ich gesprochen hab. da war die tatsache, daß diese aktionen ja wohl was mit gewalt zu tun hatten, überhaupt kein problem. noch nicht mal springer hat es geschafft, mit diesen meldungen eine hetzkampagne zu entfachen. die wußten genau, das wär nach hinten losgegangen, das wär freude und ein mutmacher für die ganze friedensbewegung geworden. deshalb haben sie das maul gehalten, einmal eine kleine meldung und dann nichts mehr.

nochmal: es geht drum, deren krieg zu verhindern. auf dieses ziel hin muß die frage der methode gerichtet werden. an dieser frage müssen wir überall weiterarbeiten, wo wir gegen die laufenden kriegsvorbereitungen angehen. aber, und das hab ich sehr groß geschrieben, in weiten teilen der friedensbewegung ist es leider mode geworden, mit der sogenannten gewaltfrage bzw. mit dem geflenn um gewaltlosigkeit die frage des praktischen widerstands als kriminell und verabscheuenswürdig zu diffamieren und uns dadurch festzulegen ausschließlich aufs reden und schreien, und letzten endes auf ohnmacht also und opfer. wer diese fetischisierung von gewaltlosigkeit, und das sag ich hier extra mal laut, mitmacht, ob aus opportunistischen gründen oder aus politischem kal-

kül, der entwaffnet uns. er nimmt uns die möglichkeit, unsre diskussionen und unser handeln ausschließlich an dem ziel zu orientieren, wie wir einen krieg verhindern können. also den krieg der schweine, krieg hat immer interesse, nur der volkskrieg hat unser interesse. und diese friedensredner zwingen uns dazu, unsren widerstand an einem begriff von gewaltlosigkeit und legalität zu orientieren, der von denselben leuten definiert wird, die bei uns ihren krieg vorbereiten. das ist unverantwortlich.

die orientierung an der gewaltlosigkeit nimmt uns nicht nur die freiheit, unsere widerstandsformen politisch zu bestimmen, sie entwaffnet uns, auch ideologisch, uns, das sind wir und das seid ihr, wir zusammen an einer front, denn: die nachrüstung der sowjetunion ist gewalt. und sie ist nötig. und wir müssen dazu stehen und das begründen. das ist bestimmt nicht immer einfach. aber wir kommen nicht drumrum. denn was nützen uns bündnisse, die nur deswegen existieren können, weil wir nicht sagen, daß wir froh sind, daß die sowjetunion zum jetzigen zeitpunkt über die ss 20 verfügt. nichts. oder andersrum, wir haben nichts zu verschweigen. und werden lernen, unser interesse an diesen waffen zu erklären aus unserem klasseninteresse, und das ist das masseninteresse, egal wie viele noch pennen und singen. nur auf diese art können wir trotz bestehender unterschiede rausfinden, was wir gemeinsam tun können und was nicht. nur so kommen wir weiter. und keiner wird genötigt – durch moralischen druck oder sonstwas – oder gar gezwungen, was zu tun, wo er nicht dahinterstehen kann und wo er nicht die möglichen konsequenzen tragen kann. das muß für uns ein grundsatz sein. dann machen wir vertrauen. dann weiß sich jeder einzelne aufgehoben in einer solidarität und verantwortlichkeit, wo jeder alles ohne irgendwelche ängste fragen und besprechen kann. wo jeder sicher sein kann, daß er in seiner persönlichen entscheidung, was er sich zutraut und deshalb macht und was nicht, respektiert wird.

der kampf ist freiwillig.

oder er findet nicht statt.

sag mal genau, welchen kampf du meinst.
nein, sagte otto, und ging.
klatschen und spott. und michi rief grell an den frager, wer einen öffentlich sowas fragt, der will ihn ans messer liefern, oder er will den antiimperialistischen kampf jetzt nicht.
das war der riß.
ich will den nicht mehr verkleistern, sagte nachts otto zu trude und michi, lieber den greifen lernen als halt, schwierige ecke.
warte noch mal, sagte trude, und michi sagte, nichts einhändig machen, paß auf.
einhändigkeit also nicht, aber einigkeit ist doch immer was schönes, mach mal die glotze an, managua, richtig, ein commandante hält eine rede vor zwanzigtausend jugendlichen, die eigentlich zur kaffeernte verabschiedet werden sollten, nun aber bewaffnet werden zur verteidigung ihrer stadt, us-flottenverbände in der karibik, die menschen stehen ganz ruhig, steinern, *no pasaran*.

(67) alle hatten die grenze geschafft ohne zwischenfall, proff liebte die küste sofort, und fort aber immer nun weiter fort lassen wir dich nicht mehr, sagte ihm schlosser, wo bist du. wo ist maurizio geblieben. was wollte der hier.
wir fragen nach dir, sagte flügel.
auch anna, über kontrollruf turin, hatte den platz an der schelde erreicht.
was wollte marie. proff zog sich an nele de winter, endlich mal jemand älter als ich, wir müssen zusammenhalten, er half ihr gern bei den reusen, machte sich nützlich am pappelreisig, mitten im wirbel aus unsinn ruhig ein festes haus.
laß ihn noch laufen, sagte schlosser, noch hat er angst, angst ist gewalt, nicht unsre, wir haben jetzt zeit.
die wenigen wege zum haus von nele de winter waren in weitem umkreis für achtundvierzig stunden unter dem schutz von genossen, gesperrt, aus antwerpen die augen, un-

sere, die waffen, die einen feldzaunarbeiter, die zweiten landvermesser mit latte und lot, die dritten gruben einen entwässerungsgraben frei, jeder trupp trug sein sprechgerät für den fall, für den fall war das unterirdische laufsystem eines halbversunknen belgischen bunkers, der war versorgt mit wasser und nahrungsmitteln, im test hatten sie zweihundertundzehn sekunden gebraucht, überm einstieg verrottet ein boot.
marie lief mit proff weit den deich, rotschenkel schrien ums nest, bauern trieben pünktlich die schwarzweißen kühe, und als sterne standen, zeigte sie ihm das messer, den großen vom hund. tapp hatte die warnung verlacht, war nicht gekommen.
und du, fragte proff.
sie sind auf uns allen drauf gewesen.
warum denn auf dir.
durch dich.
die weiche stille gab proff den raum, schritt für schritt abzulaufen, blick für blick abzuschauen, wie das in ihm, auf ihm hockt, die lust nach besonderem, ich proff bin bedeutend verfolgt. was winkt was winkt. da hätt er sich gern schon wieder verkrochen verkappt. hier möcht ich ein fischer sein, flucht er, ein brachvogel, der da, ein wattwurm, er grub mit dem stiefel nach, fand nichts.
der hat keine freunde. warum nicht mit menschen.
macht unglück, es lacht, marie.
es macht nichts unglück, das nahm flügel dann für den anfang, wir machen, einer macht, wer.
vor acht wochen, sagte nun anna, hast du uns tölz gesagt. warum.
was mir wichtig ist, will ich euch sagen.
wie wichtig ist mexiko, fragte ihn schlosser.
proff sah sich um nach marie, das war nur für dich, und das weißt du genau, und so werden wir alle verraten.
von wem, fragte anna, von dir.
nie bist du mehr nur für dich, sagte flügel.
du hast nicht zuende geredet, sagte marie.

sag mal jetzt alles, was wichtig ist, es geht ums leben, proff, jetzt auch um deins.
drohst du mir so, fragte proff flügel.
wer droht dir denn, proff, tus raus.
krähengeschrei vor der wand aus wind überm deich.
nele de winter soll kommen, flog was aus proff, der ganze mann flog, kein ausgang kein ausgang. anna ging nele suchen. schlosser ging neben proff zwischen stein und stein, weil die weiß, flüsterte proff ihn an, denn manches wißt ihr noch nicht. schluß damit also, sagte er leicht, komm, nele, hilf mir fliegen, wir fliegen ins zentrum der schande, du weißt, er setzte sich nah an anna, bist du noch immer ein mensch, du schöne, so kalt.

(68) höhlebauen ist immer wichtig, da war proff kaum acht jahre alt, und auch wenn er schluchzend abschied nahm von der mutter, sie gab ihm ins tuchtäschchen honigkuchen und saft, den kuß den kuß, komm bald heim komm bald heim, bald wußte er heimlich, er würde, husch um die hecke, ums eck, gefunden werden im kreis im kreis, erwartet vom freund, vom liebsten allein.
war schon so vieles zerrissen, die mutter wird rufen, aber wo ruft ihn der vater, der trat gestiefelt, schwieg auch die mutter, wo war aus der schulbank der nachbar michel, die nachbarin lotte, ans schiff gebracht, aufgetrieben die zunge des pferds, die weiche wendung der masten nicht aufzuhalten, an den zug von dammtor nach amsterdam, dampf droht aus roten rädern, winken und weinen, überall fahnen, das knattern splittert, alles gelogen brannte was schrie und schwieg, sangen sie alle laut lieder und lachten, wachten aufs wort, damit sich nichts zeigt.
in der höhle dem liebsten war alles gezeigt, das winken fand wirklich den andren, alles splittern schmolz ins bild sich zurück, unzertrennlich *wir kreiseln*, alle brücken frei, noch kein bettler, kein schweinetreiben am eis, blumen, die

wärme der tiere, der kleinsten, die haut, deine und meine, eingeschmiegt wir zwischen wurzeln, wo führen die hin, alles mit allem verbunden *wir kreiseln*, wir beiden allein sind ganz nur um uns herum.
langes schweres arbeiten war das zuvor von beiden jungen gewesen, die höhle hatten sie tief gegraben, geschnitten, gewälzt, gehackt in die hohe böschung, auf der die hecke alt wuchs, haselnuß, weißdorn, schlehen, holunder, hatten sich eingewühlt in den wall, auf dem der knick quer durchs weideland stand, nah roch ein tümpel warm, frösche und molche, mücken und mücken und entenflott, quappen und gelbrandkäfer, sie nannten das wasserloch quakkelinde. gern schmierten beide in algen und schlamm, das nannten sie *alles gern kauscheln*, und im kreiseln waren sie nackt, wie all das, was da schwamm und kroch, duftdunkelgrün wars tief in der höhle wie fern bei den zartesten fischen unten im wolkigen mudd. jetzt liegt auf dem allen die kralle von pack, die *nato*-zentrale fürs höhere corps, gesungen als menschen haben zuletzt dort die kinder der jüdischen schule, im wäldchen paar hundert schritt von der höhle, die jungen dort hatten längere haare gehabt, *haben indianer ja auch*, jetzt waren sie alle, die jungen und mädchen und lehrer, weit weg *verreist*, die höhle lag still im hummelgebrummel, brombeergestachel, da kam so leicht niemand hin, warum luden sie andre nicht zu sich ein, die ganze welt war schon da schon da und wächst und wühlt, kriecht klettert schneckt seine arbeit, kratzen und patschen, züngeln und bohren, und nichts ist verloren, und keiner wird keinen verlachen, verschlungen verschlingend das andre in eins. durch flüsterndes plaudern und schmauchen und schaudern und spinnen von weiten geschichten und wirren gesichten aß und trank, kitzelnd, keuchend, jäh reglos, ein freund den andren, lag einer dem andren im schoß, kraulen und rollen und reiben und reißen und stoßen und zupfen und züngeln, in der höhle der kreis unzertrennlich wer wer, wir kreiseln, zwei kleine körper, ununterbrochen, wir essen wir geben zu essen wir geben zu trinken wir trinken. auch mücken sollen nicht dursten. ich

laß mal eine auf meine eier, das mögen sie kauscheln, weich voll mit blut und gefühle, paß auf, und nun sahen die beiden die mückenmutter das haardünne rohr eintauchen, und eben fiel licht durchs deckenlaub, und der körper der mutter schimmerte prall rot rund.
da traten tritte das höhlendach ein.
da standen sie oben über der grube und zeigten und lachten und kreischten.
hoch an den rändern meiner haut das grinsen, sagte proff, unterm blitz alle farben gelöscht, nur noch weiß. dies nun wurde im lager trainiert, fuhr er fort. jeder junge hatte tiere zu besorgen, jeder pflanzen, es wurde auf sorgfalt, ausdauer, wissentliches können, nähe zum anvertrauten leben der größte wert gelegt, was alles gar nicht geht, ohne daß eine beziehung entsteht zur frucht, zum vogel, zum hund, zur besonderen blüte. auf jeden aber kam dann der tag, die sekunde der probe, ihm wurde zerstörung befohlen, der angriff auf das, was er liebt. der frucht, kurz vor der leuchtenden reife, wurden nadeln ins stengelgeflecht getrieben, langsam, hierüber war genauer bericht zu notieren, starben die farben, faulte das gute fleisch. dem vogel wurden die flügel, erst einer, dann beide gebrochen, oder, was bitterer war, es wurden nur alle federn gerissen, bis das leben, so nackt verzerrt, hinwelkte, einfach erfror, oder sich selbst zerkratzte, zerbiß. oder es wurden dem vogel nur die augen zerstochen. jedenfalls jeder schritt so, daß langsam der tod kommt, nicht schnell, dem täter frei zur betrachtung. der hund durfte nichts mehr trinken, sein freund mußte trinken, durfte nur trinken unterm schreienden ansprung, winselnden kriechen, fiebrigen wälzen des freunds. eigenartig am schlimmsten wars da, wo ein äffchen gepflegt worden war, dies totquälen, blenden, lähmen, es über stiche erkranken lassen zu dauernd wachsenden schmerzen, diese beobachten, ablauschen, einzeichnen in ein register, das war die höchste stufe der kältung, bevor es ans menschenschinden ging.
da nun diese stufen der abtötung genau voneinander getrennt aufgebaut waren, in diesem trainingsabschnitt war je-

der junge jedem versperrt, oft monatelang, zur löschung brauchts isolation, und die jungen zunächst auch lernten, dies quälen sei nur zuerst, später würden sie sich einen kleinen freund pflegen dürfen, dann sollten die kittel auch endlich gewechselt werden in richtige uniformen, das haar gescheitelt, geölt, wußte keiner, wann ist das alles vorbei, trieb also alles für immer scheinbar sich endlos so hin. die zerstörung der zeittakte, plangedanken ist hier von bedeutung, bis ins gänzliche unrecht, ins kalte blut.
ziel der heidelbergarbeit war einmal das experiment, was ist der mensch, was ist er vielmehr am ende, nichts mehr als nichts, der dreck, der pariert. dann, kinderkader im auftrag der *forces* bereitzustellen. für nur wenige war das erwachsenwerden geplant. die fuhren bald ab in die states, zu herbergsfamilien rund um fort bragg. die andren alle waren zum kindereinsatz vor allem in städten, zum angriff auf leitende frauen und männer in der guerilla. es gab auch den einsatz in dörfern, in kleinstgruppen gegen ganze bezirke, wasser vergiften, herden erkranken lassen, kinder töten, zum toten kind die nachricht legen, es sei dies die strafe im volkskrieg für eltern, die sich dem kampf entziehen. der dorfeinsatz war aber selten. es waren dort rückfälle vorgekommen, zurückkehren, nachhaus, die selbsttötung eines jungen, die liebe, die sich nicht mehr erträgt.

(69) wie lange hatten sie dich, fragte schlosser.
das weiß ich nicht.
sags genau, fragte marie.
drei mal die nägel gebissen. ich hatte keine schere, kein messer. später kleinen stein weggesteckt. jede nacht einen. vielleicht zehn wochen.
warum hat man dich da rangelassen, fragte anna, dir alles erklärt, und du idiot gehst drauf ein, machst beschreibung und meinst, das ist es, beschreibst uns vernichtung, anstatt uns zu sagen, wie du draufgekloppt hast, wie es einfach jeder

getan hätte, nee, du stehst nur vor, siehst nur an, siehst alles klar und kapierst nichts, siehst die totale kriegserklärung, aber nicht, daß du es bist, daß wir alle es sind, auf die sie den kill, den sie üben, richten, das hält man wirklich nicht aus, du klotz, hast du mal überlegt, was für ein interesse die pigs haben, gerade dich in den dreck reinzulassen, dir zugang dazu zu verschaffen.
jetzt rede ich, jetzt redest nicht du, sagte proff leise, keiner redet von euch.
dies ist kein verhör, sagte marie, wir wollen alles verstehen.
weißt du, warum, fragte schlosser.
nein, sagte proff, es war der befehl, hierherzukommen, sonst nichts.
hierher, das sind wir, sagte flügel, bist du das auch.
ich will uns überall.
und dich lieber nirgend.
wir sind keine zuflucht, proff, jeder ist seine entscheidung allein, freiwillig, jeder der einzige, keiner macht dir das, du machst das selbst, die entscheidung, uns, die notwendigkeit.
oder nichts, sagte anna.
kampf oder schwein, sagte proff.
sag doch mal leben oder tod, sagte schlosser.
ach was denn, er soll nicht fummeln, der freak, sagte anna, er weiß genug. er weiß, die härte, die wir verlangen, kann nie die produktion einer harten selbstkonzeption sein, das wär die härte von faschisten, nein, was wir ihn fragen, ist die frage nach identität, einfach freiwilligkeit, und so stimmts dann auch, tod oder leben.
lebt juli denn nicht.
es geht nur, daß du dich fragst, ob du lebst, und das tust du, nichts ist dir wichtiger, nicht mal moritz, du machst es nur jedes mal falsch, holst dir was, stiehlst dir was, willst dich für dich aus dem andren ziehen, willst dich leicht, bist zum kotzen schwer. das alles sagte marie.
bist eine freude, sagte proff bitter zurück.
bist du auch, nur nie für dich.
du feigheit, anna stand auf, stand vor proff, heb mal den

kopf hoch, du krummer mann, komm auf touren, so auf die drehzahl rasend, blitzschnell und heiter und unversöhnlich, nutze die zeit, wird langsam zeit, schließlich sitzen wir alle nur wegen dir, wegen der langsamkeit deiner reflexe, hier im anglerverein unterm möwenquieken.
sind dir so auch schon die vögel nur schweine, fragte sie proff, ein wahres schlaraffenland, wo du da lebst.
ja komm, paß du auf, daß ich dir nicht was reinflieg, du fraß, krieg deine birne klar, alter mann, wo war das genau, das folterlager, hast du das mitgekriegt.
es kam einmal ein besuch, zivil, ich hab mir ein wort gemerkt, durchs wagenfenster, es lag auf dem beifahrersitz ein brief, im kopf der ortsname *retalhuleu*.
das ist guatemala, sagte flügel, roberto alejos, cia, malteser und haig und bonn, großgrundbesitzer.
alle jungen, fuhr proff fort, arbeiteten zu bestimmten stunden der woche an der schüttung einer betonbahn, ich denke mir landepiste.
also jetzt los, sagte anna, was willst du in tölz.
angreifen, sagte proff und sah anna einfach an.
wen.
wieder sah proff sie an, zärtlich sah proff sie an, bist noch ein mensch, mitten im schrei fragst du mich klug die wichtigste frage, aber warte noch, anna, nun stand auch er auf, pendelte, weiterredend, eilig schmal von wand zu wand, es kommt ihnen drauf an, daß wir verstummen. sie hassen sprache. sie haben keine. achte darauf. jeden tag.

(70) jeden tag war ich unter sie alle gemischt, die ausgenommen, die im spezialtraining waren. immer war einer der *brüder* in meiner nähe. nur nachts manchmal, weißgott wie woher, kroch flüsternd ein junge nah an mich hin, ich kannte nie das gesicht, endlich den namen, josé.
da flog eines abends der colonel ein, gesichel.
als hätt ich verrückt sein kommen erwartet, ersehnt, als käm

er zu mir, ging ich rasch ihm zur begrüßung entgegen, lief fast. auch er, als habe er mich, auch er mich, erwartet, so erwartet, streckte mir beide hände entgegen. schon lagen die jungen geworfen, er trat aber in das gras, richtete jedes kind ruhig auf, wortlos die rührende hand, das leichte bücken um jeden, den heidelbergern winkte er ab, zog nur das stöckchen sich einmal scharf hinters knie, da kniffen sie fort, wie gehts ihnen, armer mann, ist der kleine freund wiedergefunden, es eilt.

er nahm mich durch gitter und gatter und wachen weit mit sich fort, er kannte auch nachts, ohne licht, unsren weg genau, sehen sie sich die sterne an, merken sie viele kleinigkeiten, die gestalten der pflanzen, die stellung der schatten am weg, immer sind schatten, erst wenn wir tot sind nicht mehr, sie gehen den weg heut nacht allein, ins lager zurück in einer verfassung, mit merkmalen, die ihren kopf, all ihre kräfte beschäftigen werden, oder sie fallen hin, werden zerfressen, nie mehr gefunden, in der figur ihrer rückkehr heut nacht, möchte ich, sollen die posten erkennen, sie sind bestraft, unsre freundlichkeit eben ist nun zuende, sollen sie finden, sonst geht nicht, was aber gehen muß, und zwar rasch, merken sie sich den weg.

es war dann, was wir ein jagdhaus nennen, aber auf pfählen, hoch am rande einer weit flach sich fortsenkenden felsüberrollten halde, über steinrücken stiegen wir auf zur terrasse, über die hin, auf dieser seite des hauses, das dachstück gezogen war, gestützt auf dünnes geschnitztes holz, wie der rand einer weichen mütze, schief zugespitzt überm ohr, er gab mir ein weitdurchstechendes licht, ich möge mir ansehen, wo ich sei, brachte bald eigenes licht nach draußen, umschlossen von zylindrischem glas zischelig summend das kleine weißstrahlende netz, eiförmig grell das gas unterm druck eines kleinen pumpmechanismus im fuß der lampe, dann brachte er früchte, flaches gebäck in einem korb, in einer blechkanne rum, endlich den tee.

was sie nicht wissen, fuhr er dann fort, im blumbunten hemd saß er da zwischen stangen aus rohr in einer matte schaukelnd nicht, eben nur bebend, fand ich, es war im schweigen so still, so alles klirrend leer nur noch nacht, ich hörte das leise schmatzen, so oft, und das war, wenn er weiter zu sprechen mühe hatte, er die füße bog, die feuchte fußhaut abhob vom sohlenleder seiner sandalen, was sie nicht wissen, nicht dort im lager, nicht in fort bragg, will ich aber jetzt einem vertrauen, ihnen, sie haben gelitten, darin geschwiegen, da werden sie draußen glaubwürdig zeuge sein, bald, ich habe sonst niemand, es ist die hölle, wie man so sagt, ich rede offen, sie können mich töten, er legte wirklich die *webley,* sechs schuß, nah zu mir hin, es geht nicht ohne den sturz ins vertrauen, sie haben mut, sie haben sich auf einen mörder gestürzt, schutzlos der eigene sprung, kein rückhalt, nah vorn nur, niemand als nichts, jeder er selbst, er sprach, als sei von uns nichts hierzu je gesprochen worden, es geht um die würde, anders geht kein vertrauen, der sprung nicht, so sind sie zu einem geworden, der sich erhebt, die gruppe der jungen, wieder war sein zögern wie zittern, das winden der füße in riemen, jeder, zu dem sie berührung da hatten, liebt sie, vergöttert sie, nehmen sie dieses zerschlissene wort unbedingt ernst, denn das ist die schwachstelle im programm, die lücke, jeder junge sucht seinen vater, die welt schließlich alles in allem sucht den mann, alther den gott, heimlich und wirklich vergeblich die liebe, meistens dann sehnsüchtig nur den tod, denn der, in allen verstaltungen bunt, das weiß man, nimmt jeden auf, aber bis dahin gibts umwege viele, wird hoffnung gesucht, der schlich, das licht, so eins sind jetzt grad für die jungen dort sie, so oft wir einen geeigneten typus, dies merkwürdig zarte zähe, das sich nicht schließen will, unter unsren gefangenen finden, das ist nicht oft, es dörrt da was aus in der welt, oder verlieren wir hierfür den blick, geben wir ihn, wie eben zuletzt jetzt sie, in die lücke, sie wissen jetzt, was ich meine, und im programm der höhepunkt dann ist die gruppenfolter am vater, ich schreibe es heimlich dem muttervater, bis der gelöscht ist, dann sind sie wirklich selbst gelöscht, nichts wird mehr brennen, nichts mehr den tauben stumpf rühren, nirgend mehr wird

wer dies eis entfachen, wir können alles machen mit ihnen.
wie lange machen sie das, fragte ich ihn.
ach. mehr war kein wort.
und das programm ist von ihnen, fragte ich nach. sein versuch, mir zu antworten, verkrüppelte seinen körper in eine verknotung, er bog sich in den pendelnden matten, als wollte er fortkriechen, aber darin sich aufstrecken zu einem dorn, es kam mir vor, als müsse er selbst sich zerbrechen, um unzerbrochen nur noch dies einzige wort zu formen, einfach das ja, es glitt aber nur noch züngeln um seinen mund, das gesicht, den klumpen, den knoten, der fleht und flieht, ich mühte mich, abzuhorchen, was er jetzt meint, für sich, für mich, denn entweder war sein zusammenbruch jetzt meine chance, die letzte, hier rauszukommen, doch noch vom lager weg, oder ich würde irgendwann bald zerfoltert liegen, nie mehr gefunden. den weg hatte ich mir gemerkt, immerhin redete ich mir das ein. jetzt versuchte ich, seinen mir einzumerken, für mich. er stammelte wie verzückt auf mich zu, ich bog mich in meinem stuhl, aus dem weichen geflecht, ihm entgegen, dann hing er mir zuckend im arm, verkleinert, verschrumpft, tastete mir mit der einen hand das gesicht, mit der andren suchte er nach der lampe, hob die, als sei er gerannt atemlos fauchend, nah vor mir auf, ich konnte nichts sehen, nur weiß, nur hören, *nicht sterben nicht sterben menschen du lieber.* und dann küßte er mich. und ich hielt ihn und nahm ihn so auf. wollte uns beide nun retten, streichelte, flüsterte, langsam zuckte er aus, als flösse das blut aus ihm weg, wurde er weich todmatt, ich wollte ihn aufheben, irgendwo betten im haus, nein, nicht hinein, er stemmte sich weg aus meiner bewegung, streckte sich da, wo ich saß, auf den stein, mir vor die füße, ruhig, auch jedes wort wieder frei, jetzt zerr du dich selbst, schlag dich, verletz dich, reiß dir die kleider, ramm dir den kopf da, schlag dir die handrücken auf, sie dürfen nicht mißtrauisch werden, wenn ich dich morgen, ich bin ihnen längst verdächtig, gefesselt, geschunden, mit mir schleif in den abflug, oder hatte er abgrund gesagt, alles hängt davon ab, daß sie uns feindlich

finden, heute ist freitag, die prüfung, die letzte, die höchste, ist immer an einem sonntag, sonntag morgen fliegen sie ein, die prüfer, die kommission, gegen dich, fang an, greif an, und dann finde den weg, fang jetzt an, weinend kroch er den kopf in blumen ins hemd, um das nicht anzusehen, mich jetzt, zerrend, schneidend, schrammend, beißend das wie nur verrückte meiner befreiung.

aber es geht, sagte proff, aus angst geht gewalt, die schlimmste, gegen dich selbst. dann schleppte ich mich da weg, halbnackt, blutend, halbblind, stinkend, er wollte auch, daß ich den eignen dreck mir ins zeug rinnen laß, er wußte, wimmernd.

bald fürchtete ich, im kreis zu laufen, oder nur falsch, fand kaum sichtbare pfadableitungen, die mir nicht aufgefallen waren zuvor unterwegs mit ihm, dann wieder kam ich an zeichen, die ich wieder erkannte, an die verletzungen fielen mir tiere wie falter aus blättern, es tat mir nichts weh, ich wehte mir mit einem dünnen tuch das weg. sein wimmern, sein küssen, lief an mir mit, im nachtschwarz der schatten aus weiß, was weiß, was denn find ich den weg, aber mich nicht zurück zu mir, das treibt in dir rasch sich groß aus, dein schritt im feld mitten ohne dich selbst, da springt man da fliegt man verfliegt, ich konnte nicht springen, hinkend rast ich mir nach, den weg hatte niemand gemerkt, erst wenn die flut kommt, das weiß, das auge aus blei gebrochen der deich die zunge.

red weiter, sagte marie.

proff sah auf anna, kalt siehst du aus. kalt war mir da im dampf, schmales licht vom mond kam auf, da waren die schatten schon schwarz schon gut, aber die augen, ich fand unterm blumtuch, drehte mich drehte mich, sah nur den höhligen weg, lief weiter, fand unterm blumtuch, als ich von dem da dort weggeschleppt war, als hätt sich, kaum merklich, was aufgehoben am kopf, am klumpen, blinzelte wach was mir nach, weißlich blitzte das auge aus bunt mir nah nach.

nun war ich nicht weit mehr, mich umzuwenden, mich ab-

zuwenden von jeder chance, mich fallen zu lassen, nie mehr zu finden von niemand, finde mich selbst ja nicht mehr. das war nicht angst. nur der name der name war weg. gerissen. oder was ruft mich da wer.
ich blieb stehen. weit vom lager konnte ich nun nicht mehr sein. oder ich war verirrt. aber wer hat mich gerufen. noch einmal blieb ich stehen. ging drei vier schritt aus dem pfad nach links. dort war mehr licht. da hing zwischen zwei großen steinen ein kleiner mensch. und der flehte mir winzig den namen *du hänschen klein.* so hatten vom ersten tag an im lager mich alle genannt. das war auch das lied gewesen, aus welchem die gruppe, gescheitelt, sich mir hatte hinstürzen lassen.
ich band josé von den steinen, er war schlimmer geschunden als ich, auch nackt, ich riß ihm tiere aus, riß mir das fetzenzeug, wischte ihm haar und haut und gesicht. sein gesicht. rasch trug ich ihn weit aus dem weg. wo kommst du her, wo gehen wir hin, ich weiß wohl, weit. sein gesicht. ihm war alles verraten worden, spielerisch, reizend, anreizend von einem *bruder,* sonntag spielen wir hänschen klein immer kleiner und kleiner und kleiner, josé hatte den verlockt, verdorben verlockt verhockt, alles von dem an sich machen lassen, die niedermachung vom mann am menschen wälzend besoffen, da hatte er fliehen können, mich suchen, ich hab eine schwester, die kämpft, flüstert josé. das gesicht.
ich wollte zum colonel mit ihm zurück, du fliegst morgen mit, *es geht.* josé aber krallte mir ohren und haar und augen und mund, biß mir die hand, der nicht der nie der lügt der lügt, komm weiter komm weiter. jetzt führte das kind mich. ach das gesicht, die schulter, der schritt, der kreis der kreis der lieben gestalt, unsre hand, die einander vertraut, unser leben, das sie nicht finden, wir fliegen weit, kreisen ab, fallen ein, wir werden kämpfen, flüstert josé, hier holt uns lucia. schon stand drohend licht überm laub, grau. dort, wo zwei bäume nah beieinander hoch gewachsen, nun uralt zueinander niedergebrochen waren, deckte josé einen rindenschnitt auf, durchs kerngeflecht der wurzeln drückte er mich tief

durch nach unten in einen laufgang, zog das rindenloch zu, glitt mir nach, wir bückten uns viele schritte weit vor unterm wald, unterm licht, wer füchsin wer fuchs, endlich der runde kessel, fast konnte ich aufrecht stehen, wo bist du, josé. der wühlte am boden, zündelte licht, streckte, das leuchtende ölfäßchen zwischen den händen, die kleinen arme weit hoch zu mir hin, wie heißt du, fragt er mich lächelnd, und ich fragte, wie heißt du richtig. der name der name. er hieß wirklich josé. so früh also hatte er mir sein vertrauen gegeben. ich wußte bis dahin nichts von der bedeutung des namens, von der gewalt, dem trost, der lust, ihn einem anderen menschen zu nennen. wir brauchen, dachte ich da in der erde, unglück für unser einziges glück, erst unser unrecht für unser recht.

jetzt kauerte proff wie tief im boden, wo bist du, nele.

hier, sagte nele.

jetzt schmerzten mich die verletzungen, die ich mir selber beigebracht hatte, josé schrappte den letzten fetzen von mir herunter, wühlte nach einer flasche, rieb mir, selbst in haar und rücken und an den handgelenken blutig, sachte das augenfleisch, den angerissenen ohrenknorpel, das verquollene knie, die aufgeschlagene linke hand, mit einem kalten öl, gleich war mir leicht, als liefe ein lichthauch mir durchs geäder, müde war ich wie selig, wann kommt lucia, sie gibt uns ein zeichen, er hob eine kleine blechbüchse auf, von der lief ein faden weit auf zurück an den einstieg zwischen den bäumen, der deckel der dose, mal aufgeschnitten für fraß, war wieder niedergedrückt, verklemmt in die ränder, im innern der büchse zwei drei kiesel, die hören wir, auch wenn wir schlafen. jetzt hatte ich hunger. es war nichts zu essen da. nur zwei liter wasser, zwei plastikflaschen. josé nahm eine, ging hinter mich, ich hockte auf meinen hacken, den rücken am holz einer strebung, josé schob sich eindrängend zwischen die haut und das holz und gab mir, um jede meiner schultern ein kleiner arm, zu trinken. sind hier waffen, fragte ich ihn, ja, sagte er, sein mund an meinem ohr, sein hals an meinem, wie halt ich mein herz an deins, fragt mich, wer

fragt. dann schliefen wir ein. flogen aus. dann bin ich dort eingeschlafen.
frierend naß aus der erde wachte ich auf. kein licht. wo bin ich wo bist du wo bist du josé.
nur das rasseln der kleinen büchse.
er war schon voraus, die schwester kannte mich nicht, er hatte ihr das zuerst zu erklären, ich tappte den ausgang, den langen laufgang, endlich die wurzelstöcke. draußen war mondlos nacht.
ich hatte also mindestens vierzehn stunden geschlafen.
was ist das.
josé!
sie hatten den rindenausgang im weißen schnittfleck mehrerer strahler. die blendung war auf den meter vermessen. die schaltsekunde auf meinen ruf.
nicht daß ich da nackt stand.
nicht daß alles verraten war.
nur das gelächter.
das grinsen josés gescheitelt am stiefel des colonel. die weißen augen. nichts weint. seine hand auf dem kind. klar geordnet die gestalt des verbrechens gewaltig. das.
hätte er mir jetzt seine webley gegeben, ich hätte mich selbst weggeschossen.
so möchte ich nicht mehr leben.
so habe ich nichts mehr gesprochen.
der name war weg.
bis vierzehnten mai.
das war der name. daß ich gefragt bin. noch nie so von niemand.
und daß ich aber irgendwann irgendwo mutig gewesen sei, ein held, das war nicht von mir. kein wort.
proff sah nach anna. anna war weggegangen. auch flügel, auch schlosser. nur noch marie stand aufrecht, gegen die wand, nichts rührt sich in ihrem gesicht, nur wasser rinnt über stein. und nele steht krumm über proff, schlägt den stein in der wand mit der faust.

(71) sachsenhausen, ein tagesausflug, alle gingen mit, das war kein muß, aber es wurde gewünscht, im zweistöckigen zug durch die wiesen bis nach oranienburg, dort hat es vor vierzig jahren bestimmt schon genau so ausgesehen, kopfsteinpflasteridylle und blühende schrebergärten, eckkneipen und dicke linden, vor dem kz-gelände trafen sie mit einer größeren gruppe von der Roten Armee zusammen, die auch eine besichtigung machte, zuerst kinoraum, ansprache von einem alten genossen und ehemaligen gefangenen, überhaupt alle, die führung machten, waren auch dort mal gefangen, dünne alte männer in grauen, zu weiten anzügen, vorführen eines films, der, wie es hieß, sehr zusammengekürzt worden sei, zu vielen leuten sei schlecht geworden, manche weinen, danach führung durchs lager, genauer, sie werden im eiltempo durchgeschleust, *um zwölf uhr gibts mittagessen, bis dahin müssen wir durch sein,* viele empfanden das als zynismus, nina und michi versuchten zu dehnen, einfach die ruhe zu kriegen, die erst es möglich macht, die annäherung einer ahnung von dem zu bekommen, was damals hier geschehen ist, sie blieben ein stück weit hinter der führung, ließen andre immer weit vor, blieben lange im zellentrakt, in den einzelzellen der zum tode verurteilten, versuchten, jede tafel zu lesen, da darf man nicht einfach so rennen, sagt michi, merkwürdig immer wieder die trupps von der Roten Armee, ernst und still immer nah bei der führung, und keine zeit war dann mehr für die ausstellung über nazimedizin, auch keine fürs erich-mühsam-museum, statt dessen die gulaschsuppe, anschließend kranzniederlegung, wo sätze gesprochen wurden, die vorher schon zweimal wörtlich von andren führern gesprochen waren, nina diskutierte das mit der gruppe, es wurde beschlossen, das nicht zynisch zu nennen, bestimmt nicht das reden und reden und reden der alten gefangenen.
otto zog einen alten beiseite, ich will dir gern danken, und auch noch was gerne erklären, von uns in lübeck, die faschos, du hast in deinem vortrag gesagt, die jungen faschisten, warte, ich habs mir aufgeschrieben, die jungen faschisten von heute, die kenne ich nicht, und ich hoffe auch, daß

wir keine gelegenheit haben, die jemals kennenzulernen. wir in lübeck haben gelegenheit, in hamburg auch, genau so alt leute wie ich und viele, proleten, leder und mickrige honda und arbeitslos, die erkennst du neben mir gar nicht, im u-bahngewühl, im supermarkt, irgendwo an der maschine, das ganze klima ist fascho, nämlich gegen menschen, und jeder zieht das mit jedem augenblick, atemzug erstmal sich rein, und bis du hustest und merkst das, das dauert, und brauchst du auch glück, so zufall, so menschen, die was von dir wollen, von dir erstmal was, einfach gedanken, und daß du die sagst und was lernst, also jeder von jedem, was los ist. das wollte ich nur mal so sagen, und auch noch dein wunsch, die nie kennenzulernen, auch wenn du alt bist, und hör mal, das achte ich, daß du gekämpft hast, das brauchen wir alle, das glaub mir mal ruhig, also dein wunsch, die nie kennenzulernen am liebsten, den finde ich falsch, sozusagen total daneben, ich werde, wo ich jetzt viel verstanden habe viel tun, wenn ich wieder zuhaus bin, daß ich die finde und mit ihnen sprech, die sind doch keiner als fascho geboren, du nicht und die nicht und ich nicht, da laufen, bis du faschist bist, also ich denk mir das so, lauter gründe und zwänge und dinger, so überall haut dir das rein, von den alten, von den wänden, aus der glotze, die machen dich blöde und irgendwann wirklich verzweifelt, und wenn du dann pech hast, dann machst du den wahnsinn zur weisheit, zur nackten faust, willst du blut sehen, so kalt ist dir alles. weißt du, warum ich das sag.

so viel zeit hast du nicht mehr, sagte blaß der alte genosse zu otto, bevor du den mörder gedreht hast, dreht er dir alle zehn finger ab in der folter. mein älterer bruder hier, wie heißt du –

otto.

– mein älterer bruder hier, schräg rüber, da drüben, der bunker, den haben sie lachend verdursten lassen, der war auch so einer wie du, der sein zutrauen in die kollegen nicht aufgeben wollte, hatte in der *sa* agitiert, gegen parteiauftrag. aber, er nahm ottos arm, es war jedoch mehr, daß er sich an

was halten wollte, als jemand führen, wir freuen uns hier über euch, über jeden. der kampf geht weiter, otto.
sie freuten sich alle über die gulaschsuppe, dick fleisch. und eine alte genossin erzählte piffi von wundern.
nachts schrieb trude an ihren bruder, der saß, ein verrückter kerl, den sie liebte, versteckt in schreibarbeit, in portugal hinterm stein, *manchmal, ich glaub, es geht allen so, fühl ich mich hier sehr unwirklich, einfach glücklich, ›wie im sozialismus‹. geld brauchst du keins, kannst überall hingehen, alle türen sind offen, kannst dich überall dazusetzen, ob grad eine fete, eine diskussion oder eine blödelei im gange ist, kannst leute kennenlernen, und alles genossen. unwirklich. ist es ja auch. ausnahmesituation. gleich zu anfang unserer zeit hier haben wir uns mit den rostockern getroffen. der lübecker sdajhäuptling hat eine begrüßungsansprache an die fdj rostock gehalten. desgleichen umgekehrt. wir autonomen haben uns dann, der vollständigkeit halber, als eine arbeitsloseninitiative vorgestellt, die nicht in der sdaj ist. die sdajotler hatten uns einfach unterschlagen nach dem motto, ihr existiert offiziell ja gar nicht. das ganze gespräch dann war allerdings ein ziemlich peinliches ritual, in dem die sdaj ausschließlich bemüht war, ihre linientreue zur schau zu stellen und lauter schöngefärbte plattheiten von sich zu geben. brrrrr. ich hab natürlich prompt meinen schlafzwang gekriegt, war nicht mehr in der lage, die augen offen zu halten und bin deshalb ins bungalow weg. nach dieser erfahrung haben wir nichts mehr mit unserer partnergruppe gemacht, sondern haben uns unsere fdj-kontakte selbst gesucht. und das war dann auch gut. das gab stundenlange nachtgespräche mit leuten, die wirklich dran interessiert sind was rauszukriegen, die was wissen und also auch immer noch mehr wissen wollen, und die ihren eigenen kopf haben und gute genossen sind. ich versuch, mich nicht deprimieren zu lassen. zum glück hab ich nicht mehr die illusion, irgendwo was ›ganzes‹ vorzufinden. das ist so. das ist die realität. und trotzdem will ich nie aufhören, auf ›das ganze‹ hinzuarbeiten. wir können uns immer nur annähern.*

jetzt schreib ich dir mal, was wir denen hier von unserer arbeit zu sagen versuchen, damit sie das kennen und denken das nach. denk du das auch mal, bruder. beispiele sind das. ich kanns dir nur schwer beschreiben: wir, die meisten, die regelmäßig im und um den arbeitslosenladen rum mitarbeiten, sind in einem anhaltenden glückszustand. aber eben nicht unwirklich diesmal. was wir anfassen, gelingt uns. gelingt uns viel besser, als wir zu träumen gewagt hatten. so wurde der nulltarifaktionstag in hamburg, da sind ja von uns noch paar mehr, ein einziger erfolg. den ganzen tag über haben wir mit zirka sechzig leuten alle aktionen, die wir uns mit denen zusammen vorgenommen hatten, durchgezogen: pressekonferenz im foyer des rathauses, umsonst essen gehen in der kantine des arbeitsamtes, viele öffentliche schwarzfahraktionen und als abschluß alle ins schauspielhaus, umsonst, und die besten logenplätze ergattert. und das in einem bündnis, das ich bislang noch nicht gesehen habe, und das bei solchen aktionen, die doch immerhin etwas mut und chuzpe erfordern und auch nicht sehr gesetzestreu sind. daß von keinem auch nur die personalien festgestellt wurden, hat sicherlich mit der zusammensetzung unsrer trupps zu tun: rentner (graue panther), aus den initiativen ältere frauen und männer, mütter mit ihren kindern, solche wie wir, und punks, und auch leute, die in kirchlichen gruppen organisiert sind. typisch und absurd, daß die uz-reportage von diesem aktionstag, genau das, diese qualität, die in diesem zusammenhang auch die gesetzesübertretungen darstellen, verschwiegen hat und es fertiggebracht hat, einen todlangweiligen blutleeren bericht zu fabrizieren, der niemand hinter dem ofen vorlockt, der alles das unterschlägt, was lust macht weiterzumachen, zu lernen. zwei typische szenen, paß auf: als wir die pressekonferenz verließen, folgten uns in einiger entfernung drei zivile, die zur greiftruppe gegen demonstrationen gehören. die sind stadtbekannt und berüchtigt für ihre brutalität. die konnten nichts machen. schon im rathaus nicht. dort mußten sie sich schon gefallen lassen, daß wir sie als ›bestandteil einer öffentlichen aktion‹ fotografieren. drau-

ßen konnten sie auch nicht ran an die typen, weil da auch noch omis und kleine kinder drumrum waren. dann in der arbeitsamtkantine. ruft plötzlich eine kantinenhilfe, nachdem sie endlich mitgekriegt hat, daß das essen, ohne daß einer bezahlt, über die barriere weitergeleitet wird, halt, stop, gebt kein essen mehr an die leute in den lederjacken. davon gab es aber höchstens sieben, die restlichen vierzig, wir alle, die wir uns da bedienten, waren ganz normale bürger. dann die hausmeister, die uns das fotografieren erstmal verbieten wollten, dann aber, angesichts unserer übermacht, es über sich ergehen lassen mußten, daß wir uns im arbeitsamt zu gruppenbildern mit und ohne hausmeister aufbauen und ablichten ließen.
also du siehst, wir sind unterwegs, und zwar produktiv. ich hab das gefühl, wir begreifen selber noch nicht so richtig, was da gutes bei uns abläuft. wir haben uns alle sehr gern und gehen auch so miteinander um, das ist bestimmt ein wichtiges moment, was unsre arbeit für andre so anziehend macht. die freundlichkeit und die genauigkeit. und daß die sachen klappen, natürlich. und jetzt schreibst du endlich mir mal wieder, was du da unten mitkriegst außer literatur, oder anders: schreib deine arbeit gut, aber mach beine dran, bruder, krüppelkram gibts schon genug.
krüppelkram strich trude wieder weg, schrieb lieber *müde lieder.* aus dem nebenhaus nölte wirklich noch nachts jetzt *sieben mal asche.*
was denn hier asche.
michi schwamm lieber, kraulte sich gern stück weit weg mit susette, sie tauchten auch beide tief runter an schlingen und blüten und schwarze steinharte muscheln, es gibt so probleme bei uns, da brauchst du viel luft, sagte susette, und nicht nur zum eben mal schnappen und schnappen, auch weit durchziehen mal und fliegen dann auch –
die große blaue bluse war schon geflogen, hing oben hoch in kiefernzapfen, kriegt harzflecken, sagte michi, und daß vom verwilderten michi das kommt, da lachten sogar die kleiber, und da blank nacht war, schliefen die schon ihre rinden-

träume, lachte die schleiereule. mit vögeln wird immer erst alles gemütlich. dann streckten sich beide nah hin und redeten über die welt, die sie mochten, die schwer war.
– und dann beneid ich dich, sagte susette, als hätt sie erst eben den satz vom fliegen gesprochen, was blödsinn ist, ihr lebt in der scheiße, wir haben gesiegt.
mit siegen ist das wie fliegen, wenn du stillstehst, fällst du dich tot, und weil michi das schön durch die ohren lief, sagt er den gleichen satz gleich noch mal, statt fliegen lieben.
hier ist kein stillstand, sagte susette, keinen tag, keine nacht, wir strengen uns an, aber streng eben, etwas zu eng, ich wollte mal, war so idee mit genossen, in pankow eine kneipe machen, *zur linken ecke* sollte die heißen, ging nicht, die planung läuft anders.
pläne gibts viele, sagte michi, aber leben ist schwieriger.
ich möchte mal nach italien, sagte susette.
alles mehr schrott so von neckermann, aber gut kämpfe bei fiat.
da soll es ja eidechsen geben so lang wie mein arm, und grün und gold, und schwarze ränder ums gold, und in der mitte mit blau, mein vater kommt überall hin, politbüro, internationalismus, ich sage dir mal ein gedicht von mir, von der rieseneidechse –
grüner kader schlirfende haut
zwischen stein und stein königsfarben
aus schwarz schiebt dich dein hunger
ans licht züngelst du fliederblut
hundskopf täuschst du dich
reglos willst du dich retten
vorm hirtenkindflüstern
panisch
zieh ich die tür
schlage das schloß
– gut, sagte michi, noch mal, schön langsam.
nein, sagte susette.
warum haust du die tür denn zu.
sehr gern würd ich einfach mal laufen, wos warm ist.

da sind meistens ziegen, da unten.
aber wie soll man das planen, sagte susette, für sowas hast du nie auftrag. du kannst nicht sehnsucht in auftrag geben. auch keine kämpfe. oder das sieht dann so aus, wie beim pfeifeklopfenden höschenmaler.
so nannten die frauen schon bald den gast *aus dem kulturschaffen der republik,* der pinsel will fummeln, und auch noch rassismus. laß ihn, sagt nina, komm rüber nach neun, da läuft jetzt das arbeiterforum.
los.
mittenrein.
nämlich auch wenn ich jetzt schon reichlich mehr als ein jahr arbeitslos bin, das wird ein totaler konflikt, wenn ich da jetzt drauf eingeh, auf neue arbeit, sagte aus lüneburg eine frau, wie soll ich mir elfstunden tippen für irgend ne firma leisten, also zwei stunden fahrt und eine pause und achtstunden an der maschine, werde wahnsinnig dabei, als wenn du immer sand hinundher schippen mußt. auf der andren seite, gut geld, paar kollegen, doch noch relativ beste bedingungen angesichts der lage – – oder einfach die sehnsucht nach sicherheit, nach nicht mehr täglich kämpfen und klau dir was, und am feierabend ruhe, spazierengehen, lesen, mit freunden sprechen, schlafen gehen. kein outlaw mehr, sondern ›drin‹ sein. wenn auch langweilig, so doch aufgehoben. und wieder klamotten kaufen können, keiner will rechtfertigungen hören. ich mag nicht tricksen und lügen. und doch kann ich keine elf stunden täglich für fremd vertun. denn danach bin ich auch nicht voll fit, sondern muß ausruhen. ich weiß es nicht. tu kein auge zu zur zeit deswegen. angst, daß mich irgendwann mal keiner auffängt.
und was machst du in zehn jahren, rief ihr der eine lehrer zu, mülltonnen wühlen.
entweder wir schaffens bis dahin, sagte die lüneburgerin, daß keiner in mülltonnen wühlt. und wenn nicht, warum sollte es grad mir dann besser gehn als all den vielen im land dann. aber die angst ist da. das stimmt. hier in der ddr würde ich ne lehre in ner lpg machen, ein kind kriegen, mit nem gleich-

großen genossen parteiarbeit machen, auf dem dorf wohnen, und sogar auto fahren, weil hier ja wenig verkehr ist.
leider wurde gelacht. schon beim *gleichgroßen genossen* wurde gelacht. männer lachten. dann sagte der andere lehrer, ich würde längst jede arbeit annehmen, jede, weil der arbeitsplatz ist der lernplatz, sonst bist du leicht überall verschlossen, daneben, allein.
das hört sich ganz richtig an, rief nina, aber das kann sich auch falsch anhören, hör das mal so, genosse: bloß das gesetz ogott das gesetz einhalten, bloß nie in knast nie in knast. das hatte nun nina kalt rausgehöhnt, das stellte den häuptling in seine sandale, das müssen wir uns nicht sagen lassen, hinter uns steht die partei, aus allen gefängnissen der geschichte die zeugen. hinter dir, lachte nina ihn weg, aber vor dir, das bist du selbst, sind jetzt wir, oder wir lassen das ganze. meine mutter war reichlich im knast, und die mutter von meinem mann, die ist von ss totgeschlagen, und sein großvater, der war kämpfer in kiel, den haben die weißen erschossen, meuterwilli hieß der, und wenn du jetzt nicht aufhörst zu grinsen, dann hau ich dir eins in die schnauze, von dem hast du nämlich noch nie was gehört, und warum wohl nicht, weil ihr nicht meutert, ihr nie!
jetzt war das hemd wieder runter vom baum, susette sagte, die rafbilder bei euch müssen weg, die *sdaj* war deswegen bei der leitung, sie sagen, sie kriegen schwierigkeiten, im westen, euretwegen.
was sind kommunisten denn ohne schwierigkeiten.
noch mal küßte susette, bündnisfragen.
sie kamen am waldrandhaus der lehrer vorüber. dort grübelten noch gewerkschafter, hatten erfahrung mit gruppenkursen, zubrot als *teamer* mal hier und mal da, michi und susette blieben da hängen, einer beschreibt grad so schritte im kurs, und wie sich das wiederholt –
erstmal ist jedesmal schon die frage, wo kommt der her, wo kommt die her, wie sieht da die arbeit aus. und dann gleich, was wird vom lehrgang erwartet. und dann die lähmung, der teamer sagt nichts, sagt ihr was, von euch. die beschämung,

daß da nichts kommt. dann erstmal abends das bier das bier, wenn endlich von dir nichts erwartet wird, erschwiegen wird, was du nicht kannst, genau von dir selber reden. woanders am abend quetschen die teamer die frage, müssen wir denn vielleicht doch gleich was *bieten,* zack ran und *mal aufgepaßt, leute.* am zweiten tag dann die wut auf die teamer geht langsam los, was sollen wir hier, bringt endlich was, ihr faulen säcke. die wut macht die zunge locker, die eigene zunge aus eigener wut. nachmittags, plötzlich, der ausbruch, die allgemeine beschreibung der täglichen arbeitsscheiße zuhaus. bier ab fünfzehn uhr frei auf den arbeitstischen. abends liest einer aus einem roman von jetzt, einer im buch heißt ahlers, flippt aus, die große debatte geht los, geht einfach los, ob ausflippen nicht rest, nicht der kern etwa grad doch von selbstleben sei. besoffne verbrüderung mit den teamern. nachts gefährlicher suff, totale die aggression, mann gegen mann. den dritten tag läuft ein tonband mit. die alltagsscheiße am arbeitsplatz, dies unverschämt reden von platter verkauftheit, vom elend, staut sich bei den einen in überdruß, bei den andren zum ruf nach der *knarre.* während abends und nachts ein teamer die tonbandmitschnitte tippt, steigert sich das bei einigen, die ein stück band mal mit abgehört haben, in eine heillose *wut über mich selbst,* und die geht über in die wut auf die andren. feuerlöscher gehen los. am nächsten tag, vor den boxen, neugier auf die eigene stimme, überraschung und skepsis vor der eigenen sprache, *wenn das die aufsicht, der meister so hören würde,* und auch die *kaputte sprache* wird kritisiert, die, die sie selber reden, wenn sie von sich ehrlich reden, wird mit beschämung verhämt. aber einige fangen jetzt an, mal selber aufzuschreiben, *wies wirklich ist.* andere begleiten mit interesse die aufzeichnung der neuen tonbandprotokolle. *das werden wir überall verteilen!* sie sind aber immer noch erstaunt, daß wir ihre sprache so wichtig nehmen. also wieder bier. aber keine wut. dann aber die frage an alle, sind wir im lehrgang hier auf ner insel? was sind das für innerbetriebliche strukturen, die die fortführung unsrer lehrgangsgedanken unmöglich machen?

genauso in der gewerkschaft wie beim chef? ergebnis, jetzt von den teilnehmern, nicht mehr von uns, *das sind knallharte entweder-oder-strukturen, aber ausgewogen, geil abgestimmt, genau auf der gleichen ebene, partner, der dreck, da kannst du kein wort mehr finden, deins nicht, die eignen interessen gehn bloß noch auf untergrund.* was ist denn nun los? die frage geht aber einfach weiter, gibts widerstand, der einen nicht gefährdet? und daß widerstand immer gefährdet, daß das gar nicht vermeidbar ist. das grundthema tönt, ist nicht mehr wegzukriegen. *die gewerkschaft sagt, kollege, komm zu uns, dann wird dir auch nichts passieren, aber da kann ich nur sagen, wenn mit mir nichts passiert, dann wird überhaupt nichts passieren!* wir kommen auf die gefahr, die darinsteckt, wenn du nur immer andre bewegen willst, und entdecken, daß die bewegung der anderen da anfängt, wo du dich selbst bewegst. und daß vom reden allein kein handeln ausgeht. sondern die antreibende information kommt nur aus den handlungen, in denen der andere sein eigenes interesse wiedererkennt.
wo kommst du her, fragte michi.
aus dietzenbach. frankfurt die gegend.
kommt von uns bald mal einer vorbei, sagte michi.
sie schlönzten ab.
und das bei den braven paukern.
das lernen geht immer weiter.
und wir beiden, sagte michi.
wir machen noch immer nicht schluß.
sondern kuß.
und erzähl mir noch mehr, von euch, was du lernst.
ganz einfach, sagte michi, das hast du bei uns da im laden an allen ecken und kanten, stell dir mal vor, wir lassen so kleine karten drucken, ausweisformat, so grünlich, also die drukken wir selber, so freakbude, die das können, nicht frittenbude, freak, wieso heißt das krüppel, wir sind das doch, na monster schon eher, also freak, mit ausweis, und da steht gedruckt, daß der inhaber freifahrt hat, städtische busse und das, bloß der ausweis braucht stempel und unterschrift, das

kennst du ja gut genug, und jetzt stell dir mal vor, so ein halbalter opa, arbeitslos, aber sauber gekämmt, dem stempelt da beim bezirksamt so irgendein obereumel die karte so nebenbei ab, also mehr schläfrig, der weiß gar nicht, was er da tut, muß ja auch nicht, dafür sitzt er da ja, gut, der ausweis ist fertig, opa saust alle busse ab, irgendwann kommt er zu uns in den laden, dienstags gibts immer frühstück für alle, und da zeigt er mir seinen joker, und da sag ich zu ihm, eh, laß den mal paar stunden da, den kann ich für unsre plakate gebrauchen, mach ich kopie, schon hast du ihn wieder. aber das macht der nicht, und das erklärt er mir. und davon haben wir alle gelernt, so bißchen, so stück für stück geht das alles, und darum erzähl ich dir das, susette, sag ich so gern, schöner name, summt, bei uns geht mehr alles auf i. irgendwie, warum weiß ich auch nicht, entweder susi oder setti, such dir was aus.
susette sah sich ihren genossen an, michael, sagte sie, bibelname, der engel mit schwert.
wo hast du denn das her gelernt.
hatte streit mit dem teufel.
stimmt.
warf nieder den ankläger unsrer brüder.
genossenarbeit.
aber ist zu euch geworfen worden der teufel und hat einen großen zorn, da er weiß, daß er nur noch kurz frist hat.
da zuckt er, da wird er gefährlich.
wehe der erde wehe dem meer.
das weht um die ganze welt.
dem weibe aber wurden die flügel des großen adlers gegeben.
und weiter?
mit *michi* geht die geschichte nicht weiter, so wichtig ist das mit namen. die flügel bebten gespannt im treibenden hauch vor der wand. dann sagte michael, also, susette, ich erzähl noch mal eben zuende, uns hat der alte das so gelernt, er sagte zu mir, ich möchte nicht, daß der kollege bei der behörde, der penner, der mir das gut gemacht hat, und weiß da

doch gar nichts von, daß der dann in schwierigkeiten gerät, vom plakat, das ist ja dann öffentlich lesbar, der stempel und seine unterschrift. siehst du, so kann das kommen mit lernen. für uns die beamten sind mehr alles schweine, sind ja auch derbe pisser dazwischen meistens, aber egal, der alte weiß, der stempelmax hängt genau so weit unten wie wir, also macht er das solidarisch, auch noch den trick. so. und jetzt will ich von dir mal was lernen, noch mal was, mit ohne bibel. lern mir mal was, genossin.
lehr mich mal was.
siehste, da geht das schon los. hast du alles studiert hier bei euch.
ein lehrer war stalinist, vielleicht der wichtigste lehrer in meinem studium, erstens wußte er viel zweitens, oder nein deshalb, weil er sein ganzes leben parteiarbeit gemacht hatte, nicht bloß gedacht, wußte er viel dann auch wegen literatur, wenn ich da manchmal genau was schreib, dann, weil der mir mut, also auch kritik, also wissen gemacht hat, lust, sonst geht sowas alles ja gar nicht, also der war mir auch widerlich. denn als sich mal rumgesprochen hatte, seinen bruder, auch kommunist, hat berija erschießen lassen, und ich ihn, als es mal still war, viel zeit, exkursion, so nebenwege, nach seinem bruder frage, warum und weshalb, und wie er als bruder am gleichen platz überlebt hat, was denn da los war damals in moskau, emigration, hotel lux, euer wehner und unser walter, trotzkistenprozesse und alles das, da sagt mir der lehrer lächelnd, ganz einfach, das sei wie beim krebs, beim krankheitwegschneiden, da muß immer auch viel gesundes mit. sagt er. es war nicht die härte, es war das lächeln.
das haß ich.
neulich ist er gestorben, kurz vorher hab ich mir bei ihm noch bücher geholt, und er hat mir den text rausgesucht, wo lenin vom bergsteigen schreibt, daß man, um zum gipfel zu kommen, in der wand oft tief zurücksteigen muß. wir waren allein im zimmer. und er blätterte so alt und dünn und schlau und zittrig in seinem lenin, überall wollfäden drin und zettel,

und sieht mich an, blättert nicht mehr, zittert ganz, nicht mehr nur in seinen händen, und sagt, und fängt dabei an zu weinen, aber das furchtbare weinen, ohne daß tränen kommen, und sagt, und verspricht sich immer, und kriegt das gar nicht glatt raus, nur alles verhaspelt, willi ist rehabilitiert worden, willi ist rehabilitiert worden, immer noch mal, und immer verhaspelt. da habe ich gelernt, der mann war schon über achtzig, der mord am bruder vor fast fünfzig jahren, daß, wenn du kämpfst und treu unsre sache machst, und nicht aufgibst, du bist einer, michael, der das versteht, daß da schmerzen bleiben, die du nie sagst, bloß ganz am ende, da weinst du. vergiß das nicht. es wird hart.

(72) bist du schwul, fragte anna.
warte noch mal, sagte flügel, wenn du nach strafe angelst, proff, wir dir in die fresse hauen sollen, damit du da endlich rauskommst, wir wollen nicht strafe, liebesentzug, die ganzen trivialen machtmechanismen der etappe.
wenn es richtig läuft, sagte marie, sind auch die fehler einzelner die fehler aller, und alle lernen daran, indem sie die bedingungen der fehler im kollektiv suchen. unsere kontinuität bedeutet, das niederträchtige schema von bezahlung und schuld, diese psychologie der macht unter uns so oft und so lange zu brechen, bis wir menschen sind, stärker sind als das pack, kollektiv.
kurz zögerte flügel, sah auf proff, lief weiter, warum haben sie das alles mit dir gemacht, irrenhaus, durch und durch schlecht. dich totschlagen oder nachhause jagen, nach der sache da in der stadt beim massaker, das wär doch viel einfacher für sie gewesen.
sie jagen danach, wer wir sind.
da warst du gut, sagte anna.
ja, sagte proff.
und lassen dich doch dann plötzlich so weg, zurück. nachhaus, mit dem wissen.

unser wissen als unsre lähmung, das möchten sie gern, sagte schlosser, und dann, wer nicht mehr leben will, der ist nicht mal mehr zum verfoltern gut. das hatte der colonel verstanden.
als er mich, sagte proff, stumm sah, sagte er, *leise im eise*, und gab mir ticket und stempel. sie mögen uns stumm am liebsten.
bist du schwul, fragte nun wieder anna.
proff sah sie an, rätselnd, die kälte. was fällt, zerfällt, in was denn. es geht ums ganze, sagte er nur.
du bist aber nicht das ganze.
doch, sagten, gleich schnell, marie und schlosser, und schlosser sagte noch nach, sache ist, daß man allein ist, daß man es sein muß. die frage ist nur, ob man es kann, begreift. dazu müssen wir stark sein, zusammen, die gruppe, oder wir gehen dabei drauf.
er soll antworten, sagte anna, er soll sich entscheiden.
proff setzte sacht jedes wort, sorgfältig alles allein, ich bin entschieden, er tastete, worden, griff er dann nach, sieh mal, anna, ich habe dir alles gesagt. und jetzt tölz.
die kleine stube von nele de winter war flach durchflutet von morgensonne, aber im feuerloch brannte holz, es war schon kühl in den nächten und morgens, alte bootsteile brannten, anna saß nahe dabei, in einem kleinen verschabten sofa, neben ihr nele, proff saß in einem stück schaffell, später streckte er sich einfach da aus, flügel ging hin und her, sechs schritt sechs schritt, schlosser hockte, den nacken unter familienbildern, im winkel zwischen tür und schrank, auf seinen turnschuhhacken, wieder und immer noch an der wand stand marie, später trat maurizio neben sie leise, aber da lag proff schon im fell, den scheitel zur tür, die nase zum kater. im fenster, rosa sonne in den zerbissenen ohren, zwischen quellenden, welk ausgewucherten pflanzen und einer fleckigen kleinen lampe, saß titus, der kater, sehr groß, krankes fell, träg milchig. eine kerze brannte. schlosser trug noch immer das pfaffenhabit. sollte wirklich ein nachbar durchs fensterglas plinkern, die gute gewohnheit, wo alles so still-

hält und anhält und aushält, dann war das hier eine bibelstunde, auch die alte nachbarin wird mal zahm, bewaffnet jeder, ein sprechgerät lag, auf empfang, zwischen muscheln und staubigen zetteln und wolle auf der steinplatte rechts überm feuer, nah bei marie.
als du den auftrag, wie lang ist das her, schon zwei monate jetzt oder mehr, als du tölz übernommen hast, fragte sie proff, wußtest du da, wer da lauert.
ja, sagte proff.
als wir von tölz zur bahn weg sind, hab ich gefragt nach mexiko, sagte schlosser, du hast nur gesagt, *kein wort.* warum kein wort.
ich wußte nicht wie. das weiß nur marie. ich dachte die ganzen jahre nicht, daß ich das irgendwann irgendwo irgendwem sagen könnte. und meistens auch, er hielt seine rechte hand ans feuer, denk ich am liebsten, daß ichs allein am richtigsten hinkrieg.
da merkt dann keiner, daß dir was schief geht, sagte anna.
stimmt, sagte proff. bloß ihr.
weißt du, warum, fragte flügel, pilgerte weiter.
jeder das ganze, sagte proff, oder es geht nicht, streckte sich aber nun hin, als sei er in allem zuhaus zuhaus, sagte noch nach, geht nichts.
dann weißt du jetzt auch, sagte anna, daß es mit einem wie dir nicht geht.
proff sagte gegen die niedrige decke, fuhr mit den augen das muster der risse, nein, das weiß ich noch nicht.
sie haben dich in der hand. um so die gruppe zu greifen.
sie haben uns aber nicht gegriffen, wir waren schneller, sagte proff.
wir müssen ab jetzt zu dir jeden kontakt unterbrechen, sagte flügel.
stimmt, sagte proff, trotzdem, tölz geht.
die lust auf den tod geht weit, das ist wahr, sagte maurizio. ich habe dich gestern gefragt, wen in tölz du angreifen willst, jetzt ist das klar, einfach dich selbst, weg mit der ratte, und hat seine richtigkeit, und mit unsrem kampf hat das null zu

tun, will nur noch nichts, der faschismus, anna streckte den fuß nach ihm aus, das einzige, was für dich jetzt noch geht, für uns, daß du unbedingt da deinen film machst, dann suchen sie uns noch falsch eine zeit, sie stieß mit dem fuß, komm hoch da, geh weg, hau hier ab. stieß dabei aber in eine körperbewegung von proff, die nichts mehr mit anna, nur mit maurizio noch etwas zu tun hatte, gar nicht ihr reden wahrnahm, ihn hochstieß auf beide beine, was willst du hier noch, ich denk, du bist längst in sicherheit, aber wohin sollte proff jetzt springen, das zimmer war eng, die türen wie mauern, wohin den sohn, das kind, vertarnen, verkappen, es packte ihn flattern, aber im netz, alles springen nur ringen in fäden. starr stand proff vor dem sohn, was willst du noch hier.
tölz, sagte maurizio.
doch nicht du, knallte proff ihm hin, als stünde der sohn da nackt auf der leiter, weg da, zack. *plötzlich beim stürzen ruft jeder den namen.* aber marie trat dick vor die tür, maurizio kam neben sie, kein mitleid mit dem, sagte er leise, *plötzlich entdecken unsre verschwiegenheit die kinder, sie schreien uns an, sehen blank ihre herkunft aus toten, ihre zukunft im toten, hetzen, kaum daß unsre augen ihrer fliegenden fliehenden kraft zu folgen vermögen, im gitter nach einem loch, finden nur nichts, springen fort, den grillen nach, heißt es, die steingrau hocken, aber rot fliegen, und aber in ihren augen, die wir ja lieben, leuchtet ach flirrend das licht aus der biegung des flußes, da werfen wir unsre hände übers gesicht und jagen angsterfüllt unsren kindern nach, bellend das schaf hütet die hürde des schlächters*, aus seinem schrankwinkel stellte sich schlosser dazu. von hinten trat flügel proff ins knie, er ist bewaffnet, sagte sie, vorsicht, wir müssen ihn binden, dann reden wir weiter.
und so machten sie das. und so tranken sie tee. nele hielt ihm die tasse.
jeder auf einzelwegen, jeder auf seinem eigenen weg, verließ vor ende des tages das kleine haus, jeder zu einer anderen stunde. schlosser ließ nele für proff den geschützten weg

über groningen, de dri gezusters an de grote markt, die grünen lampen, hey vre, der mann bei den kuchen.
erst nachts, alle anrufe waren gekommen, *403, es geht,* band nele proff ab. er blieb aber so. *leise im eise.* sie faßte ihm ans gesicht, an die hand. krumm eine alte frau versucht einen krummalten mann zu wärmen. murmelnd das schwarze wolltuch aus worten. denn nur schon nele von allen wußte, daß es erfahrungen gibt, aus denen kein angriff mehr geht, nur noch der auf dich selbst, unüberbrückbar, und dein sprung über sie hinaus geht nur als lüge.

(73) unvergeßlich über den knochenaugen die mütze als schwarzer hut, spitzig gebeutelt gebeult, gebürstet das kennzeichen des brigadisten, eingestochen überm ohr links die katalonischen farben, ihr kommt sehr spät, kargow bückte sich tief ins kachlige treppenhaus runter, vom gardinentüll weg zehn dürre schritte, na, endlich, kommt rein, liebe leute. sie hatten für ihn an zäunen und wäldern noch blumen gepflückt, otto hielt ihm den strauß hoch entgegen, bei kargow gabs keine vase, doch, drei, ohne blumen, voll munition, gar keine hürde, sagt jakob, da frag ich die frau gegenüber, und da wußte die nachbarin also, *westbesuch* ist im block, ford oder opel oder mercedes, ganz ohne auto, vorsicht, das sind kommunisten. aber auch das keine hürde, jakob hält, seit nun fast vierzig jahren, alles geplapper in schach, er kennt seine pappenheimer, er ging jeden schritt so leise, im netz, kein faden reißt, denn das ist unser netz, wachsam brachte er beiden die fleischwurst, das feste brot, jaja, weit gereist, sagte er knirschend seidenmatt, und du, er biß otto ein kleines lachen ans ohr, bist wieder gut auf den beinen, das seh ich, du liegst nie lang, jetzt komm du hier erstmal gut an, kamerad, es war, als käm otto nachhaus, jaja, der feind schläft nie, nimm von der butter noch mehr, reichlich reichlich, gar keine hürde.
vom breitling her wehten schiffssignale, bleibt schönwetter,

wenn engel reisen, bin nie ein engel gewesen, mit vierzehn dem onkel walther die *walther* geklaut, er ließ die bläulichen ränder, die lippen, so offen ein weilchen in witzigkeit, hab sie nie wieder hergegeben, da mußte ich weg, hamburger jute, mal von den kämpfen gehört, fast alles weiber, hyänen, jaja, die wandseböschung, die *trommler,* war eine dummheit, der schuß, lies nach, studier alles, otto, da mußte ich weg zur see, so fängt das an, wachsam sind sie auf beiden seiten, mußt dich entscheiden, und wenn du dir eignen knochen abreißt und schleifst den, der schnitt ohne zacken und zögern, zuck, jaja, was macht ihr denn da so am see, das wollte er aber gar nicht wissen, als veteran war er lange genug, ewig und alle drei tage, gast bei den pionieren gewesen, bei fdj und armee, in schulen und völkerfreundschaft und allen krippen und frittenclubs, zeuge der zeit, und irgendwann wars dann auch mal genug, lauschende augen sind ja was schönes, aber was wirklich war, da heißt es dann schweigen und schneiden, otto, nein nein, bescheiden werden wir nie, es geht ums ganze, und den rest, den stopfen wir vorn in die flinte und peng, jaja, marmelade ist auch da, gar keine hürde, er bog sich weg ins kücheneck, vom fleck muß alles, vom fleck, fleckenlos saß ihm der kampfhut im rötlichen nacken, im rosa der faltenlos strammen stirnhaut, im rot seiner achtzig jahre, er ließ die beiden nicht lange sitzen, er meinte otto, kommt mit, in einer kammer der schrank, viele messer und eine bank, kleines fenster in richtung block siebenundzwanzig, große rollen furnier, am ladekran fällt mal was ab, gar keine hürde, sieh mal hier, diese seltene färbung, und nur ein schatten, es tippten die flirrdünnen fingerspitzen, als wollten sie etwas lieben, sieh die maserung, nur ein schatten, nur eine ahnung, aber es stimmt, die schönheit, otto, so soll es sein, exote, geschnitten, angola, man weiß ja kaum noch, wohin mit dem zeug, der zimmerraum war verstellt von kleinen und größeren scheiben aus holz, einem einzigen bild, in schimmerndes holz geschnitten, samten geklebt, gefügt, gefiedelt *juchhei und aurora,* es wird mir ja förmlich entrissen, für überall schmuck, das kunstwerk, kantine, die würde, sieh das mal ganz genau an, da stimmt jedes rad, jedes rohr, wachsam der finger, jeder, an deiner hand, die faust, unser kampfpanzer T 34.

(74) *jeder schuß ein russ,* jetzt waren es die letzten kämpfenden deutschen proleten, jakob ist einer von ihnen, todesmarsch märz fünfundvierzig ab sachsenhausen, dann schon april, neustadt ostsee die richtung, cap arcona, ratten ertränken, wer abstolpert, kriegt in den nacken neun gramm. hast du noch mal ne kippe. jawoll, rottenführer.
in der dunkelheit eines sternigen morgens hatte jakob sich zwischen drei tote gedrückt, vom nachbarn handvoll blut ins genick, so gehts, so kriegen wir euch, das pack zog dem trott der gefangenen nach, euch krieg ich, auch wenns noch dauert. jakob war unverletzt, nur runtergehungert, der knochenmann, aber der knochen, jetzt wird geschliffen, die ratte schleift gegen rotten, kleingequält bis runter auf fliege, aber die fliege als hecht, er schwamm ab in den hohen grabengräsern nach norden, den stern findste immer, also stück weiter nach rechts, *dem morgenrot entgegen,* wann macht der graben den knick, wo bleibt unsre Rote Armee, die spähspitze sind jetzt wir, jeder, der einzelne mann. alles so gutshöfegegend, das letzte ortsschild, im lampengeflunker, vietlübbe, im grauen morgen ein vorwerk im erlenholz, ein schuppen abseits an einem bach, *wenn alle brünnlein fließen,* genug auf den fuß getreten, herren und damen auf kisten und koffern, keine bewegung, die ameise hebt den kopf, aufmerksam, nichts vergessen, dann tauchte jakob den kopf tief ein ins geflimmer, gerinn, dann kroch er sichernd hinter die bretter des pumpenschuppens, schob sich in schatten aus sack, er horchte, kein schuß, er horchte, kein schuß, er horchte, noch immer kein schuß, wo war die front, da war schon der morgen, schon süßert der fitis im busch, am koppelzaun ziept der goldammerich, das rotkehlchen schlirft in

der fichtendickung, richtig, so ist das schon besser, kämpft schneller, genossen, er horchte, kein schuß, *wenn ich ein vöglein wär und auch zwei flügel hätt,* was soll das *und*, grausame dichter, kein gutes bild, jetzt ist schluß mit gesang ohne flügel, ja endlich, abschuß, einschlag nicht weit, zwei kilometer, drei, beim zweiten abschuß zählte er mit, bis zum einschlag knapp sechs sekunden, das sind keine acht kilometer mehr, jetzt aufgepaßt.
einer schloß draußen das schloß, herr mit bockbüchsflinte, schrumpel in loden, was kippt der mir da an die kostbaren pumpen, ein schatten springt über den klumpen, kein mucks, sagt der knochenmann, aus hunger nieder wieder die klasse in waffen, gemeine drei stille stunden noch, aber das ganze gutshaus hält still für den vater, jakobs eisen am kinn, fürs volkseigentum, verbrennt ihr euch selbst, nur laßt uns die arbeitssachen. endlich das sirren, das klirren, der wühlende diesel, das krachen des T 34, das lachen.

(75) werden mir aus den händen gerissen, weiß gar nicht mehr, wohin mit den dingern, *dawai,* jaja!
nein nein, einen *steinhoff* kenne er nicht, ich kann ja nicht jeden kennen, aber fast jeden, die wachsamkeit, wir waren die erste volkspolizei rund um parchim. kargow tastete stramm, zäh aufgebückt überm engen schritt, mit den beiden in die ho-gaststätte, gar keine hürde, eßt euch mal satt. wir waren die ersten. elf kameraden. alle kamen aus nazilagern. die frauen nähten uns uniformen. dann fahrrad, lampe, die waffe, das vertrauen des kommandanten, der auftrag. jaja. warum ist nina denn nicht gekommen, fragte er jetzt erst, streng. ihr kind ist krank, sie ist weg nachhaus. jaja, hatte auch eine frau, eine kluge frau, eine schönheit, sehr stattlich, parteiarbeit, gestorben, elf mann, verstehst du, er meinte nur otto, und sie schleppten gegen uns nicht nur die pumpen, jede schraube, das garn vom mähbinder, das glas aus der apotheke, den ältesten reifen, das letzte schwein, schreiende

kinder, sich selbst bei nacht durch die wälder nach westen, das war ein lügen und trügen und hetzen, aber wir hetzten schneller, ein stich mit dem licht, da standen sie weiß.
überall an den kanten der riesigen futterbude summten und zappelten gäste, spitz in der leeren mitte, unter der kappe bekannt, aß kargow mit seinen freunden ho. jaja, nur elf, das sind wenige, otto, aber besser, als zwölf und einer verrät, ja was denkst du, saarlouis, das glockendröhnen, mich wollten sie pudern, *wer lernt, will nicht arbeiten gehen, wird priester,* ich hatte schon immer mehr sinn auf die walther, ich hab sie jetzt noch, vergraben gefunden vergraben und wieder gefunden, wie oft, er hob den finger an ränder, sah um, der auftrag, otto, das hört nie auf, gar nichts wird uns geschenkt, alles entweder niedermachen, vernichten, will uns der klassenfeind, oder uns alles stehlen, das öl, das sie pfeifen, soll feuer füttern, wir brannten das schneller, schneisen in ihren weg, brandgürtel, stopp. da standen sie in der kreide, im frommen pelz, im schaum ihrer lügen, weiß.
trude fürchtete sich vor dem alten genossen, das komitee hatte recht gehabt, ihm keinen auftrag zu geben, es war die zärtlichkeit in seinem haß, der griff aus stahl, wenn er sagte, nicht einen nur habe er abgeschnitten, morgens, im obst, die eigentümer, bei aller wachsamkeit, sie finden die letzte schnur.
sie gab otto zeichen, die jakob kargow viel schneller verstand als der, ja, trudchen, geh du mal einkaufen, er zupfte sie schon an den bus, in der innenstadt sind viele große geschäfte, luxus, stattlich, wir beiden hier schaffen es auch allein. wie bist du so geworden, jakob, fragte ihn otto im loch bei den messern und panzern. kargow brauchte nicht raum. es ist, sagte er, eine dummheit, nicht kommunist zu sein.
durchs halbe leben, fragte otto nach, bist du gejagt, gefoltert, gepeinigt worden, die meisten, so alt wie du, waren da, denken sie, klüger.
da lächelte kargow ihn an, als gelte es, glas zu schneiden ohne ein werkzeug, nur noch ledern die mundhaut, gezahnt,

es ist, sagte er, nicht klug, sich selbst zu verraten, es ist nicht dumm, der klasse zu dienen, die bin ich selbst.
warum sind wir so wenige, jakob.
es kommt auf den maßstab an, sagte kargow, es kämpfen millionen in vielen völkern der erde, jetzt. aber ich lauf deiner frage nicht weg, bei euch da und ja, auch hier bei uns, kargow saß reglos im flachen abendlicht aus nordwest, saß im lichtfleck fest, fand nicht vom fleck, betteltraurig ein mann, der alles getan hat, das weiß ich auch nicht, sagte er. er ließ seinen atem ausgehen, als wolle er keinen mehr schöpfen.
ich hab mal gelesen, ich weiß nicht wo, es soll so ein training geben, man atmet nur aus, und nicht wieder ein, und fertig. dann wieder sah er geschnitten gefügt sein bild sein bild, er streckte strikt sich in sich zurück, es war aus dem westen ein blatt, so ein rest vom besuch bei der nachbarin, man liest ja so alles so hin, jaja, da siehst du, wenn man nicht wachsam ist, deinen atem sogar bewach, nimm ihn in takt, sie wollen ihn dir abschnappen, otto, im moor, komm in die küche, stück wurst und tee, in börgermoor dreiunddreißig hat der *heilmann* gebellt wie ein hund, so wollte ihn die *sa,* ich war dabei, wir haben es alle gesehen, der heilmann hat seinen atem getauscht in gejaul, wir nicht, von uns keiner, der unterschied, otto.
aber otto sagte, ich kenne das anders, heilmann hat gekämpft bis zuletzt.
aber jakob kargow biß all die feste rote wurst nur wie fraß, als kaue er bitter die eigene zunge, sag mir mal, schmatzte er hin, kann das sein, ich trau dir, otto, du kommst von nina, die kommt von ilona, manchmal plötzlich hab ich die furcht, sie hätten das mittel gefunden, sie könnten es finden, sie haben es schon, im menschen was auszulöschen, so daß am ende er lebt und liebt sein leben nicht mehr, und lebt aber weiter, schon ganz verbrannt, geht das, otto, was meinst du, zu leben ohne zu lieben, jetzt zupfte kargow den ärmel an otto, jetzt kniff er ihm die haut auf der hand, und flehentlich, daß er nicht recht hat, sagte er arm, dann sind wir alle verlo-

ren. dann stand er auf, räumte ab, rieb flecken, dann wären wir alle verloren, wenn wir sie vorher nicht niedermachen. jetzt geh ich schlafen. du warte auf deine trude. eure betten habe ich euch gezeigt. er selbst brauchte nicht raum. im loch, im holz, in den messern klappt er die pritsche. schob die farbschieber seiner schwarzen lampe, *daimon zwo zwo drei drei, fahren sie weiter, stopp,* das lichtzeichen ticken. er stach sacht die netze der spinnen im fenster. aber jetzt nachts nahmen sie von ihm nichts. alles schläft.

(76) die grenzer tickten nur dünn eben hin, sie wollten ihn gar nicht, nur jede geste, wohin, wann wieder welche *connections,* oder ist er *verbrannt,* ledermanns pfusch, aber irgendwann trifft es jeden.
proff machte viele versuche, den weiten weg, vielleicht klappts ja doch noch. nele de winter hatte ihm seine webley zurückgegeben, das entscheidet jeder allein, stark wir zusammen, oder du gehst dabei drauf.
die chance sind die grenzen, die grenzen sind meine chance. er fuhr antwerpen cherbourg mit der bahn, die erste grenze, sie wollten ihn nicht. im hafen von weymouth wars kaum ein winken, so bin ich ein freier mann. auf dem boot von newcastle nach esbjerg ließ er sich vom receptionsteward ein gespräch mit hamburg vermitteln, juli sagte zu ihm, komm nachhaus, er hatte den alten tweed schlapp offen über der waffe, niemand sah hin. und die zollbudendänen am frühen mittag, schönwetterwind, bißchen verspätung, waren schon essen gegangen, ihn wollte keiner beißen. in hellerup tat er an karo was plappern, sie warf ihn bloß raus. da sah im grenzhafen gedser ein westberliner hobbyfilmer, noch an land, noch weit vor den bootskontrollen, aus rotweißen fritten die waffe, so einer kaut keine weißen mäuse, der ruft sie, schleicht nach, schmeißt beiseite, sucht bullen, blank *frontstadt*knöpfe zu beiden seiten der nase, der packts, das ist der typ, den sie brauchen weltweit, *modell deutschland,* proff

ging ruhig streng schmal voran, atmete tief sich schon hin an den neuen platz, ans ende ans ende. da griffen nah hinter ihm den denunzianten zwei junge zivile, tennistypen. er sah die drei nicht mehr wieder, weder an deck noch an land, auch nicht in warnemünde, auch nicht in friedrichstraße. nur in büchen noch einmal sah es so aus, als käm er nachhaus nachhaus, sie liefen ein bißchen mit seinem paß, dies und das, pieptüüt, das kam aber nur aus der dörflichen weite, alles lief langsam, bitte sehr, recht gute weiterfahrt, aber da stieg proff aus. er lief raus, kroch weg, ging weit, ohne dorf, ohne lust, nach zachun, er kannte ja jeden weg da, jeden tümpel, wildfütterplatz.
schon am kirchplatz von büchendorf blieben die schatten zurück, auch sie wußten, wo er jetzt war. war nicht stark. und war auch nicht draufgegangen. noch nicht. noch was nicht. noch was. weder noch. oder doch. oder entweder.

(77) im knast siehst du klar die zwei seiten, das ist erstmal die erleichterung, auch geistigmäßig schon mal, hatte, gleich nach der abgreifung, zu bantu der ganz junge sossner gesagt. gefährlich leicht, kleiner mann, bantu hatte die wiegegewichte zur einmessung in die kartei –
das war mal bei einer erschießung gewesen, fahnenflüchtiger, vorletztes kriegsjahr nah castellina, der war, noch mal abgebunden, dem kompanieschreiber vorgeführt worden, im wehrpaß die augenfarbe war falsch, das wurde berichtigt, bestätigt, gestempelt, dann peng, bantu war damals siebzehn.
– sorgfältig an ihren platz geschoben, jetzt stimmts, zieh dich an, ich komm mal vorbei.
jetzt stimmts, alle typhus, alle auf quarantäne, bantu hatte an motte das bißchen dreck weitergeschmiert, von dem gings an steward und quipp, nichts ging an kutte, aber bestimmt gings an pino moneta, den alten verbrecher, nichts ist vergessen, und jojo ist weit verschubt, nicht mehr zu finden für

niemand, möchten die pigs, aber immer noch lächelt da jemand. blues kriegt nachricht, gibt nachricht, so oft es geht, geht aber schlecht, bloß kein verdacht jetzt, bantu kann wörter und redensarten, aus der kindheit noch, aus der naziarmee, das drömelt den alten schließern vertraut, auch den jungen vom *bund,* den laß man, der ist sowieso verrückt.
gelassen hatten sie erst einmal gar nichts, wollten die kranken weit verschuben, einzeln verzetteln, erst sofort durststreik, da gings, denn sie wollen uns ja lebendig tot, wohl tappernd den pumpenschlag, aber kalt. jetzt lagen sie heiß, viel fieber, das steuern wir grade, sagt bantu, kann sein, euch fliegen die haare weg, aber das hirn unterm haar bleibt da, lernt was, *wir lernen noch was, sonst wächst uns das schnekkenfleisch zu,* bewegt euch, macht schmerzen, na was, sagte bantu, er schlidderte hinkend an mottes tropf, der hatte sich stück überdurstet, ich mach das schon, motte, lieg still, laß sein, wir bewegen uns gegen den stein, da klemmt schon mal einer den fuß, da beißts schon mal einen ins kreuz, und daumennagel, laß fahren dahin, wächst nach. bloß ob wir hier noch wachsen, du lütten putaner, er schlenderte mit der scheiße von quipp vor die tür, steckte am rückweg steward pack zellstoff zwischen die wundgeschissenen backen, das ist noch die ganz entscheidende frage, drum liegt ihr hier hingestreckt, denn was stillsteht im flug, das stürzt ab.
ein wilder physiker, sagen wir mal so papenkamp ecke hölderlin, ach weiße pracht unter blutigen buchen, man glaubt ja nicht, wo überall unsereins nistet und listet, sitzt und schnitzt, hatte für bantus arbeitsdebatten wanzen getüftelt, fünf kleine dinger, in zahnpasta, mullpfropf und scheiße verborgen, die alles verwanzte gemäuer zerschranzen, einfach ameisenmäßig alles zerkratzen, ohr ab für *FD 7.* sie hatten das nicht überprüfen können. sie mußten ihm trauen. gefährlich. notwendig. wir leben. und bis die bullen den dünnschißsalon hier filzen, wer will schon die motten kriegen, da sind wir vielleicht schon stück weiter.
mal mochte motte den typ, mal fand er ihn lächerlich abgewichst, aber er wußte von nina, bantu hatte schon früh, im

ganz kalten krieg schon, auf unserer seite gestanden, auch was gemacht, auf der richtigen seite, im krieg um algerien, exilkontakte und kohle und sowas, und sowas vergessen wir nicht, aber auch nicht sein säuseln für kuttes verjammerten abgang, der amtsgutachter fürs dichten und lernen und schließlich vernichten war bantu gewesen, der hinker der höhnt, je nach dem, dem nach je, nach je dem, und hatte das auch noch frech und nicht dumm an motte so weitererklärt, es gäb, das sei beweisbar, auf der erde nicht einen einzigen menschen, wären wir nicht tausend mal tausend jahr unausrechenbar anpassungsfähig, und kommt dann so faul mit peter und paul, *freuet euch mit den fröhlichen, weinet mit denen, die weinen,* und hat so die schlechte gewohnheit, dir seine dürre hand seinen worten und witzen noch nachzuschieben, wedelt tuschig ein kreuz ins nichts, der schrumpfschamane, der hexer. das mach ich alles sofort doch mit, hatte bantu gelacht, hauptsache, wir sind besser als die. und es war günstig jetzt, daß er zu kutte gehalten hatte, jetzt dachten die bullen, jetzt macht er die übrigen weich.
und.
macht er nicht.
ach, was, weich oder hart, gras sprengt stein, bantu fiel gern was ein, und höhnte ihnen von mannskräften was, der aufrechte stand aus hohler hand, aber muß das nicht wirklich ganz anders gehen, sagen wir so, der prozeß unsres kampfes als der unsres lernens, also als der doch der offenheit dann, also als doch auch der dann der unsicherheiten, dies ganze erst ist unsre widerstandsarbeit, nicht die standsäulenhärte, sondern, weise wie wüst zueinander hin, die leisen bewegungen sinds, in der liebe, jaja, wie im lernen, drinnen und draußen ein lernen, wie wär das. und nimmt seinen sämtlichen jahresurlaub und saust damit unsre gegend ab, von kösching bis müggelsee, von düsseldorf über st. pauli bis passau, alte genossen finden und fragen, nachfragen, aufschreiben für jetzt im knast, wie war das damals bei euch, wie seit ihr mit schließern und bütteln und richtern gewesen gegen die nazis, was können wir auch in gefangenschaft frei,

wie weich ist der stein, wie hart das gras, wir brauchen euch, jede stimme, es eilt, doris maase, esther bejerano, sonja schwarz, marianne scheringer, emmi biermann, christa rom, greta kuckhoff, martha naujoks, gertrud lüdtke und robbi mause, harry naujoks, bruno meyer, gerd lüdtke, willi willendorf, klaus maase, willi jagow, heinz henschke, richard scheringer, karl schabrot, max lübbert, tetsche lotz. bantu fuhr schnell, die sterben uns weg, richard gab ihm *das große los* paar mal mit, doris von *fucik* den letzten bericht. so regelrecht dichter, auch bantu dachte das nach, war keiner dazwischen. fast alles proleten. herrschaften springen beiseite.

es wurde dann aber schon unterwegs lehrreich bitter, knast und knast kannst du nicht vergleichen, damals waren sie viele und viele, und damals war jeder, auch noch im bunker, am strick, *kommunist,* ein kämpfer, *rotes gesindel,* nieder damit, aber das stärkt dich, der name. heute heißt du verrückter krüppel, krank, ins eis mit der leich, ins weiß, *frieden und freiheit für die normalen, nicht für perverse minderheiten, terroristen, verbrecher und randgruppen,* carl-dietrich spranger, denn es soll, das ist kalkuliert, funktioniert über allen draht und drahtlos, über tageszeitung und magazin, dein name gelöscht sein, nicht sein. sie wollen dich unauffindbar. jetzt finde dich selbst. da weht ein anderer wind. da haucht dich was tot.

das wußten nun motte und pino moneta und steward und auch schon quipp ein paar jahre. aber daß bantu die tour gemacht hatte, den versuch, seinen eigenen schritt, das gab ihnen lust, ihm zu trauen, irgendwo ist der kerl zwar kaputt, aber in der mitte, sein haß gegen nazis, der stimmt, und daß er paar namen kannte, die motte noch aus seiner kindheit wußte, und motte fragt nach, und immer noch steht das sofa bei lenin, und immer noch fuchtelt richard mit püster, und immer noch stichelt klaus maase mild sommernachts unkraut, das war gut, das war von zuhaus. das stimmt so, los, hexer, her mit dem typhus, das kollektiv diskutiert.

sozusagen in der scheiße, eröffnete bantu die tagung. gar

nichts eröffnest du, sagte quipp, wir sind das kollektiv, nicht du, wir pennen nicht und wir flennen nicht, wir kennen dich, paß auf dich auf.
leicht wischte bantu sein kreuz durch gestank und fiebriges wändewanken.
warum wirst du denn nicht krank.
mich beißt niemand mehr. ich bin giftig.
so kam es wie aus geschwätz, daß sie zuerst von giften sprachen, wie das eine uns nützt, das andre uns aber vernichtet, der unterschied sitzt nicht im ding, er bewegt jedes ding mit interesse, menscheninteresse ja oder nein, schon hier die wanzen mal so mal so, meist unser feind, die aus dem flottbeker blutbuchenbasteln sind unser freund. und damit die bewacher draußen fummeln an ihren geräten, muß was kaputt sein, war neulich schon mal, und nicht hier im freien fieber, ließen sie immer mal wieder die leine locker, den winzigen drehkontakt führte motte, von zeit zu zeit ließ er die störungen weg, dann konnten die draußen alles klar lauschen, laberten drinnen sie oder lallten verschmerzt, oder schliefen paar stunden sich wieder gesund, und so war für das pack schlecht berechenbar, wo der defekt denn nun steckt.
ihnen unberechenbar sein, sagte pino moneta.
das war quipp ein geschenk der natur. die bekämpfte er aber. das schnitt ihm kennzeichen ein, schon früh, schon draußen, sprache und kleidung, die ihn dem pack leicht hatten auffindbar werden lassen, er wäre sonst, jetzt ist er zehn jahre weg, für uns, gegen die, ein wichtiger irreführer geworden. so aber war er nun *straight,* so bildschön wie blaß von haß, klein wie ein weihnachtsengel am sarg aus glas, mit augen so groß wie teetassen, schimmernd himalajaporzellan, er fürchtete früh die zerbrechlichkeit an sich selbst, da hatte er sich fest gefaßt verkorbt, auch daß sie ihn alle schlürfen wollten, lippenlang langlippig loch doch, die familie den süßen kleinen, die lehrer den klugen, leicht lernenden prinzen, da hatte er sich gebittert, daß er dem feinen pack, aus dem er kam, nicht mehr schmeckt, sich selbst gegerbt, bis er beißt. quipp

hatte sehr früh gewußt, dann nachstudiert und es weltweit geschlungen gefunden gewunden, sie würgen, wo sie uns füttern, was sie uns schenken, soll lenken, *samtner kniefall federt den kopf ins genick maulend den schuß saust der himmel.* aber das wissen. aber was sein. er war aus den betten, den büchern, den gärten, den zärtlichkeiten von pack, er kannte, kaum über zwanzig, die schönheit einer eichendorff-zeile, die faulgasaustreibenden aufdeckungen im flüstern und lästern und lächeln und lüstern rund um die kiste von paddy dignam, der zerfleischungen seide beim francis bacon, das knöchlige klimpern des frère jaques bei mahler. er kannte die sehnsucht von kutte gut. drum *weg mit der ratte.* gleich nach uns menschen, neben den pigs, sind das die klügsten, hatte ihm bantu gesagt, es ist schon was mit der lieben verwandtschaft, du fighter.
so hatte quipp den gedanken von pino, mit bantu ein arbeitslager zu machen, höhnisch von sich gewiesen, soll der an seinem müll ersticken, wir schlucken von dem keinen bissen. aber motte, nur schwer und hart, der viel dunklere als sie alle, hatte ihm durchgeschickt, nicht die abgrenzung ist das hauptinteresse sondern die überschreitung, nicht dein kampf mit dir selbst sondern dein wurf, wir brauchen im loch hier jede verbindung, jeden steinspalt nach draußen, paß auf dich auf, du bist nicht allein, wir sind vier.
die überschreitung.
jede ist mühsam, manche lebensgefährlich, diese ist unerträglich, fand quipp und hatte um die gruppe gekämpft, gegen den kleinen schiefen mann. denn bantu hatte, am tag des durststreiks, motte gesagt, er werde sofort zu den bullen rennen, bis hoch ins öden der senatoren, ich scheiß sie an, ich fiedel den frieden, mir kittelbüttel glauben sie alles, hauptsache wir kriegen raum, kriegen zeit, die mittel sind immer nur das, was wir mit ihnen wollen, das leben oder den tod. das leben von wem, fragte motte, und wessen tod. man muß, bantu warf ihm gezettel zu, hüpfte schon ab, *man muß zu jedem opfer entschlossen sein und sogar, wenn es sein muß, alle möglichen schliche, listen und illegalen methoden*

anwenden, die wahrheit verschweigen und verheimlichen, nur um – um jeden preis – kommunistische arbeit zu leisten.
die gruppe bestimmte quipp, die arbeit, gemeinsam mit allen, zu packen, die aneignung der überschreitung, sagt motte, ohne dich geht das nicht, quipp, bist wir.
mitten im wir im kämpfenden kollektiv jeder ist eigenartig. motte, von ruhrpottproleten, schon sein urgroßvater beim kaiser im knast, wär, nach hautgelb, haarschwarz und augenblitzen, zwischen beirut und cuchumatanes einer von vielen gewesen, massenhaft eingetaucht zäh unauffindbar schnell, der hunger, das wissen, die waffe. hier im weiß, noch draußen, war er früh finster geworden, einer, ders mit sich nicht machen ließ, von hit zu hit, von hubraum zu hubraum, das wollte er nicht, das konnte er nicht, das war nicht sein leben, mit ihm war *nichts anzufangen*, genau nicht das, was sie mit ihm anfangen wollten, sein ende. da fing er selber was an, lernte erzieher, zog mit gruppen, zog gruppen sich nach, *banden* hieß das bald amtsdeutsch verschnüffelt, er lernte es, falsche spuren zu legen, richtige auszuspähen, so war er zur gruppe gekommen, zum angriff jetzt. zu lebenslang freiheitsstrafe, denn zwei aus der *zweiundvierzigerbande* waren zwar damals, wie er, den ausbruch gegangen, *um die ecke gehen* nannten sie das, der eine lag aber jetzt tot in köln, der andere hatte verraten, kronzeuge für die vernichtung, die eigene. sagt motte. weil in der legalität hatte man das ja mal begriffen, daß man im imperialismus nicht leben kann, ohne gegen ihn krieg zu führen, wie sollte das in der erzwungenen legalität des knastes anders sein, oder man hatte vorher, draußen, eben nur einen ausschnitt begriffen aus dem zusammenhang, dann begreift man das ganze, den krieg, jetzt im knast unter folter, kämpft, um zu begreifen und begreift, um zu kämpfen, oder man geht drauf. und den kampf zu begreifen, da gehts eben nicht drum, recht zu haben, nie, sondern darum, das, was man macht, machen will, machen muß, richtig zu machen, also bewegung zu erzeugen und nicht wirrwarr oder stillstand oder besitz oder herrschaft. das ziel ist der kampf, der kampf erzeugt. und das geht nie

gegeneinander, das geht nur zusammen. auch nicht gegen dich selbst, quipp, nur mit dir selbst zusammen.
so sicher war motte aus seiner geschichte, familiengeschichte als klassengeschichte, darin verwandt larry tack und nina, daß, seit er im angriff war, im kollektiv der bewaffneten arbeit, ihm bestimmte kontrolle zufiel, die wachsamkeit gegen das sonderinteresse, das einzelinteresse in uns, angst, eitelkeit, macht, die lust auf schönheit, die selbstbeschimpfung, der schlich, die spaltung die spaltung, der dreck, der aus jedem von uns jeden noch anschleichen, einspinnen, sogar abstechen kann, die selbstüberschätzung, in der wir uns vergessen, indem ich mich übertreib.
so stimmte er bantu zu, wenn der den trennungsstrich kritisiert, *zwischen uns und dem feind einen klaren trennungsstrich ziehen,* der ist längst, sagt motte, gezogen im antagonismus der klassen, wir ziehen ihn bestenfalls nach, schärfen ihn explosiv auf, indem wir entscheiden anzugreifen, jetzt, heut noch. den trennungsstrich, sagte motte zu bantu, zu deiner wirklichkeit machen. hinter dem ihr dann aber, rief bantu, verstummt, versteint, reißt das auf. diesen aufriß suchte motte jetzt auch, trat zugleich dem arzt quer ins schlendern. dein schlendern, sagt motte, möchte listig verschleppen, verhinken den todernst bestimmter, deiner bestimmten entscheidung jetzt, du schmatzt dir da selbst auch futter rein, hexer, wenn du hier quipp kritisierst, stimmt ja, daß seine sprache verarmt ist, meine genau so, unsere, oft, du holst aber deine empfindsamkeit auch aus deiner weigerung, eine bestimmte entscheidung jetzt wirklich zu tun, sonst wüßtest du bescheid, wär auch dir deine sprache verändert, wärst du selbst ein teil der entscheidung, der verletzung, der härte, wenn wir uns in der notwendigen arbeit einändern ins kollektiv. das wird keinem von uns geschenkt. es geht was kaputt. anders fängt das nicht an. und ich denk auch, bantu, das weißt du genau, das macht dir angst. die mühe ums leben ist dir nicht fremd, aber von vierundzwanzig lebenstagstunden nimmst du dir vier lieber weg ins private, denn die ganze mühe, die tut manchmal weh, das weißt du, ziehst dir deins

schlau zu bau, als gäbs von dir was zu retten für dich, du hamster, in wirklichkeit sind wir arm, und so verarmt auch sprache in wirklichkeit, so sie sich ihr nicht entzieht wie du, in die schönheiten des als ob. was du manchmal hart zwischen uns hörst, das ist die besitzlose sprache, wir sind, drum läufst du davon, verarmt, die besitzlosigkeit im vorfeld der aneignung auch einer ganz andren sprache. daß uns das spaß macht, ist ein gerücht der schweine. daß es notwendig ist, verschweigen sie lieber.
olga hat mal an gudrun hierüber geschrieben, schob pino moneta ein, von eines jeden tückischer vorprogrammierung, deren code zu knacken andauernd schwer sei, nur gehe über den freien angriff im kollektiv, anders werde keiner das los, die fremde, hat auch geschrieben, daß arbeit gegen die fremde nicht einfach mal eben lust macht, auch panik, und ich sags dir mal, bantu, und habs mir schon selbst oft gesagt, die befreiung vom dreck der entfremdung macht leider uns nicht nur freude, sondern auch angst, dreck wärmt, und wer sich an solcherlei hüllen gewöhnt hat, und das sind fast alle, den schneidet die sprache des kollektivs manchmal kalt.
schneiden, ich weiß, sagte bantu, er wußte, was niemand hier wußte, aber der kampf geht jetzt gegens verbluten, fünf sechs liter, erbärmlich wenig, da sind wir jedem, da seid ihr jedem, da ist uns jeder vergleichbar, trostlos sterblich.
et lux perpetua luceat eis, und das ewige lichterlein leuchte ihnen. quipp schlug aus den schwitzigen kissen das kreuz, die schlechte gewohnheit, an bantu zurück.
laß das mal, sagte steward an bantu vorbei, vom sterben denk ich nicht witzig, sonst würd ich nicht kämpfen.
das werd ich dir nicht vergessen, sagte bantu, als sei er froh über stewards einspruch, er war aber froh über quipp, faulfieber soll mir die hand abfressen, wenn ich das so weitermach mit dem kreuz.
vor jahren mal bochum, antiimpkneipe, ich saß da als lehrling noch zwischen, und einer war eben erschossen worden, killfahndung damals die zeit, und da sagt bei mir nah eine

frau, *daß er nach seiner mutter gerufen hat ganz zuletzt, sowas find ich ja reichlich daneben,* ich hab die frau rausgepustet von da wie dreck, es war aber auch so ein stoß zur gruppe, plötzlich siehst du das klar, das verkommt, was alles weiß und nichts tut, wer sich die mutter verbietet, was meint der mit menschenleben.

steward sprach alles langsam gerollt, selber zur kugel speckblank rasiert, hing ihm, vom scheißen und schwitzen schlaff, das fett aus nacken und backen blau ins wäscheweiß, ich mag mich so schrecklich im schrecklichen haus am liebsten, die zuchthauswitzefigur, fehlt bloß noch die kugel am bein, sein lachen als trauer, seine trauer als hieb blitzte aus noch den geringsten gesten der haut, aus vielen vielen geschichten, er war in st. pauli, in einer kneipe, auf seine zwei beine gekommen, immer noch vier, schmeißt steward dazwischen, immer noch halbes tier, bis wir menschen uns eines tags wirklich beinander haben, der weg ist nicht breit, aber lang, los, fang an. er hatte, mit pino zusammen, bantus anspruch, wie geht das hier weiter im knast, schluß mit versteinerung, wir sind keine raritätensammler, entschieden unterstützt. denn auch wenn er, wie jeder im kollektiv, wußte, analysieren konnte, was für eine haft das hier war, was ihr gemeiner zweck und gedanke, der stich ins auge, das sieht, was ist, der tritt in das neue gesicht, die entstellung, damit du liegst. auch wenn er las, was zu kriegen, zu wissen war jetzt, auch wenn er anfing, arabisch zu lernen, als kneipensohn verschworen mit vielerlei hosenbein, mädchenengeln und bandenbengeln, machte ihn die verschließung krank, hungerte ihn die isolation zum fettsack.

steward hatte, als einziger, schon zwei mal den ausbruch fast geschafft, seit je fingerte er sich leichter den griff, tastete er vielfältiger sich überraschung und lücke, fünfzehn jahre soll er gefangen bleiben, das geht nicht, sagt steward, *schärfste sicherheitsmaßnahmen,* sagen die bullen und schließen stewards rechte hand, nur stewards hand, gegen bantus protest, ans bettengitter, ich klirr ihnen horror, sagt steward und hebt die faust, aber es schmerzte ihn bald der stau, der arm

schwoll an, da wechselten sie von hand auf fuß, von fuß auf hand, das ist der vorteil, vier beine, sagte steward.
gibts nicht noch anderen vorteil.
was müssen wir tun, ja was und wer wir, damit ihr da lebend rauskommt rot, nicht weiß tot.
machtfrage, draußen, sagte motte.
und inzwischen, fragte bantu.
bring uns knarren rein, schrieb quipp auf einen wisch, fraß den auf.
woher, schrieb bantu, zündelte, spülte die asche.
und wenn wirs dir sagen, lächelte motte.
dann trau ich mich nicht, sagte bantu, was noch. ich fangs mal woanders an. ich sitz nicht im knast, ich mach nicht *raf*, ich versuche zu verstehen, was wer von euch will, ihr von euch wollt, und da sag ich, jeder von uns ist zerstörbar, laßt uns rauskriegen, wie wir was schützen können, auch, wie wir vermeidbar uns angreifbar machen.
dann wär ich jetzt im fünften semester physik, sagte quipp.
und das wär dein tod, fragte vorsichtig bantu nach.
klar ein stück weit dahin, sagte quipp.
alles, jede regung, quipp, ist ein stück weit dahin.
aber meins oder nicht meins, identität oder nicht.
der kürzeste weg zur identität, sagte bantu, ist der run in den tod.
geht so nicht, philosophie, sagte motte, sie haben uns, wir sind im loch, was können wir besser machen.
ich habe angst, daß sies schaffen.
bist tückisch, alter.
der listige streich, sann bantu, der kunstgriff.
wenn sie uns schaffen, passiert da dir was?
ihr kalkül, die zerstörung, der niederbruch des gedankens *es geht*.
für dessen verwirklichung du selbst was tust?
in grenzen meins.
wer hat dir grenzen gesetzt.
das weiß ich nicht.
das weißt du, weil du dirs selber machst, wichser.

ihr setzt euch denn keine grenzen? und wichsen, wenn ich allein bin?
du bist so allein, wie du dich machst.
und du bist ein moralist, mein lütten, du bist der gefährdetste.
wie gehabt, *big raushole,* anders läuft gar nichts. steward hatte gekritzelt, jetzt kaut er.
gut. aber bis dahin, fragte pino moneta, es sind ja prozesse denkbar, ich denk das mal laut, langfristige bewegungen, deine, auf die du dich einläßt, die du ordnest, vorwärtsbringst, die dich in trab halten gegen den stillstand. stehenbleiben hat doppelsinn, daß du nicht kippst, und daß du nicht weitergehst.
was für prozesse, laß sehen.
knastband der eine, dichtung der zweite, und drittens, ganz leise, *die wahrheit.* wir wissen, wohin das geführt hat. zum kotzen.
was führt zum kotzen, quipp. dich unberührbar machen, weil du auch angerührt, auch niedergerührt, auch zerdreht werden kannst? so hast du dich unter verdacht. machst dich kalt. dienst dem pack straight, mehr nicht. bist so allein, wie du dich magst.
und ununterbrochen kaust du bananen.
zahnschmerzen.
affe.
wirklich warf bantu die kleine hand krumm, zog schalen zog schalen, das fieberäffchen.
sieh mal, quipp, als pellte er gelb, der hexer, das bild von sassetta aus siena, du kennst ja du kannst ja die wahrheit die schönheit, warf er ein weiches papier, aus einer ärztezeitung gerissen, der fliegende affe, vor beinahe jetzt sechshundert jahren, der schwur schwingt sich auf, brennt genau. quipp gabs weiter an pino, pino an motte, motte an steward. der starrte und strich langsam hin. schenk mir das, mann, sagte steward. hungerfettblau bestaunt er den schönen bruch.
die kamen, ihn umzuketten, auch da gab steward dem augenblick sinn, kriegten von seiner scheiße ans hosenbein, an

die pfote, jetzt geh dich waschen, dienstmann, hau ab, denn nichts, fuhr er fort, was wir anpacken können, fassen, was uns erreichbar, ist uns verboten, kein schließersocken, kein trommelstock, auch kein sonett, sobald wir sicher bestimmen können, wohin damit, wann, warum. die unberührbaren findest du früh, draußen schon weit zuvor, sommermittags grindelbergkreuzung, da flimmert texaco, da siehst du das rasen reglos, da stochert aus kielortallee ein typ, dick parka und lauter papier im ärmel, in ängsten streng, wir kennen uns viele jahre schon, komiteefreak, er glast aber glatt durch mich durch, alle öffnungen abgeklemmt, er hat eine absicht, sieht ab, zieht nah bei mir weit von mir ab, was ist das unfaßlich unrührbar von sommersonne im parka das fleisch, ach das ziel wie ein siel, das dich schluckt. ich war mal bei denen in der *wg*, der einen frau hatte die mutter ein freßpaket zugeschickt, der postzettel war aber futsch, unter bergen von flugblättern weggeflutscht, die liebe, das fressen. dieser frau war ich gern gut zugetan, ein zarter weißer mensch, eine seide, der hauch, leicht zu zerstören. da sah ich bekümmert, wie sie sich morgendlich abschlug mit einer gemeinen gymnastik, dem werfen der knochen als stein, das wenden von mond in messer. als wisse sie nicht, wer sie sei. als sei sie sich feindlich. eines morgens erzählte sie mir einen traum, in unserem hochhaus, sagte sie, hätten vier leichen gelegen, unsere leichen, nannte sie die, verhüllt in tuch, beim auswickeln seien es aber besen gewesen. da siehst du, quipp, *immer sauber bleiben*, das macht dich nicht witzig, nur krank. das schöne haus unberührbar. immer mensch bleiben auch die leichen. da denk ich an dietramszell, ich war ja mal klosterschüler, mein vater kannte häßliche strafen, da wollten wir schießen lernen. im bergwald nach süden, auf einer lichtung, hatten städter, deutsche und yanks, ein hübsches wildwestdorf aufgebaut, saloon, palisaden, galoppergaloper, so eine art freizeitkillcamp der deutsch-amerikanischen freundschaft, und sprangen da an in fransenleder, sonntagsverkleidung, schlapphut und regelrecht rauchende colts. wir sprangen bei, selbdritt. so als balljungens für das gemetzel,

indianer, fünf mark den tag. und schießen durften wir auch. früh übt sich. bloß keine berührungsängste.
bantu gab spritzen, holte zu trinken, motte lag todmatt, welche prozesse, pino moneta, laß sehen.
alles, ich spinn das schlapp ab.
schlapps raus.
das knirschen im kopf, unter jedem haar, schaff das weg, bantu, gib uns dein bestes, prozeß, das könnte ein studium sein, sprachen, wirtschaft, computer, wir brauchen alles, antrag und los, und die arbeit daraus mit leuten draußen, die an der gleichen kiste fummeln, connections, prozeß, stadtteilarbeit, was ist das, ich bin schon so lange weg hier im loch, neulich schickt mir ein typ ein foto im brief, in einem buchladen steht eine frau in einem tuch genau wie das tuch vom arafat, und ich gleich die frage rausgejagt, eh, was ist das für eine, wie kommt die zu euch, und hab keine ahnung, daß dieses tuch längst als lappen für jeden bei *karstadt* baumelt, stadtteilarbeit, draußen jetzt heute, was ist das, wie können wir da was genauer verstehen, mitreden, mitdenken, kontinuierlich teilnehmen, lernen, was ist das was wollt ihr wo wollen wir hin, ich hab hier im loch doch mehr zeit, dies und das zu klabüstern, rauszufriemeln aus presse und heften und unitexten, als draußen die meisten haben, das könnte dann, was ich hier such und sortier, draußen, wo es gebraucht wird, was bringen, und mir eben leben, verstehst du, viele gesichter, erfahrungen, bilder, ich möchte viel mehr viel genauer haben, wissen, die straße da jetzt, der weg zur arbeit wo längs, die kollegen am arbeitsplatz wie alt, welches kleid, wie klug oder doof, die kinder, die plätze mit kindern, bilder her, planmäßig, unersättlich, verstehst du, warum wir mal losgemacht haben, und machen und machen, das waren gesichter, prozeß, voll drauf! das sind wir! kinder, warum fordern wir nicht aus unsern connections kinder hier rein zum besuch, die laufen doch in den *wgs* inzwischen, die lachen das doch, die schaffen das doch mit panzer, den dreck da, das glas. bloß larry manchmal –
pino schnappte zittrig nach mehr nach mehr. da sagte ihm

quipp, der preis für all das wär, daß wir kaputt gehen, gefressen werden, und das um so schneller, je mehr uns der krempel fasziniert.
die folter ist teil dieses krieges, und so ist isolation auch eine chance, weil sie teil des kriegs ist, weil wir in ihr von dem, worum es uns geht, dem krieg, nicht isoliert sind. das sagte motte.
alles andere, pino, wie dus auch drehst, macht frieden, den friedhof. das sagte quipp.
kinder doch nicht, doch nicht kinder, rief pino, ach scheißgeflenn, bantu, mach was, los, mach!
doch kinder, sagte motte, oder was denkst du, haben sie meinen kleinen bruder hier angeschleppt, sofort, kaum war ich gegriffen.
und bist du gekippt? na, also. verrechnet. *es geht.*
schnell lief bantu nach hier und nach da, tappen und tupfen und tropfen. statuarische identität, knurrte er, oder können wir die auch prozessual, stein oder fluß, standhalten oder bewegung, oder standhalten als bewegung. wer von euch hat noch nicht hikmet gelesen, *menschenlandschaften*, die fülle, der kampf, quer durch knäste und jahre und folter und jahre.
und jahre und jahre, äffte ihn quipp, aus büchern und büchern, und dann kommt hier das, jetzt hört zu, so geigt uns das an vom friedhof. er las vor, *bei mir ist es so, daß ich immer nur die theorie, den gedanken des kommunismus (aber von den wirklichen voraussetzungen ausgehend) denke und versuche, in eine praxis umzusetzen, was nicht geht, jedenfalls bisher, ich schreibe in den zeiten der entscheidungen immer gedichte, wenn du willst, schick ich dir mal was, und bin jetzt in der miesen position, im nichts zu sitzen und die auswahl zu haben, für welche seite der subjektivität bzw. wirklichkeit ich mich entscheiden will. am liebsten natürlich für die wirkliche wirklichkeit und mich, aber mir scheint, ich schaff das nicht allein, also ohne orientierung an andren, an euch. es geht für mich darum, wenigstens dadurch noch ne funktion haben zu können, daß ich die theorie zuende denk und das aufschreibe, was noch zu sagen ist. so könnte ich*

euch vielleicht sagen, wo es hinführen muß und wird, denn es wäre ja, wenn ichs bringe, der theoretische gemeinsame nenner der gesamten opposition. aber wenn ich das mach, dann nur, weil ihr das von mir verlangt. nimm das wichtig. mein widerspruch wird auf jeden fall gelöst, und sei es in mir durch selbstvernichtung, aber das weißt du ja.
diesen brief kenne ich, sagte bantu, der kommt nun wirklich vom friedhof. hast du ihn damals beantwortet, quipp.
der kam an mich, sagte motte, ich hab ihm geantwortet.
besser wär dem, und wieder äffte quipp bantus kreuz, ein mühlstein um seinen hals.
er hat niemand verraten, sagte scharf bantu.
doch. sich, sagte quipp.
und jetzt ist er tot, sagte bantu.
wie tot, fragte quipp.
im letzten winter. hat sich in zwanzig grad minus gelegt.
auch noch privatfriedhof, sagte quipp.
du schwein, sagte bantu.
motte sah rüber zu quipp, jetzt würd ich dir in die fresse schlagen. geht nicht.
jetzt war es dunkel. jeden zogs weg. und also als höre niemand ihm zu, wühlte pino papier unterm bett, las vor, *und schlimm ist, daß es hier draußen schon sowas wie vorzensur gibt oben bei mir im kopf, ob ihr das überhaupt hören wollt, ob ich das überhaupt reinschreiben soll, zu unpolitisch vielleicht, und dann halt ich so brief an dich manchmal fest, schick ihn ewig nicht ab, bloß weil ich schiß vor dir hab, schiß davor, daß ihr toll seid und wir bloß die letzten kriecher. zum kotzen. eh, pino, ich weiß, das stimmt bei dir nicht, aber das gibts, das glaub man. und jetzt also los, nachts durch die stadt, weihnachtsnachts auch noch, oha, aber komm, renn mit, wird gut. so gegen sechzehn uhr bin ich los. die sonne war schon im untergehen und der himmel strahlend blau und die luft von pastellfarbener durchsichtigkeit, die für hamburg so charakteristisch. kaum autos auf den straßen. große rainstraße, spritzenplatz, ottenser hauptstraße. alles wie leergefegt, eiserne rollos vor den schaufenstern. der antiquar in der*

ottenser nicht. dort gabs pippi langstrumpf, lederstrumpf, bücher von expeditionen und anderen wilden abenteuern in dem einen fenster und in dem andern romane, deren schutzumschläge alle im fünfzigerjahre-design waren, ich glaub, einer hieß, das herz ist ein einsamer jäger, und die mich ganz fern erinnert haben, ich weiß nicht genau, an was, jedenfalls anblicke aus einer zeit, in der ich noch sehr klein war. und daneben, wo früher das parfümierte teegeschäft war, ist jetzt ein new-wave-laden mit mickymausfiguren in lebensgröße zum aufblasen und ebenfalls aufblasbare durchsichtige rosa plastikkerzen, die man an die fenster kleben kann. und daneben, im türmchen, im gekachelten, viereckigen, wie eh und je, bietet der akkordeonlehrer seine stunden an. dann reitbahn (bei sotiris gibts jetzt auch mittagstisch), große brunnenstraße. hinter den fenstern arrangements mit weißen und bunten lichterketten, von innen beleuchtet goldene weihnachtssterne. auf der straße vereinzelt noch leute, die die letzten einkäufe aus den autos räumen. großeltern, die kinder spazieren führen, damit sie den eltern aus dem weg sind. und immer diese bestimmte hamburger luft an wintertagen. es gibt auch eine berliner luft an wintertagen. doch die ist anders. die riecht streng nach kohleofen und unrat. hamburger luft ist leicht, riecht nach wasser, schiebt sich beim spazierengehen zwischen alle andren eindrücke, ist einfach da. elbchaussee, auch leer, brauchst den knopf an der ampel gar nicht erst zu drücken, rüber in den park, abwärts durch den park. ein beknackter radfahrer mit edler zweifarbiger lederjacke rast immer einmal den gewundenen weg runter, um dann wieder raufzufahren – tolle gangschaltung hat der mann! wenn du auf diesem weg stehenbleibst und guckst, liegt hamburg vor dir. der hafen. türme und masten heute auch menschenleer. dahinter der himmel über eben himmelblau bis weißlich in kräftiges lachsrosa übergehend. makellos. rein. still. ein bild. bis auf das kleine wellengekräusel. ich wollte nicht richtung övelgönne. wollte auf einmal nicht riskieren, edlere bekannte zu treffen. diese weihnachtspeinlichkeiten, und vor sentimentalitäten muß ich mich hüten. wenn aber weihnachten ein fest der besinnung sein soll, so wars das. ich will alle erinnerungen zulassen, da wos wehtut, erst recht reingehen, begreifen, versuchen, die realitäten zu erfassen, frei von interpretation und sentimentalität. damit meine kraft nicht verlorengeht im verdämmen und zuhalten. also bin ich nach links gegangen richtung fischereihafen. rüber über die kleine steinerne eisenbahnbrücke, an den fischauktionshallen entlang. erst gestern ist mir aufgefallen, daß über jedem eingang ein anderer firmenname steht. oft gebrüder oder alteingesessene familien mit junior und senior. dreck. ins kopfsteinpflaster gepreßt blechstücke, papierfetzen, fischiges. runter an den ponton. er liegt ganz tief. die bank ist kalt. hier hab ich dir mal gedroht, dich zu schlagen. ich träume. wie gestern. das leben ist so prall voll. so mit schmerzen, aber auch mit glückserfahrungen. ich liebe das leben. ich sauge es ein. ich bin berauscht von den farben, gerüchen, geräuschen. die elbe ist von einer kleinen brise leicht bewegt. plätschert an den ponton. nach finkenwerder hin ist der himmel leuchtend rot. fällt mir roc blanc ein, von wo wir den sonnenuntergang angeschaut haben, ihr nur kurz, ich war länger draußen geblieben, voll von namenloser trauer über meine unfähigkeit, mich verständlich zu machen. nach rechts rüber verfärbt sich der himmel ins bleigraue. vor ihm schweben lautlos, mit weit ausgebreiteten flügeln, möwen. kleine schwarze silhouetten. die stadt links und rechts wie im märchen. die ersten lichter sind an. der michel hat eine haube aus glühbirnen. da will ich heute auch noch reingucken. wenn schon denn schon. ich laufe die hafenmauer entlang. vor mir eine familie, die offensichtlich schon beschert hat. der zweijährige fährt auf einem batteriegetriebenen motorrad und der fünfjährige auf einem nagelneuen fahrrad, dessen stange für ihn viel zu hoch ist, so daß er jedesmal gefahr läuft, zu stürzen, wenn er anhält. er ruft dann auch ängstlich nach seinem vater. landungsbrücken. am äußersten ende auf den ponton. da liegt die prinz hamlet. frischgestrichen. weiß wie schnee. offensichtlich leer, und die restmannschaft geht grad von bord. ein engländer steht oben auf der brücke, zeigt in rich-

tung sonnenuntergang und blankenese und erklärt einem anderen engländer irgendwas. ich höre nur die rollende sprache. märchen. es ist märchen, um diese tageszeit, bei diesem himmel, bei dieser luft, bei dieser stille auf den landungsbrücken zu stehen. links die kleinen wellen, die der wind vor sich hertreibt, rechts die boote im ruhigen wasser, das aussieht, als würde gespanntes zellophan hier und da leise erschüttert. und das ringsum. nicht zu fotografieren. zu malen vielleicht. diese klare wasserfläche. kennst du das? diese heftige liebe zum leben. die wie ein motor einen immer weitertreibt. aus sehnsucht. die fast wehtut. die aber auch so glücklich macht, daß du heulen könntest vor glück und dankbarkeit. ach klar kennst du das. sonst wärste ja nicht da im loch. mensch, pino! da kommt mir ein älterer mann entgegen, leicht torkelnd, spricht mich an. ich beschleunige meine schritte. er faßt mich am arm. nee, fräulein, ich will nichts von ihnen. aber sagen sie mal, und er zeigt mit dem arm im weiten bogen auf alles ringsum, ist das nicht schön? und er erzählt mir, daß er jeden abend hierher kommt und den himmel und den hafen anguckt. frau tot. kinder schon lange weit weg. er hat mir viel erzählt. ich habe ihm gern zugehört. ist aber schwierig, wenn jemand dermaßen allein ist. er war so glücklich, daß er mich getroffen hatte. ich hab ihm die ladenadresse gegeben und gesagt, er solle mal dienstags zum frühstück vorbeikommen. vielleicht macht er das ja. weißt du, was ich meine, wenn ich sage, daß ich eine liebe für so menschen empfinde? und eine wut. wut auf verhältnisse, die so sind, daß erstmal die andren, die schweine, die totmacher, scheinbar immer wieder oberwasser kriegen. ich liebe. und das ist ein schwur. so lange ich lebe.
danach bin ich
warte mal eben, flüsterte steward. keiner von ihnen hatte geschlafen. aber da waren sie schon. fünf spezialisten. maskiert gegen krankheit. heckler auf hüfte. stürmen das krankenzimmer. wollen genau nur diesen brief. einfach das leben. pino drückt ihn weg in die scheiße. ende der tagung. es geht ums leben.

(78) wär ich bloß drüben geblieben. noch nie war nina das einschleppen über die lombardsbrücke, sechs wochen, sieben, alles gezögert, umwege umwege, krankschreibung, angst macht mich krank, so widerlich.
juli stand oben bahnsteig dammtor allein. war die schon immer so grau. sie gingen rasch aufeinander zu, umarmten, weinten und liefen los. aber noch nicht nachhaus, ich halt das nicht aus, ich lauf noch erstmal zu meinem vater, zu ossi, komm mit, wo ist, wo ist
der kleine denn jetzt.
redst du von rocker? bei adam fast immer. aber er fragt nach dir. wenn er was fragt, dann nach dir.
weiß er, daß ich jetzt komm, also heute.
ich habs ihm nicht gesagt.
warum nicht. egal. ist richtig. und sonst so.
komm erstmal an.
wieso ist denn, mensch juli, sie riß julis arm, ich kanns nicht ich kanns nicht, sie ließ juli los, lief allein, also los, weiter, das muß, wieso ist wieso ist
der kleine so früh zurück.
den konnten die eppendorfer nicht halten. bloß noch die wilde wut. adam ist der einzige, der seinen tritten und schlägen nicht ausweicht, sich hinhält, daß rocker ihn trifft. jetzt hat er flecken. er hat ihm sogar ein kleines messer gegeben. dann haben sie zusammen die wunde an adams arm verbunden. dann hat er mit rocker zusammen pflaster, binden, salben gekauft, ausgepackt, gerollt, geschnitten, einen medizinschrank winzig für rocker allein, für rockers wut, du kannst alles machen, sagt adam zu rocker, kannst alles, und was dann daraus passiert, das machst du auch, so gut du kannst, mein arm tut schon fast nicht mehr weh, und so macht das jeder, hoff ich, sagt adam zu rocker. ahlers ist wieder draußen. kommt aber jeden abend. fährt morgens schon vier uhr los. ahlers, adam und rocker pennen zusammen bei adam. na sowieso, adam und die beiden großen, total unberechenbar, was geht, sagte juli, was gut geht, sagte sie nach und nahm wieder ninas arm. die weinte.

sie liefen die messehallen, dann marktstraße, knast längs will nina nicht, *oder wir holen die raus,* willi wieland schleppt blutige sacktaschen ab, mageren nacken und frischpissig nieren, auch er kaut den stein seines vaters, nicht alles abgießen aus der pfanne, nicht so sensibel, ihr mäuschen, das würzt, kommt mal nachher mal vorbei, brat ich euch fein was ab, küche bleibt kalt, der mann ist im wald, und älter heißt längst noch nicht kälter.
ossi, schon dick über sechzig, schuppenviz achtundzwanzig, macht noch afrikaschicht baakenhöft. puschenluzi schlufft erstmal weg zu eduscho, schwierig, was soll man da sagen, *für das schlimmste stehst du allein,* und klatscht auch, so ganz nebenbei noch, fixes stück kuchen uns warm aus der hüfte, ist drüben denn auch jetzt für alle mal satt, da lachte nina endlich mal wieder voll durch, das sind so die kräfte von luzi, die viele vergessen, sie leider auch, und erzählte von ihrer reise, von bootfahren und von biegenden tischen, vom respekt der Roten Armee an den gräbern, von susette und *siebenmal asche.* daß das aus der zone kommt, so schön, sagte luzi, das hast du von drüben ja seltener. und *heller schein* war dann ossi, abgestrampelt seit tausend jahren, mit lauter kollegen im netz im netz, und was ihn festklebt, da sagt er geschlängelt, aus lauter falten geschickt noch sein kurven, das halten wir fest in der hand, mein lütten, und greift sich die tochter samt kummer, man gut, daß du wieder in hamburg bist, *der russe,* er grinste durch ninas haare auf luzi, da weiß man ja nie, bloß beim trabbi, da weiß man, das war wohl nix, den kaufen noch nicht mal die neger. hast gar keine ahnung, sagt nina, fahr hin, guck nach, warnemünde, wo sie den überall hin verladen. sag mal verschaukeln, dann stimmt die richtung, o kaffee und kuchen, er schlürfte sich hin wie er war von der arbeit, besuch aus der zone, und gleich die banane aus büchen, *liebe fahrgäste, wir begrüßen sie* im affenzirkus mit strauß und raketen, ach wat scheun, lütten, daß ich dich seh.
ja peng ja scheiß ja aus.
nina starrt schwarz.

nee komm, sagte ossi da streng, laß nach, stell dich hin, mach dich grade, der lebt, der bengel, das kriegen wir hin, den machen wir wieder wann lustig, weil muß, weil leben, das geht gar nicht anders.
hat larry was durchgesteckt, fragte nina.
nichts, sagte ossi, komm her, hau nicht ab, ich red jetzt von deinem jungen. meiner hat selber schuld.
idiot, sagte nina und setzte sich wie als kind zu ossi ins ausgeglotzte velour. paß auf die krümel, schnurrt luzi. ja krümel, kläfft ossi, paß du bloß auf, ich hol dir vom fischmarkt so küchenkanari, dann brauchst nicht mehr selber picken!
und draußen, was macht der garten, juli soll auch nicht bloß blöde so sitzen, ossi weiß schon, was sich gehört, und zachun, das war für ihn garten, *stück land*, nix mond und stille und feine gedanken und grabsteingehämmer für dörfergemeinschaftshund, wie kann man son tier bloß richard nennen, so heißt doch der bruder von meiner frau seinem schwager, na gut, meinetwegen, *alles verwandte*, aber der garten muß stehen wie ne eins, unkraut sind auch menschen, jetzt aber schluß, kneif ab, ich bin nicht grün, ich bin rot, schön erdbeeren auszupfen, stramm erbsendraht, und kohlrabi, den gibts ja schon bißchen jetzt größer, kollege sagt, elfeinhalb pfund ohne knochen, ist ja irgendwie schweinerei, bald machen sie das mit uns auch, bloß nicht nun grade den kopf, der muß weg, einfach ohne kopf, jeden tag doppelte schicht, pille in hintern und kein protest.
du hast ja satt, sagte nina, aber die halbe welt nicht.
jetzt kommst du schon wieder mit neger.
das warst du vorhin, ossi, ich nicht.
ist doch egal, wer das war. und jetzt sag ich dir mal, was nicht egal ist von negern, da wär nämlich gar kein hunger, wenn wir da nicht wären.
wer wir, sagte nina, hast du ne bank, gehört dir bei hoechst ein einziger sack chemie.
vorsichtig, lütten, luzi hat aktien laufen, und ich hab ein konto, und du, und alle. wir machen das alle schön mit, daß die hungern. mehr sag ich mal gar nicht mal erstmal.

ist zu heiß, sagte luzi, die arbeiten sowieso lieber weniger. ist auch besser so, brummte ossi, und außerdem, das hast du genau so gehört, wie ich, damals, morgens, im schulfunk, sag ich noch, guck mal, lernst immer noch zu, nämlich so, in sahel, da in der verwarzten wüste, vor siebentausend jahren, nina, da hatten die da schon landwirtschaft, ehrlich, das hatten die rausgeforscht, da könnten wir heute was lernen, aber die von uns, die da hin gehen, die kommen nicht für lernen, die schmeißen da bloß sack futter vom jeep, als wenn das von uns die ferkel sind, die menschen da unten, ich haß das. spruch, sagte nina und küßte den alten, du kannst gar nicht hassen, das hast du alles in larry gestoßen. wie kann man bloß sowas sagen, sagte luzi zu juli, luzi mochte so flüstern von ficken ganz gern, aber doch nicht so offen, und auch bei besuch.

nicht nur mein haß, auch mein gehirn, sagte matt ossi, schön blöd sitz ich da jetzt am schluß.

paß auf dich auf, sagte nina, räumte mit luzi ab, wusch eben mit juli die tassen und teller, bleib du man drin, ist gleich *zimmermann,* und als sie gingen, knabberte luzi schon lustmord, und nina sagte zu ossi, du sitzt nicht blöd, du bist gut, und wo ich sitz, da sitzt du auch, und auch wo larry sitzt, doch, halt die klappe, und wo lina und auch wo

der kleine, da nämlich ganz genau so, mach dich gerade, wir schaffen das.

reichlich regen, wo wollt ihr hin, ich fahr euch.

nee, laß man, ossi, geht gut.

irgendwie paßt mir das wetter. mir auch, sagte juli. hart nah beinander überquerten die beiden frauen den pferdemarkt, klatschende reifen, versprühtes licht, leitern und schlachteschüsseln und *schraders würstchen* und punks und *aberton,* gib mir mal den koffer wieder, *wenn man zusammen was tut, gehts einem gut.*

wo ist ahlers, da will ich zuerst, aber allein, ohne den kleinen. sie liefen ecke rothenbaum moorweide, hier wohnen adam und rocker, sagte juli. nina ging schneller, hast du ahlers denn auch nichts gesagt. der ist oben bei uns, der wartet. und proff. zuletzt telefon vom schiff. was soll das. er muß nachhaus, aber wo das ist, wo ist er. wird schon, der rappelt sich, sagte nina, blieb stehen, ich muß dich mal küssen, mensch.

und dann küßte sie ihren mann. mach kein licht. heute nicht. sonst schlief, danach, zuerst immer nina weit weg, an der dicken achsel von ahlers, bauch und bein klein leicht auf ihn draufgelegt. heut lag sie wach, horchte auf atem aus haut, schmeckte die luft aus lust, die nasse weiche wärme in tuch und decken und haar, das schlingrige schieben, das leise lebige dampfen und stampfen im mageren fleisch von ahlers, die ruhe unnahbar bewegt, in seiner höhle ihr mann. mit ihren haaraugen, hautaugen, augen der zunge, augen an allen viel fingern und ohrrand und knie küßte nina den ganzen menschen da, sachte die federaugen fiedern die reise die reise dunkel munkel karfunkel, bunt wippt der specht im traum gekitzelt vom flöten, sachte, muschi, auf los gehts los, da ritt nina ihn sich schon festgenommen, alle äste beiseite da, knäste, paläste – sie sausten zusammen weit. landeten weich weithin. glück gehabt, raunzte ahlers noch eben ins erste tiefe verschnarchen. nina blieb wach.

als er fest schlief, machte sie licht. hockte im kissen verkauert über dem mann, den sie so lange so gern treu mochte und sehen mochte und sehen und sehen und sehen. und weinte, daß sie ihn sah. daß wir uns sehen können.

und manches tu ich allein, sagte anderntags nina, weils anders nicht geht, weil ichs will.

sie wollte mit rocker nur sein ohne licht. da adam darauf bestand, daß rocker sich hinlegt und aufsteht wie jeder, also nachts schläft, tags sein lernen, sein spiel, seine liebe macht, seine wut, wurde ein zimmer in adams wohnung verklebt, ich seh dich auch nicht ich seh dich auch nicht wo bist du wo bist du dabinichdabistdu ich seh dich ich freu mich du weinst ja weil du so schöner kerl der haut dich klein das schwein hau rein. gehaut geht getanzt, sagte rocker, er suchte sich ihre hand, er führte sie seine großen schritte, jetzt leise treten, nicht laut, sagte er, jetzt laut, hau rein.

angstnaß ging nina da raus aus der nähe der trennung, am gleichen tag noch zieht sie sich schwarz eine schweißerbrille über die ohren, dann einen lappen ums haar, um die augen, beim essen, beim pissen, saut alles voll. weil ich das will. haut einmal schon halb die heimhudertreppen nach unten, handgelenk asche. noch fünf tage hin bis arbeitsanfang in lübeck, im amt.
was nun. was tun.
weil ichs so will, sagt nina, starrt schwarz.
willst du kaputt, fragte ahlers, ich brauch dich, komm mit, sagt er sonnabendmorgen, ich zeig dir was schönes, das kennst du.
tatsächlich ließ sie sich von ihm führen als sei sie blind, die jacke hast du ja ewig nicht angehabt, durchs leder von oli kriegt ahlers die hitze, das zittern von nina, spielbudenplatz, der bademeister. zack, reißt ihr ahlers die augen auf. adam hängt an der angel, der faltige bücherbart blaß, der fuchs aus musik, der flötenfuß baumelt, der triller tatscht kreise bang, der blasebalg schnappt nach luft, und hinter ihm unter ihm an ihn gezwickt glitscht fummelt taucht und krächzt rocker. beim schwimmen hat er nie wut, das faßt ihn alles gut an, das mag er jetzt um so lieber. nina hielt ahlers den mund zu, damit er den beiden da unten nichts von ihr sagt.
langsam ging sie an ihm dann weg übers domfeld zu wieland und kitti. das stimmt, ahlers, irgendwo da gehts lang. was ich nicht kann. da gehts.
also was können wir.
nicht, daß du alles kannst, aber daß du genau alles tust, was du kannst, so geht das mit uns.
wer wir.
auch juli war einverstanden, sie hatte buhlemanns willi gleich mitgebracht, die kinder reden jetzt mit, rocker und nina und lina und ahlers, das sind wir alle. und lisa bleibt den abend in adams bude bei rocker, und wenns in die nacht weit hinein geht, dann schläft sie da auch. lisa ist von allen die zweite, die es einfach macht, was allen so schwer ist. daß sie so eine ist, das hatte sie selbst nicht gewußt. auch jetzt weiß

sies nicht. sie machts. jetzt macht sie mit rocker, der liegt schon in adams bett, vogelstimmen. der bartfuchs hat eine schallplatte rangeschafft. rocker horcht aus offnen fenstern am see. im weißen gras schakkert der teichrohrsänger. ahlers hatte ihm immer schon viel was gezeigt. den sieht man nie, sowieso nicht, sagt rocker.
und nina dreht durch, hat nina gesagt.
was nun.
sieben ist erstmal ne glückszahl, das sagte lina zuerst.
stimmt, sagte juli, was machen mit glück. nina kann das noch nicht. aber ihr glück ist, daß sie das sagt.
gemütlich zueinander gequetscht in schaukelndem korb saßen felix und lina, nina und juli saßen im tuch von ikea, ahlers lag mehr denn als daß er saß lang die cordcouch hin vor büchern, nur adam saß aufrecht gehockert, das kennt der vom klimpern nicht besser, sagt ahlers, aber es war adams rücken, die tücken der aufrichtigkeit, die strenge der absicht mit hand und fuß. und buhlemanns willi, ist der denn unsichtbar. der liegt nah zwischen allen lang auf den boden gestreckt, als kaue er gras zwischen mohn, als horche er weit durch den deckenstuck das sausen der sterne, die ordnung, denn ohne die geht keine ferkelmast, kein sack raps, kein tag leben, wo will wer hin, wie kommt er mit wem und mit was in der hand dort an.
adam ist dran, wenn ers kann, sagte buhlemanns willi, aber nina ist rockers mutter, das sehe ich auch.
ich habe den jungen zur welt gebracht, sagte nina, das ist nicht schwer. jetzt möchte ich blind sein, tot sein, das ist mir zu schwer, das geht nicht.
du bist doch da nicht alleine mit, sagte ahlers.
doch, sagte nina.
jeder von uns, sagte adam.
noch anders, sagte juli, weiß noch nicht wie, aber felix aus mir, lina und rocker aus nina, die sind aus uns rausgewachsen, und du lebst aus dem leben von dem, und was kippt, das kippt auch in dir, ist falsch ist falsch, aber kann dir passieren, euch männern nie, ihr seid immer irgendwie gegenüber, ob

das richtiger ist oder falscher, proff ist schon beinah hinüber. aber nina jetzt andersrum auch.
wenn der wieder hier ist, felix dreht sich lakritz rein, dann macht der genau so wie du das, kein bißchen falscher. gibt so ein wort überhaupt nicht. der reist bloß jetzt rum. dann kommt er.
und was hat nina davon, fragte schnell juli.
erstmal ist wieder arbeit in lübeck ab mittwoch, sagte ahlers, gar kein vertun.
will ich genau ja auch, da hab ich was vor, sagte nina, das kann ich, da sind auch noch mehr so wie wir.
wenn nina nichts tun kann, kippt sie um, sagte lina.
und mit rocker ist nichts zu tun, fragte ahlers die tochter scharf.
klar, sagte lina, siehst du doch, machen wir doch.
adam machts, sagte buhlemanns willi.
oder er macht es nicht, dann brechen wir alle ein, sagte ahlers.
was macht adam, fragte ihn adam vorsichtig.
daß er dir alles zutraut, sagte juli.
daß wir dir trauen, sagte ahlers.
da sagte adam, sonst wär ich nämlich genau so verloren wie jeder.
ahlers grabschte an büchern so hin, zog raus, blättert rum, schob sorgfältig ein, hob zog schob alles auf vordermann, nee nee, das ist anders, du flötenfuchs, da steckt was bei dir ganz allein, keine ahnung, das hat hier kein schwein, weißderteufel, aus was für nem sack du das piepst, aber der ton, der stimmt, der ist was für rockers vier ohren, den hört der sich raus, du fledermaus, da gibts überhaupt kein vertun. aber nina, er zog am lampenfaden das licht an und aus, der arme wahnsinn, die angst, reiß dir das raus, nina, kralle, du weißt doch, zack, auf stich geworfen, allein marschiert wird hier nicht.
will ich auch nicht, will ich nie, sagte nina.
was hast du in lübeck jetzt vor, fragte juli, sags mal genau.
organisation. über die stadt raus. die arbeitslosen. politisch.

als kraft. und noch was. das sag ich hier erstmal so nicht. ich sag knast.
kannst du knast leichter als rocker.
da geh ich gegen die bullen. wir. und hier denn wogegen, ich, doch blind.
einfach liebhaben, sagte juli.
einfach haß haben kann ich besser.
hast dich verändert, muschi, nicht so, weißt schon, bist gut, aber so, die richtung, die kralle, weißt ja bescheid.
schon länger, das weißt du, ahlers.
du hast dich auch verändert, sagte juli zu ahlers.
stimmt. bloß wann. das weiß ich noch immer nicht länger.
ausdauer. austrauer. aus trauer. das war von adam murrend genuschelt. nur eben juli hatte die kürzung verstanden.
du redest manchmal ein quatsch. lina warf eine nuß an die nuß, noch immer nicht länger ist gar nicht richtig.
was wär denn jetzt richtig für uns, fragte juli lina.
ich weiß was, aber dann wein ich, lina stieß sich vom schaukelstuhl weg, ihr seid sowieso hier alle verrückt, ich hau ab ins bett, und wehe, da kommt einer hin.
weg war sie.
weit tief in der nacht fand juli lina im großen bett klein nackt, klar wach wie ein hase, hockte auch bald in julis haar, ich geh mit nina nach lübeck, da sind die andern, die kenn ich, und rocker bleibt hier mit dir und felix und adam, und ahlers macht schluß da im wald, siehst du ja, der will mit rocker, sucht er sich hier in der stadt was mit baggern, und wohnt mit adam, wie jetzt schon, und wir alle, wenn frei ist, zachun, das haus ist ab jetzt dann für alle, das muß, die insel, da schmeißt uns der alte raus, wenn ahlers die arbeit da aufhört.
komm, lina, leg dich her, wirst kalt.
nee, laß.
und warum wolltest du weinen.
ich wein ja gar nicht, grinste lina, du weinst.
mal der mal der, sagte juli, wir waren den abend da ohne dich ziemlich blöd, fünf stunden geredet, gedruckst, ge-

dacht, gefummelt, geflucht, kennst ja ahlers und felix, und jetzt, am ende, ist der gedanke genau derselbe wie deiner.
ist doch gut, sagte lina, kuschelte an und schlief ein. juli dachte noch über adam.
zwei fragen, achgott, jetzt geht alles von vorne los, hatte er, als alles soweit mal klar schwer von jedem gesagt worden war, an nina, und dann an ahlers gestellt, an nina, findest du, bist eine schlechte mutter. ja, das bin ich. und was machst du damit. was ich gut kann, so gut ich kann. dann geht es bestimmt, hatte adam gesagt, bloß keine selbstbeschimpfung, bevor das losgeht, jedes mal, nina, sag uns bescheid. und dann an ahlers, warum nennst du mich fuchsflöte.
flötenfuchs heißt das!
und bücherbart, springender affe und knecht. ahlers sprang in zwei schritten dem grauen hockermann unter die nase, schlug ihm voll vor die brust, aber hatte schon hinten die andre faust als die abfederung, den schutz, weil du lebst, mann, adam, das lieb ich!
juli streckte sich leise um lina. mann, proff, wo bist du. *es geht.*

(79) ledermann lutschte die liste der reise, es kam kein zukker. utah beach rostige shermans ablatschen, tisbury zehn stück pears soap einsacken, nah wivenhoe der judengreis unter feigen, durchs schiffstelephon gesäusel, fast stumm schon wieder der lieblingstote, es läuft nicht, in hellerup läuft er sechsmal ums haus, beim siebtenmal fliegt er raus, in *ostberlin* kaffee und kuchen bei tante und onkel susette, altes parteigelichter, da läuft kein wort von verrückten, und dann durch den raps weg ins nest, der kuckuck, wo hat er die kleinen eierchen kinderchen hin denn verschleppt, aus welchem baum, welchem busch kreist uns das ab, fällt ein, aus welchem strauch diebt uns das greift uns das an, ist keiner aus all dem geheck zu finden, nur die vom jenischparkrand malt deckweiß in holzfrei weiß selbstporträt, sind alle ver-

hüpft verschlüpft verschwebt, ohne proff, und tausend mark schatten pro tag für ein windei, das macht der dienst nicht mehr mit. auch hatte der colonel entwickelt, proffs altes wissen, lebenslang frisch, sei jetzt zum ersten mal nicht mehr ganz ungefährlich, denn so lange proff habe glauben, sich eitel einreden können, er werde die eigenart seiner erfahrung doch eines tages wenden, lieber noch wenden lassen durch einen andren in haß, in den schuß, konnt er sie schweigsam schleppen wie stoff, der ihn treibt, jetzt stehe er aber allein, die bande werde sich vor ihm hüten, das wisse proff gut, was nun, er legt es an auf verhaftung, die fühlt sich ihm ein wie befreiung, denn dann, im großen prozeß, wird er, denkt er, auspacken vor der welt das kinderleben von retalhuleu, auch wenns ihn selber sehr öffentlich bloßstellt, wer nicht mehr leben will, fürchtet das nicht. oder er macht in tölz was allein. wir lassen ihn gar nicht mehr rein, achso, das wissen sie nicht, weisung, vereisung. er hat aber schon das halbe geld. das schaffen wir uns aus der welt, so wie sie.
schreckliche turbulenzen, der captain im cockpit ölt happygolucky, ledermann fühlte sich ausgefoppt, ganz außer diensten seit jahren, er orderte tee mit doppelt zucker, gut rum das glas aus havanna, ja *che* damals, wir waren noch zeiten, auch der tee jetzt war *weltniveau,* sie geben sich mühe, das muß man neidlos, er war seit vielen jahren zum ersten mal wieder über bad schönefeld ausgeflogen, schwitzbad, jedes mal test, was sie wissen, was nicht, und diesmal wars ihm besonders wichtig, der westsenderjob in ostberlin war ab nächsten april vakant, wär das nicht was für sie, ein letztes winkewinke vom dienst, er hatte den umweg also riskiert, wenns abgeht, wird ausgetauscht, machen wir uns doch nichts vor.
im drängligen laufschlauch zwischen maschine und zoll nahm schlosser ihn sich schon nah, eisen an leber, so kamen sie einverständlich durchs pässeticken, bonjour, monsieur le curé, deine tasche, die liegt hier gut, komm mit, die rollst du dir später mal ab.
was rollt, wo rollen wir hin.

die kugel rollt rot, rue sérurière, neun stockwerk beton nackt arm, ein städtisches haus für die ärmsten, eingetreten die drahtglasscheiben der schlagetottüren, vollgeschissen der fahrstuhl, die treppen, die wut drückt sich aus, schon im ansatz der kanten vorm haus schlendern sich schleudern sich arbeitslos junge nordafrikaner, schlitzen den mund, kein kuß, ein schuß, sie sehen schlosser nicht einmal nach. er hatte aber, bevor er allein den block verließ, auf etliche klingelknöpfe gedrückt, damit ledermann da aus dem knie nicht verblutet. wenn du mich öffentlich wiedererkennst, bist du tot. vergiß mein gesicht. nicht, warum du hier liegst.

(80) der schuß ist mir widerlich wie der mann. aber der ledermann hatte ihn gut verstanden. und die nordafrikaner fanden den tag nicht besser und auch nicht schlechter als andre tage. gewalt. die zeitungen schrieben von terrorforschung, wichtiger mann *unserer sicherheiten*, weinten ins knie. so gehts. so waren jetzt als theatertruppe alle versammelt bei andré petite. für den warnschuß der falsche zeitpunkt, sagte flügel. der richtige ort, kein bild nirgends, erwiderte schlosser, und die gelegenheit einfach leicht, und proff ist da raus, er, den sie zuerst verdächtigen werden, ist nicht in dieser stadt. niemand weiß, wo der ist, sagte anna. ich weiß, sagte schlosser, er rast zwischen freunden, sucht halt. sie jetzt, auf brettern, splittrig biegend, *die welt bedeuten*, lustig verkleidet verschminkt in ein bauernstück aus dem larzac, in der verkleidung jeder bewaffnet, rasten nicht, fragten. fragten einander. schlosser, gestützt wie getrieben von boye, hat in der gruppe das wissen der gruppe gefordert geschärft, nach pauli und blues und proff haben wir fragen.
wer wir.
sind schlosser, flügel und anna, mit anna paula, aus der toskanischen arbeit die.
warum du.
wer sonst.

das stimmt. wir sind noch zu wenige.

wir müssen sie alle täuschen, sagte paula, ich heiße von jetzt an *wachtel.* wir.

wer wir.

sind boye, cora, andré und otto. *aus hunger nieder wieder die klasse in waffen, daß er lebt und liebt, der schnitt ohne zacken und zögern, zuck,* ich heiße von jetzt an *jakob.*

es ist kein tanz die blume vernichtung, ich heiße von jetzt an *bloom.*

keine rettung verliert das obszöne. beweint nicht die toten, ersetzt sie, ich heiße von jetzt an *rigo.*

es wird darauf ankommen, mehr zu wissen, auch wenn es schmerzt, es bleibt bei boye.

denn wären wir schmerzlos, fuhr schlosser fort, wären wir harmlos, berechenbar, es sei eines juninachts, freitags, plötzlich, von niemand hier ausgerechnet, eher leicht nebenbei, von tölz, special forces, die rede gewesen, der bissen geworfen worden, geblinkert, schnapp, *wie fische im wasser,* aber so dumm, denn wär proff nicht blitzschnell gewesen, seine warnung, die dauernde sorgfalt maries der schnitt, der doch noch die leine, den faden beißt, den köder, der von sich selbst nichts weiß, wegbeißt vom jäger, dann hätten sie uns jetzt alle, obgleich wir das vorher wußten, sie fischen das frische wasser, wo immer sie überm tiefen tritt finden im gestein, sie stehen früh auf, sie denken viel nach über unsre liebste gewohnheit, zu springen, *jetzt, heut noch,* ich frage nach ungeduld, eile, dem reiz, welches war am junifreitag das reizwort, *tölz,* wo kam das her, es kam von außen, nicht von uns, proff ist außen, unglücklich ohne ort nur wort, und nun da das wort nicht mal seins, ihm als bissen angeboten, dem hungermann, dessen unersättliche verletzung sie kennen, dessen lust auf uns, unseren biß, rechnen uns aus, gut, wir werden sie überraschen, aber weil draußen zwei aufgepaßt, nachgefragt, nicht funktioniert haben, wie wir dachten, wie die pigs sie sich dachten, nicht einmal selbst konnten sie denken, was sie entdecken werden, sich selbst überraschend waren sie allen der trick, die rettung, ich frage den prozeß des staunens, denn sind wir einander und auch jeder sich selbst nicht erstaunlich, sind wir es auch nicht dem pack. er frage vertrauen, die dauernd plumpe gefahr für jeden hier in den kämpfen, und eigenartig die chance, sie erst zu entwikkeln. er gäbe ein beispiel fürs erste, eins fürs zweite. fürs erste, als wir, proff und ich, noch einmal unten waren in tölz, vermessung der wege für die minuten danach, das material der sicherungen hinter der blibliothek, die schärfe und dichte der ränder, ging proff einen schreibblock kaufen, fragte die alte frau nebenher nach dem besten stück torte im dorf, sie nannte ihm *gräfin mariza,* seufzt auch, aus stiften und heften, nehmen sie herrentorte, und denken sie, wenns ihnen schmeckt, an mich, später essen wir also dann das, proff bestellt ein drittes tortenstück fein verpackt, schleichts rüber zur alten in die papiere, legt einen zettel dazu, *dran denken, das macht uns nicht satt, wir werden es tun, es schmeckt gut,* klar, daß so eine bayernmutter den hamburger altvater nicht leicht vergißt, so wird das zum tip fürs pack. aber zweitens, in regensburg, früher, schon längst, hatte proff einen seiner filme gezeigt, winzige linke scene dort, halbnachthin diskussion, proff pennt in einer wg, morgens, alles verqualmt, zerredet, endlich geht jeder da weg auf sein stück matte, will schlafen, einer von denen, aus pirmasens, mitten im diskussionsgerangel, mitten im großen wg-salon, hat sich längst weg in haufen kissen verkrochen, hats satt. wintermorgen. noch nacht. alles hat sich verschlichen. proff sitzt hin, kann nicht schlafen, sieht draußen unter den lampen das wehen von schnee, jetzt wird die stadt schön, sagt er leise, jetzt möcht ich mir alles gequalm verlaufen da draußen und sehen, aber allein, was seh ich allein, das ist mir zu wenig, ist alles zu wenig, murrt er so für sich weg. da streckt sich der frühe kissenmann dicklich, ich geh mit, bist hier gast, sollst nicht darben, alter, und schuddert sich hoch aus warmem gewurschtel ins klamme zeug, geht mit proff, zeigt ihm die altstadt, leicht weiß überweht jeder stein, jedes licht, kein mensch unterwegs, nur der da mit proff, faßt vertrauen, läßt raus, er käm da vom *bgs,* habe die schnauze voll, habe haß, wisse nicht weiter. proff fragt nach. jonny gibt antwort. proff fragt schärfer. jonny erwidert genau. da sagt ihm am ende proff, geh zivil zurück da ins grenzwaldgebiet, wo du zuhaus bist, die heimat hast, da fällt dir was ein, das seh ich, kennst hin und her jeden schlich nach frankreich, durch den wald, ums gestein, und das ist gut und nicht schlecht. jetzt macht der seit jahren verläßlich die shell da in der pfalz. und frage ich, sagte schlosser, nach unsrer fähigkeit, uns abzureißen aus der uns vertrauten wirklichkeit. unberechenbar ist das vertrauen.

ich hab auch bgs statt bund, fragte nun jakob nach, wegen lübeck oben und waldläuferei und bist du immer gut nah zuhaus. aber was das da ist, ist krieg. also in ratzeburg die kasernen. *das muß hier klappen wie bei der ss,* so der spruch. und der ausbilder war nicht viel älter als ich. also krieg. einfach die frage wer *wen.* nicht einfach, denn auch wenn für jeden offenliegt das lügen von einer welt ohne krieg, deren funktionieren nur noch geht aus ununterbrochener gewaltanwendung gegenüber der weltmenschenmehrheit, wenn also für jeden offen liegt das faule bild der angeblich zivilisierten welt ohne krieg, das uns doch täglich nur vormachen soll, daß das unfriedliche leben draußen, das aber doch hier in den zentren produziert, zur profitproduktion gebraucht wird, uns fremd sei, weg damit an die ränder, asien, afrika, lateinamerika, bloßes spektakel aus affenwald, höchstens mal kleiner gewissensbiß, der das innenleben bereichert, ach dreck, sie reichern sich alles, und offen. und offen also, frag ich dann nach der front. warum sind wir so wenige. wer alles windet sich ins neutrale, ins unschuldige gebiet, ins weiß, verrät das interesse der kämpfenden klasse, springt, als hielt ihn das satt und warm, in die großen taschen der killer, der ausbeuterei, die unschuld der passagiere, da müßte ich lachen, will aber nicht, will fragen, wo sind die kollegen, wie erklär ich mir das. ich hab mir auch schon mal ausgedacht, es geht einer hin, das stellt euch mal vor, und sperrt für alle auto und glotze, nur das, sonst alle satt und gemütlich mit wohnung gesund und in arbeit, egal, für diese gewaltige

scheiße aus blech und lügen, um die zurückzugewinnen, wär hier den meisten *gewalt* überhaupt kein problem, wär ihnen jeder *terror* grad recht, hätten sie keine bedenken, hemmungslos zuzuschlagen. aber fürs leben, also gegen daß sie verblödet, verbrannt, vergiftet werden, wirklich täglich verkrüppelt, und sie wissen genau bescheid, so wie die alten den kill in nazizeit wußten, fällt ihnen nichts mehr ein, kein mensch für das leben, was ist das, wie klär ich mir das, was machen wir falsch. und wenn eine gruppe dann endlich angreift und macht in den zentren hier den kampf international, dann geht bei den andern gespenstisch die rede von unsrer verzweiflung. ich müßte ja erstmal verrückt werden, um so zu leben wie die.
heul nicht, rief flügel, wir wollen dich verstehen, jedes wort, frag weiter.
an den stuhl binden, sagte hart bloom, und genickschuß, das ist noch nicht meine antwort auf deine frage, aber eine erfahrung, die vielen angst macht, draußen, das ritual sind nicht wir, so nie, mein vater ist so gestorben, hier in der stadt, *gestapo*, macht haß.
ja, eben ja, rief jakob, denn es ist schwer, zu lieben, also ich meine zu kämpfen gegen haß und gelächter, deinen tag zu wissen, deine stunde, deine hand, uns, den sprung, wenn dir die nächsten menschen sagen, dein sprung ums leben sei irr, deine hand ein wisch blut, deine stunde nur null, dein tag nacht. sie tanzen auf gräbern, wir arbeiten nur unser stück geschichte, klassengeschichte, die tust du, sie aber zupfen dir ärmel und ohr, laß nach, sei nicht immer so finster, mann, verzweiflung gibt schlechten rat. ich bin überhaupt nicht verzweifelt. ich freu mich doch, daß ich euch seh, und jetzt mit euch mich. sie schreiben aber längst bücher, blähen ihre verzweiflung auf zu riesigen filmen, sogar schon ein mächtiges ölbild hab ich gesehen, in der hauptstadt drüben, *ten years after*, in öl die augen aus stammheim, unsre lachend als wahnsinn, der mord gemalt, verrahmt.
aber, frag ich mich, hau ich dem maler mal reichlich paar in die fresse, gebongt, das macht mich nicht klüger und keinen,

weinend kommen sie aus dem kino, und ich bin ihnen gespenstisch, nicht gar sie sich selbst, was ist das. also das sind die zwei ersten fragen für mich, warum sind wir so wenige, und warum heißt verzweiflung, was lebt, und leben, was nirgend mehr weiter weiß gegen den krieg. aber drittens noch was zum knast.

warte noch mal, sagte wachtel, drehs um, denk dir verzweiflung mal richtig, du kennst die, sonst würdst du nicht weinen fürs leben fürs kämpfen jetzt heut. ein schimpfwort, ein drohwort, ein wirrwort ist *die verzweiflung* für die, deren leben keine verbindung mehr findet zu solidarität, zu mut, zu treue, zu freundschaft, zu lernen und liebe. nur wer das mit drin hat, im tag, im kampf, in seiner hand, wenn er aufsteht, kann auch verzweifeln. wir. bist du am leben, dann hast du auch schmerzen. der kampf läuft gegen anästhesie. also auch. jedesmal.

wachtel war um die dreißig, sie redete, ihre worte suchend, nicht aufzuhalten, nur schwer, auch achtete sie aufs gesicht, auf die spur ihrer gedanken beim andren, ruhig, die freude, der zweifel. jedesmal ein weiter weg. das hätte sie gern alles mit jakob geteilt. aber dann war der bald tot.

unruhe war entstanden, schon hinterm letzten satz von jakob. schlosser ging raus, dann schlosser und flügel gingen, und kamen und gingen. boye ging nach. kam allein zurück. rigo und bloom traten weg hinter pappen, die waffe offen. anna schmiegte sich tief aus dem sattel hinter den hals eines künstlichen pferdes, auf dem sie bis jetzt gesessen hatte, aufmerksam, ohne zu fragen. sie hatte dem treffen hier bis zuletzt widersprochen. du kennst ihn lange genug, sagte boye zu anna, draußen steht tapp mit vier leuten vom hafen, sagt *boot,* hat von schlosser und mir die information, wir wollen zusammen reden, was sagst du.

für jeden von uns den strumpf, dann ja, sonst nein.

das sagt flügel auch. das lehnen die ab. sie sagen, wer ihnen nicht traut, dem trauen sie nicht.

wer von uns kennt die andern.

keiner. nur tapp. und ich sage, das reicht.

mir nicht.
ich kenn tapp mit pauli, das weißt du noch nicht, sagte boye. ich kenn ihn von blues, lang her, der schwund, anna hatte den strumpfsack schon übers gesicht gezogen, entscheidet jetzt draußen, ich habe entschieden, und leise rief anna hinter die pappen, rigo und bloom, den sack, zack, und warf auch einen an jakob und einen an wachtel.
tapp und brocken waren gekommen mit uwe, pitt vreese und benni fick, aus vielerlei jahren die gang, im blanken montage-transit, in arbeitsklamotten, mit werkzeug alles dabei, direkt von der schicht, ab landungsbrücken und maakentunnel und los über köln, liège, valenciennes, nix parlez-vous, montage européen, fünf mann vier ecken und durch, die einzige waffe der witz, der wille, jetzt wolln wir mal sehn, los, rein, und tapps einzige frage, bang, all die fahrt, ist marie denn wohl auch da dazwischen, war für ihn günstig geklärt, nein, hatte boye gesagt. dann rein, sagte tapp, mal alle gespenster verjagen.
brocken, der flotte weiberschnüffler, sprang zu anna aufs riesige pferd, rührte sie klug nicht an, die mit dem sack gehn hier raus, rief er scharf, fix fix, oder wir, größenwahnwitz ist ja was schönes, aber wo er sich bloß noch versteckt, fehlt ihm der witz, das menschenauge, wird blind, er zupfte zärtlich den kopfsack von anna, sie hielt ihm die knarre hin, eh muschi, röhrte ihr brocken leise, bist doch ne schöne, das seh ich doch so, und ich, guck mal mich, das paßt doch, los alte, trab mal was an, oder runter vom hohen roß, wir kämpfen auch ohne prinzessin, und wer uns nicht traut, kriegt gehaut.
warte noch mal, sagte tapp.
er setzte sich mit den andren zu jakob und wachtel, die beiden hatten den sack in der hand, die augen frei. boye hat das mit mir überlegt, sagte tapp, dann haben wir mit schlosser geredet, kann hier ja nicht jeder wissen, ist aber so, uns geht das was an, was ihr macht, und euch geht das an, was wir, das wißt ihr auch alle genau, weil sonst nichts mehr weitergeht in den kämpfen, nur alles die kiste und knast und

der sieg der schweine, nicht unser ding, jeder von uns fünf mann hat seine geschichte aus kämpfen, seine entscheidung, jeder von euch hier kann jeden fragen, soll er sogar, wir lernen, jeder von jedem, oder sie fressen uns ab, mal ran, die aufdeckung von gelichter, im dunkeln ist munkeln, wir wollen das messer, den hund, der nichts vergessen hat, der den kopf hebt, rot, also raus aus dem sack, oder wir reißen die dinger euch von der visage, und dann schießt ihr mal schön, wir sind unbewaffnet gekommen. tapp stand auf zu rigo hin, hier, los, taste das ab. bloom tastete uwe kock. flügel tastete pickelpitt vreese. dann tastete bloom noch kurz eben benni fick. und du, schöner mensch, tastest mich, das hab ich doch gleich gesagt, sagte brocken gerne zu anna. aber da nahm die sich selbst den sack weg und lachte laut, den blitz, den donner, den riesigen regen ins heiße gelände der angst. dies gelächter konnte nur anna.
schlosser sagte, jakob soll weiterfragen, jeder suchte sich platz im bühnengeschirr, da saßen, standen, lagen, hockten, schaukelten, ritten jetzt dreizehn leute, frauen und männer, wachsam.
schon bißchen weniger wenig, fuhr jakob fort, aber der knast, was ist das, wie geht das, das ist meine dritte frage an uns, ich hab mir schon viele gedanken gemacht, sogar über pohrt, alles rennt sich in ecken mir fest, ich komm nirgend durch, muß aber durch, wegen leben, unserem, gefangen, pohrt sagt friedenshand, shakicaphandi, obgleich gar kein frieden ist nirgend, das weiß der auch ganz genau, dreht leiden, das mag der wohl haben, das glaub ich, in frieden, so gehts also nicht, also wie, zwei wege gehen sicher, schaffen dich rechtzeitig, oder vielleicht grad rechtzeitig eben noch raus, erstens verrat, zweitens einfach und klar dein nein zum bewaffneten kampf, offen, schriftlich, die *taz* hält dir zeilen frei, nach zweidrittel bist du raus, wohin, ich weiß das nicht, ich frage, denn die es so machen, die reden ja nicht, sind raus und stumm, die besten, oder sie lassen haß auf uns los, haken ein bei *spiegel* und *stern,* obgleich sie mal ganz genau wußten, wer da blendet und zerrt und kaltmacht, was stumm

macht und haß macht, das kann nicht der richtige weg sein für menschen, ich würd gern von denen was lernen, die sind doch die schwersten wege gelaufen, warum gehen sie aus unsrer arbeit weg, und da meine ich viele arbeit von vielen, ohne mit uns zu teilen, welcher teil ist von uns an dem, daß sie schweigen, das frag ich mich auch, da will ich mal vorsichtig sein, ich war noch nie weggefoltert wie die, und *kriegsgefangenenstatus,* stimmt schon, ist krieg international, aber klassenkrieg ist das, volkskrieg, da gibts keine abreise nach paar jahren nachhaus, und mutti wartet in altona mit frischen pantoffeln, gleis acht, da gibts nur die freiheit oder den tod, also befreiung, schon richtig, aber das dauert zu lange, ich will die vernichtung stoppen in celle, in straubing, in frankenthal, in köln und ossendorf, marliring, in stammheim und stadelheim, sonstnochwo, keinen von uns sollen sie kriegen, wie mach ich das, wir, ich frage, denn das ziel der knäste ist die zerbrechung, ich will aber, daß wir aufstehen, wie machen wir das, und wenn ich, das sag ich mal klar, in kämpfe komm, wo ich erkennen kann, da komm ich nun nicht mehr raus, kann ja passieren, deckung kaputt, hast du was falsch gemacht, nächstes mal richtiger machen, aber nächstes mal bist du nicht mehr dabei, also so knack die falle, dann will ich kämpfen, bis ich da weg bin, oder ich mache mich selber weg, jedenfalls geh ich nicht knast, solange der knast von uns nicht gepackt wird, denn es ist meine entwürdigung, daß sie was haben, wo ich nicht rankann, das geht nicht, das frag ich, das sag ich so erstmal.
machtfrage, sagte anna.
wir sind die macht, oder wer, fragte jakob.
ganz offensichtlich ja, sagte boye, und ganz offensichtlich wirklich nein, ich will hier genau jetzt weiterfragen, es fragt auch pauli, wir haben das weiter zu denken, es geht ein kämpfender mensch lieber ins sterben als noch einmal in die berechnung der killer, ins counterticken ihrer abgefeimten kalkulationen, so wie es jetzt eben der jüngste hier mitten in seinem anfang sagt, lieber tot als knast, was ist das, das geht nicht, was dreht sich da in uns ein, was fressen sie uns da weg

die liebe zum leben, wer sind wir denn dann, ausgehöhlt rest, die kalte kontur unsres kampfes nur noch, das geht nicht, was geht da vor, wie gehen wir vor gegen knast, denn wenn sie es schaffen, den knast unantastbar zu halten, schaffen sie draußen bei unseren freunden sich das stück entsetzen, an uns das stück unberührbarkeit, sich namenlos ihre macht aus weiß, aus all dem die lähmung, die läuft, die läuft ihnen zu, das geht nicht, *auch im knast muß man perspektive haben,* sagt einer von uns, und hatte sie dort nicht mehr, wird stumm, geht, aber weit, hat sie verloren nach jahren und jahren kampf, wir haben ihn verloren, bestimmter verlust läuft aus uns selbst, das frage ich, was läuft da falsch, denn daß sie, wenn sie uns haben, entkräften, niedermachen, wirklich zerstören wollen, das ist ja nicht überraschend. wir wären ja gar nicht hier, kennten wir nicht den hauch, der löscht, die machinationen des imperialismus, die unterfliegung nachts gegen schlafende menschen. es ist platt öffentlich, was geschieht, was sie im knast mit uns machen und was mit dem menschen hier draußen, die abrichtung, die verblödung, die rampe gefügig, meine mutter, wie alle andren, wußte im krieg, was läuft, millionen soldaten hatten gesehen, geredet, aber als dann zu ihr illegal einer kam, wegtauchen, kofferplatz, hilfe, da hat sie, und es hat ihr nicht die moral gefehlt, nicht der ernst, nicht das wissen, aber die hoffnung, die weiß, daß es geht, da hat sie den weggeschickt, hat gesagt, sie habe drei kinder zu schützen, sie hatte nur eins, hatte die angst vor dem strick, unerreichbar im land dieser einzige punkt, mitten im land der block, flügel hat mal gesagt, *hier sind die zentren,* das stimmt, drum hauen wir ja hier auch nicht ab, aber vom zentrum die mitte, das genau ist der knast, und das hat auch meine mutter gewußt, irrgarten, in dessen mitte das tier, die zerreißung, und da war sie so klug wie alle, so kalt erschrocken wie alle die meisten heut auch, gegen dies weggemacht werden lernen sie lamentationen und unwiderleglichkeiten, nur damit niemand sie greift, denn einmal gegriffen, bei gründlicher arbeit gegen den imperialismus, bist du in diesem lande verloren, es sei denn, wir

lernen den knast aufmachen, jetzt wir, also wie, ich frage die unterbrechung, den bruch, der eingreift, jetzt angreift den knast.
das läuft ins massaker, paß auf, sagte flügel.
das läuft schon massaker, das weißt genau du, den einen erstickt es im brunnen, die andere schlitzt es in zalaphan, und die kleinstgruppe kälten sie weiß, irgendwo zwischen lübeck und bruchsal, ich hab auch noch gar keine lösung, ich frage, was machen wir los, genau was, *alles los alles los,* hat pauli gesagt.
leinen los, ist gebongt, sagte tapp, vier mann vier ecken, bloß wie.
deine mutter, das kenn ich von mir, sagte pitt vreese vernagt, hast du verpflichtungen eingegangen, machst du verbindlichkeit, willst du die alte nicht eben mal linken, so scheiß mal den rest der welt, da machst du dir besser noch vorher paar viele gedanken.
ja, sagte boye, gedanken, deine sind unsre, schnapp dir meine als deine, das stimmt, aber es soll unser denken zur hand gehen, das stimmt doch auch, das frag ich hier jetzt.
dann guck auch noch gleich mal das boot, da war nämlich auch viel zu denken, beim denken lief benni fick auf und ab, schritt aus zwischen bildern und ketten und weißlichem tuch.
davon weiß boye nichts, sagte anna.
dann weiß sie es jetzt, was muß das muß, ich sag das hier eben noch mal, ist schon was her, wo steckt der denn überhaupt schon wieder, war astreiner mann, der proff, oder habt ihr noch paar im schrank für reserve, da haben die uns doch drauf gedrillt, einsatzreserve eins mit springerabzeichen und hodenschutz, gewalt ist da gar kein problem, fragt sich bloß eben immer, wer wen, das hat tapp mit uns durchgeübt, weil so pitt und ich und uwe mehr auch nicht, wir lesen gern lieber weniger, aber wir wissen paar sachen zum lachen, bloß lachen geht tot, wird kalt, wenn du das boot kippst mit leuten von uns, also siehst du, das habt ihr gut durchgeblickt, und auch, oder strengt das mal an, daß ohne

türken nichts läuft gegen türkisches boot, entweder bist du lieferfahrer, also wir nicht, oder du bist genosse, was schwer ist, gerade mit den kollegen von da, da steht noch viel arbeit an, bis das mal steht, da kannst du verdammt was erleben, das denkst du so gar nicht aus osdorfer born, was som türkenvater praktisch am arsch hängt, was der schleppt für verantwortung oftmals, das reicht bis ins vierte und fünfte glied, das meine ich nicht unanständig, und auch nicht fromm, und sicher nicht militärisch, bloß lernst du eben schwerer den kampf, wenn überall leute warten, daß du jeden tag abends auch sicher nachhaus kommst und kohle bringst für essen und wohnen, ach einfach die haut für die frau oder mutter, das mußt du alles mal denken erstmal, dann schaffst du auch das, was du willst. über bord fällt jeder allein. wir nicht. wir bauen das boot. aber unsers! und bald mal, daß ich das nicht vergeß, brauchen wir was geschrieben, zum dibbern, denk da mal endlich dran, schlosser, auch wenn wir gern weniger lesen, von euch da gibt es schon fragen, ich mein also neugier, wenn ich das mal hier so sagen darf, daß mancher ganz gern was verstehen möchte.
zu erklären ist jetzt, sagte anna quer durch bennis gedankenschritte, wie sich der prozeß der krise, rezession und repression, durch die guerilla, den angriff und die reaktion, die sich an ihr offen zeigt, militärisch nach innen vermittelt, auch aus der struktur ihrer repressionsmaschinerie, also hier in den metropolen die demarkationslinie zeigen als einen teil der front im befreiungskrieg, in dem sie anfängt zu kämpfen.
wer, fragte matt bloom.
wir, sagte anna.
nein, schluß, krähte kock, so nicht, benni hat was von verstehen gesagt, und gebt mal nicht immer so an mit schwer spruch, so wichtig sind wir noch gar nicht, das kräfteverhältnis verschätzen, da gehst du für ab, aber fix, da schmeißen sie dir im kleinsten lohnkampf die lappen, bevor du drei zählst.
jau jau, zagte vreese, im teutoburgischen ohrbeck gezogen von großmutter liesbeth, im herrgottsknabbern, ruhig au-

genmaß messen, und dann, erst die arbeit und dann das vergnügen.
das kräfteverhältnis und die verschätzung, sagte nun flügel, hör das mal, uwe, wie singlaub das sieht, und gibt das auch schriftlich, die sandinisten, sagt er, das ist die baader-meinhof-gang in lateinamerika.
frag schleyer mal, sagte tapp, gut so, das geht nun nicht mehr, aber echt, was der so geschätzt hat, angeblich, von unseren klassenkräften, schon dreiundsechzig die streiks und dann sechs jahre später, und voll daneben geschätzt, wir waren doch schwach, und achtundsechzig, das pack mit den notstandsgesetzen, also was die von uns sagen, das sagen sie, um ihr ding zu drehen, aus ihrem interesse, aus unserem nicht, und was nicht aus unserm interesse kommt, ist mir gelogen, also kein maßstab, und die laubsänger kommen und gehen, wie olle stalin schon sagte, *ohlsdorf lacht,* schob er ortskundig literatornithologisch noch nach, und da laufen auch neuerdings wintergoldhähnchen, sagte er leise zu pitt, der auch gern heimlich nach vögeln lief, hat uta neulich von harald.
wer ist harald, fragte ihn jakob.
sind zwei, sagte tapp, und keine vigine, und außerdem, so wie wir, da kennst du viele, geht rund, vier ecken, das hab ich ja schon gesagt.
und früher mal natochef haig, fuhr flügel einfach fort, sagt neulich das kräfteverhältnis so, *wir werden uns nicht mehr um die menschenrechte, sondern um den internationalen terrorismus kümmern müssen.* müssen, sagt er, hat druck, das pack, und davon hat anna eben geredet.
kann sie ja, soll sie ja, sagt benni fick, und wir sagen einfach nochmal, das mancher ganz gern was verstehen möchte, und dann schreibt das, wenns geht, auch mal gut zum verstehen, und nicht für bloß paar so verdünnte wie schlosser und ihr, fix schlau, aber ganz weiße nase.
mach das mit mir zusammen, und pitt, jetzt, heut noch.
nee, sachte, das war benni etwas zu schnell, und wenn ich mal fragen darf, name?

rigo.
sehr angenehm, warte mal, achtung, kennen wir uns nicht schon, er sah nach tapp, das war doch das buch von dem knurrer.
beweint nicht die toten, ersetzt sie, sagte tapp.
genau, sagte benni, ein feiner gedanke, war damals schon alles herbe der knast, der onkel von meiner frau seinem schwager, den haben die nazis auch weggemacht, hier eben draußen in neuengamme, achso, nee, wir sind ja verreist, aber wichtiges buch, kein vertun, gut, rigo, läuft, und pitt, du auch?
hilft ja nicht, muß ja fertig, morgen früh, erste schicht, wo gibt das hier mal was zu essen.
richtig, hunger, die weiße nase. das war pitt vreese.
warte noch mal, sagte anna zu benni, was meinst du vorhin, wir bauen das boot, aber unsres.
baust du das mit, fragte brocken zurück, er saß noch immer gern nah bei anna. die sah ihn unzufrieden an. siehst du, sagte da brocken und zog unterm aufgelegten finger den lachenden mund scharf schmal, wir sind hier für fragen versammelt, was uns dann später zur hand geht, das hat boye sehr richtig zur sprache gebracht, das geht bloß die hände was an, die das dann wirklich auch packen, frau schöne, er legte ihr seine faust unters kinn wie ein kissen aus leichtesten federn.
laß das mal, sagte anna und rutschte vom pferd.
organisationsfrage, lachte brocken, also ich mein unser boot. das essen auch.
wie liest uwe kock jetzt die speisekarte, und dreizehn leute, wo ist so viel platz, und auch noch verkleidet der größere haufen, theatervölkchen, biensur monsieur dames, sie setzten sich aber gesichert, zwei liebespaare an extratischchen, wer da reinkommt, der hat euch im rücken, das machten flügel und schlosser, und drüben, diagonal, zwischen anrichtetresen und scheißhaustreppen, das machten vreese und rigo, die mochte, den mochte er gerne sehen, ist ja ganz richtig so, ist ja egal, sagte pitt nachdenklich weich ins duf-

ten, ins schneckenziehen und saucetropfen, ob frau oder mann, aufs dritte kommts an, das sind wir, hier, probier, er hob ihr vorsichtig über der hand heißen happen, schade, mit kindern kannst du nicht kämpfen.
ohne frage, einfach so arm, sagte rigo, mein mann ist verrückt geworden.
was weiß pitt vreese von wagner, nichts, aber daß es das gibt. er legte für eine kleine zeit brot und gabel beiseite und schwieg. er wußte, daß es das gibt. dann nahm er ruhig die letzte schnecke für sich, weißt du, was nämlich verrückt ist, wenn du hier nicht verrückt wirst, er sah sich die beiden herren gut an, die zusammen da aus der pißbude stiegen, das war früher immer von ahlers der spruch, fuhr er fort, kollege.
was macht der jetzt.
krankes kind, blind, hat er reichlich zu gucken, die mühe eben, weißt ja, das leben.
alle bestellten und kriegten getragen und aßen und tranken satt, und die neun an dem einen, großen tisch, die aßen von allen tellern, wie damals mit wieland und ahlers die tour, dachte tapp, *komm raus, bißchen laufen, der mond,* nie wieder mond für rocker, *jetzt frißt er die insel jetzt fressen wir alles splitternd das licht erlosch,* und kerstin liegt lange schon kalt, geh mir bloß los mit den weibern, *unheimlich licht in die augen,* bald schmeckt mir schon nicht mal mehr kabeljau, was mach ich bloß, wie ich da rauskomm.
ich sage noch nicht, daß das gelingt, sagte am andren morgen wachtel, wieder die schnürbodenketten und bilder und pappen und bunten lappen, unter den kappen die anrede, wo wir sind, ich frage das aus erfahrung, denn wenn wir selbst die mystik nicht lassen, weiter den knast uns halten als ein geheimnis, den verwahrort geheimer kräfte, dann kommt dir irgendwann das perverse moment, aus dem du dann endlich da rein willst zu denen ganz, mit ihnen sein, statt daß du hier draußen hackst und dich plackst und es einsackst endlich und packst, daß sie rausmüssen, alle, heute noch, jetzt, und du bist verantwortlich.
wachtel stand in einer wand, auf freier bühne war das ein

hohes stück katengemäuer, altbalken, häcksellehm, dachkantenmoos, und drunter das flattergardinchen, eins von den *elf alten fenstern,* und wachtel lehnt, dunkel rund, gerahmt, im karrée, steht in der wand und fragt nach wändeeinreißen, denn verehrung, so will ich mir das mal erklären, sperrt tückisch und immer nur ein, sie lähmt, der anbeter wünscht sich gelähmt, damit er nichts tun muß, den angebeteten wünscht er sich lahm, damit ihm der nur nichts tut, nur nichts, das kann man ziemlich lange so drehen, ich sage hier nur, und das frage ich mich, weil ichs weiß: die verehrer, die sind die zweite wand, hinter der die gefangenen hocken, das zweite bein, auf dem der counterkill fußt, denn was denn seit *ossendorf* zweiundsiebzig, seit komiteesommer dreiundsiebzig, und in den büros die kopierer qualmen, alles qualm und kopie, ach angst, die verehrten könnten uns überfordern, na, wie viele jahre ist das jetzt her, da lernt einer leicht schon latein, der damals erst eben gemacht worden ist, und was denn nun *drinnen und draußen ein kampf,* ich sage, ein krampf, sieben gefangene sind umgebracht worden im knastkampf, einige ganz verstummt, zu tode gemüdet, mancher versteint, alle krank im körper, doch, alle, und keine demo, kein kampf, weder drinnen noch draußen, haben bisher erreicht, was wir brauchen, genossenleben, prozeß, keine bewegung, hier nicht und dort nicht, hör mir bloß auf mit draht auf die u-bahn, nichts hat die schweine bewegt, ihr internationales programm, die vernichtung von widerstand, aufstand, zurückzunehmen, die wären ja blöde, und sind sie nicht, es ist krieg, da passen sie auf und wissen genau, wer von uns lebt, so lange er lebt, der greift sie an, bis sie verreckt sind. doch, boye, bis sie verreckt sind. da ist die grenze. die sterben nicht, die verrecken. die widerlichkeit, hat schlosser am anfang gesagt, wachtel kippte die wand und trat drüber hin, allerdings frag ich mich, wann, und wie, und frag ich nach unserem leben, wann denn, und wie, gegen knast. und hockte sich nieder, unten gegen das pferd.
da sagte rigo noch einmal, sie konnte aber schlecht sprechen, mein mann ist verrückt geworden, ich habe gesehen, ich

habe gesehen, sie stellte sich hin an eine hängende kette, um weiter zu reden, ich habe gesehen, was sie da mit ihm machen, und doch und doch, sagte sie runter zu wachtel, das reißt keiner mehr auf, wen die haben, den haben sie, oder spreng du sofort auch die psychiatrien, überall weiß, ich weiß, der mord gegen leben, ach quatsch, sie riß sich den rechten arm hin und her übers ganze gesicht, die waffen, sagte sie einfach dann, die zentren der waffen, sie schlug die kette zu einer schlaufe und setzte sich ins geschling, als gäbs einen garten, den wind der insel, den fluß, *die wellen,* die weisung vom turm, leuchtend.
jakob ging hin, komm da raus.
das frag ich mich nun schon längst, sagte anna, auch sie ging, wie benni, beim reden hierhin und dahin, aber weniger krumm, im langen bauernrock weiter schritt, fehlt bloß noch das eierkörbchen, am weg ins dorf die gezogene mütze des knechts, die klarheit ist das, was wir tun, nicht das, was wir fragen, *begreifen, daß krieg ist, und sich entscheiden,* und die entscheidung sind wir.
schon wieder ein feiner gedanke, rief ärgerlich benni fick, wir fragen uns eben bloß noch, wie wir die bald mal machen, silber verpüstert kann jeder.
wir machen das, was wir können, sagte anna, und wir können das, was wir lernen, und wir lernen alles, weil wir sonst untergehen.
moment noch mal eben, rief uwe kock, ich war ja noch gar nicht fertig, so als hätt eben er und nicht benni gesprochen, *begreifen, daß krieg ist,* das war in der zeitung, das war der genickschuß in frankfurt, der ami. denkst du, wir sind verrückt?
war falsch, sagte anna, das wissen wir.
moment noch, mal nicht so hopp hopp, kock stellte sich hin zwischen schlosser und tapp, er hielt beim sprechen die hände fest hinterm rücken, den kopf eng zurück in den nakken gedrückt, als hätt einer in seiner letzten minute zu sagen, warum er da aufrecht steht und nicht kippt, ich möchte das wissen, anna, wer war das?

wir waren das, sagte flügel, auch sie war aufgestanden, war dünn geworden war dünn geworden, *ach mein mund meine haut,* wir waren das, wiederholte sie, wir sind jeder fehler von jedem, auch noch der schlimmste, und was einer lernt, auch das beste, das lernen wir alle, niederlage und aufstand, niederlage und wieder der aufstand, weil wir sonst untergehen.

dann lern ich uns jetzt was, rief kock, von leben und härte und wir, weil nämlich killen, das ist kein fehler so eben mal eben mal eben, sondern das ist ungeheuerlichkeit, der feind. und der wird bestraft. mein bruder, der ist viel älter als ich, der war *nationalkomitee,* kennt hier keiner, würd ich mal tippen, alle auf glotze gezogen, die jungen peoples, alle leute von tapp waren älter als die aus der gruppe, benni schon älter als proff, *nationalkomitee freies deutschland,* so hieß das. erst pilot war der bruder gewesen, stuka, dann runter mit ihm, die Rote Armee machts möglich, eben ganz knapp vor moskau, dann paar an die backen, schwer schock, dann antifa-lager. wer hier lernt, der lernt leben, sagt der politoffizier, und leben ist kampf gegen krieg und faschismus. los also, oder ab. so hatte mein bruder zu lernen. und dann partisanenarbeit gemacht gegen die naziarmee. und hatte ja dann gesehen, was das pack macht, wenns mit ihm aus ist, die dörfer, die menschen, das letzte küken, alles verbrannt und zerrissen. da hatte der bruder haß gefressen, *haßmütze auf,* aber wie! und als er mal einen gefangen kriegt, da knallt er den ab, bloß so, durch die birne, weg mit schaden, für ordnung. und gleich danach stand er hocker, strick am ast und was nun. der genosse kommandant liest kurz vor, wir sind keine mörder, und macht mit dem stiefel ein zeichen für die, die rechts und links von dem hocker stehen. da springt mein bruder lieber gleich selbst. und der eine genosse aber, der fängt ihn auf, hält ihn am leben. so gehts, sagte uwe kock, und lernen wir uns das gut, nämlich dieses ist keine frage, sagte er drohend und setzte sich wieder hin.

längst war anna stehen geblieben. keiner wollte jetzt weiterfragen. lange sah anna uwe kock an. und als sei sie mit ihm

allein, sagte sie weit zu ihm rüber, du siehst so aus wie der typ, den ich kannte, karlsruhe, das war im april, wir waren da mit andren am drucken, da kam die nachricht, *sie haben buback geschossen*, und im laufe des tages kam so bei allen das feeling durch, heute abend ist fête angesagt, einfach weil das geklappt hat, gegen den killer, weißt schon, ulrike und alles, und haben gefeiert, sogar getanzt, ich auch, sehr gern, ich tanze sehr gern, und da hat der typ zu mir gesagt, entweder du hörst auf damit, oder ich bin weg, tod ist kein tanzen, ich habe weiter getanzt, ich habe den nie wieder gesehen, und jetzt bist du hier, und ich sage zu dir, daß ich dich gut verstanden habe. daß ich mich freu.
da sagte tapp, die erste antwort klar auf dem tisch, eine von mindestens vier mal vier ecken, um die es die tage geht.
vor weiteren antworten wird gewarnt, sagte bloom, wir schließen die türen, er sah auf die uhr, es wird zeit.
sie wechselten einzeln straße und stadt, als letzter lief tapp, lief schwer, *alles los alles los*, wird hart, er streckte den dürren rücken, *nur hurtig fort und fix gegraben es währt nicht lang er kommt herein, ein engel leonore*, die frau denkst du besser mal weg, war geträumt. sorgfältig hatten clarisse und zwei frauen die wege und umwege, pünktlich den neuen platz vorbereitet. unauffindbar. die arbeit. wir werden sie überraschen.

(81) alles vorbei. elend marie packt wachsam ihren genossen tapp. tapp schrappt ab, das wort vom genossen, das laß mal für dich, bist verstrichen, nämlich irgendwann mußt du mal wissen wies läuft, nicht treu geht nicht kampf, das merk mal, du möpsin, aber da lacht ihr, euch kennt man.
wer ihr, wer bin ich dir ihr denn. ich bin allein.
ja fein neu die art, sagt alt tapp, in billbrook die tür war zu, aber kann sein so gemein seid ihr kalt ganz der wichs ganz allein, da gehn dann gleich auch noch paar mehr auf die matte, neu geht nicht treu, paß auf, auch wenn sich das

reimt, das schleimt, ich hab keine lust mehr für deine augen, pieks ich mich glas oder was oder blind, ja alles weinen auch alles getäuscht, laß mich weg, oder soll ich ins wasser, kannst haben, auf ratte das hab ich bei dir gelernt.
anleger nachts neumühlen. da fährt jetzt kein fährschiff. bloß manchmal ein großer wird rausgeschleppt. vor mitternacht langsam dröhnts leise vorbei. alles vorbei. das geht so nicht, hat marie gesagt, was haben wir falsch gemacht, was falsch, das können wir richtiger, doch, wir, was sagst du mir ihr, wo bist du, wenn du allein bist, tapp, sagst alleingemacht bist, machst aber selbst, wo willst du denn hin, mein freund, mein liebster genosse, o doch mein liebster, das weiß ich, wo bist du, bleib bei uns.
so hat marie ihm den fluchtweg, die krumme anlegerbrücke hinauf rauf weg ins schwarze treppenverbiester, ins ufergebüsch und gedorn, ins oben versteck zitternd zugestellt starrend bleich weich, ich laß dich an uns nicht vorbei, leuchtend marie ein messer entschieden, bleib hier, steh still, du kommst so nicht weg, geh langsam runter zurück aufs ponton, wir werden es lernen, guck mal die lichter, im wasser die sterne, den nebel, den hellen vom hund.
alles hund, sagt tapp, tappt ab in den dückalbenwinkel, da laß ich mich wegsacken, wenn sie nicht aufpaßt. er will die liebste nicht schlagen.
sage mir, tapp, was ist dir schlecht, wenn ich da gut bin mit proff.
daß du das fragst. das genügt. da fehlt was.
fehlt was?
kein reden geht von was fehlt. ist nichts zu finden da nie bei solchen menschen wie ihr die.
sieh mich. hier bin ich. allein. tapp, mach auf.
fall du dich nicht gegen die tür. laß los. es lohnt nicht. es ist eine überraschung. da ist nichts dahinter, marie.
dann komm raus da, komm rüber.
da ist nichts.
da ist marie schneller als tapp, die schnelle marie sehr schnell. da im unteren arm der stich durch und durch von

dem messer hält nun ihn oben hier fest gegens dreckige wasser, schwappt schwarz nach, warm läuft blut weich da in die reeling gekauert weint tapp, weint tapp marie, weint marie tapp, weint marie flüsternd entschlossen, hier halt mit dem daumen, wir laufen gleich los, es geht, jetzt wir, unser jammer und fehler und retten und stechen mit einem messer das bluten die dummheit. sacht marie sachtig mit händen und worten und augen.
am schlimmsten die klugheit.
wir lernen uns alles gefährlich, tapp, aber wir lernen uns doch, dich kenn ich jetzt besser.
und schlimmer. steckt alles verknotet in meinem kopf und verblutet.
was lernen denn ohne verletzung. denk doch mal blohm. oder kochen. sogar bei musik bist du abgekippt von den ästen.
das kannst du vergessen.
nicht liebe vergessen.
ich war in den bäumen geschaukelt wie alles mein leben, denkst du kannst fliegen von lieben, das träumst du, das täuscht dich.
am liebsten wollen wir alles zu schnell.
das war nicht gut.
ist vorbei.
alles vorbei, sagt tapp.
los hoch, jetzt komm, aber langsam, das schwankt, das krankenhaus oben, das schaffen wir leicht.
vorsichtig halt dich.
ich halt dich.
graust mich.
genossen.

(82) den dreischläfrigen galgen wippt hungrig der vogel von auge zu auge wehe süß leuchtet der herbst die frucht schwängelt kühl. proff lehnte ins taugras, sah ab ins tal, als

sei kein gift. seinen menschen saß er, weithin weither, von auge zu auge, raste er freunde, aß aus den augen, wo er denn ob er denn sei.
er pickte sich rüber nach regensburg, abgerissen das alte haus, wo waren die jungen genossen hin.
er fragte sich durch, von nachbarn hörte er dies und das, knast, nicaragua, hochzeit, der strick, einer bettelt trommelt orange die glatze, alle haare verschenkt, alle hoffnung verrenkt. proff hob sich weg in den holzbeingarten, zu kuchen und kummer und kindern des pfaffen aus alten tagen, der hatte es jetzt mit dem magen, der *bauer am kreuz?* am kredit! sauerte xaver lebermatt, und erntedank ist den meisten geschissen, wir sind hier ja alle versichert, es macht mir, sagte er, keinen spaß mehr, es ist eine leich im teich, wie soll ich da menschenfischern.
der malerfreund unterm zwiebelzipfel, *es lächelt der see, er ladet zum bade,* zweitausend camper schissen den see täglich trüb dicklich, hatte den renken liebevoll abgewürzt, wie machst du das, fragte proff. ich bin entschlossen, sagte der freund, am allgemeinen prozeß des scheiterns nicht länger teilzunehmen. wie machst du das. ich male es und zerreiße es, es ist eine kunst, den riß genau durch die mitte zu bringen. proff in vorlaufender erinnerung fuhr mit der hand die stirn.
fuhr ab nach bonn. die freundin aus studienzeit saß, zwischen dynamit-nobel und hardthöhennebel, bei ihrer mutter, die war in gedanken versunken verstarrt, die tochter ihr täglich treu, noch immer ihr mund gefiedert, ihr kinn drunter stein.
nieder zurück kollerte kolkerte proff nach mölln, aber tannenbaumbärbel, die mal mit andren genossen frei das rathaus gestürmt hatte, fand er versorgt von wald und heimlichem wissen, alltags stach sie akupunktur, weihnachten machte sie weihnachtsbaummarkt zwischen fachwerk und cdu-hofmann, der mückenforscher war versirrt, verstochen versteckt, keiner weiß wo, bloß die teichhühner wußten, wos langgeht, ins schilf.

die wölfe schrein und fliegen schwirren flugs zur stadt, wer jetzt allein ist, wirds nicht lange bleiben, proff fliegt den braten, riecht menschenfleisch, kußaugen, schnappaugen, beißaugen, schlußaugen, überall kommt er gut an, hüpft pünktlich die stadtquartiere. alles hat proff auf zetteln im ärmel, tag stunde wer und vera, die suchte er sich zuerst. denn es war ihm zumute, als müsse er zweien menschen, einem mann hinterm deich und hier dieser frau in meiendorf, vor vielen jahren war das, ein schüler rennt oben die hochbahntüren, ein mädchen steht fern im dachstubenfenster und winkt mit dem kleid, vera winkt proff, *alles gut alles gut*, und aber dem deichmann bert, der winkte nicht, der hinkt, böse böse arm arm, als müsse proff denen was sagen, das unrecht sagen, den namen. ich habe dir unrecht getan, sagte jetzt proff, das will ich dir sagen, wem sonst, nur das, damit ich genau bin. aber vera fand sich im unrechten gar nicht zurecht, dorrte verwirrt, du kennst meinen fatalismus nicht, den hatte ich immer schon immer. und bert am deich, der unsre niedertracht kennt, schmeckte sogleich an proff den schreck, die stottrige absicht, den namen zu nennen, den namen von unrecht, ließ ihm kein wort, redete, schlafpause ausgenommen, neunundzwanzig stunden von seinem computer, mit dem er, das war sein arbeitsziel, sämtliche ämter bescheißen wird, auch eines tages die banken, und während sie saßen und aßen, sprach er polnisch futurulogisch namenlos nahtlos.

das ist die wüste, flatterte proff, es kennt keiner schuld, also kennt keiner freude, weiter, sechzehn uhr ifflandstraße, wußtest du das, fragte er klamm die freundin, malerin, hexe, gnadenlos arbeit und liebe. ich kenn nur die schuld, die ich hab gegen mich, das ist für das leben genug, sie gab ihm oliven in knoblauchöl. zwanzig uhr sudeckstraße, hans witwe, rollstuhl, kein jammer von gretel. sie hatte, als hans brigadier war, bewaffnet gegen franco kinderschutz aufgebaut, auch unser krieg, der volkskrieg, macht kummer, das soll nicht, sagte gretel, was muß das muß, alte hamburger harte nuß, die lacht, was gehst du so krumm, meister proff,

samt rollstuhl war sie auf reisen gewesen, red nicht, fahr hin, ich hab das gesehen, es ist ein herrliches land, und alle menschen sind freundlich und einfach bereit, von nachbar zu nachbar, ich hatte gut zeit, ich will nicht sagen, die beste, mit hans war alles mir lieber und besser, aber ich habe gelernt, halt du jetzt mal deinen mund, proff, daß hier sehr einseitig alles gebracht und gemacht wird, das land da hat zukunft, ist schön. sie war durch die usa gereist. proff klappte die flügel, das zettelheftchen, achtuhrdreißig carola, mitten in der magisterarbeit, hat ihnen beiden dick frühstück gemacht, gut reden, ein stichwort fällt, bunt ist die welt, nicht der knast. carola will proff von einem besuch in stammheim erzählen. wie heißt der typ, vielleicht kenn ich den auch. die frau, winzig jung, wird faltalt, verstummt, ich will dir hierüber ich darf dir hierüber ich kann dir hierüber ich komm nicht darüber, lieber mozart a-moll, christoph eschenbach, ach der eschenholzstock vom dädalus, sagt sie, das wollt ich dich immer schon fragen, was hat der im text für eine bedeutung, so merkmale sind doch nicht zufall.
das kann man wohl sagen, proff schwingt ab, zwölf bis fünfzehn uhr dammtorbahnhof, unterm großen tuch ein krummes weib, über achtzig, taucht eben hier durch von westberlin nach manaos, den nazis damals grad noch entwischt, hatte proff sie, da war er acht, an den vorletzten zug gebracht, vom dammtor nach amsterdam, ja stell dir das vor, mein lieber junge, unterm tuch raus gemeint ist der alte, da hab ich plötzlich verwandte entdeckt, die haben mich eingeladen, irgendein hohes tier, sehr begabt, alle kinder hochmusikalisch, ach da fällt mir ein, kennst du das noch, proff hatte als winziger kerl bei ihr geige gelernt, jetzt fummelt sie kasten, schmeißt trauerauge, gelächtermund von allem tuch frei, und geigt sich ihm mitten im wartesaal dammtor den kleinen, den leichtesten haydn der kindheit, den uraltkellner mit stummelohr wischt proff von der kante, *alles verwandte* vonwegen, ist er nicht jedesmal wunderbar, was sagst du, brüllt sie, proff hat nichts gesagt, rahel ist taub, schrecktaub, das gibts, der eine will nie keine antwort mehr geben, der

andre will nie von nichts was mehr hören, seit zweiundvierzig, london, die ersten informationen vom gas aus hoechst, sie muß die saiten der geige nicht stimmen, hört alles innen. an bahnhöfen winkt proff nie. rahel winkt er. er weint. sie weiß.
weit schwärzt proff aus an den stadtrand, er will zu beck, beck ist soeben gestorben, zehn jahre jünger als proff, seine mutter sagt, schlaganfall, sie hat dreißig jahre teppich geschnitten, alsterhaus, genau wie bei lenin, sagt sie, noch wochenlang wieder die sprache gelernt, das krankenlager, zu viele gedanken, kampf, und auch so einsam zuletzt, weißt ja bescheid, stalin, der hund. proff schreibt ins zettelfach *mitt 12 krem 6* und bleibt mit becks mutter den abend. ruhig. es ist der tod. mitten der tod.
weiter an rändern aber. auch ohne frech aus dem glas zu tunken, huckebein gibt nicht auf, balanciert nah am ball, am baumelwollfaden. wollig wie eingewärmt saß proffs liebster, der älteste freund, am pillenkettchen im medikamententurm, hoch im sturm der gedanken, den türmer plagen die würmer des alterns. stündlich schluckt er zu palestrina und hegel beißt er und reibt er fein ein, bis ins zahnbein kneift alles tod, er haßt den aber, und also studiert er, wie finden wir schmerzlos den weg, seit jahren tunkt er sich nächte aus rotwein und barbituraten, die knarre von proff ist ihm widerlich, auch ochs und eselin tragen ihr joch, doch doch, das habe ich nachgewiesen, es war an der krippe ein weibliches tier, zärtlich zerrte der freund bücher und bücher, greift frei durch zettel und fäden und reden, mitten aus schächtelchenschatten, sich pünktlich sein rettungsweiß, manches schluckt er auch bunt, depotpräparate, man kann nie wissen, ja pissen ist auch nicht mehr, was es mal war, am liebsten würde ich eier legen, knurrt er, und krähen, du weißt schon, wir wollen alles, wir beiden kennen das doch.
kein spaß, sagte proff, komm mit raus ins gebirge.
nein, stein, rief der freund, schwört bein auf das leben des städters, beschwört die vernunft der urbanität, hämt waldläuferei, dann fahren sie mit dem wagen, um bilder von fran-

cis bacon zu sehen, fünf stadtkilometer in fünfzig minuten, die vernunft der urbanität, im gas steht stau, naja lacht der freund, kein ort, alles wort, die dialektik der vernunft.
so nicht, sagte proff. dann lieber noch frühstück dick erstmal vorweg, anderntags, nicht zu früh, bei franz ottersbek, endlich mal wieder mit kerze, auch hier, proff war ja für das bekannt, griff er ins schimmlige fettgeschirr husch, ans klebrige fahrtuch, pflegerisch drehte er still hinter mänteln den hörer gegen das schaltgerät, die horchschnur glatt auszuknoten, denn es sei deine rede, hofft proff sich an franz, ja ja und nein nein und nicht krumm, hob er aus trübem vasenwasser sterbende tulpen, schnitt ihnen mit seiner taschenschere den hals frisch frei, damit sie noch einmal trinken, zog er, darf ich, dem freund die brille aus dem gesicht, schleckte und hauchte neu ausblick und einblick, franz von ottersbek hat wieder helle sicht, und draußen dunkel überall neger, asylhaus, franz ist dort lehrer für deutsch, am liebsten würd er noch heute, sofort, aus dem stand, mit clara ein mischkloster gründen, aber weder, leider, findet er clara, noch glaubt er den lieben gott. bei franz hängen große fotos von toten, von petra schelm bis willi stoll. da clara nirgend aufzutreiben, wär franz nicht unlustig, proff zu heiraten. aber daß uns das kind versagt ist, sagt proff. aber daß du der einzige bist, der weiß, was ich mein, sagte franz, das weißt du. proff kaute krabben satt, immer noch meinst du, du kriegst die lust, das ziel vom andren, kriegs von dir selbst, packs du bei dir, oder pack dich, wie ich. manchmal machst du mir angst und bange. siehst du, kaut proff, schon wieder, die machst du dir beide selbst, oder du läßt das mal alles. merkst du nicht, daß du schon wieder drohst, fragte franz. nein, sagte proff. dann denk mal darüber nach. die drohne drohte bedroht, sagte proff, nach dem stichwort der stich.
franz hatte vieles bedacht, auch cash gezahlt. seine frau nannte ihn längst verrückt. seinen hochdotierten job als trickmeister in einem werbekonzern war er dann auch losgeworden, wegen der großen fotos, die teuersten pornos aus klammheim geschenkt, aber nicht stammheim gehenkt, die

hatte er auf der chefetage, auch flugblätterei, *zusammenlegung* und *petrikirche* und *eso*, der wildschweinevater, lang soll er leben, wieso, ach so, nicht esso. franz wußte viel von proff.

zieh her

ich zieh hin

dann zieh

aber doch nichts. wie all die anderen auch, die proff noch fächelte, hechelte, lächelte, pickte, anhüpfte, krallte. atemlos wurde es proff vom hören und reden und zettelblätteln, aufhören zureden zuhören aufreden auf und zu hinzu und aufwieder nieder zuwider und raus bist du bist zu all zu. das stampfen ums feuerchen, feste feste. fischers fritze kein frischer fisch. zischknips.

richtig, friseur, die schur wie schnur, schon mal das leichte hemd aus weiß.

das ist doch mein reden seit dreiunddreißig, krächzt felix, die taschen voll halbkleine flaschen, das ist nun der uralte felix, der arbeitsmann aus brigittenstübchen, bleicher die ecke, weißt doch bescheid, der seinem fiffi bei schmuddelwetter erstmal die pfötchen ins tuch reibt, erst dann darf er bei onkel barber am ofen im stuhl, felix zeigte mit langen händen auf proffs verschnittenen kopf, das war gleich das erste, schläge und haar ab und fertig, *kafu*, aber fix und fertig, ist gut, felix, red mal tick leiser, schnickschnipp. ist richtig, lothar, moment, er drehte das käppchen aus blech und schluckte, schüttelte sich und schwankte, im nacken von proff, im großen spiegel, meingott, die haben uns fertig gemacht, bei lebendigem leib die jacke von tetsche in fetzen geprügelt, und werden wir nie wieder los, nie wieder, zack, die flasche ist auch leer, dann nahm er sich fiffi vorn ins jackett, trat zurück in die mantelwand, faßte mit seinen blitzaugen elend den ganzen raum, jedes ohr, und fragte lauernd trauernd, ist hier denn keiner dazwischen, der hat schon mal um teddy geweint.

die gäste raschelten nur, knurrten verqualmt.

nun ging felix, wie leise den sockenschlich, nah an proffs

ohr, ans linke, rechts sichelt lothar den kahlschlag, und flüsterte ihm sein geschrei, sag mal ehrlich, kollege, wann, wann hast du zum letzten mal um teddy thälmann geweint. ich wein um mich selbst, flüsterte proff. einer sah des andren augen im spiegel. aber da drehte felix das richtig, machte den kleinen schritt ums eck, aus dem spiegelblick weg gradaus vor proffs augen, drehte ihm nah eine flasche auf, das kenn ich doch lange, was glaubst du, komm, schluck. unterm großen weißen tuch proffs hände. wie denn. er sah felix an. weg war die flasche. regelrecht sprang felix ab, der schielt, der mann, das wird nix, und fiel aus der tür, irgendwo hin in die stadt.
in ordnung, leicht fuhr wind durchs gerupfte, leicht lief proff zur innenstadt runter, knast, musikhalle, springer, oben die fahne flattert voran, uns nicht, mir nicht, in ordnung, fand proff.
obgleich er, das geld, als sei eine arbeit getan, knisterte kugelsicher links oben im hemd, den film in tölz nun nicht machen sollte, vom sender gesperrt, ledermann hatte weiß geblutet, davon war proff überzeugt, milchig das knie, proff hatten die bullen gar nicht gefragt, sie kannten von ihm jeden schritt, war leicht, es sind keine schritte, ging er zu *frensche* runter, die killerzeitschrift abholen, die hatte er dort, für die filmarbeit tölz, vor monaten mal bestellt, herausgeber robert brown, im hintergrund singlaub und casey, im vordergrund tarnfarben tangahöschen, a journal of professional adventurers, *soldier of fortune*, um welches glück geht es denn da. hier jedenfalls um keines, er schnürte weg zwischen rathaus und banken, bankhaus und raten, rattenrudel im fleet und ringsum an land, paar schritt bloß bis rödingsmarkt, rechts die gestapovilla, das stadthaus, das schlachthaus, *komm das kino geht los!* alles bloß alte geschichten, mal sachte, unsre geschichte, wir sind noch nicht tot, und links, nur eben paar hundert meter weit weg von teuer *ladage* und goldklimperomas armbanduhr für neuntausend und paar zerquetschte, die kahle bude mit erbsensuppe, gleich hinter michaelisbrücke, oder war das schon küterwall, proff fand seinen

platz, aß satt. was liest du denn da wieder für schweinkram, sagt irgendeiner, könnte wohl erwin sein schwager sein, las da vom glück der soldaten der *special forces,* der *delta forces* vor frankfurt, der *camp david group* oberursel, der *geheimen aufklärunsdienste* der 4. taktischen luftflotte *ramstein,* des *office of special investigation* mit sonderzielauftrag *friedensbewegung,* der *intelligence military police & special weapons school, europe* in oberammergau, der *10th special forces* sondereinheit für die verdeckten operationen, bad tölz.

den haben wir gleich aufs korn die dreizehn leute die drin in einer reihe drei auch schwestern jimmy und ruben machten sich gleich flehten keinen kümmerte waltigung salve brust jede ging er auf einen zu, der wie ein ausländer bin ein arzt aus frei jimmy ihn voll aus dem kopf bis runter

in einer welt des kompromisses schließen manche männer keinen

das zuletzt war von *heckler & koch,* oberndorf oben am neckar, den laden hatte schon traven gekannt, *jetzt,* las er, *bietet john satterwhite die knarren aus in las vegas, spaziert mit koffer im vorführgelände, es knattert der tod im karton ein tag springschule hotel sahara airport las vegas bringt dir alles um am zweiten tag aus einem großflugzeug rauszuspringen in langley werden jetzt wieder die masken und dolche aus den kühlschränken rausgeholt unterm ungewöhnlichsten chef der geschichte die neue kraft für den kampf um den erdball mit william casey und ihr werdet die wahrheit erkennen und die wahrheit wird euch freimachen johannes acht zweiunddreißig lasset uns beten the special forces creed I am an american special forces soldier a professional I will do all that my nation requires of me I am a volunteer knowing well the hazards of my profession I serve with the memory of those who have gone before me I pledge to upon the honor and integrity of all those in all I am in all I do I am professional soldier I will teach and fight wherever my nation requires I will strive always to excel in every art and artifice of war I know that I will be called upon to perform tasks in isolation far from familiar faces and voices with the help and guidance*

of my god I will conquer my fears and succeed I will never surrender though I be the last if I am taken I pray that I may have the strength to spit upon my enemy for it is for thee what we do battle and to thee belongs the victor's crown forthineisthekingdomandthepowerandthegloryforever
mit gott für die welt ohne kommunisten
wir glauben daß gott ein grünes barett trägt, zitiert *bild.*
noch neben der besten ehrlichsten dicksten, noch neben der allervernünftigsten erbsensuppe schmierig schlierig die weißen augen, kopf hoch, kamerad, sagte zu proff ein alter prolet, der beim einschlappen bißchen was mitstudiert hatte, wenn die man damals gleich weiter *mit adolf.*
dann wärst du jetzt bonze am ural.
kann ja noch.
kann. die charge springt aus der schnulze ins schußfeld, die maske ist fleisch geworden, will wohnung unter uns nehmen.
mußt du ja wissen, datterte ratlos der alte, alle drei jungs beim bund, und ein theater alle paar jahre, umzug, die wohnungsfrage, das hast du treffend bemerkt.
lebensgefährlicher job.
alles versichert, kündigung geht nicht, sag mir mal, wo du dich besser stehst.
wie lange bist du schon arbeitslos.
scheißaufarbeit, fünf jahre bald, sinddochallesverbrecherdaoben.
larry hatte damals gesagt, was drüben in vietnam mit den wäldern, das ist hier bei uns bei jedem im kopf, *verbrannte erde.* und ein mann in steilshoop war gesprungen. *alles weiß alles weiß.*

(83) weit wände weiß keinen weg. weg da. zuerst die altgelaufnen die liebsten kartenblätter vom putz, an vielen plätzen eingezeichnet der sprung, geklebt bilder.
ziehst du denn aus, fragte ihn juli.

zieh ich mich ein, fragte sie proff, ich räume die bühne.
ohne haus bist du aus.
sagte die schnecke zur schnecke.
juli packte den großen korb für zachun. proff kommt nach, sagte felix, und sagte zu seinem vater, ruf bei buhlemann an, dann holen wir dich ab, bauhof mölln, immer um fünf ab *zob*. halb alle treppen hinaus schon hinab, ging felix noch ein mal allein nach oben zurück, klingelte, trat nicht durch die offne tür, nicht über die schwelle, alles beben um augen um mund, wenn du abhaust, wohin kann ich an dich schreiben, welche adresse. kein tag, den ich leb, sagte proff, wirst du den platz nicht wissen, und daß du jetzt weinst, das vergeß ich dir nie, keinen tag.
aber nachts, denn aber denn nachts.
felix hörte das feinste versteck. fragte aber nicht nach. sprang ab nach zachun in die bunten buchen, ins pilzesuchen, zwetschgeneinkochen, verkrochen. der sohn.
im halbdunkel später las proff den brief von maurizio aus triest, alles am arbeitsplatz habe er trefflich vorgefunden, auch die familie sei lustig gesund. als hätt es den schrei nicht gegeben, den tritt ins knie, *kein mitleid mit dem.* heiter einfach der mann am platz, gründlich versteckt der älteste sohn.
denn auch, hatte er an juli geschrieben, wenn ihm das klar bewußt sei, sein berufsstand treibe das irre, aufträglich einträglich abträglich dem notwendigen prozeß, die ehrliche praxis also nur die sein könne, dem patienten genau zu eröffnen, es gebe keine rettung, es könne ihm niemand helfen, nur er sich selbst, und das nur, indem er angreife eingreife tief gegens infame gesetz der imperialen gesellschaft, es angreift zuallererst, um seine würde wiederzufinden, deren verlust, denn zu entwürdigen ist heut täglich die erste funktion der medien, ihn so elend mache, krank, es also, so sei es dem kranken zu sagen, gar keine hoffnung gäbe für niemand, es sei denn, es baut einer seine befreiung auf die selbstachtung, die liebe zum leben, was aber beides gnadenlos im kampf gegen täglich gewöhnliche schande erst zu entdecken sei, schwer erst massenhaft noch zu erringen, die

arme der armen, so sei er für sich nun aber zu dem ergebnis gekommen, nicht der oder jener heftige einzelschritt rettet mich, uns, gar die welt, sondern daß wir ins wort gehen, daß wir es wagen, nackt, ohne stellvertreter, die genauigkeit eines jeden im wort, die treue, so oder so, dort oder nah, die knarre oder das kind, um nur zwei grenzplätze einzuzeichnen, und seltsam schloß maurizio in beides, an beides, an beide die grüße vom bruder paolo; *laßt uns umkehren, mit geballter faust, und von vorn anfangen. es lebe die armut, es lebe der kommunistische kampf für die lebensnotwendigen dinge.*

proff kramte und kratzte und schob, müllte und hüllte und hauste, wie draußen der siebenschläfer im dachgebälk von zachun, gern nachts, er schlief jetzt oft tags ins gesicht, in die geste der tätigen menschen, in der tat kein rat, tobte nachts leise wachts alles auf wachst licht, er mochte kerzen, wachsen die schatten tanzen gesacht und kein name gesagt, es wächst die sorgfältigkeit.

der weiße tisch, auseinander gehoben in teile, ging weg in die bodenkammer, zuvor die landkarten, achtsam gefaltet, stachen schmal ein ins bücherregal von felix, auch mao kam dort an, beim drachen versteckt, und die nebensonnen und moby und coppi und nelly und babalachi suchten und fanden sich ruhe in der vielfalt zwischen den schottischen steinen. aber stalin, die dreizehn bände, das braun das gold, in jedem der rote faden, der niederwerfer der niedertracht, der böse vaterländler, im wehenden schnee der novemberbart einundvierzig, *hinter uns moskau, genossen, kein raum mehr für rückzug,* alles gestempelt *ungültig* im *schweinezuchtkombinat ludwigslust,* proff hob den turm ins treppenhaus, adam sammelt, den kenn ich, da hat er. nun die *texte,* merkwürdig bischofsrot, *raf.* die packt kein bord, kein bodenspeicher, das tickt. er ging ins bad damit, in den schrank in der wand, in die bunte küche. mimi sagt nein. da riß er das weiche buch in vier dicke hefte und schob sich die unters hemd, gab die nun leeren regale dem tisch nach, trieb auch die couch, auch den stuhl dorthin. alles war gut nun leer.

ihm kniffen die hefte im hemd die haut.
da jagte er sie her und hin bis hinter die dielenbücher, nahe der tür, da springt.
da drehte der schlüssel.
proff war alles still.
das liebe weiß seiner wände, weiten wanderschritt tat sein bein von wand zu wand klein, *nur hurtig fort, sei wach und munter,* scharf die diagonale, ausschreitend summte proff das klavier auf dem eis, nur das klavier, elf töne, elf weiße augen, fünf schläge von wand zu wand hin und her, mitten die wendung die elf, dann weiter so weiter, *und denke dem traume nach.*
juli stand in der zimmertür. sie wollte achten. stunde um stunde achten. sie wachte auf ihren mann. sie lehnte nicht. sie sehnte sich. sie stand still in der tür. endlich wollte sie sein gesicht sehen.
es geht ums leben, proff.
nicht um deins.
hier bin ich.
ich nicht. wo ist der mittelpunkt.
elf töne, fünf schläge, elf töne, fünf schläge.
juli mußte nicht messen. sie stellte sich in die mitte. proff kam vor sie hin, mitten im schlag, wer schlug zuerst, sie umschlugen einander mit ihren armen, nun wanderten sie mittendrin, zusammen, tönen die elf töne reglos sammen an, tönen die elf töne reglos sammen an, tönen die elf töne reglos sammen an, wir kreiseln, flüsterte proff, wir kreiseln, flüsterte juli, sie wiegten sie biegten summend die elf alten töne und weinten einander und lachten einander und alles und alles.
alles, sagte juli zu proff.
alles.
denn da sah proff ab.
sieh mal, den hab ich vergessen.
er drängte sie sanft aus dem ornament. rollte den kleinen teppich.
der mittelpunkt, antwortete proff nun juli, den ausgehöcker-

ten finger erhoben, die brandstatt, sonst nichts. da gab ihm juli unnennbar ein zeichen, dem folgte er wie ein tier. sie öffnete ihm die wohnungstür. wie man dich kennt, du hast gepackt, den koffer, dein kleid, die lüge, jetzt geh da hin. proff kannte die antwort, sagte sie nicht, trat den schritt. da ging juli noch einmal vor ihn, vergiß mein gesicht, zeig dich nie wieder, sonst schlag ich dich tot.
du ärmste, ich wär ja gut raus, du aber drin.
da trat juli ihren mann weg, die treppen hinab, dann wusch sie sich das gesicht ab und beide hände, sah ruhig gewöhnlich nach allen elektrogeräten, alles aus. fuhr zurück nach zachun.

(84) jetzt im vergessenen roggenmodder schnürt mühlos der fuchs, hin und wieder schüttelt er, ängstlich gegen die nässe, die eine oder die andere pfote, *und dachte sich eins und dachte sich zwei und als er bei drei war, dachte er gern* seinen letzten, den liebsten schlich. den lauf ich doch leicht zufuß. mit dem frühbus fuhr proff über den stadtrand weg bis großensee, alle anderen fahren andersrum, frühschicht, frühschlich tippel ich hahnheide durch, *knabutsch, da rollt ganz schön was ins gras, nina lacht ahlers von anfang an,* jetzt ist der das lachen vergangen, duvensee und klinkrade im norden nicht weit, schön *nebelmittag im herbst, die vorne reiten, sind mörder,* ach vorne ach hinten mitten die brandstatt, dann die schleichwege poggensee schmilau, nicht mölln, aus fachwerkkopfstein gelb geschmüser. er schlug den knick südwestlich salem, schon bald nah butz, kein haar mehr von karo, schlehbeeren beißt der fuchs, nun ist es nacht, seinen kessel noch diesmal wühlte sich proff in einem schober nahe bresahn, *los, opa, mach dich tot, hooh haah.*

wo bist du, ahlers, da bist du, du weißt bescheid, so krank, daß du hier in der scheiße gesund bist, warst du noch nie, und willst du auch lieber nie sein. das stimmt, sagte ahlers.

sie saßen hoch im blutbuchenbaum unterm nest vom milan. lassen wir unter uns weit verrammeln die büttel den stamm, stammeln den ramm, frida und klaus sollen leben, aber wie leben denn wir. blind, sagte ahlers. dann schneiden wir uns jetzt die augen auf, den knochen geschliffen, den biß, sie wollen uns dunkel, wir reißen uns licht leicht leich. mach mich nicht weich, alter mann, ich hab bock auf alles vernichten, blutbock blutbad, sie haben mir in das gesicht meines kindes getreten, und nina sieht fremd fern weit bis wladiwostok, nicht mich, wo bin ich. wo wir sie packen am hals, sagte proff, du und ich. wo, fragte ahlers. tölz, sagte proff, *ss*, zweite schicht. *mensch was ist das denn.* ein kleiner schwarzer strohleichter hut fiel aus dem nest des milan an beiden hinab, *unruhig leer kaut ein hexenmund eingestoßen.* es war, als liefe ahlers das wasser im munde zusammen, *das bin ich doch alles nicht richtig selber.* und den rest, sagte proff, den schieben wir vorn in die flinte und peng. wann wo, fragte ahlers, sah aus den ästen unten den reiher lauern. von heut an am neunten tag sind in bad tölz in der bibliothek sie alle versammelt, von retalhuleu bis as-sa'atar, von mozambique über die moneda bis kalimantan, von soweto bis stammheim, alle. alle alle, lachte ahlers. sie schwangen sich frei aus welkendem laub, kreisten ab, fielen ein.

und wieder stürzte proff hin. und wieder schlug ahlers ihn mit der schaufel. wie man den tollen fuchs schlägt. der kann nicht mehr richtig laufen. der schwankt. trunken. tunken. tunk tunk macht das blatt der schaufel. tüktük macht das teichhuhn im schilf vom zachuner warder.

IV

freude

(1) jetzt aber gib ihm, alles verwandte, *mittlerer landweg*, parzelle sechshundert, der zwerghahn kräht aus den fliederbeeren, susi greift sich des zaunkönigs tochter, hansi schreit *hilfe*, zu spät, die hochzeit ist nicht mehr aufzuhalten, *dann antworten sie mir mit ja*, puffin und storch sind ins wort gegangen, jeder allein in ein und dasselbe, man soll das bald gar nicht für möglich halten, aber gut, sie ist dünn; er ist klein, was hast du eben gesagt, margot hört nichts mehr kaum noch, ohrwürmer, müssen wir alle ja mal, lautlos ohlsdorf, von wegen fiete, der lacht jetzt die erdbeeren andersrum, und margot wollte noch nie von was wissen so richtig, damals im krieg doch auch, gott, was sehn die süß aus, die beiden, und ich sag noch zu ihr, damals schon, lange vorm brand, margot, sag ich, das kommt noch anders, und weißt du, was sie da sagt, was uns anders kommt, das kommt nach dachau, das wußte doch damals jeder, schmeiß mal den flaschenöffner, und siehst du ja nun, wer nicht hören will, was hast du eben gesagt, kommt ja bei ihr auch viel von erwin, weißt ja bescheid, kennt man ja alles schon auswendig, stellt er sich hin, so schlachter, also ich mache mich anheischig, wer so schon mal immer anfängt zum reden, da mußt du ja daumen durchs ohr, denkt immer, daß er was besseres, wegen *dello* jetzt draußen verkaufsbüro, erst immer kottlett, jetzt immer kadett, anheischig, was das für wörter gibt, anhuschig, würd ich mal sagen, von wegen hier *sanft entschlafen*, merkatt war einer von uns doch genau so, armlange kotsäule bloß noch der mann bis zuletzt, genau wie bei lenin, und immer erst vorher das licht aus, friedo sossner sein jüngster nun auch schon wieder, er kommt da und kommt da ja nicht von los, hat man nicht oft, so früh schon mit glatze, aber puffin sagt einfach, das trägt man heut so, o nein ja, das sag ich ja immer, der ist nicht auf die zunge gefallen, nein ja in ordnung, ich mein ja auch bloß, heute will keiner hier streit, heute gibt das von arnold die enten, freiläufer nestwarm und abends gekämmt, gott, warn das süße tiere, die kleinste da, guck mal, die da, ich krieg den hals, nee ich, alter lutscher, die war nachher schon so zahm, paß bloß auf

die leber, wenn da bißchen galle, die wollte immer bei susi im körbchen, kann sie ja ruhig, mit rassenschande, das ist vorbei, weißt du noch tante elfriede, für *moralischen schwachsinn* ab ins gas, was wörter, und auch noch von ärzten damals, bloß weil elfriede mal öfter was neues und juden, ach weißt du das gar nicht, so schlößchen in östereich, alles mit brause, jetzt fahren da die busse von *scharnow, kein schöner land*, von wegen, alles bloß blasser neid von den kerls, der krieg und geschäfte und gas, alles neid, wenn du das mal genauer betrachtest, dann sind das verrückte, zwar alle, da dulde ich keine widerrede, aber fein abgewürzt, auch die beine, auch innen, weißt du noch susi damals maaken im brand in der waschschüssel abgeschnappt, deswegen später ja immer die katze, die kann sich verklettern, wenns brennt, als dackel kannst du das weniger, und was das damals bei bantu war, der bock mit der bude paar schritte daneben, sowas dürfte von rechts wegen gar nicht angehn, hat schlimmes ende genommen, so triolieren und rattengift, doch, bei die kinder, im gummischuh, nicht so direkt, war neger, genau wie bei lenin damals, jetzt geht das wieder los, nee nun laß man, das sind so schläge, wie soll sie da anders von weg, und war noch so mitten im leben gewesen, der mann, und aufgestiegen, von alsterdorf hoch über ölmühle bis nach bücherschreiben, ja das ist so das walten von kräfte manchmal, was hast du da eben von walter gesagt, walter ist beim friseur, der kommt nach, du brauchst mich gar nicht so brüllen, als wenn ich doof bin, also ich mache mich anheischig, na denn heisch du man schön, immer und immer kadett gegen golf, was hat sowas denn bei ner hochzeit zu suchen, hochzeit, was schöne wörter, ja hoch empor dat jubelpoor, empörer die tassen, es ist nicht zu fassen, puffin und storch sollen leben, sag doch nicht immer puffin, hört sich richtig gewöhnlich an, das spricht sich mit a wie affe, knapp zack, ist irgendwas auch von so vögeln, wie storch, doch doch, das kriegen die hin, die beiden, schon mal als substitutin bei karstadt, die weiß, wo der pole den most holt, und er, wenn er meister, elektro geht immer, else sagt, daß er mal lehrer wollte, aber die proben, das ging und ging nicht, heute darfst du nicht schüchtern sein, die brennen dich glatt ab, die gören, wo haben die das bloß her, auch wieder wahr, war ja letztens erst vorne in *bild, in ihrer eltern wohnung zwei kleine kinder verhungert, drei farbfernseher mit auto,* was hast du eben gesagt, ich will nicht im fernsehen, nie, das hat damals edu genau so gesagt, wir haben uns nie was zuschulden kommen, dann wolln wir jetzt auch nicht im fernsehen, sagt ja auch keiner was, margot, taub aber rote pumps, auch ne gediegene mischung, aber hauptsache, daß sie vorsichtig bleiben, nicht wegen kinder, ich mein das politisch, sie sind ja beide, naja – –! ach das ist der vater von puffin, hab ich mir anders vorgestellt, irgendwie sieht er ja mucksch, walter sagt auch schon neulich schon mal, daß der mit dem sohn überkreuz ist, wie schon eben gesagt, politisch, war früher mal *legion condor* gewesen, das waren aber auch uniformen, gegen wenn ich das heute so seh, alles mehr hochbahnschaffner, und oben die pizza, mal rot und mal grün, gottnee, was waren wir verrückt damals hinter die kerls, so schön in zeug, so grade hoch hart mit orden dran, die fangen da jetzt auch ja wieder mit an, so kram an der jacke mit schwerter und eichel, und hinterher ist wieder alles kaputt, und keiner ist das gewesen, bloß schlapp alles wieder bei mutti verkrochen, was das alles noch mal wird, gott, waren wir blöd, ja, los, reinhold, sag mal, erzähl uns doch mal, der war nämlich letztens erst drüben gewesen, weißt ja bescheid, *dkp*, und alles so schön auf lehrer gelernt, und fleißig und so bescheiden, und alles verboten, ein quatsch, erzähl doch mal von der zone, ja, weiß ich, stimmt, reinhold, ärger dich nicht, er ist ja genau wie sein vater, alles geschrubbt immer und genau, aber zone ist einfach mehr wörter, also zum sprechen, so will ich mal sagen, als so abgehackert so d-d-r, das ist gar kein wort nämlich ist das überhaupt nie, schwierig alles, was hast du eben gesagt, reinhold war in der ddr, wo, in der zone, ach so, siehste, da hast du das nämlich, oder ich, wann war das, drei jahre her, in varna, steh ich so an der frittenbude, ist ja alles auf neumodern da unten, drüben schon auch schon mal, gott war das heiß, und weil einer fragt, fragen kost nix, denk ich, sag ich, ich komm aus deutschland, also nun gings ja los, also glaubst du nicht, muß du dibbern und dibbern, und irgendwie hat er ja recht, was weiß ich, wo der herkam, sah glänzend aus, rostock, polen, alles die richtung, deutschland gibt das ja gar nicht, aber, ja, siehst du, was nun, was tun, sagt schon heuss, oder wer war das noch da zuerst, also gut, else, lenin, du mußt das ja wissen, weil d-d-r und b-r-d, das geht doch überhaupt nicht gesagt, das ist doch bloß alles gehacktes, das ist doch kein name, kein wort, das ist nämlich alles gar nicht so einfach mit ohne namen, da find ich schon besser fitschi, oder bikini, da schwingt doch was mit, eben name, so leben und alles, naja, das hast du heut seltener, storch hat ja aufgepaßt, die heißt jetzt zwei namen, doch, das geht, sogar drei, wegen vorname, mein ich, moment mal, ich mache mich anheischig, ja mach dich, ist gut, o, kaffe, der hat mir genau noch gefehlt, scheißheisch, armlange kotsäule bloß noch zuletzt, und auch noch gleich stück kuchen mit torte, ein glück, daß dudda nicht hier zwischen rumsitzt, oder wer war das, niko schmied göring, alles die fresser, und jedesmal macht er erst licht aus, der war das so streng erzogen, da kommt loni nicht drüber weg, die ist jetzt schon auch an die achtzig ran, kinderlähmung mit zwei, vier schwestern, und alle sind ohne lernberuf, bloß loni, die durfte schneidern lernen, die kriegt keinen ab, hat der alte gesagt, weil du krank bist, kriegst du als frau die chance, wie schon gesagt, die sind alle verrückt, loni kann beste kleider, und herz aus gold und hart wie stein, was soll auch sein, wenn du mit ihr mal gemütlich wirst, weißt schon, von frau zu frau mal geredet, dann kommt das und kommt das und kommt das noch mal, paß mal auf, gleich wieder, na bitte, und immer erst macht er das licht aus, genau alles wie bei lenin, das war nun aber mal fehl am platz, else, da muß ich mal ganz kurz die barrikade, mensch, reinhold, jetzt übernimm dich nicht, weil lenin war hell, und zwar immer, in zimmern, ein wunder, dagegen sind wir alles eulen, laß ihn, das meint er von sich, nee, komm, keinen ärger, ist schlimm genug, das mit robert und seine birne, ja, else, doch, nein, klar hast du recht, und daß dahinten jetzt thorwald so kichert, irgendwie find ich gehört sich das nicht, auch wenn er so buchladen macht, gut studiert, was hat er davon, drei jahre knast, ach, komm, das weiß doch hier jeder, und was nämlich noch das komischste ist, ich alte mach den so gerne leiden, daß ich da oftmals längs lauf nur so, da rein geh in bahrenfelder, beim pferdeschlachter die ecke, sicher, was soll ich mit büchern, wenn ich gesund bin, oder ich sag mal so, mit büchern, die alles nur hetzen mit neger drauf und gewehre, das leben hat auch seine guten seiten, aber wie eben schon angedeutet, und sag das an keinen weiter, aber ich mach den mann so gern sehen, daß ich da manchmal reingeh, bloß sehen, sicher, das ist was mit liebe, aber mehr allgemein gefaßt, wenn ich das mal so sagen darf, kein neid endlich mal bei dem mann, da kommst du nicht drüber weg, darum kann er doch auch nicht mit reinhold, aber gut, ich hab nichts gesagt, aber was ich noch sagen wollte, auch die frau von thorwald ist gut, da kannst du jedes mal viel erkennen, auch wenn sie die haare immer so rot schmiert, das äußere sagt meistens nicht immer alles, und gott, was für süße kinder, so schön, wenn thorwald die frau bloß mal heiraten würde, da guckt unsereiner nicht durch, junges volk, ach, geh doch am arsch mit *jungvolk*, ogottmensch, das war ja der alte von puffin, nee ist richtig, komm, prost, heute gibt das kein streit, hast du noch mal ne senussi für mich, siehst du, bist doch kein spielverderber, dein junge sieht schön aus wie eine kirsche in seiner hochzeit so dunkelblank, was man so alles redet, ich hab schon tüchtig ein weg, aber siehst du, was hab ich gesagt, bei storch und puffin geht alles, kirsche sagt man wohl sonst mehr zu mädchen, ich weiß auch genau, warum, ich bin ja auch nicht von gestern, na bitte, guck dir das an, wer ist die braut jetzt, wer bräutigam, puffin schwingt wüsten zigeunerrock, goldfadensterne und glasperlenklunker, und storch in manchesters, streifenhemd, hansalbersmütze im nacken, schmeißt puffin in tangoschleifen, *stern von rio*, das waren noch zeiten, gleich kommt sie bestimmt noch mit *la paloma*, genau, das hab ich auch schon gedacht, tapp fehlt, aber puffin sagt, der haut ab, war ja immer was querig, der ganze mann, aber gold wie herz, und gott und die mutter immer die wände, gibt ja schon leute, die schrubben sich jeden tag kalt mit der bürste, eigenbeißer aus wut oder was, als wenn sie die krätze hätten, aber doch nicht die tapeten gleich alle einmal im vierteljahr jedesmal neu, der arme junge, und treu, bloß von treu hast du manchmal auch trauer, schwamm drüber, ich habe nichts gesagt, o, jetzt langsamer walzer, los, erna, jetzt wir beiden, gott, was war der mann süß, von der flak in frankreich die zeit, und schickt mir so schuhe, alles frei haus, nix punktebezugschein, bloß eng alles, bißchen eng, hinterher warn dir die füße kaputt, aber war schön, die zeit, andersrum auch wieder nicht, ich red mal gar nicht von billbrook, die leichenberge in süderstraße, alles mit kalk, das weiß, das vergeß ich nie, also richtig so schwaden sagt man wohl auch, so nebel aus toten, igitt, nee, aber was ich noch sagen wollte, robbi und die und alle, die kämpfer, von else der vater, willi und harry, draußen in neuengamme, das war gar nicht weit von hier, jetzt ist da schon wieder gefängnis, gehört sich ja eigentlich überhaupt nicht, kein gefühl eben, alles verrückte, das klappt, und all unsre kämpfer hingeschlachtet, das war eben doch keine schöne zeit, *man müßte klavier spielen können*, das ist nicht alles im leben, aber so düdeln sie dir das rein, jetzt doch auch, da siehst du das wieder, kein name kein richtiger name, dann sabbelst du alles falsch, o, was schöne beleuchtung, wie habt ihr denn das wieder hingekriegt, durch alle fliederbeeren und pflaumen so schläuche, und in denen drin kringeln lichter, so regelrecht die beschläuchtung, oder wie sag ich das mal, das lernst du alles elektrisch, wenn du auf meister gehst, wo ist denn das junge paar überhaupt, was wollen die, paddeln, sagt man das heute so, find ich ganz niedliches wort, nicht so hart immer alles wie früher das reden, da hast du richtig gehört, was sie wollen, gewalt, aber so, ach so, ogott, wenn da bloß nichts passiert, so alles im boot die junge liebe, und jetzt im herbst, die stürme, sicher, mit auto bist du schnell südlich, wo soll das sein, ach da, mit dem wein, bordeaux da die flüsse, na also wenn das man gut geht, besoffen genügt ja schon, aber nun auch noch gleich verliebt, ogott, und das boot ist so schmal, wenn die kippen, was hast du eben gesagt, da mach ich gar nicht dran denken, mit ruderboot wohl, das kenn ich, schön reichlich kissen und butterbrote und gurke so für die erfrischung dazwischen, naturfreundejugend, damals noch, mölln, alle waren frei, und alle gegen die nazi, und dann, hast recht, schwamm, aber trotzdem, wie leicht kann da was passieren, grade so kanu, wie heißt das nun richtig, *ka*nu oder ka*nu*, ka*nu* ist wohl mehr so für bessergestellte, französisch alles die richtung, sicher, da wollen sie ja hin, aber trotzdem, ich sag nur drei worte: gefährlich! aber nimm mal das leben sonst so, wer sich nicht in gefahr begibt, kommt sowieso um, guck an, jetzt seh ich erst emmi, siehst du, das kommt von die namen, wenn du die namen hast, hast du auch augen, und jedesmal immer zuerst das licht aus, der war das so streng erzogen, jetzt mal ruhig, klingping, schluß mit geheisch, der brautvater will eine rede halten, sieht ja noch glänzend aus, der max, aber komisch, kein auto, kein fernseher auch nicht, und steht sich sonst gut bei *sonnenberg*, aber sicher, so sonne und berge, wann hast du das hier schon mal, liebe nachbarinnen und nachbarn, liebe kollegen und freunde, am liebsten das brautpaar nun erstmal, ihr sollt schön gesund sein, ihr beiden, und tüchtig leben und stur, wenn es schwer wird, verschworen. daß ich kein pastor bin, wißt ihr, aber so tochter, und einzigste, da denkt man schon mal über worte, und ich hab mir das so gedacht, ihr habt euch das wort gegeben, so heißt das ja wohl normal, und normal heißt das auch *ein mann, ein wort*, eine frau ein wort gibt es so nicht, da gibt es bloß blöde sprüche, warum. das ist mir so durch den kopf gegangen. ich weiß auch noch jetzt nicht, warum. aber mir ist was klar geworden, das wollte ich euch mal heute erzählen, und zwar so. auf das wort von der frau kommt es an. egal, was wir männer so springen und bringen. auf das wort von der frau kommt es an. und zwar ist das regelrecht un-

heimlich wichtig. ich konnte darüber nicht schlafen, und reden ging auch nicht, weil marion, hier, meine frau, mir gesagt hat, sie kann das noch niemals ernstnehmen, was ich mir grübel von frauen und ängsten, es gäb ja noch gar keine frau frei zu sehen, die ja sagen kann und genau so frei nein, da hat sie streng gesagt recht, und ich aber auch, das denkt sich mir durch und durch, die macht, doch doch marion, nun laß mich das mal, redner muß leider bloß immer der mann, oder hast du zu mir gesagt, daß du, na siehst du, weiß ich doch auch nicht, wie stimmt das denn alles verkehrt rum zusammen, denn das ist schlimm, die macht. denn keiner von uns hier wär auf der welt, und ich bin gern auf der welt, keine frau und kein mann wären zu sehen, ohne das wort von der frau, daß es geht, egal, was wir männer so machen können, wenn nicht jeder von uns, nein, andersherum, wenn nicht zu jedem von uns, zu mir hier, zu ihr, zu dir, zu dir da ganz hinten, wenn da nicht zu einer bestimmten zeit eine ganz bestimmte frau ganz bestimmt ja gesagt hätte, egal mal eben, ob muß oder frei, vielleicht traurig sogar und viel angst, und ich sage auch nicht, hört das bloß richtig, daß sie das sagen soll oder muß, das will ich nicht, das weiß sie bloß ganz allein, ich sage aber die macht von der frau, eine hat zu uns gesagt *es geht,* und hat es getan, das wort, sonst wären wir hier alle futsch, nie gewesen, im eimer, regelrecht dreck, dann könnten wir alle nichts machen, dann könnte keiner nichts gar nichts machen, bloß wüste – und auch gar nichts anheischig machen, mein lieber erwin, prost!
erwin trank tief, ist mir gruselig, max, aber das stimmt wohl, ist richtig so, prost!
allefrau allemann prost.
und max sagt noch weiter, jetzt grüß ich dich, heinz, für deinen guten sohn puffin, prost, allefrau allemann prost, und ich grüß dich hier, neben mir, marion, für unsere tochter, prost, allemann allefrau prost, ich freu mich, daß wir zusammen sind, ich danke euch, daß ihr gekommen seid, allein gehen wir allemann ein, auch alle frauen, lachte storch, auch alle frauen, sagte ihr vater, wir sind aber viele frauen und

männer, und lassen uns nicht im stich, sondern trauen uns was zu, und das ist gut, das hält, prost, allemann allefrau, was hat er eben gesagt, daß das gut ist! margot hob hoch das glas, das kann man wohl sagen, rief sie, bloß leider das meiste nicht hören, da kann ich mich jeden tag über ärgern, schrie sie und schluckte und, leise mal, jetzt kommt puffin. ich mach mich mal eben zum riesen, sagte er ernst im großen rock, und storch stellt sich stur ihm hinter die lehne, damit er nicht kippt von prost und prost nach sonst wo hin, ich fühl mich nämlich, sagte puffin, heute so stark, und so aus der höhle gelockt, und so wahnwitzig hungrig, wie ein riese – und nun, was nun denn, weiß er nicht weiter, hat er was in der nase, nee, laß mal, hör zu, der redet leise – aber was ihr hier alle nicht wißt, ihr alle, wo ich mich freu, daß ihr da seid und mit uns feiert, was ihr nämlich alle nicht wißt, da geh ich mit jedem die wette, das ist, daß riesen gern leise singen. ich hab das in schottland gehört, da wo die puffins wohnen, alle im großen verein hausen die, scharfes auge, jeder schützt jeden, aber sie singen nicht, auch nicht leise, das tun die riesen –
puffin, das merkte er gar nicht, machte bei schulter und nacken die faust, siehst du, was hab ich gesagt, wenn die nicht aufpassen, gibt das malheur
– ich bin jetzt ein riese, so fühlt sich das an, und will jetzt ein lied singen für meine frau, und ihr seid die zeugen, ab jetzt also wißt ihr bescheid.
sowas hatte noch keiner von all uns verwandten gehört, puffin hatte die wette gewonnen schon gleich im ersten takt, er hatte kaum eine stimme, aber es flogen federn, sehr kleine langsame töne so leicht wie federn, leuchtend gefieder getönt, ein langes beinah ganz stilles sehr altes lied flog federstill an jedermanns jederfraus haut, da, wo wir lieber unnahbar sind. endlich die feder und nicht das beil. einfach der riese, leise.
erst der applaus war laut.
und jetzt sag ich euch noch zwei sätze. ich danke den eltern für all die arbeit und freude hier heute. und –

was will er denn immer mit seiner faust, bei teddy und niemand hat das genutzt, was sind die uns alle kaputt gemacht worden

– ich habe das lied auch für einen genossen gesungen, der sitzt schon lange im knast, in celle, das ist nicht weit, von dem wollt ihr alle am liebsten nichts wissen, aber hier storch weiß bescheid. er sprang vom stuhl in die arme. storch sagte bloß, oha.

nase schön dünn lang rot.

schon was kühler die letzten tage.

(2) blues sieht weiß. sie weiß. hier komm ich nie wieder raus. oder wir befreien uns. oder ich werde verrückt. ihre hand rieb am weiß aus glas. es fängt schon an. was ist verrückt. ist unsre befreiung. wie geht. und geht das. nicht nur sprache schwierig sondern hier schreit eine weiß wie läuft läßt schreien nach stunden wird nicht mehr schreien kurz schlafen wieder aufbäumen dann spezialzelle und wenn morgen noch immer kraft hat spritzen sie wollen daß wir explodieren weiß noch nicht was und wie genau sie uns provozieren sicher werd ichs bald wissen brodelt hören nur unsre geräusche und die des überwachungssystems alarmklingeln quietschen der funkgeräte was wir von uns hören ist durch die ganze architektur des trakts entstellt stimme von einem menschen den man jahrelang kennt nicht wiedererkennen jedes geräusch fremd händeklatschen metall freistunde nachholen irgendwas mußte verdank ich in diesem ganzen jahr eine ganze stunde sonne will antragsformulare werde zurechtgewiesen bittstellen wollen sie sagen das soll erst wimmernd gekrochen wenn ich friseur oder schreibpapier oder.

gegen papier und papier und kippe und klappe und kippen papier und papier hier ist ein stück blech, handgroß, die leere fischdose hatten sie weggeholt, das deckstück, versteckt, war von ihnen vergessen worden. ein blech, ich biege ein boot, werkzeug die blattfeinen zwischenräume, von kante zu kante, es schließt nichts ganz, am fenster einer, zwischen wand und waschbecken einer, hinter den türscharnieren, die waren besonders geeignet, da ließ sichs im winkel nach zwei seiten biegen, falten, spitzen, aber da war auch draußen, das ohr das auge, nah, ich biege ein boot aus blech blues schmiede schneide schmiege wortfarbe stimmtöne schwing kling swing blues. gegen weiß. schneidet. hat schon geschnitten. groß farbe rot. sie ließ es trocknen. ach fliegen noch fließen rot. sie mußte es trocknen lassen, sah den gehärteten glanz, das verdunkelte rot. siegeln. segeln. weiter. ich biege uns ein. könnte sein sie. könnten sie das. könnten sie uns, alle aus widerstand uns, die sie gegriffen haben, auf eine insel verschiffen, waffenumfahren, arbeit und leben dort wir. könnten sie das. das können sie nicht. über den wachbootring weit fliegt eines jeden entscheidung, kreist ab, fällt ein, *flammender sichtflug*, wieder und wieder. wir. sie müssen vernichten. die produktion des kretin, ihr sinn. weiter. hier blech. weißblech. was ist das. aus stein gebrochen geworfen gerollt gestaut gegriffen geworfen geschmolzen geschlagen gewonnen gesichter gesichter, die hand der kopf die beiden füße genau, die entscheidung, die arbeit, *es geht*. gewonnen. und so die farben am blech, der schwarze schriftzug im rot. und so der fisch aaah im blech das boot bunt. sie hatte gelesen, draußen, weit hinter speichern und rattenwasser, das schiff sei weiß. es ist aber *kerstin* vielgestreift weitgeschweift bunt alle farben wir. das grün aus dem blatt des feigenbaums, rot innen süß aus der feige, das gelb aus morgen und mond, auch aus dem fell eines schlafenden hundes in feital, das blau aus dem meer, das weiß, woher, wie gut weiß –

im kamm der wellen die zerwehte figur der gewalten. gut weiß. aus portugal hatte ihr einer geschrieben, verrückter mann, schreibt bücher *im stein*, so nennt er das, weiß er nichts, aber der brief, der war bunt gewesen vom bild auf der marke, vom boot dort. blues kramte. wo ist der brief mit dem boot. alle paar tage, dann, wenn du hof hast, kommen

sie filzen, wirren dir, was du willst. vieles geht weg. wo ist der brief. wo ist der typ, er schreibt. wo ich, ich hock. *auf was im horizont ist das.* ist boot ist botschaft ist kein. weiter. kein brief. weiter ich baue. ich baue das leuchtend der bug im schein der signale feuer weit noch hin wir die spitze bieg ich mir
in
der tür knallend drei sonderschließer, her mit dem blech, schlirfzack, lichtzeichen spiegeln, sender bauen, es ist eine anordnung
weiß.
blues weiß.
aber das wußte blues bisher nicht. aus totenblaß freude, aus freude weiß wie die wand. untrüglich die regung.
ohne schlagen schwierig später viel später war die zellentür vorsichtig aufgeschwenkt worden. im eisen das schwein, die frau im dienst, tuchweiß. auf dem stuhl, um atem zu ziehen, steht blues gegens gitterlochlicht wie in das fenster gehenkt. sie haben einander nichts zu sagen. sie stehen still. es wird erkannt. es ist erkannt worden. es wird erkannt werden. raus, sagte blues, lebst noch, sieh zu, zieh ab. die angst eines menschen um das leben eines menschen. die freude. eines atemzugs fülle.

(3) die vermessenheit dürfen wir nicht, lachte nina, so quatschen sie uns von klein auf klein, so quetschen sie uns, wir messen aber, und gern, und genau, in meterschritten lief sie mit lina die neue altabgewohnte wohnung, viel rott, macht ahlers uns alles klar, sagte lina, ja und nee, lütten, sagte nina, wir lernen jetzt alles selbst, und trude stach mit dem bandmaß aus weißlichem blech den raum zwischen boden und fensterbank, zwischen fensterrahmen und zimmerecke, sie zeichnete alles ein in feinkariertes papier, lina hat lust, sie rechnet den maßstab jedes mal um, so viel meter und zentimeter sind jedes mal so viel karos und halbe, doch, muß alles

genau, schritt und tritt und halben, und jeden singt *kwesi* gern mit, tanzt *soza*, denn auch, wenn noch gar nichts gestellt war, linas boxen sind immer dabei, eins zwei drei, und vier zimmer frei, ganz schön groß, so die frauen beim wohnungbauen, und auch noch die küche mit sofasitzen, aber muß, sagen alle drei schlau genau, wir sind nämlich demnächst hier meistens paar mehr, also wo kommt der große tisch, aus der behörde gestaubt, fest holz, mit riesig grün linoleum, früher alles für formulare, angst und gesetze, *da kann ich ihnen leider nicht helfen, der nächste*, wir helfen uns selbst, du wichser!
kein zimmer war groß.
eins war für arbeit, für leisesein, drei tische mit stuhl, drei kleine lampen aus aluminium mit biegehals, blank, die hatte trude aus portugal abgeordert vom bruder, die gabs da für sieben mark zwanzig das stück, eine couch für nachdenken, rückenschwimmen, und das regal für die bücher, von lenin bis langstrumpf, von moby bis marx, von die vögel europas bis schwarze katze, vom michi bis piffi, wo otto bloß bleibt, und die eine wand nur für zwei große bilder, eins von maria iffland, eins von gisela lichterfelde, kennt ihr die beiden denn immer noch nicht, schön blöd, wird zeit, sieh mal zu.
eins war für hausen, für lungern und gegen verhungern, für motzen und glotzen, das war die dicke küche.
eins war für schlafen, das bett bauen wir selbst, so groß kriegst du nie gekauft, das kissenhaus fürs flüstern zuletzt und alles verträumen, auch manches versäumen, möglichst so wenig wie möglich, hüte dich wach und munter, und manches verloren verloren, und kästen für wäsche, und große fotos von reisen, von küsten, bunt boot.
eins war für alle, die kommen, mitten der riesentisch, auch was zum schlafen für zwei, lauter stühle vom sperrmüll, plakate vom kampf, lübeck, libanon, lima, *es geht*, und trude hatte von früher mal, einsame reise nach barcelona, den großen tanz ums feuer vom pablo, wo sogar frida schon mittanzt, kennst du nicht, mußt du doch kennen, wo damals

von merkatt die mit dem flotten aus ghana, na hör mal, dann paß besser auf nächstes mal.
und eins, das kleinste, war für einfach bloß wenn du mal lieber zu zweit bist, was überhaupt nicht so einfach ist, aber wichtig und richtig und alles zu sehen, aber schwer, denn das ist doch klar, nina läßt nicht von ahlers, und der nicht von der. und trude weiß immer noch nichts von otto. *auf was im horizont ist das gerichtet.* los. weiter. sind *wir.*
alles zeug, das alles da stand, war arm, gut brauchbar, nur die bilder und bücher reich und die lust, in pött un pann, in den tag, jetzt fang an, *nicht betteln und bitten, nur mutig gestritten, ausländergruppen, aktion sozialamt, freiräume schaffen, wir nennen die täter, wer keine arbeit hat, macht sich welche, zentren für gemeinsames lernen als zentren für gemeinsames handeln,* und *hafenstraße bleibt, weil viel gut,* jedenfalls bleibt viel zu tun, *oder wir holen die russen,* sagt hoppe. so gehts. *pinkepank,* sagt münzer.
lina sah auf die uhr, wird zeit, die warten auf uns am warder nicht ewig.
blöde piste bis ratzeburg erstmal durch, lauter wochenendfuzzis auf japangummi, *wo geht das hier nachm lokal, in der eltern wohnung zwei kleine kinder,* hilft ja nicht, muß ja fertig, sagt nina, alles verwandte, fast.
sie stellte den wagen in hüttenschatten, hier hatte, vor gut fünfzig jahren nun schon, karo sich schmüser zurechtgelauert, noch war kein schnee, klar herbst, der weichblaue abschied, aber du kriegst schon die härte von bald, juhuuh, ist das wasser kalt, beim schwimmen wirst warm, lütten, los, guck mal rocker, wo der dahinten weit raus ist!
bloß adam war schon tick bläuer, bevor er auch nur die hose weghatte, dann setzte er aber zack ab vom stein, *das entwikkelt sich so hast arbeit mit händen und füßen,* besser rocker nicht weit so allein.
nina und ahlers und lina sind bald draußen nah zu dem hingekrault, schlauchboot in schlepp, geil bouletten mit tempos und säfte, mensch mann, die insel, mensch frau, unsre insel, noch nie noch nie, aber jetzt aber jetzt. und kein

schuß. ach kein schuß. frau und mann schlagen das wasser. wasser umfängt uns. an uns im sonnenwasser die fische unzählbar. sie blieben den ganzen tag auf der insel. rocker robbte, das haut nicht so scharf, sagt er listig, sagt adam auch. und nachmittags schwammen noch buhlemanns willi und felix und juli dazu.
als sie drüben abends *ihr zeug wieder anzogen, war ihnen kalt, es wurde kühl auf der insel.*
überm schilf dort am hang waren juli und felix zurückgeblieben bis mond, einer versuchte den andren zu wärmen, der andre den einen, über beide gehüllt die schwere rotgrüne schottendecke.
warum schreibt proff uns nicht.
ich habe gesagt, er ist tot. gib mir die hand. mehr haben wir nicht. das ist viel.
dann hat proff zuletzt mich belogen.
manches wissen wir nicht. dann schweigen wir besser.
dann kann er mir nichts mehr sagen.
nichts.

(4) hinter glas anschaulich heimlichkeiten der freude, wann immer wer wo boye traf und andré und wachtel und tapp und brocken, uwe und pitt, marie neben bantu und benni und ninus, seltsame annäherungen, und aus freiburg die zarte, langsam, schwer, ohne zagen, und bald aus dietzenbach den mit michi. kam ihnen unbekannt jemand nah, schwiegen sie leicht wie fische im wasser trieben fetzen wurzeln aus wissen leise verbindung von blick zu blick schritt zu schritt wort zu wort, bruch baut sich auf, stein beweglich, in der erscheinung geröll
soll sein
wir lernen
uns lösen
von dem was fest
hält ohne rückhalt

der hände verborgnes
entschließen den aufstand
der schritte fallen
lassen zu sich
selbst jedes
uns auslösen
jetzt
befreiung.

kein zauberspruch sondern die arbeit am bruch. andré wurde pfleger bei celler pferden, er hatte mal zirkus gelernt in bordeaux, jetzt lernte er striegeln und leinen und scheinen. boye nahm die frauenstation im kleinen landkrankenhaus osterhofen, wachtel als krankenschwester ging mit. michi lief arbeit suchen um frankfurt am main, egal, welche arbeit, der dietzenbacher weiß, warum, uwe kommt nach. brocken und tapp schwammen ab an die ruhr, auch da gibts werften, nicht weit von köln-ossendorf. die freiburger frau war ihnen allen voraus, gut so, wir lernen, sie ging zurück nach maulbronn, ans schaltpult für flaschenabfüllen, dreck, sie weiß aber, kauft als von ihnen allen die erste die trommel, lernt die bewegung der hand am fell, den bruch des getretenen tritts, den takttanz der überraschung, klopft handzeichen leise reibt uns die stunde die wir bestimmen die drohung ans pack, *wir kommen*, von tonndorf bis titicacasee, von kreuzberg bis kuala lumpur, wir sagen *jetzt heute noch hier.* was noch. viel weit reiste schlosser von arbeit zu arbeit, unkenntlich entstellt, auch unser fleisch in bewegung, lacht bantu, schneidet ein, flickt fein. und zu bestimmter zeit kam trude für lübeck, pünktlich. ausdauernd sucht sie den namen eines zweibrückener schließers, auch dessen verbleib, welches beides geheimgehalten wird, von den behörden, seit vierundsiebzig. der alte in *fu*, früher häftling *kafu*, war leicht zu finden, der geht nicht, hat allen willen verloren. alles fängt an. ist schwer.

(5) es muß getan werden täglich. es steht da leise die rede reglos, der pflaumenbaum, der bohnenstrauch, das brot, der esel moro, sein ohr. sie horchte, sah hin. vieles wußte sie nicht. jedes zeigte ihr lino. wir haben zeit. es waren schon zeiten vergangen. die arbeit der westdeutschen gruppe im herrenhaus längst. hangab im holz saß franca beim blut. warum rief sie nach niemand.
im blut still aufrecht hockte franca. warum hatte sie nicht nach lino gerufen.
als der sie mittags fand, saß sie kalt in scheitern, härter als holz, die braune haut grünlich hell. lino starrte das blut, das geschlitzte bein, das beil, das biegen des leichnams, das waschen, das weiße legen der hände, die blumen aus blech, das schreien und schwarze wiegen und beten, das loch im lehm starrte lino. und strich und riß und starrte und stach aus kugelschreibern ein großes bild vom tod mit flügeln und lichtern und süßen feigen und strengen palmenblattmessern und schrieb und schrieb im kreis im kreis um das bild um das bild durch bilder lauter und lauter lautlos *es ist verhüllt meine blüte meine knospe von mir umarmt ist gekommen die zeit der trennung bist du entbunden zuende geflogen zum himmel dein elend ist aus gott bedecke mit ewigem reichtum dir das tor leuchtet auf zum jüngsten paradies siehst du mich nun auf der welt ein unglück verzeih mir was ich dir angetan dies dein geliebter sich unterschreibt frieden für deine seele*
endloch endloch endlos
leise die rede reglos. es muß getan werden täglich. sie horchte, sah hin, tat das. pflück hack schüttel zieh jetzt heut noch. wann sonst. wer sonst. wer ruft.
anna und paula rufen: dort!
sie antwortet: alles jetzt hier.
zeiten vergangen.
was wir nicht tun, steht still, stürzt ab, hungert tot, welkt weg, verdirbt. geschrei. name absicht anblick auftrag tragen tagen, will alles tagen aus zeiten in zeiten hin beizeiten heute noch jetzt beginnt der tag aus stein licht leicht nicht leicht.

der rock war schwer aus dickem tuch. es waren röcke. eines morgens, auf dem bretterstuhl nahe dem kastigen bett, lagen röcke. sie waren ihr etwas zu weit. wir haben zeit. abends nadel und faden und licht. das zittern der hände beim nähen. aus ältesten bäumen das festeste holz wärmt lang. unruhe oben im entenstall. sie geht mit dem licht hinauf hinters haus, nachzusehen ob der stein gegens türbrett gelegt liegt. der stein ist kalt. morgen dann wieder bist warm, sagt feder zum stein, liegst gut. lino erwartet sie in der tür, zart geschnitten. hinter ihm, im küchenfeuerloch, rot und schwarz. lino tritt mit ihr zurück unter balkenketten. er will etwas sagen. er wird ihr jetzt etwas sagen. aus seinen schultern und händen hüpfen die wörter, schnalzen und schluchzen. scharrend wirft der fuß das knie. wirbelnd schleifend schleppend verwirft einen großen schatten ein kleiner mann. tanzt schmerzen. von herzen. fliegt. feder. will tagen und nächten zeiten weiten weit wei we

(6) *Inferno*
Grauenvoll
Schlachthaus
Wieder in Bayern
Entsetzen weltweit
Die Killer drehen durch
Der Wahnwitz der siebzig Sekunden
Elf Tote und sieben Schwerverletzte
Gräßliches Blutbad im beschaulichen Tölz
Gnadenlos mitten im Frieden der Krieg der Verrückten Internationales Gremium der Antiterrorismusforschung nahezu ausgelöscht
Kurz vor dem gemeinsamen Mittagessen raste der Tod in das Feld der Experten und fast alle alle kamen darin um
Gestern vormittag elf Uhr fünfundfünfzig Bad Tölz, im Arbeitsgelände der 10th special forces groupe (airborne) europe. Herbstsonne über den Hügeln, Wäldern und Seen des liebli-

chen Voralpenlandes, jener Landschaft, einst von Ästheten besungen als ein Ort der klassischen Proportion ...
Die drei Posten im Eingangsbereich der alten, weitläufig angelegten Junkerschule kontrollieren die Dokumente von vier jungen US-Soldaten, dann rast der Jeep in bester Ortskenntnis quer über weite Rasenflächen bis vor die Bibliothek. Dort tagt, im Filmvorführraum, die weither angereiste Gruppe internationaler Experten. Sie sind aus Washington und aus Bonn, aus Manila, dem Tschad und Honduras gekommen, aus Israel und aus Südafrika, aus Beirut und Tokio und aus Berlin. In vierzig Sekunden sind sie fast alle tot. Im Dauerfeuer aus vier Maschinenpistolen die Hilferufe der Schwerverletzten. Die Detonation. Auf die Sekunde genau, in infernalischer Präzision, bricht eine Sprengung hinter der Bibliothek, die unglücklicherweise im Randbereich der Sicherheitszone liegt, nur zwanzig Meter vom Doppelzaun, die Bresche, durch die, offenbar unverletzt, zwei der vier Täter springen, das Fahrzeug, das sie erwartet, erreichen und flüchten ohne eine bisher ergiebige Spur. Die beiden anderen bleiben tot am Tatort zurück, ein sehr junger Mann, eine Frau von zirka dreißig Jahren. Ein Überlebender gibt im ersten Schock zu Protokoll, der Mann, schon schwer verletzt, habe sich selbst gerichtet. Es ist eine Nachrichtensperre angeordnet worden. Die Namen der Opfer werden nicht genannt. Inzwischen ist aber bekannt geworden
1. Die beiden toten Terroristen sind weder der Bundesanwaltschaft noch dem Bundeskriminalamt bis heute auffällig geworden. Auch im Umfeld der Helfershelfer sind sie nicht in Erscheinung getreten.
2. Die flüchtigen beiden Terroristen sind wahrscheinlich Frauen. Zwei Bamberger Lehrerinnen, auf einem vogelkundlichen Ausflug nahe am Tatort, der mit seinem alten Baumbestand, seinem üppigen Buschwerk längst Hobbyornithologen als ein Eldorado gilt, haben, unabhängig voneinander, aus ihnen vorgelegten Fahndungsbildern zwei seit Jahren gesuchte Topterroristinnen identifiziert.
3. Die drei Posten im Wachkommando scheinen in den Se-

kunden der Kontrolle lautlos getötet worden zu sein. Feine Einstiche bei einem jeden im Rücken der Hand deuten auf ein extrem rasch wirkendes (indianisches?) Gift hin.

4. Da eben an diesem Tag, im Zusammenhang mit dem Symposion der Forscher, viele fremde US-Soldaten, Einsatzexperten aus fünf Kontinenten, auf dem Gelände waren, konnten die vier mordenden Gangster in den 60 Sekunden ihrer Amokfahrt niemandem sonderlich auffallen. Erst die Schießerei, das Gemetzel, dann das Schreien der Verletzten brachten die Wahrheit, die Entdeckung des Wahnsinns.

5. Nicht rätselhaft ist die Kenntnis der Mörder von Stunde und Ort. Das Bundeskriminalamt bittet alle um Mithilfe bei der Suche nach Rupert Koch, bekannt unter Freunden und Arbeitskollegen als »Proff«. Rupert Koch (siehe nebenstehendes Foto) arbeitet seit Jahrzehnten als Kameramann und Autor für dokumentarischen Film als freier Mitarbeiter für die ARD. Er hatte im Sommer den Auftrag angenommen, in Tölz, in Zusammenarbeit mit den dortigen special forces, weltweit bekannt als die »green berets«, einen Dokumentarfilm zu drehen. Koch hat sich, in Vorbereitung seiner Filmarbeit, mehrere Tage als Gast der forces auf dem Gelände in Tölz aufgehalten. Trotz seines Alters, seiner alten Verbindungen zur verbotenen KPD, seines Familienstandes (vier Kinder!), seines Briefwechsels mit einsitzenden Terroristen galt er den Sicherheitskräften bisher eher als ein radikaler Schwätzer. Gerüchte, er habe 1968 im Oktober in Mexiko aktiv sich an Straßenkämpfen beteiligt, haben sich als haltlos erwiesen. Wohl vor allem er selbst hatte um seine Person eine Legende gewoben, die, so heute das Bundeskriminalamt, ihn habe durchaus attraktiv machen können für terroristische Gewalttäter. Wo ist Rupert Koch, alias Proff? Seine Frau gibt an, er sei tot, sie habe hierüber ein Dokument, niemandem zugänglich, später ihrem Sohn, bei einem Schweizer Notar hinterlegt. Ob sie bereit sei, diese Angaben auch unter Eid zu machen. Was denn ein Eid sei, eine der Mystifizierungen herrschender Untat, eine Einschüchterung, nichts sonst, auch sie sehe manchmal fern, am liebsten, habe sie dort eingesehen, leisten die Mörder die Eide. Sie sage die Wahrheit, das sei ihr genug. Juliane Koch, seit vierzehn Jahren als technische Fachkraft leitend in ein und der selben Firma, ist, nach Umfragen in der Nachbarschaft und in Kollegenkreisen, beliebt und jedem nur angenehm aufgefallen. Beugehaft, so Frau Koch, sei ihr fast gleichgültig, es gäbe Schlimmeres weltweit, als die paar Monate Holstenglacis, notiert ein Protokoll der Polizei. Sie sei nicht allein, soll Frau Koch sibyllinisch hinzugefügt haben.

6. In eine ganz neue Richtung weist eine Nachricht, die wir erst eben erhalten haben. Fast auf die Minute zeitgleich mit dem Massaker in Tölz haben in der Morgendämmerung des gestrigen Tages guatemaltekische Guerillaeinheiten ein Trainingscamp der special forces in den Bergen von Cuchumatanes angegriffen und vollständig verwüstet.

(7) bläulich klein hornhäutig hand von der schulter gerissen krumm weg ins fett ums weißliche auge, nichts ist mehr *festgebunden, mein sohn, alles los alles los.* die alte mutter war aufgestanden hinter wolfratshausener klappglastüren. draußen, vom turm, weit verborgen in zeiten, zur rechten zeit, das liebste signal. die alte frau horcht die frau.

mitten im krieg einmal, noch nicht hatten die menschenmassen in dresden gebrannt, es brannten aber schon heimlich unheimlich die judenmenschen, kein geheimnis für den, der keins will, war sie von ihrem mann, dem nazi*betriebsführer* gustav koch *entführt* worden, nannte er das, an die ufer der brautzeit, mal ohne die beiden kinder, leicht über alte brükken, in den runden schatten der kirche, vor die alten kostbaren bilder im mond im eis im dunst im schmerz der einsame mann die frau. aber die frau. *fidelio leonore.* eine frau befreit bewaffnet den mann. es rettet die beiden das turmsignal, der ersehnte hornstoß gegen tyrannen. der war in hamburg nun schon verboten. es waren dort unterm befreiungssignal zu-

hörer wortlos aufgestanden, hatten das aufrecht gehört, es soll geweint worden sein, danach verhaftet, einfach verraten, auch ein magerer buchhändler, den sie kannten, dann einfach verhungert, *kafu*, oder ss-ziegelwerk neuengamme. und da sang nun der chor der gefangenen, und rocco, der schließer, will an nichts schuld sein, nur graben nur grab *nur hurtig fort im arbeiten wird dir schon warm werden.* die frau saß aber weinend kalt. ihr mann war gefangen in nazigedanken, verrückt gefangen, ihr liebster gefangen, im dreck im druck im schlechten plan, gleich kommt das signal, gleich ich, duck ich mich denn oder stell ich mich hin, ach meiner ist falsch gefangen, versperrt, es sperrt ihn so hin, ob ich mut hab oder bin feig, stell ich mich, ist er danach bald allein, nicht frei, und auch die kinder sind ohne die mutter. wo aber bin ich denn ich. wie denn bin ich ohne mich. fragt die frau.
da, köstlich klar, die eindeutigkeit, das signal fern vom turm. es waren, nun auch in dresden damals, einsam einzelne aufgestanden. sie hatte nicht umgesehen. gekauert krumm. beim mann. wer war das gewesen. wo bin ich. wer.
sind sie frau luise halka koch geborene zelasko.
die alte im kasten im altenheimknasten saß eben im rosa balkonbeton beim windrädermeisenhäuschen, blätterte sich zum süßen tee dunkel zum wievielten mal ihre lieblingstexte, aus melville billys schlag mit der faust, aus conrad die frau mit dem messer, *sie sollen das messer haben.*
die herren sind mir bekannt schon länger, sagte sie übers buch, aus kleinen krätzigen augen sah sie so hin übers schmierige brillenglas, trinken sie tee, wohl nein, es wird der gesang bang und bänger.
wir haben einen durchsuchungsbefehl.
suchet suchet ihr werdet nichts finden, sagte die alte ins liebste buch, klopfet an klopfet es wird keinem aufgetan.
kommen sie bitte ins zimmer.
kommen sie auf den balkon. es ist mild. das zwielicht. wach und munter.
nun kramte das pack alles ohne die alte.
nun fischten sie unterm hohen bett.

nun klappten sie einen schweren koffer, nicht groß.
wissen sie, was das hier ist.
ja. ich bin alt, nicht blöd.
wer hat ihnen diese waffen gegeben.
ich sagte, nicht blöd.
packen sie bitte notwendigkeiten. sie sind verhaftet, frau koch.
sie schlürfte ganz den rest, schmatzte dann hin, gehn sie raus vor die Tür. ich mach mich zurecht. ohne sie. sie sah aber doch noch über die kanten nieder in das gekratzte. da standen wirklich zwei dicke. in waffen. die affen, knurrte sie hin.
dann war sie noch einmal allein, packte warm ein, zappelte mit den alten fäusten in fotos ein bild vom mann, jetzt komm, mein liebster, idiot.
dann ging sie da raus, in die mitte, streckte das abgedünnte geknöcher, riß von der schulter, schlug hin und her kalt ins fett der beamten. fiel schlapp. war tot.
köstlich klar die eindeutigkeit des signals.
am tag danach in der heimatpresse nach den geboten der würde schreibt das blöde von *unzuverlässigkeit schon in den jahren des krieges,* von *polnischer wirtschaft* in der verwandtschaft, vom *wirren sohn*, vom *altersschwachsinn* schon länger. jeder legt noch schnell sein ei faul. aufs maul, das mögen sie nicht.
auch keine flecken.
kaum war die alte vom flur gewischt, schlossen wändeweit schwarze frauen den spalt zwischen türblatt und eisenrand. und eine aber, die magd ludwiga bürger aus namslau im schlesischen junkerland, zündete sich auf der glotzenkante ein rosa kerzenlicht an, um zu beten. sie war schon noch dünner und endlos viel älter als eben die alte mit der trompete, leise knackt sie die neunzig und drei jahre runter ins knie, und weint, steintrocken beinhart blattzart, *gegrüßet seiest du ruhe in frieden so wie auch wir*
na hoffentlich wirds bald, die heimleiterin stand im türloch, i habs eana jezert scho so oft gschmiert, es geht ein beten auch

ohne ein flecken, da hast! sie warf der knieenden hin eine plastiktüte von *edeka*, schneids auf, breits hin unters licht da, der herrgott mags rein, woast eh!
rein stieß aber die bürgerin den kopf in den kaufhaussack, das liest man oft, das geht schnell.
gottlob war i schnellerer, sagte hernach zwischen frost und nierost die heimleiterin ins gemüse, so oide lait, so schlechte zeit, net oid wern, des warr mir scho lieberer.
für die kommt jedes signal zu spät.

(8) *horchte ein klingelzeichen nicht das sie stand schon auf nahm die schuhe das ist für mich bleib stehen wo du stehst.* sie ging leise weg aus den wänden. einmal versuchen alles suchen, sonst bin ich verloren, ist er verloren, sind unauffindbar. das geht nicht. es geht ums leben. die nackte entdekkung der schönheit haltlos. das risiko oder verreck im versteck, wachsam durchquerte sie straßenschneisen. begehrt den bewachern. die jäger stehen früh auf. wir wollen kein königsgrab, nicht die zerbrochenen säulen. einfach den mut, jetzt hier, da bin ich, sieh.
weiter weg.
durch unbekannte quartiere, schnittpunkte, von den vielen, funkelnd blendend, welcher strahl stimmt, drohend frei fremdes feld, eigenes ziel, eine brücke die schwingt an geflochtenen bändern, nah drunter reißend springt fisch, schnappt schnellt unterm sithean mór, alt silbern regenglatt biegt das stegholz in schlingen, wird wiegen, wenn dann, die braunen gebirge, heidegestrüppt, runden weit naß, überall offen rollt farn, glänzt fett geschnittenes schwarz, die beiden seile, streng mondbogenleicht, an denen das brückenband schwingt, an beiden ufern schlaufen um toten baum hart, kein blatt, nur vielfingrig starr der platz für die sumpfohreule bubu, der stützpflock mitten im schnellen wasser tags für die mantelmöwe oukouk, sie wird überschweben in kreisen. wenn dann. uns.

es ist nachgedacht die genauigkeit, es ist kein tanz, er umarmte zum abschied andré, ich bin pünktlich zurück, es ist die sorgfalt des anblicks, die überraschung jetzt, sonst sind wir verloren. bin ich. ums leben die überschreitung. wachsam tastete er das geröll, griff und riß, die schwarze sonne hat weiß zerbrannt die zeilen nach süden aus mais und wein fallen in stein. ans ziel. da bin ich, sieh.
weiter weg.
weggedampft alles wasser unten im steinfluß hinauf ins zähe blatt der olivenbäume, lauter blüten kaum sichtbar gelbfiedrig klein. das wird die fülle. ist aber brücke arganda, steht arm aus kämpfen weiß unzerstörbar, *no pasaran*, wenn dann. unter hütten und kirchen und herden und käfern das blut aus allen fünf kontinenten hat lieder gesungen.
die brücke wippt kleinen bogen, im immerschatten drunten strecken sich brunnenmalven, oben im scheitel im brand zerfällt gras, kaum unterscheidbar ufer und ufer aus schwerem geröll, wo aber lehmbrüche freigerollt sind, nistet der schnelle freund abeljaruco, schießt ab vom pfahl, fängt schnell, lauert still, krupkrup, er wird steil aufsteigen stürzen und auf, die stoßfedern feinste pfeile, farben blitzen. wenn dann. uns.
die kleine brücke im *eilbektal, wandseböschung, grünanlagen am flüßchenufer, nähe s-bahnhof friedrichsberg, aber da fuhr jetzt kein zug, alles still, und die kugel quer durch den kopf*, weit fünfzig jahre nun her, stand da die kleine brücke im junilindenblattlicht, eben leicht grau der warme dunst, der hauch, alle stadt schläft, nur hier und da krankenhausfensterflackern, wohl schmerzen, wohl sterben. ein alter schwan, viel dreck am bug, fährt unter der brücke matt, weiß von uns nichts, wenn, dann würde er bleiben, brot schnaddeln, wie es so geht. so geht er vorbei. die brücke steht frei.
es kommen zwei. sie bleiben da oben stehen. sie sehen sich an. haltlos. sie bleiben lange ohne bewegung. reglos die stille hell.
bist gekommen.

haben getraut.
hast es gewagt.
rührst mich.
rühr mich nicht an, hob beide arme, alles da hin. jeder ging seinen weg.
am ende konnte man sehen, hat man sehen können, wird man sehen, daß das nicht ein mensch ist auf der brücke nicht einer war nicht einer sein wird nur wenn dann

(9) als penner in der paul roosen straße geht immer, tapp war nicht überrascht, kam sofort, mitten weg aus dem dock, mein bruder geht tot, zwei mann diesmal, bloß eine ecke, das muß, brunnenhofkurve paul roosen straße.
in den neunzehn tagen war paulis gesicht klein verkrautet, kugel mit augen, alles sehen alles sehen alles los alles los. leicht trugen boye und tapp den wachen mann in den benz. mehr kann ich nicht mehr, sagte boye, fiel weg in das leere, stinkende haus, es saust es haust es graust, alles zerkaust mein mund und mein haar zerrissen zerbissen, jammern hammern die kammern im kopf schlagen die eulen der plagen den vogel pirol in gelben nacken beißt krumm geschärft schreit schlärf verbaumelt in krallen in fallen verzappelt leben eben ebbt ab alles ab alles ab. sie rief die stationsschwester an, meldete sich gesund zurück, zum nachtdienst, ja, jetzt, heut noch. die einzige lösung. noch sieben stunden. sonst stürzen wir ab.
gute müllecke hatte tapp ausgespäht, genau wie ich wollte, flüsterte pauli, der knick da bergauf bergab, früher mit roller zuerst, jetzt im plündrigen sperrmüll, schon nachtweit verzerrt und verflattert alles, die garnitur aus velour, zwischen *quick* und *hörzu* und sonstsolchen pornos, die mattscheibe laut zersprungen, abgerissen der kackstuhl noch immer gescheuert, könnte von uns zuhaus alles sein, lauter holstendosen und halbvolle flasche schlapp süßwein hat tapp um die drei dünnen kniee geordnet, sommermorgen für penner, so

gehts, der dumpfe parka mit hut auf, und tapp den maulhobel immer dabei, nicht daß ihm da jetzt nach zumute wär, aber man kann das nie wissen, auch *la paloma* ist drinne, die taube, mein täubchen, verehrlichkeiten, er weiß ja noch nichts vom halsabdrehen, und zwar nämlich wer den von wem, die letzten schleichen aus schluck ins loch, die ersten laufen zur arbeit, putzfrauen, busfahrer, bullen, auf los gehts los, flüsterte pauli und sah und sah und sieht wo er ist wo er war wo er sein wird wir überraschend zuhaus, guck auch mal den mal, den kenn ich doch auch, timo, eisenhand, wollhaargezottel aus allen ärmeln bis raus aus der hose, da war ich noch kind, da hat der mich festgeklammert, da drüben, die treppenstufen bei *spar* gleich daneben, *bleib hier, mensch, ich bin so allein*, und redet mit mir, halb platt und halb serbo-ukrainisch, von seiner liebsten liebe, die war so schön, und hatte den zettel korrekt in der hand, und war ihm abgemurkst worden, loddlmesser und kofferklappe und ab im hafen mit stein am hals, bis die hochkommt mit ohne kopf kennt keiner die wieder, er kannte die mörder, seit dreizehn jahren sucht timo den mörder in flaschen, buddelmörder, da brauchst du geduld, bleib bei mir, mein junge, ich bin so allein, *die mörder sind unter uns*, das war ein guter lehrer gewesen, der hat uns viel was erklärt, sonst wär ich jetzt gar nicht so frei, *freiheit*, weißt du noch ihn damals, biermann, wie er das leise gesungen hat, so zwischengeseufzt in die lieder, *so oder so die erde wird rot entweder lebendrot oder todrot*, wo steckt der inzwischen, rot oder tot, ich hab auch mal eine gekannt, nicht hier all die lindenbäume, aber das stimmt, alles leicht so leise ausgeästelt und stur in dem dreck überall, in dem lieben licht, wird alles stärker und stärker, das licht, siehst du, jetzt kann ich den heftchenmüll sogar lesen, alles gewesen, jetzt fliegt er weg, der junge ist groß, die hände sind taub, schon ab, ist friseur, da kommt er so blaß, der junge von walter, der muß so mein alter, bloß kälter, läuft er zum schnippeln nach *hairport*, ordnung am kopf, so außen, das krausen das grausen, krause kommt, achtung, na, meine herren, steht nun mal langsam mal auf, bevor euch der müllschlucker einkneift, das kriegen wir hin, herr wachtmeistermann, *dab* schnapp, nee, geht ja nicht, bist ja im dienst, war ja auch nur so die meine frage, denn tschüs und erstmal sieh zu sieh zu, dein leben ist gar nicht mal ungefährlich, und schade auch guck mal wie schade, an paar hundert tausend belohnung vorbei schleicht krause zum dienst in die davidswache, ach schönes leben so morgens, goliath ohne gedanken, aber david bald ohne leben. das schnüffelt ihn auf vier beinen. frida auf landgang. erst lacht sie ja noch. lacht aber nicht mehr weit. weint über pauli. steht leise still nah aufgesträubt. dann trippelt sie weiter nach altona durch, nichts zu machen, das weiß sie, und klaus hat *am felde* herz hingestellt, das weiß sie auch. pauli winkt tapp nah ran, ich durfte nie hunde, sagt pauli und streicht tapps ärmel und friert und freut sich zuhaus in der scheiße alles bei allen, bei schulkindern siehst du das auch oft, schön sonne aus *clemens schulz straße,* flach jetzt, fieberkalt kriecht sich pauli bei tapp, schwul ist hier ganz egal, guter kietz, puls noch was kaum noch, mal ein mal ein mal flatter und dann wieder einer allein, zur schule rüber nach *utrecht* nee *seiler-straße*, und fünf oder acht so im klumpen geschnattert und einer, das siehst du öfter, eine einer schleift ab weit allein, krabbelt nach, aber schwer, die bunte schultasche täuscht, alles weich süß im mund, das täuscht auch, ogottja jetzt bismarck, tapp stoppt zwei türkenjungs, hast noch die zeit eben, holst mir zwei rollmops, kriegst du auch geld für bonsches, sei nett, weißt doch den fischmann vor *seiler* kurz links, die kellerbude mit karpfen. die beiden sträuben sich ab wie frida, da stimmt was nicht, der stinkt schon, komm weg. sie schleppen die taschen quer durch zwischen ford und kadett, ein dicker im hafen gibt signale, ein schlepper antwortet hell, vielleicht pitt vreese mal wieder. und jetzt kommt der kohlenmann drüben links rüber, tatsache immer noch *vidal*, noch besser wär ja mit dreirad, *tempo*, das waren die scharfen granaten damals, mein opa früher für schrott, und ich oben zwischen, lütt butt in schutt, damals schon, siehst du, mit dreibein, und am liebsten die breite sackwaage grün, die

hat er mal von wasweißichwoher von bord geschmuggelt, *balanca jesus*, kein flachs, so hieß die, so fromme konzerne, weißt ja bescheid, und ölig schön schieben die wiegegewichte, die sache muß stimmen, oder wenn, dann zu opa die gunsten, kommt ja immer auch, wie du die waage stellst, das merkst du als kunde ja gar nicht, am besten mit wasserwaage, sag ich ja, alles ein wiegen, hätt ich gern alles wieder gemacht, das leichte zünglein, kein lügen, das siehst du genau, am schlimmsten ist ja auf reisen, war ich mal rüber montage newcastle, paar wochen ging das so hin, kein brief, dann cool so per post an mich hingeschnattert, da ist jetzt ein anderer mann im haus, jetzt weißt du das besser bescheid, kalt alles neu wo du eben noch warm warst, das ist das schlimmste, und du stehst fremd am hammer auf englisch und kannst da nicht weg, und wenn, wo denn hin, wo marie, sag nie nie, sagt opa und wühlt noch die letzten flaschen, ja trinken, schlucks weg, ertrinken wär auch mal was schönes, alles im augenblick alles dein leben, aber auch so geht dein leben noch weiter wei we, paulis augen starrten ins schmuddelkissen, noch alte ware, nicht plastikfüllung, noch federn fliegen, er zupft mit der hand, die hand kann nicht zupfen, ist taub, will pusten, kann nicht mehr pusten, drüben schrubbt mutter die kneipenschwelle, dunstige zugluft hebt alle federn leicht hoch ins durchsonnte geblätter, aus seinen mitternachtsblättern kommt jetzt der doktor mit bauchschuß, dahinten die türken warten schon, der schwere mann blaß gibt nicht auf, sieht aber auch nicht hin, geht so hin, der hätte uns beide erkannt sonst. der kennt uns. gut so. was soll er hier noch. *lotta continua.* siehst du, da loddert piffi sich ran, klebt hin und her drei schwarze katzen, mitten am hellichten tag, *nulltarif für die arbeitslosen, nicht betteln und bitten*, ran, der könnte mir eben mal helfen. denn jetzt ist pauli gestorben. jetzt muß ich mit ihm schnell hier weg.
sie schleppen schweigend den deckensack in den koffer vom zweihundertdreißig. und ab. bullenfunk an. unfall am horner kreisel. dann fahr ich besser jetzt boberg und büchen. die kriegen ihn auch nicht nach schluß. auch die kiste sind wir.

der raps ist schon abgeblüht.
die grenzer stolpern die grenze und pilze, uns nicht, schon gar nicht so ärztemercedes.
im hüttenschatten von karo, im schatten der alten verlassenen gutshofscheune, beliebter startplatz für schaalseecamper, laden sie paulis kleinen körper in riesigen leuchtfarbensack, bergesteigen, verkletterei, dann findet dich leichter die rettung, es gibt so verschiedene berge, sagt ahlers, hat allerhand angelzeug auch dabei, hat alles gut vorbereitet. zwei männer wandern den pfad zwischen buchen und schilf. an der kante vom warder den riß. hier ist für fremde verboten. ahlers ist hier nicht fremd, ist hier king, das wissen die rinder, die rehe, die kinder, der reiher weiß auch, und der förster ist rüber nach gudow, und ahlers denkt rocker, was soll ich bloß machen, gott was der leicht ist so tot.
oben im hügelwald kahlschlag, da forsten wir noch diesen herbst mit douglasien, die letzten wochen bloß stubben gerissen, gestern einfach die grube gegraben, kinntief und noch bißchen tiefer. mit der hand, sagt ahlers, gehackt, der greifer steht bloß für schau, für das schlimmste stehst du allein. dann legen sie sachte runter in weiches laub, weit tief. dann zwei schaufeln vom *unimog*. schon mittags liegen sie beide ruhig im frischgeworfnen sand. wo paulis körper liegt, wuchtet erstmal bis herbst noch ein mächtiger buchenstamm, der *mb-trac* schiebt das hin, bis herbst ist das durch und glatt und egal, ich war extra noch mal zu oli deswegen, der kennt das von ohlsdorf.
ahlers hat nicht nach dem toten gefragt. einer von uns. das reicht. jetzt kleines feuer im windschattensand. handschuhe weg und die schuhe auch. schmilzt schmierig hongkong, seuchengeruch. ahlers schmeißt kiefernrinde und buchenlaub, das duftet. er hat auch thermos und paar karbonaden. der reiher schwingt schwer auf im futtersack den fisch richtung hakendorf, er gibt nicht auf, der alte. dobermann spitzt hinterm *unimog*steuer, hat befehl, macht keine bewegung. hast du dein wimmerholz mit, jetzt wär mir musik nicht verkehrt.

geht so nicht, sagte tapp, ist zu schwer. ist zu groß. weil ich zuletzt alles mit dabei war. ist nicht zu fassen.
ist gut.
(quinta do espinheiro 5–9–87)

inhalt